《小说月报·原创版》编辑部编

小说月报

FICTION MONTHLY

原创版

2013年精品集

天津出版传媒集团

百花文艺出版社

图书在版编目（ＣＩＰ）数据

《小说月报·原创版》2013年精品集 / 《小说月报·原
创版》编辑部编. —天津:百花文艺出版社,
2014.1
　　ISBN 978-7-5306-6426-1

　　Ⅰ. ①小… Ⅱ. ①小… Ⅲ. ①中篇小说-小说集-中
国-当代②短篇小说-小说集-中国-当代Ⅳ.
①I247.7

　　中国版本图书馆 CIP 数据核字（2013）第 304117 号

选题策划:马津海 邓芳　　责任编辑:张竞毅 唐嵩 韩新枝 刘升盈
整体设计:郭亚红　　　　　责任校对:曾玺静 魏红玲

出版人:李华敏
出版发行:百花文艺出版社
地址:天津市和平区西康路 35 号　邮编:300051
电话传真:+86-22-23332651（发行部）
　　　　　+86-22-23332656（总编室）
　　　　　+86-22-23332478（邮购部）
主页:http://www.bhpubl.com.cn
印刷:天津市泰宇印务有限公司
开本:787×1092 毫米　1/16
字数:383 千字　　图数:12 幅　　插页:2
印张:33
版次:2014 年 1 月第 1 版
印次:2014 年 1 月第 1 次印刷
定价:59.00元

小说月报·原创版
二〇一三年精品集

目 录

小说月报·原创版
二〇一三年精品集

目录

普玄小传

　　普玄,男,本名陈闯,1968年生于湖北省谷城县,毕业于华中师范大学,后读北师大作家班。曾做过教师、秘书、记者、公司经理,现任香港中国节会网总编。在《收获》《当代》《钟山》《清明》等杂志发表小说数篇,小说被《小说月报》《小说选刊》《中篇小说选刊》《作品与争鸣》等刊物多次选载。

资　　源

□ 普　玄

一

现在就出发吗?

总有一些突如其来的事情,刀片一样切入我们的生活,让我们随时准备出发。好,那就准备,不,现在就出发。

灰白色的凌志轿车行驶在高速公路上,汽车向南向南,从安徽铜都到江西萍水。开车的是一个年轻男人,坐车的是个年轻女人。开车的男人现在还不知道,他千里迢迢驱车送的美女,是去看望另一个男人。

现在就准备出发吗?扈成没想到女人真的会开口求自己,他一把拿起桌上的钥匙,心情激动地说。

现在就出发。杜安说。

他们就这样上路了。

轿车开进黄山风景区范围,两侧是连绵不断的山峦,迎面的是一个接一个的隧道,美景和屏障让开车人的心情逐渐舒缓过来,扈成才想起来问杜安。

你这么急着跑上千公里路,去干什么? 扈成问。

去看一个人,杜安说。她心里显然有事,心不在焉地欣赏高速公路两侧秀丽的美景。

扈成减了一点速。此前,凌志轿车一直在高速上呼啸,这条很少有人走的高速仿佛是为了证明他的车技, 他觉得开出了飞机那样呼啸的美好感觉。

去看谁? 扈成有一点不舒服感,车速又慢了点。

去看望我男朋友，杜安脑壳从车窗边侧过来一下，说，我没告诉过你吗？噢，对了，我没诉你……还没告诉你……对不起。

汽车越来越慢，缓慢地向右边护栏附近靠，最后停下来。

怎么了？杜安问。

扈成开门下车，没有回答杜安的问题，而是从车头包抄过来，沿高速护栏转到车身后面，一个一个踢踩轮胎。

车胎没有气了吗？杜安问。

有气，扈成重新转到车头，点一棵烟，说。

一辆大卡车呼啸而过，震得高速公路一阵颤抖，轿车车身也跟着颤抖。

快上车，太危险了，杜安说。

扈成重新启动轿车，车速却怎么也快不起来。杜安手里捏着一张交通地图，一边顺着地图找路，一边对着高速路牌辨认，嘴里不停地催扈成开快点。

能不能开快点呢，老扈？能不能再快点，老扈？

杜安喊扈成老扈，是从扈成他们班上学来的。全班人都喊扈成老扈，尽管扈成在班上年龄最小。他们这是一个成人的企业老板EMBA培训班，挂靠的是北京一所著名的大学，杜安是北京这所大学派来的带班老师。杜安是他们的老师，但比他们每个人都小。一个二十多岁，个子矮小的老师，面对的是一群从三十多岁到五十多岁年龄参差、高大粗横的学生，杜安却经营管理得很好。

大家既尊敬她又喜欢她。

能不能再快点，老扈？杜安又说。

扈成就再快一点，但是快过一段之后，车胎仿佛慢泄气一样，逐渐慢下来，等杜安催了，又踩住油门快一点。

好像走错路了。

杜安拿着地图，手指头在上面比划，说，老扈，我们好像走错路了。

杜安一个一个报沿路经过的地方，扈成往前看看高速上的指示牌，真的走错路了。

扈成停下来。

倒回去,倒回去,杜安着急地说。

开什么玩笑! 扈成说,高速公路上,能倒车吗?

杜安脸上焦急一片,说,老扈,你怎么会开错路啊。

扈成突然发火,说,路是你指的,你又一边催着快点快点,现在错了能怪我吗?

杜安被吓得愣住了,呆了一气,不敢回话。很久才口气软软地说,老扈,不催你了,好吗?

你男朋友为什么在萍水? 他是萍水人吗? 车子继续前行,速度加快了一点,跑平稳后扈成问。

不,他不是萍水人,他是湖北人,杜安说,我们那一届研究生毕业,只有萍水一个地方要公务员,其他的都是企业和学校一类的单位。

他为什么一定要当公务员呢? 扈成问。

我也不明白,杜安说,当时北京也可以留,但是是企业,他没有选。

扈成沉默了一会,又问:什么样的男人值得你这么跑?

他病了,杜安说,他最近心情不好,他本来是某个市长的秘书,但是不知什么原因,又被调到一个区里了。

他没病,扈成说。

没有病? 你怎么知道? 杜安诧异地说道,你又没见过他。

我敢打赌他没病,扈成说。

杜安掏出手机打给史昌庆——她的男朋友,打了一下,占线,又打了一下,还是占线,这样反反复复打了二十多分钟,史昌庆一直占线。杜安心里有点焦躁,脸上挂不住。

扈成脸上表现出一点得意,这种得意让杜安不舒服。

扈成说,除了所谓的生病,还有什么值得你这么急?

杜安又拨电话,还是不通,抬头说,你的意思是他有什么能力,有多少钱、成绩值得我这么去爱,是吗?

扈成说,基本上是这个意思。

杜安说,他目前还是一个普通青年,没有什么钱,没有车,没有房,一下子也看不出有特别能力。但是,这很重要吗?我们拥有纯洁的爱,这就够了。

扈成噎了半天,说,杜安,你什么意思你?

杜安显然生气了,故意说,我就是想告诉那些有房有车的人,纯洁的爱情是我们内心最珍贵的东西。

扈成明白杜安在气他,也气不过,想了一下,说,那好,杜安,我给你讲个纯洁的爱情故事,好不好?

杜安情绪一下高兴了起来,说,好,老扈快讲。

扈成说,我有一个女同学,她有一个男朋友,也和你一样相隔千里。她风尘仆仆地去看他。他不是假病,是真病,他得的这种病有传染性,他传染给了她。等男的治好了病,他去看望女的,女的却没好,又把病传染给了男的。他们俩就这样,你来看我,我去看你。你传染给我,我传染给你。

太感人了,杜安说。

纯洁吗? 扈成说。

太纯洁了,杜安说。

扈成笑了一下。

你笑什么?杜安觉得扈成笑得奇怪,想了一想,说,对了,结果呢?他们的结果如何?

结果还不知道,故事正在发生,扈成说。

正在发生? 杜安摸不着头脑,忽然想起来说,他们得的是什么病?

性病。扈成说。

性病? 杜安惊奇地侧头。

对,就是性病! 扈成说。

停车! 停车! 杜安声音很大地喊。

扈成在高速公路护栏边上缓缓停下。

没等轿车停稳,杜安猛地拉开车门,跳下车,又砰一声关上门。

干什么你! 扈成说。

不劳你大驾了,我自己走! 杜安说。

开什么玩笑!你走!你走到江西吗?你走到萍水吗?扈成变了脸色说。

对,我今天就走到江西,走到萍水,也不坐你这车了,杜安说。

一辆红色轿车从身边呼啸而过。

太危险了！快上车！扈成喊。

杜安已经朝前面走了。因为出发得太急,她只带了一个随身小包。从安徽到江西的高速公路,大多时候车都从崇山峻岭中穿行,高速公路下面,大都是悬空的悬崖。山风很猛地从斜谷吹来,把杜安的裙子吹起来,呼呼在身子周围飘,蓝色的裙子上面开满了纯洁的白色荷花。

太危险了！

扈成下车往前追,杜安在风中快步往前走,大朵大朵的白色荷花绕着她的身子朝前飘移。扈成追了几步,感觉不对,又折身回去,启动车子追了上来。

杜安！扈成说,太危险了！

危险不危险是我的事,和你什么关系？杜安的声音从风中飘过来。

杜安！不,杜老师！这样好不好,我刚才开玩笑,我只是开玩笑,我不该讲一个假故事骗你,我收回我的话,好不好？扈成说。

开玩笑？杜安说,你们这些——整天开着豪华车的人,你们这些有钱人,你们以为这个世界没有纯洁的感情吗？

扈成说,我收回我的话,我给你道歉还不行？

杜安说,你走吧,我今天不会坐你的车了。

杜安边说边加快步伐朝前走,扈成边说边压着车速在侧边跟,偶尔有过往的车辆,纷纷减速降下车窗朝他们张望,看这一对奇怪的组合。

两人你一句我一句,一个劝说,一个拒绝,始终达不成协议。

太阳早已落山了,从两边山脊中间放进来的白光逐渐暗淡,看着看着,白光逐渐消失。的确太危险了。

扈成停下车,看着杜安朝前方快速而倔强地前行,又好气好笑又无奈,他没想到这个小个子的人,平时在讲台上一直和和气气面带笑容的人,生起气来如此的倔强。

他看见了前面的一个指示标牌,上面写着,休宁服务区还有两公里。

扈成决定赌一把。

等扈成开着车子真的往前走了,杜安反而愣住了。她突然间腿软得不行,停下来,走不动了。

我真的要一个人走到江西,走到那个从没有去过的,叫什么萍水的城市吗?

她再次掏出手机给史昌庆打,一打占线,再一打,还是占线。天黑了下来。杜安站在黑下来的高速公路边,不知往哪里走。静下来之后,她一瞬间有点迷茫和眩晕,甚至迷失了方向。不知道哪里是前,哪里是后。甚至把两边的山峦当成前面的方向。四周是一片黑色的大海。不,大海没有这样的风!黑色的风,四周是一团团黑色的风!

求救?!

再次拨打电话出现占线的提示音后,她认定史昌庆的电话出了问题。

她希望这时候来一辆车,无论是什么车都行,但是这时候偏偏一辆车都没有。

求救?!

杜安拨打了一个电话,居然是爸爸。爸爸在北京温暖的灯光下,正在看电视。什么事?乖乖女?爸爸问。杜安的眼泪快出来了,但她极力克制住了。有什么用呢?我没事爸爸,问候您一声。她立即挂断电话。后面好不容易来了一辆车,那辆车减了一下速又迅速地跑了,他们认为碰到了鬼魂或是一个疯子。

她开始喊扈成。她辨认出了前面的方向,边跑边喊。现在只有扈成可以喊。扈成——老扈——王八蛋!——老扈——扈成。

杜安在黑暗中被一把抱住。杜安从海底深处,梦魇深处尖叫了一声。

扈成说,杜安,不要怕,是我!

杜安说,你是谁?

扈成说,我是扈成,老扈啊!

杜安拼命挣扎,扈成紧紧拉住她,让她挣扎不动。扈成说,你刚才不是在喊我吗?

杜安口吐细沫,说,我喊你?喊你了吗?扈成紧紧抱住她,怕她挣扎到路上。

杜安反复挣扎,嘴里急得含糊地说扈成是流氓。扈成烦躁而紧张,折腾出一身汗,说,杜安,你要是再胡闹,我真要耍流氓了。

杜安一下老实了。

老实以后的杜安彻底瘫软了，也许是刚才跑得太累，也许是受了惊吓。扶都扶不住。扈成像端豆腐一样地把杜安抱着平端上车，看着她小猫一样缩在副驾上。扈成呆了半天，咽了口气，给杜安扣上安全带，起程出发。

杜安哭了一路，一会抽泣一会睡觉，偶尔尖叫一下，醒来看看，然后坐起来，呆呆地看着前方的路。

谢天谢地。终于到了萍水。终于到了史昌庆所在的湘东区。终于到了他所在的单位。

下高速进市区的时候，杜安坐正了身子，她完全清醒了。她看看时间，已经凌晨了。

谢谢你，清醒后的杜安充满歉疚，真诚地说。

扈成没有回答。他必须直视前方。因为开车时间太长，他的眼睛已经受不了了，一直要流泪。

谢谢你，真的是……老扈，车停在史昌庆的单位门口，杜安说，我不该和你闹，你那么辛苦，我当时只是受不了你说的什么"性病"那些话。不说那些话好吗？

二

真实感往往是通过坏事情提醒和抵达的。譬如史昌庆。在发现性病之前，无论是半夜见到杜安，还是之后两个人的温柔缠绵，包括眼前的酒宴，他都觉得虚幻，不真实。但是，就这么一下，周边的一切都真实起来。

史昌庆正在喝酒。喝着喝着，他觉得身上有点怪。怎么怪了？说不清楚。有什么怪虫子在身上爬。他从酒席中间抽身上厕所，掏出生殖器。他吓了一跳。再笨的人都会明白自己得了性病。

像是被钝器袭击了一下，史昌庆晕了片刻，随即清醒了。眼前的一切都真实起来了。是的，他心爱的杜安真的来了，现在就坐在他的身边。送杜安来的是扈成，现在坐在他的对面。天知道这个远在铜都的地产佬怎么在萍水还有朋友，都围着酒桌吃喝说笑。

这是萍水市湘东区，外面是嘈杂喧闹灰尘弥漫的城街中心，一辆一辆拖煤的卡车从破损颠簸的街上穿过。酒楼里面,人群拥挤,每个房间都爆满。从充满灰尘的大街上钻进酒楼就能大吃大喝是这个区域的特色。

这一切都是真实的。

史昌庆一滴酒都不敢再喝了,坐在椅子上,下身像被一只老鼠夹子夹住了一样,一直往后缩。

你怎么了?杜安问。

没事,没事,我挺好,史昌庆一边说,一边把收缩的臀部和后腰坐直。

酒席继续在闹。扈成的几个朋友,反复地劝大家喝酒,边劝边说笑话,酒桌上笑闹一片。史昌庆此前一直在喝酒,他的酒量很大,这得益于他每天跑步的习惯带来的健康的身体。现在他不敢再喝了,一会找一个理由去倒水。

他心急如焚,对性病的恐惧袭击着他的每一只发根。

杜安的真实感是在梦中扯醒的。返回的时候,杜安倒头就睡,她太累太困了,扈成如何拐上的高速,如何过一个一个的县境和路牌,她都不知道。她一路在做梦,梦见一些混乱的东西,梦中有一根什么绳索扯她,把她扯醒了。

慢一点慢一点。

其实没等杜安喊,扈成已经慢了。

再慢一点,杜安说。

扈成缓缓地逐渐慢,干脆靠右停了。

这地方怎么这么熟悉?两边的山岚?大块大块的绿色?一缕一缕的白光?一股一股的山风?

不单杜安,扈成也认出来了。

这就是昨天那个地方!休宁,这个叫休宁的地方!安徽边上的一个县,前面不远,是一个服务区。

山风顺着阳光一股一股地扑过来,真实感被扯动着,随着山风 ·起迎面而来。

这一切都是真的。

昨天下午和晚上,他们狂奔了上千公里,去看一个人,这是真的。

她和扈成在这里吵了架，她一个人在危险的高速公路上，如沉大海，如一只黑色海洋深处的鱼，这是真的。

她只是在萍水待了半天就迅速离开，这么快就回到了这个地方，这也是真的。

杜安顺着高速公路路肩往前走，指示牌提示前面的休宁服务区只有两公里。她的步伐不再急切，速度舒缓，目光柔和。随身的小包斜挎在肩上。风吹起她的蓝白裙子，温和的阳光在白色的大朵大朵的荷花上跳跃。

杜安缓缓往前走，扈成尽量压着速度右靠着路肩缓缓跟着，他们就这样走了两公里，一直走进休宁服务区。

她已经离开了萍水，离开了史昌庆，这是真的。

因为看清了是真的，反而觉得不合情理，不可信。怎么那么快就分别了呢？从凌晨到午后，也就半天的时间。客观上是她有工作，是带班老师，是偷着跑出来的，没有请假，但是如果有特殊情况，这一切都不是不可打破。

就这么匆匆而来，匆匆分别吗？

说到分别。没有那种场面，譬如相拥而泣，譬如无语凝噎，譬如追着车子跑……车门一关，启动了。史昌庆当然挥了挥手，但是这种挥手好像有一种急于让她走的成分。

太不合情理了。

休宁服务区有很多人，长途奔波的人们在这里加油，上厕所，购物，或者抽一棵烟。杜安坐在长满绿色植物的花坛沿上，吹着山风发呆，想史昌庆分别时候的一切举动。

他怎么像是什么事都没发生呢？

杜安知道，不是什么事都没发生，而是发生了一些深刻的事情。

杜安打开随身小包，从里面掏手绢。她的手颤抖了一下，她把手绢捏在手里，不敢打开。

手绢上记载着这次萍水之行发生的深刻的变化。

上面有她的处女血。

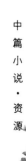

扈成这时候从厕所出来，点一棵烟，在离她不远的地方抽一口吐一口。

他很忙，杜安突然说一句。

谁，谁很忙？扈成说。

史昌庆，我男朋友，杜安说。

扈成没接话，他把烟头扔在离杜安不远的地上。杜安愣了一下，浑身突然一烫，仿佛扈成烟头不是扔在地上，而是扔在她身上。

他很忙吗？杜安心里想，我说给谁听呢？

杜安把手绢捏住，很用力地捏住，然后松下来，很用心地打开随身挎包，找一个不放东西的夹层，把手绢放进去。

杜安想起扈成来时说的三句话。史昌庆没生病。千里迢迢来看一个男人的原因。还有性病。

扈成说对了第一句，史昌庆没生病，他健壮着呢! 早上，还是一如既往地早起和跑步。

扈成问的一句，什么样的男人值得她——杜安千里迢迢跑去看？

这也和跑步有关。

起码表面和导火线是这样。

当时，全校开运动会，史昌庆报名参加最艰苦的一万米比赛。他跑步的样子让全校所有在操场的人笑得前仰后合。别人是自由摆臂，左右胳膊交错，他却把两只胳膊竖在胸前，簇拥着两只拳头，然后摇动鲜花那样边摇动拳头边跑! 多么奇怪的姿势啊! 多么可笑的姿势啊!

当时，全班的新生二十多人，只有史昌庆和另一个女生来自基层农村，一般的农村基层村镇，考上地方大学就不错了，哪有机会考上北京这样的国家级学府呢？班上的人在下面议论:这哪儿来的小伙子啊! 跑这么丑啊! 哪儿的人跑步这样？少数民族？不是吧……

史昌庆就那么奇怪地，可笑地跑着，一直坚持，一圈一圈。

他那丑陋、可笑、奇怪的跑姿，可怜的样子扯动着一个女生沿路给他呐喊和送水，就是杜安。这作为爱的基础，不够吗？男人和女人的联结有时只需要一个简单的理由就够了。

扈成说的故事，关于性病。杜安想，不管你扈成多么神，多么厉害，你永远不会对。

史昌庆正在和一个暗娼吵架，愤怒的史昌庆挥着拳头，正要砸向面前的暗娼。

小诊所里的医生制止了他。医生拍一拍他的肩膀，把他叫到隔壁狭小的药房里，说，小伙子，她们这种做"小姐"的，背后都有保护人，你真敢打她吗？

史昌庆只好收回拳头。

医生就在狭小的药房里扒开史昌庆的裤子，捏住他的生殖器，皱了一下眉，说，急性淋病，什么时候的事？

史昌庆说，今天早上。

医生说，早上？那你喝酒了？

史昌庆说，对，中午陪了客人。

医生说，绝对禁酒，你这太严重了。

史昌庆说，治得好吗？要多长时间？

医生说，没问题，要一个星期。

史昌庆就在狭小的药房里挂上吊瓶，在一个粗糙的木头箱子上坐下来。刚一坐下，他又立即站起来。

医生，他看看病房里没有人，询问说，我女朋友会不会染上？

医生说，和你女朋友接触过……那个没有？

史昌庆说，是。

医生说，肯定传染。

史昌庆急忙掏出电话，准备给杜安打。他此前完全被愤怒淹没，忘了给杜安电话。杜安刚一离开，他就跑去找这个暗娼算账，一直从黑暗的住处寻找到这个黑暗的诊所，现在他清醒了一点。

杜安，你好吗？史昌庆捏住电话说。

我很好，你也好吗？杜安说。

我……我很好，史昌庆说。

史昌庆不知道该说什么，只好挂了电话。

史昌庆呆望着头上的吊瓶，呆望着药水一滴一滴往下掉，心里祈祷着，寄希望于杜安不会有事，根本不会传染上。医生又进来几次取药，他又探问一下性病传染的细节和医学知识。他越探问越明白，这种奇迹几乎不可能出现。

怎么办？

有什么办法既让杜安治疗又不伤害他们的爱情？杜安杜安，为什么恰巧这时候来？史昌庆用拳头打自己脑壳。为什么？为什么我非要她来？

药水一颗一颗往下滴，每滴一颗，史昌庆都会产生一个念头。一个又一个的不断的念头冒出来。急中生智是他这个农村出来的名牌大学生、研究生的特长，也是他这个曾经的市长秘书的素质。一个念头否定另一个念头，一个念头补充和创新另一个念头。药水滴完之后，史昌庆已经思考出一套完整的方案。他先在街上找到一辆出租车，谈好价格，留了电话，又到银行里刷出钱，然后给扈成打了一个电话。扈成刚刚到，刚刚送走杜安回到办公室。在电话里，他感谢扈成千里迢迢送杜安来，并表示近期一定要当面致谢。扈成！唯有扈成才是解决整个问题的关键！唯有扈成，才能既让杜安去治病又不伤害他和杜安的情感！唯有扈成，才肯做这种……这件事！他算准了！他决定赌这一把！虽然他们只见过一面，只见过短暂的一个饭局的时间。

都办完了，又是夜半了，史昌庆坐在床前，一直等待杜安的电话信息。以他对杜安的了解，他知道杜安会来电。或者说他更希望这个电话不来，那说明杜安没有传染上。他希望有奇迹。

等到天明电话都没来。

但是上午刚上班不久，杜安电话就来了。

你好吗？杜安说。

我很好，史昌庆回答。

你的身体怎么样？有什么……变化没有？杜安吞吞吐吐地说。

没有，有什么变化？没有，我很好。史昌庆心里明白了，立即打电话让出租车过来。

三

从学校到医院,有五站路,杜安没有坐公共汽车,而是选择步行。在铜都这个不足八十万人口的全国最小的中等城市,她常常选择步行。一方面是想锻炼一下身体,另外一个方面,她学的专业方向,选择的研究课题,就是像铜都这一类的资源枯竭型城市。她工作的大学和铜都的一所大学联办EMBA培训班,很多老师都不愿在这么远的地方常驻,但是杜安愿意,这是一个直接动因。

穿过铜都广场,走到铜都公园的塑像前。公园在城市中间,邻近公园的是城市湖泊。一个中等城市中间有一片湖泊,这个城市无论怎样都是可爱的,更何况这片湖泊的周围都是以铜取名的景致和地名。这个城市历史上曾经开采过三千多年铜,冶炼过无数的兵器和器皿。谁能证明哪朝皇帝祭祀的宝鼎不是这里冶炼的呢? 谁又能证明那些著名的刺客使用的青铜宝剑不是这里铸造的呢?套用当下的一句广告语说,如果不是铜都冶炼制造的,也是铜都出产的铜冶炼铸造的。所以,这个以铜闻名的城市,几乎和每个朝代的大事都息息相关。

现在,据可靠资料披露,这个以铜闻名的城市,铜快开采完了,换句话说,铜总有开采完毕的那一天。国家发改委公布的资源枯竭型城市名单中,铜都是第二批。铜都也逐渐从历史的刀光剑影中走出来,显示出另一种面貌来。

杜安用研究的眼光来打量这个城市,这个城市的一切都带有资源的痕迹。比如说,现在,早上八点多,很多城市正是人群熙攘上班拥挤的时候,铜都却马路清静,除了公务员和学生,大多数的市民,特别是生意人,都起得很晚。过晚的夜生活让他们的太阳晚起。用铜都当地一位市民的话说,他们的作息时间表和远在几千里外的香港同步,早上十点开始,夜里两点结束。比如说街上的车辆,到处都是宝马、奔驰、宾利、保时捷这一类名车,比北京上海这一类国际化都市都不差。用铜都某一位交警的话说,哪一天街头堵了车,那就好看了,堵在街头的名车简直就成了国际名车博览会。

这一切都是怎么形成的？离得开铜吗？

医院干净整洁，患者来往安静，一如这个城市的各个方面，街道，林木和学校。这个不足八十万人口的城市居然有六家上市公司，其中有三家和铜有关。铜都人最熟的词是什么？套用现在流行的网络用语，铜都的关键词是什么？首先是"转型"。铜都地下的铜已经不多了，但是铜都仍然很富。没有铜可以去开采外面的铜啊，包括外省甚至外国，只要使用铜都的品牌即可。用这样那样的种种方式，铜都继续快速前行。

排队，挂号，诊断，化验，等待。在干净安静的医院二楼，杜安心情舒畅地关注着一楼大厅的患者逐渐增多。

化验的结果当然出人意料。

淋病。

杜安以为拿错了化验单，但是在诊断室和化验室之间反复核对后，她知道没有拿错。杜安的脸很烫。从拿到化验单后一直很烫。她仍然坐在那里看一楼，很久很久。

她搞不明白发生了什么。

她给史昌庆打了个电话。史昌庆说没事。那一定是哪里出了事。

她是一个大学老师，这个医院干净而安静，这一切让她选择了沉默。她显然已经相信了诊断。她一直相信科学。她需要想明白这一切究竟怎么回事。

一个一百多平方的办公室，靠墙是一排书柜，书柜前面是一张大办公桌。但是主人并不经常坐在这里，因为大办公桌对面很远的角落，有一个小办公桌，上面放着一台电脑和几本书。在小办公桌附近，有两个男人，扈成和史昌庆。他们显然已经谈了很久。

谈出了事。

你是说，杜安，她得了性病？扈成说。

是，史昌庆说。

会不会搞错？扈成说。

我当然希望搞错，但是……史昌庆说，估计不会。

你是说,你不知道自己怎么染上的性病? 扈成说。

对对,史昌庆说,我前几天都还好好的,就是你们去——你和杜安到萍水去,前后那个时候,我被染上了。怎么会染上? 我还在调查,我没在哪些地方随便坐过啊。

你骗鬼吧,扈成正要抽烟,抖了半天抽不出来,干脆把烟盒扔了。

千真万确,史昌庆说。

你是说,你让我来帮助杜安? 扈成说。

对,史昌庆说。

你既然是无意染上的,那你为什么不主动跟她说? 扈成说。

不能说,史昌庆说,她这个人,我了解……

你怎么了解? 你如果直接和她说,诚实地和她说你无意中染上了性病,会有什么后果? 扈成问。

这个……这个……史昌庆说,会有很多后果……很多……

你怕失去她? 扈成说。

对,单单失去,我难受,也就罢了,史昌庆小心地选择着措辞,但是我怕她对这个世界,对男人,对生活,都失去信心。

噢? 扈成说。

我就这么想,史昌庆说。

这么说,你不是为了自己? 扈成说。

对,我是为了杜安,她现在……我太不忍心了,史昌庆低下头,揪住自己的头发,说。

你真是个人物,扈成说。

扈总,扈大哥,求求你了,史昌庆说。

奇怪了,扈成说,我们只见过一面,也就短短的一顿饭时间,你怎么认定我会帮你?

我认定了,我相信扈大哥是一个侠义的人。史昌庆说,我们不能让杜安受罪,是不是?

那倒是,我侠义不侠义先不说,但是首先得立即让杜安去治病! 这里面有一个难题,既让她治病又不要让她知情,让她对爱情,情感,男人保持基本的好感,是不是?

史昌庆说，对，就是这个意思，太对了！一下子就说到点子上了。

你认为只有我来说，只有我是最佳人选？扈成说。

不，是唯一人选，史昌庆说。这种病，还能给别人说吗？再说，只有你陪她去了啊！最关键的，扈大哥是一个侠义的人啊！

扈成朝天花板望望，四周又望望，说，还真只有我了，呵。

那我怎么给她说呢？扈成说。

这是问题的关键，史昌庆说，你们出发去看我，回来她就得了病，除了和我在一起，那就是路途，我们朝路途上想。

路途？路途怎么想，路途我们都在车上啊，扈成说。

对，我们就朝车上想，我问了医生，医生说随便坐错了地方都会传染，她又穿的是裙子，特别容易。

扈成说，你的意思是让我说在我的车上传染的？

史昌庆说，扈大哥，求求你了。

扈成说，那照你这么说，我的车上有性病，病源应该在我这里，我就有性病，是不是？那照你这么说，我如果这么说了，你没有得性病，得性病的是我了，是不是？那照你这么说，传染给杜安的不是你，而是我了，是不是？

那照你这么说，杜安的男朋友没传染给她，一个送她去看她男朋友的人传染给了她，是不是？

那就奇怪了，扈成点一棵烟，吐一口怪烟圈，说，那我既然传染给她，为什么就不能是她男朋友啊。

史昌庆无地自容，结结巴巴，说不出话。

史昌庆沉默。

扈成说，你给我说实话，说了实话我就答应你，不食言。

史昌庆说，我无意中玩了小姐。但……

史昌庆还要再说，扈成抓起桌子上的烟灰缸朝他砸来，他头一侧，砸到肩膀上。

整个下午和晚上，杜安都在思索自己的萍水之行。她是一个大学老师，硕士毕业正在边工作边读博士，她对性病没有了解，但不是完全一无所知。下午她坐在寝室，晚上出去街上行走，仰望了一会星空，整理了下思路。体内的变化是明显的，她上厕所越来越频繁。千万只虫子在体内撕咬，这也是明显的。

问题出在哪里？

当然出在萍水。路上不会出事。应该怀疑和检索的是史昌庆，但这也是杜安最不愿意去想的，一开始想心里就隐隐作痛。

不去想史昌庆，还有哪里呢？

时间很短，情节很简单。萍水这个地方，和铜都有一点类似，就是处处充满资源的痕迹。区别在于一个依靠铜，一个依靠煤。史昌庆所在的湘东区有个顺口溜，最穷的政府，最富的私人，最空的城市，最满的酒楼。煤被煤老板挖空，拉走，卖到外地发财。资源费交给了国家，这个地方得到了什么呢？得到了满山的荒废矿山和满城的灰尘。当地稍有地位的公务员和稍有钱的人，宁可每天跑几十分钟的车上下班，也不愿意住在这里。

这一切都是煤带来的。

但是和性病有关系吗？

那就是史昌庆了。

轿车到达时已经夜间，在史昌庆的单位门口，勤劳的老门卫指一间宿舍，那就是史昌庆的宿舍。

房间凌乱，充满酒气。史昌庆斜躺在床上，手里的电话还在充电器上插着，头发凌乱，如同猩猩。

对，猩猩。没有比这个词再恰当的了。

门没有关上，杜安推开门，眼前就是这么一幅情景。

街道静谧，繁星满天。带着性病散步和平时散步很不相同，身体里暗流涌动，步子也有明显的方向性。她不知不觉散步的方向是扈成办公室这个方向。是的，这个神秘如巫师一样的人讲了一个性病的故事，没想到乌鸦嘴一张，倒应验了。

杜安好像看见了史昌庆？

杜安不知不觉走到扈成的办公楼下面。这里离她的宿舍有八到十站的路程。她走了这么远吗？

她看见了史昌庆！

她看见史昌庆从扈成的办公楼跑出来,竖起双拳跑,折身弯过楼角,朝一辆出租车跑。

她张口准备喊,但是没喊出来,出租车已经开动了。

他那种独特的跑步姿势谁也模仿不了!

你在铜都吗?她立即掏电话打。

在铜都?……怎么会呢?史昌庆说。

四

两个吊瓶悬在头顶,吊瓶下面低头沉默的人在治疗性病。在相隔近千公里的铜都和萍水,场面惊人的相似。同样是狭小的黑诊所,同样是两个不说话甚至怒目仇视的男女,同样是用非正规支架挂着的吊瓶。

史昌庆没想到来黑诊所治疗性病的人有那么多,小小的一间房,座椅早没了,地上蹲的,角落站的,都以奇怪的姿势悬在吊瓶的下面。医生再次把他安排进狭小的几乎插不进脚的药房,那里早有一个女子屁股欠着半边坐在一个破箱子上打吊针。他一看,正是让他得性病的那个暗娼。

史昌庆不愿意和暗娼挨着一起打针。她是什么人?我是什么人?他把医生拉到药架边说,我被她害惨了,没揍她算便宜了。

性病面前人人平等,医生说,我只有这个条件,如果你嫌弃我这里不够档次,请你到正规的大医院去。

史昌庆不愿意到正规大医院去,只好也欠着半边屁股,坐在箱子的另一边打针。

铜都这边稍微好一点,起码有椅子坐。再次确诊一次,经历了很多很多流程和麻烦之后,杜安最终同意扈成的安排到私人诊所治疗。但是小诊所里人也照样多,一个一个进来出去的人,要么鬼鬼祟祟,要么满脸羞愧……杜安在进去的那一刻立即想走。但是扈成很快就摆平了。他把医生叫过来,塞了一沓钱。医生于是不再接一个新病人,同时把已经吊上针的原有病人,都移到另一个房间,专门腾出一间空房给他们。

药水一滴一滴慢慢滴着,心情也逐渐平稳下来。平静下来的史昌庆和杜安,都开始想对方。

杜安打上针了吗?史昌庆想。

杜安现在相信了是在车上传染的性病。那么,是在去萍水的路上传染的,还是从萍水回来的路上传染的?如果是回来的路上传染的,那还好一点,如果是去的路上传染的,会不会传染给史昌庆?

杜安掏着电话要打给史昌庆,史昌庆却打来了。

你在干什么?史昌庆问。

我在打吊针,杜安说。

打吊针?你怎么了?史昌庆似乎很不放心地说。

我想问你一下,你好吗?身体……好吗?杜安说。

我很好,一点病都没有,史昌庆说。

杜安放心了一点,说,我没事,只是……有点小感冒。

史昌庆说,我想你了。

杜安说,我也想你了。

他们都想着对方,但是,他们都明白,现在说的想,和很久以前通电话所说的想不一样了,有了很深刻很具体的内容。这就是萍水之行带给他们的变化。

轿车开了上千公里,开到了萍水,开到了史昌庆的单位门口,他都还不知道。他压根儿不相信杜安真的会来。他中午喝醉了,醉后先给杜安打电话,再给汪春兰——他的母亲打电话。他给汪春兰的电话一打打了几个小时,电池都打光了,插上电还在打。一直打到他说不动话,睡着了才没打。

杜安在门口碰到敬业的老门卫,一听说找史昌庆,老门卫指指门院里面靠角落的一排二层小楼,上面有一间亮着灯开着门的房间。

他每天都这样,老门卫看出了杜安的诧异,说,这个大小伙子,自从到这里来,每天都这样,白天喝酒,睡觉,晚上——有时是整夜,不关门,开着灯。

史昌庆突然坐起来,杜安吓得尖叫了一声。

她仿佛看到了一只猩猩，红着眼睛，蓬乱着头发，迷蒙呆滞地盯着她。

怎么会这样呢？怎么会这样呢？

一张条形桌，上面一只台灯。靠条形桌下面，是一只箱子。这几乎是这个房间的所有家当。没有椅子。杜安连坐的地方都没有。墙角一只白酒瓶，已经喝掉接近三分之二，白酒瓶旁边，倒着十几只啤酒瓶。屋子里充满着刺鼻的酒气和怪异的臊味。

因为是夜半，杜安不能看见外面的环境，凌空的几十座烟囱，过去开采的煤坑和正在建设的目前还相对凌乱的陶瓷新城。

一个北京著名大学毕业的研究生，怎么会生活工作在这种环境呢？

杜安想帮史昌庆打扫一下，但是她找不到扫帚，她很快地收拾着桌上和地上的凌乱，笔，书本，白酒瓶和啤酒瓶。还有那只箱子，这只箱子史昌庆上学时就在用，一直带到这里。

史昌庆显然有点摸不着头脑，他斜躺在床头，两眼猩红，在那里傻笑。

笑什么呢？杜安说，快去打水啊。

史昌庆回过神来，跌跌撞撞端起盆子朝门外走廊尽头的水龙头前跑。

史昌庆接了一盆清水过来，杜安已经把房间简单收拾了一下，变得整洁有序了。特别是床单，实在没法换，她只有把它翻了一个面，然后，跪在上面，一寸一寸扯平整。

杜安正在扯床单，扯到床对沿，看见史昌庆把一盆水端进来，手足无措不知道放在哪里的样子。杜安那一刻下定了决心，决定把自己的身子给他。她当时抬了一下头，看见史昌庆眼睛里的东西。激动和乞怜？一种令人心痛的揪心的东西。这种令人心痛的揪心的东西撞击了她。

这种疼痛揪心和当初看见他奇怪的跑步姿势一样，只是程度更深，更尖锐，更发自肺腑。

别担心，我爱你，杜安边跪着扯床单，边对低头放盆子的史昌庆说。

史昌庆的眼泪流出来。

别哭，我爱你，杜安说着，自己的眼泪却出来了。

接下来的时间，一直到早上，他们都一边说不哭，却一边哭，一边说爱。

但是史昌庆却力不从心。杜安一次又一次地打开，把自己毫无保留地献给他,史昌庆却怎么都进入不了。

史昌庆和杜安恋爱了三年,史昌庆有很多很多次想要杜安,也有一些不错的机会,但是杜安是一个家教很好,自己也相对保守的人。但是今天杜安主动给他,他却要不了,一次又一次失败了。

一身大汗。

我没用了吗?史昌庆说。

你太紧张了,杜安说,太困了,先睡吧。

杜安刚睡不久,鸡就叫了。史昌庆每到这个时候,都要出去跑步,这是他从初中到现在养成的习惯。

杜安正睡得迷迷糊糊,史昌庆跑步回来。她感觉到了史昌庆的动作和体重。这一次史昌庆成功了。杜安尖叫了一声。

之前发生的一幕杜安没有看见,也无法想象,任凭她多么丰富的想象力。包括史昌庆。他一骨碌起床,换上跑鞋,出门去晨跑,他无法想象接下来发生的事。

史昌庆开始晨跑。他的身材高大,健壮有力。双拳拥在胸前,敲击鼓点一样向前。上身是红运动短衣,下身是红运动短裤。从单位宿舍开始,往山间深处的陶瓷工业园跑去。反方向是两条通向高速的交叉国道,现在已经有往来的运煤车。这个城市处处都是煤的痕迹,街上,路上,空气里,无处不在。煤即将挖完,现在在利用陶瓷土,据说全国工业陶瓷的三分之二出在这里。这是这个城市的转型方向和主要利润点。陶瓷土挖完了呢?那是下一代人思考的事情。

陶瓷工业园依靠丘陵山头而建,这显示出新时期的要求和规划人员的匠心。不再破坏植被推平一个一个山头,而是利用山头建筑房屋,山沟间修建连通公路。但是目前还没有成形,招商引资和迁建正在进行之中,先期的煤老板和现在的陶瓷老板在这里混杂和穿梭。有钱人一来,什么都会来。

嘿,小伙子,史昌庆折返的时候,听到有人在喊。

你喊我吗?史昌庆缓下步伐,停下来。他看见一个年轻女子,站在一棵树下,正在晾衣服。

这里还有别人吗？年轻女子问。

现在，我们已经知道了，这个年轻女子就是导致史昌庆和杜安染上性病的暗娼。她租住在这棵树旁边临时搭建的矮平房里。她刚刚被一个煤老板包了夜回来。

史昌庆看看周围，没有别人，才知道真是在喊他。

我看了你几天了。暗娼说，整个工业区，每天跑步的人就你一个，你天天跑步，跑步有意思吗？

有意思，史昌庆说，如果形成习惯，就会离不开，一天不跑都难受。

暗娼咯咯笑，说，这个陶瓷工业城能起这么早的，一种是你这种围着山头傻跑的人，一种是我这种做夜间生意的人。

史昌庆说，正准备问你怎么这么早呢，什么夜间生意？

暗娼说，我们的生意是夜里陪人睡觉。

史昌庆知道碰到暗娼了。

暗娼说，小伙子，我看你这么健壮，每天跑步，你一定很厉害吧。

史昌庆本来准备离开，这句话把他拉住了。从出发开始，一直跑到现在，他一直在思考夜间的一次次失败。我不行了吗？我怎么就不行了呢？

我不厉害，史昌庆说，我……

不，暗娼说，谁都没有我看男人的眼光独到，不信咱们试试。暗娼说着，手便伸向史昌庆的红色短裤。

史昌庆没想到剧烈反应起来。

暗娼的尖叫在树枝间回响，四周都没有人。太阳被暗娼一声一声尖叫着喊到树杈中间。

五

杜安左手扎着针头，右手举着吊瓶去上厕所。这个小诊所的厕所没有挂瓶子的支架，她只好把瓶子朝两个蹲位之间的水泥台上搁，但是没搁稳，快要滑掉的时候被便池那边的一个小护士接住了。

杜安连忙说谢谢，举着吊瓶往外走，刚走到注射房门口，忽然想到自己还没解手，又折返往厕所里走。这时候又进去了一个小护士。厕所只有两个蹲位，杜安只好站在门口等待。她听到两个护士在议论她。

一个护士说，哎，知不知道，那个男的根本没病，他陪着那女的打的是假针。

另一个护士说，我也是刚才在药房听说的，他为了陪那女的，自己打几瓶氨基酸。

护士说，这个男的太好了，女人得了这种花病，他不去打不去骂，还这样陪她打针，真让人感动。

另一个护士说，我也感动，估计他怕伤这个女的自尊心，才说自己也得了。

杜安听到这儿，愣了一下，回头看看，诊所里打针的人都走光了，静悄悄的，只剩下扈成和她两个了。那两个护士议论的，只会是他们两个。

扈成头歪在椅子上正在睡觉。头上的吊瓶中药水在悠闲地滴落，吊瓶下的他打着轻微的呼噜。

起来起来，杜安摇扈成胳膊。

扈成醒过来。

我问你，杜安说，你打的是什么针？

扈成睁开眼，摸一把脸，说，治病的针啊。

杜安说，你治什么病？

扈成说，什么病？还用说吗？

杜安说，你骗鬼去吧。

扈成说，怎么了？

杜安说，告诉我真相。

扈成说，什么真相？

杜安说，你根本没病！天下有这样的事吗？把性病——这种病加到自己头上？

扈成不知道杜安从哪里知道了他这个把戏，还继续抵赖。

如果不是扈成车上传染的，会是从哪里传染的？

那么最直接的可能应该是史昌庆。

如果是史昌庆传染的，扈成为什么要出来承担这种不光彩的责任？

如果是史昌庆传染的,那么,这种隐私病,扈成怎么会知道?

这个病,到底是从哪里来的? 这两个男人,他们在搞什么?

…………

告诉我真相! 杜安声音提高了一点。

扈成笑一笑,说,有什么真相呢?

必须告诉我真相! 杜安说。

你现在有病,有病必须治,这就是真相,扈成说。

杜安高声喊:医生,医生!

医生跑过来,说,什么事。

杜安说,把针拔掉。

医生说,还没打完啊。

杜安说,让你拔你就拔。

医生看看扈成,扈成点一棵烟在抽,医生愣在那里,不知道该怎么办。

杜安自己动手拔,扯得动作太大,头上的几个瓶子咚咚相撞,医生和随后赶来的护士手脚慌成一片。杜安手背上的血渗出来。她用手按住,冲到病房外。

小诊所在城郊,院子前面一段废旧铁轨,是当年运输铜矿的遗迹,现在上面长满了青草。杜安从诊所冲出来,冲出院子,顺着铁轨往前面跑。但是铁轨有多长? 两边的青草逐渐深起来,前面是不知方向的远方。她不敢跑了,只好站在铁轨上面的青草上,哭出声来。

她觉得这短短的几天内,自己已经陷入了混乱。她看不清生活,也看不清人了。

扈成。我是该信任这个男人还是怀疑这个男人?我应该感激这个男人还是痛恨厌恶这个男人?

还有史昌庆。他是应该恨还是应该去爱?是该怀疑还是该信赖?如果怀疑,依据是什么? 如果不怀疑,这么残酷的事情怎么解释?

事情突然变得简单而清晰起来。因为杜安的手摸到了随身挎包夹层里的手绢。她颤抖了一下,随即安静下来。安静以后的杜安觉得这件看似复杂的事情一下子简单而清晰起来。

这件事和扈成有什么关系呢?他只是一个帮忙的人,无论是不是在他车上传染的,无论他是以什么方式什么心思陪着她打针,这都不重要。重要的是史昌庆。史昌庆在这个过程中的一切极为重要。

那么,只要把这个手绢拿去化验一下,不就什么都明白了吗?

杜安站在废旧的铁轨上,铁轨一端,通向无名的远方,铁轨的另一端,长满了青草。

如果化验出了问题,……杜安的心里再次颤抖一下, 那是她的处女血,她的处女血中含有病毒,怎么办?

怎么办?

不会!

不会!

不会吗?

怎么办?

…………

杜安,你怎么办?

这个男人,他是我的男人! 杜安仿佛再次看见史昌庆眼光中的东西,端着一盆水站在床边的样子,受伤而可怜。心痛而令人辛酸的内容。

她下定了决心。

首先治病,扔开这件事。无论如何传染上,都不是最重要的;治好病,向双方家庭公开恋情。帮助他! 才是最重要的。

六

一个以生产铁矿闻名的小镇的下午。太阳还高,时间还早。春苗和豆豆,两个问题女生逃课出来,坐在镇边的一家台球桌上看行人。这个镇有一个怪怪的名字,叫汀祖,是史昌庆的家乡。汀祖镇的下午行人稀少。每个人都很蔫,像晒软的气球。远处有小型钢铁厂铸造的锐利声音,气氛枯燥沉闷得让人尖叫。

四周没有一个人。桌球老板跑不见影了。春苗和豆豆一开始在打桌球,两个人球技都很臭,打着打着,两个人都很乏味了。接下来干什么呢?她们不知道。过剩的精力和大把的时间让她们找不到出处。她们故意大声说着话,但是说着说着,声音越来越空洞。话就间隔性地止住,像刺破的气球。

我想炸了这个破镇,春苗说。

我也想炸了这个破镇,这个全市,不,全国,不,全世界最破烂的汀祖镇。豆豆说。

对,春苗说,我只是找不到放导火线的位置,这个破镇太分散了。

我也找不到,恐怕连炸药们都不想来炸这个破镇,豆豆说。

她们都笑起来。

她们两个是鄂东市职业中专的学生,三年级了,都回到镇里实习,学的什么专业恐怕连她们自己都不知道。

巨型大卡车开过来几辆。汀祖镇的人都叫这种车"巨无霸",是专门拉铁矿石的车。一辆一辆空车而来,一车一车满满的铁矿石拉走。白天,一辆一辆小轿车载着开矿的富人过来,还不到傍晚,富人们像飞镖一样,会赶在黑白切线出来之前,嗖嗖嗖,一只一只飞走。

有一些人却永远走不了。

像春苗和豆豆,她们的爷爷奶奶,父亲母亲,一直到她们。

总要干点什么。

原来有很多年轻人,每天下午都聚集在高速公路口。他们在高速公路口撒钉子和角铁,刺破那些来来往往的拉矿车和矿老板的轮胎,后来没人干这个了。公安机关抓走了几个不说,"巨无霸"也不再怕小角铁了。再说,有什么用呢?一切照旧。每天都还是看见矿老板来,拉矿石走,忙个不停。

我想找个人把我破了,豆豆说,处女太没意思了,豆豆说。

破了也没意思,春苗说,我谈的那个厨师班的家伙,破我的当天他还在练习炒菜,搞得一身油烟味,特没意思。

我有一个标准,豆豆说。

什么标准,春苗说。

只要不是矿老板,豆豆说。

她们再次笑起来。笑着笑着,她们的目光被前方从高速公路口走过来的两个人吸引住了。她们看到了杜安和史昌庆。

汪春兰正在打扫房间。在一个犬牙交错，四处搭建，垃圾遍布的街道，拼命打扫自己的房屋有什么意义呢？这个道理汪春兰当然明白。但她只能这么做了，因为儿子要回来了，更重要的是，杜安要来了。

对于还有一年就要退休的小学教师汪春兰来说，最大的痛苦就是平静地承受着每况愈下的生活。汪春兰认为，自己在五十几年的生涯里，值得一说或者说有意义的事情只有三件。一件是二十年前自己由一个乡村民办老师转成公办老师，一件是把家由村子里搬到镇上，还有一件，也是最值得说的一件，就是她把儿子史昌庆从村子里一直培养到镇里、市里，最终到北京去读大学，读研究生。

但是等她搬到镇里，刚住了不几年，熟悉的邻居纷纷搬到市里，村里有一部分人也慢慢搬到镇上来住。她想再搬到市里，已经没有力量了。

她好不容易熬到的公办教师，兢兢业业，小心翼翼，等到快退休，发现自己没有一点成就感和值得炫耀的地方。在汀祖镇，最理想的职业是当矿老板，再有就是给矿老板打工。下一个星期的矿井，抵得上老师的一个月工资。

还有，她熬干心血培养的儿子，史昌庆，她的骄傲，她生命的全部，北京的一所大学毕业的研究生，怎么就分到江西那么脏乱的一个市呢？那还不如分到他们出生居住的这个市啊。

这些都是她解决不了的问题。

史昌庆读小学的时候，她还住在村子里，她不让史昌庆读村里的小学，让史昌庆到镇里读小学。为此她每天踩自行车送史昌庆上学，接他放学。上初中的时候，他们已经搬到镇里住，按说在镇里上学该近了，但她却把史昌庆送到市里读，让史昌庆在更高级的城市和学校读书是她始终坚持的。

一直风里来雨里去。

实践证明了汪春兰的正确性。史昌庆村里的同学考上镇里初中重点班都很难的时候，他却上了市里的初中；镇上同学上市里高中都很难的时候，他却上了全省重点高中。

教育的资源——师资、环境、实验器材、机遇……一切都在向城里的重点学校集中,这一点汪春兰比谁都清楚。

最惊险的是上高中。当时史昌庆没有报考鄂东市高中,而是报考的黄冈高中。上黄冈高中意味着什么?这所前国家主席董必武曾经求学过的地方,是大多数高中学生的梦想,集中了全省,甚至全国一流的师资。上了黄冈高中,就等于一只脚已经踏进了重点大学。但是在那一年,史昌庆碰到了自己小学的竞争对手——秋田。

秋田在村子里读书的时候和史昌庆一个班,也是汪春兰的学生。汪春兰认为,在她教过的所有那么多届学生中,秋田是最聪明的一个。秋田的父母是农民,但就凭着他自己,一直往上考,重点初中,尖子班。

考黄冈高中的时候,秋田和史昌庆同样的分数,但只有一个名额。按主科成绩——语文数学外语,秋田却比史昌庆高。黄冈高中准备录取秋田,这把汪春兰急疯了。

汪春兰跑到黄冈高中,从门卫开始找起,一直找到老师,班主任,年级组长,教务主任,副校长,校长,整整一个月,她像黄冈高中的一名员工一样,每天在校园里面穿行,帮别人拎开水和擦桌子,力尽所能。她的诚心感动了所有人。最后学校加试了一门,并且加试的是史昌庆最擅长的长跑。这门加试淘汰了秋田。

史昌庆的父亲是一个复员军人,现在在外地一家企业打工,除了老实干活,一无所长。家里的所有变化,一点一滴,都靠汪春兰。几十年来,里里外外,她总是想在众人面前熬到最好,但是回头一看,并没有走几步,大家齐刷刷地追上她,她却没有力量了。

杜安的出现让汪春兰一下子手足无措,她一会端鱼汤,一会拿饮料,都不知道该干什么好。她一下子就喜欢上了这个北京来的姑娘,矮个子,大眼睛,文静而有教养,还特别随和。一同追随来的春苗和豆豆,她们原先也和汪春兰住一个村子。现在也和她是镇上的街坊。这两个在汪春兰看来不努力上进的青年现在和杜安正聊得热乎。喝完鱼汤之后,史昌庆和春苗,豆豆,带着杜安到乡下去玩。汪春兰坐在那里想了一下,决定要大宴宾客。她先是去买了一条好烟,最贵的,高档黄鹤楼,六百块钱一条。又去菜市场买最贵的甲鱼。酒是五粮液，当然也是最贵的。汪春兰算算，一个月工资没有了。但是她相信自己的眼光。杜安，好姑娘，这是儿子的机遇，也是福分。

她去请最有头面的人。校长。原来一个村子里现在最有钱人——矿老板。然后委托矿老板请到这个镇的最高长官，镇委书记。现在正是换届的时候，镇长还没选出来，书记兼着镇长。她还碰到了秋田。秋田没有上黄冈高中，也就没有上重点大学，只是在本市上了一个大学，现在分到区里交通局。她也一并请了秋田。

尽快准备一切，都是最好的。这就是汪春兰。

展现在杜安眼中的是一幅幅复杂的画面。史昌庆，春苗，豆豆，他们骑着自行车，带着杜安从镇上往村子里去玩。在靠近黄石市的白稚山系脚下，是他们曾经住过的村子。一路骑过来，杜安眼中的画面渐次展开。

在靠近城镇的地方，树上路上一片污黑，大片的土地荒芜着，没有人耕种，但是村子里的楼房却盖得一个比一个漂亮，中间一个水库是过渡带，慢慢朝山里骑，山清水秀，一片一片金黄的稻谷，但是村里大都是低矮的平房。一边是污染而肮脏的富人，一边是山清水秀的穷人，一下就看出来了。

怎么这么大区别呢？杜安问春苗和豆豆。

我们这里没有矿，春苗和豆豆说，他们那里有矿，脏是脏一点，但是他们有钱。

那么多土地，怎么不种呢？杜安说。

没有人想种地，不划算，要么在矿上打工，要么骑摩托车到黄石市去打工，赚到的钱都比种地多，春苗和豆豆说。

但是杜安却爱上了这个没有矿的村子。他们找到史昌庆家里原来的老房子，在两棵大树中间，树枝弥弥漫漫，快伸到屋顶了。这里是呈长条弧状的白稚山系尾巴，不远处是一个镜子般的水库。屋子空着，但是很干净，汪春兰每个星期都要来打扫一下。

你爱看鸡吗？我们这山上有自然放养的鸡，夜里睡在树上。爱看板栗树吗？你爱看赌博吗？春苗和豆豆争着和杜安说话，她们太喜欢杜安了，简

直不知道怎么对她好了,不停地介绍这介绍那。

好啊,我什么都喜欢看,杜安说。

那些矿佬,晚上都聚在这山里面赌博,听说他们和澳门赌场是一条龙的,春苗和豆豆说。

是吗?杜安快乐地说。

杜安很喜欢这两个小女孩,她们相差不到十岁,有很多共同语言,事实上,杜安在短短的时间里喜欢上了这里的很多人。比如说汪春兰,一看就知道她在扒心扒肝地对你好,再比如随后见到的镇委书记和秋田。

在随后的丰盛酒宴上,杜安见到了这个镇里的头面人物和精英。酒桌上大家相互喊"老表",原来整个汀祖镇四百多年前都是"江西填湖广"的时候移民搬迁而来的。然后他们相互之间大碗喝酒,一碗一碗。

其中最厉害的是秋田。他已经微微发福,现在是交通局的一名科长,经常四处检查,顿顿有酒。他对目前的生活很满意。

他给杜安敬酒,说,你知道吗?当年一个上黄冈高中名额,两个人竞争,史昌庆争去了,要是我争去了呢?现在和你谈恋爱的,会不会是我?

一桌人大笑。

最后赶来的是新调来的镇委书记,个子不高,说话也不快。他刚刚处理完一个小型钢厂的职工死亡案,又接到一个矿山上的非法集资案,刚刚上任,他每天都要花一大半时间处理麻烦事。

众人把他安排在主位,和北京来的贵客杜安坐在一起。

酒席喧闹中,他得知杜安的研究方向是资源枯竭型城市转型发展,非常高兴。

我在任几年,只做一件事,那就是转型,他说,我们的矿开不了几年了。我们要想让这个镇继续活下去,那就得做些什么;如果我们想让这个镇就此死去,那就继续开矿,其他什么也别做。

七

从汀祖回来不久,杜安就跟父亲开了口。

窗台下有很多盆充满生机的植物,在离窗台不远的书柜附近,杜安的父亲——已经退休的杜局长正在看书做笔记。在杜安看来,父亲也是一盆植物,并且比其他盆栽植物更充满生命力。因为他不是长在盆子里,而是多年来一直生长在坚实的大地上。

杜安换上拖鞋走进书房,悄悄去摸这根老植物的胡须。这是父女多年的默契,也是一种暗号。

老局长一边享受天伦之乐,一边问,有什么事情求我吗?

杜安趁机把史昌庆调动的事说了。

老局长说,他当初为什么不留在北京呢?

杜安说,我们那一届,留北京的都是企业指标,要公务员的只有江西萍水。

老局长说,为什么他非要当公务员?

杜安说,我也没搞明白。

老局长说,你要和他结婚吗?

杜安迟疑了一下,说,大概是吧。

杜安简单地说了一下史昌庆的处境、遭遇和家庭状况。

老局长久久没说话,植物一样静坐良久,问杜安,一个人为了当一个公务员离开你,你认为他是爱你吗?

杜安曾经想过这个问题,但是没想明白。

杜局长打了一个电话给江西一个老战友,老战友又一个电话到萍水。四个电话以后,史昌庆的基本情况出来了。

史昌庆分到萍水以后,开始是一位市长的秘书,正像杜安说的,努力上进。但是有一件事,让他倒了霉。

萍水是著名的红色旅游区,因为毛泽东、刘少奇等在那里战斗过,现在很多领导人都还去。有一位电视上才能看到的大领导到萍水去,不单旅游,还关心产业转型和循环经济。在考察的时候,他问了一个专业问题,尽管当地领导准备很充分,还是答不上来。在一旁当秘书的史昌庆却答上来了,他为此还得到首长的表扬。

按照常理,这是一次才能的展示和人生的机遇。史昌庆也因此和那位首长的秘书联系上,经常电话信息往来,但是市里个别能决定他命运的人

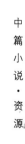

却很不高兴，找了个借口，把他调到湘东区去了。

杜安说，他做得对还是错？

老局长说，这个要看具体情况，每个人都有向上的力量，这样我们的生活才越变越好，但是，向上和规则之间往往存在矛盾，不打破规则也不行，过分打破规则，又是一种破坏性力量。

杜安说，他其实当初也有一些机会。我们的导师和国家发改委一位副司长是同学，那位副司长经常委托我们做课题，有一回导师让史昌庆进了课题组。史昌庆很努力上进，得到副司长的认可和肯定，也就找理由经常来往。后来导师就不高兴了，把他调出了课题组。

老局长说，也许这就是问题所在。我建议你再想想。

杜安说，爸爸，不用想了。他如果真的结识了那位首长，调到北京，升迁了，我可能会不再和他恋爱下去，但是，他现在落难了。一个在北京读过研究生的人，到那么一个城市，还被贬到区里，我这时候要是再扔掉他，就太不仗义。我不能做那样的事。

老局长站起身，摸着杜安的脑壳，叹口气说，真是我的女儿。

史昌庆被请到杜安家里做客。和汪春兰的隆重相比，杜安家里更多的是随意。没有请任何陪客，杜安的父亲，杜安，史昌庆，还有保姆。杜安的母亲去世了，她的父亲没有续弦。保姆忙完也上桌吃饭。一瓶红酒，史昌庆客气了一下说不喝，大家都没再劝。

史昌庆准备了很多，都没有用上。此前，史昌庆专门打听了杜安的爸爸，从网上寻找了他的资料及相关边缘行业的资料，但是一直没有合适的机会表达，饭局就匆匆结束了。

饭后吃水果，边吃水果边打开电视看。电视里面报道了某个省的地方性群体事件，因为一个医疗事故，导致上千人在地方政府门口示威。老局长很随意地问史昌庆对这件事的看法。

这刚好是史昌庆思考的范畴。史昌庆说，现在各个地方群体性事件不断，一个核心的原因是基层领导者没有"手段"。

老局长说，要什么"手段"呢？

史昌庆说，对于基层领导者，他上面有若干条领导战线，有教育、公安、经济、社区、工业、农业……但是所有的线在他们这里必须要汇总,要挽个结,因为他们要和老百姓直接面对面处理问题。他们面临的问题要比上面单一战线复杂得多,他们不能再往下面交了,只能亲自去处理,处理就需要"手段"。

老局长说,你说的"手段"是权力,还是解决问题的办法?

史昌庆说,都是,但都不完全是。基层领导者,会碰到很多刁民,也就是那些为达到自己目的拼命向上面提过分条件的人,这时候怎么办?不答应,他们就会闹;闹大了,上面总的精神是和谐社会,一看不和谐,有事端,就拿基层干部开刀,撤职,调离等等。所以,好多基层干部不愿解决矛盾,矛盾不解决,越积越大,最后形成群体性事件。

老局长说,你说的这个很有道理。那你说的"手段"到底是什么?

史昌庆挠下头,说,可能就是一些强制力吧,差不多。

老局长说,你是说要用一些强制力去达到和谐,手段和目的不同,这不矛盾了吗?

史昌庆说,理论上矛盾,实际上不矛盾。

老局长沉吟不语。

史昌庆走后,老局长把杜安喊到书房,父女两个聊天。杜安问父亲对史昌庆的看法,父亲没直接表态。父亲反过来问杜安,如果他的境况继续差下去,甚至丢了工作,沦为流浪汉,你是不是会不顾一切,加速与他恋爱甚至结婚的步伐?

杜安想了一下,点点头。

杜安的父亲帮忙把史昌庆调到北京,事情进展得很快。史昌庆回到萍水不久,就接到借调令,先被借调到北京某个区的老干局,借调考察期限是半年。

史昌庆的事安定下来之后,杜安全身心地投入到工作当中。她必须准备博士论文,她研究的方向是资源枯竭型城镇的转型。她调研了很多地方,东北和西北最多。辽宁的阜新,宁夏的石嘴山,河南的焦作等十几个城市。

调研的现状可以用四个字来表达——触目惊心,作为一个有良知的研究者,杜安对很多城市的发展感到担忧。杜安也在调研中受到了很大的教益,而这些知识在平时的书本和课堂里,是无法学到的。

她每到一个城市,都结交一批朋友。这些朋友不分档次,不分学历。对于一个资源型城市来说,每一个人,甚至每一个物件上,都有资源的痕迹。她留下他们的电话或QQ号码,通过电话或者网络,继续追踪着这些地方的一切。

大部分都有共性。

比如,一个城市的矿老板搞非法融资,当地很多人入了股。大家都认为,矿老板有那么大一座矿,再怎么都不会差到哪里去,再加上新闻上不断传说的矿品涨价信息,让每个入股的人都做着美梦,等着拿高额利息,结果矿老板却跑了。他的所谓富矿,早已开采成空壳。

再比如:一个矿老板下面的工人,得了癌症。矿老板不让他再上班,他一定要坚持上班。矿老板无奈和他签了协议,意思是他本身有重病,死活(除工伤事故外)与企业无关。结果某一天死在岗位上,家属来闹事,他拿出协议也解决不了问题。政府和群众,都逼着他承担补偿。

如果你在一个资源型城市搞调研,几乎每个人都痛斥矿老板,痛恨污染,赞成和拥护转型,但是真正执行起来,也可能每个人都会成为阻力,这就是社会的复杂性。

在杜安调研的十几个城市中,大部分都没有转型成功,大部分都在等待中央或者政府的补偿政策。找关系找上面多要一点补偿,是他们最大的动力。最困难的是各种复杂的关系介入,还有一点,就是转型发展涉及个人利益,比如土地流转和动迁的时候,每个人都会反对转型。

按照惯性缓缓地每况愈下,逐渐地被惯性慢慢侵蚀。城市,乡村,人,都在其中。

除非有哪些特别的人,要么,是特别的事件。

那些转型成功的城市,比如铜都,还有焦作,都流传着一个知名的能人故事。这些能人一般是高级官员或者大老板。他们的远见卓识和奉献精神改变了一个城市,也为这个城市的后代所记忆和传诵。

春苗和豆豆现在是杜安的知心网友。

有一回杜安在网络视频上看到了春苗自残。

春苗拿着刀片,在自己的手臂上一道一道划,血球子一颗一颗挂在皮肤上。豆豆站在旁边,显然已经习惯了春苗的举动。

杜安在视频里大声喊:豆豆,你在干什么？把她刀片夺了啊。

豆豆说,杜安姐姐,你让她划自己几刀吧,如果不划自己几刀,她憋得难受。

杜安说,春苗,你有什么东西憋得难受?你有什么委屈吗?说给姐姐听听。

春苗问豆豆,我有什么委屈？我不缺钱用,我父母又没离异感情受伤害,我怎么就不舒服?

豆豆说,她的处女身子献给了满身油烟的厨师班的家伙,她不舒服。

杜安说,为一个男人,值得吗,春苗?

春苗说,杜安姐姐,别听她胡说。

血球子一颗一颗亮晶晶地排列着,像遥远的草莓果。为什么?为什么?……杜安一个问号一个问号在屏幕上打。

我们没有考上重点高中,我们从此丧失了上大学的机会,我们只能在职业中专学就业的基本技能,豆豆在大屏幕上回复。春苗也在看着屏幕。

不上大学怕什么? 杜安在屏幕上打,学一门基本技能,照样快乐地生活。

我们想嫁一个有钱人,但是我们看来不行了,我们两个人,都长得平平,豆豆继续。

杜安说,非要嫁有钱人吗? 有钱人年龄都大了,正在奋斗的年轻人有什么不好呢?

春苗在视频里说,那我们忍成黄脸婆,嫁的这个人要是没富起来怎么办?

豆豆说,对,那我们一辈子都押进去了。我们回到家乡这个小镇,气就不打一处来,除了几个矿老板,谁富了呢? 所以,我们十有八九,要嫁一个穷人,就像镇上的大多数人一样。

春苗说,我们比他们都不如,他们还有个田种,还有工厂,我们现在,田都进污水了,工厂都垮了。

豆豆说，我们不想出去打工，在外面受人欺辱。我们不愿意到外面当"小姐"。

春苗说，对，打死也不当"小姐"，我们再穷也不挣那个钱。

豆豆说，我想回来干，但是我们能干什么呢？杜安姐姐？

杜安不知道该怎么回答。

八

扈成开的概念型酒店让杜安觉得眼前一亮。

酒店的位置设在铜都市政府和几个银行之间，基本上是白领出入的位置，所以酒店的定位人群就是白领工薪阶层。值得一提的是菜品，扈成专门开发那种稀有物产，比如黄山上的蔬菜系列。这种城市的稀有物产，对于产地来说却是平常动物植物。因为无法大工业生产，特别的原生态。也因为产品的数量有限，限制了酒店的规模。

但是这种不太大的概念型酒店却让杜安特别喜欢。干净，整洁，规范，流程化，来的客人都是白领阶层，大都有很高的素质。说话轻声细语，不像某些大型酒店充满了官阶的生硬冰冷，也不像某些大众酒店充满了喧闹和酒气。这种既有品位对几方有利又赚钱的事，多好呢？

但是扈成却不是太满意，他找杜安这位教经济的老师请教。

我原来是一个地产老板，地产嘛，三年不搞一个盘，一个盘子搞下来，利润就是上亿元，一个赚过上亿元一个盘的老板，你让我搞这种小酒店，对我是一种折磨，扈成说。

怎么是一种折磨呢？杜安问。

主要是钱，扈成说，每天会计跟我汇报营业额，都是几千几千，只要超过盈亏持平点，就高兴得不得了，但是我听都懒得听。

杜安想起汀祖镇，大量的土地荒芜着，农民们都出去打工，镇里村里，无论怎么开大会小会，无论怎么样劝说罚款，都见不了效。如果没有经济作用，硬逼农民种田是不见效的。经济账每个人都会算。

对于扈成来说，也是在转型。转型不赚钱，谁都不愿意转。

杜安和扈成共同探讨这个问题，这也是她研究的领域之一。成本计算,产品原产地的物料采购,运输流程和耗损,制作流程和耗损,都算过了。杜安得出结论,这种类型的酒店在一个城市做大是不可能的。要想赚大钱,必须能复制,走连锁的道路。

这又带来一个新问题。对于扈成这种传统的靠一个一个单一项目起家的老板来说,有复制的经验吗?有连锁的知识和管理水平吗?

一个生意人转型,涉及方方面面。对产品的重新熟悉,对管理的重新学习,关键的环节是对战略和营销模式的重新定位。

杜安帮了扈成的大忙。既然要复制,战略就要差异化,理念口号就要响亮,营销就要模式化。杜安有的是理论,扈成有的是实践,他们还一个一个请教有连锁经验的人。一段时间以后,一个成形的扩张方案出炉了。

你想干什么?

整个酒席上,史昌庆几乎没怎么说话,听杜安和扈成谈概念型酒店,谈在北京如何复制第一家酒店。他们选择了一家概念型小酒店进餐,边吃边谈。谈到中间,杜安去上厕所的空当,只剩下史昌庆和扈成两个男人单处的时候,史昌庆劈头来了一句。

你想干什么?

扈成一下子愣住了。

扈成想回答,我想在北京复制一个酒店啊。但是他明白,史昌庆问的并不是酒店。

你想干什么?

扈成也问自己。

吃完饭后,扈成在北京的街道上散步,他一遍一遍地问自己,一遍一遍地自问自答。

你想干什么?

我想开酒店。

对于一个曾经挣过上亿元项目的人来说,想开小酒店,是真的吗?

那我想开连锁型酒店。

对于一个想开小酒店的人来说,选择北京干什么呢?

北京是首都,不,北京是一个商业制高点。

北京这么多酒店,开一个小酒店,不是一颗沙子丢进盘子里吗?

走在大街上,反反复复问这么几次,扈成心里面渐渐明朗了。

在去萍水的那天下午,当时还不知道是去萍水,但是不管杜安要他去哪里,都会毫不犹豫地出发,扈成,你想干什么?

在铜都,宁愿注射氨基酸也陪着打针,扈成,你想干什么?

现在,要把酒店开到北京来了,扈成,你想干什么?

扈成一直想回避却又一直在努力接近的问题,被史昌庆这么劈头一句,一下子豁亮了。

我爱她,扈成在街头站住,告诉自己。

快到北京的时候,扈成曾经设想过很多和史昌庆见面的场面,但是一个都没出现。扈成设想,史昌庆想必会极为热情,大宴宾客,对他客气中还有一份讨好,因为他们之间有一个秘密。但是没有。扈成设想,史昌庆想必会极为冷漠,想办法赶紧把他支走。扈成还设想,史昌庆会表面热情,内心冷漠,这种冷漠只有他能看出,杜安是看不出的。但是这几种场面都没出现。

饭局从头到尾,史昌庆只作为一个严肃沉默的听众,中间只丢了这么一句话。但是这句话却有巨大的穿透力。

这显示了史昌庆的力量。

扈成从北京见到史昌庆的第一面就有这种感觉。已经借调到北京的史昌庆一扫萍水和铜都见面时那种沮丧和颓废,显得精神抖擞,目光有力。他穿着立领衫和休闲鞋,轻松随意,从穿着到气质已经和这个大都市融为一体。据杜安说,他刚来工作,已经得到了老干局局长的喜爱和同事的认可,一些老干部很喜欢他,对他的任劳任怨和奉献精神大加称赞。

饭局结束的时候,他看见史昌庆搂了一下杜安的肩膀,然后他们相拥而去,这是做给他看的吗?

他们两个,是同学,是恋人;他们年龄相仿,形象般配;他们已经调到一起了,也许,马上就要结婚。

一切都在变化之中。

九

我们结婚吧。

在一场激烈缠绵的性爱之后,史昌庆搂着杜安,在她耳边温柔、清晰地说。

结婚?

杜安斜躺在床上,通过史昌庆的后脑勺往前看,她看到了一盏台灯。这盏台灯从高中时就开始跟随她,一直是她的夜间温暖的伙伴。她没有回答。等史昌庆睡着之后,她起身坐在台灯前,思考史昌庆说的结婚问题。她忽然心里很空,空得像一个巨大的苍穹。

我要结婚了吗?

这是自己的单身宿舍。床上睡着了的男人是自己的男友。环境很安静,夜晚很孤寂。桌上有一盏台灯,内心像一个巨大的苍穹。台灯被她看着,一会近一会遥远得像银河里的一颗星,小得就像点在自己的内心里,在巨大的苍穹下面,微微亮着。

我要嫁给这个男人吗?

想到结婚,杜安心里有一种隐隐的不甘,至少,还有一些事情不清晰。杜安想到那场性病。想到在铜都的街头,在扈成的办公室楼外看见史昌庆的那一幕,这些平时努力掩埋的东西,在结婚这个主题面前,重新破土而出。

史昌庆正在办公室写材料,接到杜安来自铜都的电话。杜安说,我病了,你来看我。

史昌庆说,什么病?严重吗?

杜安不说话。

史昌庆说,能不能等我写完材料再给你电话?你先去医院……

杜安说,史昌庆,你在萍水的时候,一个短信说你病了,我上千公里去看你,现在我病了,你不能来看看我吗?

史昌庆一愣。

史昌庆赶到铜都,杜安用信息告诉他:我在扈成办公室。

史昌庆赶到扈成办公室,杜安又告诉他,已经出来了,在外面。

史昌庆急火冲冲地跑出来。

杜安在不远的地方,坐在扈成的车里,和扈成一起看史昌庆跑进跑出。

杜安说,老扈,你在铜都见过史昌庆吗?

扈成说,没有。

杜安说,我感觉到史昌庆来铜都找过你,你们见过面。

扈成说,你怎么有这种感觉?

刚好史昌庆从扈成办公室院子的铁门出来,先四处张望,又竖起双拳,用那种特有的怪异姿势往前跑。

杜安说,你看,他对这个环境怎么这么熟悉?他显然来过。

扈成说,不会。

杜安说,在那个拐角,他竖起双拳跑起来的样子,我真的见过。

扈成说,你可能看错了。

杜安说,老扈,我想问你一句,我想问……

扈成看杜安半天说不出,说,杜安,我从来没有见你这么犹豫过,你想干什么呢?

我想干什么呢?杜安想。我是想找一个证据,证明是他传染的性病吗?还是证明性病与他无关?我想干什么呢?我是不想和他结婚吗?还是想和他结婚?我是去为不结婚找一个理由还是在为结婚找一个支撑?杜安觉得自己做了一件极为荒唐的事。为什么要把史昌庆千里迢迢调过来啊,这能验证什么呢?

其实,事情很简单,随身挎包夹层里的手绢一化验不就什么都明白了吗?

但是杜安明白,无论绕来绕去做什么事,那件事她永远不会去做。

在延伸加长的宽大阳台下方,摆放着一个茶几,茶几上面的盆景里,栽种着几棵健壮的大蒜。在一个井井有条,精打细算的城市里,在延伸的阳台上栽种蔬菜,实在是一举多得的好方法。茶几的两头,一边是二十多岁的青年史昌庆,一边是六十多的退休老局长——杜安的父亲。

人与植物的精气之神截然相反。本来长得并不牢固,只有几铲土几块石头的盆景里的大蒜,此刻异常健壮,显示出旺盛的生命力。在盆景这个天地里,大蒜现在就是大树,是少量土壤、水和石块的核心,接受它们的拱卫。而本来该健壮的青年史昌庆,在礼貌俊朗的外表下面却隐藏着一颗焦灼的心。

即将被老干局辞退的史昌庆,现在正低头观察大蒜。

事情是这样的。在老干部中间,有一个退休的司级干部,这老干部曾经培养过一个年轻人,现在是一个很大的官,这大官感激他,逢年过节都过来看望,这成了该老干部骄傲的资本。该老干部因此干什么事,比如打牌啊,娱乐啊,旅游啊,都是高人一等,在老干部中间很不得人心。老干局的人也都不愿沾他,得罪不起的时候,尽量应付和躲避。史昌庆却深受该老干部的喜欢,给该老干部服务的时候格外殷勤到位,但因此得罪了另一位老干部。原来工作时两人就不和,另一位老干部因此讨厌该老干部经常不来参加活动,偶尔来一次,看到史昌庆对该老干部的模样,找个小事故意大发雷霆。

事情闹到区主要领导那里,区领导把老干局局长喊过去,训斥一顿,受到训斥的局长回来,心情很坏。刚好另一位领导推荐了一位应届毕业生过来,先实习,再留用。老干局局长就此下了决心,准备把史昌庆弄走,退回萍水。

局长为此专门和史昌庆谈了话。

老局长也低头在观察盆景里的大蒜。他一面听史昌庆述说他想和杜安结婚的理由——诸如年龄不小,恋爱几年……一类的话,一面观察大蒜。面对一棵盆景里的大蒜,老局长露出羡慕的神情。他已经是矽肺病的晚期,他知道自己熬不过眼前的这几棵大蒜。

你是说,你已经向杜安求婚了? 老局长说。

对,我已经向她求婚了,史昌庆说。

杜安什么意思呢? 老局长说。

杜安,她现在整天忙着事业,论文,调研,还有,她还想入股一个酒店搞投资,她想再考虑一下,史昌庆说。

你是想让我劝劝她吗? 老局长说。

对,我们不小了,我们恋爱也有几年了,史昌庆说。

现在到了最危险的时刻! 老局长起身,在阳台上寻觅,莫名其妙地拿了一把剪子,却发现大蒜的枝叶并不需要修剪。这说明了他的慌乱,也透露出他的态度。

如果杜安知道了史昌庆即将被单位除名,会发生什么?

老局长的剪子在嫩绿的蒜叶中间,寻找不到该修剪的东西。只有他最了解自己女儿这个特点。如果她知道了这件事,知道史昌庆此时的状况比在萍水时更惨,她会立即嫁给他! 这是肯定的。

老局长把剪子转来转去,到底在不远处的一株植物上找到了一点该剪的东西,顺手就剪了。到目前为止,没有人知道他的心思,包括杜安,当然史昌庆更是不知。老局长把他从萍水调过来试用,还听他谈论国事和政局,他把老局长当成了知音。他怎么会想到,老局长把他先调到北京,就是为了阻止他和杜安恋爱呢?

只有把史昌庆调回北京,才能阻止他们的恋爱结婚,而不是成全他们恋爱结婚,这看似悖论的做法,反映出老局长对女儿的了解和独到的匠心。

如果史昌庆继续在萍水,按杜安的脾气,说不定他们已经结婚了。

如果史昌庆再次在老干局倒霉,并且连萍水那种境况都不如,他们也很快会结婚。

史昌庆借调来的这一阵,老局长看了杜安,她整天忙着出差啊,调研啊,考察啊……她一点都不着急结婚的事。

在这个空当里,她却在思考着。

杜安不想结婚,理由是什么? 老局长似乎明知故问。

我还没想明白,史昌庆说,事业吗? 那是一生的事啊。结婚的条件? 房子吗? 她一直没明说。

房子是不能忽视的问题,老局长似乎找到了一个着力点,轻松一点。

杜安真的在乎房子吗？史昌庆陷入沉思，呆望着几株健壮的大蒜。

房子，房子都没有，说结婚有点牵强，老局长想不出别的什么理由，先说这么一句顶着。

现在到了最危险的时刻！老局长因为激动，开始咳。他咳得肝胆都出来了，他咳出一片一片的黑绿色片状物质，他把这些片状物质捏在手中，拿在亮处观看。他这个动作震惊了史昌庆，史昌庆不知道他到底怎么了，这么剧烈地咳嗽。

老局长在一片一片咳出来的物质中看到了不远处的生命，时间已经不多了，他必须要在有效的时间里解决这个问题。但是，老局长一生中从没有生硬地让女儿服从过他的意思，他总是给她启迪，让她自己拿主意。忍住自己的好恶，不加入自己的观点，让女儿自己选择，自己判断，是他这么多年的习惯，也是矽肺病人——这种很早就知道生命会提前终结的人不得不形成的习惯。他是一个工程兵，因为挖掘山洞，很早就得了矽肺病，很早就知道自己会提前离开人世。所以他什么都提早——提早退休不说，更重要的是提早教女儿自己判断，培养她独立工作生活的能力。

你工作情况如何？老局长咳完，随口问一句。

我挺好，局里上下，特别是局长，很喜欢我，史昌庆说。

话音一落，两个人都愣了一下。

史昌庆知道说错了话。现任的局长是杜安父亲的老部下，他会不给老领导说明情况吗？

老局长刚好今天去找过现任的老干局局长，对史昌庆的情况现状一清二楚不说，还在现任局长面前替史昌庆说了几句话，尽管没起作用。史昌庆说的这句假话让他既宽慰又着急。宽慰的是史昌庆没说实话，杜安就不会那么快和他结婚；着急的是，说假话的史昌庆待在杜安身边，实在是太危险了。

十

汪春兰站在路口，她看见很多条路，和很多个结局。这是她原来的旧房，在绵延的白稚山下。现在，北起大庆，南到广州的大广高速要穿过这里了,不远处的高架桥已经建起,施工队每天都在热火朝天赶工。汪春兰目光压着白稚山,看着正在建设的很多条路,内心一阵恐惧。

她害怕很多条路和路的远处不知终点的结局,她喜欢单一的路和单一的结局。就像她原来的人生,从乡村到镇上,一条路。从镇里到城里,一条路。从农村进入城镇,从民办老师转成公办老师。都是一条路。

她一直希望儿子史昌庆也是一条路,不过这条路走得更远更高,小学中学大学,镇里市里北京,员工科长处长,一直走下去。

但是现在儿子史昌庆走烦躁了,他不想沿着他们事先设计的路一直往下走了。他们设计的路,就是上重点中学,到北京上大学,当官,然后娶一个北京姑娘,成为这个国家心脏城市的人。

下午他们通电话,史昌庆心情不好,喝多了,在电话里发牢骚。

史昌庆说,汪春兰,为什么我每一步都这么艰难?

汪春兰说,儿子,到底发生了什么?

汪春兰拿着电话听史昌庆长长的诉说。这是他们母子多年交流的形式,遇到问题,一交流就很长,有时候一两个小时,手机没电插着电还打。史昌庆直接喊她汪春兰,多年都是这样。

汪春兰安慰儿子,但是她觉得最重要的感觉传达不到儿子心里去。毕竟是不同时代的人,所以她很着急。

汪春兰想说,儿子,你说你每一步艰难,你知道妈每一步是如何艰难的吗?你知道妈妈当初发的血誓——不转成公办老师不嫁人是一个什么情景?最后一直拖到快三十岁,实在熬不下去,下嫁给你父亲——一名无用的复员军人是一个什么情景?你知道妈妈嫁人时的绝望是什么情景?你知道妈妈转成公办老师的那一天,当得知消息,从河的一边跳下河水,直接跑过河,打湿了全身是什么情景?

走一条路,从村里到镇里,从民办老师到公办老师,汪春兰用了一生。一直到现在,即将退休。

汪春兰,史昌庆继续说,我真想辞职,我不想干了,不受这些人的鸟气。我去打工,到外企,怎么不行?

儿子,千万别,汪春兰说,永远记住妈的话,一是要保住公务员,二是要保住杜安。

儿子的述说让她担忧。杜安不愿意结婚，为什么呢？如果真不愿意，为什么帮儿子借调到北京呢？

有一个地产商人，在那里骚扰，追求杜安。这是儿子的话。

不，儿子，你错了。妈妈看了杜安，她不是那样的人，你相信妈妈不会看错。

她父亲说没有房子。

一套房子多少钱？

喂，儿子，你说。

喂，你怎么不说话？

汪春兰，问什么问，我给你说有什么用？

儿子，说。

按北京现在的房价，一套两室一厅，最基本的，也要两百万，汪春兰，我告诉你有什么用呢？

汪春兰倒吸一口冷气。

横贯南北的大动脉，从大庆到广州的大广高速修到这里。施工队在公路的沿线搭上工棚。一辆一辆"巨无霸"车，拖着水泥、钢筋、沙石、硬坯朝这里堆放。铁臂可以伸到天上的吊车，将人和物料举到高空。这是一个伟大的工程，把过去这一带人想都不敢想的事变成事实。下面是白稚山沟壑，离高空的跨度极大，原来只有鸟才能飞到的地方，现在人和大块大块的物料运行在半空。无数个交叉立交，无数个岔口。前方目力能及的地方，很多条路，和很多个结局。

汪春兰看不清前方了，她的眼睛有些老花，压不住风景。很多个结局，这是让她恐惧的事。正像儿子说的房子，两百万，也是让她恐惧的事。

汪春兰对着天空和正在半空施工的路桥，默默地说，儿子，妈妈这次怕是帮不了你了。

汪春兰从三十几块的工资，一直拿到七十几块，一百多块，二百多块，一直到现在的一千多块，她一辈子的工资的总和都不到一百万，她就用这有限的工资，供养了一个儿子，在镇里置了一套房子，一直生活至今。

北京，北京。你们的工资多少钱一个月？你们那里是谁在发工资？你们那里是飞机撒钱吗？你们凭什么住那么贵的房子呢？

村长过来了。

村长说，汪春兰，我正要到镇上找你，你先过来了。

汪春兰说，你找我有什么事？

村长说，你没听说吗？大广高速经过这儿，有一批房子要拆迁了，包括你的那套房子，也要拆了。

汪春兰说，听说了。

村长说，汪春兰，你是当老师的，有觉悟，不需要做工作，不像他们。

汪春兰说，他们怎么了？

村长说，他们都在和政府扯皮，想多要一点钱，你想一想，政府都是有标准的，会多给你吗？

汪春兰说，这个大广高速，是国家项目，跟咱们地方的政府有什么关系吗？

村长说，国家的项目委托咱们地方政府和交通局在帮忙搞拆迁和地方协调工作。

汪春兰说，像我这样的平房，能补多少钱？

村长说，你运气好，有十几万。

汪春兰没动声色。

村长给了汪春兰一份表格。

汪春兰说，他们那些人闹，有没有一点作用？

村长和汪春兰当年是一个班的小学同学，村长是班长，汪春兰是学习委员。村长说，老同学，其实，说心里话，我一边做大家工作，一边也想着，能闹一下多补一点，该多好。

汪春兰说，那到底能不能多补一点？

村长说，多补一点点，把前后面积算大一点，是有可能的，但是多的，没戏，国家又不是傻子。

汪春兰把表格捏着，告别村长，走到自己的旧房门口。门前两棵大树，树杈快压到房顶上，风景很美。这所房子当年花了四百块，汪春兰记得清清楚楚。初中毕业，她嫌弃原来的房子太旧了，墙都破出了洞，她就劝说父母,然后自己请人,一面墙一面墙推,一面墙一面墙建。现在呢,它值十几万!

十几万!

用村长的话来说,闹一闹兴许能加一点,加多少?加到二十万?

二十万!

这个数字让汪春兰兴奋无比。汪春兰想,早知如此,当年怎么不盖它个十处房子呢?现在不是有两百万了吗?不是可以给儿子买房子了吗?

但是汪春兰知道那是不可能的,当年那四百块,不也是找亲戚们东挪西借的吗?为什么要一面一面墙修?不就是没有钱吗?

不过,有这十几二十万,毕竟不一样。

兴奋的汪春兰回到镇上,摊开表格,研究了一下,给史昌庆打电话。

史昌庆听了,把玩了一会,说,汪春兰,你就这么满足了吗?

汪春兰说,不满足又怎么样?

史昌庆说,咱们的房子在大广高速的哪个位置?

汪春兰说,正中间。

史昌庆打开手边的电脑,用谷歌地图查了一下,说,有办法了。

汪春兰说,什么办法?

史昌庆说,你想一想,大广高速在咱们村这一段,是两头修建,一头是从武汉方向修过来,一头是从黄石市修过来,咱们家的房子如果不搬,它就合不了龙,是不是?

汪春兰说,那当然。

史昌庆说,这么大的事,要二十万干什么?

汪春兰说,那要多少?

史昌庆说,两百万。

汪春兰一惊,说,儿子,咱没搞错吧。

史昌庆说,没有,你想想,村里其他人拆房和我们拆房不一样,他们是延伸地带,我们是正中心。高速公路的阶段性合龙是有政治意义的,一般指挥长和地方市长都要出席剪彩,你这个钱要定了。

汪春兰说,他们要是不给呢?

史昌庆说,那你不拆啊。

汪春兰说，那房子是空的，他们要是强拆呢？

史昌庆想了一下，说，那倒是，不过你注意到没有汪春兰，自从全国出了几起拆迁自焚事件之后，中央专门开了会，不允许再强拆了。

汪春兰说，就怕地方上的人不按上面搞。

史昌庆说，汪春兰，你明天先把家里没用的东西搬过去，你搬去东西，亮上灯，再回去住几天，那就不一样了。

汪春兰犹豫着说，儿子，妈是个老师，教书育人的，在这个镇上，人前人后，有头有脸的，有些事情，别人做得出来，妈做不出来。

汪春兰夜里睡不着。她先是给远在广东打工的丈夫打电话，说了一下拆迁的情况，听了些似是而非的意见，又看了很长时间的电视。电视在看着，心里却不知道在想什么。很久很久以后，刚合眼入睡，史昌庆电话来了。

汪春兰，史昌庆说，我忘了给你说一个事情。

汪春兰说，什么事？

史昌庆就把即将离开老干局的事说了。

汪春兰痛苦地沉吟很久，问，杜安和她爸爸知道吗？

史昌庆说，估计暂时还不知道。

汪春兰，怎么办？

史昌庆说，最好的办法就是尽快结婚，一结婚，我是他女婿了，调动成什么问题呢？

汪春兰明白了。她说，儿子，你还是说那两百万吗？

史昌庆说，对。

汪春兰说，妈怕闹出去，脸上挂不住。

史昌庆突然发怒，说，好，好，汪春兰，你要面子，那我滚出北京！我也不回萍水了，我哪有脸回去？我去广东、上海打工，行不行？

汪春兰说，好，儿子，妈豁出去，但是，妈就是豁出去，别人也不给两百万，只给你加一点，二十万，三十万，四十万？顶天了！怎么办？

史昌庆说，那就绝对不让步！如果不行，那就拿上汽油，自焚给他们看，看他们敢不敢！

汪春兰一听，愣了半天，开始抽泣起来，肩膀一挫一挫，声音越哭越大。

史昌庆说，汪春兰，你怎么了？

汪春兰说，儿子，我养你几十年，你居然说出这种话来！你说的是人话吗？妈又不是一捆柴，能去烧吗？

史昌庆说，嘿，怎么可能呢？又不是真的自焚，不过是做做样子吓吓他们。

汪春兰继续哭，边哭边说，儿子，妈老了，明年就退休了。妈没有能力了，妈拼了命，只再帮你这一次，以后的路，全靠你自己了！

十一

汪春兰找个时间，翻找自己的荣誉。她把所有的箱子柜子和书架都翻了个遍，找出了一大堆，然后把那些奖状，证书，奖牌和奖品一样一样摆出来。她是一个珍视荣誉的人，多年来一直有收藏奖励的习惯。但是因为搬家，还是丢掉了一些。她把这些荣誉用袋子装着，一股脑拎到村子里旧房子里。

汪春兰在堂屋的一面墙上，粘贴自己的奖状。整整一面墙。还有粘不下的那些奖状，就挂在奖状和奖状之间的空隙里。奖牌和奖品，沿着墙，一一整齐地陈列，摆了整整三排。

都贴好排好后，汪春兰一屁股坐在地上，看着这些荣誉和奖励发呆。她几乎，不，肯定，年年都是先进，她是有名的好老师，好班主任。优质课，一堂好课，优秀教案，镇级优秀，区级优秀，市级优秀。从民办老师开始，她都是优秀的，一直下来。因为有这些优秀，有这些荣誉和奖励，她比一般的民办教师提前两年转成了公办教师，多加过一级工资。

还有一年就要退休，汪春兰知道，最后一年，从今天开始，她不可能再有荣誉和奖励了。

拆迁一开始，就让这些荣誉和奖励和这所房子一起，都推倒吧。

汪春兰掏出老花镜，戴上，从包里取出一沓子资料，开始阅读。这是她从网上下载的资料，关于拆迁、自焚的相关新闻以及政策。

自焚：自己燃烧自己。有一个网友发上去一种搞笑的说法，说，自焚就是自己把自己当做一捆柴来烧。

汪春兰想到他们说了一辈子的话，教师是一支蜡烛。蜡烛就是燃烧自己，照亮别人。蜡烛是自焚吗？

我不配做一支蜡烛，汪春兰想，我没有照亮别人，我的目的只是两百万，一套房子。

在网上自焚的条目下面，还有一系列案例。江西的宜黄，湖北的枣阳等等，都是拆迁。一个人点燃了自己，火球一样从二楼朝下面跳。惨不忍睹。接着就是调查，追究，处分和抓人。

到处都在拆，都在建。乡村搬到镇上，镇上搬到市里，市中心呢，又拆了建更高的楼。大家都这么折腾。修桥修路，这是好事，但是好事也要好办。一批批民房拆掉，一座座桥梁和道路建起。

中央讲话。省市讲话。各种文件，一级一级。不许暴力拆迁。拆迁补偿要市场化，要按照市场化的价格。对那些动用黑社会团伙拆迁的人，撤职查办。

这些讲话和文件让汪春兰有一些温暖。

汪春兰没有找到汽油，找来一瓶煤油，找了一件不穿的旧衣服，用支架竖在旧房的堂屋里。汪春兰想用这件旧衣服测试一下自焚是怎么一回事。她站在旧衣服架前面，高矮差不多。汪春兰把一瓶煤油倒在旧衣服上，一股刺鼻的味道弥漫过来。汪春兰倒退了两步，倒吸了一口冷气。

门虚掩着，有一个村里人过来敲门。汪春兰本来准备点火测试，立即把打火机掖在身后。

汪春兰打开门。村里人说，汪老师，回来了？

汪春兰说，回来扫扫。

村里人说，晚上请你在我们那里吃饭，好吗？

汪春兰说，谢谢谢谢，我马上走了。

汪春兰关上门，把门闩插上，屋子里变得黑暗起来。两边的厢房都有小窗户，射进来一点白光，反而更衬托了堂屋的黑暗。

汪春兰重新站在旧衣服架前面，伸出胳膊点燃火机。屋子里亮起来。很快火熄了。汪春兰心里说，你抖什么，还没开始呢，你手都这样抖，真正自焚那天,你怎么办?

打火机再次点燃,屋子里又亮了,不过火苗很小,打火机的气显然不足。火苗炸了一下,在黑暗弥漫的四周,鬼火一般。汪春兰这一次稳住手臂,气沉丹田,一点一点把火苗往身边移。

什么才是最合适的距离?汪春兰想。这个距离,既要吓退拆迁人员,又不要真的烧到自己,这个距离,越逼近,越令周边的人惊讶和尖叫越好。

近一点,再近一点,汪春兰心里说,未必你汪春兰真的是一捆柴?未必真的像猫一样,有九条命吗?

轰的一下。

汪春兰突然后退,眼看着旧衣服上迅速窜满的火苗。满屋子都亮起来。黑烟冲挤,向上,向四周滚动。

汪春兰惊呆了,仿佛烧的不是旧衣服,烧的就是她本人。

她的泪水止不住。泪光中,火苗逐渐变小,变没有。一点一点,火星跳跃,消失。泪水却不会消失。

都烧完了,汪春兰也瘫软在地上,歪在一堆奖证面前,放声号哭。

十二

史昌庆去找扈成。

他去找扈成的路上,北京已经下起了雪。他去找扈成的路上,远在几千里之外的汀祖虽然没有下雪,但也寒风凛凛。他去找扈成的路上,汪春兰已经站在自家老房子的屋顶,和负责拆迁的秋田他们对峙起来了。

史昌庆去找扈成的路上,接了三个电话,没接三个电话。

第一个接的电话是秋田打来的。秋田说,史昌庆,你妈站在房顶上,拿一瓶汽油,要自焚了,你快劝劝她,这个世界上只有你能劝住她。

史昌庆没有停下步伐,说,知道了。

第二个接的电话是一个亲戚打来的。亲戚说,快给你妈打电话,她看来真的要点火了。

史昌庆没有停下步伐,说,知道了。

第三个电话是史昌庆的父亲打来的。父亲说,儿子,你妈问政府要二百万,我们那房子值二百万吗?现在只有你能说服你妈,你快点打电话,再不打电话,真的要出事了。

史昌庆到达扈成的办公楼下。

史昌庆到达扈成的办公楼下的时候,站在房顶上和拆迁队伍对峙的汪春兰感觉到了恐惧。所有的设计和预演都没用上。对面的人没有被她吓退,也没有立即答应她的条件。她的面前都是人,拆迁的人和看热闹的人。她突然明白了,事情没有她和史昌庆预想的那么简单,她明白了自己面对的是个庞大得令人绝望的东西。

她向更远处看了一下,大广高速这一段只剩这一截,马上要合龙了。

上面交叉着很多条路,和很多个结局。

汪春兰把手机从口袋掏出来,给儿子打电话。

第一次,通了,电话没接。

第二次,也通了,电话没接。

汪春兰在打电话,很多人看到了希望。秋田和汪春兰的丈夫都分别爬上梯子,但是快接近汪春兰的时候,被汪春兰厉声喝住了。

秋田说,我刚才给史昌庆打了电话,汪老师,不管怎么说,你该为史昌庆考虑考虑。

汪春兰的丈夫说,我刚才给儿子打电话了,不管怎样,你该为儿子考虑考虑吧。

这么说,儿子知道她站在这里了?

汪春兰这么想着,再次给史昌庆打了一个电话。

史昌庆还是没接。汪春兰明白了,泪水流下来。

史昌庆没接电话,他已经找到扈成办公室了。他本来是找杜安说结婚的事,但是杜安这一阵天天在扈成这里,他天天见不着,这让他心急如焚。今天杜安连电话都关机,他就找过来了。

扈成正在开筹备会。参加筹备会的有酒店的大堂经理,采购经理,厨师长和财务会计,外加一个执行总经理。

扈成按照他和杜安共同设计的理念,简单地说,叫"不伤害"行为管理,要求贯彻到酒店的各个方面。

扈成说,第一,我们不伤害供应商,不拼命杀价低价采购。

采购经理记下了。

扈成说,第二,我们不伤害顾客,我们不高价,而且菜的量要足。

大堂经理和财务会计说,北京的房租和水电这么高,我们采购的菜品又是从全国各地来的稀有物产,我们如果定位做白领生意,价格恐怕要高。

扈成说,不能过高。

第三,扈成继续说,我们不能伤害员工,我们酒店员工的待遇和福利与同等条件相比,不能差。

众人记下了。

财务会计说,照你这个说法,恐怕伤害的只有股东。

众人笑。

扈成说,对,最后,不能伤害股东,股东要赚钱。

财务部长和众人说,你这几个“不伤害”之间恐怕有矛盾。

扈成说,表面上看是有矛盾,其实内在是一致的。一般的利润来源于哪里呢?来源于顾客,采购。我们的利润来源于哪里?我们只能来源于我们的精细管理。即使精细管理,我们也只能微利,但是,时间长了,我们会形成口碑,形成品牌。我们做起连锁,那时候就赚钱了。我们赚钱靠的是什么?靠的就是这种“不伤害”形成的品牌。我们这种微利并且环保的做法,已经在铜都有了第一个店,我们就照着铜都那个店学习和复制。

扈成接下来布置任务,史昌庆突然冲了进来。

屋子里只有两个人。其余的经理们看到扈成挥手让他们走,各自回到自己办公室。

杜安在哪里?史昌庆问。

我不知道,扈成很冷地回答。

你想干什么?史昌庆看杜安的确没在这里,问。

扈成不回答。

你一个地产佬,你开酒店干什么?你开酒店,你开到北京干什么?你开到北京,你邀杜安入股干什么?

扈成说,你管得着吗?

你别以为我不知道,史昌庆说,你这种手法骗小孩子,骗杜安可以,你别想骗我。

扈成说,好,史昌庆,我不骗你,我喜欢杜安,我爱她,听明白了吗?

史昌庆一拳挥过来。

两个人在办公室里扭打,部门经理们都跑过来准备劝架或帮扈成。扈成说,都不许帮忙,看我跟他打。

史昌庆身体高大健壮,扈成早年是红黑两道混的人,两个人扭打一气,都累得气喘吁吁。部门经理们看不过眼了,过来扯开两个人。有人认得史昌庆是杜安的男朋友,赶紧推他走。电梯一直忙,几个部门经理把史昌庆推到人行楼梯。

人行楼梯没有灯,黑糊糊一片,史昌庆一屁股坐在楼梯的阶梯上,大哭起来。

十三

等你想说爱,却没有了开口的机会。

气喘吁吁了半天,扈成从地上爬起来。通过打架来说出爱,未必不是一种方式。我喜欢杜安,我爱她。这话一旦出口,就如溃堤之水,一发不可收。

扈成拎起大衣朝门外走,外面的电梯一直叫不下来。扈成等不及。他调转头顺着刚才史昌庆坐过哭过的人行楼梯往下跑。好在只有八楼,楼层不是太高,几个飞快的旋转之后,他就落到了地面。外面下了一层薄雪,一哈一股白雾。扈成在一股一股哈出的白雾中急速往外跑。场院有点滑,他几次差点滑倒才跑到车棚。启动汽车。他的手一直在抖动。

他去找杜安。他要当面给她说。我爱你。

一定要当面说,说出声来,说出很大很清晰的声音来。

扈成原来的女朋友,生前最大的遗憾就是听不到这句话。他们相恋了五年,同居了四年。他们一起帮别人开铜矿,开得正好,他们的老板和相邻铜矿的老板为争夺铜矿资源发生了枪战,被乱枪打死。他被女朋友用衣柜藏着,捡了一条命。后来女朋友坚决不让他开矿了,他转行搞地产。搞地产,大片大片搞地,没有政府官员支持行吗?他和一个官员玩得兄弟一般,直到官员出事被抓,他逃亡广西。从广西赶回铜都找关系救官员那天,女朋友不同意,但他执意要去,回去后就被抓了。

他们恋爱了五年,女朋友怀了三次孕,其中最厉害的一次肚子疼得喊了一夜,他在外面出差,回不来,早上已经胎死腹中,直接在医院做清宫手术。

说爱我,女朋友那次在病床前这么要求。

但他一直不愿开口,男人,说那种软绵绵的话干什么呢? 等他在牢里关了一年,每天有大把大把时间的时候,最想说这句话,却最终没说成。

他出来的当天,女朋友开车去接他,路上遇到车祸。他的话今生今世都没有了开口的机会。

大眼睛,高额头,不高,皮肤黝黑,他一见到杜安就觉得似曾相识。和他原来的女友长得相似。是的,命中相识,这种好女人,命中总是相识。她们教你上进。安全。"不伤害"。是你命中的贵人。

车子开到一家私人会所医院,杜安在那里等待。这种贵族式的私人会所医院,本来人就是少,今天有雪,人更少。

红色外套,一顶紫色帽子,外面露出一双大大的眼睛。整个大厅只有杜安一个人。红红的颜色火球一样温暖了整个大厅。

本来杜安今天也要和扈成一起给几个部门经理开会,但是开会之前,她突然身体不适,扈成赶紧安排她到这家医院来了。

她的手机没有电了,她一直坐在这里,拿着手中的化验单发呆。

杜安拿着化验单呆了很久很久。因为下雪,这所私人会所医院大厅里很早就没有人了,她就这样发着呆。这张化验单会左右她的人生轨迹吗?外面很冷,屋里很暖和;屋里很暖和,内心很冷。

总有一些突如其来的事情,刀片一样切入我们的生活。

杜安看见扈成的车子画着弧线驶进院子。院子里很空,扈成的车子特别显眼。她不希望他开门,不希望他下车,不希望他走进来,不希望见到他。但是又特别希望他快点开门,快点下车,快点进来,快点看到他。这是矛盾的杜安,这段时间一直矛盾的杜安。

但是这张化验单打破了这种僵持的矛盾和平衡。

化验单滑落在地上,被迎面而来的扈成捡到。

扈成看到了满脸泪水的杜安。

扈成看到了化验单,愣住了。

你……怀孕了? 扈成问。

杜安点点头。

扈成有些耳鸣,杜安再说什么,他听了都像十里八里之外的声音,所有准备好的话,一下子被封在肚子里。

杜安很小心地往外移着步子, 一步一步往外移, 扈成也像踩在棉花上,一步一步往外移。

但是他启不动车子,启动一次熄一次火,后来索性不启动了。

你……要嫁给他了? 扈成伏在方向盘上说。

对,杜安努力地笑了一下,说,老扈,祝福我,好吗?

史昌庆在楼梯哭完,走在飘雪的街上,接到了汪春兰自焚的消息。汪春兰是面部和上胸接近百分之四十五的烧伤,人正在医院抢救。

史昌庆没想到弄假成真了,立即打出租车往机场赶。

史昌庆刚下飞机,出了机场,还没上出租车,接到杜安用座机打来的电话。

我同意和你结婚,杜安说。

你说什么? 史昌庆说。

杜安说,我同意和你结婚。

史昌庆上了出租车,还在莫名其妙中。我到处找你,杜安说,告诉你一个消息,我怀孕了。

很久很久,出租车在跑。混蛋! 史昌庆明白了,突然爆发起来。

你怎么了?杜安有点莫名其妙。你怎么现在才说? 怎么现在才说? 怎么现在才说啊……史昌庆声音继续爆发着说。

怎么了?我现在说晚了吗? 杜安说。

晚了,晚了,什么都晚了,史昌庆声音扯得很长。

　　杜安的父亲一直打不通杜安的电话。从史昌庆离开以后,他就开始打电话,但是一直打不通。这让他心慌。他每天至少给杜安一个电话,这个习惯从什么时候开始的?从退休吗?不,在退休以前就有这个习惯了。从杜安的母亲去世吗?记不清了。反正很久以来,他们父女之间就有这个默契,每天至少一个电话,如果打不通,或者打通了没人接,彼此就会心慌。

　　因为知道自己是矽肺病,很早就会去世,老局长在年轻的时候曾经不愿结婚,理由是怕自己早死后自己的女人成为寡妇,但是后来有一个女人愿意跟他,这个女人后来就是杜安的母亲。杜安的母亲年轻时也有病,并且深信会死在杜安父亲前面,不会成为寡妇。事实证明了杜安母亲的正确性,她的确在杜安父亲之前去世。她去世之后,杜安父亲也不再续弦,只和杜安相依为命。一个人和世界的联系,越单一越热烈,杜安的父亲就是如此。如同一颗太阳,只聚焦地球,只聚焦于某一个山川,只聚焦于某一个屋顶,只聚焦于某一颗心灵。

　　所有的爱都集中在每天至少一个电话里。

　　杜安的父亲从来不会在杜安上课或者开会这些忙碌的时候给杜安电话,似乎一次也没有。每次电话,总是在杜安刚忙完休息,或者刚好有空当的时候,恰到好处。连杜安都奇怪,好像父亲就在周边的某个角落站着,观察着她的一举一动。但是,就算身边天天一起工作的同事也没这么准啊。这就是一颗太阳的聚焦作用!有谁会像杜安的父亲那样,每天把给她打电话当做最重要的事呢?每次打电话前,都要计算时间呢?每次计算好时间之后,还要看天气情况及环境呢?每次计算好时间看完天气环境之后,还要观察自己的心情,调整身体的能量再打电话呢?

　　老局长现在一直拨不通杜安的电话,心里越来越慌。他打到学校,没有,又打了好几个地方,都没有。老局长想起杜安说的概念型酒店,一查114,居然登记注册了。老局长打到酒店,对方知道杜安,几个部门经理正在筹备开业。他们告诉老局长,杜安去医院了,扈成董事长去接她了,两个人手机都联系不上。不过等一下要回酒店。

　　去医院了?

老局长快速穿好衣服,快速跑下楼。下了楼才知道外面的风雪很大。交通已经很乱,各种车辆拥堵,北京市的交通系统抗不过一场风雪。这种混乱不是第一次,也不会是最后一次。老局长好容易拦一辆出租,想到医院,却不知道医院名字,只有朝扈成和杜安投资的概念型酒店赶。

出租车走一段停一下,停一下又启动,出租车司机不停地骂北京的天气和北京的交通。本来只有五六站路,接近一个小时还没有跑到一半。有很多人下车开始走路,路上的自行车、摩的和行人增加了行驶的难度。老局长下车开始步行。

现在是最危险的时刻! 多年来一直不愿直白教育女儿的老局长顶着风雪往前走,他有太多太急的话要告诉女儿,他忍耐不住了,他要由原来那种暗示启发式的做法改成直抒胸臆。

他要告诉女儿,对于男女恋人来说,什么是最重要的? 只有爱。

一个男人,他肯离开你,到那么远的地方,只为了一个公务员的身份,这个男人爱你吗?

他要告诉女儿,一个人在一个环境中,如果屡屡因为一件事跌倒,都以为是个人际问题,是个运气问题,是个技术问题,其实不是,根本不是,其实从根本上说,是个心灵问题,同样一件事,放在不同的人身上,会有不同的结果,那么心灵是一个贫矿还是一个富矿,是决定一个人命运的关键。

那么,当研究生时越过导师和发改委领导联系的史昌庆,当秘书时越过领导和北京高干联系的史昌庆,在老干局和离休高干联系的史昌庆,他的心灵是一个贫矿还是富矿,不是一目了然吗?

他要告诉女儿,史昌庆论述的那种处理事件的理论和观点,包括现在那些社会现象,那些事件处理办法,都不正确。现在的所谓干部,绝不是缺少什么手段。他当了一辈子干部,退休后一直在研究政体,如果只强调办法和手段,必然天下要大乱。不管事件的官方民方,只能有一个字,那就是爱。

只有这个字能解决根本。

只有爱,足够丰沛的爱,才不需要手段和方法,才不在乎形式的对错;只有爱,足够丰沛的爱,才在上与下之间,男与女之间,形成永久魅力的互动;只有爱,只有足够丰沛的爱,才是一座富矿,才会取之不竭。

他要告诉女儿……

什么都来不及了。一辆从马路斜穿的车辆直冲过来,永远夺去了老局长的说话机会。

十四

杜安父亲的安葬过程是在争吵和质疑中度过的。

第一场争吵是在停尸追悼的第一天。按照风俗和单位惯例,杜安爸爸的遗像放在家里供来人瞻仰,尸体在殡仪馆。但是杜安要到殡仪馆去守夜。杜安爸爸单位的人拗不过她,只好同意,这个时候,扈成出现了。

扈成拦住杜安,不让她去殡仪馆。

扈成不让杜安去,是因为扈成知道杜安肚子里有孩子。按着基本的习俗,孕妇不能到殡仪馆这种阴气太重的地方。但是杜安不明白这个,扈成也不便说破,只是一味阻拦。阻拦来阻拦去,两个人争执起来。

你是谁?杜安说,你有什么权力阻拦我去看我父亲?

扈成说,不管我是谁,你今天就是不能去。

两个人这样反复说,你一句我一句。杜安忍不住,疯子一般往门外挤。一起守灵的亲友都过来劝扈成,说,她太难受了,就让她去看一眼再回。

扈成拗不过杜安,一边开车送她,一边调度酒店里的年轻女服务员,用一辆面包车拉着都朝殡仪馆里赶。

到了殡仪馆,一群女孩子围着杜安,把她围在中间。杜安走一步,圆圈也跟着移动一步。杜安缓缓走着,圆圈也缓缓移着。一个人起头,每个人都大声唱歌。一直把杜安送到父亲面前。

杜安虽然不明白为什么,但她知道了扈成的良苦用心。她的步子很慢,圆圈和歌声也很慢。圆圈外面的扈成跟着唱,很慢很慢。

杜安的手机充上电之后,里面显示了父亲打来的三十九个未接电话,现在,她把父亲的手机拿出来,里面有他不停地拨打过的三十九个电话。显示出他寻找的焦灼,这种焦灼和沉不住气,不是父亲的风格。

爸爸,你找我干什么? 杜安问。

爸爸,你有什么重要的,非说不可的事要告诉我吗? 杜安自言自语。

第二天,杜安听说扈成把概念型酒店卖了,以极低廉的价格整体转让给了一个合作伙伴。杜安听说这件事的时候正在房间擦父亲的遗像,客厅外面闹哄哄的,很多来吊唁的人由杜安爸爸单位的领导在接待。扈成正坐在沙发上打瞌睡。

杜安跑出来,拍扈成的脑壳。扈成醒了。

杜安说,你把酒店卖了?

扈成说,是。

杜安说,为什么要卖?

扈成说,为什么要留着?

杜安突然大声说,混蛋! 为什么要卖?

扈成说,没什么,我就是不想干了。

杜安说,老扈,我们费了那么大的劲搞出的模式,你为什么不想干了?

扈成说,不为什么,就不想干了。

杜安说,你必须收回来,必须!

扈成说,杜安,你说入股,但是还没履行手续,你没有权力这么说我。

杜安一把揪住扈成头发,说,好,那这个屋子和你也没任何关系,你滚蛋,滚蛋好不好?

第三天,杜安爸爸遗体火化之后,杜安和扈成一起赶到首都机场。杜安准备飞湖北,扈成准备飞安徽。在首都机场,因为天气原因,飞机晚点,两个人都滞留了几个小时。

外面下着大雪,平时人山人海的首都机场,今天相对空旷。两个人都不想和对方说话。杜安不想和扈成说话,扈成也不想和杜安说话。杜安一直拿着手机,一直和史昌庆发着信息,扈成则一会双手插裤子口袋,一会躲在一边抽烟。

在这几天里,史昌庆在繁忙的行动中,一有空就给杜安发信息。报告母亲的伤势和他行动的进度。比如他如何和地方政府谈判;如何利用网络和媒体的力量逼地方政府就范;如何把那些拆迁钉子户集中起来,形成合力等。他还不知道杜安父亲去世的消息,杜安暂时没告诉他,怕他分心。

扈成的手机很安静。这些年,原来的生意朋友失散了,扈成也没有喝酒打牌一类的玩友。抽烟的空当,他掏电话看上面的时间,想拨打给一个什么人,最终没有想到合适的人。

两个人从不同的方向转来转去,几次在机场大厅中央遇见,都没说话。终于又碰到一次,杜安忍不住了。

杜安说,老扈,你把酒店卖了,回去之后,准备干什么?

扈成闷声闷气地说,开矿。

开矿?杜安诧异了一下,说,你不是不开矿了吗?

扈成想想,说,不开矿干什么?还是开矿。开矿简单。

杜安忍不住,说,不能干点别的吗?

扈成叹口气,瓮声瓮气地说,那就搞房地产吧,也简单。

杜安说不出话,两个人转悠着分开,都站在幕墙玻璃前看外面的雪。大雪一颗一颗往下掉,像掉在杜安心里。

这半年里发生了多少事啊。

杜安忽然想起和扈成一起到萍水去,想起那一路千里的狂奔,想起那一场性病和背后很多很多的未知,内心迷茫万分。再转悠到一起的时候,她犹豫了一下,问扈成。

老扈,杜安说,有一件事我一直不明白,就是我们去萍水的事……

扈成正抽一棵烟,快抽空了,用手指生生地掐灭烟头,苦笑一下。

扈成不想再说。

杜安也不想再问了。

十五

杜安和一场薄雪同时抵达汀祖。在中部,在鄂东,在一片苍茫的薄雪中,身穿红袄的杜安,下了飞机转汽车,抵达汀祖。

小镇仍然和她第一次到来时一样,行人稀少。照样分散而零乱;照样是你想炸它也找不到放炸药的位置;远处照样传来小型钢铁厂铸造的声

中篇小说·资源

音,在薄雪之中传来,锐利刺耳。

这一切都没变。

另外的一些方面,却发生着天翻地覆的变化。是的,这个小镇上的人在变,变得不再欢迎这个来自北京的姑娘。

杜安第一次见的那些人,比如春苗和豆豆,比如镇委书记和秋田,比如其他那些说不上名字却和谐友善的人,都变了。

杜安给春苗和豆豆发信息,春苗和豆豆回信。

你是回来拿钱的吗? 春苗和豆豆说。

杜安问,什么钱?

两百万啊,春苗和豆豆说。

什么两百万? 杜安莫名其妙。

你们买房子的钱啊,春苗和豆豆说。

买什么房子啊,杜安说。

别装蒜了,春苗和豆豆说。

镇委书记和秋田是在中午拿着饭碗到食堂的路上遇到杜安的。他们刚刚从办公室令人焦头烂额的网络事件中挣扎出来。

在自焚这类新闻事件中,地方政府从一开始就处于舆论的下风。在全国四处拆迁,四处投诉,四处暴力和抵抗的大背景下,围观的网民总是声援弱者。地方政府方面,要么有工作目标问题,要么有某些人的腐败问题,最次也有工作方法问题。

史昌庆是个清醒的判断者和指挥者。

加上众媒体,特别是网络媒体工作者的智慧。

在网络上,汀祖镇大批粗放开采的小铁矿和浪费尾矿图片被贴上,大片的土地荒芜的照片被贴上,大片的土地和水资源污染的照片被贴上,被拆迁了一半的房屋的照片被贴上, 旁边是醒目的标题——农民的土地被污染了,现在房子又被拆了,他们如何生活?

在网络上,秋田所代表的交通战线官员照片被贴上,秋田爬上梯子上去劝汪春兰的照片被贴上,秋田中午喝了酒的文字及照片被贴上。

在网络上,一群"钉子户"们站在他们已经被拆成废墟的房子面前,抱着被子,拿着盆子,可怜兮兮,旁边是一个巨大的标题——我们的家园在哪里?

等等等等。奇怪的新闻一天一天地翻新。旁边还链接有江西宜黄,河北,辽宁等各地的拆迁图片及文字,形成了一个巨大的背景。

新来的镇委书记和秋田这样的地方小官们面对这些强大的网络舆论,无能为力。

新来的镇委书记是愤怒的。他把打印出来的网络文章使劲摔在桌子上,对部下一班人说,我们也知道不能一直开矿,我们也知道转型发展才是汀祖镇的出路,我们正在扭转过去发展过程中的系列失误,但是,我刚来,我们这一届也刚上任,这篇文章,把这些失误都推到我,推到我们身上,合适吗?

他们在镇食堂门口碰到杜安。

秋田说,你来干什么? 是来拿两百万吗?

杜安说,什么两百万?

镇委书记说,你有了两百万,我们恐怕要掉饭碗了!

杜安到史昌庆指定的江西煨汤馆吃饭,江西煨汤馆老板变了脸,不卖汤给她。杜安说,我又不是白吃你的,我付钱的啊。

煨汤馆的老板说,付双倍钱也不卖。

杜安说,那为什么啊?

煨汤馆老板说,你是汪春兰的儿媳吗? 我上午才知道,你们马上有两百万了,你可以去买山珍海味,鱼翅鲍鱼,你喝我这几块钱的煨汤干什么呢?

杜安想起大家都在说两百万的事,料想其中必有缘故。

最大的变化当然是汪春兰。

杜安回来了几天,只见过汪春兰一面,这一面还是史昌庆精心安排的。史昌庆回家后,第一件事就是找了一个最铁面无私的亲戚看护汪春兰,没有他的命令谁都不能探视,所有关于汪春兰的伤势及状况,一律由他代言。

汪春兰知道杜安来了,面朝墙壁,不肯转身,手绕到背后一遍一遍非常有力地紧紧握着杜安的手。

孩子,妈的脸没了,汪春兰只说了这一句话。

众人的眼光往往是一个地方的公平器,在资源型区域尤其如此。在汪春兰自焚事件以前,汀祖镇大多数人,百分之九十以上,都恨这个地方。恨污染、恨土地贫瘠、恨贪官、恨矿老板、恨深埋在地下的上天恩赐的铁矿。汪春兰站在屋顶,大多数人都在笑闹,都在吆喝,都在观望。大家都理所应当地认为,政府该给钱,政府该输理,政府该挨骂——谁让你是强者呢,相反,汪春兰应该有理,该占舆论上风,该得到同情。

但是随着事情的推移和演变,政府变成了一个一个的人,这些人要受到处罚的时候,公平器开始发生变化。上级成立了调查组,首先调查拆迁指挥部的几个核心成员——新来的镇委书记、秋田还有村长。调查的内容是网上发布的那些问题。有没有暴力拆迁?有没有利用社会上的黑社会势力帮忙拆迁?有没有腐败现象?有没有用行为或者语言逼着汪春兰自焚?有没有目标太急功利主义的问题?有没有工作方法的问题?

调查组调查出了结果。没有暴力及黑社会问题。不存在腐败问题。更不存在逼汪春兰自焚的问题,没有人有那个胆,每个人都在劝她。如果说目标太急,这个问题应该有,那是上级——大广高速指挥部逼的期限太紧。但是调查组说了,不能牵扯上一级指挥部,上一级指挥部是国家项目,代表国家,国家会错吗?那工作方法问题有没有?出了自焚事件,差点出人命了,全国都在议论,会没有工作方法问题吗? 当然有。

有问题就得有人承担责任。史昌庆和杜安的父亲在讨论群体性事件时分析得对,上级给了下级要办的事情,却没有给下级遇到困难时解决问题的手段,出了问题下级又必须承担,这是大多数地方的基本现状。就汪春兰自焚事件来说,谁承担?新来的镇委书记、秋田和村长,他们几个最基层的拆迁指挥部成员要承担。

处分还没传达。内部有人传出消息,说村长要撤职,秋田要开除公职留用察看一年,镇委书记要降级调走。

这些消息陆陆续续传出来,全镇人民的公平器发生了根本性的转变。

首先是村长。这个村长当了十年,廉洁奉公,勤劳善良,在公家和村民有利益冲突时坚定不移地站在村民一边，把全村由人均收入几百元带到了人均收入六千多元。然后是秋田。秋田是本镇人，虽说在区里工作，但是涉及镇里事务，努力工作，热爱家乡。最有代表性的杰作是村村通公路，哪个村子修路不是秋田亲自督导？更可爱的是秋田随和，不摆城里人架子，不管是村长还是村民喊喝酒，一喊就去。最后是新来的镇委书记，他一来就提经济转型，不单单依靠矿业。他来的时候指挥部已经成立了，他调来直接顶替前任进了指挥部。他平时要忙于日常工作，挂名指挥部只是一个象征。他有什么错呢？

大家这么一想，就把矛头指向了汪春兰和史昌庆，加上两百万买房子的传言，心里的公平器就更加倾斜。

汀祖镇的人搞不明白这网络是怎么回事，为什么那上面说的话和他们的眼光及观点不一样，为什么他们说的汀祖镇是似是而非的汀祖，不是真正真实的汀祖。为什么他们说的秋田完全不是秋田。汀祖镇有六万人，网民不到百分之五，这百分之五把网络意见转达给他们，他们集体气愤却不知道该如何下手。也有一些年轻人，譬如春苗和豆豆，她们在网上反骂那些莫名其妙的意见，但是她们的意见面对五十万到两百万的网络大军，很快就被淹没。

但是有一点，整个汀祖镇都明白，不能再按原来的习惯继续生活。否则你拿一条命出来，又能怎么样呢？

在整个网络传播的过程中，汀祖的走动和聚会陡然增加，酒楼的生意也格外的好。大家都在讨论，都在打探，都在相互传达网络上的最新言论。

你拿出一条命来，又能怎么样呢？这是大家说得最多的话。那些拆迁户里，想用自焚做惊人之举的，只有汪春兰一个吗？那些看着矿老板发财，想谋财害命的，只有一个两个吗？四百年前，大家的祖先，"江西填湖广"来到这里，一口井，一棵树，一铲土，一步一步走到今天。是什么东西让大家耐不住性子一点一滴去生活了呢？

喝酒讨论吵闹到最后，往往是一片沉默。

十六

汪春兰面壁而坐。因为是冬天，也因为上级请来了鄂东一代最高级的医生及护理，她没有感染，恢复得很快。

她已经可以下床走动了。除了下床上厕所，在房内简单走动，吃饭这类简单生活外，她大部分时间都在面壁而坐。

窗户那里有外面射进来的雪光，她的眼睛受不了。她的面部包扎着，眼睛处只能透出微微的亮光。但是，就是这微微一点亮光，折射到墙壁上，让汪春兰看见了自己，也看清了整个事件。

她决定不要那两百万了。

自从她烧伤以来，除了政府来看，政府安排的人来看，其余的，没有人来看她。不从别的，单从这一点，她就看明白了。她相信公道自在人心。几十年来，汪春兰哪一次生病，看望的人不是排成队呢？

但是她这病得最重的一次，一切都变了。

汪春兰不要那两百万了，史昌庆不干。两个人发生了争执。

史昌庆说，听说你答应不上告了，想了结这件事？

汪春兰说，对。我想他们也道歉，同意多补偿一点，虽说和我们说的两百万有差距，但是……

汪春兰！史昌庆说，你是被烧了啊，被烧了啊，你明白吗？

汪春兰说，儿子，我是被烧了，但这一烧，不是烧糊涂了，而是烧明白了。你看看，儿子，现在没人来看我啊，人心和人情，不像我们镇里的铁矿，开采几年就没了，人心和人情，永远取之不尽，用之不竭，妈在这里，还要永远生活下去，享受下去啊。

够了！史昌庆说，永远取之不尽，用之不竭，汪春兰，你相信有这种人心人情吗？

相信，汪春兰说，孩子，我不仅相信，我也劝你相信！我一直教你朝上面读书，但我遗憾没教你的，就是人心和人情……

不行！史昌庆说，汪春兰，我说不行就不行！

汪春兰想法变了，外面却不知道。她的行动毕竟不便，看护她的人被史昌庆反复叮嘱过,所有见她的人都必须要史昌庆批准。史昌庆每天还是代表着她,和一级一级的政府谈赔偿,外面的媒体还是步步不饶,每天在讨伐着政府和几个主要负责人,镇委书记,村长,还有秋田。

有消息绕来绕去传来,说新来的镇委书记要承担责任,即将被降职;当了几十年的村长要被撤职了。

还有秋田,他是最主要责任者,听说他要被开除公职了。

开除公职?这个消息让汪春兰彻夜难眠,多年前,她为了史昌庆夺了秋田的上学指标,几十年来,不单没还他人情,还要继续让他受连累吗?

这是汪春兰绕来绕去听到的一幕。

秋田在街头的江西煨汤馆附近找到了史昌庆。秋田喝多了,抱住史昌庆不放。

兄弟,你抬抬手,放兄弟我一马,秋田说。

史昌庆很惊讶的样子。

秋田呼呼吐着酒气,急促地说,中央要来人了,调查组要升级了,听说这一次又要加重处分。听说我原来已经是留岗察看,再一加重,我就被开除公职了。

史昌庆说,是吗?不清楚啊。

不,兄弟,你很清楚,你一清二楚,秋田更加急促地说,我不能被开除,你知道的,我刚有儿子,半岁不到,我开除了,儿子怎么生活?

史昌庆说,我又不能开除你,要开除你的是上级部门,你找他们啊。

找他们当然,当然,我一直在找,每天,每天都在找,但是,更大的调查组来了,他们也挡不住,秋田哭起来,兄弟,我只有找你了,你一说没事,说解决满意了,他们就会满意,就会走了。

史昌庆两手一推,说,秋田,我有那个权力吗?

秋田从不远处拿一块砖头过来,因为刚下过雪,砖头上面有一层硬硬的薄雪。史昌庆紧张地后退,说,你干什么?你干什么你秋田?他以为秋田要拿砖砸他。秋田喝多了,没听见,自顾自地把砖头放在地下,扑通一声跪下。

史昌庆惊呆了。

兄弟,秋田继续哭,说,兄弟,我现在没有退路了,我有半岁的儿子。我不会说话,让你母亲自焚了,受了伤,我刚才去医院给她磕了三个头,你比她晚一辈,我现在给你磕两个头,给你赔礼。

江西煨汤馆门口围满了人。

秋田额头抵在砖头上。抬起来,磕下去。又抬起来,磕下去。

大家都听到响声没? 秋田爬起来问。

没有人回答。

十七

杜安努力想做一件不让大家谴责的事,但是努力了几番,才明白那是白搭。在镇政府三楼的长长走廊里,走廊上有一只长而硬的木头沙发,沙发对面有一排大盆植物,分别是箭兰、胡叶和大叶子芭蕉。四周是白的墙,墙下面硬沙发上,是身穿红袄的杜安。走廊的一边,尽头是会议室,史昌庆正在里面和区里镇里领导们艰苦谈判。走廊的另一边,尽头是厕所。会议中间出来上厕所的人,都用怪异的目光看她。

该干点什么呢?

杜安不知道自己该干什么才合适,才能让大家满意。在大家的眼里,她成了和史昌庆一起向政府要钱的人。她坐在硬木沙发上,从大家的目光,故意的咳嗽,上厕所很响的开关门声能读懂这一切。她第一次来受到的礼遇一下子没有了,人们一下子都变了。

杜安每天跟着史昌庆,一方面是因为她待在家里无法忍受孤独。她从来没有这样过。是因为怀孕了吗? 是因为父亲走了吗? 她不知道。她不明白自己为什么一下子这么软弱。几乎每个夜晚,她都会头抵史昌庆的胸部,默默流泪。几乎每个夜晚,她都会很早醒来,一直望天花板,想一些事情,很多很多。

爱她的人都一个个走了。

父亲走了。

扈成走了。

只剩下身边这个人,这个人叫史昌庆,真实的史昌庆。感觉到真实,让她一次一次紧紧抱住他。但是越抱得紧,越让她不踏实。

不踏实的原因是那两百万。

是此前你和你母亲商量的两百万,还是事后你想向他们要两百万?杜安问了几次。

史昌庆每次都不耐烦,说,这有区别吗? 有区别吗?

杜安想,这当然有区别,很大的区别啊。

杜安怀了孕,让史昌庆有了一种安全感,很有把握那种……为什么呢? 这让杜安纳闷。

杜安受不了这些,有几次她要离开,从三楼下到一楼,在一楼的门口望望天空,又折返回三楼。

她不知道到哪里去,只有跟着史昌庆她才觉得心安。

往返了几次之后,她到底受不住了,史昌庆这次谈判太长了,从上午一直谈到下午,在赔偿的数字上双方僵持不下。

杜安最终走到医院去看汪春兰,怀孕让她身体不适,刚走到病房,她忍不住,跑到厕所去了。

汪春兰今天才通过春苗和豆豆知道杜安怀孕的消息。今天史昌庆安排的看护汪春兰的亲戚有事请假,春苗和豆豆就顶上来了。她正指挥春苗和豆豆在房间里煮鱼。

放盐,汪春兰说。

麻油,不要别的油,汪春兰说。

汪春兰安静而有序地指挥着,屋子里慢慢弥漫着香气。乡镇卫生院,住院的很少,况且大家都是熟人,住院的人在走廊和房间做饭是常事。

汪春兰的眼睛虽然看不见,但她坚持要给杜安熬一锅鱼汤。

鱼香弥漫的时候,史昌庆急匆匆地跑过来了。

汪春兰! 史昌庆一进门就气急败坏地大喊。

干什么你? 汪春兰尝一勺汤。

汪春兰! 史昌庆说,你已经答应让那帮人不赔两百万了吗?

汪春兰说,对。

史昌庆说,你有病啊,你有病啊,你不是白烧了吗?

史昌庆激动地摇汪春兰的肩膀,把汪春兰正在尝汤的勺子摇掉地上了。史昌庆今天谈判不顺,因为汪春兰改变了主意,政府方面的态度变了许多。

汪春兰说,先不说两百万,我问你,杜安怀孕的事你知道吗?

史昌庆说,知道啊,当然知道。

汪春兰说,儿子,杜安怀了你的孩子,你们就会结婚,你原来的顾虑都没有了啊,你就可以留在北京了啊,还要两百万干什么呢?

史昌庆说,那你不是白烧了一场吗?

汪春兰说,孩子,那是我的事,也不是白烧一场,他们给了一些赔偿,我也通过这件事明白一些道理,大家就此了结吧。

史昌庆说,不行! 汪春兰,我们早先不是说好的吗?

汪春兰说,儿子,如果杜安知道你为了两百万,让妈这样,这不说,还让秋田他们又丢工作又撤职,她会怎么想?

史昌庆说,汪春兰,你也不想想,杜安她怀孕了啊,怀孕了你知道吗?

汪春兰说,怀孕了怎么了?

史昌庆说,怀孕了,一切都颠倒过来了,你看看她现在对我多依赖,她还能离得开我吗? 你想想,她就是知道什么又怎么样?

房间门突然开了。

杜安站在门口。

十八

雪下大了,汀祖镇离高速公路不远。车站里拥挤了很多等车的人。杜安在车站的二楼,因为怀了孕,她上厕所的次数很频繁,所以她一直待在二楼离厕所不远的一个角落里。

她要离开汀祖镇了。

她相信不会再来了,也不会再见史昌庆了。

史昌庆知道杜安要离开他之后,进行了苦心的劝说和行动的阻拦,但是杜安趁他去市里谈判索赔的空当,还是找机会跑出来了。

风雪继续大着,除了近处几个镇的互通班车,远处的车辆一辆都没来。人群中不停地有人打电话,急着向家人朋友,向发车的车站,向政府,向110问询。问车走到哪里了,问车坏在哪里了,问路况怎么样,问堵得有多长。车站广播台专门喊话,让大家不要出门,外面风雪大,路况不好。但是很多人仍然抱着希望,一直不走。

杜安看到史昌庆走进车站。杜安奇怪自己居然很平静。眼看着史昌庆在一楼大厅的人群中寻找,眼看着史昌庆走出车站张望。她没有躲。没有必要。但是史昌庆没有发现她,她换了一件棉袄,红色的变成了灰色的,仅此而已。但是惯性继续牵引着史昌庆四处寻找红色,从车站找到家里,又从家里找到街上,再从街上找到镇里仅有的几家旅馆,凡是有红色的地方他都赶紧跑去。但是四处都没有。史昌庆不甘心,再次跑到汽车站,仍然没有他要看的红色。史昌庆站在外面的广场上,风雪吹打在他身上。候车的人都躲在大厅里,广场上只有他一个人。

我爱你,杜安,请相信我爱你,史昌庆发信息说。

杜安没回。

杜安,你想想,我为什么要这么做?我还不是想和你结婚吗?

杜安没回。

杜安,我想我在萍水,在湘东,那么困难,你还远赴千里去看我,这说明你爱我,是不是?

杜安的眼泪流出来。

杜安心里说,是,史昌庆,你在萍水,你在湘东,你在那么沮丧潦倒的时候,我都去看你,我还要和你结婚,但是今天,你快有两百万了,我要离开你。

杜安摸到随身小包,摸到里面的手绢,她照样颤抖了一下。杜安捏着手绢,从二楼开始,一步一步往下走。她需要扶住楼梯,因为雪地很滑,容易摔倒,她要保护自己肚子里的孩子。她需要穿过一楼因为寒冷而跺脚的拥挤的人群,她照样要护住肚子。她现在已经形成习惯,直觉式的习惯,走到哪里都要先护住肚子。

她要走到车场外面的广场,把手绢给史昌庆。告诉他,他伤害的,他缺乏的是什么。告诉他不必再找了。但是她会一直护住孩子，护住这个生命，并且会永远爱这个生命。

等她一步一步小心地走到车站外面的广场，史昌庆已经离开了。杜安没接他电话，也没回他信息。她站在风雪中，仰望天空，大雪一朵朵落进她心里。天空越下越近，爱情越来越远。她把手绢在雪地上铺开，摊好，大雪如千万支箭一样射在手绢上，最终覆盖住手绢。一段生活。一段爱情。万箭穿心。

她把史昌庆这个名字调到手机的黑名单上。

杜安接受了人群中一个人的建议，出门坐那种小型运输摩的朝黄石市赶。在天气恶劣的时候，这种小型摩的走小路的速度远远超过大型车。

小型摩的带着杜安顺着乡村小路朝黄石市跑，沿路风雪呼呼地叫。这种小型车除了顶上有篷子，四周都通风。杜安把帽子戴上，大衣紧裹住还不行，很快，脸和身子都冻僵了。路太滑，小型摩的跑得很慢。跑了一会，杜安憋了，想小便，但是杜安忍住了，再跑一会儿，杜安忍不住了，喊停。司机停下来，问杜安有什么事，杜安吞吞吐吐。司机明白了，前面走几步侧着身子抽烟。杜安看看左右实在没有可以躲的地方，只好躲在车背后快速解了手。

车继续走。走几步，杜安叫停一下，再走不远，又叫停一下。司机说，噢，你是不是个孕妇啊？

车继续往前开，天完全黑了。在一个坎子前面，车开不上去，完全熄火了。

司机前前后后想不出办法，怎么也打不着。然后他在不远的地方很响地撒尿，向杜安走来。

杜安心里紧张，害怕得死死抓住栏杆。司机探过头。杜安声音抖抖地说，你想干什么？

司机说，走不了了，车坏了。

杜安带着哭腔说，大哥，大叔，我给你钱，给你钱，好吗？

司机说，钱能让坏的车走啊。

杜安不敢吭声。

司机说,那好,前面十公里是黄石市,后面十公里是汀祖镇,你如果坚持到黄石市,你就自己走,如果你回汀祖镇,我也返回,我可以推着你,让你坐在车上。

杜安坐在车上。既不敢下来往黄石市走,也不敢说往回走。

杜安缩在车上,手机开始震动,一连串的信息来了。有远在铜都的扈成的,有春苗和豆豆的,甚至还有汪春兰的。

扈成每天给她一个信息,都是尽量平淡而真挚的问候:你还好吗?

我现在不好,老扈,你愿意继续像原来那样远赴千里接我吗?杜安想这样说。但是杜安忍住了。杜安知道扈成的脾气,他会立即出发,这样的风雪,这样的夜,不行。杜安回了一个信息:我还好。

春苗和豆豆问:杜安姐姐,走成了吗?你好吗?她们显然又在一起,真好,有真诚的朋友在一起真好。谢谢你们,谢谢你春苗,谢谢你豆豆。杜安回道:我很好。

汪春兰也让人发来信息。

孩子,你在哪里?你好吗?

这是一个好人,好母亲,很好的母亲。怎么说呢?只选择回答一个问题,我很好,阿姨。

父亲的信息:乖乖女,你好吗?杜安眼眶一热。爸爸,我很好!她回道。

回完父亲的信息,杜安愣住了。怎么会有父亲的信息呢?父亲不是过世了吗?杜安查看手机,才知道自己错了,无意中翻到了父亲原来发给她的信息。

杜安下车。她相信父亲在不远处的某个角落站着,一如既往地关心着她。她相信这次无意中的行为是父亲在提醒她。四周一片白,远处的白稚山,近处的房屋,上面都白茫茫一片。在这个世界上,那个永远在身边的人,不再有回音了;在这个世界上,开始和她联结的人,她不能和他共同在一起了。四周很安静。杜安在这空旷的世界里一下子领悟了很多个夜晚都无法解读的谜语和隐喻。因为她看见不远处,父亲在笑。

…………

往前还是往后，小型摩的司机在杜安重新上车后问，你想好了吗？

杜安还没想好。

司机把身上穿的那种军用黄大衣脱下来，扔在后座杜安怀里，说，抱着，暖和。

杜安没想到司机会有这样的举动，心中涌出一种感觉。酸酸苦苦。辣辣热热地往上涌。但是杜安太冷了，她立即抱住军用黄大衣，里面热乎乎的，还带着司机身上的烟味和体温。

司机问，想好了没有啊？

杜安还没想好。

司机围着车子跑动，显然是冻得受不了了。杜安觉得难为情，探出头，说，师傅，衣服还给你吧。

司机摆摆手，说，不用不用，我是男人，火气大。

杜安说，那太谢谢你了。

司机边跑边说，妹子，你刚才以为我想害你吗？怎么会呢？我也是有家有口的人，我怎么会做那种伤天害理的事呢？

杜安说，师傅，真的感谢你，你是我遇到的一个好人。

不客气啊，妹子，司机跑动速度加快了一点，地上的雪变硬了一点，边跑边哈气，说，你是外乡人，我们原来也是外乡人啊。

杜安跟他套一句近乎，问：你们原来是哪里人啊？

司机说，你不知道啊，我们这里祖宗上都是从江西迁来的啊，"江西填湖广"，听说过吗？

杜安明白他说的意思了。

出门在外，都不容易，司机说。

杜安眼眶一热，用大衣蒙住脸，泪水流出来。

司机用脚跺着雪，又问，想好了吗，妹子。

杜安伸出头来，说，想好了。

杜安想好了，继续往前走，不往后退。走了一半路，碰到困难，往前走是最好的办法。

那你一个人，去黄石，行吗？司机问。

师傅，杜安说，我求求你，好不好？我往前走，你也往前走，好不好？反正你回去也得修车,不如赶到前面市里修车。

司机一想,也是啊,原先怎么没这么想啊。

杜安说,师傅,我给你钱,五百块,一千块,好不好?

司机说,我们有规矩的,平时五块,雨雪天十块。如果退回去,我不收钱,我没送成你嘛。

杜安说,那怎么行! 这么大的雪。

司机说,好,我们往前走!但是我说好不要你钱!我们这里一个村一个湾,有祖训的。我们不欺负一个外乡人。

杜安说,那好,我知道你了,那我给你修车费,好吧。

司机说,修车啊,也就几块钱的事,简单。

杜安说,那我给你住宿费,你的车坏了,你回不来,要住吧。

司机搓搓手,笑着说,你这个妹子是想变着法子给我一点钱啊。

现在就出发吗?

鲁娃小传

　　鲁娃，女，祖籍山东，原系《温州日报》记者、编辑，上世纪九十年代移居法国。曾发表一系列纪实文学作品，出版两部长篇小说，曾获青年文学奖、报告文学奖、浙江省文学艺术奖。后来中断写作十余年。2006年开始在《小说月报·原创版》、《人民文学》、《收获》、《芳草》、《江南》等刊物发表长、中、短篇小说及散文，其中部分作品被《北京文学中篇小说月报》、《小说月报》选载，上海文艺出版社出版长篇小说《女儿的四季歌谣》。现为《温州都市报》海外通讯专栏作家。

少尉阿博

□ 鲁　娃

一

阿博怎么也没想到，一旦走进这扇大门，就再也走不出来。

这个上世纪九十年代巴黎深秋的早晨很平常，毫无预兆会改变一个人的一生。当时阿博裹着薄被在他的小屋睡得正香，忽被急促的敲门声惊醒。姑妈家的餐馆总是凌晨打烊，帮厨的阿博上床更晚，早晨恰是鸳鸯好梦时辰，阿博因此很不开心。小屋在厨房一角，以前是封闭的贮藏室，如今开出边门，通向屋后幽深的巷道。巷道里两排对峙的老房子，鳞次栉比。小屋破败而狭窄，扔一张席梦思在地上就没了伸脚的地方，空气里满是混浊的油烟味。但与所有走黑道来巴黎的温州人相比，阿博拥有姑妈借给他住的这间小屋，已是莫大的幸福。

阿博在枕上转动他的脑袋，我们看到一张二十多岁年轻的脸，带着未醒的困乏。眼睛很亮，眉毛很浓，鼻翼两侧有淡淡的几点雀斑。鼻梁是直的，嘴唇抿紧了，藏住一口颗粒整齐的白牙。尤其滑落额角的那绺头发，乌黑油亮，生机勃勃。不用说，他称得上英俊少年。

这个平常的早晨注定要掐断阿博的好梦。把门哐啷拉开，门外那个人卷进来，直挺挺戳到面前，嚷嚷道："说好的，陪我报名去，赶紧了！"睡眼惺忪的阿博跌回地铺，一串哈欠后拍拍额头说，"还真忘了。"

来人叫阿毅，是阿博的表哥，年岁相仿，长相也有几分形似，只是瘦，把阿博身上那种英武之气瘦没了。阿毅想去外籍兵团当兵，混个合法身份，五年军饷，一直撺掇阿博一起去。阿博不肯。不是他不憧憬军营生活，从小他就认定当兵是好男人立足的一个过程。可这里不是中国,他来是挣钱数钱的,与当兵无涉。家里花二十万把他这个独生子偷渡出来,肩上扛了淘金的使命,他不能为所欲为,决心要混出人样来。他在姑妈餐馆帮厨,虽是黑工,没有合法身份,却吃住不愁,就算碰到移民警察来稽查,还有小屋边门可逃之夭夭。不到山穷水尽,他没理由巴巴送上门给法国人当炮灰。表哥说不动表弟,退而求其次要他陪着去报名。阿博比阿毅有学问,以前读高中学习成绩就好,眼下洋泾浜法语又多学了几句,阿毅有他陪着,壮胆。

两人一前一后走出巷道,来到阴沉沉的巴黎街头。时辰早了些,冷风料峭,行人寥寥无几。深秋的雾氤氲着湿气,让不远处巴黎圣母院的尖顶若隐若现。阿博视而不见,眼角只晃过阿毅耸起的双肩。阿博不过二十二岁,就已学会掩藏心事。偷渡七个月加巴黎两年"地老鼠"的日子,磨蚀了本该有的天真无邪,他自己都觉出多了许多世故狡猾。其实,阿博心里很矛盾,有替表哥的担心:法国虽无战事,世界却不太平,别人都说外籍兵团随时都会外派世界任何地方参战,说好听点是维和,说难听了就是当炮灰。阿毅去了,还能人模人样回来吗?他俩从小一起玩儿大,高中没毕业,又一起"黄牛背"偷渡到欧洲,路上有惊无险吃足了苦头,好不容易上了巴黎这个岸,一身浑水未沥干,又要下水,莽不莽撞?同时也替自己叫屈:好男儿,谁不眼馋当兵,建功立业不敢说,豪气一番总是令人向往的。

但是这些心思阿博没说,任凭它在心里打转。两人走过三区狐狸大道,在靠近巴黎市政厅的站头下了地铁。外籍兵团巴黎招兵站在城门外,须坐快线。地铁下面与清寂的街上宛若两个世界,上班族挤挤挨挨,摩肩接踵。阿博被人推拥着,脚步飞快。通道很长,拐弯抹角处时有呛鼻尿臭袭来,实属巴黎奇观。阿博捂住鼻子,突然发现巨幅广告下有缩头缩脑的小招贴连成一串,都是重复的内容。阿博撕下一张卷了角的招贴来看,竟是外籍兵团的招兵启事。忒不光明正大了吧,好端端一个维护世界和平,怎么弄得跟做贼似的?

"瞧,招兵广告,你的通行证。"阿博把小纸片递给表哥。阿毅翻来覆去看了好几遍,不认识一个单词,悻悻然揣入衣兜。阿博捅了表哥一下:"想好了,真去?"

阿毅突然就恼了,叫道:"你以为我真愿意当炮灰,不是没路可走嘛。你想挣大钱谁不想,可是连个身份都没有,整天心惊胆战让警察追,怎么挣?"阿毅的眼珠凸出来,显得更瘦了,像只蚂蚱。阿博心里有点痛,是刀划过去的感觉。阿毅躲在地窖衣工场已剪了两年线头,挣出的碎银子根本不够付"蛇头"的偷渡费用。其实他阿博又何尝不是这般窘境,就算好一点,也是五十步笑百步,堂堂后生儿,刀锋上走路也不该这么狭路相逢。

兄弟俩沉默了。直至地铁到站,就这么眼瞪眼一声不吭。

事实上不单是外来移民,就连法国人也对外籍兵团所知甚少。

外籍兵团法文Légion É trangère,属于正规建制雇佣陆军,创建于十九世纪路易·菲利普时期,在历史超过一百五十年的今天,已成为法国军队不可分割的一部分,曾为存在于法国史的三个共和国、一个帝国服务,见证了法国殖民帝国的兴盛与蹉跎。它征战北非、南美、东南亚、中东,参与过普法战争、殖民地掠夺、两次世界大战、印度支那及第一次波斯湾战争,战绩卓著,是纵横世界各路雇佣军中历史最悠久也最有传奇色彩的一支欧洲劲旅。

外籍兵团顾名思义以招募外籍士兵为主,军官则多由非外籍兵团派遣的法国人担任。目前总数万人之多,兵员的原籍国多达一百三十多个,很有点儿联合国作战团架势。法国公民不在招募之列,除非改换门庭,隐去原有国籍,以(文书上的)比利时、瑞士、加拿大等外国人身份加入,才能"蒙混过关"入伍,显然这类"蒙混过关"有其暧昧的一面。既然是雇佣,是花钱招募,领相当可观的薪酬,总不能当兵爷供着,要打仗,要承受危险,甚至流血牺牲。说白了是用外国人身躯筑法兰西城门。入伍门槛自然也低。只要体能及心理素质过关,国籍、文化背景、有无法语及在法合法身份与否都将不作为考量。并且遵照本人意愿,五年服役期满,确认受到足够同化将允许获取国籍成为法国公民。不愿放弃原有国籍者,在契约结束后也可得到法国居留权。

而这些作为索取与馈赠的条件,都有理由看作外籍兵团自身的尴尬与无奈,与法兰西这个国家自由、民主、博爱的人道诉求有着难以回避的冲突。所以，尽管每年都有上千兵员的补充，上万应征者的响应，招募工作只能半封闭半公开地进行，避免大张旗鼓。借用不贴切的中文比喻，叫做暗度陈仓。

　　巴黎招兵站居然设在一幢老房子里，大抵是有钱人留下的私宅。石墙上爬满红隐于绿的藤萝，深蓝色木门厚重却又不惹人注目。阿博和阿毅在门前蹭来蹭去好几个来回，要不是恰有一个军人出来，差点错过。

　　阿毅不禁朝后退了两步，被阿博从背后一把搡进门里。"别缩头乌龟似的，让人瞧不起。"阿博知道阿毅怯场，其实自己心里也发憷。门外虽不起眼，军威却从内里逼出来。

　　进了院果真别有洞天。有遒劲的几棵老树，石板铺的天井被无数双脚踩磨得锃亮。天井通达左右几幢结构不一的老楼，都重新装修过，刷成统一的蓝灰色，足见部队的严谨。阿博拽住一个军人，问他报名处在哪里？军人指指左边那栋楼。阿博推门进去，很宽敞的厅，没其他摆设，只有笨重的大桌子船一般泊在中央。桌后三名军人，头戴白色平顶高筒圆帽，标准法国陆军制服，肩章上缀有红色流苏，正襟危坐，脸上没有任何表情。阿博觉得他们的着装不像军服更像七月十四国庆阅兵式上的仪仗队。他给自己也给阿毅壮胆，大大咧咧问，"谁是长官？报名参军来的。"

　　坐中间的脸上有道疤，看起来很肃杀。他指指阿博的鼻子，哼一声，"你？"

　　"不是我，是他。"阿博把阿毅推到前面。

　　刀疤脸嘟囔了句什么，估计不是好话，阿博不懂，权当没听见。

　　两张硬纸片劈头盖脑飞过来，阿博眼疾手快，接住，展开一看，是招募表格。

　　"填罢再来。"刀疤脸挥挥手，不耐烦的样子。

　　这回阿博听懂了，拽阿毅走出大厅。门廊一侧有个早年的起居室，靠墙搭了一排现代立式台子，像是咖啡馆吧台。阿博心想这大概就是填表处了。他从兜里掏出法中小词典，帮阿毅一项项填。阿毅凑一边看。看也是白看，法文一概不识。

　　姓名一栏有备注，居然写明尊重个人意愿允许不以实名填报。

阿博问也不问,代阿毅填上Thomas Zhang。转脸说:"就叫托马斯·张,这个洋名好记。"阿毅点头,"听你的。"

出生年月:××日××月××××年;年龄:22岁。

籍贯——那还用问,当然是中国,温州。阿博甚至有意写上瓯江之畔朔门街××号字样,只可惜翻不出法文字,这才作罢。

学历:中国高中肄业。法国文盲。

职业:制衣工人;技能:剪线头。

家庭住址:某地洞。

阿博并不想搞恶作剧,只是照实了填。地老鼠不住地洞还能住天上?一项项往下填,阿博气不打一处来,不知该怨法国不善待他们,还是怨自己根本不该从中国跑出来。本来写字母笔头就涩,一生气,笔画更难看,东倒西歪的,图钉也按不住。吭哧吭哧填毕一式两份四张纸,一支笔早在手里攥出了汗。

阿博把表塞给阿毅,说:"进去吧,我在这边等你。"没等阿毅犹豫,先已发作,"你不是说只剩这条路了吗,还不赶紧的,别等人家变卦不收你。"阿毅没理他,转身慢慢走去,两肩耸着,把脑袋挤得又尖又长。阿博又觉着不忍,叫住他说:"他们肯定要盘问,你就说听不懂法语,料他们也没辙。反正告示上说了,懂不懂法文他们都会要,你别担心。"

自己便在院子里等。时辰还早,稀薄的阳光穿透老树枝杈照到身上,有飕飕的凉意。还不能碰,一碰就碎似的。阿博心想,阿毅若真被招了,就把口袋里的法中小词典送他。当了法国兵,总不能连指令也听不懂。

一刻钟后,阿毅面红耳赤出来了,湿漉漉一头汗。

"怎么样?"阿博迎上去。

阿毅嘴一撇,差点没哭出来,"被他们刷掉了。"

"为什么?"阿博问。

阿毅摇头。

阿博跳起来,"你等在这里,我找他们问个明白。"话音未落,人已没了影。

三名军人照旧坐在大桌子后面,连坐姿都没变。阿博气咻咻冲他们喊叫："我朋友犯了什么忌，凭什么你们不要他？"

"Thomas Zhang？"

明知故问。这一刻除了他还有谁？阿博的怯场荡然无存。他可不是阿毅，被人甩掉得有理由。

"很遗憾，您的朋友体能不过关。"一个军人起身指着大厅中央那片湿漉漉的地面，"几个俯卧撑就累成一摊泥，怎么可能招他进来？"又反问，"你们中国人，会不会以为外籍兵团是流浪汉收容所？！"

阿博语塞。阿毅留什么不好，留这摊汗渍丢人现眼。咽了口唾沫，嗫嚅道："阿毅本来不这样，是两年窝地洞里剪线头剪的。"仰起脸，声音也变了，"可他做梦都想加入兵团，求你们给他一次机会，我保证他能把俯卧撑做上一千次。"他替阿毅不甘，急慌慌词不达意。

两个军人都笑了。只有刀疤脸，面上阴云不散，眼角嘴角乜斜着，好像站他面前的不是人而是一条斜杠。阿博狠狠瞪他一眼，到底把他没憋住的臭骂招惹出来："什么瘦猴白痴的，乌七八糟的缩头乌龟也吵吵嚷嚷来当兵。一群蠢猪，捣乱不是？！"

阿博跳起来，"我抗议！抗议你骂人！"他听懂了"蠢猪"两个字，脸气得铁青。法国佬，居然不把他们当人看。

刀疤脸不屑一顾，朝椅背一仰，冷笑道："小子，你最好明白一个道理，要想待在法国，就先学会忍受挨骂。你以为你是谁，总统我都骂，偏骂不得你？"见阿博一时没反应，又把胳膊肘支到桌上，继续他的挑衅，"蠢猪让你蒙羞是不是？很简单，露一招我看看，证明你不是。"

"我当然会证明给你看。"就算听不懂，也能猜出个大概。阿博七窍生烟，攥紧了拳头。站在这里与餐馆做黑工被警察追捕是两码事，他与刀疤脸之间是平等的，为什么非要忍受侮辱与挑衅。想也没来得及想，他摊开手，"拿来，我还就报名了，看你们怎么晾晒我。"一急，满嘴都是温州话。

刀疤脸深凹的蓝眼睛对着阿博，不动声色，心里却是窃喜的。他洞察到这个中国小子身上潜藏了强悍的意志，他骂他，给他假想的敌意与挫败感，归根结底是对他的欣赏。他暗暗告诫自己，千万别错过这块当兵的料。

阿博闪电般旋出去，又闪电般旋回来，填好的表格朝刀疤脸劈头盖脑摔过去，而后一个箭步蹿到中央，拉开架势。他已两年多不动拳脚，从小跟拳师在松台山练就的一身武艺却没荒废掉，一招一式随手即拾。他要让这帮趾高气扬的法国鬼子开开眼界，什么叫中国功夫。刀疤脸看穿阿博的心思，偏不去看，只把目光罩住表格。

风起，潮涌，电闪雷鸣，地动山摇。世界小得只剩一个圆圈，阿博身轻如燕，腾挪有致，功夫只在方寸之间，气场则很大，无边无垠，飞哪儿是哪儿。

一左一右的两个军人没见识过中国武术，看得眼花缭乱。刀疤脸却在阿博拳脚的呼啸声里，一字不落读了两遍他的表格。跟刚淘汰掉的那个瘦猴没大区别，唯有出生年月小他五个月零三天。刀疤脸还注意到，这小子的姓名栏填了三个字母，Abo，稀奇古怪，想是原名音译。这不造假也是对抗的意思？刀疤脸不明白的是，中国人看重姓，阿博只要把姓隐掉，叫Abo或叫阿狗阿猫其实并没什么区别。

刀疤脸偷偷乐，却虎着脸，用手指嘟嘟敲击桌面，"STOP！我操，你有完没完？有本事训练场上招摇去！"

阿博倏然打住，眼睛清澈地盯了他看。

"瞪什么瞪，你这个兵，我收了。"

阿博这才意识到什么，心里一紧，头皮也麻了。

阿毅正在院里抓耳挠腮，见阿博出来，挡住他说："怎么去那么久，把人急死了。"

阿博一跺脚，"真够倒霉的，没替你咸鱼翻身，倒把自己贴进去了。"

"你什么意思？"阿毅问。

"我的意思不明白吗？想当兵的你没当成，不想当的我偏当了。"就像一个圈套，阿博都不知自己是怎么被绕进去的。反正闯了祸，说什么都已太迟。他失魂落魄的，蔫蔫揶揄，"阿毅，找个旮旯结伴哭去吧！"

阿毅这才明白，拽住他胳膊欲朝外走。

阿博甩开他，"走不了了，有规定。"

阿毅说："管他什么鸟规定，真不愿干，照样走人，还捆你不成？"

阿博摇头，"不，这时变卦更让那帮家伙瞧不起，我不能给中国人丢脸。"

阿毅心好，转过来安慰他道："那么，就算替我把这个兵当了。你比我强，干一把让他们瞧瞧。"

阿毅的话让阿博抖擞了点精气神。他反省自己，假如心里没有当兵的情结，人家再激你，也未必能把你拴进去，八成这就是命。只是苦了爸妈，宝贝蛋似的疼他，要听到儿子替法国人当炮灰的这个消息，还不一口气憋住双双晕倒？

阿博家里其实不缺钱，如果留在家里，他公子哥儿的日子应该活得挺滋润。温州是鞋城，父亲又是鞋城做皮鞋做出了名的鞋匠。后来城市发达他也跟着发达，开了鞋厂，做内销，也做外销。鞋做得漂亮，价格有竞争力，生意节节上升，厂子规模也水涨船高。当老板的父亲自己没什么文化，希望儿子上所名牌大学，读硕士，读博士，再回来掌管家业，好让他卸下担子，搓搓麻将享享清福。阿博聪明上进，读书也不错，偏对做鞋卖鞋没兴趣。非但没兴趣，还闻不得皮臭，平日去哪也不愿去父亲鞋厂，仿佛天生跟鞋有仇。父母宠他，也就不逼他，心想将来做白领当教授什么的也不错。

可是有一天，临近高考的阿博突然宣称，他不考大学了，要"黄牛背"，闯荡世界。

母亲吓出一身冷汗，头摇成拨浪鼓。

夜里父亲回家，他又堵在门口非要父亲答应。父亲叹口气，什么话也没说。

阿博是父母过三望四的岁数上烧香拜佛好不容易求来的老儿子，寄托了全部的热望和期盼。母亲进产房生他是半夜，父亲围着那条鞋匠不离身的帆布围兜，靠在医院走廊脏兮兮的墙上，拿本破词典翻啊翻，终于翻出博士的"博"，博学多才的"博"。父亲一拍大腿，"苏——博，这名字好，就它了！"昏暗的静谧中，婴儿清亮的初啼传出来，父亲把词典朝房顶使劲扔，乐癫了。

现在，儿子长大了，翅膀没硬，却要飞。而且，不是照他们的意愿飞，不做鞋，也不上大学当博士。父亲非常不情愿。但他是男人，懂儿子想飞的欲望。也知道儿子秉承了自己的脾性，想做的事谁也拦不下。况且，温州人这些年闯遍了中国又要闯世界，是个人物都想磕破头去欧洲，去北美，去澳洲，好像不挪挪身子没法活了似的。他的儿子哪点比别人差？不赶这个时髦反倒奇怪了。

第二天,父亲阴沉着脸,拍出五十万人民币。不是心疼钱,而是心疼人。

阿博只要了其中二十万,这是交付"蛇头"的偷渡费。剩下那堆小山,全数推还给父亲。"爸,你放心,我不会给你丢脸的。"

他家是不缺钱。可在温州人眼里,混出人样儿的同义词就是赚到钱,很多钱。

阿博走的那天,母亲关在屋里哭了一夜,直到他出门也没露面。阿博回头叫妈,她也不应,就树桩一样立在窗后看他远去。

…………

此刻,两年前的那个记忆回来了,阿博满脑子都是母亲泪眼婆娑的脸。

怨就怨吧,我也没想弄成这样。阿博拥着表哥朝大门外走,强颜欢笑,"阿毅,我既然替你当了这个兵,就一定给你争气。"又说:"回去跟我姑妈说一声,别着急打电话去温州,等以后我自己慢慢告诉爸妈。"

阿毅一步一回头,忽而左肩高,忽而右肩高,走得迟迟疑疑。半道上回过头,眼圈也红了,"阿博,我后悔死了,不该叫你陪我来报名的。"

阿博挥挥手,眼睛看向天空。

天色好了些,有小片的云扯着太阳走。路人不多,四周安静,安详。

二

原以为,不管愿不愿意,阿博都已在错误的时间错误的地点成为一枚错误的棋子。可他错了,刀疤脸的承诺与淘汰并不矛盾,一切尚未定局。

送走阿毅回到招兵站,一眼瞥见刀疤脸笔直地站在老树下,鹰鸷般的蓝眼睛恶狠狠盯住他,让他起了一身鸡皮疙瘩。

刀疤脸抬抬手腕,"如果没记错,我已在此等了你十一分零三秒。"冷不防一拳砸过来,阿博招架不住,一个趔趄仰翻在地。这一拳是近距离正面出击,稳,准,狠,砸得他眼冒金星,昏天黑地。刀疤脸咆哮道:"十一分零三秒对军人意味什么,意味着打胜或者打败一场战争,你懂吗?!"不等他爬起,又一脚踩住他,"哼! 果然证明了你是孬种。"

中篇小说·少尉阿博

089

阿博何曾受过如此拳脚和奚落，脸涨成绛紫色，爬起来噔噔噔朝外走。"军痞，法西斯，小爷我炒你鱿鱼，不伺候了！"

"要想撤退还来得及，"刀疤脸冲他后背狞笑，"可你除了逃跑，给自己蒙羞，还会什么？最好离我远点儿，滚！"

阿博站住了，耳朵针扎一般。

三天后，终于没有滚的阿博穿着过于肥大的军装坐上驶往南部的火车。不是军列，只有几节车厢装了他们这些准军人。有黑脸，阿拉伯脸，更多的是白种，东欧西欧北美都有。亚洲人除了阿博，还有一个越南裔，与他坐在一起。这帮人是大巴黎几个招兵站第一轮筛选出的准新兵，将送往外籍兵团总部进行为期三周的实地考核，合格者入伍，淘汰者发路费该回哪就回哪。他们眼下穿在身上的新军装也是临时借穿的，尺码不合身，有大有小，不管最终人留得下留不下，都要叠整齐了还到招兵站。

越南人长得不怎么面善，小个子，小眼睛，尖嘴猴腮，看上去精明过了头。但他法语不错，虽鼻音重点，还算流利。要命的是他饶舌，总对阿博扯三扯四，竟然还说自己蹲了两年大狱，刚从牢里出来，没有一张睡觉的床，给人打工又不肯收，才找到外籍兵团混吃混喝来了。阿博陷在自己的困境里，没情绪听别人的故事，就是想听也听不懂，便爱理不理敷衍着。

那位刀疤脸长官也在车上，独自坐在最前排的位置。他除了冷笑，脸肌似乎不会抽动，总是绷着，像罩了钢盔。阿博讨厌他，却总被他拴着，逃不开，心里实在窝火。

实地考核设在马赛附近一个叫欧巴涅的小城里。那是法国外籍兵团总部。军营是电影里常见的那种军营，乍一看很气派，细细触摸却是法国式的温文尔雅。

阿博他们下了火车即被军用卡车运进漆成坦克绿的大铁门。散开来，一个接一个被按在理发椅上剃成秃瓢。肤色混杂的脑袋刮得干干净净，凑在一堆像点亮的灯泡，亮闪闪，也算气派里的点缀，却与温文尔雅不相干。轮到阿博时，眼看座椅下飘落一绺绺黑发，心里空空的。他知道不应该，一个将要血洒疆场的男人，为把头发伤感，太娘娘腔，隐忍了。

接下来是封闭的三周。大铁门里，几百号"散兵游勇"接受最正规的现代化体能考核。跑步，攀绳，俯卧撑，双杠，负重越野，射击。这些项目对练拳出身的阿博不是问题，即使做不到最好，也不会最坏。当然也有智能测试，心理测试。比如关进一间空屋，头顶一盏灼亮的灯，桌上几页纸，一支笔。试题像从天外而来，是嗡嗡嘤嘤的声音，直逼耳膜，直逼心里，也直逼你的智商。题意通常极其简短，几个字，一句话，思路、途径则无边无沿，答案无数。可以误导你走进死角，跌入困境，也可以引领你绝地反击，柳暗花明。法语不过关是吧？没问题，允许母语解题。于是你的意志、你的智慧得以无障碍博弈而决出胜负。这间空屋子非但难不倒阿博，反而给他作茧自缚的情绪找到了光明出路，让他在几百号人里拿到高分。他有了自信，心境豁然开朗。

难的是语言不过关。除了空屋子解题，大铁门里严禁使用原国籍母语，强制的语言只有法文。听不懂指令，误读操练步骤，惩罚绝不手软。阿博没辙，只好在下操后找越南人求教。越南人跷起二郎腿，小眼睛滴溜儿滴溜儿转，"教你法文没问题，不过世界上没有免费的晚餐，我得挣几个小钱买烟抽。"阿博掏空裤兜，把所有法郎一把按到他手里，"够不够就这些，教还是不教？"

越南人不要赖，用这把钱买了烟，一边抽一边教，专拣体能训练中的法文短句，倒也尽心尽责。阿博囫囵吞枣，恨不得把每个字每个发音都咽下肚去。不仅争强好胜，也要让掏出去的法郎物有所值。夜里同屋要睡觉，阿博不依不饶揪住越南人跑到智能测试的空屋里学。越南人鸡啄米似的打瞌睡，就夺过烟头灼他，灼得他一惊一乍。那本原准备送给阿毅的小词典，早被他自己翻得稀巴烂。

这时阿博只有一个心思，绝不能被淘汰，必须留在外籍兵团。他必须告诉自己也告诉刀疤脸，他一定行的。

然而，淘汰依然是残酷的。哪怕你早早剃光了脑袋，穿上军装人模人样，每日出晨操，总有一两个被叫到姓名的人出列，宣布滚蛋。晨操变成鬼门关叫号，人人胆战心惊，唯恐上了小鬼生死簿。来当兵的都是铁血男儿，不做当英雄的梦也有当枭雄的企图，谁也不想卷铺盖走人。

那个鹰钩鼻的摩洛哥人走了，那个壮得像头牛却怎么也攀不上高绳的黑大汉走了,那个神情抑郁的波兰提琴手也走了。他们在总淘汰前被提早清场,都是哭着走的。男儿有泪不轻弹,点滴凝在眼眶,像忧伤的狮子。阿博原以为,这些被送回去的人跟他一样,原都可来可不来,回了也不怎么恋栈,谁想竟是这等伤心,心底便替自己庆幸着。

挨到第三周最末一天,关键时刻到了。那个清晨下着细雨,训练场能见度低,连不远处欧巴涅小城的轮廓也看不清。准军人们心头擂鼓似的紧张着,列成方阵等候发落。负责三周体能考核的长官是平常谈笑诙谐的胡子少校,此时严肃异常,络腮胡上沾满细碎的雨点。他手执名单大声宣读,报一个姓名犹如拯救一条生命。这些幸运者雄赳赳出列,在雨幕中站成新的纵队,正式成为外籍兵团的一员。他们的表情是模子刻出来的一致。阿博被点到了名,越南人也被点到了名,他们与半数以上的黑人白人南美人都在幸运者之列,欣喜若狂,却安静地站在雨里一动不动。原地待着的那部分人是整体淘汰,如子弹击中淋满了雨的脸,沮丧,无望,湿漉漉如揉碎的纸。

队伍解散,入伍者立马签定五年期应征合同。阿博看签合同的人挤了一屋,先去送遣返的那拨人。三周的战友也是战友,此一去恐难再见。阿博重情意,就算帮不上忙,说几句知己暖心的话,再送人上车也是做人起码的道理。谁料道理不是命令,军营里行不通。这不,闯下了祸端。

一声不可违抗的惩罚令,他被独自揿到操场,在越下越急的雨里做俯卧撑。

又是俯卧撑?! 阿毅的俯卧撑与招兵站那块湿地记忆犹新,现在轮到他了。没人告诉他惩罚的极限,做多少,做多久?做就是!阿博抹一把脸上的雨,啪一下把自己扔进水里。

恍若刀疤脸的那只拳头又穿过雨幕挥来,一记一记砸在脸上,更重更狠,打歪了他的鼻,打得他青面獠牙,没有人形。他很痛,撕心裂肺——这是后来的少尉阿博之于外籍兵团不堪回首的前史。他有意把它遗忘,时间,地点,过程,并作为记忆的盲点封存起来。

午餐后集合去外籍兵团博物馆举行入伍宣誓时,阿博是被越南人和那位手臂上有花蟒刺青的俄罗斯大块头架着去的。他被战友从雨地里打捞起来时已成机器人,知觉完全麻木了。午餐没法吃,连刀叉也握不住。但全世界部队都一样,入伍不宣誓,你还当不当这个兵?

进博物馆大门一刹那,阿博把架着他的人推开了。他看见多日不见的刀疤脸又出现了,嘴角挂着讥诮,一堵墙似的站在那里朝这边看。他身后是法国三色旗、兵团军旗,静静垂挂。室内无风,旗帜不鼓荡,没有飘扬。

兵团就是我的祖国!

荣誉。忠诚。

前进或者死亡。

如果在中国任何一座军事博物馆、陈列室,阿博都会难以抑制地为这些军人信条激动一把。但此时他显得谨慎,冷静,有点刀枪不入的浑然。阿博不晓得是不是两臂颤抖浑身虚脱的惩罚效应把他的心智和热血一并打击摧毁了。有感觉的是,挟持他的两只手紧了,铁箍子似的,指尖刺痛他的臂膀。他没有激动。

是间大屋子,在欧巴涅外籍兵团早年留存的堡垒里。穹顶很高,石墙很厚,有陈旧和神秘的气息。高悬的窗玻璃是五颜六色的拼图,恍若置身于中世纪教堂。新兵踢踏的脚步声惊扰着这里的静谧与安详,不断走神中,阿博努力把自己一点一点拽回来。

整面长墙展现着一幅套色木刻长卷,画面是外籍兵团最为荣耀的精神遗产。那场发生在十九世纪中叶墨西哥卡麦伦庄园的战役,用不死的军魂谱写了可歌可泣的传奇。

四月三十日,十九世纪六十年代作为历史铭记的这一天,由六十二名士兵三名军官组成的步兵小分队在上尉连长瑭汝带领下执行巡逻时,遭受墨西哥人将近三个步兵营、骑兵营的攻击,被围困在两军对峙的卡麦伦庄园中。寡不敌众的外籍兵团巡逻队身陷绝境而后生,英勇顽强抵抗,击退墨西哥人几十倍兵力一轮又一轮进攻,张扬了"前进或者死亡"的大无畏军人意志。连长瑭汝在激烈围攻中身负重伤,墨西哥大军压境,黑压压一片。一息尚存的瑭汝上尉用他断臂上早年安装的木质义手指挥剩余士兵与敌人作殊死血刃。义手被明晃晃的刺刀挑飞,仅存的五名士兵又血糊糊倒下三人。得意忘形的墨西哥军队堵在庄园门口高喊,"投降!投降!"残存的士兵在血泊里站起,仍然顶天立地,用嘶哑的嗓音说,可以走出这扇门，条件是必须保证他们高举军旗，护送瑭汝上尉的遗体返回兵团驻地。墨西哥指挥官震慑于他们的英勇无畏，面对卡麦伦庄园外横陈的尸体慨叹："我们交战的敌手根本不是人类，而是魔鬼！"出于敬意，墨西哥军队同意了法方提出的条件。鸦雀无声的静默中，最后两名士兵抬着瑭汝上尉失却一只手臂的遗体，跌跌撞撞走出卡麦伦庄园。前头士兵的肩头，还扛着那面撕得破烂不堪的外籍兵团军旗。

而瑭汝上尉早前于阿尔及利亚激战中失却手臂继而又在卡麦伦鏖战中被刺刀挑飞的木质义手，墨西哥人后来也完璧归赵，一直作为镇馆之宝珍藏在欧巴涅法国外籍兵团博物馆。每年四月五日的卡麦伦日从此成为法国外籍兵团纪念日。瑭汝上尉也成为兵团永远的军魂。

看见了，被从深蓝色金丝绒铺展的陈列箱取出来的那只义手。黑斑点点，闪着沉郁的木质之光，带了岁月的沉淀与褪色的荣誉，亮在第一天入伍的这些士兵面前。阿博的心扑通乱跳，终于感动，终于激动。什么叫英雄?这就叫英雄！不管他是法国人还是中国人，英雄是没有种族之分，国籍之别的。英雄是一种符号，一种崇拜，一种图腾，一种属于人类最原始最狂热的生命憧憬。阿博血脉贲张。

阿博的法文的确长进不少，但假如越南人没把另一面墙上的文字翻译给他听，他相信自己或许正爱上已成为他的家的这个兵团。

——晚清中法战争。清军名将冯子才在广西镇南关抗击法国殖民主义者，大战告捷，从而扭转清军节节败退的战略劣势。此役参战的法兰西军队由骁勇善战的外籍兵团为主力。上帝没给他们带来好运，法国的败首先是外籍兵团的败。

——稍后，印度支那。法国外籍兵团以一个加强营的兵力，在中越边境与驻守的中国军队交战。这是兵团史上著名的宣光堡垒防御战。外籍兵团以武备精良，善兵伐谋，获取大胜。清兵溃不成军。

…………

阿博看见越南人的嘴唇一直在动，说的话却听不见。不是越南人的声带出了问题，而是他自己思维短路。阿博不记得历史课本是否有此记载，也许有，只是当时根本没料到会来法国当兵，就在眼皮底下溜过去了。岂不奇怪，祖国、民族这些词，他以前根本不会去想，此刻都冒出来，不停地在眼前晃，晃得他心里发慌，发堵。

谁能告诉他，当生他养他的祖国与为之效力的法国处于敌对阵营时，他该怎么办？

为曾经的敌对国当兵打仗，是不是辱没祖宗？那些五十年、一百年前死于洋枪洋炮为国捐躯的英魂，会不会指着他的鼻梁骂？

他问越南人，越南人扑哧一笑，"哈，你居然这么赤色，没看出来噢，巴黎你算是白待了！"

阿博有点迷惘。以现有的认知，他找不到答案。

一名军官出列，敬礼。也是那顶白色平顶高筒圆帽，也是肩章上醒目的红流苏。全体列队宣誓。这是世界上任何军队都免不掉的套路。略微不同的是，外籍兵团选择了这座城堡。除了面对法兰西三色旗、外籍兵团军旗，还有那只一百多年前上尉瑭汝的义手。

所有新兵的表情都变得肃穆，庄严，包括几分钟前还嬉皮笑脸的越南人。握拳的手举起来，目光直视前方，铿锵誓言在高旷的穹顶下回响，再从五彩拼缀的玻璃窗弹片似的飞出去，碎在古老城郭的半空中。

阿博也举着手，誓言里却是两种声音。一种高昂，一种低沉，纠结着矛盾。他是愿意效忠兵团的，底线是枪口绝不对准同胞。

他还在心底暗暗对父母说，如果阿博这个兵当错了，请你们别怨我。

三

二十四小时待命，接受挑战！

紧接着，阿博所在的新兵连就被拉到同是法国南部阿维尼翁附近的训练基地。那是一个海拔千米的山坳，三面环山，中间一个大水库，地势险峻，风景秀丽。

然而教官说得没错，穿迷彩服，戴贝雷帽的新兵蛋子不是来看风景的。

枪是法制FAMAS小口径无托步枪，M82狙击步枪。FAMAS精致得如同一把小号，分量轻，便于携带并在狭窄空间作战，杀伤力丝毫不比美国人神气的M16步枪差。M82狙击步枪更具威力，能在两千五百米外摧毁一辆装甲车。发枪那天是沸腾的一天，士兵们欣喜若狂，兴奋不已，军营简直炸了。

枪与迷彩军服固然带给这帮年轻人雄性的遐想与狂热，受虐受辱的非人训练却像在地狱行走，把狂热的遐想一一击破。

抵达那天，看起来慈眉善目的教官让包括阿博、越南人、俄罗斯刺青在内的一个加强排出列，和颜悦色问，"带牙刷了吗？"

异口同声，"报告长官，带了。"

"很好。命令你们一分钟取桶，以最快速度刷干净所有洗手间所有马赛克的缝。"

全体发愣。

教官一声大吼："愣什么愣，耳朵进水了？执行任务！"

"明白。"回应是疑惑而不情愿的。用牙刷刷厕所，听说过吗？

训练耐心，不容半点含糊。结果是，所有牙刷无一幸存掉光了毛，洗手间墙壁地砖亮得晃眼。俄罗斯刺青朝每个小便器都撒上了愤懑的尿。越南人则频频给阿博递眼色，教唆他磨洋工，嘴里喋喋不休："为法郎，为法国籍，忍！"

是的，必须学会忍。这里没有刀疤脸，可刀疤脸的影子无所不在。阿博偏不说自己为赌气而来。志气是空的，只有身份国籍才是摸得着的利益。

除了训练，人人都要去厨房洗盘子，去菜园拔草浇水施肥，轮不到挨到，谁也别想偷懒。越南人有天夜里还被叫去熨军服，是给次日参加某仪式的几位长官熨。熨斗熨衣板都现成，可惜越南人生来就没干过这种女人的活儿，熨斗攥手里比枪还重。外籍兵团的正规军服很繁琐，肩章、流苏、腰带、绑腿、手套，都得熨得挺挺括括。阿博看越南人实在为难，就去帮忙，他在姑妈餐馆熨过台布，拿熨斗手不生。可军服拐弯抹角褶皱繁多，哪有熨台布那般简单，两个男人搔头挠耳一直熬到天明才把那几套混账衣服熨出个大概来。眼熬红，掌心也燎出大水泡。

可那晚，越南人也跟阿博交了心。越南人原名阮秀直，到兵团让自己叫了雷奥。他是坐难民船逃到法国的，当时仅三岁。父亲在难民船离岸那一刻就跌进海里淹死了，母亲抱着他在海上漂了好几个月，染了疟疾，死在到岸的前三天。雷奥被同船难民带上马赛港，又装进带篷的卡车到了巴黎。终于没了去处,被人交到孤儿院。孤儿院在郊区,很宽敞的院子,有树,有花,有游乐场,还有富人送来的新衣服穿,有政府提供的牛奶面包一日三餐,对他而言是天堂。后来上了学,留级复读好歹初中毕了业,再不肯上学,到越南老板开的小杂货店学徒,行李卷也从孤儿院挪到杂货店。老板是一对在法多年的老夫妻,没有子嗣,把他既当儿子又当孙子,溺爱过头,让他的野性脱了缰。雷奥白天看店,店铺打烊就到街上瞎混,喝酒,打架,往墙上涂鸦,做些偷鸡摸狗的事。老两口儿管不住他,一气之下把他的行李卷扔出了门。于是他重新成了孤儿,就那么在马路上漂,漂累了睡在废车场破旧的房车里,偶尔打点短工,喂自己的一张嘴一个肚子。他今年已经超过三十,比阿博足足多吃了十年饭。

阿博试探他,"为什么坐牢,难道杀了人?"他反问,"你还真信外籍兵团专收刑事犯,杀手魔王?"继而嘿嘿一笑,说,"告诉你,全是危言耸听,不可信。兴许以前有过,现在兵团也要洗白自己,早将这类事杜绝了。"雷奥布满血丝的小眼睛眨着,"别以为你填的那张表真可以藏匿你的真实,千万别小瞧他们,都用不着细查,他们会比你自己更清楚你的背景和污点。"

"你的污点呢?"

"我嘛,有什么羞于出口的,偷车,判了二年。"

阿博笑道,"这个游戏好玩儿。当时你若找我做伴,我也会去的。"虽是玩笑,却把提防的戒心放下了。

越南人把熨斗往熨衣架上一蹾,任凭它嗞嗞冒烟,"这回明白了吧,兵团为什么没舍得刷掉我?"

炸弹是在午餐正嚼出点滋味时炸开的。那一声爆响,就炸在餐厅走廊上。煎到七成熟的牛排,香喷喷的薯条,还有青菜沙拉,甜品苹果酥,没来得及吞进肚就被震翻在地。新兵们抱头鼠窜,有的甚至钻到了餐桌底下。俄罗斯刺青拽着阿博往弥漫了浓烟的外面跑。尖啸的集合哨带着不可违抗的命令在背后响起。

他俩是最早抵达集合点的士兵。阿博惊魂未定。俄罗斯刺青却似笑非笑朝他挤眉弄眼。等全餐厅的人弃盔丢甲跌跌撞撞突围出来,教官的脸由白变成黑,早已越拉越长。

"全体出发,搜索投弹者,一举歼灭!"

呼啦啦散开,全速前进。上山,下坡,再沿着水库四周,地毯式搜查。从午餐到傍晚,天黑下来,连只鹰连条狗也没搜查到。百十多号人浑身臭汗脚抽筋,累得东倒西歪。垂头丧气回营房,到底也没弄明白究竟发生了什么事。

越南人雷奥缠着俄罗斯刺青不放,"别卖关子好不好,你是特种兵下来的,职业军人,肯定明白其中有诈。"俄罗斯刺青不答理他的恭维,闭紧嘴就是不说。

俄罗斯刺青叫伊万诺维奇,战友们嫌拗口,替他把后面一串字母省掉了,就叫伊万。因为手臂上惹眼的刺青,也有人干脆叫他花蟒、刺青。伊万的年岁看上去比雷奥还要大,但他的大是可以跟经历扯上关系的。他在俄罗斯就是职业军人,干的还是特种部队,世界各战场游弋过一圈,出生入死,练就了军人的胆魄与气势。他是训练场上无敌冠军,射击百发百中,攀绳别人一个上下,他早三起三落,荷枪实弹长距离越野,不止一排的人哭到终点,他却永远第一个到位,眉不皱,脸不见一滴汗,没事人一般。若不是和别人同样初来乍到,阿博觉得他会比任何教官都强,当个上尉连长绰绰有余。

伊万来外籍兵团的原因是,他所在的那支特种部队在中东打了场败战,番号没了,他被遣返回了列宁格勒乡下的家。伊万是职业军人,除了打仗不会做别的,想去警局重案组当警察,又没找着现成的职位。倒有交警及超市保安的缺口可以让他先去干,人家乐意他不乐意,就凭他,当个小交警小保安,纯粹他妈的扯淡。无奈好身手没处用,只领到一份微薄失业金,是虎落平川的凄凉。

后来还是外籍兵团早年的战友打来电话,伊万才在尼姆的招兵站报了名。当然也为讨个五年后的法国籍,更主要的还是过兵瘾,打仗的瘾。天生职业军人的坏,一旦脱了军装放下枪,这日子还真没法过。

阿博见过他拿到M82狙击枪那一刻的神情。额头亮起来,脸肌绷紧了,牙帮咬得咯吱咯吱响,眼睛灼灼发光,像黑夜密林里紧咬猎物的狼眼睛,凶狠,专注,执拗,贪婪。这种很难逐一形容出来的眼神肯定让对手不寒而栗。

阿博从身后蹬了雷奥一腿。他知道伊万不会透露的。职业军人的素质难道不包括心理强悍?

后来才知,那颗炸弹竟是模拟的。就为预设一次反攻击训练。佯装的起承转合,结局早在意料之中。《孙子兵法》曰:善兵伐谋。

说来也奇怪,非人训练非但没把阿博打倒,反而使他的征服欲荣誉感迅速反弹,被动的角色说转换就转换,他发现自己真正爱上了军营。

唯一让他跟不上趟的还是法语。外籍兵团更像联合国军队,严禁另立小山头拉帮结派,同一原籍国的士兵原则上不得分到同一个连队,营区内更不允许说母语。如若法语无法表达,只有选择沉默。阿博的法文在全体新兵里算是差的,一味的沉默让他很尴尬。刺青伊万也差,但俄国人天生对语言敏感,没多久就远远赶超前头去了。

幸好,上头又给阿博派来法文教员盖瑞。盖瑞的口语虽然夹带着加拿大法语区的乡下口音,教阿博却绰绰有余。盖瑞也是新兵,拉丁萨克松混血,个子高挑,肩背笔直,军装穿身上就像走台的模特儿,眼睛灰绿,剃光脑袋前一头亚麻色鬈发,看起来风流倜傥。盖瑞从加拿大魁北克来,只拄了只瘪瘪的背包上飞机,来了就没打算回去。如果他自己不透露,谁也不知道他不但已经结婚而且已经离婚,前妻带着两岁的女儿跟南美的歌手去了阿根廷,把他与那张全家三口开怀大笑的照片撇在空落落的家里。盖瑞原是电脑销售员,由于苦闷连日酗酒,上班发火竟把手提电脑砸到顾客脸上。结果可想而知,遭公司裁员。又闭门锁户灌了几个月酒精,把银行户头喝出一串红字,贷款的房子也作了抵押,这才网上搜寻了张便宜机票,飞到巴黎。法国人失业率比加拿大高出几倍,哪有现成职位专等他这个魁北克人来做,一跺脚,去外籍兵团招兵站报了名。

盖瑞戒了酒,堂堂正正一个漂亮小伙子,循规蹈矩,法语又好,深得筛选新兵的长官好感,一路绿灯走到现在,别说像阿博这样那样的惩罚,他是连点脏话都没有的。阿博也喜欢他,喜欢他身上那种军营里不多见的礼貌周全温文尔雅。盖瑞按规定给阿博一对一上课时,总是夹着一块小黑板,穿戴齐齐整整,那神情简直就是教会学校的老师。他的教学也很专业,不像雷奥,东扯西拉,到最后把自己也扯糊涂了。盖瑞思路清晰,条理分明，阿博一听就懂，一学就会。他便反过来夸阿博有语言天赋。阿博忘乎所以，打趣他，"如果我是女人，一定不舍得跟你离婚的。"他一听，温雅的笑不见了，长睫毛垂下来，眼里一层云翳，那神情就像情殇的女人。

集合号是在半夜吹响的。阿博一跃从铺位上跳下来，发现盖瑞躺在被窝里没睡，正对着那张有他前妻和女儿的照片出神地看。阿博一把将他拽起，提枪就朝门外跑。掀起的被窝热烘烘，迷彩服叠得齐齐整整，大家却什么都不穿蜂拥而出。因为，集合号的音符告诉他们，今夜的紧急集合是反偷袭，不允许有整装的时间差。

阿维尼翁山坳里刺骨的寒冷，气温跌到零下10度，山顶已见白皑皑的积雪。新兵连百多号士兵哆哆嗦嗦排在操场上，一律短裤汗衫，露胳膊露腿，冻得上下牙床都酸酸了。阴冷的风吹过来，吹过去，在一个个泛青的脑瓜上打旋，如锥子打洞，一直冷到骨髓里。

教官不例外，也是汗衫短裤，上面印有外籍兵团的番号。他在微明的星光下大声问："冷不冷？"

"不——冷！"佯装的英雄好汉梗着脖子齐齐地朝长官喊。军人嘛，还不得有点无畏。声音却是颤抖的。

"好，有种。保持队列！"长官既不发号也不施令，就把队伍撂在严寒里，干冻。

挺直胸脯，站直了，直到僵硬了肩背青紫了嘴唇。挨冻，就是此刻该执行的任务。连肃静都是没有温度的，只剩下风的呼啸。

盖瑞忍不住打了一个喷嚏。像是号召，磨牙擤鼻子打战顿时此起彼伏。

教官看了看表，分针已整整走了三十圈，这才发下第二道军令："立正，向右转，齐步跑！"

这时的跑步不亚于对士兵的拯救。除了极少数几个人，比如伊万，大家都以为自己要在深更半夜零下10度的这场严寒里为法国捐躯了。一个士兵死在汗衫短裤的冷冻里那叫什么，奇耻大辱。幸好，血一点一点从脚底传导上来，僵直的身体苏醒，人的尊严有了立足之本。

一圈，一圈，又一圈，绕着水库跑。水库非常大，这头望到那头眼睛都酸。教官不喊停，他们只能一直跑。已经跑了二十几圈。跑热了，头顶冒烟。再热也比挨冻强。伊万跑在前头，阿博紧跟其后，谁都猜不透阿博身上潜藏的能量，一个亚洲小子，一米七四的个头，看起来既不壮实也不强悍，怎么就能项项考核一路领先？刺青伊万的解释是，这小子跟我一样，天生就是当兵的。

第三道军令下来，"向左转，齐步跑，穿越水库！"

水库结了冰，亮晃晃宛若夸张的溜冰场。伊万一个大步跨上去，阿博紧追不舍。盖瑞、雷奥跑在队伍中间，也上了冰层。接踵而至的身影在晶莹剔透的亮光中叠印。骤然，脚下摇晃，一道裂缝从中间破开，蚯蚓般爬向两头，连缀的冰层哗啦啦碎了，碎成割裂的板块。毕竟不是西伯利亚，一支雄赳赳的队伍压上去，再厚的冰层也撑不住。恰如负重沉没的船，全军陷落，连同教官无一幸免。一阵炸了窝的骚乱，一个个试图攀住断裂的冰块往上爬，没站稳复又跌落，再折腾，再挣扎，终于淅淅沥沥爬上岸，早已冻得全身青紫。天开始亮，泛出稀薄的鱼肚白，军人们从头到脚淌着水，在晨曦里筛糠似的瑟瑟发抖。

演习完毕，不少士兵感冒发烧，吃上病号饭。其中包括魁北克人盖瑞。

越南人雷奥身体无恙，一张嘴则骂骂咧咧，"还当我们是人吗？法国鬼，惨无人道，我诅咒你们下地狱！"

类似的训练层出不穷，有人熬不下去，做了逃兵。教官也明里暗里发话，不想干，不配干的，赶紧走人，一个不留！

伊万、阿博、盖瑞，包括骂骂咧咧的雷奥，却把四只手捏成一个大拳头，表示对逃跑不屑与鄙视。

当然，开心事也不是没有。

周日，训练营放假。阳光明媚，地中海沿岸暖和如春。

雷奥闲不住，把伊万、盖瑞、阿博召集起来，神秘兮兮地说："要不要跟我去探险？"

"探什么险？"

"大山背后有个'闲人莫入'的去处，知道吗？"

四个人只有雷奥是老法国，只有他知道。

雷奥满脸性幻想,"裸体营,有没有好奇心?"

当然有。性饥渴是军营里最难挨的一件事。

便去了。换便装,找了雷奥当地开餐馆的朋友开辆嘎吱嘎吱响的破车。最远的一段距离是从山这头绕到山那头。绕过去,柳暗花明也就不远了。

先是叫绿溪的小城。这个季节里依旧绿草铺地,花团锦簇,连气息都是暖洋洋的,与军营所在的山坳天地之差。绿溪与法国任何一座小城没什么两样,都有尖顶的教堂,半截石墙圈围的墓地。再就是咖啡馆、面包房、花铺、药店、小超市。有人夹着法棍面包进进出出,有人坐在露天敞座呷咖啡,也有人站在街角悠悠地说些无关紧要的话。

阿博他们下了车,进咖啡馆点了大杯啤酒,就站在吧台前喝。兵没当几天,酒量见长,喝啤酒像灌冰水。抹抹嘴走出来,十分惬意。

车接着往僻静的去处开,越开路越窄,破车气喘吁吁,颠簸不已。来到一个浅平的山坡,视野豁然开朗,几排颇有原始意味的屋舍盖在三面环山,一面倚水的天然村落里。山是青山,郁郁葱葱。水是湖水,碧波荡漾。屋舍红顶白墙,点缀其间,胜似仙境。便知已到目的地,人称圣十字湖。

众人下车朝里走。路是碎石路,踩下去有刷刷刷的声响。正东张西望,冷不防蹿出一个人,礼貌而不动声色拦在面前。这是一个留有大把浅褐色胡子的中年男人,赤身裸体,从下到上只有脖子上那条粗羊毛原色围巾,看起来很厚,也很温暖,应该是为了御寒。

年轻的士兵们愣住了,个个垂下眼帘。即便伊万,硝烟里摸爬滚打,也没见识过如此局面。连雷奥也嗫嗫嚅嚅不知说什么好。

裸体男人显然没意识到跟前几个人是当兵的,袖起手,静候他们说明来意。手臂、胸前还有下体密匝匝的体毛在阳光下耀着碎金,触目惊心。

雷奥总算镇定下来,眨着小眼睛试探,"如果我没猜错,这里就是裸体营了,我们可不可以到下面湖滩上走走,观赏湖光山色?"雷奥咬文嚼字,试图装扮出一副温雅。

裸体男人笑笑,摇头说,"很抱歉,假期结束了,营地不再欢迎外来者。"他从头到尾气定神闲,连拒绝也是得体的,与他这身原始脱俗的呈现有对立统一的协调。

阿博早已涨红了脸，调头往回走。一干人里他最年轻，也最撑不住。

雷奥哪肯善罢甘休，又领大家从旁边的岔路向上包抄，找到制高点，果然居高临下清清楚楚俯瞰到裸体营的全景。

被裸体男人拦截的地方是营地的要隘，像个瓶口，走进去其实有很大的弯，裸体营常住或者不常住的人都在这里活动。那天阳光温煦，微风轻飏，估计屋里帐篷里所有的男女都出来了，湖滩上年老年轻走着坐着躺着的都有。年老的或脖子上搭条围巾，或头上戴顶软帽，年轻的一丝不挂。女人则长发披肩，五颜六色的头巾或绾于颈或系于腰，飘曳在白晃晃的胴体上，甚是好看。这些人散步，看书，下棋，钓鱼，甚至游泳，各有各的发色、体态、姿势、表情，各有各的生活内容。如果这就是所谓的生活内容。

四周无人，连风都是安静的。大兵们得以目无遮拦放肆地偷窥，既饱眼福也过馋瘾。

雷奥扬扬得意，自以为带战友观赏了一场三级片。阿博看不懂，一个劲儿问，"他们为什么这样，脱光了好看吗？"伊万附和，"露奶子露屁股是女人的专利，男人凑哪门子热闹，变态！"雷奥便嘻嘻地笑，"不懂了吧，这叫性解放。"

一直没开口的盖瑞说话了，"也不完全对。这群人中岁数大的兴许真是六八年性解放时期坚守下来的，年轻那拨就没这么简单了，各有各的迷惘，各有各的理由，不过回归自然的人本追求倒也殊途同归。"盖瑞的解释显然过于深奥，让同伴们越听越糊涂。

雷奥不肯认输，"凭什么相信你？"

盖瑞回答，"十七岁那年，我也差点住进了裸体营。"

"你也脱？"

"脱。"

阿博横一眼雷奥多少有点猥亵的嘴脸，嗔他，"你无聊不无聊？"

二十年前的中国不知道什么叫互联网，中学课堂更不可能给学生灌输这方面的知识，所以阿博对裸体营全然无知。他真的不明白，这帮人赤身裸体追求的是怎样一种生存方式。难道他们真以为与天地自然合为一体便是人本回归，人性回归？人类从猿走到今天，历经斗转星移岁月更替才有了居住的家园，难道这么快就住厌了，要寻找一条回到远古的路？既然如此,他与千千万万盖瑞、伊万、雷奥这样的军人,维护这个地球的安宁还有什么意义?

阿博想不通。他很困惑。

四

再见到刀疤脸是在将近半年的新兵训练结束之时。

听雷奥说,刀疤脸是来替他的特种部队"美洲豹"选拔新兵来的。雷奥总是消息灵通,该他知道不该他知道的无一不被他演绎成花边新闻。

刀疤脸叫弗兰克,军衔少校,军职营长,官不大,却无所不能,为外籍兵团众将皆知。弗兰克带领"美洲豹"特种部队出没多个战场,功勋卓著,在联合国维和部队中享有盛名,从而荣获法国陆军最高勋章。就连脸上的疤也是战场炮弹赏给他的纪念。雷奥还说,弗兰克少校升不了官是因为他犯的错误比做的漂亮事更多。他刚愎自用,上战场只信自己,不听指挥,枪玩儿上瘾天王老子都不怕,横冲直撞比凶猛的豹子还要厉害。脾气火暴,气不顺了谁都敢骂谁都敢打。他是法国人,却没有丝毫法国人温雅的君子风度,傲慢、率性、粗暴。对兵士这样,对老婆也这样,动辄破口大骂。法国女人多半是女权主义者,哪有忍气吞声的,于是离了一个再结,结了不到两年还是离,到头来一介光棍儿,一儿一女都跟了前妻,不待见他。

雷奥的描述阿博都信,因为他领教过少校弗兰克的下马威,吃过他的戗。但那时,"美洲豹"特别行动营少校营长怎么会在招兵站呢?

新兵训练结束,考核成绩过硬的可以自选兵种作为奖励。伊万各项考核从头到尾高居榜首,阿博名列亚军,盖瑞、雷奥也进入前三十名,都不是孬种。那天晚上,四个人脑袋凑脑袋交换各自去留意向。伊万来也特种部队,去也特种部队,早已是板上钉钉的事。奇怪的是雷奥,猴精猴精的却也要选择去"美洲豹"特别行动营。"美洲豹"所属第三外籍兵团的基地在法属圭亚那盆地,亚马逊热带雨林,不但生存条件艰苦恶劣,危险也最大。快速反应部队是最多二十四小时就能介入世界范围内任何行动的一支队伍,今天威风凛凛神勇无比,明天说不定马革裹尸死在哪里都没人知道。刺激是刺激,生命是否永远属于你却不可预测。好一个雷奥,不过是被弗兰克少校叫去私密地谈了几句话,就乖乖归顺了他,还死气白赖要阿博也跟他过去。

盖瑞不解,"雷奥,你不是工于算计吗,怎么也不替自己的小命算计算计?"

雷奥眨着他的小眼睛,说,"不算计,我能把自己弄到圭亚那去吗?那可是一份美差,海外津贴高,是工资的好几倍呢。"

"噢,钞票多命也舍得了。"

"去哪还不都是替法国人当炮灰,我想过了,舍命也要舍得富裕点,最好别把自己当穷人。"雷奥的话其实不无道理,既然干了外籍兵团,就是和平与战争的边缘人,命悬裤腰带,去哪里都是生死难卜。

盖瑞说:"我可不去快速反应部队,待在本土,死的几率毕竟小点。我怕死。"

雷奥逼问阿博,"你呢,也怕死?"

阿博不以为然,"怕不怕死只有上战场才知道,你说了不算。"顿一顿又说,"但我不去'美洲豹',我与刀疤脸有过节儿,我不想送上门受辱。"阿博没透露弗兰克少校其实也力邀他加盟,被他一口拒绝。刀疤脸甚至还说,当初第一眼就看好他了。阿博不吃这一套,冷笑道,所以赏我拳头和臭骂。

阿博没看到的是,那天他从少校那里前脚出,刀疤脸后脚就把一只水杯砸到墙上。他这次来遴选他要的兵,阿博是唯一没跟他走的。

正式合同签下来,四个亲密伙伴分道扬镳。伊万、雷奥去了圭亚那,盖瑞、阿博留在法国南部一个意译"橙子"的小城,成了第一外籍机械化骑兵团装甲车中队的两名坦克兵。报到前有两周休假期,伊万、盖瑞没地方去,就跟雷奥、阿博回了巴黎。

在姑妈那间小屋里,阿博意外见到了阿毅。原来阿博走后,姑妈就把帮厨的空缺和睡觉的小屋都给了阿毅。阿毅虽做的还是黑工,却被从地洞里挖出来。帮厨再苦再累总比剪线头多点盼头,阿毅也就死了当兵的心。

四个人餐餐都在姑妈餐馆里吃,当然是又付钱又付小费的。雷奥小气,爱贪点小便宜,伊万、盖瑞却不失大丈夫气度,该喝酒喝酒,该花钱花钱,哄得姑妈开心,顿顿给他们加菜。白天在巴黎瞎转,看军事博物馆,看拿破仑墓。天黑掌灯时分就去桑德尼街巷,红磨坊路牙边闲逛,看灯影里的妓女,鲜红的唇,绽放的奶,扭来扭去的臀。用雷奥的话说,都是饱满的人肉丸子。夜里挤在阿毅屋里打地铺,先扯些男人的段子,窃笑一通,再严肃起来,作军人关于战争的遐想。阿毅夜深下班回来,也不睡觉,滚在几个兵中,无比羡慕地听他们说军营的事。

阿博有天独自跑出去,买了一摞电话卡往家里打电话。那时还没有手机,只能从电话亭打。爸接了一通,妈接了一通,天南海北聊半天,最后一个卡才吞吞吐吐说了半茬当兵的事。没敢提外籍兵团,只说在一个叫橙子的城市当装甲兵,每月薪水八千多法郎,五年后即可拿到法国籍。即便只拣好听的说,父亲还是摔了话筒,母亲捡起来,也是无话,长吁短叹然后啜泣。

两周时间过得飞快,抓都抓不住。那天傍晚四个人在里昂车站分手,登上不同方向的列车。手握手握出分量,再各人捶各人拳,互道珍重。兄弟情谊打一个结,高高挂起,来日方长。

回到"橙子",新出炉的职业军人闪亮登场。

驻扎"橙子"的部队番号是第一外籍机械化骑兵团,隶属法国陆军第十四步兵师,建制包括三支装甲车中队和一支机动步兵连。这个团也是法国对外干预的先遣部队。阿博与盖瑞好运气,居然像一对不同肤色的孪生兄弟,分在同一个装甲车中队,训练也在同一辆步兵战车。步兵战车同属重武器,系装甲车一种,比重炮坦克轻捷,灵活。除车长、炮长、驾驶、装弹手之外,车内最多能载十名战斗兵员。步兵战车善于迂回包抄,左右翼火力进攻,是协同支援重坦克攻城拔寨正面突破不可或缺的边锋力量。

阿博必须先学开车,考出重载车牌再学开坦克、开装甲车。重炮坦克是个庞然大物,填了炮弹足有十九吨,启动它的刹那间,阿博自觉力大无比,足以撼动地球。

然而,没来得及咀嚼消化军人的豪情,战争猝不及防降临了。

某个早晨醒来,揉揉眼睛,开拔参战的命令横陈在阿博们的面前。其实这场第二次世界大战以来最大规模也最惨烈的战争已历时一年有余,只不过阿博们不清楚内幕罢了。

波黑因民族分歧引发纷争,巴尔干半岛硝烟四起,战火纷飞。联合国介入。"北约"介入。国家利益与政治争端从来都是战争的根源。而法国外籍兵团作为"北约"一支劲旅,当仁不让也罢,难逃其责也罢,总要冲在最前列的。

当然这一切都由不得小兵阿博。没有思想,不会思想才能做得最好——军人的天职就是服从。这天夜里,阿博作为联合国或者"北约"维和部队一名士兵,随部队挺进敌对力量对峙下的波黑地区。

又是一个深秋,距离阿博报名参加外籍兵团恰恰一年。天很黑,狂风大作,军用飞机降落在夜雾弥漫的山坡上,伸手不见五指。走下机舱便是横陈眼底沟渠般的战壕。士兵们迷彩服,贝雷帽,贴身又厚又沉的防弹衣,跑步穿越横跨驻地间的战壕。堆满沙袋的沟壁上有密集的飞弹掠过,发出骇人听闻的呼啸声。阿博不由自主抱住了脑袋。嘴上说不怕是假的,心里虚空是真的。没有人天生不怕死。即便最勇敢的军人,生死之间也需要缓冲需要跨越。到了驻地撂下铺盖就去哨位接岗,站到凌晨借着微明的晓光看脚下看远处,满目疮痍。

不再是训练营,不再是"橙子",再非人的训练也成了风花雪月的美好记忆。这就是和平与战争的分野。波黑是残酷的,到处有面对面、肉身与肉身的杀戮。阿博、盖瑞开着维和部队的装甲车出巡侦察,炮筒里填着炮,不能打。手里举着枪,即便子弹上膛,还是不能打。任凭战争双方的枪弹在车身车盖擦出火星,嘣嘣作响。战场上中立的第三者永远是刀尖上行走,既不能出击,也不能退让,行动准则就是不卑不亢斡旋在敌对双方的准星里。这是比战争恐惧更难抵御的一种坚守和沉着。阿博当然懂,维和部队是来平息战事的,放飞和平鸽,枪是橄榄枝。

千万别以为维和部队是和平使者就避开了敌对双方的飞机、大炮与黑森森的枪口。谁保得准红了眼的子弹不会有意无意射杀过来?

驻地紧急救护所前,阿博亲眼看见一副副担架从中立地带的安全区抬下来,有打断腿、炸飞胳膊的,也有肠子白花花流了一堆的。他甚至还在被血洇红的担架上看到一张亚洲人的脸,黄皮肤,却惨白惨白,如脱落下来的墙皮。这个年纪与阿博相仿的士兵,合着眼,抿着唇,浑身血肉模糊。

阿博扑上去,想问问他是不是中国人。他听不见,也无法回答。一张脸就这么印在了阿博的记忆里,也不知道他最终有没有活下来。

那个周末,四周变得极其安静,像是从未发生过战事。阿博与战友们全副武装候在装甲车前待命。突然,警笛响了,全体立即各就各位进入战斗状态。偏偏盖瑞去了厕所,他已拉了一夜肚子。等他提着裤子飞跑过来,天空已有轰炸机飞掠而来的嗡嗡声,装甲车紧紧关闭,开始启动。按照作战常规与军令,此时的装甲车是不允许打开车盖的。盖瑞眼看黑压压的机群压境而来,在外面绝望地捶打车壁,煞白的脸被死亡的恐惧拧成惨不忍睹的麻花,咣咣咣的捶打声更是惊心动魄。阿博拨开战友,不顾一切掀开车盖,把盖瑞一把拽进车厢。轰一声炸弹开花,在装甲车一米之外炸出很深的坑。车里面,盖瑞与阿博抱成一团,失声痛哭。

盖瑞的命保下了,阿博却因违反纪律挨了长官一顿狠剋,差点记大过。盖瑞把阿博拽到一边,说:"阿博,从此我欠你一条命,抱歉!"阿博捶他一拳,笑道,"你错了,车外的人就算不是你,我照样会这么做。能替别人捡回一条命,挨十个处分都值。"又拍盖瑞肩膀,"我俩是兄弟,趁早别说抱歉,否则我会小看你哟。"

盖瑞却无法不介意,为死里逃生留下的阴影,也为战争的残酷与血腥。他情绪越来越低落,人也变得沉默寡言,脸颊急遽瘦削下去。不执行任务时,常常一人独坐墙角,捧着那张前妻和女儿的照片看。盖瑞原本就是敏感的人,阿博眼看他心绪与眉头锁成一团,想帮他,又不知如何去帮。

更难忘,那个黑云密布的傍晚。阴森森的大峡谷风声鹤唳,恐怖的气氛让人透不过气来。几方联合武装虎视眈眈盘踞了峡谷两岸。越降越浓的夜霾下看不清人,却能听见紧张沉重的喘息声。这是维和部队敦促敌对双方交换俘虏的一个现场。

维和部队的装甲车一律到位,泊在峡谷狭窄的瓶颈外。阿博、盖瑞与战友们手握FAMAS小口径无托步枪,或M82狙击步枪,严阵以待守卫在峡谷中央那片干裂的旷地上。高音话筒就举在少校营长手里,每隔五分钟,话筒里播出两个俘虏的姓名,敌对双方各一人,同步出列,再由八名维和士兵押送，从敌对阵营走回自己阵营。交换的俘虏很多，五分钟一轮延续了近三个小时，气氛剑拔弩张，越往下换情势越紧张，越压抑，也感觉越漫长越难挨。直到天墨一般黑下来，少校营长的声音都嘶哑了。两个阵营对峙的无数双眼睛闪射出凶狠幽冷的光，恰如伺机反扑的狼，枪战一触即发。中立方维和官兵的心理防线也承受着巨大压力，如绷紧的弦，因为命悬一线的俘虏的生死就在他们手中。阿博咬紧牙关，喉结上下直跳，等到终于交接完毕，护送双方各从峡谷两头撤退，早已大汗淋漓，内衣内裤都湿透了。

更严峻的是经受生死考验。对于和平年代的军人，战死沙场所表达的只是一种理念、气概和境界。但对身在战争漩涡里的盖瑞、阿博，死却是每时每刻都有可能发生的事实。目睹战友在惨烈的一瞬间天人永隔，是他们永远的伤痛。

那是一个阴郁的午后，维和部队派遣几辆装甲车护送红十字会救援人员去两军交战的"安全区"难民营。照理说，这是相对安全的一次行动，阿博他们几个轻轻松松唱着歌，整齐地站在打开盖的装甲车车斗里，枪、钢盔、防弹衣全副武装。没想到行至途中，枪声响起，一阵密集，一阵稀疏，炒豆似的，炒炒歇歇。部队迂回前进。须臾间，听到一声闷响，有人一头栽倒在装甲车钢板上，紧接着是头盔刺耳的撞击声。阿博回过头，发现他的少尉排长已歪倒在血泊里人事不省。流弹击中了他的颈部动脉，鲜血喷涌而出，按都按不住。阿博惊叫起来，发疯似的摇着少尉，少尉软塌塌的身体却慢慢凉下去。阿博愕然失色，呆在那里不知如何是好。

少尉是法国人，祖父、父亲和他三代都是军人，祖父还是将军。他本可以安安逸逸待在法国陆军部队圆他职业军人的梦，可他觉得不过瘾，偏要弄个比利时籍加入外籍兵团。他说打仗刺激，一上战场荷尔蒙就双倍分泌，过瘾。他不是新兵，却有一句调侃在新兵中甚是流行：不当军人的男人不是真男人，不打仗的军人不是真军人。就在昨天晚餐上，他还一边用面包蘸盘里的卤汁一边开玩笑，"兄弟们记住了，餐餐都要吃饱喝足，别让肚子亏空了，谁知道下一餐还轮不轮得到吃？"

一语成谶！刚刚还活蹦乱跳的一个人，就一瞬间，说没就没了。装甲车继续轰轰隆隆朝前开，少尉惊恐扭曲的脸朝向天空，被阴云覆盖，半明半暗，宛若一张恶作剧的假面，没有一点真实感。盖瑞抱着他冷却的身体紧紧不放，掰都掰不开，像要随了他去。盖瑞自然活着，他的脸却比死了还难看。

阿博是第一次直面死亡。感觉体内的所有东西都被抽空了，甚至连悲伤都不是具体的，飘忽着，抓不住。原来，在残酷的战争面前，人的死亡就像摔碎一件玻璃器皿，碎片满地，却只有稍纵即逝的一声轻响。

五

从波黑回到"橙子"，盖瑞病了。厌食，失眠，离群，连阿博跟他说话都懒得答理。

心理医生说他得了抑郁症，让他仰卧在躺椅上不厌其烦地说小时候的事，并开出大把大把的镇静剂让他吞。盖瑞先是像只乖乖的绵羊，让他说故事他就说，让他吞药丸他就吞，说到后来吞到后来终于按捺不住，跳起来，苦笑道："我没病，有病也是战争恐慌症，被波黑那个鬼地方逼的。"

部队就把他送到最好的陆军医院治疗，一个疗程完了又批他病假，让他带薪回加拿大待了一阵子。据说他在安大略湖畔租了间小木屋，闲来钓钓鱼，自己给自己舔伤口，竟好了许多，不厌食，也不惧怕人群了。就回到"橙子"。事实上，盖瑞是加拿大的弃子，魁北克已没有家，部队，"橙子"，才是他唯一的家。回来那天阿博去火车站接他，两人拥抱亲如兄弟，都有一日不见如隔三秋的感觉。

阿博告诉盖瑞，他给圭亚那打过电话，伊万、雷奥一直在亚马逊热带雨林里窜，都快成印第安人啦。他俩叮嘱阿博一定要让盖瑞好好的，否则轻饶不了他。盖瑞听了眼神很复杂。

阿博又告诉盖瑞，少尉排长的祖父、父亲来过"橙子"了。祖父是退役将军，父亲是在役上校，都身着熨得笔挺的法国陆军军服。他们真是军人风范，接受儿子孙子的死很平静，很豁达。他们取走少尉的骨灰，却把他的军装军帽肩章留在了第一机械化骑兵团。父亲说，我儿子的光荣属于外籍兵团。祖父则说，死亡是军人的天职，我们没理由悲伤。这样的前辈军人让全体将士肃然起敬。

阿博还说，"我又回了一趟巴黎。在那边参加了外籍兵团战友会的一次聚会，喝了很多酒，认识了一批战友。同时……"说到这里阿博有点兴奋，语速加快，"我还相识了一位战友的妹妹，也是中国人，现在她是我女友了。"

"哈哈，有艳遇了？"盖瑞笑得有几分诡谲，"她叫什么？长得漂亮吗？"

阿博说，"一般般吧。"神情却是得意的，"她叫杨叶。"

杨叶是杨树的妹妹，他们家阴阳大颠倒，杨树腼腆，像女孩，杨叶泼辣，像男孩，长相性格都是。

那天晚上兵团战友聚会，桌桌都是清一色男人，不知怎么就让杨叶这个女孩混进来了。后来方知这家中国餐馆本来就是杨家兄妹的父母开的。

杨树不胜酒力，半杯红酒下肚就面红耳赤醉意醺然。军营生活单调，军人下岗别无所好，好就好喝个一醉方休。难得碰上这类聚会，怎肯善罢甘休，非要灌个你死我活不成。杨树拗不过，喝了吐，吐了喝，最后一头扎酒桌上呜呜地哭。这工夫杨叶出场了，削成短得不能再短的短发，裹紧了臀部和两条长腿的牛仔裤，瘦高个，丹凤眼，黑毛衣遮严实了高耸的乳峰，动作风风火火，是街头小子的冲撞和野。她一把推开众人，怒目圆睁，"有这么灌的吗，存心要把他喝死？"拿起酒瓶斟了满杯，"有能耐，上，我替我哥喝！"仰头一口倒空。

大家这才知道是杨树的妹妹。可在法国，哪有这么喝酒的，大兵集体噤声，面面相觑。

杨叶见没人应战，俯身去摸杨树剃得只剩发茬子的板寸头，劝慰他，"哥，你别这样，喝不了酒不是什么坏事，你也不比别人差。别窝囊了，你要有自信。"她说的是温州方言，只有阿博听懂了。原来，杨家兄妹也是温州人。

乡音顿时把浓浓的乡情撩拨上来。他不由自主走上前，扳过杨树肩头说，"我叫阿博，认个同乡。"

那晚阿博是聚光人物，刚从波黑前线下来，亲历了战争、死亡，他的战争不再是抽象的概念，而是真实的细节，切肤的感受，承载了一个士兵对介入参与的认知。没有一个站在战争边缘的职业军人不向往这类介入和参与，甚至在他们看阿博的眼眸里也流溢着焦灼的企盼。

杨叶不是军人，却从同为军人的哥哥的苦痛中体会到这一点。她抬头对阿博笑，眼角却有星点的湿。

杨树已是第四年的兵，但他的战场自新兵连下来一直都是那间十五个平方米的小厨房。他是厨师，为外籍兵团某步兵连的百多人做一日三餐。当厨师是他自己的选择，反正当满五年混个法籍他是肯定要创业开餐馆的，做厨师正好早早学一手功夫。还有，给部队做饭一般用不着上战场，也不会流血牺牲，每月还可以轮休坐火车回巴黎一趟，好比到外省某公司上朝九晚五的班。补贴自然是没有的，薪水却不比打仗的大头兵少，难道安全系数不值更多钞票？当初杨树思来想去都以为当火头军最对他心思，别人不想当，好，由他来自告奋勇领这份差事。

法国人做事不含糊，当厨师也要参加正儿八经的职业培训，上课实习都是名师名厨来做示范，杨树学得勤勉，带了考核的好成绩回连队。从此，职业军人变成职业厨子。烤鱼，烧鸡，熏肉，更频繁的则是把牛排煎出七分熟三分血，把薯条在油锅里炸得香脆，再烤出面包，拌出沙拉，熬出蘑菇蒜蓉浓汤，再用鸡蛋牛油巧克力蔗糖做出一道道变着花样的甜品……齐活了，官兵一致称好。

自己的感觉却越来越不好。一个男人在军营里不习武不动刀枪，先就矮了几分，窝囊。酒量小了，肩背无形中佝偻下去，男人的精气神也没了，走哪儿都是自惭形秽的局外人，与这个雄性猎猎的气场毫无关联。这时他才恍然大悟：要么不当兵，当兵就得当真正的兵。

关于哥哥的伤痛被妹妹杨叶说出来，震慑全场，刚才还在酒桌上满嘴荤话胡搅蛮缠的大兵们都愣怔了。杨叶直起腰，泪水夺眶而出，"我哥还有一年就熬出头了，你们饶了他吧？！"都是军营里的男人，杨树的伤痛再好理解不过了，大家悲悯地看着他，一言不发。

阿博就这样认识了杨叶。

后来两人在酒桌的旮旯里聊，知道杨叶是巴黎六大医学院的学生，志向是当脑外科医生。在法国读医最辛苦，淘汰制，学制奇长，过五关斩六将读到能当医生至少十年。杨叶仅读完四年，今后求学的路还很长。阿博说女孩子做内科或者儿科医生就好,为什么非要动刀呢?杨叶反问你觉得我像个文文静静的女孩子吗? 说完两人都笑了。

再后来杨叶居然坦坦荡荡说,"如果你不反对,做我男朋友怎么样?"

干脆。直截了当。阿博心里一阵鹿奔,嘴上欲擒故纵,"我可是当兵打仗的,活不活得久天知道,你不怕?"知道了杨叶很小就来法国,在外面长大的人都单纯,不世故,但男欢女爱毕竟不是小孩过家家。

"做寡妇?我说过要嫁给你吗?"杨叶还真一点也不忌讳,"那你还有更大概率当英雄呢。"她眉梢一挑,好看的黑眼珠晶晶亮,"我从小崇拜英雄。我要是我哥,绝不会到部队当厨师。"

"好,一言为定!"阿博站起来,说,"走啊。"

"去哪里?"

"离开这帮人的视线,省得他们滴眼药水,妒忌。"两个人手牵手走了出去。

六

时间过得真快,圣诞树灯亮灯灭,复活节来了又去了,转眼到了春末。阿博察觉到有股不祥的气息在军营里流动。心里猜,难道又要打仗?命令果然下来,开拔,奔赴的战场居然又是波黑。

其时,打打停停的波黑战火已在巴尔干半岛蔓延了将近四年,两方敌对阵营已进入疲惫阶段。战争的尾声固然不是高潮,但双方每天都在死人,不可逆转。

命令也是毫不含糊的:以最快速度赶赴波黑以促成最终停战。这种时候,维和是要付出代价的,那代价就是——死。

盖瑞灰绿色的眼睛又蒙上厚厚的云翳。他对阿博说,"我不想去,去了肯定回不来。"说到后来,盖瑞哭了,"我憎恨战争,憎恨波黑,我不要死在那里,灵魂不会安息的。"

可是不去又能怎样?军人以服从命令为天职。

或许盖瑞还有一条路可走,逃跑。从此不当外籍兵团这个兵。但盖瑞想也没敢想,逃跑对军人意味着什么谁都清楚,那会玷污盖瑞的人格。起程的前夜,盖瑞在床上折腾一宿,阿博也睁眼听了一宿。

这一回,送他们走的是军舰。亚得里亚海风平浪静,舰舱里的气氛却极度压抑。有人蹙紧眉头躺着发呆,有人坐着写信,写一张撕一张,也有人魂不守舍翻看摊开的性杂志,那些曾经诱人的媚眼、红唇、酥胸、裸臀一概失了意趣。没有人说话,是无话可说,也懒得说,只有上浮的空气沉淀着不可言喻的一种情绪。

阿博算是比较开朗的一个。他在思念杨叶。临走前给杨叶打过电话,杨叶正急匆匆赶去上课,他于是只说了一句,"我要出发了,吻你。"杨叶的回答很轻松,"小心你自己。我也吻你!"杨叶以为这次开拔与平常没什么不同,所以也就没有特别的担忧。阿博暗自保证,单单为了杨叶,他也要完好无损地回来。人一旦有了牵挂,心就重了。

盖瑞躺在阿博对过的铁床上。他能看的永远只有那张照片。如果不是相框框着,估计早已被手摸成碎片。有很轻的声音滴落,不用看,也知道是盖瑞的眼泪落在镜框玻璃上。忽然,盖瑞起身走过来,把镜框交到阿博手上。阿博烫手似的往外推,被他一把按住,说,"哥们儿一场,你就替我保管着,啊?!"别的不用说,他相信阿博明白。

阿博的确明白,心里隐隐作痛。

晚餐时分,海浪喧嚣起来,舷窗外一片漆黑。餐厅里灯火齐明,格外璀璨。晚餐上桌了,竟是豪华大宴。有蜗牛、鹅肝、龙虾、小羊排,还有俄制小罐鱼子酱,还有酒,白阿尔萨斯、红波尔多。其中价比黄金的蘑菇菌类块菇,阿博不仅没吃过,听都没听过。

不知谁嘀咕一句,"噢,最后的晚餐!"

满桌的佳肴顿时味同嚼蜡,品尝成了机械的没有任何快感的咀嚼和吞咽。刀叉在餐盘里发出的碰撞声也撕心裂肺般刺耳。

餐毕,就在撤走了杯盘的餐桌上,发下一摞纸,每个座位都不遗漏。捧起来看,人人眼神都直了。这是一份用法文打印好的遗书,句式规范,措辞统一,字里行间也不缺人性化的温婉。它告诉遗书收受人,这份遗书签写者已在波黑战争中作为外籍兵团荣誉军人,在联合国维和快速行动中为法国捐躯,为世界和平捐躯……正文下面,有几行留白,每名将士须签上自己的姓名,并添加遗书遗骨收受人的姓名、住址、电话就齐了,不必另作掏心剜腑的后事交代。最后，还有一行用手写体印制的短句，代表外籍兵团最高司令官甚至法国总统的悼词：不朽的死者将受到法兰西永远的尊敬和纪念！

寂静无声。偌大的餐厅退了潮似的只剩下掺杂了唏嘘的喘息声。

阿博看看周围，每个脑袋都低垂着，随着手腕的起落，给自己签发这纸生死状。没人拒绝，没人迟疑，仿佛对这预设的死亡不存在任何异议。盖瑞也是，脸上无波无澜。阿博不再犹豫，在自己的签名下填上杨叶的资料。没想到竟是以这样的方式，向一个女人表达海誓山盟。

兵舰抵埠，全体上岸。点名时发现交了遗书的人少了两个。带队的上校黑着脸嘟囔了句国骂，拔枪朝天空"砰砰"两枪，再也不提。士兵们私下议论，那两个不见踪影的人是被死亡吓跑了。阿博庆幸，两人中没有盖瑞。此事很久以后都没有定论，成了一桩悬案。

萨拉热窝，一个听熟了名字的城市，在战火焚烧中几近坍塌，毁为废墟。

阿博他们二上波黑，就驻扎在这个城市边缘的中立地带，担负的任务是：斡旋敦促萨拉热窝永久停战。

两周后，在一个早已废弃的工厂里，发生了令阿博终生无法释怀的血案。

工厂是前南斯拉夫留下来的产物，一个制造拖拉机之类的重型机械厂，分两个厂区，非常大，彼此之间足有好几里地。前南解体后，工厂倒闭，工人散伙，机器也毁了，厂房空在那里风吹雨淋，像个烂坟场。波黑战起，由于地处要塞，交战双方各据一个厂区作为桥头堡，几年来打打歇歇从未真正消停。

这天，下着雨，维和小分队穿戴雨衣雨帽，随队伍沿厂区边缘一条坑坑洼洼的小路巡逻。已经好几天没听见枪声了，但交战双方并未撤离，暗地里依然虎视眈眈剑拔弩张，只是慑于维和部队的压力不敢轻举妄动。雨越下越大，落在头顶像击鼓，路也越走越泥泞，靴子陷进去，拔都拔不出。盖瑞与阿博肩并肩走着，却看不清彼此的脸。盖瑞自打二进波黑，一直愁眉不展，沉默寡言，要说的话几乎都咽进肚里，谁也不清楚他究竟想什么。

预料不到的事情突然发生了。一个七八岁的小男孩冷不防从一方占领的厂区蹿出来，赤脚，头上顶块麻布片，手里攥了个家伙，有点像手雷，像手榴弹，又不全像，看不清到底是不是武器。他飞快地跑着，眼看就要跑过对方阵营的警戒线，脚后溅起一团水雾。

这是战场，怎么平白无故跑出一个小孩来？他要干什么？他又懂什么？

而且，手里还攥着可疑的家伙。敌对方的枪口不瞄准他才怪呢，管你小孩大人。

不知谁惊叫了声"不好！"小分队一个急转身，朝厂区中间扑过去，嘴里大喊："不准开枪！不准开枪！"

迟了！话音未落枪声已响，男孩一头栽倒，爬起来再跑，又一声枪响，倒下，蠕动几下，再没爬起。

盖瑞野兽般嘶叫着，扑向男孩。阿博拽了他一把，没拽住。他跑过众人，跑到最前头。他看见血泊里的孩子一动不动，仰天长啸了一声，端起他的FAMAS步枪，瞄准向孩子开枪的掩体后面耸动的人头，连发几枪，子弹穿过他的长啸嗖嗖飞射，击在土堆上，沙包后。盖瑞当然知道这个射杀是违反纪律的，维和部队没有命令不准开火。但他管不住自己了，他疯了，没有任何戒律能制止他与这场战争同归于尽的决绝。

回射的枪弹响了，是对方枪手的复仇，就射在盖瑞脑门儿上，鲜血喷溅出来，瘆人的红。但是盖瑞依然直挺挺站着，睁大了眼，往日那张俊朗的脸狰狞可怖地抽搐着。

阿博狂奔过来时盖瑞已经倒下。一大一小两具尸体一横一竖躺在泥水里，孩子沾满污泥的光脚丫几乎触到盖瑞的脸，那个刚刚还攥在手里疑似武器的东西弃在一边。捡起来看，竟是玩具手雷，塑料的。盖瑞的眼睛最终也没闭上，灌注了雨水，像在哭。盖瑞憎恨战争，又不愿做可耻的逃兵，就用这极端的方式结束他职业军人的生涯。阿博叫了声盖瑞，跪倒在他身边，撕心裂肺地狂号。不知哪个战友朝天放了一枪，连排子弹紧接着射出，噼噼啪啪一阵爆响，旋即消失在倾盆大雨中。

次日，外籍兵团调来的直升飞机载走躺在担架上的盖瑞的尸体。盖瑞说过的，留在波黑，他的灵魂永不安宁。他终于如愿。阿博目送直升飞机穿过云层渐渐远去，心被一刀刀剜空。

盖瑞的死同样没有结论。

以后几个月,阿博觉得在波黑的每个日子都是煎熬。白天执行任务,装甲车里少了个人,夜里睡觉,梦里的这个人就会回来,站在面前,或哭或笑,都是盖瑞的眉眼。阿博非常想回去,又非常怕回去。他怕伊万和雷奥从圭亚那打电话来,向他要盖瑞,他拿什么还给他们?

终于熬到全面停战。阿博与他的战友等待着离开波黑,离开巴尔干半岛。

明月当空的一个夜晚,各维和部队在自己的驻地进行最后的狂欢。

战壕清扫干净了,架起绵长的一排铁架,从这头伸展到那头,底下挖了深坑,堆上干柴点上火,再把十几只新宰的肥羊往每个铁架上一挂,干柴烈火噼噼啪啪地烧,扑鼻的香气弥漫开来。一箱箱啤酒打开了,白色泡沫喷出来,仰头灌下,麦芽的醇香就在舌尖咂着,嘴角留着。负责烤羊的一干人脱光了上身,甩开蘸饱了油的拖把在战壕里来回奔跑,给那些炙烤的羊涂上一层又一层喷香的黄油。此刻的他们是欢乐英雄,手舞足蹈,火光映红了年轻兴奋的脸,强健的肢体。哪里只是烤羊啊,根本就是勇的宣泄,力的征服!这样的狂欢是男人的狂欢,水壶、餐盒、罐头壳,甚至钢盔一概成了击鼓手摸一件是一件的敲打器乐,无所禁忌,恣意飞扬。

唯有阿博远离狂欢,独自坐在一个坡坎上,眼神定在远处的黑洞里。

阿博是被忽远忽近的手风琴声带到这个无人的坡坎上来的。琴声幽怨,凄婉,如泣如诉,相信是历经惨痛的人在祭奠这场该死的战争。有意无意,恰恰契合了他此刻的忧伤。战友的狂欢里没了盖瑞,阿博怎么笑得起来?

他在黑暗中摩挲相框里盖瑞的女儿,那是一个可爱的小姑娘,蓝眼睛,翘鼻子,黄头发,与她爸爸形似神也似。盖瑞如果活着,这个小女孩会是他一生的牵挂,虽然他并不知道她在哪里。盖瑞把相框早早交给阿博是不是一生的托付,让他替盖瑞完成未竟的牵挂?

那一刻,大雨里蹿出来的小男孩是不是也让盖瑞想到了自己的女儿?他不能容忍罪恶的子弹射杀无辜的孩子,所以他选择违反军令的复仇,然后,中弹死去?

如果，那天蹿出来的不是孩子而是交战双方的任何一个成人，或者根本没有人蹿出来而是另外一种难以预想的情境，盖瑞也会拔枪解决事端然后把自己赔进去吗？

阿博想了很久，答案是肯定的。盖瑞来了就没打算活着回去，孩子只是个偶然的契机，盖瑞的死却是必然的。作为军人，他无法抗拒参与罪恶的战争，他只能以死表达他的诉求。如果真是这样，盖瑞做他的电脑销售员有什么不好，为啥偏要来外籍兵团当这个有来无回的兵？

阿博满脑子问号，理不清头绪，恨不得朝黑暗里吼几嗓子。

七

阿博擢升少尉。是战争给了他机会。

然而，阿博并不以为这是一件荣耀的事，反而深感愧疚。他甚至觉得他这个少尉的军衔是盖瑞拿命换的。回想刚从波黑回来那会儿，他给伊万、雷奥打电话，告诉他们盖瑞没了。那头根本不问事由便破口大骂，骂得他狗血喷头。雷奥还发狠地喊，"阿博你听着，不把盖瑞还给我这辈子跟你没完！"阿博不觉得委屈，是他把他们的兄弟盖瑞丢了。后来他俩又打来电话道歉，阿博什么话也没说就把话筒撂下了。

现在，阿博升了少尉，那些痛又回来了。

幸好有杨叶，心里纠结时她的声音总是适时出现，三两句话，平平常常的，就能春风化雨。杨叶会说，阿博你知道吗，你现在是替两个人活，你活好了盖瑞才开心。阿博觉得杨叶的心比男人宽敞，容得下许多男人容不下的东西，长得像男孩，真没白像。

阿博大踏步走向电话亭。军营里设有好几部外线电话，方便士兵在规定时间段打电话。这是阿博与杨叶间的一条热线。

迎面走来一个人，阿博看时，竟是好久不见的刀疤脸，弗兰克少校。阿博"啪"一个立正军礼。少校瞟他一眼，"祝贺你，阿博少尉！"似乎话里有话。阿博知道他消息灵通，可他来"橙子"做什么？

电话接通，杨叶上来就说，"姑妈正找你呢，阿毅出事了。"

阿毅几年来一直在姑妈餐馆顶班，现已做到大厨，姑妈给他借了张居留证签工,倒也相安无事。可是这一回,居留证被出借的本人要回去派用场了,偏偏移民警察又在节骨眼儿上闯进来,阿毅没来得及从小屋后门溜走,被抓了个正着。姑妈托人去保也没保出来,说是移民条例严苛了,要递解出境,送回原籍国。

杨叶又说,阿毅也在里头递出话来,他死也不走,递解回国,脸面往哪里搁?他要阿博帮帮他。阿博一着急,少尉的事也忘了跟杨叶说。

放下电话那一刻起,阿博就陷在了困境里。他束手无策,怎么也想不出解救阿毅的办法。无奈下给圭亚那打电话,雷奥机灵,给他出了个点子,说我们的弗兰克少校正好在你那里,没人比他更神通广大了,找他去,好好跟他说,或许他就帮你了。

为了表哥,再不情愿的事阿博也只能做,没有退路。

阿博便满世界找刀疤脸。

居然在训练场的双杠上找到他。他正像一只展翅的鹰,栖在杠上。阿博只盯了他看,不说话,其实是难以启口。

弗兰克少校一跃而下,墙似的堵到他面前,"找我有事?"

阿博欲言又止。

少校烦了,"有事痛快点,没事走人,别妨碍我。"

阿博只好摊牌,"想请您帮个忙,弗兰克少校,冒昧了。"

"说!"

阿博连忙把阿毅的事简单扼要说了一遍,完了补充道:"就是Thomas Zhang,当年您见过的。"

"那个瘦猴?"他居然记得,"如何帮?"

"把他从那里头弄出来。"阿博觉得不能迟疑,"真要递解回去,他脸面薄,肯定出事。"

少校反问,"我为什么要帮他?帮你?"

"您没有义务的,但我还是求您。"

弗兰克少校嘿嘿冷笑,脸上刀疤一抽一抽,"算你小子坦率。"

抬头朝半空乜一眼,眉头蹙起,拧成两个结。两只鸽子咕咕叫着一前一后掠过。他骂了句什么,不知骂鸽子还是骂跟前这个兵,然后鬼鬼一笑,深凹的蓝眼睛变幻莫测,"我可以帮你,但有条件,愿不愿听听?"

阿博点头。

"你必须离开'橙子',到'美洲豹'来。"

到底说出来了！阿博在找到弗兰克少校之前就有过隐隐的猜想。自打新兵连下来他拒绝弗兰克少校力邀后，伊万、雷奥一直没断过给他吹耳边风，撺掇他加盟"美洲豹"，他知道多半是他们长官的意思。其实自己也很矛盾，他不喜欢的不是"美洲豹"，而是弗兰克少校这个人，他太嚣张太霸道，甚至连器重别人都是霸道的，从不给对方回旋余地。

但现在，阿毅关在遣返营里，前途攸关，他的喜欢或者不喜欢还有意义吗？

于是他想了想，说，"我接受您的条件。"

"好！"对方的蓝眼睛顿时亮了，少见的温情一闪而过。

阿博赶紧接了一句，"我能否再替Thomas Zhang提个请求？"

没吭声。

"再给他一个当兵的机会。"这是阿博之前想都没敢想的事，既然现在对方附加了条件，他何不反过来也要挟一下。阿毅即便出来，也无法再打黑工了，总得给他找条出路。

"哼，你小子胆儿不小，敢跟长官讨价还价。"弗兰克少校色厉内荏，佯装生气。

阿博一副豁出去的架势，"不是还没当成我的长官嘛。"

弗兰克少校瞪他一眼，说，"我只给他招募的机会，人家收不收看他运气，这下你满意了？"

阿博差点没跳起来，"谢谢长官！"

"还等什么，走啊，"弗兰克少校搡他一把，"救你的Thomas Zhang去！"

弗兰克少校果然神通广大，不过几个电话，就把阿毅捞出了遣返营。移民警察管事的是他以前的兵，他说一不二。况且，外籍兵团出面要个遣返移民当他们的兵，本来就不算什么大不了的事。阿毅出来后理了发，刮了胡子，抖擞精神由阿博陪同去了招兵站。今朝阿毅已非往日阿毅，有少校招呼在前，少尉保驾在后，招兵站第一轮筛选哪敢轻易把他淘汰。几日后如愿以偿去了总部欧巴涅考核遴选。阿博去火车站送他，把该交代的事都交代清楚,相信阿毅只要努力、卖力,这个兵十有八九是当定了。阿毅没料到自己劫难之时有贵人相助,居然梦想成真,乐得做梦都笑,却不知为他的事阿博与弗兰克少校还有这么一桩交易。

所以,至今还在外籍兵团干的阿毅在阿博出事以后一直耿耿于怀,总也不能原谅自己。如果不是因为他,阿博的结局肯定不会是这样的。当然,那是后话。

总之,阿毅走后阿博也前脚后步走了。是外籍兵团的飞机送他们走,包括阿博在内共十几个人,都是弗兰克少校从各部队以他自己的标准用"强盗行径"挖来的。"强盗行径"是各部队指挥官无奈之下送给他的讽喻。少校非但不介意,反而以此为荣。

阿博走前与杨叶有过一场告别。

他俩坐在塞纳河堤岸上,巴黎的夜空挂在头顶,月亮是细细的一牙,隐隐约约,躲在云层后面。河面被灯光照亮,璀璨而诡谲。背后是穿梭于闹市的蜿蜒不断的车流。

很少流泪的杨叶在这个夜晚泪眼婆娑。军人的开拔本是军人的常态,杨叶原不该伤感。但她管不住自己,眼泪好像不从眼窝而从心底流出来,把心都流空了。阿博搂紧她,替她擦去泪水,"一到假期我立即飞回来看你。"是啊,不再是"橙子",这回去的是法属圭亚那,远在南美呢,回来一趟要等年假。杨叶想,缺了阿博,杨叶的日子还算日子吗?杨叶见过弗兰克少校,她觉得这张刻了刀痕的脸是阴阳脸,阳的一面张扬着英雄气,阴的一面漂浮着死气,阿博到他手下当兵,是不是或当英雄或生死难卜?杨叶被自己少有的软弱吓着了,推搡着,追问男友。

"阿博,你会当一辈子军人吗?"

又问,"如果哪天你真做成了英雄,是不是就回到我身边来了?"

阿博笑,"英雄是你的梦,不是我的。"

"我是崇拜英雄没错,"杨叶第一次这么说,"可我还想要陪我喝咖啡看电影听音乐的男人,陪我吃饭睡觉生孩子的丈夫呢,总不能抱个大英雄过不咸不淡没有家居日子的一辈子吧?"

"让我想想好吗?"阿博知道杨叶没有错,女人即便再男人也是女人,都有权利讨要一份属于自己的生活。但阿博确实没弄明白,自己到底要什么。假如女人和军营是天平两头,哪一头分量更重?他从未掂量过。所以,他不能妄下结论。

上了飞机,答案的不圆满从弗兰克少校的经历得到佐证。

弗兰克少校这回带了一条雏狗,只有三个月大,乌黑的皮毛,垂挂的耳朵,鼻尖一绺白,像个毛茸茸的球。这个小家伙在机舱里活蹦乱跳,稚拙,可爱,惹得一帮大男人忍俊不禁。问少校给它取了什么名,少校说,"没名,就叫它番号,121。"少校把它捧在手上,竟比蒲扇般的手掌大不了多少。老兵们发现,少校的刀疤脸总是绷着,看121的眼神却充满怜爱。

少校说,这是他送给儿子的礼物,儿子不收,他只好送了自己。

儿子把去看他的父亲挡在门外,任凭拍门声震耳欲聋却执意不开。儿子十三岁,主意很大,脾性像他爸。不用母亲教唆,与父亲反目是受自己支配。母亲与父亲分居时他还小,对当英雄的老爸挺崇拜。自从到国家少年队踢足球踢出点名气,就期盼能与父亲飙飙男子汉的神勇。可连续三次寄了欧洲少年足球大赛的门票,远在圭亚那的父亲都失了约,没赶回来。最后一次总算搭了民航飞机专程飞回巴黎,偏偏飞机出了故障晚点抵达,到底耽误了观赛。儿子听够了解释不要再听,从此连面也不见,与老爸彻底掰了。

这次去看儿子正巧是他生日,弗兰克少校有意好好表现,到宠物市场转悠一天买下这只儿子从小喜欢的查理王骑士犬送给他,孰料迟到的收买不管用,狗没送出去,门更进不了。弗兰克少校没说他难过成什么样,隔壁邻居却亲眼看到这个伤心的父亲两手撑着门框,蝙蝠似的趴了很久,很久。

阿博心里本来就揣着杨叶的问号,听了被弗兰克少校简而化之打发掉或藏匿起来的心事,忽然就有了一种惺惺相惜的感觉,很久以来两人间的芥蒂也随之烟消云散。他想表示一下和好,便从少校手里抱过121,把它搂进怀里。

只见弗兰克少校腾出的手使劲往空中一劈,问大家:"你们说说,什么是军人的荣耀?"

众人立正,答:"为兵团而战,为法兰西捐躯!"

"错。是为兵团而战,为和平捐躯!"

又问:"荣耀的代价?"没等别人回应,已自问自答,"那就是,被你所爱的人们抛弃,独自面对整个世界。"

阿博心里有点发酸。他明白少校的话,或许这也是他将来逃不开的隐痛。

飞机停在库鲁军用机场。

阿博刚下飞机就被伊万、雷奥用迷彩越野劫走了。等接机的卡车载了弗兰克少校和新补充的战友上路, 他们早已沿着狭窄的海岸线颠颠簸簸跑出好远一程了。弗兰克少校居然容忍他们三个的自由主义,拂拂手,让他们去了。阿博怕犯纪律,雷奥捶他一拳,"什么纪律不纪律, 周末无战事。"

这里的一切对阿博都是新奇的。海岸线是真的狭窄,犹如悠长细润的一条飘带,越到后来越细,细成一根线,飘向望不到头的天边。风是湿的,水是热的,海滩是草甸子,汪在满目的绿里,竟比海平面还要低。走车的路倾斜着,车就淹了半个轮子,在水里船似的蹚,蹚着蹚着,不知不觉钻进连片的红树林。藤蔓纠结,蔽天障目,好不容易脱身出来,又是与沙滩交头接尾的沼泽地。晃着晶亮的水与沉淀的淤泥混杂,一洼连一洼,绕着走也是心惊胆战,唯恐一不留神就被那可疑的冥冥之力拽进漩涡。

伊万、雷奥与阿博已有好几年未见,虽然通着电话,到底有些生疏了。但男人间的兄弟情分一扇就热,一热就烧,时间空间的隔阂哪经得起这么烧。伊万还是老样子,手臂上的花蟒刺青依然栩栩如生,话也依然不多,一口法语越加纯粹,跟弗兰克少校都没什么区别了。雷奥还是瘦,皮肤黝黑,看上去比以前利落干练,说话也不左顾右盼贼眉鼠眼,像个训练有素的军人了。伊万升了中尉,阿博升了少尉,只有雷奥还是一等兵,很有点自惭形秽。

伊万开车。这路开不快,得慢慢爬,好在本来就没什么明确的目的地,有个叙旧的空间就行。三个人头挨着头,打打闹闹,哈哈笑着,突然闷了下来。是盖瑞。盖瑞让他们的世界塌了一个角。阿博喟喟地说,感觉那场瓢泼大雨又把他的脸全打湿了。

默然,算是哥们儿向盖瑞的哀悼。

车趸回基地那条路。渐渐地便看到高耸入云的发射塔。

库鲁是上世纪六七十年代欧洲航天局在法属海外省圭亚那建立起来的太空发射中心,曾研制发射过亚利安等多枚火箭。后现代的太空计划使遗忘于历史记忆的原始落后的角落成为人类放眼宇宙的前卫阵地。隶属法国外籍兵团的第三外籍步兵团,包括弗兰克少校麾下的"美洲豹"特种部队,便负责这个太空基地向外以带状辐射的沼泽、红树林、沙滩等的警备防范以及亚马逊整个热带雨林地区的军事介入行动。

来之前阿博不想自己浑然无知,恶补过关于法属圭亚那的历史。让他好奇的是,这里竟是法国殖民时期重犯流放地。从十九世纪中叶到二十世纪中叶的将近百年里,曾有不少于七万之众的刑事罪犯送达并羁押于此,罚以劳役。这里的沼泽、雨林、大草甸,还有波涛汹涌的大西洋是最安全的天然屏障,根本不怕他们畏罪潜逃。但热带雨林湿热,瘴气重,蚊子多,加上生存条件差,水土不服,不少罪犯死于疟疾或其他各种瘟疫。直到后来,那些不甘奴役逃亡求生的黑奴与祖祖辈辈生息在亚马逊丛林的印第安原住民迁徙过来,才渐渐有了分散的村落,有了炊烟和人气……雷奥告诉阿博,那些监狱的遗址都还在,就在太空基地周围,有些拆了,有些改造重建,作了军营宿舍区。雷奥还说,"美洲豹"住的那排宽宽敞敞的现代建筑,就是在第一监舍的地基上翻盖的。

阿博打趣,"住在里面有犯罪感吧。"

"不,这是一片出生入死的土地,不是英雄,便是枭雄。"雷奥真比以前豪气多了,"'美洲豹'是什么?绝对精英阵容,多少好兵帅克想来都来不了呢。"

"你就吹吧,把我们哥儿仨都吹成精英了。"

"还用吹?不然弗兰克少校为什么偏要千里迢迢把你揪了来。"雷奥、伊万异口同声。

几乎没有任何过渡,少尉阿博就与"美洲豹"特种部队融为一体。他担任新补充的那帮老兵的分队队长。其中有在原部队的少尉排长,非少尉军衔的一等兵军龄也比他长,弗兰克少校偏就让他当这个官,领衔四五十个特种兵。雷奥也被派进队来,他是"美洲豹"的老兵了,阿博知道弗兰克少校对他的偏袒,也知道有亚马逊丛林作战经验的雷奥是来助他一臂之力的。

太空中心正常研发及快速介入行动无战事期间,"美洲豹"的任务就是永无止境的赤道丛林训练。训练项目层出不穷,五花八门,极其繁多也极其严酷,概括了说就是挑战人类战斗力极限。从训练计划、部署到参与,指挥官只有一个,那就是弗兰克少校。于是他被军界称为"魔鬼指挥官"。

即便与波黑那场死了几十万人的战争相比,弗兰克少校的残存训练也不会输到哪里去。阿博是二上波黑亲历死亡的人,同样感受困难重重,必须以不懈的勇气接受挑战。

残存训练换个说法便是极限突围。仅举一例。

那天一早,天蒙蒙亮阿博就带领他的小分队出发了。从沼泽地切入,微亮的手电光把他们带进遮天蔽日看不见天际的原始丛林,在荆棘藤蔓的交错中弓腰弯背,迂回潜行,直至精疲力竭才绕出这片林子。眼前一亮,大片草甸子不知什么时候从地底下钻出来。

方知不是终结只是开始。

根本不被预先告知,全队兵员一律搜光了身收缴了武器,放逐到穿越草甸子的海中央荒无人烟的孤岛上。命令传下来,必须坚守孤岛七十二小时,然后突围。突围非正常意义的突围,要砍树,劈藤条,扎木筏,再把木筏从汪洋大海里推出来。

一支队伍四五十人,没有干粮没有水,全队三颗子弹,两只电筒,一把斧,一把砍刀。每人一挂网结吊床。粮食不是别的是树心,啃一口无香无臭,啃多了嚼烂了咽下去,恶心呕吐,连胆汁都吐出来。几粒盐在这时成了最贪婪的奢望。饮水是密林深处泥洼里的水,用手去掬,一掌蠕动的小黑虫,有毒无毒谁也不知。只好投下药,把水濯过了再喝。看一眼是混沌的,喝一口是苦涩的,刺鼻呛人。

三颗子弹的其中一颗打了一只鸟,是阿博打的,他是神枪手,百发百中。一只鸟几十张嘴无法分吃,索性用它作了钓鱼的诱饵。还真钓上一条活蹦乱跳的鱼,烤熟了,一人分到指甲大一片,嚼到嘴里未咂出味就没了。饿,破天荒的饿,实在挨不过去只有吞吃烤蚂蚁。蚂蚁高蛋白,只要敢,吃不死人。胆小的一边吃一边跳脚,跳完脚哇哇地吐。

没吃没喝还不能吊床上歇着,要砍树,要劈藤条,要把放倒的树用最原始的手艺扎成木筏……如果没有雷奥,阿博被这么扔进荒岛,连自己爬不爬得出去都难打包票,更别说还带着这支队伍。雷奥真是今非昔比了,往他身后一站,竟能让他茫然无措的心踏实起来。

人在绝境里不得不退化为直立的猿,求生欲望超越了理智坚守,人性恶会在任何一个士兵身上袒露狰狞的一面。比如饿慌了抢吃别人手掌心的食物,野蘑菇,嫩树叶,甚至仅有的小鱼片。饥肠辘辘没力气,轮到砍树抢不动斧,便故意把手蹭破,哼哼唧唧逃避劳作。还比如,为抢占稍稍干燥的一块地睡觉,竟把战友从挂好的吊床上一脚踹下去,对方不肯罢休,又扭成一团撕扯打架,直打得鼻青脸肿。这些时候,雷奥会给阿博出主意,主意够损,叫做以牙还牙。不是饿吗,专罚你饿,派个战友守着你,一天一夜不准吞食任何东西,树心、烤蚂蚁也不准吃。不是弄破手抢不得斧子吗,好,给你脚力活儿,扛藤条,运送树木,从林子里拖到海滩,荆棘丛生千辛万苦的路,走去吧。还有那个损人利己把战友从吊床上踹下来的家伙,不就图睡个好觉吗?也罢,整夜的巡逻放哨就是你了,别人打鼾你听呼噜。谁再敢跟我玩花花肠子,让你悔青肠子!

还挺灵,治住了,没有再犯的。阿博对雷奥刮目相看,私下里问他,“如实招来,哪学的这套狠招?”雷奥朝面颊划了一下,“除他还能有谁?”又嬉皮笑脸不打自招,“不瞒你说,我就是被他这么整治出来的, 不老实都不行。玩儿得过他?!”

更奇怪的是,如此一位魔鬼长官,“美洲豹”全体官兵没有不服不仰慕的,做个亵渎圣明的比喻,这帮人简直就把他们的弗兰克少校视为上帝,到了顶礼膜拜的程度。阿博以为他是奔了拿破仑、巴顿的路子去了。说实在,圭亚那的库鲁或者卡宴有了弗兰克少校,就与别的驻地有了不同。他身上那股狂野之气,傲慢之气,威风凛凛之气,使他统领的这支队伍无愧于“美洲豹”的神威,无往不胜。

对此,弗兰克少校从不谦虚,每到一处都像复读机似的重复吹嘘:谁能在亚马逊丛林生存,谁就能在其他任何丛林获胜;谁要打败亚马逊丛林,就再没任何事能打败他!

少尉阿博与别的大兵没什么两样,很快就被少校与他的"美洲豹"臣服。即便依然残存了过往的芥蒂,也被热带雨林一场又一场瓢泼大雨冲刷得一干二净。然而少校的器重与少尉的崇拜都不挂口头,表面上一如既往隔膜着,心里却有毋庸言表的默契。弗兰克少校那条代号121的黑狗是这份默契的知情者,它在军营受到所有兵士的宠爱,却唯独对阿博有份特别的亲昵。即便在溽热的雨中撒欢,滚一身污泥,也敢登堂入室,一步蹿到阿博床上用脑袋拱他的胳肢窝。直到少校长长的一声呼哨,才丢下满床的狼藉扬长而去。这时,那些妒忌121垂青阿博的战友便幸灾乐祸哈哈大笑。

圭亚那的日子便这样在连绵不绝的雨季中飞梭般闪过。阿博觉得自己是站在沼泽的高地上,雨中的阳光下,挑战男人的极限,打造军人的魂魄。他喜欢这个地方。

给杨叶的信越写越长,越写越缠绵,却始终没有给出明确的回答。越爱圭亚那越爱"美洲豹",就越给不出。杨叶也没再提同样的问题。直至后来电脑普及,写信变成发电邮,这该问该答的问题始终都是不敢触摸的盲点。但阿博心里是明白的,他大抵会辜负深爱的这个女人了,就像弗兰克少校与他的两任妻子那样。

八

只是一瞬间,"美洲豹"特别行动队已从南美跨越海洋飞赴西非,圭亚那与象牙海岸的遥远仿佛只在咫尺间。空间是速度最量化也最质感的记录。

弗兰克少校领兵,少尉阿博随队出征。

象牙海岸突发反政府武装哗然兵变,攻占首都阿比让推翻现任总统巴波未遂,占领北部大部分地区,引发战乱。一个西非最美丽最富饶的黑人国家遍燃烽火,满目疮痍。象牙海岸曾经是法国殖民地,独立以后仍与原来的宗主国有千丝万缕的关系。政变之初法国政府便在第一时间派出驻扎在亚丁湾西岸袖珍小国吉布提的另一支外籍步兵团前往维和,并协助众多法国侨民撤离战乱之地。但情势比预想更严重,维和部队兵力不足,措施不力,"美洲豹"便被抽调作为最强悍的增援部队紧急介入。象牙海岸与圭亚那纬度接近,南部沿海一带也多红树林、沙洲、潟湖,属热带雨林,地况气候与圭亚那十分相似,凭"美洲豹"亚马逊丛林超强战斗力,介入游刃有余。

然而,与阿博经历过的波黑战争一样,他们是来维和不是打仗的。对军人来说,举着枪不扣扳机正是最难的。

抵达的前一周时间不算长,却是始终没能脱过衣脱过鞋的一个个连绵长夜,睡觉也是全副武装抱枪而卧。战况分分秒秒都会发生,枪声无时无刻不在耳边呼啸。又是酷热的夏季,下雨热,不下雨更热,天天四十几度高温,嗓子冒烟,嘴唇起泡脱皮,十五公斤重的加厚防弹衣箍在身上,淌不完的汗水,人像咸鱼,腌得发臭。

第一日,待命。忍着。

第二日,待命。再忍。

第三日,还是待命。

伊万、雷奥都烦了,憋得跺脚,恨不得跃上阵地叭叭叭一梭子,来个干脆利落。被弗兰克少校一声断喝,才嘟嘟囔囔缩回战壕。

阿博不急不躁,低眉垂眼想他的心事。也想杨叶,更多时候想的却是盖瑞。自从盖瑞消失以后,每上战场,那个俊朗的面容就会在眼前晃动,给他无言的警策。这种时候,他往往一手一个揽过伊万、雷奥,冲他俩低吼,"安静,盖瑞有话要说!"

待命待了一周,实在按捺不住的伊万嗷嗷叫,摩拳擦掌。

雷奥也屁颠屁颠跟在后头冷嘲热讽,"让'美洲豹'象牙上无休止待命,岂不杀我威风笑我精英?"

"闭上你的臭嘴!"弗兰克少校终于下令,是在第九天午后。

有十多名法国侨民被反政府武装围困在北部他们占领的辖区内,无法动弹,"美洲豹"的任务是以最快速度解救人质安全撤离。这项任务的危险不在辖区内,而在通往辖区的路径。

不过对于"美洲豹",这点危险算什么危险。弗兰克少校带着他的队伍大摇大摆出发了。这南北贯穿的一条路线上,南半截还在政府军手里,俨然可以大摇大摆,北半截就未必那么乐观,走一段就有关卡、障碍,必须一路交涉,步步为营,并绝对保持中立。

磕磕绊绊走得像长征。不动枪就得动嘴皮子，那情景有点像在别人屋檐下讨路。"美洲豹"哪受过这等憋屈，人人窝火个个骂娘，恨不得拉开枪栓火力压阵冲将过去。不过瞅一眼弗兰克少校铁青了脸甩着膀子风一般疾走，谁也不敢造次。

最后的关卡最戒备森严，垒着沙袋筑着碉堡，去路切断，围成空荡荡的大场子，风吹过，尘土飞扬。飞扬的尘土后，有排列整齐的黑洞洞的枪口，乌溜溜的眼睛虎视眈眈。

阿博的分队担任警戒，爬上百米外路边那排屋顶，居高临下，随时应变。进入"美洲豹"后，阿博已成M82狙击步枪头号射手，一枪一个目标，极少失误。这会儿他把烟囱作为掩体，端着M82注视底下的一举一动。

弗兰克少校挥挥手，让荷枪实弹的部下就地待命，自己带了三五个兵若无其事向关卡走去。场子上静得出奇，连屋顶上的阿博都能听到军靴踩地的嚓嚓声。眼看快走到碉堡跟前，突然冲出一群人，黑人长官黑人兵，个个五大三粗，全副武装。"什么人？报上番号！"当官的断喝，光脑袋乌黑锃亮。象牙海岸的官方语言一直就是法语。

弗兰克少校两手叉腰，三言两语说明来意，眉宇间不说不屑一顾也是极不耐烦。本来反政府武装并不想与曾经的宗主国部队有什么过节儿，又是援助又是维和，得罪不起的。但弗兰克少校十足的霸气惹恼了他们，偏那领头的也是趾高气扬的主，非但不买账，居然拔出了枪。气氛陡然紧张起来，双方怒目相视，剑拔弩张。

弗兰克少校的兵绝大多数都在后头，没有命令不敢轻举妄动。而前沿连他在内就三五个人，寡不敌众。但弗兰克就是弗兰克，枪没拔，反而仰天大笑，笑里是傻子也听得出的蔑视。光头气急败坏，一举手，手枪顶住了弗兰克少校的脑门儿。少校仍在笑，笑声瘆人，未敢越位的伊万、雷奥们个个举起枪，一触即发。

房顶上端着M82的阿博高屋建瓴，沉着，冷静，果断地射出两发子弹。支撑他没有丝毫犹豫的是精确的判断。只听嗖嗖两声，子弹不偏不倚穿过缝隙打在光头黑人的脚跟前，溅起一片尘土。光头全身一震，吓得连连后退。这是阿博代表"美洲豹"，也代表联合国维和部队向对方发出的警告：敢撒野，你试试，还要不要小命？！

果然灵,退后的光头军官下巴翘着朝屋顶上看一眼,又看一眼,再不敢向前挪动半步。随即沮丧地挥挥手,让手下那帮家伙放下了枪。

哨子吹响,关卡的门不情愿地缓缓打开,弗兰克少校一挥手,带领他的"美洲豹"扬长而入。

阿博殿后,扛着他的M82。走过光头军官面前时,对方惊魂未定扫他一眼。阿博笑嘻嘻说,"对不起老哥,让您受惊了!"

光头黑着脸,腮帮上面肌一跳一跳。

顺利撤离这批法国侨民后,"美洲豹"维和任务接踵而至,东奔西突,一茬接一茬,再没停歇的时候。依然子弹上膛,依然不准开枪,但战场总是战场,战事总是战事,对于亚马逊丛林里扑将出来骁勇的"美洲豹",对于伊万、雷奥这等手痒痒的职业军人,不必困守笼子无事可干毕竟是刺激神经的好事。而对象牙海岸惨遭战乱流离失所的老百姓,却是惨不忍睹不堪回首的人生碎片。美丽的象牙海岸美丽不再,残垣断壁,哀鸿遍野。

阿博骨子里也喜欢打仗,弗兰克少校说过,他是天生的军人。但在这样正义和非正义理不清头绪的内乱战场上,即便扮演维和的角色,他也始终找不到意义的坐标。他高兴不起来。伊万和雷奥讥笑他是罗丹的思想者,他却被盖瑞的幽灵纠缠着,时不时从眼前的景象跌回到记忆深处,象牙海岸于是成了又一个被战争蹂躏的波黑——沉痛的苦难。

又一个月黑风高的深夜,"美洲豹"再度出击。

有消息证实,一股反政府武装敢死队正挥戈南下,血洗途经之处,强行攻占仍在政府管辖之下的城市。维和总部下达军令,命"美洲豹"急速以和平手段拦截这股疯狂的武装力量,扼制血案蔓延,保护无辜百姓。

谁都清楚,对付这样穷凶极恶的一支队伍,和平手段谈何容易。但弗兰克少校斩钉截铁:"刀尖上行走,没别的选择。"

从无路的荒原、湿地、红树林穿插过去,他们的速度就是象牙海岸人的生命。奔跑,飞跃,再怎么加速都是慢,感觉一路的景象一路的难,像极了亚马逊。那一汪潟湖却是非洲的独有,水不深,深的是湖底的淤泥,像漏底的勺,不知通达何处。莫非真有地狱?

没有船,也来不及扎木筏,黑洞洞的天穹下凫水过湖。脚蹬沉甸甸大头靴,身裹十五公斤加厚防弹衣,扛着武器托着枪,一个跟紧一个,串成鱼串,不是游,而是蹚,把自己从此岸扔向彼岸。哗哗的流水在风声鹤唳的静夜里响,淤泥泛起浊浪,清冷冷的潟湖混沌一片。

到底迟了一步。当沿途第一个村庄呈现眼前,已是死寂的坟场。

拂晓微白的天光下,一步步摸进村,横横竖竖遍地尸体,血凝在下脚处,黏黏的,耀着暗红黑紫,跟着呛人的血腥。大兵们什么战场都见过,就是没见过如此丧心病狂的杀戮,一个个煞白了脸,铁青了脸,扭曲了脸,抬了脚都不晓得往哪里跨。

全村一百多男女老少,竟然被斩尽杀绝,一个不剩。

死人堆里翻了半天,有的硬了,也有慢慢死去的,身体还残存了一丝温热,硬是没找出一个活的。估计都从睡梦里被枪逐出家门,抱头鼠窜而逃命未成。男人小孩光着腚,瞪眼,张嘴,缺胳膊少腿,什么死姿都有,惊恐的表情大同小异。女人撕碎的纱衣下,裸出一对打开了花溅满血迹的奶子,五官皱成一团,身体佝偻如虾,惨不忍睹。不知从哪里蹿出来的一条野狗,在尸体横陈的巷弄里歪歪斜斜地走,左舔一口,右舔一下,长长的狗鼻子贪婪地嗅着血腥。身后是焦黑倒塌的村舍,在洗劫之火的余烬中冒着青烟。

人类至高无上的生命就这么纠结成一个触目惊心的整体,横陈在杀戮后的废墟上,让活着的眼睛和人性毫无逃遁之地。阿博站在那里,脚边躺了两个孩子一个母亲,第三个孩子还是婴儿,在母亲怀里,嘴叼着奶头,头上一个血窟窿,窟窿里白花花的脑浆。阿博不忍看,不敢看,两手捂住自己的眼睛。他不是没见过尸骨遍野,但如此弱者的如此惨状,还是让他的神经断裂意志崩溃。他的脸抽搐着,胃痉挛着,井喷一样哇哇呕吐,仿佛要把五脏六腑都吐出来,把对战争的憎恨都吐出来。

弗兰克少校看着一拨兵士吐,一拨兵士哭,刀疤脸上变幻着阴云,旋风,沉雷,狰狞可怖。忍无可忍,忽地拔出手枪,朝头顶嘭嘭嘭一阵狂射。静寂的天空撕裂开来,压抑的情绪撕裂开来,兵士们野兽般嗷嗷叫着,杆杆枪都朝撕裂的天空扫射,恨不得射下不睁眼的这片天,来遮盖涂炭的生灵,人类的丑行。

天空炸了。

唯独阿博没有拔枪，没有射击。他像顷刻间衰成老叟，嘴里喃喃，身子一点点矮下去，矮进那堆尸骨间。"对不起，来晚了，没能救出你们……"

答案其实是不确定的。即便他们及时赶到，即便终于制止了眼前这一幕屠村暴行，他，还有他们，能制止每日每夜每个角落都可能爆发的战乱与杀戮，还世界一个真正的和平？军人和战争，究竟是谁制衡着谁？人类根本的痛楚又是什么？

阿博觉得，盖瑞就在旁边，就在这群死去的无辜者中间。

九

从象牙海岸回来，部队休整半个月。阿博径直飞回巴黎。

杨叶到机场接他，他抱头大哭。问他，什么都不肯说，把杨叶吓得不轻，便小心翼翼陪着他，在巴黎的街上走。每走过一个广场，就给栖息在广场的鸽子喂食，阿博的神情像得了迷症，喂完食，就咕噜咕噜与鸽子对话，说些谁也听不懂的谜语。

杨叶这时已修完医科，到圣·路易医院当了实习医生，自己租房子住到左岸高尚公寓的单居室里，窗下就是塞纳河与新桥，都市的浪漫就在一扇窗里窗外。爱情长跑至此，杨叶已习惯不提他们的婚姻，两人经年聚聚散散，能待在一起的分分秒秒都是值得珍惜再珍惜的。

最后一个夜晚，阿博抱住杨叶，把她滚烫的脸捂进滚烫的怀里。他对她说了一番话，让她惊愕，迷惘，也让她兴奋地发颤。

然后，阿博走了。回圭亚那，回"美洲豹"。杨叶觉着他这一次的走不一样了，她有理由用心跳期待。

圭亚那正当阴晦溽热的雨季，天就像漏了一样，把倾盆的水无休无止往地面泼，库鲁发射中心地势高，就从四周被水淹漫的洼地耸了出来，远远看去如汪洋里的一个渚。

放下行李的头天晚上，阿博敲开了弗兰克少校的房门。说来都不信，这是阿博第一次不在少校办公室而到宿舍谈事。阿博与弗兰克少校早已心心相印，却从不热络，对话也少。倒是121，狂欢般扑出来，满地打滚。121

对阿博的亲昵,有时甚至超过了对它的主人弗兰克少校。

阿博浑身湿漉漉站在屋子中央,脚下很快积了一汪水。弗兰克少校正坐在灯下读已然读过无数次的《拿破仑传》。宿舍里陈设简单,却整洁异常,桌上就一本书,床单上一丝褶皱都没有。弗兰克少校抬眼看阿博,有点惊讶,惊讶他的造访。121也惊讶,仰着脑袋围着沥水的裤腿打转。

"消息够灵通的。"弗兰克少校说。

阿博不知所云。

少校走过来拍拍他肩膀,"你小子,装吧,你敢说不知道,你就要升中尉了。"

阿博摇头,他的确不知道。但此时此刻,升不升中尉还有什么意义?

阿博把一份报告放到桌上,说,"我申请退伍。"

"你,退伍?"弗兰克少校不认识似的打量他。

"是的,我想我该结婚了。"

"是那位杨叶小姐给你下最后通牒了?"

"不,我自己提的。"

弗兰克少校意识到问题的严重性,先是愣着,旋即说,"那就结,用不着退伍。"阿博已在第二个五年职业军人合同期内,根据外籍兵团规定,只要服完第一期兵役,即便未升军衔,亦可入籍法国并申请结婚。

阿博不吭声。眼帘低垂,躲闪着少校犀利的眼神。

弗兰克少校立刻洞穿他藏不住的心思,"那么说,结婚不是理由,真正的理由是你厌倦了部队,对吗?"少校脸一绷,刀疤突突跳,咆哮道,"世上当兵的无数,为军人而生却少而又少,你是其中之一,这是上帝赋予你的责任,你难道还不明白?居然到这里跟我啰唆退役,你就不怕你的魂魄跟你作对?不准!我就是不准!!"

阿博很想陈述象牙海岸给他的所有感受。军人的荣耀是什么,不就是拯救和平?可他们连遭受屠村的一百多个无辜村民都保护不了,奢谈什么救赎?但他一句话也没说,他不想摧毁弗兰克少校牺牲了个人的一切而为之献身的天职与信仰。

他转身朝外走。就在拉开门的一瞬间,听见弗兰克少校在他身后说,"或许你是对的,任何人都没理由要求别人跟他一样。"他苦笑道,语气沉下去，颇有几分凄凉，"况且，他的下场着实不漂亮，不值得他的兵仿效。"阿博忍住泪，走了出去。

这雨夜的一幕阿博没有告诉任何人，连最铁的伊万、雷奥两个哥们儿也对他的退伍申请蒙在鼓里。雷奥的军衔也擢升了，成了雷奥少尉。阿博的擢升因了弗兰克少校最终不得不替他上交的退伍申请而搁浅。"美洲豹"除了还有两位老兵升衔，弗兰克少校也终于有了早该属于他的中校肩章。

阿博还是少尉阿博。他用电子邮件告诉远在巴黎的女友，说他已递交退役申请，相信兵团很快就会批准。不久他将会回到她身边，做她的新郎。写这封短短的邮件时，阿博哭了，眼泪滴在键盘上，差点弄坏了电脑。他的眼泪是复杂的，不为人知。

后来发生的事始料未及。

难得雨季有一个晴天，太阳像团火，把天边簇拥它的云彩都烧红了。弗兰克中校却在这一天从训练之始就阴着臭脸，骂骂咧咧，看谁谁不顺眼。带部队深入丛林前，他的查理王骑士狗121一如往常缠着他撒娇，也被他一脚踹出老远，翻了好几个跟头。

121呜呜哭着，队伍里一片嘘声。大家都是121的朋友，也早已习惯弗兰克中校与黑狗亲如父子的感情，今见121无故受此委屈，都替它打抱不平。

阿博能猜出弗兰克中校的无名邪火从哪里来。不用问，阿博也知道八成是他的退役报告批下来了。弗兰克中校不是气121，而是气他。阿博不敢直视中校，觉着他的目光里有无数枚穿了线的针，细细密密缝到他脸上，这痛是隐隐的，传导到胸腔，刺出许多窟窿。他很抱歉。但也仅仅只是抱歉，并不包括后悔或改主意。

傍晚收兵回营，竟发现早晨受了委屈的121不见了。弗兰克中校大惊失色，战场上遭遇不测也没见过他那样的神色。众人忘了一身疲惫，不洗澡，不脱浸泡了污泥浊水的迷彩服，分头四处去找。搜遍每一个角落，就差把基地翻个底朝天了，到底也没寻出小家伙的踪迹来。所有留守军营的人也都说清晨以后便没再见过121的影子。仿佛弗兰克中校那一脚，竟把小家伙踢出地球了。

天越来越黑，歇了一个白昼的雨又哗啦啦倾泻下来，士兵们不肯罢休，仍在夜雨里扯着嗓门儿喊121。弗兰克中校断然大喝，把众人通通赶回屋，并用枪指着一扇扇不情愿关闭的门威胁说，"谁敢再出来，我他妈就毙了谁！"然后独自在雨里困狮一样发飙，"不就一条狗吗，关你们屁事？"

真只是一条狗就简单了。可是，不然。

伊万、雷奥他们各自在自己房里，看窗外弗兰克中校失魂落魄地在雨里转，一个个心里难过，都霜打了一般。谁不知道，121是弗兰克中校唯一的亲人了。

阿博背对窗玻璃，执意不看。事实上他是不忍看。他不愿承认又不得不承认，弗兰克中校是在丢失了他之后再丢失121的。他藏着深刻的酸楚，眼睛湿了干，干了湿。

记忆中，这是阿博留给战友们最后的印象。

次日凌晨，几乎全"美洲豹"将士都听到了一路哀鸣过来的狗吠。声音其实很微弱，大家一反常态都听到了是因为每一根心弦都弹跳着焦急的期待。果然是121回来了。它没有回弗兰克中校自己的家，而是蜷缩在阿博的门外呜咽。都说狗哭起来比人更伤心，一点不假。

弗兰克中校飞奔而来。他的士兵也纷纷聚到阿博与另一个战友的房门前。

遍体鳞伤的121已经支撑不住，瘫软在台阶上，奄奄一息。往日的尊贵和矫健不见了，眼睛眯缝着，嘴边挂着口涎，脑袋、前腿、肚皮两侧都有淤紫的血斑，皮毛也脱落了许多，尚存的部位也是污泥纠结，简直就是活脱脱一条癞皮狗。弗兰克中校心疼地抱起它，不管多脏，只往臂弯里拢。121挣扎着，抬起脸哼唧一声，像要告诉主人什么。

这才发现，它的后腿绑了一截东西。松开了看，是一只同样肮脏的军用护腕，内里有隐约可见的编号。弗兰克中校熟悉这个编号，是阿博的。

转身去寻阿博，谁也没见。推开房门，他的床也是空的，整齐地叠着被子。同屋战友说，刚才被121吵醒时，阿博的床上就没人。枪在。私自外出不准带枪，阿博从来都是严守纪律的合格军人。

伊万、雷奥异口同声，"糟啦糟啦，阿博一定摸黑出去找狗了。"雷奥又说，"昨晚我看他的神色就不对，果然出事了。"

伊万凶相毕露，"你给我闭上乌鸦嘴！"

雷奥不理他的茬，哭丧着脸叫道，"狗都回了，他却没回，能有什么好事？"

弗兰克中校神色大变，牙齿咬得咯吧直响。"还愣着做什么，赶快给我去找！"

地毯式的搜寻铺展了整整一天，继而又是整整一周，圭亚那境内的亚马逊丛林篦虱子般篦了一遍，红树林、海滩湿地、沼泽、赤道雨林，等等，"美洲豹"出没过的任何角落都搜遍了。

没有阿博。就是没有阿博。

一个华裔法兰西外籍兵团"美洲豹"特种部队少尉分队长，一个被他的上司称为天生军人的神枪手，最好的兵，就这么失踪了。没人知道他为什么要在半夜独自摸向亚马逊丛林，是不是因为121这条最终获救的弗兰克中校的狗？即便是，阿博与这条狗之间又曾经发生过什么？狗不会说话，一个护腕又只能藏匿永远缄默的秘密。

后来知道，在这个生命坠入黑暗的长夜之前，他其实已经获准退役。他将要远离圭亚那，远离"美洲豹"，结束爱情长跑，回巴黎做女友杨叶的新郎。他当时会是怎样的一种心态？他为脱下军装遗憾，还是为得到爱情圆满幸福？

都不知道了，无法探究了。

悲痛的战友还是忍不住要做种种猜测，他的消失是被海啸卷走，被沼泽淹没，被野兽吞噬，甚至……但猜测终究是不确定的。全部的疑窦、诡秘，还有真相必定随着他的消失而消失，再也唤不回来。

少尉阿博的一生就这么定格在问号中。

杨殿梁小传

　　杨殿梁,1969年出生于山西吉县,现居山西临猗,系中国农业银行股份有限公司员工。曾立志要成为一名银行家,直至今日才发现,写小说只能当作家。现为中国金融作家协会会员、山西省作家协会会员。近年来,创作的各类小说、剧本百余万字,长篇小说《国有银行》由百花文艺出版社于2008年出版发行。

蝴 蝶 传 说

□ 杨殿梁

一

是陶醉,还是羞涩?裸躺在郁金香花丛中的夏蝴蝶用双手捂住了自己的眼睛。透过松开的指间,是轻轻摇曳着的牧野……一对花蝴蝶在花丛间翩翩起舞,那双上下舞动的翅膀很好看。她松开捂在脸上的双手,指着花蝴蝶说:"看,花蝴蝶!"

于是,那对花蝴蝶也飞进了戈力的视界。他漫不经心地观赏着,说:"这对蝴蝶上下舞动的翅膀,可以在气象学上产生连锁反应,进而会在北美洲卷起一场飓风……后来便有了经济学上的蝴蝶效应!"

刚说完,一股龙卷风仿佛隐含着某种玄机似的从远处直奔而来。刹那间,这片点缀在田野上的郁金香花丛便不再优雅地含着笑脸,也开始乱扭着枝干。花丛一旁,停放着戈力锃亮的轿车,放在车头上的一个黑皮包陡地被卷向空中,包内的一沓百元钞旋即被吹散开来,漫天飞舞……与戈力一起潜伏在花丛中的夏蝴蝶奋不顾身地跳了起来,裸着身体一边忙不迭地奔跑,一边伸手抢着散乱飞舞的钞票……

戈力仍然伏在花丛中,一边欣赏着夏蝴蝶来回跑动的胴体,一边惬意地笑着。片刻,他半直起身子大喊:"这钞票多像一群飞舞的蝴蝶!"

夏蝴蝶回头焦急地回应:"这是钱啊!"

戈力哈哈地笑着:"这钱都归你。"

从北方牧野地上旋起的龙卷风一般都不大,旋了一阵便渐渐消失了。那些在空中飞舞的钞票纷纷落在草地上、花丛中,夏蝴蝶裸着身子奔跑,

中篇小说·蝴蝶传说

139

不停地弯腰捡拾着这纸片似的钞票,并越跑越远……

此刻,假如有谁航拍这片牧野,一定会收获一堆非常唯美的摄影作品。一张硕大的心形郁金香花床,安静地摆放在宽阔的牧野地上;一个优美的弧影在心形花床边沿不停地追逐,忽而舒展起肢体,忽而蜷曲,那千姿百态的胴体毫无做作,每一瞬间都是完美的造型;不停摇曳着的花床一侧,半卧着一个肌肉感十足的男子,他指间夹着烟,悠然超脱的样子仿佛置身于仙境一般……

这张心形花床,是戈力用了一万元报酬刻意为夏蝴蝶准备的生日礼物。吃罢生日午餐,戈力说要去一个神秘的地方,便开了四十公里的车来到这片牧野地。当这张心形花床赫然出现在眼前时,夏蝴蝶颇为感动,便嗲声嗲气地发出惊叹:"哇,好美,好漂亮,好感动。"

戈力一边欣赏着夏蝴蝶陶醉的样子,一边打着诨讥讽:"你说话的样子,怎么看怎么像午夜肥皂剧里面的表演,是不是平生第一次这么说话啊!"夏蝴蝶也感觉自己有些矫揉造作,脸上便浮现出薄薄的一层绯红。戈力又说道:"午餐时喝的那几杯葡萄酒,这会儿起作用了——脸红了别人也甭想看出来。"戈力扮了个鬼脸儿,望着她爱怜地笑着。

"谁脸红啦。"夏蝴蝶娇嗔地说,"这么整齐的一颗花心,一定是人工种植的吧,你什么时候偷偷在这里做了花匠呢?"

"不是人工种植。"戈力加重语气一字一顿地说,"是人工移植。"

"人工移植?那要花多少钱?"

"一万块。"

"一万块?太奢侈了!你花这钱干吗呀?"

在这片远离人烟的荒郊野地里,为一个萍水相逢的小女人移植这么一小块心形郁金香花丛,这在常人眼里,说奢侈算是客气的了,这难道不是犯傻吗?假如买枚钻戒作为生日礼物多聪明呢。但是,对于一个来钱就像写阿拉伯数字一样简单的私募大亨来说,戈力的概念里没有奢侈这个词,而情趣、新奇、另类才是他要消费的商品。

"这够浪漫吧?情调、艺术、创意都在这颗花心里了。"戈力说着,便把夏蝴蝶拉倒在花丛中,"宝贝,上床吧,郁金香花床。"

夏蝴蝶用肘撑起身体,并伸出另一只手忙不迭地扶着压倒了的花枝,十分惋惜地说:"都压折了,多可惜啊。"

"床嘛,不管是席梦思,还是郁金香,都是承载身体用的。"

于是,戈力躺在上面,与夏蝴蝶调情、逗趣、做爱,花香扑鼻而来,很贪婪,很满足。此刻,再看着优美的人体在眼前晃出一道道弧影,还有比这更奢侈的生活吗?他像个吝啬鬼不敢这样继续挥霍下去了,便扔掉夹在指间的烟屁股,冲着远方大喊:"还没捡完吗?"

夏蝴蝶快乐地从远方奔跑过来,半蹲在戈力身前,颇露心机地晃着手中参差不齐的钞票,认真地追问:"归我?"

"都归你。"

夏蝴蝶便愉快地在戈力脸上猛吻了一下,继而笑着卧倒在花丛中,嬉笑了一阵,忽而又满目含情地依偎上来说:"你好棒,我好欢喜。不,是每一次,你都好棒!是你,让我发现了'男人'。"

这么表扬,戈力很高兴。他也俏皮地说:"也是你,让我发现了'自己'。信吗?是真爱,才让一个男人这样棒!"

"哦——,那你说,他,文一阳,只有十秒钟,还经常都是两三个月,才来十秒钟。你说,他爱过我吗?"

"或许也爱!但是,一个嗜酒如命通宵搓牌的人,不算是真男人。嘿嘿,懂吗?我说的是'真男人'。"

"嗯。真男人,才能爱女人。是这样吗?"

二

这是一张被酒精浸泡得微微发虚的脸。半截烟叼在嘴角,眼里布满了血丝,不时上身前倾,把头埋进牌堆里。

"和了。"两只柔软的手掌把牌抹倒后,他得意地笑着说,"同花一条龙。"

三个牌友分别把输掉的筹码扔了过来,哗啦啦的洗牌声又响了起来。在这间大小适中的街铺内,缭绕的烟雾虽然有些呛鼻,但是与污浊的空气混杂在一起,就比马厩里面的味道好了一些。几张牌桌摆放在空间内,显得很拥挤,却也很聚人气。靠近门口那儿有个小小的吧台,里面有烟,有瓶装水,有零包小食品,台面上还有或红或绿或蓝的筹码。另一个角落摆放着一台立式空调,这会儿正嗞嗞地喷着冷气……毫无疑问,这是一间标准的麻将馆。此刻,除了噼噼啪啪的扣牌声,忽而还会响起激烈的吵闹声:

"一阳指,那是得道高僧一灯大师的独门绝技。哈哈哈哈……坦白从宽,你还行吗?"

这里的人都叫说话的女人"狐姐"。她本姓令狐,说她打牌狡猾没错,说她做人不厚道也没错,于是大家伙儿不约而同地去掉了前边那个"令"字,"狐姐"就这样叫开了,这样叫着也顺嘴。狐姐看上去四十开外,微胖的身子,大脸盘上涂抹的痕迹很重,这样说吧,泡麻将馆,说粗话,输了钱笑笑骂骂地要陪睡觉,说走就走,没男人的女人就没了约束,狐姐活得也挺洒脱。此刻,或许是文一阳刚才和了一把好牌,引起了狐姐的妒忌,她才利用码牌的间隙,调侃取笑。成天混迹于麻将馆内,这个文一阳也满肚子坏水,他接上话茬儿说:

"那,那你来试一下,看行不行? 嘿嘿,嘿嘿嘿! "

"就你,哼哼,别虚张声势了。我就没见过哪个酗酒搓牌的男人行过。"狐姐这句话,打击面大了些,引得其他男牌友群起攻之。

"你见过多少男人啊! "

"搓牌酗酒的男人你都试过了? 有这个可能吗? 理论上都没有。"

"都心虚啥?行不行自个儿还不明白!"狐姐挺直身子环顾四座嬉笑对骂。

或许受到了刺激,也或许在别的牌友声援下受到了鼓励,文一阳顺手抓起一张牌啪地扣在桌上,怒目圆睁地说:"谁说我文一阳不行,我他妈×谁! "

本来属于麻将馆内最常见的骂趣,而文一阳这么一翻脸,狐姐也恼羞成怒了,她毫不示弱地抓起一把牌满桌乱砸,在别的牌友极力拦护下,继而又站起身挣扎着摆出了俯冲的姿势,并指着文一阳骂道:"整天不是酗酒就是搓牌,还说你是男人,有人信吗?"文一阳被这种气势镇住了,便傻愣愣地瞪着狐姐一言不发。麻将馆老板大呼小叫地赶过来,把他向外推去。狐姐破锣似的声音又从身后传了过来,"有那么水灵的老婆干吗不回家×去——"

夜已深,街道十分冷清,狐姐的声音自然传得很远。文一阳孤零零地沿着马路走着,他狠狠地把脚前一小石块踢向幽黑的夜里,歇斯底里地大喊了一声:"夏蝴蝶,我一定行。"

一辆的士疾驰而来,文一阳把手一伸,的士绕了一个弯,转了回来。他沮丧地钻进去后,车便开始在冷清的街道穿行,一排排霓虹灯不停地从两侧滑过,他说:"东阳市,22公里,甭打表,多少钱?"

"六十。"车开了一会儿,的哥漫不经心地问道,"赢了输了?"

"怎么,怕我付不起打车钱?"

"赢钱的男人宾馆开房,输钱的男人回家上床!哈哈,家在东阳市吗?"

"家嘛,就是一套房子,一百几十个平方米……前阵子,老婆炒股赚了点儿,刚买的,说是她自个儿的家,哈哈,骚娘儿们说话多损人。我就高兴才回来,不高兴就住单位公寓。"

"炒股都能赚钱了?"

"是邂逅了一个私募大亨。背后有高人指点,哪能不赚!"

"这好事,让你老婆傍上了。"

"当年,她不是碰上我妈,估计就成不了我媳妇。这骚娘儿们,算命先生说她命中有天乙贵人,总能碰到好事。"

的哥斜目看了一眼,说:"是吗?"

"当年,老爸是东阳市一略小点儿的父母官,还不是贵人吗?"

"谁啊?我家也东阳的。"

"甭提了。就受了点儿小贿,被处理的那个。都五六年前的事,快没人记得起了。"

"一点儿小贿,能把父母官处理了?"

"我结婚的新房嘛,一百五十个平方米,说是贿赂,当真给没收了。"

"那就等于把老婆娶家里后,又没房子了。后来呢,租房住吗?"

"租了一间很小的房子。我住不习惯,打那以后就很少回家。反正我的单位也不在东阳市,回不回家,那娘儿们也不太在意。"

的哥瞭了他一眼,说道:"我听说常泡馆搓牌的男人,有两种可能:一种可能是性欲特强,利用搓牌的机会寻艳遇,不都说麻将馆的女人独身多吗?另一种可能是性无能,泡馆搓牌其实是在逃避。你属于哪一种呢?"

"我啊,两种可能都不是。有第三种可能吗？"

文一阳仿佛在说着一件与自己毫不相干的事情,的哥漫不经心地听着……很快,车便拐进了东阳市。又左转右绕了一会儿,眨眼间停在一栋楼房下面。文一阳弯腰钻出来后,回头说:"打个八折,给你五十吧。"

"八折?六八四十八,我还多收你两块了。"文一阳讪笑着摇摇手,的哥不怀好意地斜了一眼,又扔过来一句话:"我感觉啊,你老婆不一定会在家。"

车打了个转,在夜幕中消失了。文一阳对着远去的尾灯,骂了一句"放你娘的臭屁",然后向楼房的单元门走去……

三

紫色的壁灯弥散着晦暗的光影。卧室中间那张松软的席梦思床上,戈力与夏蝴蝶依偎在一起,睡得正香……耳畔猛地传来一阵钥匙扭动锁孔的声音。戈力被惊醒了,他凝神屏息地半坐起身听了一会儿,又轻轻推醒夏蝴蝶,俩人都坐直身子听了片刻,夏蝴蝶焦急万分地说:"是他,肯定是他。怎么办啊？"

戈力轻声问道:"他的单位不是在向阳市吗？今天又不是周末……"

夏蝴蝶焦急万分地说道:"咋办呀,你快说？"

戈力竖起一根指头放在嘴边,示意她别做声。扭动锁孔的声音越来越大,伴随着还有踹门声。戈力一动不动地坐在床上,脑子飞速地旋转着。夏蝴蝶六神无主恐慌万分地催问:"你快想个办法！"

"门,已经反锁住了,他打不开。"戈力快速穿好衣服,蹑手蹑脚从床上爬下来,又原地不动地站着。

"你去阳台那边先躲起来,我去开门。"

戈力猛地抬起头,紧盯着夏蝴蝶说:"门,坚决不能开。"

"那你快想办法啊。"

"沉住气,等待,这是唯一的办法。"

门外"咯嘣"响了一声。戈力把食指竖在嘴巴前,轻声说:"估计钥匙扭断了。"

夏蝴蝶使劲地点了点头，那恐慌的表情仍然还停留在脸上。此时此刻，就在文一阳打开房门的概率几乎为零的情况下，戈力并没有放松警惕，他瞪着狼一样的眼睛又前后左右环顾着房间的每个角落。作为一个私募教主，一个成功的职业投资人，他早已经习惯了在恐慌的氛围中，高度集中注意力搜寻机会和导火线，未雨绸缪，从而防患于未然。他的目光先是落在被压瘪了的枕头上，接着又扫过床铺，盯着正辐射着微弱光线的壁灯审视了片刻，再回过头来扫视床铺时，他陡然间变得不安起来……

　　前一阵子，他送给夏蝴蝶的那部粉红色智能手机，这会儿半遮半掩地正躺在枕头下，戈力紧张兮兮地一边指着手机问："关机了吗？"一边快速地把手伸了过去。就在这电光石火间，手机屏幕猛地亮了起来，而戈力的手掌也刚好触到了手机，他顺势迅捷地把手机塞进枕头下面，接着又快速拉过被子，匆忙团起来也盖在上面，与此同时，微弱的铃声才从枕头与厚厚的蚕丝被下面传了出来，即便站在床头，听起来也像蚊蝇一般哼哼唧唧的。

　　这一幕真是有惊无险。假如不是戈力眼疾手快，反应灵敏，手机铃声一定会传出房间，即便站在门外，于这夜深人静之时，听起来也会很清脆悦耳。夏蝴蝶长长舒了一口气，颇为欣赏地望着戈力，毫无主张地问道："接吗？"

　　戈力略一思忖，说道："没关机也好，就用它来调虎离山吧。"

　　此刻，夏蝴蝶终于恢复了镇定，轻声地对戈力说："我就接吧。"

　　戈力说："等第二次响起时，再接。"

　　很快，第二次铃声响起了。戈力拉开被子，把夏蝴蝶蒙进去后，只听夏蝴蝶装腔作势地在里面说："喂，我在外面。在哪里？在海岸浴城刚洗完浴，准备看通宵大片呢。"

　　文一阳心急火燎地伫立在楼梯口，对着手机大声嚷嚷："海岸浴城？你在向阳市内？我刚从向阳市回来……你一定还和谁在一起，和谁呢？"

　　"一个人。"

　　"不对劲啊！就你这个精打细算的市井小民，也舍得消费百八十块的去那里面桑拿？"

　　"无聊，寂寞，性压抑，洗个桑拿，释放一下，不行吗？"

"你不会就藏在屋里把门反锁上了吧？"

"性无能也就算了，连自家的门都打不开，你还有脸活着？"

"谁他妈说我无能，我×谁。"

"行不行我还不清楚吗？装你妈的熊样。"

夏蝴蝶轻轻地挂断手机。文一阳又"喂喂"几声，才把手机从耳边拿下来，盯着屏幕看了看，然后装进裤袋里。准备下楼梯时，他又狡黠地从口袋里摸出一个塑料袋，撕成几个小块，分别团了团，然后上下左右挨着门缝塞进去，这才一步三扭头地沿着楼梯向下走去。

夜深人静，文一阳下楼梯的脚步声很清晰。于是，戈力蹑手蹑脚地蹲在窗口，轻轻地把窗帘拉开一道缝，目不转睛地望着楼下，文一阳孤零零的背影很快出现了，并在黑漆漆的夜色中逐渐缩成了一个小黑点……

终于化险为夷了。一起站在窗台边的夏蝴蝶扑哧一笑，戈力回头问道："你笑什么？"

夏蝴蝶说："你一个大名鼎鼎的私募老大，偷我这样的卑微的小女人，竟然还被人家丈夫堵在家里，你缺女人吗？"

戈力伸手刮了刮夏蝴蝶的鼻子，说："缺啊，就缺你这样既真实又现实的小女人。"

夏蝴蝶一双火辣辣的眼睛盯着戈力说道："我有什么好啊，一个小公务员。嘻嘻，瞧你狼狈的样子，真让人爱死了。"

戈力说："别说笑话了。把房间收拾一下，抓紧离开。"

俩人分头行动。夏蝴蝶整理被子，戈力捡拾刚才扔在地板上的卫生纸团，清洗烟灰缸……

四

那扇厚重的防盗门从里面被推开了。此刻，文一阳塞进门缝的几团塑料球无声地跌落下来，其中一团直接跌进了戈力脖颈后面的衣领内，他弯曲着胳膊把那团塑料球拿下来，凑在眼前看了看，随手扔了。

夏蝴蝶也紧随着跟了出来，戈力轻轻把防盗门推合后，又弯腰伏在锁孔处仔细看了一眼，刚才被拧断的半截钥匙果真还插在里面。他庆幸地指了指锁孔,夏蝴蝶轻轻点了点头,俩人蹑手蹑脚地循着楼梯向下走去。

一辆黑色轿车静静地停在楼前。戈力牵着夏蝴蝶的手从楼道口钻出来,手忙脚乱地奔向那辆车。戈力用手按动钥匙,车灯闪了几下,俩人分两边钻进去后,又急促地喘着气向四周环顾。夏蝴蝶压低声音紧张兮兮地说:"快走啊,还等啥?"

戈力做了一个打断的手势,一声不吭地瞪着明亮的眼睛,虎视眈眈地紧盯着前方。这一刻,戈力的表情十分凝重,他好像又嗅到了什么。果不其然,一个黑黑的影子正由小变大,渐渐走近。没错,是文一阳,他疑虑重重地折回来,站在车尾处,仰头盯着自家楼房满腹狐疑地望了一会儿,又孑然一身地潜入黑洞洞的楼道。

"你怎知道他要折回来呢?"

戈力坐在驾驶台前,活像一个雕塑。他说:"我嗅到了他的气息。"

"那他又上去干吗呢?"

"他刚才一定也嗅到了我的气息。"

"你俩都长着狗鼻子了吗?"

陡地,戈力的手掌就在方向盘上轻轻拍了一下:"糟了。"

戈力不假思索地发动车子,在小区昏暗的路灯下面,轿车原地转了半个圆,急速地开走了。此举令夏蝴蝶十分不满,甚至有些愠怒。她说:"深更半夜的跑什么跑,太容易让人起疑心了。"

戈力扶着方向盘说:"你想被他堵在车内吗?"

夏蝴蝶摇头抱怨:"你也是炒股时间长了,一有风吹草动,就吓得草木皆兵。没得救了,中国股民都这样!"

一直以来,夏蝴蝶对他总是言听计从,恭恭敬敬,今晚这样数落他,还是头一次。作为女人,她不爱文一阳,讨厌与这个委委琐琐的男人共枕同眠,但是,金屋藏娇这种事情一旦败露,定会闹得满城风雨,这又令她十分惧怕。她毕竟是政府部门一个公务员!

此刻,戈力突然启动车子仓皇逃遁,文一阳能听不见吗?何况他还是一个鬼心眼儿特多的人。是的,文一阳真真切切地听到了,他三步并作两步地从楼梯上直奔下来,伫立在刚才泊车的地方发了一会儿呆,才满腹狐疑地走了。

面对夏蝴蝶的抱怨,戈力无奈地笑了。来东阳市之前,在浦东举办的一次证券投资论坛上,已经是证券行业元老级人物的诚一资本公司总裁吴诚一问他,在这个圈子里摸爬滚打这么多年了,最大的感悟是什么?他颇为自负地说道,每次风险降临时,都能成功逃顶。吴诚一说道,这不是感悟啊!好吧,就算这是感悟,那有诀窍吗?他说,所谓诀窍,就是看到风险,然后溜之大吉。打个比方,当标志性的顶部K线信号出现后,坚决砍仓走人,且只争时间,不计后果,全身而退才是炒股的最高境界。

这岂止是做股票投资的诀窍?刚才如果不撒腿开溜,便只能侥幸地坐在车里,把所有主动权都交给文一阳,那么你还有退路吗? 一旦文一阳对车产生了怀疑,把腰弯在车玻璃外面查看时,那就连搪塞的机会都丧失了。他一边握着方向盘,一边说:"你想让他把我们堵在车内吗?"

"他怎么知道这是你的车,而我们又这么快会躲进来呢?"

"第一次离开时,他把几团塑料球塞进了门缝。当返身回来看到塑料球都掉地上后,停在楼下的车能逃过他的眼睛吗?"

夏蝴蝶一下子明白过来了。她猛地用一只手掌捂在嘴巴上,说道:"这该怎么办啊?他肯定嗅到我们的气味了。"

"只要咬紧牙关就说在洗浴城,他只能去猜疑。理论上来讲,找不到确凿的证据,除了猜疑,他没有别的选项。"

夏蝴蝶乖顺地点了点头,一动不动地坐在副驾驶座上,任由戈力驾车在公路疾驰。驶进向阳市后,经过那家麻将馆时,里面仍然灯火通明。夏蝴蝶一厢情愿地说道:"他那么喜欢搓牌,今晚怎么突然回来了?"

戈力苦笑了一下,说道:"天意吧。"

夏蝴蝶回头又向麻将馆多望了几眼。车在市区里穿行了一会儿,缓缓地刹在了景象辉煌的"海岸浴城"门前。临下车时,戈力又再三叮嘱:

"记住了,一定要咬紧牙关,就说在洗浴城。即便他拿出一两个毫无说服力的证据,也证明不了什么,不是吗?"

"我懂这个。没有证据,谁遇上这事不是百般抵赖呢?"

"对,对对。只要你能坚持住,就可能造成他思维上的混乱,进而把对你的不信任,变成对自己的怀疑。"

"你走吧。也许他连猜疑都没有,也许我们多疑了。"

五

找到夏蝴蝶后,他悻悻地喘息了一会儿,也没说啥。没有证据,就是捕风捉影。文一阳敢对夏蝴蝶捕风捉影吗?生活中,稍有不称心,夏蝴蝶便会恶语相加,抓扯撕打,甚至将他逐出门外,常会数月都不让他回家。熟悉的人都知道,夏蝴蝶从来就没有爱过文一阳。

那么当初又为何要嫁给他呢?有人背地里这样说风凉话:她是要嫁给文一阳吗?她其实是要嫁给文一阳他爸。作为东阳市的常务副市长,相中她那是抬举她,至少夏蝴蝶面朝黄土背朝天三代贫农出身的乡下父母就是这样认为的。能做文副市长的儿媳妇,这是何等光宗耀祖的一件事情呀!于是,在媒妁之言的利诱下,她被推上副市长家儿媳妇的位置上后,曾经有过一阵子,除了对文一阳的爱情,夏蝴蝶作为女人的全部虚荣心都得到了满足。

此刻,躺在向阳市某洗浴中心小小的休憩床上,文一阳像个怄气的孩子似的一声不吭地看着通宵大片,夏蝴蝶知道他并没有轻信自己的话,便眨巴着眼睛,也没怎么理会。这种时候,冷处理才是最聪明的选项。

次日一早,两人打车回到东阳市,找了一个修锁匠后,才向小区走去。那个修锁匠把工具包放在门前,便全神贯注地弯腰鼓捣起来。夏蝴蝶与文一阳都是一声不吭地站在身后,看着修锁匠鼓捣。门很快打开了,夏蝴蝶轻蔑地斜了一眼无动于衷的文一阳,便从手包里拿出一张百元钞塞过去,开锁匠连连点着头接过钱,笑眯眯地循着楼梯拐下去走了。

那扇厚重的防盗门哐的一声关合了。俩人坐在客厅沙发上,文一阳直勾勾地盯住夏蝴蝶,两只眼睛都是疑虑。夏蝴蝶故作镇定地扑哧一笑:"怎么,不认识吗?"

文一阳起身走进一间卧室,俯下身子满腹狐疑地从床头搜索到床尾,那副仔细认真如临大敌的样子,绝对能够成为一个男人的笑柄。两只滴溜转动的眼睛把床单表面扫描完了,又掀起还整整齐齐蒙在枕头上的枕巾,提起来猛甩了几下,终于发现了一根发丝,他用两根指头把发丝高高地捏起放在眼前审视了半天,确定那是夏蝴蝶染过色的一根发丝后,才悻悻地扔了。

他又向另一间卧室走去。陡地,他在床头柜上发现了一小片卫生纸,便拿起来凑在眼前认真看着。这是一块拭鼻涕的卫生纸,分几层粘在一起。他一层一层剥开来,又放在鼻子下面嗅了嗅,觉得说明不了什么,只好狠狠地用指头弹在了地上。

文一阳站在客厅中央,双手叉腰无可奈何地逼视着夏蝴蝶,想说什么却终究没说出来。夏蝴蝶若无其事地等了片刻,冷冷地哼了一声,起身说:"广场在搞一个群体活动,我们昨天都约好了。拜拜!"

夏蝴蝶做"拜拜"的那个手势,像是讥讽,而且很轻蔑。她转身向门外走去,防盗门哐的一声关合了。文一阳倔强地坐在沙发上,垂头丧气地抽着烟。一点儿蛛丝马迹都找不到,那就是捕风捉影。想到这里,文一阳竟然有些内疚起来。

女人与生俱来的一些东西,譬如妒忌、贪欲、爱占小便宜、目光短浅这些瑕疵,在夏蝴蝶身上一样暴露无遗,同时漂亮、性感、风姿绰约、精明干练这些诱惑,也是夏蝴蝶的特质。一言以蔽之,当初围在夏蝴蝶身边的追求者,远不止他一个人;能够满足夏蝴蝶迫切需要解决的现实问题的一样不止他一人,之所以他成为最后的优胜者,与那个蹲了大牢的东阳市常务副市长有关系吗?

一直以来,文一阳没有认真想过这些,也没时间更没必要非要把它弄个明白。再说了,一个出身三代贫农的毛丫头,凭一张毫不起眼的专科毕业证书,就轻而易举地成为东阳市政府一名年轻的公务员,夏蝴蝶能不激动吗?于是在一片艳羡的目光下,看着她满足地笑着,文一阳趁她一个不留神,伸长脖子突然一吻,然后信心满满地说:"我爱定你了。"夏蝴蝶羞赧地用手挡了一下,扑哧一笑,笑得很大方。那会儿他觉得做个"官二代"真幸福,于是迫不及待地说,"有个房地产老板以超廉的价格,'赠'送了一套大房子,挺大的,一百五十来个平方米,去看看不?"

夏蝴蝶顺从地点了点头,他便开着东阳市政府一辆公务车,俩人一起去看房子。在那套空房子里,他再接再厉狠狠从后面抱住夏蝴蝶……当提出那个要求时,夏蝴蝶却像哄孩子似的说:"等把房子装好了,再……再……噢。"

他没有强求，其实这已经很满足了。但是，就在他们的婚礼刚结束，文副市长就因为大操大办被政敌有预谋地举报了，接下来自然又被整出一大堆问题，那套还未尽情享受的房子无疑也包括在这堆问题里面。当他们被请出房子那一刻，夏蝴蝶哭得很伤心，他也很伤心。但是，他却信誓旦旦地许了一个承诺："不就一套房子吗？×，我非得买一套比这个还大的。"那一刻，夏蝴蝶第一次骂了他："就你这个八旗子弟，能买得起房子？"

一直以来，除了酗酒、搓牌，房子几乎就成了一个远大理想、一个奋斗口号！期间，夏蝴蝶整日价哭哭啼啼地念叨着，辱骂着，加之她对"那个"事情要求日渐强烈，而他的身体却又很差，差得甚至都难以像模像样地应付那么一两次。好在俩人单位一个在东阳市，一个在向阳市，这样他就能够经常找理由待在向阳市不回来……

但是，他不回来是一码事，红杏出墙则是另一码事。这些年来，感叹世态炎凉的同时，文一阳可谓尝尽了人间冷暖。随波逐流中，那些势利之徒的奚落与嘲讽虽令他倍感切肤之痛，而灵魂深处，作为男人最后的尊严仍然还被他小心守护着，这不只是为了自己一个人的脸面，他老爸毕竟做过副市长嘛，所谓官场险恶也就罢了，有辱门庭这种声名狼藉的事情，岂能发生！

这些年来，面对那些熟悉的陌生的垂涎三尺的嘴脸花样百出的骚扰，甚至这些令他风声鹤唳的面孔中还有他曾经的铁杆儿哥们儿，夏蝴蝶似乎都没有轻易举手就范，至少没有令他彻底崩溃！就此，他已经感到无比欣慰了。但是，昨夜的事情越想越蹊跷。不查个水落石出，就不是他文一阳的性格！假如能够证明自己是在疑神疑鬼，同时也就证明了自己老婆是一个自视甚高的清高女人！

文一阳噌地从沙发上坐起来，那扇厚重的防盗门再一次哐地从外面关合了。从楼道口钻出来，文一阳眨巴着小眼睛向小区保安室走去……

他与两名保安坐在小区监控室，认真地看着。当监控屏幕左下角的时间显示为"00:35:22"时，戈力的轿车在屏幕上出现了。文一阳慌乱地拿出烟，给两名保安各递了一支。这时，其中一个保安不停地按着遥控器，监控录像快速地向后捯着，接着又重新开始播放起来……

文一阳无疑受到了很大的鼓励。接下来，他匆匆忙忙的身影又出现在了东阳市交警大队院内……他攀上楼梯,敲开一间并不很大的办公室,熟络地与一名穿制服的警官寒暄。这名警官是他的哥们儿。之所以能成为哥们儿,当初还是他借助老爸的威望给搭桥牵线安排进了交警队。所谓饮水思源,这位哥们儿见到文一阳,虚情假意地颇是热情。寒暄了几句,他把一张纸条递过去,说道:"帮我个忙。就这车主的信息,还有手机号!"

这哥们儿也是被封过一官半职的,办这点事情,用他的话说,简单得就像画个"一"。俩人来到交警队的服务大厅,就一支烟的工夫,文一阳便点头哈腰地拿到了想要的东西。

接下来,他的身影又出现在东阳市某移动营业厅门前。进去后,站在一台自助查询机旁,他先输入夏蝴蝶的手机号,再输入手机密码。这个手机卡,还是结婚时,他用自己的身份证给办的。后来,夏蝴蝶曾修改过一次密码,但是又被他拿着身份证去移动营业厅给改过来了。为此,俩人还闹过意见。文一阳则振振有词地说,"婚姻法规定,夫妻之间要彼此忠诚于对方,你改了手机密码,啥意思?"当时,夏蝴蝶觉得也没有啥隐私需要手机密码来保护,再是即便改了,有啥意义呢?他随时还可以再改过来。

登录到查询系统后,他又忙忙碌碌地按了一会儿,自助查询机便开始嗞嗞地响着,那长长的通话清单一卷一卷地直向外吐……

六

坐在工作室里,戈力似乎已经预感到了什么!一整天,他都焦虑不安。多年来,只要到了交易时间,任何事情都不能干扰他的看盘时间。但是,今天,全乱套了。

偷情的事情会东窗事发吗?那又能怎么样!一个整天酗酒搓牌的家伙,会长着三头六臂?退一步说,这不是还没有东窗事发吗?但是,戈力与生俱来的超强感知力,已经隐隐约约地提示他,一场来自北美大陆的金融风暴似乎正在悄悄逼近。

这与夏蝴蝶有关系吗?戈力的眼前又浮现出那幅画面:俩人躺在郁金香花床上,当他刚提及"蝴蝶效应"这个有趣的话题时,那片牧野地里倏忽间就旋起一股龙卷风。这是一种兆示吗?

很多私募投资者，或多或少都有一些迷信的倾向，尤其对"龙卷风"格外敏感。酷爱中国民俗文化的戈力更不例外，何况他还拜过大师学过易数，这都令他在做一些投资决断时，总喜欢参考一些外应事件。譬如有时候正准备向挂单员发指令低位吃进筹码时，如遇电脑死机或电话占线或工作室突然停电，他常会改变初衷，甚至会做出相反的决定。对于那天偶遇的龙卷风、吹飞的钞票和光着屁股满地追逐钞票的股民——夏蝴蝶，他一直在琢磨，这三者之间存在某种内在联系吗？

近段时间，他已经通过内部渠道获悉，美国次债危机正愈演愈烈，进而有可能导致全球金融危机的爆发。可是，这与夏蝴蝶这个中国小股民又有什么关系呢？清晨，他为此还一筹莫展地打开道琼斯工业指数图，用鼠标指着那红红绿绿的K线一条一条地揣摩着。看了一会儿，他不禁一笑，这能看出什么呢？多年的投资经验告诉他，眼睛看到的危机都不足为惧，只有鼻子嗅到的危机才防不胜防。

戈力就长着这么一只奇异的鼻子。记得从哈佛毕业回来时，他来到上海滩，慕名去诚一基金公司应聘证券研究员。那时，吴诚一刚创办了这家公司，主要为大客户做证券投资，就是所谓的"私募"。吴诚一对他的简历很感兴趣，便拿出最近几天的大盘K线图，想听听他对大盘趋势的判断。他不屑地一笑，说道："我更喜欢用鼻子像狗一样到处嗅探！"

"噫，你说什么？"傲慢的吴诚一惊异地盯着他。

"一个发馊的馒头，眼睛看它与鼻子嗅它，肯定会得出两个结果。"

此前，吴诚一曾在公募公司管理过基金，同时兼任该公司的投资总监，因而在证券投资领域，早已是一个明星级的投资人物。很多私募大佬，都曾先由公募做起，等攒足了资历与声望后，大多数都会跳槽并另立山头去做私募。这时做私募会有很多优势。譬如，有了做公募时建立的渠道资源，还会有很多大客户追着抢着要把钱交给你做证券投资。同时做私募，主要从赚到的利润中分成。只要有能力，每年的提成收益高过公募给予的年薪几倍甚至几十倍。吴诚一便是这样一位私募大佬，像戈力这样的年轻人，他岂能放在眼里？

但是，戈力如此回答问题，他还是第一次听到，于是耸着肩膀摊开手笑着说："K线图上那些飘逸的格兰威尔线也一样神奇、美妙……"

"格兰威尔线勾勒出的K线图，只是一幅美景画。欣赏它的诡异，并在其中陶醉的同时，我总会集中精力用鼻子四处嗅探。"

当时，戈力还说，在美国哈佛大学攻读博士学位时，他没有花父母一分钱，也没有去勤工俭学，完成学业的全部费用，都是从"道琼斯"和"纳斯达克"那里淘来的，这叫花美国人的钱，在美国上学，生活，谈恋爱，玩儿乐，吃喝拉撒！

一席谈话后，他被聘用了。只是这个曾经连续数年拿过"金牛奖"的私募大佬没有聘他做研究员，而是直接请他担任投资经理，俩人一起管理公司的一只招牌基金。后来，他又被任命为投资总监。再后来，他辞职了，创办了自己的私募公司，就是极具影响的"力基金"。

仅仅长着一只像狗一样灵敏的鼻子，戈力不会取代吴诚一被尊为私募投资的"盟主"。当危险来临时，像狮子一样临危不惧，镇定自若，寻找杀机，这才是他更为可怕的另一面。在哈佛留学期间，学校曾做过一次压力测试，他的那条曲线几乎就是一条不弯曲的直线，比股神巴菲特的还直，好像与比尔·盖茨的测试结果一样，这就表明他有着极强的野心与超乎寻常的抗压力。这次压力曲线测试，曾在哈佛校园轰动一时，甚至还成为华尔街一些投资大鳄的谈资。

近年来，他出众的投资业绩，加之在证券市场与国际游资的数度博弈争锋，再次让华尔街那些大鳄们想起了，哈佛校园曾有一位与比尔·盖茨的压力曲线相媲美的东方小子！华尔街的金融战士，很多都来自哈佛，有些还曾与他是同学。此前，在臭名昭著的高盛集团做操盘手的艾比给他打越洋电话，说道："戈力，我从几家国际游资的黑名单上看到了你的名字。你很了不起啊！"

戈力说道："是吗，他们说我什么？"

艾比说道："你是一个恐怖杀手。"

杀手的本色，就是冷酷与搏杀。戈力之所以在证券市场有如此号召力，自然是由于他的杀手本色。戈力说道："可是，我从来不追杀小散户。"

艾比说道："屠杀成千上万的小散户，那是屠夫的本事。杀手的猎杀对象，是那些比他强大十倍百倍的超级庄家。"

在小散户眼里，能够主导某只股票涨跌的大户与机构，就是庄家。譬如戈力、吴诚一。但是，那些令国内私募闻声色变的国际游资，才是这个市场最可恶的庄家。只要它们潜伏进来，就如同洪水猛兽一般，常常一次财富掠夺，就会令资本市场尸骨如山，家破人亡。戈力说道："艾比，你打越洋电话，不是想恭维我吧！"

艾比说道："不瞒你说，我们的资本已经进去了，但是，还没有建仓。所以，我想与你做个交易……"

他们肯定想利用自己的力基金账户，作为操纵市场的阵地之一。这些热钱或者说游资，在国内都有自己的投资平台，鉴于证监会的管控与法律条款限制，仅靠他们的平台，很难操纵市场。于是，他们又会寻找一些本土账户为载体，只有将更多的资金通过各种渠道秘密转移进来，届时才能兴风作浪，为所欲为。如果是一些没有实力又缺乏影响的私募，可能会答应他们。背靠大树好乘凉嘛！但是，戈力根本不屑于做这种交易，他说道："与侵略者做交易，那我不成了汉奸吗？"

艾比又以美国式的机智与幽默说道："哦，我亲爱的安，或许会做这种交易呢。"

安，就是安小平，戈力的太太。她也是个哈佛女孩，曾被艾比猛烈地追求过。此刻，安小平就坐在戈力身边，俩人的对话，她全听到了。戈力说道："她就在我身边呢。"

戈力笑着将手机递给了安小平……

七

与艾比寒暄了一会儿，她才放下手机，并调皮地挤了挤眼睛。戈力以调侃的口吻说道："你手中有一支散户大军，也实力不俗！艾比是不是对这个感兴趣？"

安小平说道："如果把你的私募联盟比拟为军阀集团，我的散户大军就是游击队。八年抗战时，把小日本鬼子打得哇哇叫的就是小米加步枪的游击队。"

戈力说道："游击队也能打百团大战嘛。哈哈，那要彭大将军来指挥才行。"

安小平说道："你以为我安小平不行吗？"

戈力说道："你就是证券市场的彭大将军嘛，否则，艾比岂会与你谈交易？"

戈力致力于私募投资后，安小平也没有闲着，她通过自己的财经博客，建立了一个VIP股票实战圈。每天开盘后，她会就大盘走势及投资热点进行实时点评，并对指数及一些个股的买卖点做出精准判断，从而指导加入圈子的会员操作股票。由于戈力的因素，安小平常常对私募的投资路线了如指掌，这种压倒性的不对称资源，让她在散户中的影响越来越大，主动要求加入圈子的会员与日递增，据说已经达到两万余人。

这是一个什么概念呢？假如每个会员账户里平均有50万元交易资金，保守计算市场就会有百余亿资金听候她的号令冲锋陷阵，加之又有戈力上百亿的私募资金遥相呼应，两人可谓是证券江湖令人胆寒的黑白双剑。在他们夫妇的百般呵护下，这支散户大军不断发展壮大，同时也给他们带来不菲收益。如果按一个注册会员每个月缴纳100元会费计算，两万余会员每个月就能够带来两百余万元的净收益。

日常操盘中，只要戈力点点头，安小平仅用手指头在键盘上轻轻敲几行字，那些圈子里的会员就能够一拥而上把盘面狂拉起来，或者狂抛筹码让一些板块飞流直下三千尺。就是说，当戈力对一些股票做好布局后，或者需要砸盘建仓时，便不像别的庄家那样需要自己动手拉升或砸盘。

一言以蔽之，戈力需要这支散户游击队。但是，这是一个有违道德规则的不可告人的秘密！除了自己和安小平，再无他人知晓。

对于戈力的态度，安小平感到不解。她问道："你干吗不与艾比合作呢，是我的原因吗？"

"当然不是。"戈力笑着说道。

安小平说道："他们可是高盛集团啊，大名鼎鼎的美帝国主义，跟了他们，你就有了靠山，当然就不用惧怕那些凶悍的国际游资了。"

与这些国际游资博弈时，戈力从来就没有惧怕过，并常常能够虎口夺食，与他们分享财富盛宴。戈力问道："还记得那一次吗？"

安小平说道："就是令你声名鹊起的那一次吧？"

那一次，股指正运行到了一个敏感点位，戈力的私募联盟都在以最激进的方式满仓操作时，早已神不知鬼不觉潜伏进来的国际游资突然现身了，这便预示着，一波猛烈的屠杀式砸盘将要上演！

戈力说道："这些被称之为'热钱'的国际游资绝对不会在半山腰拿筹码，砸盘就是他们惯用的伎俩。在一波牛市行情快进入尾声或已经进入尾声时，他们悄悄潜伏进来，然后依仗自己凶悍的实力，一边猛烈拉升指数收集砸盘筹码，一边营造大牛市行情才刚刚启动的虚假氛围，其实是在助推股指加速赶顶。等大盘运行到一个非上即下的敏感点位时，他们突然反手做空，并连续砸出手中筹码，在技术上把K线图做得十分难看，这个时候便什么也不用管了，因为第一张多米诺骨牌倒下后，市场就会形成自相残杀的局面……"

安小平静静地听着，并微微点着头，说道："你在向我授课吗？很精彩，接着讲。"

戈力继续说道："山雨欲来风满楼！开始动手前，凶相毕露的华尔街大鳄会赤裸裸地卸下伪装，之所以要刻意露出锋利的牙齿，就是要制造一种恐慌的气氛。当市场都知道大鳄要砸盘了，谁还敢做多呢？但是，大鳄仍会耐心地等待，直至K线图放巨量收出一颗高位T字星，这就说明主力机构投资者开始多翻空抛盘了。这个时候，甚至不需要太多筹码，就能把大盘砸出一条大阴线。"

安小平说道："面对国际游资这些流氓热钱，各家机构投资者顿时恐慌起来。但是，就你戈力那一次没有慌，你在小心地观察，并思考应对之策。这些流氓热钱，几乎都来自于华尔街。你戈力曾在华尔街玩儿过，对他们那一套操盘手法并不陌生，加之很多华尔街的操盘精英都来自哈佛，属同门师兄弟，你自然知己知彼了。"

是的，面对那些欲在中国的证券市场上兴风作浪者，那位敢把波涛踩在脚下的冲浪英雄会是谁呢？戈力对自己相当自信。于是，他们的私募联盟紧急召开了一个网络会议，共商对策。戈力指着那颗细细长长的红色T字星说道："都看到这颗小星星了。明天一早开盘，他们就会抛出巨量筹码开始砸盘，此刻如果没有超级主力出来护盘，就会迅速酿成'多杀多'的恐慌气氛……"

戈力的分析似乎毫无新意，那些联盟成员更多还是在讨论如何抢先出货的问题。戈力又说，"其实很多机构都在思考抢先出货的问题，这样更容易形成多杀多的局面。我在想，如果把001这只股打到涨停呢？只要能够激发整个银行板块上攻护盘，是否可以有效阻击大鳄？"

但是，他们的联盟组织毕竟不是超级主力，如果市场未有响应者，不但失去了在第一时间抢先出货的机会，这样反而会套住更多筹码。因而说，贸然出击的风险实在太大，即便是超级主力，也不会铤而走险，去依靠单一力量阻击这只华尔街大鳄。不过戈力接着分析：其一，大鳄突然现身，令市场的主力机构猝不及防。一旦遇到猛烈抵抗，很多机构投资者出于自救考虑，必定会顺势而为，积极响应。其二，银行板块的整体估值不算高，仍然存在大幅拉升的空间。再者，001这只股业绩好，盘子也不算大，只要合力把它打到涨停板，一定会激活整个银行板块。只要这个占沪深两市三分之一权重的板块涨了，指数就会节节爬升，整个盘面自然也就活了。

后来的事实证明，当指数跌落近百点，大鳄的做空能量接近极限时，他们突然启动了001这只股，于是整个盘面在这只股的陡直上攻中，群起响应，攻城拔寨，不但迅速收复失地，到收盘时还创了新高，竟然涨了近百点。也是让华尔街大鳄完败的这一役，初步奠定了他在私募领域的盟主地位。

<h2 style="text-align:center">八</h2>

高处不胜寒！戈力的焦虑与躁动，或许正源于此。但是，这些辉煌的经历，又与夏蝴蝶有什么关系呢？这一整天，他都坐在工作室，耐心等着夏蝴蝶的电话。

他走出工作室，乘电梯从写字楼的顶层下到底层后，走进了他与夏蝴蝶常常约会吃饭的那个小酒馆。街道两旁高高挺立的霓虹灯牌都先后亮起来了。

小酒馆有一个半封闭的小雅座，桌上已经摆了三四个空啤酒瓶子，两碟小菜几乎一动未动。戈力不停地仰头喝酒，并没有心思去搛菜！

他拿起手机看了看，又放回原位，接着又开启一瓶啤酒，倒进一只杯子里，端起一饮而尽后，侧目望了望窗外，又收回目光紧盯着手机，他的超强的感知力让他觉得,手机铃声应该响起了。

是的,手机铃声响了,而眼前却跳出一串陌生的电话号码。他诧异地问道:"哪位?"

是夏蝴蝶的声音:"我在用话吧的电话……"

戈力顿时紧张起来,说道:"怎么一整天都不给我打电话?"

"他全知道了。"

"你坦白了?"

传进戈力耳朵的声音很冷漠:"拳打脚踢,简直疯了。"稍作沉默,夏蝴蝶又说,"我在老街口话吧,你过来吧。"

此刻,夜色中是匆遽的人流和喇叭的尖鸣声。话吧门前有一棵垂柳树,夏蝴蝶神情呆滞地靠在树上……戈力的车子缓缓驶过来,夏蝴蝶披散着乱发拉开车门坐进去后,车子又缓缓启动了。

戈力扶着方向盘,在关切地抱怨:"这种事,只要眼睛没有看到,就得咬紧嘴巴呀。"

但是,夏蝴蝶恐怖的表情让戈力不敢再抱怨了。车子在街道缓缓穿行,夏蝴蝶陡地蹦出一句话:"找一个僻静的地方吧。"

戈力匆忙嗯了一声,便旋着方向盘向城外疾驰而去。驶入一片黑茫茫的郊野,戈力把颠簸的车停在一片荒草地上,然后按下车窗玻璃,一声不吭地抽着烟。

这时,一辆出租车突然从后面悄悄靠了上来,两束车灯射出耀眼夺目的光芒。夏蝴蝶尖叫了一声:"他追来了。快点,快点……怎么办啊!"戈力猛地回过头去。夏蝴蝶在他的胳膊肘儿上拍打着:"快开车,跑啊,你等什么!"

戈力冷冷地盯着那辆出租车,俨然一头站在山冈上回头盯着来犯之敌的雄狮,很傲慢,很凶顽,又很绅士。这时,一个年轻的的哥从车里面钻出来,急不可待地站在路旁撒尿!夏蝴蝶这才长舒了一口气,旋即又恢复了刚才那种木然沮丧的表情。戈力苦笑了一下:"你怎么草木皆兵?"

"他,文一阳,把我拖到广场打。打完了,说要离婚。"

"广场?哪个广场?"

"这么个东阳市,就那么一个群众广场……我们在搞一个活动,刚散场,他就发疯一样冲过来,把我推搡到一个花坛边,就开始施暴……"

戈力沉默了。他眼前浮现出一幅画面:文一阳像WUC的拳手一般凶狠暴虐,他一边呵斥,一边翻着白眼珠子举起拳头逼供……偶尔有行人经过,还不时驻足观望……夏蝴蝶则像一只任其宰割的绵羊……

戈力又点燃一支烟,狠狠吸了一口。远方,晃着灯柱的车辆像流萤一样在弯曲的公路上不停穿梭。戈力伸出手来,夏蝴蝶猛地扑进他的怀里,这才像决堤的洪水一般放声恸哭起来。戈力抚弄着她的肩膀,劝慰着。夏蝴蝶忽然抬起头,泪水涟涟地说:"我想嫁给你,给你生个孩子,一定生个男宝宝……呜呜,呜……"

戈力沉默着。夏蝴蝶接着问:"行吗?"

"我们下去走走吧。"戈力说。

俩人在铺满月光的小路上走着。经过一阵交谈,夏蝴蝶的情绪稍有好转。戈力问道:"你的手机卡,是文一阳用他自己的身份证办的吗?"

夏蝴蝶"嗯"了一声,说:"当他一口气说出你的手机号、车牌号,还有你的姓名时,甚至连你几点几分来,几点几分走都分毫不差,我被惊得目瞪口呆,感到这简直太不可思议了!"

"当你知道他调阅了小区的电子监控系统以后,便坦白了?"

夏蝴蝶直愣愣地盯着戈力:"你怎么会知道他调阅了小区监控呢?"

"只有电子监控系统,才可以提供这么准确的数据。但是,你不能坦白,仍然应该咬紧牙关。"

"我咬紧牙关,还有意义吗?"

"他只是在玩儿逻辑推理,并不能确定我们当时就在屋里。因为小区大门口那个电子眼,只能拍到车,至于车里坐着谁,它拍不到,至少拍不清,何况你还坐在后排。"

"我也没有全坦白啊。他还追问发生过几次?我一次也没有承认。就说我们坐在家里聊天,聊股票。之所以没开门,是怕引起误会。"

"这不等于就认了吗?"戈力无奈地轻叹一声,"这种关系,一旦承认了,那就是既定事实。只要把牙关咬死,随着时间的推移,慢慢地他就淡忘了。"

"可,可是,他也不是傻瓜。"

"你只是被他的小聪明给唬住了。"俩人沿着郊外的小路又向前走了一会儿,戈力轻轻把夏蝴蝶搂在怀里,坚定地说,"只要我爱着你,还有啥好怕呢?"

迷茫中,是否还被所爱的人爱着,夏蝴蝶就是要求证这个!其实,受伤的女人是懦弱的,自卑的,最容易被惊吓的,却也是最坚强的;一旦注入爱的力量,她立刻就会破涕为笑,又是勇敢的,温柔的,最让男人无可奈何的,却也是智商最低的。

这时,夏蝴蝶轻轻钩住戈力的手指,还把头靠在他的肩膀上,一边向前走,一边说道:"哥,我真的好想当你的老婆。"

…………

九

伫立在昨晚泊车的地方,仰起头来,望着自家窗户,里面亮着一片朦朦胧胧的灯光,夏蝴蝶便惴惴不安起来。此刻,她需要一个黑洞洞的窗口,这样回到家后,就可以闻着夜的气息,静静地进入梦乡。但是,这一层薄薄的亮光,让她心里一阵阵发慌,于是文一阳气急败坏的影子又在眼前闪现……

是的,文一阳正坐在沙发上,用牙齿狠狠地咬着烟屁股,并把一只满是灰土的鞋子蹬在沙发扶手上,以此宣泄心中的悲愤。离婚?他离得起吗?这个也要靠实力。面对这个现实,他必须选择接受,否则,他的未来可能更难堪。譬如做一辈子王老五会不会成为一个选项?那就只能痛恨自己的无能了,这样至少老婆还在,家还在!

该以哪种方式,或者说哪种策略接受这个现实呢?他已经在思考中反复权衡,或者说是创作,如同文艺复兴时期西班牙人塞万提斯创作了伟大的现实主义小说《堂吉诃德》一样,他的文一阳版堂吉诃德马上就要上演了。想到这里,他也想笑。如果能够笑出来,他还算是一个洒脱的人,偏偏就差这么一点,他笑不出来。

夏蝴蝶循着楼梯往上爬,步伐忽然变得坚定而有力。把钥匙塞进锁孔开始扭动时,她并未察觉,文一阳其实是听到她回来的脚步声后,才开始在客厅鬼哭狼嚎般的号叫。稍作迟疑,她猛地转动钥匙,昂起头颅一步跨进去后,看到文一阳挥着一把斧头,疯疯癫癫地在客厅左砍右杀……

夏蝴蝶被唬住了。她惊恐不安地站在门口,一动不动。文一阳满嘴喷着酒气,先怪笑了几声,然后把她拉扯到客厅中央,将斧头竖在她脸前:"认得吗?这是斧头。哗的一声下去,头颅就开了。"继而又将她推倒在沙发上,然后东倒西歪、痞里痞气地上蹿下跳,还真是非堂吉诃德不可媲美……

除了文一阳手中那把斧头,茶几上还摆放着一把砍刀,一把刺刀。夏蝴蝶惊恐地从沙发上直起身,继而又软绵绵地倒在沙发上,脸色苍白。舞动着斧头的文一阳斜眼看了一下,大声吼道:"戈力,我要剁了你。"

一直折腾到深夜,看着夏蝴蝶仍然紧闭双眼蜷曲在沙发上,早已大汗淋漓的文一阳觉得没趣了,才走进卧室,疲惫地倒在床上,恍恍惚惚地睡到天亮,便一骨碌爬起身,先摸起放在身边的斧头,才睡眼惺忪地走出来。

夏蝴蝶仍然躺在沙发上,紧闭双眼似睡非睡。文一阳从茶几上收起砍刀与刺刀,推醒夏蝴蝶,阴邪地笑了笑:"嘿嘿,你看,这仨玩意儿,都给那小子备着呢。"

文一阳将刺刀与砍刀别在背后裤带里,手里只提着那把斧头,匆匆向门外走去。他还要抓紧时间赶到20公里外的向阳市上早班……于是,房门哐当响了一声。夏蝴蝶睁开眼睛,等到一串脚步声渐渐地在外面沉下去后,又赶忙爬起来,隐匿在窗帘后面向下俯瞰——

文一阳从楼梯口钻出来,匆匆忙忙地向小区外走去。夏蝴蝶在卫生间草草洗漱了一下,也匆匆下楼去了。要拨打戈力手机,仍得去街头电话厅。低低讲了一会儿话后,她便回头沿着街道漫无目的地走着。恐惧让头脑变得一片空白,她觉得自己孱弱的身躯就像一片飘零的落叶,风吹到哪里,她就飘向哪里……

诱人的油香从早餐店里飘出来,直往赶早班的行人鼻孔钻。她连昨天的午餐都还未吃,走起路来,脚跟都发软。但是,她一点食欲都没有,一个人游荡着,后来又躲在了一棵景观树背后。她怕!一个行人经过时,回头看了一眼,她紧张得连头也不敢抬起。就这样一直挨到十一点多,戈力才匆匆赶来了。

坐进餐馆,戈力问她吃过了吗,她摇了摇头。又问她饿吗,她点了点头,像木偶一样。她真饿了,饿极了,饿得已经连狼吞虎咽的力气都没有了。

她忽然停下筷子,一本正经地说:"他准备了斧头、砍刀,还有一把明晃晃的刺刀,要杀你。"

"你不是都在电话里反复通知我了吗?但是,我告诉你,越是虚张声势的人,越是做不出惊天动地的事情!"戈力笑了,笑得很轻蔑。

"真的,他都快疯了。"

"斧头,砍刀,刺刀,真想杀人,有一件就够了,哦,两件也行,他长着两只手嘛,刻意亮出三件,这就不用怕了,他不也给我备了一件嘛!"

夏蝴蝶若有所思地停下筷子,有点反应迟钝地看着戈力,并皱着眉头说:"挺好玩儿的,是吗?"

戈力扮了个鬼脸,说道:"他的家长曾经也算当过一回官,是吗?官二代,可爱的孩子,永远都长不大了。"

十

说麻将馆藏污纳垢,那纯属假惺惺的极左派人士瞎扯淡。暴发户、小老板、公务员当然不是污垢,光棍儿、弃妇、无业游民只能算失意之人,虽说里面也混迹了二奶、偷车贼和地痞流氓,毕竟不是构成牌友的主体,这就要一棍子都打死吗?

且听狐姐等一帮牌友调侃起谁来,也是妙语连珠。机智幽默的水平,堪比央视的"百家讲坛"——

"×。前些年还说要取缔麻将馆,又说啥禁赌,全是一帮脑残官员吃饱了撑的没事干!后来,便有名牌大学的专家学者拿出百科词典质问,为何不取缔博彩公司?再说了,会有打麻将打到跳楼自杀、倾家荡产吗?……我打,二蛋。"

"二蛋,碰!……真他妈要禁赌,先把证券公司和中国股市给取缔了。一样在下注玩儿钱,虽然玩儿麻将不用上缴印花税,却也不像上市公司那样只圈钱不分红,不像公募基金有千疮百孔的老鼠仓,也不像证券市场到处是猖獗嚣张的黑庄恶庄，再说四个人一桌人家凭技术又玩儿的是零和游戏，干吗要缴印花税？何况赢的有博彩赢的钱多吗？"

"早八年前，就劝你别炒股，输大了吧？好好打牌，说不定翻本还靠这个呢。谁刚打的小鸡……"

"大街小巷麻将馆，还有一个原因，搓牌可以释放荷尔蒙，这个搓过牌的人都清楚。不是吗？用不着嫖就把性压抑问题给解决了，又不传播疾病，这一点它又优于隐匿于宾馆酒店的地下妓院。"

"是啊，谁敢说麻将馆不是构建和谐社会的重要手段之一？有哪一种道具，能够让一切不和谐的下九流人士奏出和谐的篇章？就说狐姐吧，前日还与文一阳因一点儿口角之争互掐，才隔了一两日，便啥事没有了。嘿嘿。我打啥呢，打一只'乳罩'吧，狐姐要不？"

"没事找抽哇，拿老娘开涮。还别说，两日没见着'一阳指'，还想这孩子呢。"

"说曹操，曹操就到。你看，他来了。"

正对门口坐着的牌友小声说着，还伸指头指了指门外。狐姐回过头来，看到文一阳心事重重地站在麻将馆门口，便叫嚷："猛男，这两天跑哪儿去了，姐都想你了。"

这看似大大咧咧的直性子，则凸显出她为人处世的深厚功力。文一阳这个永远孩子般的"官二代"，被狐姐这么一喊，也一点尴尬之意都没了。他强作笑颜地走过来，在狐姐身后站了一会儿，便用手捂住嘴巴俯在她耳前嘀咕了一阵，于是等其中一人喊"和了"后，早已心不在焉的狐姐说了声"不玩儿了"，便抓起摆在桌头的筹码，迈着小碎步与文一阳一前一后地向外走去。

他们拦了一辆的士，一阵风似的来到一个小饭馆。躲进小雅座里面，随便叫了两三个小菜，俩人把头埋在一起，认真地看着那一长条手机通话清单。

"不用研究了，肯定与这个号码上过床。"狐姐不容置疑地甩了一下手腕。

"她说没上过。……那男的是个股神，他们在一起主要交流股票。"

"这种事，她会给你坦诚相告？"狐姐忽然想起什么事情的样子，紧盯住文一阳看了片刻，压低声音说，"你老实说，床上那事儿还行吗？"文一阳沉默着，一声未吭。狐姐已经明白了。"甭说了，那是你的隐私。男人一般都会认为，自己的老婆是全天下最放心最不可能出轨的女人。唉，每个男人都这样傻。"

"可是，我文一阳的老婆，竟然也会出轨？这怎么可能呢？"

"你以为你是谁呀！再说女人嘛，哪个对'这个'不需要。"

"就这么一份通话清单，能百分百证明吗？"

狐姐把通话清单抻过来，指着说："你傻呀。看这只有8秒的电话有多少？什么情况下，电话只打8秒？"文一阳迷惑地摇了摇头。狐姐拿出手机，一边按着一边说："我拨你电话。"文一阳不解地把手机放在耳边。狐姐说："我到你楼下了。"接着白了文一阳一眼，再细着嗓子说："嗯，你快上来吧。"

狐姐麻利地按断手机，调出通话时间，也刚好显示为"8秒"。她说："你再看，与每个8秒钟电话间隔十几分钟，总还有一个电话，多规律啊，还不明白吗？他们每次先约好，那男的到了你家楼下，还要再打个电话确认一下，万无一失嘛。那男的一定是个很小心的人！"

"即便发生了关系，我估摸也就两三次吧。这8秒的电话，每周都有两三次，有这么多吗？"

"嘿，人家也一个大活人，干吗憋屈着自己！"

"那男的，有这么行吗？"

"行，肯定行。"狐姐白了一眼，点着筷子说，"好了好了，先吃吧，吃完再打牌去。这麻将啥玩意儿，一玩儿起来就废寝忘食。"

匆匆用完餐，俩人又折回到麻将馆。狐姐突然回身拦住文一阳，一本正经地说："你点儿太低，就别去玩儿了。"

文一阳可怜巴巴回身要走时，善于察言观色的狐姐又伸手招呼了一声，轻点着脚尖凑上前去："虽说咱不能这么轻易就算了，但是，处理问题要用脑子，别干傻事。噢！"

文一阳嗫嚅着说："狐姐，这种事，真是有辱门风，你可千万千万要保密！"

狐姐把食指竖在嘴巴前"嘘"了一声。这时，一辆描绘得花红柳绿的巴

中篇小说·蝴蝶传说

士正从麻将馆门前经过,那"江南风情歌舞团"几个大字煞是醒目,这辆巴士正在为晚上的演出宣传造势。在激越的DJ音乐中,有一句话被一个沙哑的声音不停地重复着:"……激情劲爆,货真价实,只演一天,不精彩全额退票!"这样极具诱惑性的宣传,很雷人,很给力。狐姐指了指巴士:"跟着看看去吧,他们肯定跳艳舞。"

文一阳一本正经地摇了摇头。这时,哗啦啦的洗牌声再次传了出来,狐姐已经难以自制了,便三步并作两步地向麻将馆走去。刚才和狐姐在一起,痛苦似乎减轻了许多,现在孤零零一个人站在傍晚的街头,文一阳顿觉心里一股锥心的痛。他沿着街道漫无目的地向前走着、走着,一直走到夜深人静……

五颜六色的街灯弥散着一圈一圈的光雾,本是凉爽的夜风吹在肌肤上,仿佛刀割一般。文一阳盘腿坐在一个角落里,前面放着一瓶酒,一袋花生米,脸通红通红的,他已经喝了很多。

一辆车驶过来,文一阳歇斯底里地大喊:"戈力——,我割,我割,我割掉你……"

又一辆车驶过来了,文一阳又狼嚎一般的长啸:"夏蝴蝶——"

片刻,又有一辆车驶过去了。文一阳从地上蹦起来,拿起酒瓶狠狠地向车屁股后面砸去,继而又腿仰头对着夜空哀号:"我用剪刀剪、剪、剪剪剪剪剪……"

文一阳终于鼓起劲,站起身,叫了一辆的士,折向东阳市。在一个小区门口迷离的灯光下,文一阳醉醺醺的身影从门口一闪,便消失在黑糊糊的小区里面了。

戈力的黑色轿车静静地停在楼下。片刻,文一阳鬼鬼祟祟的身影出现了,他蹑手蹑脚地摸到轿车旁,东张西望了一阵,然后掏出揣在怀里的半块砖,向车玻璃砸去。此刻,装在小区一角的监控探头闪着红色的光点,显然已经捕捉到了这一幕。

十一

"你去调阅一下小区监控,确定一下!"

"那么小区一定会报警,接下来呢,你老公把你情人的车砸了这个故事,很快就会传出N个版本。"

"那,那修车要花多少钱?"

"车有保险,再说这不是修车花钱的问题。"戈力不苟言笑地坐在这个酒店房间的休息椅上,闷头抽着烟,"我比较担心的是,明天,后天,或者哪一天,他再来砸一次呢?"

平时除了偷情,他们不会在酒店约会。刚才进来时,她能够感到戈力并没有偷情的意思。夏蝴蝶就犯了嘀咕:他生气了,还是心疼爱车,或者要报复文一阳?其实戈力只是担心文一阳会再来砸车,这个可能性真的很大。谁能比她更了解文一阳?

"那怎么办呢?"

"要打个电话,唬他一下。"

夏蝴蝶犹豫了一会儿,恍然大悟的样子:"这个电话得打!我太了解他了。不唬住他,天是老大,他就是老二……"稍加思忖,夏蝴蝶从包里拿出手机,按了几下,装腔作势地说,"喂,一阳啊,你昨夜砸车了?人家通过小区监控锁定你了,好像已经报了警。哦,这会儿你在哪里?"

夏蝴蝶一边说着,一边耸着肩膀吐了吐舌头。文一阳在手机里恶狠狠地说道:"我在外地出差。是戈力报的警吧?哼,他敢报警,我非把他老婆杀掉不可!"

"谁报的警啊,你干吗要杀人家老婆?"

"那,那你把他的手机号给我……"

"他的手机号,你不知道吗?你不都调过我的通话清单吗?哦,你可别再干蠢事。"

"你甭管了。我给戈力那小子打电话,看他想咋样。"

夏蝴蝶挂断手机,紧张兮兮地说道:"他说要给你打电话,咋办呢?"

"没办法,只能等他打过来吧。"

"他还说要杀你老婆呢。"

"要杀应该杀我,干吗杀我老婆?再说他有那么傻吗?"

戈力不动声色地耸肩一笑,然后屏声静气地等待约莫半个多小时,夏蝴蝶抬头看了看房间挂钟,悄声说:"估计他不会打过来了。"

戈力显然不像刚才那般紧张了。其实，在镇定自若的表情掩饰下，从未有人发现他有心情紧张的时候！此刻，他伸出两根指头捏住手机不停地转来转去，心情已经放松多了。这样玩儿了一会儿，他漫不经心地说："他不来电话，我们是不是该做点什么？总不能这样等到花儿谢了吧！"

经常在这个时候，夏蝴蝶的反应总是很迟钝，更有趣的是，她还一本正经地反问："那，我们该做点什么呢？"

"你就不想做点什么吗？"

"我？"夏蝴蝶终于恍然大悟了，骂道："不害臊，什么是'我想做点什么……'"

两人说着就亲密地拥倒在床上。一阵温存，夏蝴蝶便开始说脏话了。戈力最爱她满嘴脏话的风韵！甭看夏蝴蝶平时谈吐优雅，得体大方，甚而还像个邻家女孩似的腼腆羞涩，偏偏此时此刻，居然能把脏话说得妩媚给力，一点儿都不粗俗。有时候戈力都想笑。如此会说脏话的青春少妇，却总能装出一副贤淑羞怯的样子，这也太虚伪了。但是，夏蝴蝶却得意地自卖自夸，这怎么就不是水平和艺术呢？

不随便说脏话的夏蝴蝶常常能够令戈力在幻想与现实之间来去自如，不停穿梭，从而沉湎于这座小城流连忘返。一年前，如果不是结识夏蝴蝶，戈力毫无疑问早已经离开东阳市，回到自己位于上海某写字楼的工作室，平平淡淡地为客户做投资，经营自己的"力基金"。孰料，一个纯属万分之一的偶然几率，把东阳市变得不再是一座清静安谧只适于休假或小憩的小城，他由此开始依恋这里的一草一木，认认真真地把这里的大街小巷拷贝到记忆中，留下一行永远无法删除的印痕——

那个初夏，他最多只准备在这个陌生得连名字都懒得记下来的小城逗留五天。就在第三天傍晚，他随便吃了点晚餐，随着那些喜爱运动的人流在一个椭圆形塑胶体育场走圈。他觉得正是这个开放的塑胶体育场，一下子让东阳市远离了喧嚣浮躁，变得健康质朴起来。当他走了一圈又一圈时，抑或一个人的缘故，也在跟随运动的人流走圈的夏蝴蝶让他眼前一亮。黑里透红的肌肤，有节奏地扭动着的丰臀，飘洒的长发，单眼皮下黑白分明的眼眸……这般健康的熟女，大都市里还能找到吗？于是他悄悄地跟随着她的脚步一边走着，一边偷听她与另一位女伴说话："……长得难看，又没钱,嫁给他真不知图个什么!当初,我真是瞎眼了。"

戈力忍俊不禁地笑了起来,觉得这样很有趣。走出大都市,躲在一个陌生的小城里面偷听俩熟女的私房话,虽然很无聊,却也很轻松。他还发现,这是一个减压的好办法!

"结婚七年了,就没给我交过一分钱工资。抽烟,喝酒,搓牌,有多少钱都不够,至于买套大房子,那更是妄想。……看到别人炒股赚了钱,便也拿出自己省吃俭用下来的钱去买股票,买基金,又碰上这百年不遇的金融危机……"

常常只要遇到女人谈论钱的时候,他会像喝醉酒似的亢奋和自得,也会像喝醉酒似的大胆和放纵,何况其中那个熟女居然还是一个悲惨的中国股民。于是,戈力加快脚步跟了上去,颇是神秘地说:"你也做股票?"

俩熟女警惕地望着他,没吭声。戈力先说了一只股票的代码,然后告诉她,"明天早盘,这只股会'瞬间跌停',懂吗?这是庄家放老鼠仓进来的一个惯用的操盘手法。"俩熟女仍然瞪着警惕的眼睛,他进一步解释,"老鼠仓在跌停价挂单,操盘手瞅准一个时间空当,先把股价打到跌停价,又在瞬间内撤单拉起,那老鼠仓就上车了。嘿嘿,不想错过这个机会,就去试试吧。"

那个谈论股票的熟女就是夏蝴蝶,她虽然瞪着警惕的眼睛,却认真地听着。戈力又补充了一句:"什么是'老鼠仓',股民们并不陌生!至于'瞬间跌停'嘛,认真想一想,都会恍然大悟的。OK,拜拜!"

戈力很洒脱地做了个手势,然后加快脚步向前小跑了过去。另一个熟女侧目望了一眼夏蝴蝶,似乎有些不屑地骂了一句"神经病"。但是,夏蝴蝶没有吱声。她非常精明地意识到,自己绝对算得上有模有样的熟女,遇到主动示好的男人,这一点不足为奇,让她沉默不语的是,这个颇有气度魅力十足的男人是谁?他说的那些证券术语听起来似懂非懂,有一点却是明确的,就是明天开盘后,让她在跌停价埋单守候奇迹的出现。这是真的吗?

奇迹真的出现了。次日开盘后,她咬了咬牙,把手上其他的股票全部抛出,继而把跌得仅剩的两万多块钱全仓跌停价挂单。当时,她就抱了这样一个心态:反正跌停板上挂单,能有多大风险呢?再者,她对自己的外在形象绝对自信,这当然还要建立在她对那个风度翩翩的神秘男人十分迷恋的基础上。于是,她就这样凭着自我良好的感觉近似疯狂地赌上了。是的,那所谓的"瞬间跌停"真的出现了,而且临近收盘时,这只股票竟然开始陡直上攻,又瞬间巨量封死涨停。从跌停到涨停,一天获得百分之二十的收益,疯了。她激动得近似癫狂地给文一阳打了个电话,说你别再搓牌了,把你搓牌的钱全拿回来让我炒股!打完电话,她又想那个神秘男人。她想,那个男人一定还会在塑胶运动场出现,这次她一定要主动挥手打招呼。这不是向一个男人打招呼,这是向财神爷打招呼,谁与财神爷有仇啊!

她蜷缩在租住的房间的木椅上,脸都有些红了。她甚至在心里暗暗祈祷,让她能够有机会死死缠住那男人。她所有的期望后来都成为现实。因为那个男人再一次准时出现在塑胶运动场上,并微笑着向她走过来……更让她激动不已的是,他竟然会是传说中的私募大佬。他还说,他对中国股市的掌控力,甚至比证监会主席还强……

他们就这样开始了。很快,钱也有了,房子也有了。至于文一阳,他只知道,他老婆炒股赚了大钱,可是,他的老婆凭什么炒股就能赚了大钱?文一阳当初并不知道,但是,他现在知道了。

十二

这是一家毫不起眼的小餐馆。文一阳心神不宁地坐在里面,他在等谁呢?片刻,还惺忪着睡眼的狐姐提着小手包,急急地走了进来。泡馆搓牌的人都是夜猫子,天亮了,才开始打哈欠。狐姐自然不会例外,只是除了打牌,掺和别人的家事也是她的一大嗜好。刚才文一阳打电话时,狐姐一骨碌就从床上爬起来了。

她一坐下来,就教训文一阳:"现在谁家的车不买保险?你砸的是保险公司的车,警察抓的可是你! 真蠢啊,他们巴不得你这样呢。"

"大姐,你是老江湖,奇思妙策多,快帮我想个办法啊。"

"解铃还需系铃人,给你那狐狸精老婆打电话。她吱一声,那野汉子准息事宁人。"狐姐胸有成竹地说。

"照你这样说,我还须求着让她去找那个王八蛋吗?"

"韩信还有胯下之辱呢。先把这个电话打了，躲过眼前这一劫再说吧。"

文一阳拿起手机，恶狠狠地骂道："怎不让车撞死那王八羔子呢。"

此刻，酒店房间内的挂钟滴滴答答地走着，戈力与夏蝴蝶的喘息声颇为紧凑地一波一波响着。忽然，手机响了。俩人匆忙坐起身，夏蝴蝶说："是我的铃声，"然后半裸着身子拿过手机，"是他，文一阳？"戈力示意让她接。夏蝴蝶按了一下接听键，直截了当地问道："喂，给他打电话了吗？"

"他是个小人，我从来都不与小人谈判！我比较担心，警察有没有找过你，怕你受惊。"

"我又没砸车，警察找我干吗？"

"……"

夏蝴蝶仿佛明白了什么，试探着问道："要么我给他打个电话？他在公安局有一大学同学是副局长，先找他把这事压下来？"

文一阳扭扭捏捏地嗯了一声："最多就打个电话，别与他见面。不过这事情要搞大了，对谁都不好。"

"好了好了，我知道。你就别再干蠢事了。"

夏蝴蝶半靠在床上，快慰地笑着按手机，戈力的铃声便响了，俩人依偎在一起接打手机玩儿。夏蝴蝶问道："戈哥吗？你有一同学在公安局当副局长？"

戈力说："别说还真让你蒙对了，真有一当副局长的，但不是同学，是我的实战圈子里的VIP会员，算一个学生吧。哈哈，之所以会有这个'小城之恋'，还多亏他盛情邀请呢。"

放下电话后，夏蝴蝶狡黠地笑着说："他一定会调通话清单，去求证这个电话打了吗。"

此刻，文一阳也放下了电话，颇神气地骂了一句粗话："我×。"

"民不举官不究，你就放心吧。"狐姐说。

文一阳从腰后面抽出一把斧头，哐的一声砸在桌上，恶狠狠地骂道："如果没有警察，我非得把这对狗男女给砍了。"

"要没警察，谁先被砍还真不好说呢。"狐姐这么挖苦了一句，又劝说，"这几天先在外面躲躲风头，以后把老婆盯紧点。"

正说着,文一阳的手机又响了。他接听了一会儿,挂断说:"领导打电话,真要我去省城出趟差。"

向阳市是一个地级建制市,对东阳市享有行政管辖权。当年,文副市长还在位时,利用自己的渠道,把文一阳安置进了向阳市某部门机关,按照当年的谋划,若能干上三五年,有了一定的工作资历,然后利用特权做一些人情交易,再让他下到类似于东阳这样的县级市,就有可能谋个一官半职了。但是,文副市长的提前倒台,让这个良好的愿望搁浅后,文一阳从此一蹶不振,俨然一个仕途的失意者,渐渐地也玩儿起了消沉。好在他所在的这种行政性质的单位,一般对待吊儿郎当的失意落寞之人,都能够包容并理解,加之文一阳也没有多少工作能力,不过去省城送个无关紧要的材料,或者取份文件这样的差事,领导偶尔也会派他去。这一次,单位搞了一个活动,并将活动场景制作成一张DVD光碟,领导便让他将这张光碟送到省城的主管部门。

从小酒馆出来,文一阳有气无力地在人行道上走着,两旁车辆川流不息。文一阳抬头看了看天空,果真向一家移动营业厅走去。站在一台自助查询机前,娴熟地用手按着键盘,埋头看了一会儿,当确定夏蝴蝶给戈力打了一个很短的电话后,一颗悬着的心才放了下来。

砸了车,又怕报警,最后还得拐弯抹角让夏蝴蝶打电话从中说情,还有比这更憋气的事情吗?想到这儿,他便恶狠狠地骂了一句粗话,正要转身离去时,不想站在身后的一个中年妇女问道:"骂谁呢?"

文一阳回头看了一下,说道:"骂你了吗?"

中年妇女回骂道:"傻×。"

文一阳问道:"骂谁呢?"

中年妇女说道:"咋的,还想抽你呢。"

文一阳就指着自个儿脖子说道:"你抽一下?"

营业大厅的保安走过来,把文一阳连拉带劝向门外推去。中年妇女又回骂一句:"是不是偷调老婆话单啊,卑鄙。"

文一阳歪着脖颈颇为不服气的样子,却再一次被保安推远了。他百无聊赖地四处张望了一会儿,回到单位拿了那张光碟,便向火车站走去……

夜幕下,火车咣当咣当地向前行驶着。文一阳躺在卧铺上,发着呆。此时,手机响了,他看了看,是夏蝴蝶的,便傻傻地拿在手中,不知该不该接。犹豫片刻,还是接了。

"喂,有事吗?"

"我想你该回来查岗啊,这么晚了,等不到你,睡不着啊。哎,你在哪里啊,这'咣当咣当'啥声音?"

"我出差了,在火车上呢。"

"你跑什么啊,公安局那边的事情已经摆平了。"

"用得着跑吗,老子怕他警察? 笑话。好了好了,过几天就回来了。还有事吗?"

"就告你这事呢。"

文一阳放下手机,一边打自己嘴巴,一边自言自语:"妈的,怎么能说出差呢,还告诉她过几天才回来,这他妈不引狼入室嘛!"

十三

QQ聊天框里,夏蝴蝶发来一串消息:他出差了,正在火车上"哐当哐当"呢。你来吧!

戈力在键盘上敲击着,对话框里弹出一行字:太晚了,我怕她会怀疑。

夏蝴蝶的消息:原来你那样怕她啊!

戈力的消息:哈哈,好吧。我去跟她请个假,搪塞一下,你等着。

关掉QQ,戈力起身走出了房间。少顷,一个娇小的女人走进书房,她就是戈力的妻子安小平。站在还未关掉的电脑前,安小平满腹狐疑地看了一会儿,然后坐下来,在百度搜索栏输入一行字:QQ聊天记录偷窥器。

这是一个流氓小软件,稍有一点黑客常识的人都会使用,安小平对这类小软件一点都不陌生。早些时间,出于全心全意辅佐戈力经营"力基金"的需要,她收买了不少电脑黑客,经常让这些黑客入侵上市公司电脑,窃取有价值的信息,这样便让他们每次投资下单时有的放矢,而且总能更胜别人一筹。刚才,戈力站在客厅说,要马上去工作室为某客户发一个邮件,便甩门走了。

他的工作室在一个写字楼的顶层,其实就是一间大约一百多平方米的大房子,里面摆放了几台电脑、一组不间断电源和一张大桌子,当然还有一张大板床。他说,有时晚上要研究上市公司的财务报表,不能回去时,就可以睡在这里了。

对于这个说辞,安小平起初并没有在意。在这个陌生的小城里,她相信戈力!是的,她也觉得上海太吵了。东阳市是一个风光秀丽的小城,很安静,很放松,在这里做股票投资,更能找到感觉。当初,戈力执意要留下来时,安小平觉得这样也挺好,便欣然同意了。于是,他们租住了一套三室一厅的商用民宅,供日常生活起居之用。

安小平也是证券界一名响当当的人物。她更热衷于通过博客实时解盘,带领小散户低吸高抛。由于每次都能对大盘指数做出精准判断,因而深得众多散户粉丝的拥戴。一些财经频道或许正是看中了她在散户中的号召力,经常会请她天涯海角飞来飞去地做节目,还有一些民间组织也常会邀请她搞讲座、传授逃顶抄底秘诀……这些年,两人可谓聚少离多,常常处于高压状态的戈力又岂能耐得了这份儿寂寞呢?

此刻,那个能够轻松读取QQ聊天记录的小软件下载完成了。安小平又点了几下鼠标,戈力与夏蝴蝶的聊天记录便一字不差完完整整地跳出来,更富戏剧性的是,在文一阳调阅了夏蝴蝶的电话清单后,两人这些天几乎都是通过QQ联系的,这等于是连很多细节上的东西都做了描述。一直看到深夜,安小平才起身站在阳台上,泪眼模糊地望着星星点点的夜空,她知道,戈力这会儿一定睡得很香……

她错了。此刻,戈力还未入睡,两人半裸着躺在床上,夏蝴蝶缠绵着声音在问:"老公,这些天,在做哪只股啊!"

戈力轻轻抚慰着她,答非所问:"我们可有言在先,你翻本后,就要远离这个大赌场。"

"怎么,我赚钱你不舒服啊?"

"有我在你身边,还怕没钱花吗?再说啊,女人炒股最容易衰老了。"

"你都给我买了这么大的房子,再花你的钱,我自己都脸红。还是自己多赚点钱,心里才踏实。"

"知道吗?我最喜欢为你埋单了。"

"你这么一个私募大佬,泡我一小公务员,说白了也是找新鲜,保不准哪天被哪个大明星抢走了,我怎么办?"

"这可是老鼠仓啊,事情一旦败露,我就完蛋了。"

"我连身体都向你开放了,好啊,居然连我都不相信。"

戈力微微闭上眼睛,开始犹豫了。夏蝴蝶匍匐在他胸前,耐心地眨着眼睛。片刻,戈力睁开眼睛,说道:"有一只股,我们联合了南方几家私募,已经做了埋伏……"

又聊了一会儿私房话,等戈力睡去后,夏蝴蝶迫不及待地披着睡袍,蹑手蹑脚地走进书房,悄悄打开了电脑。她捏着鼠标,点开看盘系统那一刻,呼吸都紧促起来了。仔细看了一会儿,忽然想起戈力早先送给她的一本书,戈力说这本书是安小平归集整理的教材,平时以备授课之用,都是非常实用的看盘绝招。找出那本书,对着比照了一会儿,她窃喜着自言自语:"嘿嘿,这个图形,涨起来会翻番的。"

夏蝴蝶又蹑手蹑脚走回来,在昏暗的壁灯光影下,小心翼翼爬上床,先把丰满弯曲的美腿伸进被窝里,再俯下身来,对着已经熟睡的戈力狠狠吻了一下,努起嘴巴小声说:"猪猪,我爱死你了。"

次日,戈力的工作室内,当墙上的挂钟指向九点二十分时,戈力紧盯着K线图,一串红红绿绿的数字不停地闪现。开盘后,戈力拿起电话,拨了一串号,说道:"瑞金路吗?直接大单向下砸9个点,只要不跌停就行,然后对涌出来的恐慌盘认真做好统计。"

南京瑞金路云集了多家证券营业部。在一座座绿荫环抱的写字楼内,每天进进出出的多有私募或超级游资的操盘手,闻名全国的涨停敢死队亦常在这里神出鬼没,这里的一举一动都必然成为证券分析师时刻关注的焦点。戈力要拉升一只股票前,都会让操盘手在这里公开操作,等把最后的恐慌盘砸出来后,接下来自然便会有众多跟风盘涌来为他抬轿。通过约莫半个小时的砸盘诱空,他的操盘软件显示,恐慌盘基本上已经洗干净了,他又命令瑞金路的操盘手采用火箭发射的手法,巨量封停……

这时,夏蝴蝶也十分专注地盯着电脑屏幕,她紧握鼠标的一只手微微地在颤抖……稍作犹豫,她便狠狠地挂单买进……收盘后,夏蝴蝶主动把戈力约进一家小酒吧,破例第一次自掏腰包请戈力喝了几杯葡萄酒。

"你们真狠呀,就差零点N个点就跌停了。"

"好让你低位吃进啊。"

"要准备拉几个停板呢？"

"先拉五个涨板，哈哈，信吗？"

"真的呀。"

"知道葡萄酒为何常与美人扯在一起吗？嘿嘿，喝它可增强性欲。"

"很欣赏你说话的样子。今晚都别回家，去酒店吧。"

"每晚都想睡在你的身边！"

"那你离啊。"

"离？可以随便离吗？"

"你其实爱的还是她。"

戈力端起桌上酒杯，仰头一饮而尽，俩人便起身向酒店走去。到了晚上，在外地出差的文一阳躺在床上，焦虑地打着手机：

"狐姐吗？怎么，你正好在东阳市打牌？那，那拜托你站在我家楼下看看去，有啥可疑的影子吗，对，对对，看看楼下有没有一辆黑色轿车。好好，一定，一定，回去一定给你带礼物。"

很快，狐姐便站在夏蝴蝶楼下，她东张西望了一阵，便把电话回过去说："你家窗户，五楼嘛，黑洞洞的，估计家里没人……"

十四

"这是一半酬金。"

安小平把一沓百元钞推给了一个剃着光头的小伙子。他坐在酒吧小圆桌的对面，取过钱在手上一边扔着玩儿，一边说："要侦探一个人的隐私，简单啦，把刚才给你的那个芯片放在手机里，想把谁的手机变成一台窃听器，就拨谁的号，再那么简单设置一下，还可以共享他的手机信息。不，这样表述不专业，应是'截获'他的信息。"

"另一半酬金，你随时可以向我要。"

"我就是安姐的雇佣兵！哈，姐的事情，别钱啊钱了，听着多没人情味。"

黑客江湖上，"蚂蚁云"算得上顶尖好手了。至于他的真实身份，或者说姓甚名谁,这个安小平虽然与他合作交往两年多了,也都没有问过。这个不能问,问了人家也不会说。黑客都忌讳你问这个。他们的身份怎能轻易让别人洞穿呢?这还是黑客吗?

"你很厉害,很神秘。这我知道。"

大凡黑客的自尊心都特别强,蚂蚁云自然不会例外。对于安小平的奉承之言,蚂蚁云没有理睬,一副很难与人亲近的样子。蚂蚁云其实很喜欢听别人奉承,通过搞恐怖式的破坏而获得某种成就感后,黑客更需要赞美和掌声。这样死心塌地地招之即来,挥之即去,还不多亏了安小平火候老到的溢美之词!

昨天才刚打了电话,蚂蚁云今天就从北京风尘仆仆地飞来了。说话间,他取出一枚精致的U盘,伸出两根指头说道:"这里面有两个木马程序。把其中一个给你感兴趣的人发个伊妹儿,他的硬盘就像放进你的主机一样。另一个程序更恐怖,你点点鼠标,就可以对任何一部手机实施精确定位……"

"真这样厉害吗?都给了我,就不怕炒了你?"

"哈,别迷恋哥,哥只是个传说!"

蚂蚁云把钱收在包里,起身走了。刚才给他叫的一杯咖啡还放在小圆桌上,他几乎连瞟一眼都没有,一副不食人间烟火的样子。黑客嘛,行为举止比较怪异,这个都能理解。

安小平无力地靠在白色的咖啡座上,斜睨着的眼神颇是无助。轻轻捏住那枚小小的芯片,端详了一会儿,才把它放进手机卡槽,合上后盖后,安小平试着输入戈力的手机号。只按到一半,她就丧失了继续输入的勇气,于是把手机丢在桌上,伸长手臂端过蚂蚁云的那杯咖啡,用小勺舀着喝了一少半,又在椅背上靠了一会儿,这才起身走了。

途经一个露天舞池时,安小平站在围网边看了一会儿,一丝笑意从冷寂的嘴角挤了出来。那些踮着脚尖滑动着步子随着节奏扭动的身影,在看似休闲的外衣掩饰下,焦灼的胴体如果不能再次被点燃,便会很快成为灰烬。

她们不紧不慢地踩着节奏摇晃着,等待着,渴望着,在频闪灯的诱惑下,还能被谁发现或是发掘吗?安小平透过围网的丝孔看着……这样摇晃的时间长了,累了,不再抱怨什么了,反而一下子又轻松了,无忧无虑了,小城的女人便坐在休息椅上,一会儿交头接耳,一会儿嘻嘻哈哈,陶醉在这美丽的夜色中,也挺满足的。

于是,安小平也买了一张仅一元钱的门票,怯生生地走进去,期待着能被一个其貌不扬的男人邀请,也好在这迷离的光影中摇晃着自己。但是,她超然物外的气质和冷艳的表情,早将别人拒之千里之外了,谁还敢向她伸出手掌呢?

于是在虎视眈眈的目光包围下,她此刻只能成为仇恨的对象和舞者的公敌!除了流氓,没人敢向她伸出手掌的,而这种露天舞池会有流氓光顾吗?

安小平又笑了。这时,戈力来电话问她这么晚了在哪里?她说在露天舞池。戈力说那就尽情地跳几曲,好好放松一下自己。她说,这里除了流氓,没人敢邀她跳舞。戈力也笑了,便说那你快回家吧,别被流氓侵扰了。

偶尔被流氓侵扰一下,或许会有别样的快感呢。拖着无力的脚步,这样胡思乱想着,安小平向家里慢慢走去。

这个晚上,文一阳也出差回来了,他像贼一样溜进家门,静静地半躺半坐在沙发上,抽着烟。房间内电视、灯都未开,黑洞洞的,只有烟头一明一灭地不停闪烁。

轻轻地,外面响起了钥匙扭动锁孔的声音,继而伴随着开门声,房间的厅灯陡地亮起来了。当看到文一阳像幽灵一样地坐在客厅沙发上时,也是刚从露天舞池散场回来的夏蝴蝶毫无防备地打了一个冷战,骂道:"你出个声啊,像个鬼魂一样。"

"一个人回来啊!嘿嘿嘿,是不是吓了你一大跳!"夏蝴蝶生厌地皱着眉头斜了一眼,没理睬,只管自己一边换鞋,一边脱掉外套往衣架上挂。文一阳仍然阴阳怪气地说道,"假如是两个人进来,你说我该咋办呢?"

"你滚出去!"夏蝴蝶骂了一声,径直去另一个房间更衣。

文一阳把放在沙发上的一台迷你型的腰部按摩器摆放好,然后接上电源,自己先靠在上面试了一会儿,等夏蝴蝶出来后,颇为殷勤地起身做出恭恭敬敬的样子,一边把夏蝴蝶请到沙发边儿,一边说:"出差时,碰到人家厂方特价促销宣传,就顺便买了。你不是腰部经常不舒服吗?"

夏蝴蝶终于破涕为笑地坐下来。文一阳按动按钮，按摩器开始动起来。夏蝴蝶挺着腰享受着，一张刚刚还阴沉沉的脸继而转晴了。这个晚上，俩人躺在被窝内说了很多话。

"老婆，问你件事。我出差第二天晚上，你去哪儿了？"

"是不是又去调了小区监控？你真无聊。"

夏蝴蝶把身子歪向另一侧，不再理睬他了。文一阳匆忙把她的肩膀扳过来："人家小区监控也不是随便想调就能调的。是有一朋友站在楼下望了一眼，给我打电话说，怎么你家窗户黑着啊。"

夏蝴蝶盯着他看了一阵，心里其实在紧张地思考着，文一阳是不是已经知道那晚他与戈力在外面开房没回来。但是，看文一阳的表情，他只是猜疑，或者在诈，便装作没好气地说道："你刚才不也一个人在家坐着吗，外面窗户亮着吗？"

文一阳一时语塞了。片刻，又轻轻伏下身来问道："你与戈力那小子前后共发生过几次？他是不是很厉害？一次能有多长时间？"

夏蝴蝶半坐起来，用拳头隔着被子狠狠地擂了几拳，语气坚定地说道："我们一次也没有！变态你，先问问自己一次能有多长时间。"

"我，我，我今晚要一个小时。"

文一阳翻转身子把夏蝴蝶按倒，伏在她身上折腾起来，于是夏蝴蝶的脸庞上出现了那种痛苦而欣慰的表情。片刻，文一阳便哼哼唧唧地倒下来了。夏蝴蝶翻坐起身，伸腿狠狠地踹过去，骂道："三十秒，有吗？"然后向洗手间走去。

十五

合欢大道其实是一条市郊公路，这还是文副市长在位时，利用自己的私交向省交通厅要钱修的。当时老百姓还调侃说这纯属市政府的形象工程，除了能够让东阳市看上去更美一些，并没有多少实用价值。由于公路两旁栽满了合欢树，文副市长当初便建议将这条公路取名为"合欢大道"。

这些年，合欢树已经长高了，长壮了，也长美了，加之散发着淡淡树香的公路两边，间或还设有休憩小亭、弯弯扭扭的石子路以及各种景观造型，小城市民便创造性地将这条宽阔平展的市郊大道发展成了一条安适的休闲马路。

如果不是合欢大道把整个市区呈半圆状环抱在怀里，那就没人敢说这是城市建在公园里了。每到黄昏，人们三三两两地说笑着结伴而行，亦有不少热恋中的帅哥靓妹或牵手溜达，或席地而坐，一切都是那么的随意。

但是，有这么一条馥郁通畅的公路，又岂能少得了一些令人想入非非的隐晦的标志呢？那间或停放在公路一侧的各式轿车里面，总有影影绰绰的男女忽隐忽现，他们不出来享受合欢大道的美景，干吗躲在车里？毕竟东阳市也就这么大，像这类灰色幽会，一旦遇到了熟人，多尴尬呀！

戈力的轿车也经常会泊在这条公路边。这个午后，他刚来，蚂蚁王也打的尾随而来了。就在不远处的一个景观亭里，蚂蚁王认真地摆弄着一个颇似手机的设备，于是俩人的谈话声逐渐清晰起来——

"那只股票，拉十个停板了。哇，我整翻一倍了。"

"十个涨停是一倍？就这算术水平，你还玩儿股票？"

"哦，是补回我原来亏掉的，还翻了一倍。"

"你可以出掉这只股了。"

"怎么？不让我赚了？"

"我们明天就开始出货了。"

像往常一样，在这条树香弥漫的市郊公路边，俩人悄悄躲在车里又说又笑，仿佛一切不快都未曾发生过似的，犹如一轮气势如虹的牛市途中，那些不快只是偶尔的一次急跌，跌完以后，仍然牛气十足，涨升不断。但是，一次暴跌，如果再加上接踵而来的利空，熊市的帷幕也就正式拉起了。

毫无疑问，俩人感情熊市的帷幕，已经悄悄拉起了。在蚂蚁王"间谍级"的监控下，狐姐也赶来凑热闹了。娘家在东阳市嘛，狐姐隔三差五地总要从向阳市回来走走。吃罢晚饭，她与娘家几个邻居相约出来散步，竟然与戈力的轿车在这条合欢大道上遭遇了。她先小心地看了看车牌，然后撇开同伴，拿出手机按了按，压低声音说道："喂，一阳吗？让你把老婆看紧点，怎么搞的……"

蚂蚁王摆弄着手中那玩意儿，走走停停，终于找到了戈力的轿车。随之,他把纽扣摄像头挂在一根手指上,装作若无其事地从轿车边儿一掠而过。

夏蝴蝶坐在驾驶座上说道:"过去炒股,就没赚过钱。现在有了你,想亏钱都难。"

戈力说道:"好了好了,别谈股票了。今晚,今晚约我出来,有安排吗?"

夏蝴蝶说道:"这段时间,他把我看得很紧。每个晚上都回来,这你知道的。"

戈力说道:"那今晚呢?"

夏蝴蝶说道:"他刚回来,领导就打电话又要他去单位加班。"

是的,文一阳刚到单位,便被狐姐在电话里数落了一顿,于是折身在单位大门口儿拦了一辆的士,心急火燎地往回赶,也没有打一声招呼。直至领导打电话问他来了没有?他才说,家里出大事了,去不了了。领导便生气地说,出你个头,怕不是麻将馆出大事了吧,再说不来你小子吱一声,让我在办公室一直这样候下去啊! 说完便狠狠地挂了电话。

虽说领导经常这样训他,文一阳心里总还是不舒服。放下手机后,也自言自语地骂道,多大官儿,以为你是市长啊! 的哥听了,回头问,这年头领导还敢训人吗,回头用拳头KO了他。文一阳扬着下巴示意,开快点,家里真有事! 此刻,戈力与夏蝴蝶仍然兴致盎然地打着趣,甚至讨论起晚上的事情了。

"那他今晚回来吗?"

"不能确定。他刚走,我就给你打电话,要你出来陪陪我。戈哥,我想你啊。和他在一起,我简直压抑得透不过气来。"

"我还以为,今晚可以和你在一起共度呢。"

"我好想嫁给你,戈哥!"

"……"

俩人正说着话,文一阳鬼鬼祟祟地从后面走上来,突然把脖子伸长在车窗边,向里面张望。此时,夏蝴蝶被吓得用双手捂住脸孔,而戈力面对这一刻,显得不慌不忙十分镇定。他用手一扭钥匙,然后用力一踏油门,车向前一冲,开走了。

看着轿车从身边一冲而过, 文一阳气急败坏地拿手机用力向车屁股掷去,骂了几声,然后余怒未息而又孤零零地站在原地,眼巴巴地望着轿车消失在远处……

戈力扶着方向盘,说道:"他出现得太突然了。"

夏蝴蝶说道:"现在怎么办啊,还能回家吗?"

戈力说道:"不回去可以吗?"

夏蝴蝶稍作沉默,说道:"不回去,他肯定会疯的。"

戈力也沉默无语。片刻,戈力说道:"他刚才已经疯了。"

夏蝴蝶说道:"总之还得回去。你甭管,回去看他要怎么样吧。"

戈力说道:"记住,至少在嘴巴上,永远都不能承认我们的事实。"

夏蝴蝶说道:"刚才,我们只是偶尔遇上了。这样说可以吗?"

戈力说道:"只能这样说了。对了,他要使用暴力,你就报警。"夏蝴蝶沉默无语。戈力又说:"甭怕,一切后果,我都会承担。"

夏蝴蝶说道:"好吧。"

戈力刹住车,夏蝴蝶稍犹豫了一下,便推开车门,颇为英勇地下车走了。

十六

戈力的轿车一会儿在东阳市内穿梭,一会儿又在合欢大道上狂奔。这时,已经夜深人静……安小平孑然一人在客厅焦虑地踱着步子。她狠狠地左右甩着自己的头颅,终于做出一个疯狂的决定。

但是,安小平并没有疯狂,她超乎寻常地冷静。一个疯狂的决定,再被一个冷静的头脑加以酝酿,其结果必定是毁灭性的。

她也考虑通过其他方式来拯救自己的爱情,似乎所有的方式都不如将戈力毁灭的方式更直接,更有快感。把戈力变成一个像乞丐一样的男人,还会与其他女人碰撞出火花吗?就是这样一个简单的逻辑,她就要试图让中国股市继一轮雪崩式的下跌后,再经历一波毁灭性的灾难,而这仅仅只是一个拯救爱情的小小的策略而已。继此之后,或许中国股市需要三五年时间方能恢复元气。难道这就是惹恼安小平的后果吗?谁惹恼的?戈力、夏蝴蝶、狐姐、文一阳,还是……

她坐下来，面容极其冷酷。杀手在施杀的一瞬间，才会有这种表情。展开握在掌心的手机，按着数字键盘，像枪手扣动扳机一样……

"喂，艾比吗？我安小平！"

"真的是你吗，安，你要与我们合作吗？哦，这不是在做梦吧。"

"金融杀手，可以这样称呼你吗？"

"NO，NO，我只是一个小小的证券分析师。"

"高盛集团的证券分析师，哪个不是令人胆寒的杀手？把'两房'这张骨牌推倒后，继之而来的次债危机和席卷全球的金融海啸，幕后的影子推手少得了你们这些臭名昭著的华尔街分析师吗？直至把美国总统都搞得下不了台，最近听说国会把你家老板找去狠狠训了一通，有这回事吗？"

"你要通过我向美国政府抗议吗？噢，噢噢，我明白了。中国的上证指数也从6000点跌到了3000点，是不是我的情敌、我们共同的朋友——戈力管理的资产被套了？如果是这样的话，我可帮不上忙啊。"

"5000点的时候，他已经嗅到了狼的气息，早已清盘了。"说到这里，安小平颇是神秘地突然压低了声音，"不过，在3000点这个位置，戈力又全仓抄底了。他抄底了，就等于他们的'力结构联盟'都一起抄底了。这意味着，几乎所有私募及很多大机构都抄底了。"

"这个点位的市场认同度很高，抄底的风险很小。"艾比没有听懂安小平话中的玄机，他说，"戈力很聪明。我们在哈佛读书的时候，他就是利用他的聪明，把你从波士顿抢走了。看着你们坐飞机离开美国时，我伤心了很久……哦，你们好吗？"

"中国华北有个东阳市，是一个很小的城市。次债危机发生后，我们一直在这里度假。这期间，他遇到了一位小辣妹，把身体都给她了。"

"他不爱你了吗？"

"我需要你帮个忙。"

"我想，我现在非常愿意帮你。"

"继续做空中国！"

"这太难了。3000点是中国政府的底线，再向下'砸坑'可能要付出很高的成本，我们目前还一直在做这方面的研究。"

"那么就是说，华尔街的金融大鳄其实很想再向下砸一个又深又大的

'黄金坑'？"

"这与戈力背叛你好像一点儿关系都没有,是吗？"

"是吗,是一点儿关系都没有吗？"安小平狡黠地略一思忖,便话锋一转,"其实真没多大关系……"

"那为何需要我们继续做空呢？"

"两个原因:一,现在正面临着一个难得的做空机会。二,我想通过你们购买新华富时指数期货基金,就是有两倍杠杆的那种。明白吗？"

艾比略一思忖,便明白安小平的弦外之音了。新华富时指数期货,是国际上最具实力的富时指数集团与新华财经合资创办的一家公司,主要通过提供中国证券市场的各项指数,满足境外投资者对中国市场的购买需求。那些国际投资大鳄,常会一边在国内打压或拉升证券指数,一边在境外买跌或买涨有两倍,甚至三倍、四倍杠杆的新华富时指数期货,并从中套取超额利润。

其实,这也是艾比他们通常惯用的伎俩。这时,艾比真的开始犯糊涂了。他问道:"你是想与我们合作吗？"

"所谓合作,就是与人方便,与己方便嘛。我整理好了一份资料,是一份能够令你们欣喜若狂的资料! 请把你的ESM告诉我……"

安小平收起手机,颇为亢奋地打开笔记本电脑,坐在沙发上发邮件。在这个敏感的点位,主力机构、管理层、散户几乎都达成共识,认为指数跌到这里已经不能再跌,不敢再跌,也不会再跌时,除了满仓买股票,谁还会冒着踏空的风险清仓呢？ 在人心思涨的氛围中,市场已经没有空头添乱了,这个时候想让大盘飞涨起来,应是一件轻而易举的事情。

但是, 当大家手中都只有股票而缺少钞票时,把大盘砸到十八层地狱,也是一件轻而易举的事情。没钱接砸盘的筹码,谁来阻止或能够阻止大鳄们做空呢？

刚才与艾比电话聊天时, 安小平已经隐约获悉,之所以没有贸然砸盘,是他们无法确定市场主力机构的持仓情况。如果这份涉及诸多内幕的邮件转呈到他们的高层决策部门,这帮可恶的家伙砸起盘来绝不会手软。安小平轻点食指,冷笑着把邮件发走了。

就在此时,夏蝴蝶家的客厅内砰地响了一声。文一阳抢起摆放在餐桌前的一把椅子,猛地向那张高档钢化玻璃餐桌砸去。一下,两下,三下,都没有砸烂。第四下,他从地上蹦起来,气急败坏地把椅子砸下去,终于将那张已经移动了位置的餐桌砸烂了。但是,他还觉得不解气,又瞪着喷火的眼睛寻找下一个目标……

夏蝴蝶呆立在客厅中央,木然地看着这一切。文一阳提着椅子向客厅的茶几冲来时,夏蝴蝶突然爆发了。她一把扭住文一阳,歇斯底里地大喊大叫:"你砸我吧。你干吗砸家具啊,这哪样是你买的!"

文一阳把夏蝴蝶恶狠狠地推开来,将椅子抡了一个半圆,只一下就把茶几砸成了一堆玻璃碴子。回过身来,他又把椅子抡向那台大屏幕平板电视。砸完电视,那把椅子歪歪扭扭的快被砸成麻花了。

他气急败坏地再次冲向餐厅,又抡起第二把椅子向地上砸去……当抡起第三把椅子时,夏蝴蝶陡然大声叫喊:"别以为这是你家地板,这还是下面邻居的天花板。"

"我原来在人家天花板上面摔椅子呢。"文一阳说着转身从卧室里面抱出一床被子,铺垫在阳台上,"哈,这样隔音,下面就听不到了。"然后一把一把地挨着把剩下的四把椅子在棉被上面砸烂的同时,把棉被也砸出了几个破洞。

夏蝴蝶终于挺不住了,便弯曲着身体软绵绵地像猫一样卧在地板上,一块玻璃碴子刚好被按在手掌上,鲜血随之便渗了出来……

十七

"狐姐,你最近与一阳指有点绯闻了。大家都这么说呢。"

"放你娘的狗屁。我与文一阳,就没这个可能。"

"一阳指到底行不行啊?"

"这与你有啥关系?是不是你老婆正饿着啊?"

深夜时分,这样嬉骂几句,几个牌友都不觉得困了。狐姐指间夹着烟,摸了一张牌后,突然把眼睛定格在门口儿:"这正说曹操呢,你×他妈的就到了。"

大家下意识地都齐刷刷把头扭了过来。文一阳刚探头探脑推门进来,一张失魂落魄的面孔上，那双小眼睛正环顾四望。于是，有牌友吐了吐舌头，有牌友回头说："一阳啊，天都快亮了，你才来？这搓牌比搂着老婆睡觉都重要？"

另一牌友也随声附和地逗着趣："咱要有一阳那天仙一般的老婆，今生都不打牌了。"

"去去去，老子正走背运呢。"文一阳憔悴地眨着眼皮，指了指门外，又冲狐姐示意了一下，便抽身出去了。

狐姐猜想一定出啥事了，便丢了牌，说道："好了好了，天都快亮了，歇手吧。"然后匆匆跟了出来，迫不及待地问道："出啥事了？"

"逮了个正着。我，我把家里砸了个稀巴烂……"

"走，找个说话的地方去。"

"这天都还没大亮，去哪儿呢？"

"干脆去我家吧。哈，去看看狐姐的'猪窝'，也是一个人吃饱了全家不饿的地方。"

沿着街道走了一会儿，方才驶来一辆的士。两人颇为亲昵地钻进后座，感觉就转了两个圈，又颠簸了几下后，这辆的士便将他俩扔在了一个小区门口。

这时，值夜班的门卫老头眨巴着好奇的眼睛，望着跟在狐姐屁股后面的文一阳，于是被狐姐斥责了一句："看啥呢？这天都大亮了，能干个啥！"

门卫老头自知心虚理亏，便恓惶地将眼睛移向那台彻夜都亮的电视机上。狐姐引领着文一阳，扭着胖嘟嘟的腰身穿过小区马路，钻进楼门洞儿，然后扶着楼梯扶手爬上四层楼，等站到自家门口时，早已是气喘吁吁了。

狐姐让文一阳坐在沙发上，然后开了饮水机，又忙不迭拿了一块放在茶几上的点心，塞进文一阳手里，接着自己也拿了一块，一边嚼着，一边关切地说：

"咱摔烂的家具都自家的，虽说这不怕谁报警，可那都是花钱买的啊，有点心疼。啧啧啧！摔就摔了，老婆偷腥，男人总得要点脾气嘛。"

"砸烂的那个茶几，就值八千多呢。我知道，这套房子、家具，估计都那小子给买的。"

"那小子很有钱吗？"

"他炒股票的，应该有点钱。开的那辆车，就他妈几十万呢。"

"啧啧！这样的男人，谁不喜欢啊！买房子、家具，少说也得几十万，为你家作的贡献也不小。要这样说，你也不算吃亏，甚至还赚了。不就那个事嘛，说穿了也没啥大不了的，再说人家也一大活人，你呢，哈哈，哈哈哈……"

文一阳突然站起身，猝不及防地把狐姐抱在怀里，大口大口地喘着气。狐姐大大咧咧地把他推开来时，还顺手在他的裆部捏了一把，毫不介意地说道："你不行！你要真行，姐也有这个需求呢。"

文一阳忽然抱头痛哭起来。他哭得很悲痛，连狐姐都跟着抹眼睛。哭了一会儿，他才抬头望着狐姐说道："我怕！她要与我离婚咋办啊？"

"先给那小子打电话，向他要赔偿，这样你就主动了。"

"我把家都砸成一堆玻璃碴子了。这，这再打电话合适吗？"

"拿出你摔椅子砸家具的勇气，打吧，现在就打，甭怕。咱就按程序走，这事也要讨个说法。"

"打就打。不就一个电话嘛，老子豁出去了。"

文一阳的电话打来时，天已经大亮了。戈力正在清扫被砸得乱七八糟的房子，他用一个大塑料袋装满玻璃碴子，吃力地提着向门外走去。这时，夏蝴蝶听到手机在响，拿起手机看到是文一阳打来的，顿时惊吓得不知所措。

"他给你打电话？"

"把手机放进包里，先不接。"

"那你快离开吧。他会不会马上回来？"

"打扫完垃圾，我再走。"

手机一直响个不停。望着在认真清扫地板的戈力，夏蝴蝶焦急地说："咋办呀！"

"别紧张。只要他一直打个不停，现在就是安全的。"

戈力把玻璃碴子又装进垃圾袋。望着戈力扛着垃圾袋出门时的背影，夏蝴蝶的那双眼睛，充满爱意与感动。片刻，戈力匆匆从外面回来，半开玩笑地说道："此地不可久留啊！"

"是啊。你看他电话打个不停,真让人心慌。"

"我找个安静的地方,给他回个电话。"

"什么?你要给他回电话?"

"是啊。来而不往非礼也!"

戈力拿了手包,扭头便下楼走了。他把车开到合欢大道,不慌不忙地从包里取出手机。这时,文一阳的表情比刚才好了很多,他颇是兴奋地对着狐姐骂骂咧咧:"王八羔子,居然不敢接电话。"刚骂完,手机突然响了。他紧张兮兮地问狐姐:"那小子把电话回过来了。"

"那你接啊。"

"让我再想想。"

这时,他的手都开始发抖了。狐姐斜了一眼,嘟囔着:"瞧你那熊样。"

戈力坐在车里,再一次用手指按下了重拨键,这样两三次后,文一阳终于接了。他便以冷峻的口吻问道:

"喂。你文一阳吗?我谁,我戈力呀。刚才不敢接你电话?哈哈,我这不回过来了吗?刚打电话啥事呀?与我决斗?什么,不决斗就拿三万块精神损失费?我也没说不决斗啊!哦,哦哦。最少也不能低于一万?那就是说,我其实拿一万就成。好吧,那你说个地方,我给你送钱。啥?就一万块嘛,不会斗心眼儿,更不会报警……哈哈……"

十八

某豪华气派的酒店一侧,竖着一块硕大的广告牌。文一阳与狐姐紧张兮兮地躲在后面的旮旯里,一直嘀咕着什么。此间,酒店门前每泊好一辆车,他俩都会伸直脖子探头探脑地东张西望一会儿,便又将两颗脑袋埋在一起……

"狐姐,这个酒店,够气派吧。交涉这种事情,就要选这种地方。"

"哼,待会儿,小心他不给你埋单。"

"这单子,一准儿是他埋。你信吗?"

狐姐白了他一眼,又伸长脖子向外张望。这时,在夕阳的余晖映射下,车辆稀稀拉拉的街道渐渐地开始忙碌起来。酒店门前,不时有车辆在缓缓停泊,同时伴随着三三两两的食客从车里钻出来,说说笑笑地拾级而上,然后被身披彩带彬彬有礼的门迎小姐"请"了进去。

戈力的车缓缓驶来了。贴在车屁股后面的蓝地白字牌照旋即成了一个焦点,文一阳的心一缩,顿时紧张起来。戈力泊好车,人还未钻出来,便有服务生殷勤地上前鞠躬,并伸手做出"请"的姿势。

戈力轻轻按了一下车钥匙,听到嘀嘀的提示音后,他优雅地抬起手臂看了看表,又左右扫视了一眼,然后向酒店走去。

对于戈力,狐姐似乎比文一阳还上心。她目不转睛地盯着戈力看了一会儿,旁若无人地嘀咕了一句:"这小子,够派呀。"

"派个屁!是这座豪华酒店气派,把他衬得神气个×样。"

"没带帮手,是一个人来,你不用怕了。"

"还真就一个人,胆子不小啊。"文一阳略一思忖,又说,"我俩都进去吧。"

狐姐颇为讶然地把食指钩回来比画着说:"我去,合适吗?"

"万一有个争执什么的,你在场,也好斡旋一下嘛。"

"你还想得周全呢。好吧好吧,就陪你去闯一次龙潭虎穴。"

狐姐巴不得一块进去凑这个热闹呢。俩人直起身子,挺起腰板,一本正经地向里面走去。经过大厅时,夹立两旁的迎候小姐以轻细柔嫩的声音,此起彼伏地喊着:"晚上好!"俩人都还是第一次遇上这场面,也是忙不迭地回应着:

"好,好好!"

"晚上好!好好。"

在一个散发着淡淡花香的雅间,三个人分开来坐在一张大圆桌边。这时,几个底菜早已摆好了,戈力仰靠在椅子上,举止大方地继续对服务生点菜:

"……再来一个红烧大闸蟹、三份鲍鱼汤。酒水嘛,就两瓶三十年陈酿的老白汾吧,我这位客人喜欢喝爆酒。"

文一阳紧绷着一张脸,端坐在一侧一言不发。直到服务生转身离去后,文一阳才歪斜着眼睛,故作痞里痞气的样子问道:"钱带来了吗?"

戈力含蓄一笑,拿过放在桌头一个四四方方的黑皮包,取出一万块钱隔桌扔了过去,又谦恭地回过头来问狐姐:"大姐,怎么称呼你呢?"

狐姐极不自在地笑着说道:"我与一阳,嘿嘿,牌友。今天凑个热闹,算是蹭饭吧。"

戈力又以轻松风趣的口吻问道:"大姐,你还没回答我呢?"

狐姐扫视了一眼放在桌边的那一万块钞票,说道:"我一女光棍儿,就是一人吃饱,全家不饿。嘿嘿,嘿嘿嘿……"

看着狐姐那双贪婪的眼睛,戈力略加思索,又从包里拿出一万块,轻轻推给狐姐,说道:"无论是谁,只要乐意给我捧场,都会有红包!哈哈,我这个人啊,与朋友交往时,要别的不一定有,要钱是一定有。"

这一回,轮到文一阳贪婪起来了。他极不痛快地望着狐姐,似乎在说,咋能也给你一万块呢?这不公平!此时,文一阳一定感到懊悔不已。此前与他在电话中交涉时,何不狮子大张口要他十万八万,这小子说不定都给呢。

文一阳的不快,被狐姐看在眼里后,便急忙将钱抢在手中,讪讪地笑了片刻,才陡地回过神来,竟然脱口问道:"这真是给我的?"

戈力笑着点了点头,然后轻描淡写地说道:"我与夏蝴蝶女士,只是好朋友,绝不会有进一步的关系,一阳兄弟,你可能产生误会了。"

这一万块钱,对于狐姐来说,犹如天上掉下来的一块大馅饼!她将那一沓钱塞进手包里,忙不迭地说道:"是,是是。哪会呢,你这么大的老板,咋会看上他的老婆?哈哈哈,不会,不会不会!"

这就是戈力的心机。狐姐刚进来时,他就断定了,文一阳背后肯定有人支招。这个支招的人,不是这个女人还有谁呢?常言说,有钱能使鬼推磨。这个女人如果能替自己开脱几句,或从中劝和,其实比任何人都管用。这时,文一阳生气地冲狐姐嚷了一句:"一万块就把你给收买了?"

狐姐立刻回敬了一句:"人家这么大的老板,真看上你老婆,是你上辈子造的福。"

文一阳说:"你别侮辱人……"

狐姐把腿从桌子下面伸过去踹了一脚,竟把文一阳踹得丈二和尚摸不着头脑,俩人的表情顿时显得尴尬又微妙起来。戈力装作啥也没看到的样子,只顾自己倒了一杯酒敬过来,温和地笑着说道:"兄弟,咱们喝酒吧。"文一阳极不情愿地把酒端在手中。戈力又自己倒了一杯,端起来一饮而尽,然后把杯底向下亮了亮:"干了。"

文一阳只好勉强把酒干了。戈力又拿起酒瓶一边倒酒,一边说道:"我与夏女士的交往,的确容易让人产生疑虑。她嘛,一来炒股票赔了,急于翻本;二来就是心中有很多苦衷,想对别人倾诉。除了这些,我也不想再做别的解释。好了,喝酒。"

这一次,三个人都不约而同地端起了酒杯。席间,狐姐委婉地探问戈力是做啥生意的,同时推断他一定是个大老板。戈力从皮包里取出一个烟嘴,接上香烟后咬在嘴上,谦和地笑着说,自己是做私募的,所谓私募就是拿着别人的钱炒股票,赚了分成,赔了都亏。但是,俩人对股票与私募感到既遥远又陌生。戈力只好轻描淡写地这样打着趣:"买股票与打牌其实很相似,好股能涨停与好牌能赢钱才是硬道理,而所谓牌技啊、操盘诀窍什么的都是其次的,如果一定要强调技术的作用,那就是坐庄的技术了。对于打牌来说,坐庄就是出老千;对于做股票来说,坐庄就是利用谣言制造恐慌坑蒙拐骗。总之一句话,股市如牌桌,乐趣都在一个'赌'字上。"

俩人似懂非懂地听着,竟然还装模作样地频频点着头。觥筹交错间,仨人的话题竟然渐渐地多了起来。此间,戈力借着酒兴,不知是有感而发,还是谆谆教诲,他盯着文一阳直截了当地说道:"所谓幸福其实就是男人宠爱女人,所谓不幸其实就是家庭暴力。我可知道,一阳兄弟的脾气就像这'三十年陈酿'一样火爆,在哄老婆方面,还缺少一点耐心。咱们男人这个'男'字啊,已经写成这样了,在土地上耕耘嘛!"

文一阳猛地抬起头来,打断戈力的话语,问道:"在土地上耕耘,你这句话啥意思?"

戈力一怔,又耐心地进一步解释:"咱男人啊,生来就是做牛做马的命。我的意思嘛,如果不能为女人提供优裕的物质享受,那么就要在'哄'字上多做些功课,其实甜言蜜语一样能够俘获女人。再看这女人的'女'字,她盘着腿,端坐在那儿,等着供养嘛。所以说,这女人,你就得把她当观音菩萨一样地供着。"狐姐心下思忖,这小子说话真够损的,而脸上仍然挤着讪讪的笑容。更损的是,戈力最后又做了一个强调:"今天斗胆借酒直言,是不是很冒昧呢?"

文一阳欲言又止，便一仰脖子把酒一饮而尽……

喝完酒，已近深夜。大街上，文一阳的一张脸被酒精烧得通红通红的，他低着头与狐姐一边走路，一边醉醺醺地说道："他刚才说在土地上耕耘，是不是含沙射影，讽刺我无能啊？"

狐姐摇了摇头，说道："是你自己心虚吧，草木皆兵。反正我没听出有那个意思。再瞧人家那气质，哪会讲出那种粗话。"

文一阳仍然不服气地说道："那小子他说没有，鬼才信呢。"

狐姐说道："人家说得不对吗？女人就要多疼一点儿，你也要好好反思一下，不要动不动的就撒酒疯，哪个女人喜欢这样啊！"

文一阳说道："再怎么着，她也不能找野男人报复我。"

狐姐说道："报复你，别安慰自己了。照我说，傍棵大树好乘凉，你多动点儿脑子，怎么向他多要点儿钱才现实。"

文一阳歪过头来嘿嘿笑着说道："这小子他妈的真有钱，竟然也给你一万辛苦费。狐姐，你他妈的今天可没白来。"

狐姐便嗔怪了一句："眼红啦，狐姐也没少为你的事操心……"

十九

这是一栋普普通通的单元楼。在东阳市，有成千上万栋这样的商用住宅楼散布于数十个小区内。白天，它就是几扇装着玻璃的窗户；晚上，或透出朦胧的灯光，或干脆就黑糊糊一片。每天早上九点钟以后，戈力会准时离开这里，去他租用的位于某写字楼顶层的工作室，一边紧张地看盘，一边通过QQ或手机，向在南京、杭州、上海等地的证券营业部的操盘手发送指令，指挥他们或拉升或砸盘或默默地收集筹码……

戈力走了以后，安小平也走进书房，打开电脑，一边看盘，一边通过博客实时解盘。开盘刚一个小时，看盘系统上显示，上证指数已经暴跌二百多个点了。安小平冷静地坐在电脑前，用手不停地点击着鼠标……艾比这么快就来了吗？她又专注地看了一会儿大盘分时图谱，然后才拿过手机，按了一串号码——

"喂，艾比，是我，安小平！"

"我来到上海滩了。爽吗？中国K线图上的这根大阴棒，是我的操盘手给我接风洗尘呢。"

"我们什么时候见面？"

"去东阳的机票都已经订好了。哦，安，我比较喜欢在有中国特色的酒吧谈判。"

"OK，东阳市有一家涮锅店，很经典，很中国！"

放下手机后，安小平轻轻敲击键盘，通过博客向她的粉丝及VIP注册客户提示，今天这根大阴棒，就是K线图上最经典的断头铡刀，同时做出预言，中国指数至少还要再下跌1000个点，伴随可能有一大半股票会再次被腰斩。她对粉丝与VIP客户的操盘建议就两个字：清仓！

这时，远在上海滩的吴诚一打来电话，他问戈力："咋回事？要清仓吗？"

吴诚一也知道安小平这个博客群。平时，俩人常会通过安小平的解盘博客传递信息，当看到安小平用超大号字体打出"清仓"提示时，吴诚一被惊出了一身冷汗。戈力在电话里问道："是吗？不会吧，我看看。"

戈力拧紧眉头，也打开了安小平的解盘博客。他常会利用看盘间隙，从安小平的实时解盘中寻找阅读快感。当看到安小平的清仓提示后，甚感诧异。他联合多家私募机构已经全仓杀进，这就传递出一个明确信号：中国指数已经见底！现在只要随便有一个"利好"出来，这些主导大盘指数的机构投资者就会形成合力，通过发起一波凌厉的攻势，将市场压抑已久的情绪全面引爆……

片刻，吴诚一又在电话中问道："看到了吗？那是用我们传递信息时的字体打出来的，所以我才着急啊。"

戈力说道："我也犯迷糊了。或许是她与散户闹着玩儿吧，总之我没有让她传递任何信息。一切都照原计划进行，没有任何改变。"

听戈力如此一说，吴诚一便挂断了电话。但是，戈力并不知晓危险正悄悄向他走来。他坐在电脑前，不停地点击鼠标。做股票必须时刻保持头脑冷静，处变不惊，镇定自若，一旦盘面的涨跌令情绪受到影响而产生波动，就可能会错估形势，从而付出沉重代价！

按照约定，他们会在今天启动一波井喷行情。但是，他怎么也想不通，市场哪来如此巨大的做空动能，以致他们一次又一次的进攻都被轻而易举地打了回来。难道华尔街那帮流氓大亨又一次偷偷潜入了？

这时，夏蝴蝶的电话来了。她焦急万分地问道："你不说今天要涨停吗？怎么是跌停。"

"做空的力量，远比想象中要强大。别说涨停，连逃跑的机会都不给。"

"那怎么办啊，明天会涨吗？"

"这是只私募龙头股，市场只要给机会，肯定会拉升。"

"那先拿着？"

戈力"嗯"了一声，便挂断电话，又伏在电脑前细细研究起来。没错，他可以初步断定，这一定是海外游资在砸盘。他曾经与这些游资进行过多次较量，深知他们是极其强大的、凶悍的，只要善于周旋，以灵巧制胜，可谓是静若处子，动若脱兔，与他们分享美味也并不是什么难事。此刻，他眉头紧锁，认真寻找可以阻击的要塞。但是，他完全错估了形势。这一次，人家专门是冲着他来的，或者说他身边最亲近，最可靠的人专门请人家来对付他的，他还能凭着自己的聪明才智成功阻击吗？

这根大阴棒，终于把中国A股的"铁底"给砸穿了。收盘后，艾比就马不停蹄地乘机从上海飞来了，他与安小平悄悄躲进东阳市一家涮锅店，正在为初战告捷举杯庆贺。寒暄了一阵，安小平说道："砸破3000点，就砸掉了中国股民的信心。"

艾比耸了耸肩，说道："我已经知道了。很多专家都在指责中国政府救市不力，大骂证监会是酒囊饭袋，毫无作为。"

安小平举起高脚酒杯轻轻抿了一小口，说道："砸到2000点以下，开始抄底，然后坐等那些公募、私募等机构投资者与可怜的小散户来合力抬轿。这一次，你们这些臭名昭著的华尔街混蛋大鳄又要大赚一笔了。"

艾比开心地笑了，他说道："哦，对了，你要多少佣金？"

安小平摇了摇头，说道："我们不是雇佣关系，也就谈不上佣金。美国人不是经常说中国人太民族化了吗？我们这个民族，从来没有也永远不会受雇于其他任何民族。现在，我们只是通过合作，来获取各自的利益。"

艾比说道："可是，你现在所做的一切，难道不是在出卖民族利益吗？用你们中国人的话说，这是引狼入室……"

安小平笑了,她说道:"你错了。我正在拯救这个民族!随着财富的快速增长,悠久的文明不去传承,国民的道德正在沦丧。所以,我要让那些不知廉耻的逐利之徒尸横遍野。"

她说着优雅地端起酒杯,示意了一下,艾比也笑着端起了桌上的酒杯……

吃完涮锅,已是晚上八点多钟了。安小平带着艾比在广场悠闲地散步,俩人走走停停,安小平不停地伸手东指指,西指指,显然是为艾比作参观向导。片刻,俩人又低头比画着手势,交谈得很投机。

"这只股里面,潜伏了多家私募机构。摧毁它,市场仅存的希望也就彻底崩溃了。"

"我明白。3000点之下,唯一的抵抗力量,就剩下这些可恶的私募了。"

"砸到2000点之下,你艾比就是华尔街家喻户晓的人物了!"

"安,其实我一点儿都不在乎华尔街。"

"别忘了给我在华尔街购买新华富时指数期货……"

"是三倍杠杆的吗?没问题。"

"帮我买一个亿。"

艾比认真地点了点头,说道:"OK,我们去酒店签字吧。"

二十

戈力垂头丧气地斜倚在沙发上,房内烟雾弥漫。这时,门外有钥匙扭动锁孔的声音,安小平从外面走进来,先喊了一声"戈力",然后一边脱外套,一边漫不经心地说道:"通常这个时候,你都还在外面。"

戈力神情沮丧地伸直身子,长叹一声:"太疯狂了。6000点跌下来,腰斩一次。再这样跌下去,难道再腰斩一次?"

安小平不动声色地说道:"举白旗了?"

戈力说道:"我嗅出来了,只有华尔街那帮魔鬼,才会这么疯狂。"

安小平轻轻坐在戈力身边,温存地说道:"其实,我一直陪在你身边。"

戈力仰在沙发上,轻轻合上了眼睛。安小平默默地看着他熟睡的样子,一股醋意从心间油然升起。她直起身,踱步到阳台,望着窗外星星点点的夜景,泪珠从脸颊滚落而下……

两个月后,沪指飞流直下三千尺,连两千点的生命线也没能守得住。一些著名的财经人士撰文声称,指数再下跌一千点,也是大概率事件。此间,甭说只会跟风炒股的小散户,就是一些机构投资者,也没人敢断言指数不会跌到一千点。这是一个什么概念呢?炒股的人都清楚,剔除那几只超级权重股以外,市场会有一多半的股票在两千点的基础上,可能还要再下跌百分之七八十,就等于是将这些股票打了两折、三折。一时间,市场人心惶惶,到处充斥着恐怖的气氛……

戈力垂头丧气地坐在合欢大道一侧的石条凳上,夏蝴蝶站在他身后。一阵风吹来,满天纷纷扬扬的落叶四散飘落……当画面定格在夏蝴蝶憔悴的面孔上时,两粒泪珠从脸颊上滚落而下。突然,她用一只手猛地抓住戈力的肩膀,歇斯底里地大喊大叫:"你说,我该怎么办?"

戈力无动于衷地仍然埋头坐着。片刻,夏蝴蝶再次用力抓扯他的肩膀,又大喊一声:"那只股不是会翻倍吗,怎么被腰斩了两次?"

戈力猛地站直身子,也大吼道:"五十万?除了自己的十万块,你竟然还偷偷借了五十万高利贷,你太贪婪了。"

夏蝴蝶忽然跪在地上,悲戚地哭着哀求:"你是大名鼎鼎的戈力,你一定有办法帮我的……"

戈力仰面摇着头苦笑着说道:"我已经破产了。"

安小平与那个私家侦探静静地坐在车上,眼睛盯着远方。绕城公路上,不时有车辆驶过,耀眼的车灯忽而扫射过来,将傍晚的公路点缀得纷乱又斑斓……

已经夜深人静。夏蝴蝶独自茫然失措地走着,萧索的秋风夹着落叶迎面吹拍过来,将她的长发高高扬起,如同盘桓在旷野中的一个狂野性感的魍魉……安小平的轿车从她身旁缓缓而过,然后在不远处停了下来。

安小平从车里钻了出来,静静地等着,等到夏蝴蝶走近时,她漫不经心地说道:"你玩儿不了股票。"

夏蝴蝶猛地抬起头来,讶然地望着眼前的安小平,说道:"你是谁呀?"

安小平说道:"庄家。"

夏蝴蝶冷冷一笑,说道:"就你?"

安小平不卑不亢地说道："有一只黄金概念股，会涨十倍。"

夏蝴蝶说道："鬼才信！"

安小平将握在手中的一个精致的小皮夹递过去，也是一声冷笑，说道："我买了10万，都在这夹里。"

夏蝴蝶接过皮夹，不屑一顾，说："我真是遇见鬼了。"

安小平并不理会，自顾自地说道："一年后，这个账户里面的10万筹码，市值会升到100万。那时我再告诉你密码，然后任你支配。你还清高利贷后，肯定还会有节余。"

陡地，夏蝴蝶才意识到眼前这个女人非比寻常。她瞪大眼睛问道："你是谁？"

安小平冷冷地盯着她，说道："但是，若再敢与戈力见一次面、打一个电话，你甭想得到一分钱。"

夏蝴蝶下意识地向后退了一步，说道："你，你是安小平？"

安小平冷漠地说道："是你，让股市硝烟弥漫，血流成河。"

夏蝴蝶紧张地说道："我？"

安小平说道："一只蝴蝶在东阳市扇动了几下美丽的翅膀，居然真能在华尔街掀起一场龙卷风。"

一声尖叫刺破了旷野的寂静。此刻，安小平一声未吭地回身钻进车里，两束光柱倏忽间亮起后，继而也被黑漆漆的马路吞噬掉了。

二十一

在电脑上浏览了一会儿新闻后，安小平仰靠在椅子上，轻轻闭上了眼睛。这时，吴诚一的模样在她眼前渐渐清晰起来，他肯定还穿着那套笔挺的西装，或许没有乘电梯，而是沿着台阶一直爬到那栋77层写字楼顶层，繁华的外滩景象或许变得虚无缥缈起来……是的，那么高的楼层，他肯定是头先碰到了坚硬的水泥地板，然后砰的一声……

安小平拿起手机时，戈力正一个人孤独地行走在马路上。这是一条细细窄窄的城郊马路，弯弯曲曲地伸向了远方。他的头顶与脚下，落叶不停地盘旋飘舞……这时，手机响了。他接听后，是安小平的声音：

"吴诚一坠楼身亡。我刚在网上得到的消息！"

"给他的爱人发条短信,表达我们的哀悼。"

"我们应该去参加他的葬礼。"

"再说吧。我还有事情要处理！"

他按下红色触控键后,接着又将夏蝴蝶的名字拨了出去,手机随之响起了移动公司的自动提示音:对不起,您拨打的电话已停机。

戈力握着手机,对着一望无垠的田野大喊:"夏蝴蝶,我把车卖了,正在给你筹钱。你在哪里——"

他的眼睛湿润了,鼻子通红通红的。此刻,戈力做出了一个冒险的决定, 他要去敲那扇厚重的防盗门。或许开门的人是文一阳, 也或许不是……

他拖着沉重的脚步,沿着台阶一级一级往上走。转过两个楼梯拐角,站在他为夏蝴蝶购置的家门前, 那面厚重的防盗门上贴着一张 "此房出售"的广告,落款处的联系电话已不是夏蝴蝶,而是东阳市某贷款抵押公司董秘!

戈力找遍了东阳市所有能找的地方,夏蝴蝶却像人间蒸发一样,从此无影无踪,杳无音信。数日后,戈力退掉了租用的工作室与住宅楼,在安小平的陪伴下,面容憔悴地离开了东阳市。当车刚驶出城区时,他又轻轻踩下了刹车,然后从车里钻出来,望着这座迷离的小城,鼻子一酸,眼泪忍不住地淌了下来。

安小平悄悄站在他的身后,轻声说道:"走吧,她不会出现的。"

戈力蓦地回过头来问道:"她,谁?"

安小平说道:"就是那个随随便便拿爱情换钞票的女人。"

少许沉默,戈力说道:"你都知道了?"

安小平点了点头,说道:"你破产了,或者老了,走不动了,只有我才会留在你身边。"

戈力嗫嗫嚅嚅地说道:"我知道！可是……也许……我命中有此一劫吧。对不起,小平！"

安小平笑了,说道:"走吧。吴诚一的葬礼,我们一定要参加!在私募这个行业中,他可是你的前辈。"

当他们赶到时,吴诚一的灵车已经缓缓驶远了。在低缓的哀乐声中,白纸幡纷纷扬扬地随风飘动。安小平扶着戈力的胳膊,沿着灵车驶过的轨迹慢慢走着……

　　"吴诚一太脆弱了。他应该去乡下种植苹果,而不是做私募的带头大哥。"

　　"我在北方一个安静的小山村,买了一小片果园。我们去那里吧。"

　　"果园?干吗去那里?"

　　"明年秋天,把咱们园子里的苹果卖掉,就用那卖苹果的钱,再造你戈力投资的新传奇。"

　　"用卖苹果的钱?哈哈,除非有华尔街那群魔鬼保佑你!"

　　"魔鬼也会保佑吗?那他肯定不是魔鬼,而是佛祖。"

　　"谁让咱们的股市与咱们的足球一样,都是一群笨蛋在玩儿。"

　　"是的,都是一群笨蛋。我们不玩儿了,远离股市,远离毒品!"

　　"让我们在那座果园里,生个小孩儿,然后无忧无虑地安度一生!"

　　"最好是个双胞胎,一个叫果果,一个叫园园。"

钟求是小传

　　钟求是,男,1964年出生,毕业于中央民族大学经济系和鲁迅文学院第三届中青年作家高级研讨班。在《收获》《人民文学》《当代》《十月》等刊物发表小说多篇,出版小说集《我的逃亡日子》《零年代》《谢雨的大学》《给我一个借口》《两个人的电影》等。现居杭州。

右　岸

□ 钟求是

一

　　叶白承认,自己见到孟爷的第一眼,心里有一种迷路的感觉。又不是走着路,却觉得丢了方向,这就有些特别。

　　那时的叶白是个刚出校门的新人,在一家文化公司做着杂役,同时抽空与章一德练习恋爱。一天晚上,章一德得了朋友号召,说一块儿到西湖边去占领酒吧,她跟着去了。去了一看,是一家唤为"开始"的酒吧。名号有趣,布局也沾些艺术,大厅四周挂满了大大小小的黑白照片。于是在撒哈拉沙漠风光的下面,他们一伙男女凑成一圈,一边喝着酒茶一边聊闲话。闲话太碎了,东一榔头西一棒的。聊了两杯茶工夫,叶白渐渐觉得没趣,便起身去看照片。她顺着大厅一路晃过去,看到了恋爱的犀牛、黑人的拳头、变形的挂钟,然后在一张人体照片前停下来。

　　这是一只漂亮的女人胴体,脑袋使劲后仰着,显出脖子的光滑,胸部丰满而且奔放,腹部则恰当地收进去,有一种潜伏的欲望。叶白看了一回,心里有些不舍,又细细看一回。正凝着神儿,旁边沙发里站起一只高挑身子,把一张脸搁到她的跟前。叶白差点吓一跳,稳住眼睛,见是一张年轻女人的脸——那脸儿挺老练,先从嘴里缓缓吐出一口烟。叶白恍惚一下,听见对方说:"这照片好吗?"叶白不明白似的瞧着对方,点点头。对方说:"好在哪里?脖子、胸部还是小腹?"叶白不吭声,脸上却忍不住一慌。对方轻轻笑了,说:"你的样子真可爱。"又说,"你刚才看照片的样子也可爱。"叶白不习惯听一个陌生女人这样说话,便让自己做个笑脸,转身要走。那陌生女人挪一下身子挡住叶白，静了脸慢慢地说："我喜欢照片上的脖子，那么修长，啤酒洗过似的。"叶白一低头，从旁边走了过去。

回到座位的叶白有点蒙，喝了好几口茶似乎才转过神来。同伙的男女还在遛话儿，房价蹿高明星艳照中东战争什么的，不时造出没头没脑的笑声。叶白的心神儿却留不住，悄悄去想刚才那个女人。该女人有点特别哩，身上沾了些霸气，霸气中又有些孤独。说她孤独是有理由的——她一个人坐在那儿，手指夹着一只烟，茶几上放着一只酒杯。那酒杯里应该盛着啤酒吧，因为她认为照片上的脖子啤酒洗过似的。叶白又想一想，发现拿不住她的模样，方才眼睛有点躲，没好好看她的脸呢。

叶白起了再去看她一眼的念头。遇上一个别样的女人，却没把她的脸瞧清楚，这说不过去的。虽然只隔小小一会儿，但先前自己没有准备，心里仓皇，现在她已稳定住，能够应付了。再说洗手间就在那边，正好可以打个掩护。

叶白这么想着，便离了座位，向洗手间走去。经过那女人时，她给出一眼，沙发上已没了身影，只卧着一件白色衣裳，此外茶几上还搁着两只酒瓶和一只空的酒杯。叶白迟疑一下，没让脚步停下，径直走向洗手间。进了洗手间才发觉，自己并没有便意。她只好站在洗台前，慢慢洗了手，又弯腰净一净脸，待抬起头，旁边洗台前已多出一只身子。那只身子映在镜子里，分明是叶白要找的那位女人。那女人瞧着镜子里的叶白，不吭声。叶白瞧着镜子里的女人，也不吭声。过了几秒钟，那女人先松了脸，带点儿醉意说："又遇到了，有趣！"又说，"能给个名字吗？"叶白犹豫一下，说："我叫叶白。"那女人说："叶白？你的脖子果然白，跟那张照片有一拼呢。"叶白一愣怔，发现自己的手已抚住自己的脖子。那女人从镜子里撤出目光，转过身子看着叶白，然后慢慢抬起右手。叶白紧着身子，以为那只手要接近自己的脖子。但那只手掠过脖子，在她的眉尾处轻轻弹了两下，擦去沾着的水珠。叶白眨一眨眼，看见镜子里自己的脸微微红了。好在这时又有人进来，叶白醒了似的，快着脚步出了洗手间。

现在叶白捉住这女人的模样了。她有微暗的皮肤和高挺的鼻子，眼睛有点散漫又有点侵略，身韵也不错，有一股放开又收住的味道。这味道不容易说得清楚，但叶白到底还是喜欢的。又因为这淡淡的喜欢，叶白觉得她一个人坐在那儿不好，太孤单了。她让自己过去招呼一声，把她叫到这边一起饮酒聊话。当然，这只是个想法，叶白知道自己不敢的，她不是个大胆的人呢。

同伴们还在制造无聊的气氛。章一德平常比较节约话语，但现在把脸喝红了，开始发表关于爱情的看法。他说几句什么，大家就咕咕咕地笑。他又说几句什么，大家收了笑，把眼光移过来放到叶白脸上。叶白赶紧修补一句，反而又把大家逗笑了。笑声中，叶白的脑子还是开了小差。她想，那女人一个人在那儿能待多久？一直坐到深夜里去吗？她又想，也许事情不会就这样结束的，不然显得太单薄了。

叶白的预感是对的。时间近着十二点，同伴们收起热闹，埋单出来。到了门口各自散去，叶白随章一德上了一辆顺路小车。开车男生一晚上未敢喝酒，有点沮丧，刚发动车子，灯柱里闯进一个踉跄的女子，一边晃着手臂一边说着什么。男生摇下车窗，听明白了，是说让捎一段路。男生说："我不认识你为啥要捎你？"那女子说："因为我没车子。"男生乐了，说："这算他妈什么理由，我又没喝醉。"那女子说："可是他妈叶白在你车上，我是她的朋友。"男生转过脑袋问叶白："这儿有个酒妞儿，是你的朋友？"叶白让自己点了头，说是的。

那女子上车坐到副驾位置，说声谢谢，又说了住址，便半醉似的睡去。但她的睡并不深入，在车子快拐弯时总能醒来，用嘴巴指出方向。章一德挺好奇的，悄悄问叶白哪里来的这么个朋友。叶白撒了个小谎，说是以前旅游时认识的，刚才遇到了。

到达一个旧式小区，那女子说："就是这儿了。"又说，"叶白你最好别送我，我自己能上去的。"章一德嘿嘿笑了，低声说："这是醉话，最典型的醉话，你扶她一把吧。"叶白便下车架住那女子的胳膊。胳膊架住了，脚步仍是摇晃的。摇晃的脚步引着叶白进了一个楼门，爬上几段梯阶，在四楼一扇门前停下。叶白说："你到家了，我走啦。"刚转身走几步，听见那女子掏出的钥匙"啪"一声掉到地上。叶白只好返回，帮着她开了门进去，又摁开卧室的灯，准备将她的身子送到床边。

一个小意外赶了过来，叶白毕竟瘦弱些，当她将手中的身子扶到床上时,那身子撑不住似的往后一仰,顺势把她带了过去。叶白身子突然就到了那身子的上面,两张脸一下子挨得很近。叶白赶紧闭上眼睛,一弹身子想离开,却被对方的两条胳膊箍紧了。叶白说:"放开我!"对方说:"我要说一件事儿!"叶白说:"你醉了!"对方说:"我没醉!"叶白弹开眼睛,看到了对方的眼睛。那眼睛是朦胧的,又是清澈的,像淡雾下的水面。叶白说:"你……你要说什么?"对方说:"我想想,你得让我想想。"叶白说:"车子还在下面等着呢!"对方说:"我想起来了,在酒吧里我问了你名字,可你没问我的名字。"叶白说:"你……可以不告诉我。"对方说:"我得告诉你,我叫孟娅。"对方松了胳膊腾出一只手,又让一根手指戳出来,拐到叶白脖子上轻轻地一笔一画,凑出"孟娅"两字。对方咧嘴一笑,说:"你也可以叫我孟爷。"她的手指继续在叶白脖子上滑动,写下孟字,又写下爷字。

这时手机铃声响了,是章一德的催促。叶白抽身下床,使劲吸一口气,然后不说一句话出了门。走在楼梯上,叶白用手捧住自己的脖子。不知为什么,她突然有点想哭。

叶白知道自己喜欢女孩是在大三那年的春天。那学期有一门外国电影鉴赏选修课,每周看一部欧美电影。有一天,教室银幕上出现了两个男人的恋情,爱意长久哀伤,再加上肢体纠缠,看得不少同学暗暗心跳。老师点评说,看这种电影就像一个人用手轻轻抚摸你的脸,然后突然打了你一拳,很有痛的力量。老师又说,上帝手里有许多东西分给世人,有的东西分给多数人,有的东西分给少数人,每个人都能领到一份适合自己的东西,包括情爱。叶白在心里找反对意见,一时却不容易找到。她只好对自己说,两个男人的身体黏在一起,使劲挤出汗水,总归是不美的。

过了两日,寝室里一位淑女来了老家表姐,表姐个儿不高,却携着一身肥肉。淑女便把床位让给表姐,自己来挤叶白的被窝。这天夜里,叶白和淑女反向而卧,淑女雪白的脚掌近在叶白的眼前。叶白瞧着那脚掌,觉得巧软可爱,用鼻子一吸,都能闻到香爽的气味儿。叶白很想捏一捏那脚掌,又有些不敢。等熄了灯,那脚掌一动,不留神触到叶白的乳房,一阵酥麻的感觉随之窜过她的全身。叶白新奇地慌乱,慌乱中闭住眼睛压着呼吸,只想留住那种感觉。

下一天叶白在电脑前做作业,想起昨晚,便打几个字在百度里搜索,不想相关的文字汹涌而至,尤其一个大牌网站还建有专门板块,板块里分设"左岸心情"和"右岸心情"。叶白看了十分钟,才明白"左岸心情"属于男人们,"右岸心情"则分配给女人们。叶白撇下作业,在右岸溜达好半天,看到了种种心情。这些心情或者惊涛拍岸,或者小桥流水,说的都是一个女人滋润另一个女人的故事。

那天叶白觉得自己脑子里开了一扇门。她把时间往前推,推到初中。初中时有位历史老师,姓白,长得也白净端正,同学们私下管她叫老白,叶白因为自己名字里也有个白,便在心里唤她为白姐姐。每回白姐姐上课,叶白的思想总喜欢开小差,一不留神就从历史事件里溜出来,跑到老师的脸面、头发和衣服上。下了课发现课本上有些事儿不明白,又追到教师办公室,慌着嘴巴问白姐姐。待放了寒假,时间不算太长,叶白却觉得一个世纪不见白姐姐了。除夕之夜,新年的钟声一响,她捧着电话磕磕绊绊向白老师问好,听筒里白姐姐的声音让她差点掉下眼泪。可惜到了新学期,白姐姐不打招呼突然结了婚,又很快调到别的学校去了。这让叶白懊丧了不少日子。进入高中,别的同学跟踪流行歌曲,嘴里天天蹲着几个巨星名字,叶白却不一样,跟着外婆走近了越剧。不过外婆喜欢的是唱腔,叶白着迷的是演员,具体地说,是小百花越剧团的一位小生演员。你想呀,一个漂亮女孩子,站在舞台上却抖着英气,生出一百种仪态,这多有趣啊。叶白悄悄攒着零花钱,一有那小生的演出就追着看,即使有一堆作业也先丢下不管;又买了影像碟片,得了闲心便专挑小生的段落看。这种情况一直进行到高三,因为高考住进学校,她才不得不收了心。

回想起来,这些事儿都是朦胧中的动情,就像厚土下的水眼,没有挖开,不知道那里另有一片湿润。或者说像雾中的对岸,似远又不远,若能找到一座小桥,原来自己也是可以走到那儿去的。知道了这一点,叶白又伤感又慌乱。伤感的是瞧见了自己的秘密,为以前的心念找到了注解。慌乱的是有了此发现,心里反而失了秩序,有一种怕被别人识破的不安。

那天,叶白在电脑前傻傻坐了大半日。

不过叶白并没有被自己吓住。说到底,啥事都是有深有浅的,她不认为自己在此处会潜得很深。接下去的时间,撰写论文、毕业实习挤进日程,也将心思分走了许多。更重要的是,在大四那年,日子里还出现了章一德。

章一德以前也在中文系读书,不过比叶白高了三届,就是说,俩人在一幢教学楼里待过一年。一年的时间数一数不算少,但新生和老生的日子毕竟不一样,俩人间连目光都没打过一眼。之后章一德毕了业东碰西撞,最后在一家休闲杂志落下脚。在休闲杂志混着并不闲心,近了年末有兜售任务。那天章一德到母校碰碰运气,走过几个寝室后,不知怎么拐进叶白的房间。叶白和一位室友正在午饭后闲话,对推销上门的杂志不感兴趣,但对同学长辈不能不客气点。于是章一德有机会在房间里待上二十分钟,发表了一些闯荡社会的感想。二十分钟后,章一德走人,叶白也背着书包去了图书馆。到图书馆坐下掏书时,叶白发现书包里多了一只手机。叶白挺纳闷,打开手机研究一会儿,才知道是刚才推销杂志的学长丢失的。她不明白手机怎么溜进书包的,又担心那学长会不会着急,当然也琢磨如何将手机还回去。这些杂念让她分了心,看书效果也打了折。到了傍晚走出图书馆,手机铃声响起,叶白赶紧接了,听出是失主的声音,只是那声音不显一点儿急,反而有准备似的约定交付手机的时间地点。在那一刻,叶白忽然省悟自己走进了一个圈套。

叶白就这样被拉扯进一场恋爱。以后日子里,章一德对叶白说过许多话,一见生情,只恨没有早日相遇什么的,但叶白明白,自己对章一德的好感,实在是觉得他比较好玩。把一次无趣的杂志兜销变成浪漫的爱情阴谋,这是需要一点娱乐精神的。此外呢,如果愿意追究点什么,那就是她似乎隐隐地要证明,自己是可以接受异性爱意的。

此后的时间行走得挺快,叶白毕了业又混上了工作,生活比预计的要简单。生活一简单,思想也跟着简单。她每天上午去单位,傍晚回家,晚上主要是翻翻闲书或者陪父母看看电视,有时也等待章一德的召唤,然后出门去花掉一些时间。这样的日子算不上鲜活也没啥不好。但现在,就像书包里突然溜进一只手机一样,她的身边猛然靠近一个女人。这个女人把她搁在记忆里的东西点醒了。她不知道接下来自己的日子会不会拐个弯儿。

二

　　拐弯儿出现在两日后的周五。那天下午叶白在单位忙完手头的活儿，刚好挨着下班的点儿。她看一眼窗外，天空淡着，不知啥时下起了悄悄细雨。叶白就想，一个下雨的周末能干些什么呢？还没给出答案，手机"嘟"了一声。她以为是章一德的召唤短信，摁开一瞧，显着一个陌生号码，文字却是亲昵的：嗨叶白，我在楼下等你，一块儿吃饭。叶白愣了愣，手机又跳出一条短信：忘了落款啦，我是孟爷。叶白心里紧一紧，又慢慢松掉，想：这个孟娅，果然找上门了。又想：她怎么知道我的单位和手机号的？

　　叶白拿了手袋和雨伞坐电梯下楼。电梯门打开，她看见孟娅站在厅堂的旁侧，架着胳膊一边抽烟一边散淡地张望。离开了酒吧和醉意，她的样子变得日常多了。叶白走过去接住她的目光，客气地说："你来多久了？来了为啥不上去？"孟娅一笑说："懒得上去，再说等在这儿更像是约会！"叶白哑一下嘴，心想这口气有点疼呢。孟娅掐了烟，说："到你这儿本该你供饭的，但我答应在先，只好我请了，你在附近找个馆子吧。"叶白说："你这么一说，还是我请吧。"孟娅说："哈，这变成我蹭饭来了，不光蹭你饭，还得蹭你雨伞。"孟娅摊一摊手，表示自己没带雨伞。

　　两个人一起走入雨中。孟娅个子高些，将伞把接到手里。雨伞不够大，好在只是雨丝，两只身子不用挤得很紧。走了片刻，有短信响起，叶白掏出手机看一眼又关掉。孟娅说："是你那位男友？招呼你去吃喝吧？"叶白点点头。孟娅停下脚步，说："我比他先到，你挡了他！"又说，"现在就回！"叶白抿一下嘴巴，往手机显屏上摁字儿。孟娅侧身举着雨伞，眼睛正好停在叶白的耳朵和脖颈上，等了一小会儿，叶白将短信发出。

　　俩人又走一段路，进了一家餐馆。虽然是周末，但大约因为下小雨，吃客不显得多。俩人在靠窗的小桌前坐下。叶白让孟娅点菜，孟娅也不客气，对着菜谱报了几样菜，然后说："喝酒吗？"叶白说："我不喝，你喝吧。"孟娅说："可你那天泡酒吧的。"叶白说："在酒吧我也只是喝茶。"孟娅就笑了，说："真是个乖孩子！"又说，"你不喝我也不喝，咱们喝茶！"

　　菜上来了，俩人慢慢吃起来，同时让嘴巴说一些话。孟娅说："先问个小问题，我突然找上门来，你吓一跳吧？"叶白说："这倒没有，我只是有点好奇。"孟娅说:"好奇什么?"叶白说:"好奇你怎么找到我的。"孟娅说:"除了这个,这两天你有没有走点神儿,譬如记起一个叫孟爷的女人?"叶白放下筷子,坦白地说:"有的,你是个有趣的人,用两天时间是删除不掉的。不知为啥,我还觉得咱们会再见面的。"孟娅说:"这样就好。"她掏出一支烟"啪"地点上,挺猛地吸一口,说:"你相信前世吗?"叶白摇摇头。孟娅把一溜儿烟雾吐出,说:"你不信我信,人是有前世的。前世的缘分未完,会续到现世来。前世的记忆也会部分地继承下来,存在脑子的角落里,只是自己不知觉而已。"孟娅又说:"这就是为什么我在酒吧里见到你,有一种似曾相识的感觉。不是你的脸,是你身上的气息让我觉得不陌生。"叶白轻轻笑了,说:"似曾相识?在大学里,男生开始追女生时也常常用上这句俗话。"孟娅说:"你觉得我的感觉不靠谱?可你为啥也认为咱们还会见面呢?"叶白想一想说:"因为我有个判断,你一旦抓住了什么,不肯轻易放手的。你好像是这种人。"孟娅咧嘴笑了,说:"知道这两天我在干什么吗?"叶白不吭声,看着她。孟娅说:"昨天我一整天在找你,可你像一股烟飘在空气里,什么信息也没留下。后来我想到了那个开始酒吧,既然开始酒吧是你我开始的地方,我应该到那儿碰碰运气,结果居然在吧台看到一个手机号,是你朋友订位时留下的。"叶白说:"不是我朋友,是我男友的朋友。"孟娅说:"不管是谁朋友,如果你是狐狸,这朋友就是狐狸尾巴。"叶白马上说:"这比喻不好,我可不是什么狐狸。"孟娅乐一下说:"如果觉得不好,那这个比喻作废!"又说,"接下来到了今天,知道我今天干了点什么吗?"叶白心想你别卖关子嘛,还没说出口,孟娅说:"我今天逛了一下午商场,买了这个。"她扭身从手袋里掏出一只蓝色小锦盒,打开了搁在桌子上——里面是一条乳白色的玉珠项链。

叶白疑惑地看着孟娅。孟娅说:"送给你的。"叶白急了说:"为什么?"又说,"咱们还不到送这种东西的情分。"孟娅说:"我不管什么情分不情分,前天晚上我见了你的脖颈,就觉得应该配一条合适的项链。"叶白说:"我不要!"孟娅说:"这项链不贵,就是看着合适。"叶白静一静脸,瞧着孟娅的眼睛:"你要把我当做……你的什么人?"孟娅说:"一个需要我照顾的人。见了你,我就想照顾!"叶白说:"你觉得我是这种人吗?"孟娅说:"只要一眼最多两眼,就瞧出来了。你遇到了我,你躲不掉的!"叶白慢慢丢口气,说:"你是个有趣的人,但有点霸道。"孟娅说:"霸道?呵,算是吧,我是孟爷呀!"

俩人来回一番嘴舌,未能落实项链的归属,倒把暗隐的东西挑开了一个口子。口子不算大,却让人明白了。孟娅问叶白以前有没有这方面的经历。叶白把朦胧动情的历史说了。孟娅说你这些只能算是在河边行走,脚丫子打点湿呢。叶白就定住眼睛探究地看着孟娅。孟娅一笑,说:"你想淘点儿见识,明天跟我去聚聚人吧。"她吃了一口菜,才解释道,这个城市其实挺活络的,在网上就有不少拉拉QQ部落,如果明天不下雨,自己所在的QQ部落会有个郊游活动,先骑自行车,再爬龙井山。她说:"放心吧,你把自己丢到部落人群里,会抓到一大把开心的。"

被这么一说,叶白真有点开心了。又因为开心,她同意把项链收下,但声明只是暂时保管,不会挂戴的。她说:"我想戴的时候才会戴上。"又说,"或者哪天你对我不高兴了,我就还给你。"

下一日天真变好了,空气中有一股开朗的气息。叶白按约定时间到公交站,租了一辆公共自行车,然后站那儿等孟娅。不一会儿,孟娅也骑着自行车到了。她今天穿着一身淡蓝色运动衫,看上去比较绽放。

两个人驮着兴致向西湖方向骑去。正是晚春时节,路道边的树枝还鲜绿着,阳光透过树叶间隙形成斑斑点点。在斑斑点点里穿行,脸面便一闪一闪,有一种被按摩的感觉。

集合的地点在植物园。两个人拐来拐去,穿过莫干山路、文三路、保俶路,进入北山路。叶白很久没骑自行车了,脚力有点跟不上,渐渐慢了下来。转过一个弯,她看见孟娅的身影奋力远去,越骑越小。叶白有些气馁,让自己停下。很快孟娅又出现了,她的身影漂移回来,由小变大近到眼前。孟娅喘口气说:"怎么啦?"叶白说:"骑不动了,歇一会儿吧。"孟娅说:"同意!"

两个人推着车子靠到路边,恰好过了苏小小墓,往前走几步,便是苏堤的进入处。一眼望去,湖水中托起一大片荷花。荷花蓬蓬勃勃,阔大的叶子包围着娇小的花朵。有人在拍照,有人站在岸边指指点点。叶白突然说:"孟娅,咱们不去集合了行吗?"孟娅说:"什么意思?"叶白说:"我怕我爬不了山,咱们在这儿玩不也一样嘛。"孟娅说:"你主意改得倒挺快!你不是想去见见她们吗?"叶白说:"那是一小时前,也许是半小时前,可是刚才骑着骑着我就不想见她们了。"孟娅说:"为什么?"叶白说:"见到她们,我马上会收到一大片审阅的目光。我又不是文件,给那么多人审阅干什么?"孟娅呵呵笑了,说:"原来你不是怕累,你是胆小怕生。"叶白说:"我就是胆小怕生。"孟娅不再说什么,掏出手机给集合地打了电话。

俩人把车子推进苏堤。这个季节的西湖游人自然不少,但比起白堤,苏堤还算清静,道路两旁的树枝使劲挤向中间,构成了一条绿色通道。俩人边走边张望,想找个地方坐坐,但所有的椅子似乎都不肯空着。俩人只好将车子驻在一棵树下,孟娅靠着树干开始抽烟,叶白则坐在坐垫上让双脚轻轻荡来荡去。荡了几下,叶白想起心里存放的话,便说:"有句话问迟了,我还不知道你是干什么的呢?"孟娅:"你看我像干什么的?"叶白说:"你呀像公司白领,或者美术教师,或者女人用品推销员,或者无所事事的啃老族,可是似乎又都不像。"孟娅说:"挺有想象力的……你怎么猜我是美术教师?"叶白说:"因为你喜欢用手指在别人身上画来画去。"孟娅乐了说:"你有点说对了,我是用手画来画去——我搞服装设计呢。"她补充说:"我是一个不成功的服装设计师。"

孟娅用比较节约的口气介绍了自己:在一个县城里长大,中学文化课成绩一贯欠好,由于欠好就考了美术,混进服装设计专业。后来又到英国待了两年,怕父母凑学费太累,就提前回来了,现在一家不大的服装公司做设计师,平时上班不太严谨,只要按时交出设计稿便可。孟娅说:"我交出的设计稿老被退回,然后改来改去。这几年弄成了几款女装,但没有一款在市场上特别走俏的。"叶白说:"在国外待过,现在又混得不得意,怪不得你身上有股颓废的气味儿。"孟娅说:"服装设计本来不是我的喜物,只是当年课本成绩比较羞涩……成绩羞涩是因为我那时有些心不在焉。"叶白说:"为什么心不在焉?"孟娅说:"嘿嘿,我爱上了一个男同学的姐。"叶白哇了一声说:"你这么早就干那种复杂的事儿呀。"孟娅说:"那姐弟俩只差一岁,都在我们学校上学。我天天跟弟弟在一起,其实奔的是那姐姐。"孟娅说:"他们家离学校远,每天放学,那弟弟会骑自行车驮着姐姐。我家离学校近,可我也买了一辆自行车随在他们身边。为了表示自己车技不错，我有时还双手放开车把，做出傻酷的样子。"孟娅又说："因为信任我的车技，那姐姐有几次坐到我车子的后座，她终于搂了我的腰，把体温加到我的身体上。那是我幸福的时刻，我能把自行车骑得飘起来。"叶白说："后来呢?"孟娅说："那姐姐早一年上了大学，开始还给她写过几张明信片，慢慢就没了联系。"叶白说："说了半天，你也只是暗恋了一回，跟我一样嘛。"孟娅说："不一样，你只是朦胧的喜欢，我是清晰爱上了她。在一个小县城，这是个重要事件，至少我在心里这么认为。"叶白说："再后来呢?"孟娅说："没有再后来了，再后来就是我遇到一位叫叶白的女子。"叶白说："哈，你让时间跳得真快。"孟娅说："我心里知道，对自己来说，这又是一个重要事件。"

叶白不吱声了，将目光转向远处。穿过柳树的枝条，能看见一片阔展的湖水。湖水镜子似的安静，但安静之中，一条打鱼小船在撒网，接着一条摇橹游船活泼而过。叶白说："咱们也活泼一下吧。"她拍一拍车把。

俩人重新上车，不过这一回携了玩心。开始骑得挺慢，边骑还边搭些话，不知怎么渐渐变快了，一会儿她在前边，一会儿又她在前边，有了追赶逗趣的意思。堤道挺顺直的，但时不时会遇到小桥。上桥坡时，心里装了困难，双脚便蹬得吃力。过了桥头往下滑行，马上捡回解放的快感，心情轻成了一片飞飘的树叶。

到了下一座小桥，叶白想起孟娅刚才的话，便大声说："孟娅你不是夸自己车技好吗? 做一个我看看!"孟娅没听明白："什么做一个?"叶白说："放开车把呀!让双手变成翅膀呀!"孟娅哈哈一笑，率先骑上桥头，待叶白也上来后，她一蹬腿向下滑去，坡势使车子越跑越快，这时孟娅果真松掉双手，让胳膊像翅膀一样打开。

叶白赶紧撑住眼睛。她看见孟娅的身子变成了一只小鸟，沿着地面扑棱扑棱地向前飞行。叶白忍不住在脑子里找成语。她找到一个迎风展翅，又找到一个车轮滚滚，待要找第三个时，她眼睛抖了一下——不是她眼睛抖了一下，而是远处的车子跳动一下，将孟娅的身子送到空中，再丢到地面。

叶白赶紧骑车赶去，近了一看，孟娅狼狈地坐在地上，裤子都蹭破了，露出一块血色膝盖。叶白想笑，收住了。不过她想起了第三个成语，叫折戟沉沙。

孟娅折戟沉沙的结果是提前回家,半躺在了床上。骨头倒没损着,但脚腕扭伤了,顺带还擦去膝盖一块皮。

叶白接手了伺候工作。她上街买回消肿药水、跌打膏药和速冻饺子,还有一枝深红玫瑰。玫瑰是灵机一动买的,要给不大的悲剧添点喜色。孟娅果然喜欢了,把玫瑰横在鼻前送过来送过去。

叶白先给孟娅的脚腕涂上药水。脚腕胖肿着,自然也是痛的,但孟娅不吭声,眼睛以玫瑰为掩护,悄悄看向自己的伤处。那里出现了一双细手。细手亲近了她的皮肤。她的皮肤上正进行着柔和的按摩。按摩之中,微凉的药水掺着细手的温度渗入痛处,再从痛感中产生一阵舒服。然后,舒服停止了,一张膏药经过细手贴在了肿疼的部位。

接下来是午餐时间。孟娅静在床上,看着叶白去了厨间。厨间不大,叶白在里头弄出的动静也不大,但有一团大的雾气蹿出来。不一会儿,午饭做好了,一大碗饺子从厨间来到餐桌上。孟娅离开床铺,将玫瑰插在小花瓶里,再跷着脚一跳一跳近到餐桌,与叶白坐到一起。叶白说对不住啦,自己只能做这种简单的吃物。孟娅把一个饺子放入嘴里,嘿嘿笑了。叶白说:"你笑什么?想批判我吗?"孟娅说:"我是满意,饺子里有一股家的味道。"

饭后是洗澡,因为上午俩人身上攒了汗水。叶白先洗了,再给浴缸放上水,将孟娅扶进卫生间,然后出去将门关上。孟娅把身子放入浴缸,受伤的腿举在外边。她边洗边瞧着自己竖起的伤腿,找到了招呼叶白进来帮助的理由。这个理由在她心里申请了两次,终于没被批准。

洗过澡后,俩人感到了困乏。叶白把窗帘闭上,让房子进入午睡状态。孟娅将身子往旁侧挪一挪,空出半边床位。叶白不吱声,拿着一本服装杂志去了沙发。沙发是裹布的,上面写满了英文字母。叶白躺在英文字母上,轻轻翻着杂志。过一会儿,书本掉到地上,她睡着了。

孟娅也睡着了。不过她的睡是浅的,眼前老活动着一团梦影。梦影里,她看见一块白布上挤着一堆ABCD,上去用橡皮一擦,字母没有了,白布变得整洁光滑,像刚出浴的皮肤。她拿起画笔,往白布上勾勒线条,线条游来游去,游成了一件时尚女装……然后,她醒了。

醒了的孟娅坐起来,点燃一支烟,抽了两口,又把烟掐灭。她下床取了那枝玫瑰,慢慢移过去,坐到叶白身旁的地板上。在睡眠中,叶白的样子柔柔的,并发出细软的鼻息。窗帘缝隙漏进的一缕光亮打在她的胸部,照见那儿的一起一伏。孟娅觉得,今天的一切包括摔伤,都是为这一刻准备的。这么想着,她已将玫瑰递到叶白鼻子上方。叶白的鼻息停一下,似乎闻到了香味儿。接着玫瑰落下,搁在叶白嘴巴上。叶白脸一动,弹开了眼睛——那眼眸里跑过一丝诧异。

孟娅说:"不想吵醒你的,没忍住。"叶白努一下嘴唇,将玫瑰挪开,说:"你怎么……不睡?"孟娅说:"我睡了,还做了个梦。"叶白说:"什么梦?说说看。"孟娅说:"我梦见自己勾画了一件女装,在一块白布上。"叶白说:"嘻嘻,挺敬业嘛,在梦中还干活儿。"孟娅说:"后来白布好像变成了皮肤,女人的皮肤。"叶白默了脸盯着孟娅。孟娅说:"在皮肤上画衣服,我以前没想过,现在想到了,觉得挺有趣的。"孟娅又说:"所以我起了个念头,想在你身上借块皮肤设计衣服。"叶白说:"原来是这样,白日做梦说的就是你吧。"孟娅说:"说的不光是我,也是你,你是梦的一部分。"叶白说:"你把我搅醒,有梦也存不住了。"孟娅说:"你傻了,梦可以在脑子里,也可以在身体上。"顿一顿,又说,"咱们在一起本来就该弄出个梦!"叶白不吱声了,过了半晌才说:"你看中我哪块皮肤了? 又是脖子? "孟娅说:"后背! "

叶白静了一分钟,翻转身子,将趴着的脸朝向孟娅。孟娅想一想,起身跳过去又跳回来,手里已多了一支唇膏,这是皮肤上合适的画笔。她又想一想,跳过去把空调打开,虽然天气已大暖,但这时候显然还需要添些温度。

屋子很快热了,孟娅跪在沙发边开始脱衣服。似乎是为了减少叶白的羞涩,她先脱了自己外套,再撤去叶白外套,又掀掉自己内衣,再卷走叶白内衣。不过对付剩下的胸罩时,她有点不公平了——她没卸掉自己的胸罩,而是轻轻解开叶白的搭扣。搭扣一分开,叶白的背部变成完整的一片儿。孟娅吸口气,说:"你的皮肤真好,细滑光洁,跟我刚才梦中的一样。"叶白说:"你给我画什么衣服?"孟娅说:"你说吧,你说了算。"叶白说:"那就连衣裙,有了连衣裙好等着夏天。"

朱红的唇膏落到白色皮肤上,画出鲜艳的线条。线条轻盈地兴奋着,一会儿从左边跑过脊骨凹沟，奔向右边皮肤；一会儿升高探向微凸的胛骨，在那儿做成一只袖肩；一会儿又向下溜到细狭的腰肢，在那儿造出张开的裙摆。没多久，一位身穿连衣裙的模特儿站在了叶白的裸背上。模特儿细瘦又简约，带着几分模糊，但她身上的连衣裙则前卫又张扬，像是骄傲地等待真正的主人。

孟娅打量着自己的作品，用了表扬的话。她说："不错，比画在纸上的好。在纸上比较呆板，在你身上就有些飘逸。"叶白静着脸说："我看不见裙子，也看不见飘逸。"孟娅说："你……要看吗？"叶白说："嗯，你用手机拍一下吧。"孟娅慢慢地说："我不用手机。"又问，"我不用手机可以吗？"自己回答："可以的，因为我有一个更好的办法。"说着她反手解开自己的胸罩，又迅速褪去裤子。所有衣物离开了她的身子。

叶白又一次吃惊了。吃惊中她慌慌地闭上了眼睛。她感到一只柔软的身体覆盖下来，紧紧合住她的后背，接着一张脸也覆盖下来，轻轻贴住了她的脖子。她的后背跑出一阵热，她的脖子则有点痒，热和痒加起来，便产生一种新异的快感。空气一下子安静了，只有她和她的呼吸声。两股呼吸声都有些乱，又距得近，就缠在了一起。然后，她听到了她的声音。她说："知道了吧，这就是我的办法，孟爷我的办法。"又说，"对了，你得叫我孟爷。我喜欢你叫我孟爷！"

过一会儿，叶白背上一松，覆盖的身子撤走了。她弹开眼睛，看见这位喜欢被唤为"孟爷"的女人笔直地站在那儿，那条受伤的腿用脚尖踮着，正好摆出带点儿艺术的裸体POSE。她的胸部很好，驻着两只圆挺的乳房。乳房之下，是一件图绘的连衣裙。那连衣裙经过复印线条变得浅淡，但稍稍细看，真的有些飘逸。

三

此后日子里，叶白后背上经常会出现孟爷的设计作品，有时是一件时尚的线条简约的春装，有时是一件混搭的有点无厘头的闲服，又有时是一件复古主义的典雅的冬季大衣，偶尔也跑出性感的点缀花纹的贴身内衣。这些多姿的服装在叶白背后停留一会儿，马上转移到孟爷的身体上，然后展送给叶白的眼睛。在叶白的眼睛里,孟爷的身体成了一方颇有动感的舞台。在这方舞台上,隔几天就会走出一件携着想象力的服装。

当然,她和她都知道,服装的展示只是一种俏皮,比俏皮更重要的是复制环节。现在,孟爷已不允许叶白只裸露上身了,她的手指能画出多姿的服装,也就能摘去多余的衣服。所以当一条光洁滑溜的身子贴住另一条光洁滑溜的身子时,除了复制图案,也可以制造出一种迷幻的时间。因为迷幻,两只身子粘连的时间像是短的,又像是长的。在不知长短的时间里,她们有时说些话,有时静默着。但静默并非沉默,而是有内容的。这静默中的内容,便是一条身体在另一条身体上的行走。这行走又有点像夜晚在河岸上的放步,天上有星星的指引,旁边有水光的提醒,于是先试探似的轻着脚,渐渐变快了,快成了疾走,又快成了奔跑。在奔跑中,清风从耳边掠过,鼻息在空气里抗争,一种快痛的喊叫在口中卧着。真卧不住了,就一声声地踢冲出来。

然后呢,风静了,鼻息缓了,脚步收住了。她和她从远的河岸回到了房间。这时她和她似乎才恍然明白,原来自己在床上,或者在沙发上。两只身子分开了,一只身子躺着,另一只身子站过之后,坐到了地板上。她和她互相瞧着,觉得一种闹动后的宁静。又因为两个人都裸着身子,身子上却偏偏都印着一件衣服,于是宁静中添进一份幽默。这份幽默让她和她去掉行走后的疲累,心情靠向轻松。如果这时是晚上,她和她就熄了灯拉开窗帘,将目光转向窗外。窗外有几团树影,几盏淡灯,还有一块天空。天空映着微薄的红光,可惜没有星星。

日子不知不觉已进入夏天。夏天的白天不好对付,晚上却是可爱的。所以傍晚之后,她和她也不是老在屋子里待着的。她们有时去西湖边溜达,赶着点儿顺便把音乐喷泉看了;有时去茶楼喝茶,将各种可口的果点吃一遍。当然她们时不时也要文艺一下,譬如花些钱去看话剧《无政府主义者的意外死亡》。

《无政府主义者的意外死亡》是意大利人达里奥·福的作品,先锋导演孟京辉把它中国化了。几个操着京片子的中国男人在舞台上疯来疯去,说着颠三倒四的话,不时逗起观众的笑声。生活中的事件在调侃中被剥开外衣,露出让人不好意思的本相。演出结束从剧院出来,俩人觉得时间还早,就在路上走一会儿。夜晚的街道少了喧闹,空气里有清凉的风。孟爷的话却不清凉,她从刚才的舞台想到一个问题,说:"人的命运是有定数的吗?"叶白不明白,问什么意思。孟爷说:"譬如人的死有无一个预定,是意外死亡呢还是年老正寝?"叶白说:"这个问题有些哲学,可咱们不是哲学家,连十分之一的哲学家也不是。"孟爷说:"今晚上遇到这个问题了就顺便想一下嘛——我可不乐意自己老死,我宁愿自己意外死亡。"叶白说:"既然叫意外死亡,便是预见不到的,哪有自己宁愿不宁愿的。"孟爷说:"可我能预见咱们的年老,一脸的皱纹,手脚干成了枯柴,一说话就噗噗的漏风。"孟爷瘪着嘴嘟噜了几下。叶白咯咯笑了,说:"你说的是我外婆还差不多。"孟爷说:"真到了那个时候挺没意思的,还不如早点讨个有趣的死法。"叶白说:"扫兴扫兴,死人的事再怎么也是没趣的。"又说,"你这种话敢跟我外婆说,她保准给你一顿臭骂!她八十多了还活得好好的呢。"这么一说,孟爷也呵呵笑了。

过几天,叶白真的带孟爷去见外婆。外婆是叶白成长记忆中的相伴人物,也是她内心的一块根据地。小时候叶白爸爸被公司派驻外地工作,妈妈跟着去了,叶白便随着外婆生活。这一随就是许多年,从小学到初中,又从初中到高中,即使爸妈归来了她也只是周末回家住两天。直到上了大学,她才算是脱离外婆独立了出来。在她的记忆里,外婆稳定在一副喜欢说道、爱听越剧的不老模样。一年前的一天,叶白去看外婆,突然发现她变老了,身子又瘦又小,脸上爬满了褶子,牙齿的空缺让嘴巴陷缩了进去。叶白慌张地问外婆怎么啦。外婆乐了说,我哪是一下子成这样,我是一天天慢慢变老的。叶白这才明白,问题出在自己身上,是自己看外婆的次数少了。隔距的时间一长,便见出了外婆的变化。

叶白告诉孟爷,外婆仍一个人住着,合计了几回都不肯挪窝,现在雇了半个保姆,上午来下午走,打理饭菜杂事。孟爷点着头说,你外婆挺有个性的。叶白又说,外婆做了一副假牙却不肯戴上,说戴上了硌嘴,所以讲话真是漏风的,她又爱念叨,跟她说话得耐点心。孟爷说行,我把老人的念叨当做谆谆教导就是了。

俩人提溜些水果到了外婆家。外婆住在老式小区的一楼,屋子有些暗淡。俩人进去时，外婆一个人坐在那儿摇着蒲扇看电视，听到有人来了，赶紧站起来迎几步，见是孙女，咧开瘪嘴笑了，露出几颗零星的牙。叶白把孟爷介绍给外婆，外婆高兴着，口中发出亲昵的声音，转身要去里间，被叶白拦住了。叶白说你又要去搬糕点吧？不用了，我们吃水果。三个人就坐下，边吃水果边聊话。外婆瞧了瞧孟爷，努动着嘴说："这孩子好看，不比我孙女差。"又瞧着叶白说，"我孙女也好看，不比电视里的差。"电视里正放着一段越剧，一位年少女子甩着水袖在咿咿呀呀地唱。外婆说："年轻好呀，没有丑的脸，搁哪儿都是宝。"她用双手捧一下自己的脸，竟然游过一丝羞涩，说："我去取样东西来。"说着又要往里间走。这次叶白没拦。

很快外婆从里屋出来，手里捏着一张照片。叶白说："不用说，照片上是年轻时候的外婆。"孟爷"哇"了一声，凑过脑袋去看，果然看到一位穿着旗袍、烫着鬈发的妙龄女子站在发黄的相纸上。孟爷便夸，说往前捯六十年外婆真是美人一个呢。外婆认真地摇了头，说："不是六十年是六十三年，六十三年前我十八岁，那年我嫁了人。"叶白说："你嫁给了我外公。"外婆说："对着呢，不嫁给你外公还能嫁给谁。"她想了想，突然问叶白："白妮今年多大啦？"叶白说："你算算。"外婆嘴里嘟囔了几声，说："二十四，白妮今年二十四了。"叶白就笑了，说："每回我来，你都要替我算一遍年龄。"外婆说："我给你算年龄，是告诉你不是小孩子了，该想着嫁人了。"叶白说："什么呀，嫁人还早着呢！"外婆说："不早啦，我十八岁就嫁人了。"叶白说："那是以前。"外婆说："要说以前，十五六岁嫁人多的是。戏文里说二八佳人，你都三八二十四了。"孟爷插嘴说："外婆您的数学真好！"外婆说："数学啥的我不会，可我会看人，我看上次的那位小伙子就不差。"叶白悄悄冲孟爷吐一下舌头，说："我带章一德来过两次。"外婆说："那小伙子不滑头，对人好，还懂得孝敬，上次给我拿过东西呢。"说着站起又进了里屋，不一会儿取出一样东西。孟爷定睛一看，是一只暖手壶。外婆说："这玩意儿好，在冷天里我整天捧在手里，可惜眼下是热天，用不上了。"孟爷冲叶白挤一下眼，轻声说："你瞧瞧，一只暖手壶就把你外婆搞定了。"外婆转向孟爷说："这孩子今年多大啦？"叶白说："外婆你别老问别人的年龄。"孟爷说："我比您孙女还大几岁呢。"外婆说："早找到婆家了吧？"孟爷说："没呢。"外婆说："虚话吧？"孟爷说："呵呵，是实话。"外婆叹口气，说："现在的姑娘呀,也没个着急……"她未把话说完,将脸靠向叶白说:"我有样东西,倒等得着急了。"叶白说:"什么东西?"外婆不答话,再次走向里屋,这次时间有些长,待出来时她手里护着一团绒布。那绒布搁到茶几上,一层一层揭开,原来是一对有些暗旧的金耳环。叶白稀奇地咦了一声。外婆说:"这耳环还是我嫁人时备下的,在我手里存了多少个年头,你妈结婚我都没舍得给。"外婆又说:"现在我老了,等着让这耳环给你派上用场呢。"叶白孟爷互看一眼。孟爷说:"你感动了吧?你该感动一下的。"说着忍不住哧哧笑了。

因了外婆的提醒,叶白才觉出自己这段时间的确忽略了章一德。

似乎有些日子没跟章一德好好聊话了。章一德倒是时常来电话或短信约邀,但叶白总是有点迟疑,心里一迟疑,便有不少事儿临时跑出来成为拖避的借口,赶文案啦身体不舒服啦来外地朋友啦什么的。其间也见过几次面,只是吃个饭或喝个茶,没啥有趣的事情,很容易跟平常日子混在了一起。

在叶白的记忆里,这场恋爱基本上是平淡的。章一德其实不是个心思活络的人,好玩的时候少木讷的时候多。叶白曾把章一德在恋爱中的出彩表现盘点一遍,除了第一天把手机放入她书包的计谋外,值得表扬一下的只有两三件小事儿。一次两个人在西溪玩,拿着手机拍照,自然拍不出个好,一位端着炮筒相机的大胡子男人顺手给俩人摁了一张合影。章一德看了一眼觉得挺好,赶紧留下QQ号,请大胡子发来。好些天过去,照片老是不肯出现,章一德着急了,在网上挂出"寻找大胡子摄影师"的帖子,被转发一千多次,算是弄出点动静,最后竟如愿收到了照片。还有一次是遇到一个下雨天,俩人打着伞在小巷里走,刚生出些浪漫,一辆轿车霸道地驶过,把一摊水送到叶白身上。章一德回过神来,把伞交给叶白,撒开双腿奋力地追。那车子一会儿快一会儿慢,每次眼看追上了,忽然又跑快了。结果章一德在雨中除了气喘吁吁,没能找到发布愤怒的机会。不过他那气恼的落汤鸡的样子,倒让叶白心里漂过一阵安慰。

有时叶白也问自己,一位叫叶白的女人到底有没有爱上另一位叫章一德的男人,哪怕爱上一点点?若说没有,那自己跟他的恋爱维持着不短的时间,消费掉不少个晚上,眼下都没有离场的意思。若说有,自己的心是淡浅的,与章—德之间像是隔着一条河,又老找不到桥。

叶白还知道自己心里装着奇怪的害怕,怕爱上他,也怕爱不上他。爱上了他,正好证明自己情感是无序的,一种颜色掺着另一种颜色,有着理不清的乱。爱不上他,则说明自己走不近平常的日子,在前边等着的恐怕是一条偏僻的小道。

这样的心情,叶白只能用一个字来表达,晕!

四

与夏天相处有点像爬山坡,携着汗水一步一步行至高处,舒一口气,往下走便轻松些了。

夏天接近尾声时,孟爷得到公司指示,去北京服装学院进修一个学期。重拾大学日子孟爷是乐意的,只是嫌时间有些长。嫌了时间又嫌地点,为什么不是东华而是北服呢?东华在上海,周末一个箭步就能赶回来。对此公司回复:北服乃协议学校,是固定进修点,再者你尚为单身贵族,在哪里都是一个人,一个箭步赶回来干吗?

孟爷向叶白征求意见。叶白说:"征求什么呀,一听就知道是定下的事儿。再说在校园里待着多好,又安静又有书读,不去白不去!"孟爷笑了说:"就是那北京有些远。"叶白说:"北京远吗?不远!坐动车睡个觉就到站了,搭飞机吃顿饭便降落了。"

临走前一天的晚上,孟爷约了叶白吃饭,吃过饭又到西湖边闲走。走到六公园,孟爷起了个念头,想坐小船在水上漂一会儿。问岸边的艄公,说一条船可坐四位,包下也行,要省钱得凑齐人数。俩人就坐进船舱候着。候不多时,另两位游客也下了船,竟是一白一黑两位老外,瞧模样像游手好闲的留学生。他们坐在了她俩的对面。

小船离了岸,艄公双手把着双桨,划出哗哗的水声。孟爷望着微微波动的水面,想生出些闲情逸致,在心里找了找,找到的却是出远门前的不安。正茫然着,听见那一白一黑两位老外压着声音搭起话儿,还把目光放肆地送过来——他们以为对面的耳朵听不懂他们的鸟语呢。孟爷暗了脸要给出一句骂词,忍住了。她悄声问叶白:"知道他们说什么吗?"叶白摇头。孟爷说："他们说咱们长得不错,很正点。"叶白说："嘻嘻,咱们得谦虚,要经得起表扬。"孟爷说："可他们还擅自处置了咱俩,把你分配给那白人,把我塞给了那黑人。"叶白说："玩笑吧?应该是玩笑。"孟爷说："玩笑也不行!瞧他们那副野兽的嘴脸!"叶白说："那怎么办?你要严正地驳斥他们?"孟爷说："你把脸正过来。"叶白不明白地将脸转向孟爷。孟爷把脸靠上去,用嘴巴接住叶白的嘴巴。叶白慌一下神想脱离,被孟爷的手按住了。

两个连接的脑袋紧密地静在那里。静了差不多一分钟,两只嘴巴才松开一些。孟爷低声说："他们吃惊了吧他们没趣了吧! 不用看也知道,他们现在的样子像傻子!"叶白禁不住乐了。孟爷说："我不在期间,若遇到男人的进犯,你也得拿出这样的态度。"停一停又说,"这就是今天晚上我最想告诉你的。"

孟爷去了北京。

北服是个幅员不很辽阔的学校,但多少聚着一些艺术气息。孟爷在进修生公寓的单人寝室里安顿下来,白天去听课,上图书馆,有时也上门去拜访老师。晚上的内容则少不了看电视和聊QQ。看电视主要是看时装秀,让目光跟着一件件衣服从T台上走出来又走回去。时装秀完了,她赶紧坐到电脑前打开QQ找叶白。叶白的QQ图像是一只越剧小生,越剧小生一闪动,孟爷便觉得一个晚上的心绪落了实。

俩人的QQ聊话是无序又细碎的。孟爷告诉叶白,北服校园里到处都是奇装异服,有时见前边走着一只企鹅,近了一看,原来是一男生。又告诉叶白,看来大学厕所还保持着文学品质,因为在厕间壁板上仍能见到不少优秀的诗句。又告诉叶白,一位男教师爱上一位女学生,女学生男友从别的学校赶来,把一斤臭鸡蛋全砸到男教师的脑袋上。叶白也报告一些趣事,说老爸昨天忘了老妈的生日,弄得老妈情绪很低落;说在公司走廊里捡到一张电影票,本来想去看的,又觉得可能是个阴谋,便让它作废了;说西湖今日掉落一位八旬老人,围观者大声疾呼,好不容易有人跳水去救,那老人一提精神自己游回岸了。

当然,QQ也不是每天必修的课程。有时孟爷上了网,见越剧小生的图像暗淡着,便用手机发条短信过去:现在哪儿快活呢? 叶白回复:不快活,电脑被老爸占领,只好上床翻书。过几天,孟爷在电脑里见不着叶白,又短信追问:叶白在干吗? 叶白答曰:叶白在赏月,今晚的月亮很好呢。

孟爷方才记起这天是中秋节。她踱到阳台上看那圆月,果然干净白皙,仿佛叶白的皮肤。她掏出一支烟点上,让烟雾在眼前慢慢飘过。烟雾飘过时,天上的月亮也一摇一晃的。孟爷想,叶白现在跟谁一起看月呢?是同事是同学还是章一德?她会不会想到此刻我一个人站在月光底下呢?孟爷又想,时间过得挺快呀,不知不觉已到了秋天的中部。

中秋节过去十来天,一个晚上孟爷打开QQ,见叶白递来一句话:心情摔倒,外婆病了。孟爷晃了眼,问:怎么回事?你外婆摔倒啦?叶白:外婆不是摔倒,是查出病了。孟爷:什么病?叶白:最怕说的那种病,长在胃里。孟爷:胃癌? 叶白:嗯。孟爷:不是说年迈老人新陈代谢慢,不轻易得这种病吗? 叶白:是呀,那么多年头都对付过去了,现在倒遇到了红灯。怪不得前些日子人瘦了,还说肚子疼,吃不下饭。孟爷:红灯亮了一会儿,没准儿又变成绿灯。叶白:我也这么跟外婆说,可外婆不是小孩,哄不住。孟爷:呀,这病不能让外婆知道的,得瞒着她。叶白:外婆脑子还不老,明白着呢。

过两天,俩人又在QQ上说这事儿。叶白:看来红灯变绿灯难,外婆这么大年纪,不能手术不能化疗,只好吃些药片。孟爷:给她做些好吃的,贿赂贿赂老人的胃。叶白:胃里有毛病,再好的东西也只能吃一点点。孟爷:那你多陪陪她,跟她说些暖胃的话。叶白:时常陪着呢,以前外婆是爱唠叨的人,现在不能多说话了。孟爷:噢,她力气少了嘛。叶白:但她一说话仍喜欢围剿我,说你该把自己嫁出去了,说搁在以前你是打折的老闺女了,有趣,她还用上了打折一词儿。孟爷:呵呵,这是老话题了,她惦记着不放呀。叶白:惦记多了便成了心事,这老太太也真是。孟爷记起上次见老太太的情景,那时她看上去还挺硬朗,嘴里不停地说着话,又积极地走来走去取东西。几个月过去,老人就守不住身体了。孟爷敲出一句感叹的话:时间惹不起呀,时间是外婆的敌人。

又过两天,叶白在QQ里先放上一个情况:昨夜没睡好,躲在被窝里想事情。孟爷:怎么啦? 又为外婆的身体? 叶白:嗯。孟爷:老人的病谁也赶不走,你着急了也没用。叶白:也许有点用的,至少捎给她一些安慰。孟爷:你有啥办法?你又不是医生。叶白:我有办法,我想给外婆一个婚礼。孟爷点出吃惊的脸谱:婚礼?什么婚礼?叶白:当然是我的婚礼呀。孟爷愣了好几秒钟,打出一行字:嘿嘿,你跟谁婚礼?我可不想听到章一德的名字。叶白:章一德是个合适的人选。孟爷:叶白我认为你是在玩笑。叶白:我真不是玩笑。孟爷:你怎么不是玩笑?你应该是个玩笑!

叶白在那边不吱声了。孟爷点上一支烟,猛吸一口,长长地吐出。烟雾中电脑上跳出叶白的字:孟爷你听我说,我和章一德只是做一个婚礼的局,秀给外婆和别人看的。孟爷:章一德能乐意跟你合伙做局?叶白:我不打算事先让他知道。孟爷:我想,他知道了就会撤退。叶白:不光撤退还会走开,他会大吃一惊然后走开。孟爷:问题就在这里,他正常地跟你婚了礼,随后你怎么应付他?叶白似乎迟疑了一下:我有办法。孟爷:有啥办法?分床、吵架、离婚,最后送你外婆一个痛苦的礼物。叶白沉默了,半晌不打出字。孟爷:还有一种选择,不分床不吵架不离婚,将计就计过上了幸福生活。孟爷:你很快怀了孕,挺着肚子走来走去。孟爷:你生了孩子,喂奶水哼儿歌换尿布。叶白:孟爷你让我想想。孟爷:你想吧,今夜再躲进被窝里想。叶白:我有点想哭。孟爷:不准哭!叶白:为什么?孟爷:你一哭我就不能生气了。

但事实上孟爷还是生气了。离开杭城前她便有些担心,怕叶白守不住意志,给章一德或别的男人留出进犯的路径。现在倒好,别人还没撩拨她,她先自倒戈了。虽说是做一个婚礼虚局,但与Gay拉拉间的形婚显然是不一样的。章一德不是Gay,他不会把长时间攒下的情感轻易地抽走。

这个晚上剩下的时间里,孟爷取来一本书却没法看进去。她一手握着书一手拿着烟,不停地走来走去,烟雾很快挤满了房间。到了夜深时分,她忍不住给叶白发了条手机短信,问她睡着了没,是不是还在想事儿。叶白马上回复了,说:没睡着,但也不愿意想事情。孟爷问:哈,睡不着却让脑子闲着?讲梦话吧?叶白答:我害怕用脑子,我觉得我已经决定了。孟爷想一想,给了一句:我明天回去一趟,他妈的我要见你!

第二天孟爷赶早去售票点买了下午的动车票,吃过午饭收拾好小旅行箱,便坐在那儿听电视里的歌曲。几首歌曲唱完,她看一眼时间,起身出门。尽管已是晚秋,下午的太阳还是好。她在阳光里走过一段不短的路道,进了地铁口。因为够不着高峰的点儿,车厢里不算太挤。她坐下来取出手机要给叶白递句话儿,写了几个字,手一迟疑还是停住了。她收起手机,同时要求自己脑子不要飘得太远。脑子一近,耳朵里的广播声清晰起来。广播声一站一站地报过去,终于报到了火车站。孟爷出了车厢,快步往出口走。经过通道时,见地上跪着一位大学生模样的女孩子,身前铺着一张牛皮纸。孟爷走过去了又刹住步,调拨身子走回来。她看见牛皮纸上写着一段文字,大意是:女孩生在河南农村,小时父亲病逝母亲嫁人,由奶奶携养长大,读进大学,现奶奶身遇中风,半瘫在床,故宁愿暂弃学业,乞求世上好人布施帮助。孟爷想,假的吧? 八成是假的。又想,八成是假的,还有两成是真的。她掏出五元钱放到女孩跟前,女孩轻声说句谢谢。

孟爷进了车站,边走边掏车票。快到检票口时,她的脚步缓了下来。她站在那儿,开始架着胳膊抽烟,烟雾一团一团在眼前迅速消散。一支烟还没抽完,她扭身走向售票厅。售票厅里人很多,每个窗口都排着长队,但这与她没有关系。她找到退票窗口,这儿的队伍果然最短。排队的时候,她跟自己说了两句话。她说:"那女孩敢舍脸为奶奶跪地乞讨,叶白当然也敢一跺脚为外婆弄一个婚礼。"她又说:"叶白定下这个主意是攒着决心的。你以为你是谁呀,你能修改服装图纸也就能修改别人的思想? "

往后日子孟爷减少了与叶白的联系,QQ似乎懒得上了, 偶尔发条短信也是淡着口气。那边的叶白呼应了孟爷的心思,也绕开郁闷话题,基本不提婚礼的ABCD。没有了ABCD,事情似乎变得远了。

孟爷照常上课看书,构思画图。北京到底是阔大地方,时常冒出各种名目的时装秀,孟爷正好又有时间,便怂恿自己去看。看后若生了心得,下一天就与老师做些交流。老师认为这学生肯用功,也掏出些重要见解让她消化。孟爷便拿着老师的重要见解去图书馆,翻翻资料涂涂图纸,把用不掉的时间用掉。

日子一天天地滑过去。孟爷觉得自己心神儿渐渐稳住。

但有的事儿是绕不过去的。十一月末的一天,孟爷手机上出现了叶白婚礼的通知。孟爷对着通知想了几秒钟,回复一条简短的祝语。随后叶白将电话打进来,问她回去否。叶白说:"孟爷你回来一趟吧,不管怎么样,你是我最重要的朋友。"孟爷说:"你不会让我做你的伴娘吧?"叶白说:"你不乐意就不做。"孟爷说:"那还行,回去送一个红包喝一杯喜酒,这个我乐意。"她的口气仍是淡的。

五

回到杭州的次日晚上,孟爷参加了叶白的婚礼。此前的空闲时间里,孟爷上街买了一套红白搭配的新款套装。红色是婚庆需要的,白色是自己喜欢的。

这天傍晚,孟爷穿上新衣裳去了婚宴酒店。走进大厅,她先见到展示婚礼主角的大幅照片。照片里的新郎新娘粘在一起,还用手臂指向二楼宴厅。孟爷按此指示上了二楼,见叶白章一德站在那里候客。今天的叶白穿着净白婚纱,脸上化了柔和浓妆,特别的女人。三月不见,恍如三秋了。孟爷静着脸不说话,掏出红包拍在叶白手里。叶白顺势捏住孟爷的手,脑袋凑过来悄声说:"孟爷你不能不高兴。"又说,"你能赶回来真给我面子。"孟爷让自己哈哈一笑,高声说:"今天是大喜日子,轮不到我跟你说私房话。"叶白盯着孟爷说:"那你大声说一句好听的话。"孟爷说:"今天呀你比平常漂亮了大约一倍!"这话把叶白说笑了,笑声中她的金色耳环一摇一晃的。孟爷知道,这耳环是外婆给的。

孟爷进了宴厅,在一张桌子的牌单里找到自己的名字,坐下后左右一问,原来同桌的均是新娘中学同学。男女同学相遇,最要做的就是有一搭没一搭地说起学校往事或当下趣事,时不时造出孟爷不太明白的笑声。

婚礼开始了。宴厅暗下来,婚礼曲响起,一柱灯光打在地毯上。新娘挽着父亲缓缓而行,走到花门前停下,那里等着一脸紧张的新郎。父亲挺着身子,严肃地将女儿交给新郎。新郎架起胳膊让新娘搭上,两个人沿着通道走向小舞台。小舞台上早已站着一位司仪,他个子瘦长,声音却颇粗壮,不停送出热烈又程序的套话。

之后是播放爱情VCR。大屏幕上先跳出叶白的一组照片,从无牙娃娃开始,一年一张点着岁月,终于变成了出嫁新娘。解说词说:叶白善良向上,渴望纯真爱情,一直等待着白马王子的出现,现在,一位白马王子向她走来了。在声音的帮助下,屏幕上闪出章一德的幼儿身影,并一年年地快速长大,然后走进了叶白的照片。片子的最后,是两个人挨在一起,冲镜头扮出快活的笑脸。

灯光亮起,孟爷看向舞台上的叶白。此时的叶白温柔着脸,稍稍有点腼腆,还稍稍有点兴奋。她与章一德面对而站,等待着司仪的语言调动。司仪用手指往空中一戳,发表了一长串自制的爱情语录,随后语势一转,开始了对新郎新娘的考问。司仪说:"有问章一德先生,你愿意娶叶白小姐为妻并且爱她一千年吗?"章一德说:"我愿意。"司仪说:"那么在今天晚上这个光辉的场合,你要用什么方式证明你的爱意?"章一德有准备地说:"我要吻她九分九十九秒。"司仪说:"为什么不是九时九分九十九秒?"章一德说:"另外的九个小时留在以后慢慢用吧,今天不能让嘴巴太累。"司仪说:"我知道了,你今天晚上要累的地方还很多。"宴厅里哄地笑了。司仪又说:"有问叶白小姐,你愿意嫁给章一德先生并且爱他一千年吗?"叶白说:"我愿意。"司仪说:"那么现在你需要用嘴巴来接收新郎的爱意,你准备好了吗?"叶白停顿一下,说:"准备好了。"司仪说:"如果大家愿意见证这一美丽时刻,就请您伸出双手让掌声响起来吧。"

在掌声的包围中,章一德搂住叶白身子,让两张嘴巴粘在了一起。众多眼睛快活地奔向舞台,看守着那辛苦又甜爱的舌吻。例外的只能是孟爷。她的目光从舞台上撤出来,淡然打量着周围的脸庞。她看到了羡慕的态度、心动的神情或者被逗乐的样子。他们和她们的脸上找不到一丁点儿对接吻情景的不同意见。

孟爷觉得自己想喝酒了。她端起杯子摇一下,里边的红葡萄酒一个激灵打了个旋儿。她把杯子贴到嘴巴,先呷一小口,再一大口吞了下去。接着酒瓶又到了她手里,空了的杯子马上升起一截红色。这次她把杯子举到眼前打量了几秒钟,然后缓缓喝了下去。她的举动没有引起同桌男女的注意。待舞台上的爱情表演告一段落,大家收回目光,发现这位径自饮酒的女子脸上已有了酒红。

孟爷的表现似乎带动了大家的兴致,一桌子的嘴巴们开始了积极吃喝。几位男生相继要跟孟爷碰杯,孟爷也不推缩,稳着脸一一喝下。

过了一截时间,新郎新娘进入敬酒程序。他们从远处开始,一桌一桌敬过来,随行的摄像机和照相机也跟着一桌一桌拍过来。到了孟爷这一桌,新郎新娘已练得熟巧,举着杯子在空中划一圈就想走人,被中学同学们拦住。中学同学们说,你们这样也太潦草了,不重视我们嘛,我们感到受伤嘛,得一个一个敬!新郎新娘说好好,就绕着桌子一个一个地敬。敬到一位胖子男生时,他站起身笑嘻嘻地说:"我不喝酒的,这杯酒就省下了。"新郎新娘说,那你吃口东西吧。胖子男生说:"我太胖了,医生让我少吃东西。"新郎新娘瞧着胖子男生,知道他要闹点儿什么了。胖子男生说:"我脑子笨,可看着你们俩我想起一句话,幸福写在了脸上。"他从兜里摸出一样东西,原来是一支口红。胖子男生说:"这支口红是我刚才从别的女同学那儿借来的,现在想借给叶白同学一用,请你在新郎脸上写下性福两字,性感的性,福气的福。"一桌的中学同学都呵呵乐了。中学同学们说,写吧写吧,就写两个字嘛,不写我们很受伤的!叶白无奈地接过口红,又无奈地笑一下,在章一德的一边脸上写下性字,又在另一边脸上写下福字。胖子男生严肃地咳了一声说:"以我的理解,性福光新郎一个人享用是不对的,应该用贴脸的方式送到叶白同学的脸上。"中学同学们又呵呵乐了。中学同学们说,贴吧贴吧,就贴两下脸嘛,不贴我们很受伤的!叶白静了身子,眼睛看向孟爷,但她的目光马上被章一德挡住了。章一德将脑袋伸过来,左贴一次右贴一次,性福两字便复印到了叶白脸上。

哄笑声中,孟爷的脸色变得苍白。但这种变化旁人瞧不出来,因为她的苍白被她的酒红盖住了。孟爷嘿嘿笑了两声,大声说:"你们闹完了,该轮到我啦!"众人收住了笑,把目光投放到孟爷脸上。孟爷取出一支烟点上,很猛地吸了两口,再捡起一支筷子拦腰掰断,还在桌上蹾了一下。所有的眼睛都认为她在玩一个游戏,这个游戏马上会让新郎新娘陷于困境。孟爷不吭声地将两截筷子轻轻插入自己左右两个耳孔,然后嘴巴动一动,又猛吸了两口烟。烟雾腾起时,她的眼睛找到了叶白,同时举起双掌往耳朵使力一拍,将两截筷子钉进自己的耳底。

在失去知觉的当儿,孟爷似乎听到了众人杂乱的惊呼声、一只杯子掉落的破碎声,还有叶白慌张的哭叫声。

一阵混乱之后,孟爷被移出宴厅,抬上匆匆赶来的救护车。救护车又匆匆把她送到附近医院的抢救室。

半小时后叶白卸下婚装,由一位伴娘陪着来到医院。抢救室的灯光还亮着,门口坐着两位脸面模糊的男女,应该是孟爷公司的同事。叶白没了与生人搭话的气力,坐到另一边椅子上。伴娘走过去问了那两位男女,走回来说:"他们听到医生讲了两个字,很悬。他们公司已通知了孟娅的爸妈。"

又过一会儿,章一德也赶来了。他的脑子被酒液泡得有些飘,想不明白这孟娅演的是哪一出。他只好沮丧地问叶白:"为什么?"叶白没法回答,便让自己沉默着。章一德在走道上踱了几个来回,又把脚步停在叶白跟前,问:"为什么?"这回叶白摇一摇头,疲累地闭上了眼睛。

眼睛一闭上,叶白觉得自己的脑子也在踱步。她的脑子不知方向地往前走,走一段停一下,停一下又走一段,终于走到了夏日的江滨路。那天晚上她们一起看过《无政府主义者的意外死亡》,然后在街上说话。孟爷说,我不乐意自己老死,我宁愿自己意外死亡。孟爷又说,真到老了挺没意思的,还不如早点讨个有趣的死法。可是,叶白想,孟爷离老去还远着呢。又想,这种意外一点也不有趣。

做过手术,孟爷并没有甩掉危险。她被挪到了重症监护室。

第二天上午,孟爷爸妈从几百公里外的县城赶到杭州。但重症室仍是不能逗留的,孟爷爸妈愣着身子站在两米远的地方看女儿一眼,便被劝出了门外。然后他们伤心地坐在那儿,守株待兔地打问每一位前来探望的人:女儿怎么啦?她为什么把吃饭用的筷子伸到耳朵里?

这个好些人问过的问号现在从孟爸孟妈嘴里问出来,添了太多的悲情。没有人能够给出清晰的回答,把问号拽直。同事不能,朋友不能,叶白也不能。叶白所能做的就是暂时撇下婚房,陪在孟爸孟妈身边。

过了一日,孟爸孟妈拿到孟爷的手机。他们不停地翻看手机里的通讯记录和短信息,最后在草稿箱里找到一段文字:知道吗?我多么也想占有一个婚礼呀,婚礼上的人是我和你!

显然这是一则未发出的短信,孟爷存着不肯删除。孟爸孟妈对着手机默默瞧了半晌,递给旁边的叶白,叶白盯看一会儿,又默默递还。孟爸丢口气说:"我知道的,终归是为情所伤呀!"孟妈突然哭了起来,苦着声音说:"这个'你'是谁?这个'你'是谁呀?"

躺在重症室里的孟爷不知道父母的内心苦境。她呼吸平稳了些,但似乎还不准备醒来。每回站在门口望进去,孟爷都睡不够似的静躺在那儿。医生说:"这病人确实遇到了困难,主要是颅内出血缺氧,神经也已受到损害。"医生又用通俗的语言说:"看来你们得做好熬日子的准备,这种昏迷像是掉入很深的水井,要从深井里爬出来是需要时间的。"

既然需要时间,叶白用完婚假,又向公司递去事假报告。这可能让公司不高兴,可也顾不得那么多了。她眼下没有逗公司高兴的心情。

不过叶白得了空闲,一时并没有太多的事情可做,每天除了去一趟医院,剩下的时间便是待在新房。新房由章一德的按揭房演变而来,因为面积不大,四处张贴的双喜便显得突出。这些双喜进驻了卧室客厅卫生间和厨房。不去医院的时间里,叶白干得最多的事情便是在贴着双喜的厨房里做东西吃。

孟爷出事头几日,叶白没有一点食欲,吃下几口东西,肚子便好久不肯饿去。每次跟章一德用餐,大部分的时间是看着他一口一口往嘴里塞肉菜。章一德知道是婚礼扫了她的兴,也不说什么。但是某一天,叶白的胃出现了拐点,突然变得空旷起来。

开了窍的肚子似乎有些夸张。每个上午叶白一般先去医院,归来已到了午饭的点儿,因为章一德不回家,她便简约些,做碗面条给自己吃,吃完了觉得欠饱,又从冰箱扒出饺子丢到锅里。下午坐在客厅里看电视,她的嘴巴也不闲着,填进橘子瓜子饼干话梅什么的。晚上与章一德进餐,她的筷子不再懈怠,在各只盘碗里勤奋地起落,拿下可观的份额。

肚子充实以后,叶白有时会站到镜子前打量自己。镜子里的小脸嫩白清瘦,支在细长的脖子上。叶白认为,眼前的这张脸应该变化,要让小脸变大、瘦肉变肥、细颈变粗,要变得不像以前的自己。她还希望自己的鼻子嘴巴眼睛伴着肥胖更改了形状,不仅不符合先前的照片,就是走在街上,也与熟人的目光擦肩而过。这样一来,原来的叶白不见了——一位叶白躲到了另一位叶白的身后。这是一种很奇怪的感觉,但现在叶白就是觉得这种感觉正跟着自己。

因了这感觉,叶白不讲分寸地动用嘴巴。每次吃的时候,她似乎觉出肚子里的各种食物排着队转化为脂肪,然后向全身的各个方位快速跑去。但吃完到了镜子跟前,里边的脸面脖子仍是瘦细的,离丰满还有一丈远,与肥胖更有一百米的距离。于是只好接着吃,前赴后继地吃。

章一德不高兴了。有一次他盯着叶白的嘴巴说:"以前你不是这样的,现在凭什么这么放纵嘴巴?"过了两天,他又耐不住地说:"我不反对你吃,但反对你没头没脑地吃。"再过两天,他终于起了恼怒,说:"再这么吃下去,我会觉得你是一头女的猪!"

其实章一德的恼怒并非真正指向叶白的吃。少吃一些多吃一些并不伤大雅,又不违反什么规定,有啥大关系呢。章一德火气主要是针对卧室里的内容。新婚开始几天,因为孟爷的插曲,叶白散了情绪,只准章一德搂抱,不允许有进一步的图谋,若试探着侵犯,就坚决地打回去。挨过几日,叶白捧住腹部脸色不宁,原来是来例假了。这例假维持的时间真长,好像不愿意收住的样子。这一天章一德按不住自己了,对叶白说:"你到底什么意思呀,难道要把例假进行到底?"叶白动一动嘴巴,说不出话。沉默也许就是放行,章一德提了精神蹿到叶白上方,刚脱掉衣服把气变粗,突然看到下面的叶白伸长脖子打出一个饱嗝,然后捂住嘴巴蜷了身子脱离床铺,奔卫生间而去。章一德赶紧跟过去,只见叶白趴在抽水马桶跟前,不停地吐出难受的声音和多余的吃物。

章一德不能让事情不明不白,下一个晚上他先不着急,待叶白睡着了发出细微的鼻息声,才去掉自己衣物,再悄悄剥离她的内衣。叶白动一下,表示醒了,但没有闭守的意思。章一德靠上去,用自己身子盖住叶白身子,两只脑袋挨在了一起。就在这时,叶白嘴巴冲出一个饱嗝,喷到他的脸上。他没有退让,发力按住叶白的身体。叶白使劲将脑袋送到床外,先呕出一串不好听的声响,再吐出一口难闻的浊物。

章一德松了手打开电灯。他看见叶白困难地伸着脖子,脸上已淌了泪水。章一德静了几秒钟,又熄掉灯光。

此后两日,章一德的嘴巴和身体都保持了沉默。他在等着叶白的说法。到了周六中午,叶白从医院回来,开始向章一德诉话。她说了中学时代的错位感觉,说了大学校园里的自悟犹豫,然后细述了与孟爷交往的一二三四。讲完了她松一口气,说:"这么说吧,在一条河的右岸走着一大群人,她们被叫做拉拉、拉子、蕾丝边、百合等等。我走着走着不知怎么就过了河，走到了她们中间。"

　　章一德做完了听客，把自己搁到床上。他从中午躺到傍晚，从傍晚躺到夜半，又从夜半躺到凌晨。其间他睡睡醒醒，脑子似乎无处可归。到了第二天上午，他苍茫的脑子突然挣起一个念头：自己的身子太孙子了，今天得做一回爷爷！这么想着，他"嘿"了一声蹬开被子，扯掉自己的衣裤，把赤裸的身子送入叶白眼中。这时的叶白正躺靠在床边，得了动静吃一惊坐起来，但她不敢吭声也不能离开，只好不安地瞧着章一德。章一德不理叶白，右手慢慢伸向自己的腹部，那儿有一只相当憋屈的物件。但等他握住物件，马上觉出憋屈变成了愤怒。这愤怒被扣押得太久，此时像是突然找到生长的理由，在他手里快速积攒着，形成了腾腾气息。章一德觉得掌心紧了热了，里边仿佛站着一位想骂粗话打血架的大爷。那大爷似乎冷冷看了一眼叶白，然后挺直身板涨红筋脉，冲着天空哼哼两声，把一腔怒气打了出去。

　　激烈之后是空寂。章一德静在那儿，慢慢看向叶白。叶白已闭上眼睛，只有睫毛轻轻动一下，又动一下。章一德稳一稳呼吸，明白自己已少了一些力气多了一些沮丧。他把目光挪向衣柜上的双喜，然后哑着声音说："现在，我只问一个问题——既然事情是这样，你为什么还同意弄这个婚房，办那个婚礼？为什么为什么为什么？"叶白弹开眼睛，也哑着声音说："我不想让自己这辈子太累，我不想让外婆和爸妈不快活，我有点想从河的对岸走回来。"叶白又说："我以为自己可以过正常日子的，我以为可以的。"叶白吸口气说："可是前些天我知道，不行了，真不行了！"这么说着，她的眼眶里已挤满了泪花。

　　叶白没有说，刚才她闻到了不好气味，又有点想呕吐。叶白也没有说，她昨天肯把事情揭开，是因为医生终于对孟爷伤情定了调子：离开了危险期，但一时也不会醒来——她进入了植物状态。

六

　　孟爷从监护室挪到了普通病房。

说是普通病房,三位病人均不普通。一位修补过脑袋,脑壳凹进去一块儿,一位被车子撞了脑袋,额头眼睛都缠着纱布,但她们可以用嘴巴吃饭,也可以用嘴巴说一些话。只有孟爷一声不吭,安静地躺在那儿。

但安静不是安适,孟爷鼻子插着一条饲管,腹部接出去一条尿管,旁边又放着吸痰器、便壶什么的。叶白每次去的时候,总能看见孟爸孟妈往饲管里灌注食物,将尿袋的液水排到便壶,或者给孟爷擦脸按摩身子。叶白很想做点什么,一时插不上手,就坐在旁边默默瞧着孟爷。孟爷闭着眼睛淡着脸,睡得安心自由,看上去仿佛什么都好,就是爬进鼻孔的管子让她有点难受。叶白好几次想前去抽掉鼻管,然后唤醒她扶她起来,再递给她一支烟,让她的嘴里吐出烟圈和笑声。

孟爸孟妈闲下来时,也会跟叶白说些什么。他们不想省掉的话语是问女儿会不会醒来、何时醒来,但这些问题不是猜谜语,叶白不能随意拿出一个答案,觉得不对又换一个答案。所以这种话题总是说不远,不出几米便撞墙了,结果除了疼痛啥也得不到。叶白有时觉得,就像盐粒化在水中一样,疼痛化在了孟爸孟妈的身体里。才一个多月的时间,他们仿佛老去了十多岁,尤其是孟妈,脸上似乎总涂着一层累,怎么也洗不掉。

让孟爸孟妈感到烦闷的还有病房里的嘈杂。三位病人加上陪伴亲属,再加上探望者的声音、鲜花和握手动作,使不大的房间显得拥挤和失序。有时从孟爷嘴里吸痰或往饲管里放东西,旁人总不计较脏丑,兴致勃勃地盯着看。即使拉上围帘,一不留神也会有眼光悄悄溜进来。

一天中午,孟妈一边吃饭一边向叶白讲起要将女儿带回县城家里的打算。她说护理的事情我们反正学会了,在这里多花钱不说,还找不到清静,医院的饭也太难吃。似乎为了证明自己的话,她敲了敲瓷碗,瓷碗里躺着无精打采的饭菜。叶白想一想说:"其实我也觉得待在医院不好,日子实在不像日子了,可回去也该回杭州的家呀。"她说的家是指孟爷的住屋,因公司担着一半租金,孟爷去北京后也一直养着。孟妈说:"那屋子我和她爸前些天也睡过,好是好,可到底不像自己的家,再说我们在杭州也待不习惯。"叶白说:"可孟娅在杭州住着更习惯。"这话让孟妈的脸伤心了一下。她停住扒饭的手,慢慢摇了头。

到了下午,孟妈正忙着,孟爸将叶白引到走廊,说:"你知道我们为什么急着回去吗？"叶白说："我知道的,这病房让人憋得慌。"孟爸说："不光是这样,孟娅她妈身体恐怕也顶不住了。"叶白说："她……怎么啦？"孟爸说："好几天了她一直尿血,脸色又渗着白,我想躲不过肾里的毛病。"叶白说："那赶紧查一下呀。"孟爸说："她怕查呢,说先把孟娅接回去,要查也回去查。"叶白说："这样啊……可我觉得孟娅还是待在杭州合适,这儿总还有好的医生可以求诊。"叶白静一下,突然说："要不这么办,叔叔先带阿姨回去把身体调养好,孟娅呢交给我,我把她领回家照顾。"孟爸怀疑自己没听明白："你……把孟娅领回你家？"叶白说："我是说把孟娅领回她的住屋。"孟爸说："那也不行,你都看见了,孟娅不是真的在睡觉,照料她可不是一件轻松的事儿。"叶白说："我行的,这想法也不是现在才有哩,前几天看着你们累,我已在心里备下了这个念头。"

接下来两天里,叶白被自己的这个决定鼓励着。她向孟爸孟妈说了自己照料孟娅的预备细节,这些细节可以证明她的细心。她又学习着将护理过程做了一遍,这个过程可以证明她的耐心。细心和耐心让孟爸孟妈的口气从不同意过渡到犹豫,又从犹豫过渡到可以探讨。当然他们最想探讨的是叶白为什么这么做——这是个不能省略的问题。叶白说："我跟孟娅是最好的姐妹。"孟爸孟妈说："这个我们知道。"叶白说："孟娅是在我的婚礼上出事的。"孟爸孟妈说："这个我们也知道。"叶白说："叔叔阿姨,把这两点加起来,我的理由还不够吗？"

叶白和孟爸孟妈合力将孟爷拉回住屋,让她躺在了自己床上。

孟爸孟妈卸不了心,多待了两天才走,走时把叮嘱的话说一遍不够,还写在了纸上。他们最后说,花点时间把那边该办的事办好,就会赶紧过来。

现在,轮到叶白来对付日子了。日子里排着一长溜事情,她必须像小学生一样,聚着神儿把一道道作业做下来。

嘴巴是一天的开始。每天上午,叶白做的第一件事是给孟爷擦牙。她端来盐水用棉签蘸了轻轻伸进孟爷口中,将牙齿和腔壁细洗一遍。孟爷牙缝里还藏着烟渍,这是棉签解决不了的,但叶白不想忽略,每次都要拭擦一下。

喂食是最重要的一道作业。叶白一早就做好米汤,搁些切碎的青菜萝卜,又添入肉末蛋泥。这些内容沿着皮管经过孟爷鼻子,进到胃里。孟爷的胃不会发出饥渴信号,叶白只能自己提醒自己,每隔三小时就要喂注一次。孟爷已没了口福,叶白得安慰她的胃,至少不能让她在自己手里瘦下去。

接下来是处理出物。小便用的是导尿管,不好看但中用,只要将尿袋里攒着的液水及时倒掉就好。麻烦些的是大便,虽用纸尿片包住,可免不了不讲纪律,每次都要清洁一回。叶白有时会给自己一个温馨提示:请别困难着脸,孟爷现在需要你的愉快心情。

但困难仍是存在的,譬如说翻身。每隔两三个小时,叶白都要搬动孟爷身子,让她变换躺姿。孟爷身体不瘦,又睡得沉实,叶白常常要拿出很多的力气才能做好。不可偷懒的还有按摩推拿,这是孟爸孟妈再三叮嘱的。叶白必须让自己的手掌保持勤奋,把力气送到孟爷的胳膊、腿脚和背部,使僵紧的肌肉获得轻松。当然洗澡也是绕不过去的,因为孟爷一直是个爱干净的人。叶白得每天给她洗两次脸,擦一次身子。当温湿的毛巾巡逻似的走过孟爷的每一寸皮肤,叶白能看到她的嘴角微微翘起,那是满意的表示。

只有到了夜晚,叶白才能让手脚和心情一起闲下来。这时她会在酒柜找出红酒瓶子,倒上一杯放到跟前——以前她对酒没有感觉,现在才知道此物有一点点可爱。然后她打开音乐,让自己一边呷酒一边发呆。因为有音乐又有酒汁,她的发呆其实也是有内容的。她会想起与孟爷的初次相遇,想起和孟爷在西湖边的快活游走,更想起孟爷在她后背皮肤上的服装设计。那是多么有趣的画图呀,一次一件衣裳,把许多次加起来,就是一个流动在时间里的服装展示会呢。

一天夜晚,叶白饮着红酒时,想起了孟爷的手机。她起身找了找,找到了那只休养已久的手机。她插入充电器,过一会儿打开手机,彩屏上闪出漂亮的图案。再摁开信息标识,在草稿箱找到那封未发出的短信:知道吗?我多么也想占有一个婚礼呀,婚礼上的人是我和你!

叶白坐回沙发,端起酒杯在手里慢慢旋转。此时那手机开始响起"嘟"的鸣叫,一声跟着一声。这是许多天里攒在那儿的短信。叶白放下酒杯,又将手机取到手里,打开收件箱一封一封翻看。好几条短信居然对孟爷的现状不知情,有的寒暄问好,有的商谈某事,还有一条是家事通报。通报曰:孟娅好久不见,去年我有了老公,今年将以诞生孩子收尾。你呢?你婚礼了吗?

　　孟爸孟妈没有很快回来。孟妈的病情比预想的要糟,肾里不光发炎,还冒出不少气泡。这种病一时不能手术也不能受累,最朴素的办法是靠中医。孟妈只好往家里搬回规模可观的药包,每天和药汤药雾为伴。孟爸在一家保险公司做事,不敢把假请得太长,只能一边上班一边照应孟妈。其间孟爸来过一次杭州,看到女儿状况没有更坏,第二天就赶回去了。平时孟爸孟妈与叶白的联系,就是每天一个电话。电话里叶白把情况说毕,总会接到孟妈的叮咛。孟妈说:"给胃管喂的饭食每回都要暖一暖,不能吃冷东西呀。"孟妈说:"得学会看尿水的颜色,琢磨有没有上火啥的。"孟妈又说:"天气冷了,麻烦给孟娅添一床被子,别让她着凉了啊。"叶白每次回答都是不能犹豫的话:"OK啦,阿姨。"或者,"阿姨,我彻底明白了。"

　　气温一天天掉下去,很快往冷里扎深了。屋子里空调不能不开,但开久了空气便干得燥人。所以叶白得时时守好温度,不能太冷也不能太烤。夜里她躺在沙发上也不敢睡得太死,似乎怕空调使个性子突然停掉,或者让人热出一身汗来。因为这种挂心,她一宿得起身三两次,摸一摸孟爷的身子或掖一掖孟爷的被子——毕竟孟爷不会应付温度,冷了热了不懂得言语呢。

　　不过冷天也不是啥都不好,冷天里也装着欢喜哩。

　　一天早上,叶白弹开眼睛,发现窗户有些异常,凑近了往外一看:哇,满眼的白,整个世界被雪裹住了。叶白抬头望上,天空镇定着,仿佛夜里调皮了一把,现在又扮出若无其事的酷样儿。叶白压住高兴,赶紧给孟爷擦牙洗脸,又喂了一管早餐,然后穿上大衣快步下楼。院子里盖着挺厚的一层雪,雪地上一群小孩在撒欢儿,几位姑娘则做着姿势拍照,还有两位小伙子忙碌着堆雪人儿。叶白踩着积雪走了一圈,不知道玩些什么好。她想到自己名字,再瞧瞧树枝,叶子上全挂着白,不禁笑了。她又想,要是孟爷下来一趟合伙玩儿,该多好呀。

想着孟爷，叶白起了一个主意。她上楼从卫生间拿了洗盆下来，搁在地上开始往里装雪。雪有一种痛快的冷，碰到手时让她打了个寒战，但同时也领取了精神。她的手兴奋起来，一下一下往洗盆里捧雪。洗盆是红色的，很快红色里涌出一堆白色。她把白色一分为二，做成两坨雪坯，然后细了心摁摁捏捏。这时远处跑来两只小身影，跑近了，是两位六七岁的男孩。他们站在旁边，好奇地盯着叶白的手。叶白的手正在让一只雪坯变成塑像。一位男孩突然说："我知道了，这是一个人儿。"另一位男孩点点头说："是个女的。"接着叶白的手让另一边雪坯也形成模样。一位男孩又说："我知道了，这也是一个人儿。"另一位男孩点点头说："是个女的。"叶白抬起头冲俩男孩笑了笑说："你们说得真对！"

　　叶白站起身，歪了脑袋打量自己的作品。红色的洗盆里，相对站着两位白色女子，她们望着对方，手与手连在了一起。叶白满意地搓一搓手掌，又放到嘴前哈一口气，然后在两位男孩目光的护送下，端起洗盆往住楼走。因为洗盆有些沉，她歇了两次，才把自己送上楼。

　　进了屋子，叶白把洗盆搁在凳子上，挪到床前；又取来沙发上的被子，将孟爷身子抬起一些，垫在她的脑袋下面。这样孟爷只要肯弹开眼睛，就能看见雪人儿了。叶白脱了大衣坐到床边，身子一蜷进了被窝。被窝里挺暖和，正好是俩人说悄悄话的温度。叶白伸出胳膊搂住孟爷肩膀，开始跟她聊话。叶白说："孟爷你得听好了不许走神儿，昨天夜里呀一不小心下了一场雪，这个冬天的第一场雪。现在外边全是干净景色，你不下去玩，我只好替你去了，我做了两个雪人儿。"叶白说："这两个雪人儿瞧上去挺精神的，一个穿着白色婚纱，一个穿着白色西装，两个人都把手交到对方的手里。现在你猜出来了吧？穿婚纱的是我，穿西装的是你。嘿嘿，你不许笑话我，说我做得不像，因为这不是现实主义作品。我的意思你懂的，既然不太像，就往意象派或者后现代上靠呗。"叶白又说："后现代呢比较强调解构，用不了多久，这两个雪人儿会在空调的帮助下被解构掉，变成一盆雪水，这样穿婚纱的叶白和穿西装的孟爷就缠在了一起，你中有我，我中有你。呵呵，你闭着眼睛想一想，这个创意是不是有点意思？"

　　说过这些，叶白静了声音，默默看那两个雪人儿。此时的她们全身上下泛着亮光，显出一种愁伤似的美丽。再过半小时，她们便会消掉人形儿。

又过半小时，她们将化为盆中之水。叶白想，但这有什么关系呢，若用盆中之水去浇花，还能造出一鼻子的花香哩。叶白又想，再说了，这两位雪人儿还能浇灌我的想法，让我的主意得了水分呢。如此想着，叶白又允许自己发言了。她侧过脑袋，说："孟爷你再听我讲点重要的事儿，嘿嘿，这么说吧，两个雪人儿只是小创意，我还有一个大的创意。这个大创意不怕各种冷热温度，能保存得很久很久。现在再让你猜猜，我这是个什么大创意？"叶白说："呵呵，你没猜出来？或者猜中了不说出来？告诉你吧，我想答应你占有一个婚礼，一个现实版的婚礼，让我真的穿上婚纱让你真的穿上西装。"叶白又说："这个想法我前些日子就有了，一天一天地想攒得结实些，可还是不知道能不能做到。现在我要对你说，也对这两个雪人儿说，我能做到！"

叶白舒了一口气，然后捋一下孟爷的头发，轻着声音说："这就是我今天要说的。"

七

即使是一场特别的婚礼，如果只在脑子里举行，那也很容易构思出不错的效果图。但真把婚礼从脑子里搬出来，搁到眼前的日子里，叶白迎面便要遇到大大小小的难事。若是把一件难事记在一个手指头上，只怕两只手都点不过来。

首先是婚礼地点，好像不能放在住屋里，因为住屋太小，装不下热闹的场面。假如在外面酒店里办，遭人围观不说，孟爷如何移动？她的身体能扛得住婚庆时刻的混乱？又假如孟爷身体没问题，费用的事也躲不开的。叶白从章一德身边离开，没带出多少钱。孟爷有一些积蓄，但她躺在床上的时间还长，不能让以后的日子为当前的一天埋单。若是编织个借口向孟爷的公司申请补助，也许能得到些票子，可不好的是会失去心安。另外的选项是向父母开口，但开这个口难度系数实在太高了。日子过到了现在，叶白仍没告诉爸妈自己为什么突然离开章一德。他们跟孟爸孟妈一样，只知道孟爷在自己的婚礼上出了情况，自己得照顾她一阵子。

还有一个难点是，婚礼不能仅是两个人的婚礼，得有宾客。宾客人数不能太多也不能太少,太多了让人心慌,太少了让人扫兴。这些来人还得认可这场婚礼,穿着整齐的衣服携着整齐的心情,不掺假地说出贺言。

叶白知道,现在剩下的路径只有一座桥了。从这座桥走到对岸,便能遇到一些同志——同志一词放在这儿忽然变得恰当起来。叶白当然还记得自己跟着孟爷去参加QQ部落踏青活动的那个春日,那一天本来能认识不少人,但骑车途中自己改了主意,之后也没有加入QQ聊天交流。细究一下,大约是因为胆怯,因为觉得自己与孟爷两个人待在一起就够了。现在叶白明白,胆怯是不能再留存了,而两个人的世界仍是单薄的。

叶白打开孟爷的电脑进入QQ,没费大的周折便找到那个QQ群。QQ群有个好听的称号叫"苹果部落",部落里排着长长的数十个名字。叶白对着这么一大群人心里有点紧,她先打出孟娅的名字,又报了自己的名字。立即有几个人回复,说:是孟爷朋友呀,急问孟爷身体近况如何? 说:江湖上有些传说,当不得数的,现在听你来讲。说:孟爷身体若好了,得赶紧出来照个面啦。叶白没有多搭讪,把准备好的话敲成文字放上去。这些文字差不多是一篇结婚通告,显然比江湖上的传说还要雷人,QQ上好一会儿没人回应。叶白有些心慌,鼠标一点退了出来。

既然退了出来,叶白干脆要自己忍着,留些时间让众人的反应攒起来。到了下一天晚上,她才再次进入QQ。打开对话框,一批留言踊踊跃跃地跳出来,形成颇有声势的一长溜儿。众人的态度几乎倒向一边,除一人说了No,所有的声音给出Yes,有的还表示了欢呼。留言说:震动加感动,我们得加入帮助,帮助孟爷就是帮助我们自己。留言说:钱不是问题,大家每人凑个份子,正好算婚事贺礼了。留言说:还用说吗?只要叶白定下时间地点,其余的事由我们拎着。

留言一路走下来,还出现了一位医生和一位护士。部落里有医生护士并不稀奇,可这却是叶白事先没想到的。医生应该是个冷静的人,她认为只要护理恰当,孟爷的身体是可以应付这场婚礼的。大约觉得这话有些虚,她又留了一句:没关系的,到时我可以帮着做些具体准备。护士的话则显着几分坚决:有医生还怕啥,我给医生打下手!

叶白坐在那里,心里静静的,静中又有点想哭。这些日子的担心像一只只浮在空中的气球,被部落众人一枪一枪打掉了,一切像是意料中,又像是滑出了意料之外。她起身走到床前凑近孟爷的脸,商量地说:"孟爷,我给咱们的婚礼选了时间地点,你不要反对哈。"说完她返回电脑,在QQ上打进时间和地点:元旦之夜,开始酒吧。

元旦是一年的开始。开始酒吧是叶白孟爷初遇的地方,也是俩人开始出发的地方。

定下婚礼地点后,酒吧的联系和布置被部落人们揽了去。谁遇到吃不准的事,就搁在QQ上说。一番七嘴八舌下来,总能过滤掉疑问,拣出好的结论。叶白过意不去,时常把感谢的话放上去。QQ上的嘴巴们便说:你最好把致谢的时间省下,拿去照料孟爷,那是别人替不了你的。

其实除了照料孟爷,还有不少事儿近到了眼前,譬如说婚服。依叶白的预想,孟爷婚服的基调应该是浅白色的。为此她把孟爷衣柜里的服装细细理过一遍,看中了一条奶白色西裤和一件白地蓝条的衬衫。衬衫的外面呢,可以套上西服,不过孟爷到时是坐在轮椅上的,撑着西服反而丢了气爽,所以稍一琢磨,还是穿件坎肩比较合适。

主意打定之后便是落实。叶白抽个空隙上街逛一圈商场,还真把一件女式坎肩追到了手。坎肩是浅银色的,正看反看都觉得不错。然后叶白又去了婚纱店,按心里拟好的计划租下一件纯白婚纱。这件婚纱后背敞开,符合叶白的想法,虽然此时看在眼里有些冻人,但那天的酒吧一定装着暖烘烘的气氛,所以不怕不怕。婚礼嘛总不能裹着大衣上场的,哪怕是冬天里的婚礼。

搞定婚纱后,叶白脑子里又出现一条配套的项链。她回了一趟父母家,在自己小屋子翻搜一下,很快找到那只蓝色小锦盒,里头卧着一条乳白色玉珠项链。她记得孟爷送出这条项链时,自己说过想戴的时候才会戴上。现在,这个时候真的来了。

叶白没有把即将到来的重要日子说给爸妈。她也不打算通知孟爷爸妈。眼下的她已攒下一些疲累,应付不了父母们必有的震惊和可能的劝阻。婚礼之后,太阳照常升起,但日子已不是以前的日子,那时若绕不过去,再点燃他们的震惊吧——这样容易拿到周旋的余地。

当然,叶白还想到了结婚证,不过也只是一想而已。往前不久,她和章一德有一本这样的证书,日子却是虚的。现在她想让日子变得名副其实,却没了文字证明。生活里总散落着这种错位和不爽。好在有一句话,有即是无,无即是有,佛偈里说的。

婚礼那天,两位医生护士没有虚言,准时赶过来帮着料理,重点是撤掉孟爷的胃饲管导尿管。不多久,又有两位部落友人携着化妆包上门,重点是打理叶白的脸。下午快过完时,大家一起合作着给孟爷穿上婚服,再背到楼下放进一辆面包车。车子没有贴红披花,很低调地将一干人送到"开始酒吧"。酒吧门口,已有人推了一辆轮椅车来接应。

酒吧晚场已被包下。进了大厅,才觉出婚庆气氛做得挺足。大厅上方挂满了彩带和气球,孟爷叶白的照片占领了多个位置,一圈鲜花绕成了一方婚台。到场的宾朋也不算少,至少比预计的要多些,除了部落里的人,还有几位拉拉从附近城市赶来。

叶白被引进一间小包厢,将带来的婚纱换上。因已备好受冻的心理,酒吧里的暖气又攒得挺足,竟也没觉出冷。离露脸亮相还有一点时间,叶白演出候场似的坐在那儿,想让脑子静下来。就是在这时,叶白的心卷了一下,一种凄凄的感觉偷袭一般围了过来。在不长的时间里,这是叶白第二次穿上婚纱。如果说上一次出任新娘,叶白的心情是新鲜加些紧张,那么此时,叶白除了一些紧张,加入进来的还有一点悲伤的东西。是的,这种突然到来的感觉正是悲伤。

仪式开始了,《结婚进行曲》响起。叶白出了包厢,沿着通道缓缓向前走去。走在旁边的是护士推送的轮椅,上面坐着焕然一新的孟爷。所有的目光静静地汇过来,跟着她们走上婚台。随后护士离开了,叶白站到孟爷的身后,将注意力投给一旁的司仪,即部落里的一位大学教师。

司仪没有套用惯常的程序。她用沉静的声音介绍了孟爷叶白,又叙述了两个人的恋爱经过。完了她说:"在这个特别的时刻,让我们用眼睛见证幸福——让两位新人用搂抱表达爱意吧!"叶白矮了身子,用双臂紧紧绕住孟爷,同时脑袋靠过去,让脸贴住孟爷的脸。她感出孟爷的脸是暖和的,有着幸福的温度。

司仪又说:"用眼睛见证幸福是不够的,我们的手还得跟上来。现在让在场的每一个名字为今天晚上做证明吧。"随着她的话语,一本自制的结婚证打开来。证书比正常的开本大了一倍,一边是证明文字,一边是证婚人的空页。宾客们排成安静的队伍走过来,挨个儿在空页上签下自己的名字。之后宾客队伍没有散开,而是排成两列呈半圆形站在婚台跟前。没人发出声音,但一条长长的横幅在队伍前边拉开,上面写着一句话:醒来吧,孟爷!

叶白鼻子一酸,使劲咬了两下嘴唇。司仪说:"看得出来,新人叶白的心情有些激动,现在请叶白表达几句特别要说的话吧。"叶白吸一口气,慢慢地说:"如果今天孟爷醒来,一定会在我的后背上写字画图。现在她的手不能动了,但我还想让她的吻印在我的后背上。"这话含着两个人的秘密,此时到了大家的耳朵里,倒在感伤中透着几分浪漫。那位护士赶紧上来给孟爷嘴唇加了一层唇膏,然后帮着孟爷摆好脑袋。叶白转身站到轮椅跟前,将敞露的后背亮给孟爷。孟爷一探脑袋,将玫瑰红的唇吻清晰印在叶白的皮肤上。叶白忍不住闭上眼睛,她听到了周围响起的掌声。

接下来进入的环节是制作时间胶囊。每位宾客分到一张纸条和一粒胶囊,同时分到一个猜想题目:今天婚礼的这对新人在七年之后的生活图景?这是对远方日子的有趣预判。此时一首轻快的外国爱情钢琴曲飘起,将人们的思维引向时间的远处。乐曲声中,大家在纸条上写下猜想或者祈愿,折小了塞进胶囊,再放入一只玻璃瓶子。

玻璃瓶子交到司仪手里,又转交到叶白手里。叶白将玻璃瓶子举到眼前摇了摇,里边数十粒各种颜色的胶囊哗哗作响。司仪说:"这个瓶子里装着两位新人以后生活的各种可能,对错应该在七年后揭晓。但按照婚礼程序的安排,现在便要随机取出三粒胶囊打开,让七年后的时光提前到来。"在众多好奇的目光中,叶白打开瓶盖取出三粒胶囊递给司仪,司仪一一取出纸条看过,说:"呵呵,这是三个不同方向的预测。现在有请三张纸条的主人一起上台,先念出纸上文字,再解说她们的猜想。"

三位年龄不一的女子相随上台,分别从司仪手里接过属于自己的纸条。从她们的穿着神态看,两位为P一位为T。

一位P身份的年轻姑娘首先开口,她先读出纸条上的文字:七年后的一个周末晚上,孟爷叶白领着孩子来到西湖边看音乐喷泉,孩子很高兴,她们俩也跟着高兴。年轻姑娘笑一笑，解释说："依我的猜想，那时孟爷早醒过来了。俩人有钱有闲，凑着脑袋一合计，决定去领养一个孩子。有了孩子，日子过得就很像日子了。当然能做到这些，我觉得全是因为爱情。因为爱情，怎么会有沧桑。因为爱情，一切都是幸福的模样。"

第二个揭开猜想的是年纪稍长的P，其纸条上写：孟爷仍卧病榻，叶白伴在身旁少有怨言，其时她已参悟，自己今世此生原为度人而来。显然这是向佛之人，她解说道："今天的两位新人一定是在前世结下很深的缘，前缘未尽今生续上。我以为，做到普度众生很难，找一个有缘的人来度总是可以的。既然度人，就须历经苦难，所以孟爷不醒，所以叶白相守。"

居后发言的是短头发的T。她似乎犹豫一下，慢慢展开纸条念道：烟云回首两茫茫，生死爱恨早了断。然后她说："这张七年后的纸条现在打开并不合适，因为今天是婚礼日子，不能多说生死爱恨。我只能说一句，我的猜想可能最暗淡，但也可能是最真实的。"司仪赶紧打圆场说："猜想是自由的，但我对你的结论很怀疑，我不相信那时的叶白孟爷会舍得分开。"短头发的T沉默一下，说："此情可待成追忆，只是当时已惘然。"司仪说："七年之痒只是一种说法，不一定降落于每对伴侣身上。"短头发的T说："人成各，今非昨，病魂常似秋千索。"司仪还要再说，一个声音突然插了进来："你们别说了，也不看看叶白的脸。"

大家的目光一齐给了叶白——叶白的脸平和温静，嘴边似乎还泛着微笑，但细瞧她的眼角，竟长出一颗泪豆。那泪豆抖着亮光，一动一动，却怯怯地不肯滑下。所有的人心里都软了一下，恨不得目光里长出一只手，轻轻将那颗泪豆弹去。

但擦去泪珠的只能是叶白自己。面对大家的眼睛，她难为情似的一抬手，在眼角探了一下。那颗泪珠不见了。

最先反应过来的还是司仪。她说几句话，刹住了不当气氛；又说几句话，请上一位姑娘唱歌。那姑娘模样好看，歌声也清甜悦耳，马上让大厅恢复了暖意。

歌声中叶白想让自己静一静，便起身去洗手间。不长的一段路，正好从热闹踱向清淡。经过一张沙发时，她脚步停一下。她往墙上看，看到了一张照片。照片里有好看的女人胴体，那胴体凹凸有味，脑袋使劲后仰，显出脖子的光滑。叶白愣了几秒钟,听见自己慢慢吐出一口气。

进了洗手间,叶白看一看没其他人,便站到镜子跟前。她静住眼睛,看到了素洁的婚纱,看到了布妆的脸面,看到了白净的脖子。脖子上呢,护有一圈白色的玉珠项链。她眨一下眼睛,又眨一下眼睛,忽然就识得此刻的项链仿佛孟爷的手,轻轻绕住了自己的脖子。她几乎不用思量,就想起了镜子前的那一次对话。孟爷说:"又遇到了,有趣!能给个名字吗?"她说:"我叫叶白。"孟爷说:"叶白?你的脖子果然白,跟那张照片有一拼呢。"这么回想着,叶白一愣怔,双手已抚住自己的脖子。与此同时,她恍惚觉出,自己的手抚住项链,就像是抚住了孟爷的手。

范小青小传

　　范小青，女，江苏南通籍，从小在苏州长大。1978年考入江苏师范学院（现苏州大学）中文系，1982年毕业留校任教，1985年调入江苏省作协从事专业创作。现为江苏省作协主席，中国作协全委会委员。出版长篇小说近20部，发表中短篇小说300余篇。曾获鲁迅文学奖，中国小说学会短篇小说成就奖等多种奖项，有多种作品翻译到国外。

屌丝的花季

□ 范小青

第一季　从冬天开始

听说那个事情的时候，我可是一点也没往心上去，只是在耳边刮了一下而已。也不会有人专门来告诉我这种消息。单位要选派一个同志参加民调队。民调队是个简称，它的全名叫做"贫困落后地区农村和农民状况调查队"。这事跟我一毛钱关系也没有。据说他们还贴了告示，要求同志们主动报名，一个月内确定人选，三个月后出发，时间一年。我也没有看见那个告示贴在哪里。年前的那一段时间，我什么东西也看不进去，基本上就是目空一切。那时候我眼睛里有什么呢，只有一件事，那就是我的婚礼。

你说，一苦B女青年，家境一般，工作底层，两眼茫然，前途渺渺，除了婚礼，我还有什么梦可做的呢。

三个月很快就过去了，这中间发生了很多事情，关于我的事情。稍后再说，先说那个和我没有关系的事情，我们的那个民调队员，他应该出发了。

其实我一点也没有想起他来，只是那天在走廊上，我无意中注意到我们的不管部部长的脸色，他本来是个笑弥陀，这会儿却满面愁容，像被坑了爹似的。我其实心里有事，但为了表现自己没事，我故作镇定地"嗨"了他一下。他的目光只是在我脸上扫了一扫，好像我根本就不是他单位里的一个同志。我有点扫兴。本来我兴致也不高，就走开去了。不料他却在背后"嗨"了我一下，我回头一看，他正站在他的办公室门口，朝我招手。

我就这样稀里糊涂被招进去了。

我还稀里糊涂地被他请着坐下了。

原来，那个本应该马上就出发的民调队员一直没有产生，今天已经是最后的期限了，不管部长无缘无故地把一件和我完全不相干的事情告诉我，我听了，也不知道他是为什么，摸不着头脑，只好干笑一声，说，嗨，这件小事三个月你都没管好，所以叫你不管部长是对的。他那个不管部，其实叫做行管部，因为管的事情太多，结果什么也不行了，什么也管不了了，大家干脆就叫他不管部，也算是叫得准了。这么大的一个单位，混饭吃的年轻人比苍蝇还多，找三个月还找不出一个队员来。

不管部长盯着我问，你说怎么办？我从嗓子眼里憋出一点笑声，笑得很难听，嘻嘻，我说，你跟上头汇报没人去就得了呗，难道他还敢来绑了人去。那部长说，他们不会绑人去，他们会到老板那儿告我的状。我说，那你就恶人先告状，你先去跟老板摊牌。那部长又叹气说，老板才不管谁告状呢，老板只要我完成任务，可这任务我恐怕是完不成了，完不成你知道我会怎么样吗？我说，我不知道，该不会叫你下岗吧？那部长说，你想得美。那就得本人亲自去了。我幸灾乐祸说，你上有小下有老，怎么走得掉哇。那部长的思维却和我不一样，他说，不是走得掉走不掉的问题。我脑子不够用了，问道，那是什么问题呢？那部长说，你想想，老板要是知道我连个搞民调的人也找不到，还得我自己亲自上前线，说明什么？说明我能力不行，我会死得很惨。他确实想得远，想得复杂，所以他是部长我不是呢。

其实这事情还是跟我一毛钱关系也没有，这个部长平时和我也没有什么交情，这会儿他推心置腹地和我谈起民调队来，虽然开始的时候我毫无防备，但我毕竟还不算太笨，渐渐地就感觉到事情有些不妙了。

果然，敷衍了几句微言和几句大义之后，他就直捣黄龙说，刚才在走廊上看到你的时候，我还没有反应过来，可是后来我忽然灵光闪现，有如天助，民调队员有人了。我头皮一麻，赶紧说，领导，你仔细看看，我可不是你要的人。他的苦脸瞬间就甜了起来，坚定不移地说，你怎么不是我要的人，你就是我要的人。我站起来做出一副立刻就出去的样子，他又招手让我重新坐下，笑道，帮帮忙啦，帮帮忙啦，我也不是随便拉人的，我选你是有条件的。我奇怪说，你都选了三个月了，也没有选到我呀。他说，三个月前，你不是没出状况吗？我心里"咯噔"了一下，心就往下沉，沉到一个捞不着的地方，我悬空着自己的心脏，硬着头皮装蒜说，出状况？出什么状况？那部长像妇女似的撇了撇嘴，说，好事不出门，丑事传千里嘛。我一急之下，跟他计较说，谁丑事，你嘴干净点，谁丑事。

他才不跟我计较，抓起电话就打了起来，在电话里报了我名字，完了放下电话，见我无语，又笑道，好了，好了，拿得起，放得下。我不服，说，拿得起放得下，那是你们男子汉，我又不是男子汉，我凭什么要拿得起放得下，我偏拿不起放不下。这话正是这个人要听的，正中了他的奸计，他立刻就接了过去，说，我就知道你拿不起放不下，所以给你个机会，让你离开一段时间，怎么说来着，时间是治疗一切的良药，距离是治疗一切的良药，是不是？贾春梅同志。

他没有叫错我的名字，我是叫贾春梅，未婚。我老大不小的了，未婚不是我想要的。本来我已经在筹备婚礼了，如果筹备成功，我现在应该是一个幸福的新娘。可惜的是，我没有成功。

我把我没结成婚的事情写了一篇文章，本来是想放到博客上去引起民愤的，但后来我却优柔寡断，思来想去，最后没有放。没有放的那就不是博文，而是日记。就像雷锋日记，一直要等到雷锋同志牺牲以后，才公开出来。那时候我虽然悲情绵绵，但暂时还没有牺牲的打算。不是我害怕牺牲，主要是大仇未报，壮志未酬，还没到牺牲的时候呢。所以，这篇文章就留在我的电脑文档里，想看的时候随时可以看。其实我写下以后，就从来没有再看过。

我没有把我的事情放到博客上去，坦白地说，主要原因是不想让我的同事知道我的遭遇。我的文中的人名都是用汉语拼音字母代替的，比如我叫贾春梅，在文章里我就是jcm，其他以此类推，看起来像是给大家都取了个英文名字。但是这种做法简直是此地无银三百两，他们要想弄清情况那是分分钟的事情，尤其是对我的情况了如指掌的阿美这一类女同事和阿切那样的男同事。我得防着他们一点。

我碰到的事情和我写的文章一样的没有创意，我的新郎和别的女人结婚了，把这种烂事写成文章，要文字没文字，要结构没结构，要跌宕起伏没跌宕起伏，只有一样是拿得出手的，那就是事实真相。jcm, jqy, jyb，这都是我根据真人演化出来的名字，谁是生活中的谁，大家一眼就能猜出来，我只是搞乱了汉字和汉语拼音以及英文字母的关系。为什么不能打乱,事实上他们已经先打乱了一切。

这就是不管部长所说的我的"状况"。

这种状况并不是人人能够碰上的。

不过话又说回来,碰上这种状况,或者说碰上类似状况的人也并不少。单说我们办公室的小敏,一个人见人爱的知性美女,犯了重婚罪还一直蒙在鼓里,生了孩子还宝宝地叫唤呢,最后才知道那是个无人认领的黑孩子。

这说明什么?说明男人真不是东西?

也有女人不是东西的。

比如像我们隔壁办公室的好男蒋少君,就碰到一个女人——

罢了罢了,不再一一列举了,这样列举,疑似我是在用别人的痛疗自己的伤呢。其实别人的痛哪里疗得了本小姐的伤啊,亲,你懂的。

不管部长把我送到老板面前,跟老板汇报说,这是小贾,贾春梅,主动报名参加民调队。老板才不上他的当,他看了看我的脸,笑笑说,嘿嘿,主动报名?不像。

我看不见自己的脸,但我知道老板说得对,我才不像主动报名的样子,我那是昨天刚买了股票的样子。老板拍了板,说,小贾,遭灾了吧,出去避避邪也好嘛。

老板到底是老板,他总是善于总结和升华,能够将一些事情的表面现象归结于命运,归结于无可抗争的力量。

从老板那里出来的时候,我问不管部长,你是怎么知道我出状况的?那部长惊讶地看了看我,说,我怎么知道?我怎么不知道?你保密了吗?你又没有保密,人人都知道,为什么我不能知道?我比他更惊讶,我什么时候让人人都知道的。部长说,你不是还写了博文贴给大家看的吗?不等我有更强烈的反应,他很快又说,噢,我貌似想通了,一定是有人帮你贴了出去。

事情正是这样的。

有人从我的文档里看到了我的日记,在我还没有牺牲的时候,就替我公开了日记。

我冲回办公室破口大骂,变态,垃圾,烂人,没等我骂爽了,阿美已经沉不住气了,哎哎哎,贾春梅,你好心当作驴肝肺还说驴肝没有味。阿切接着说,姐,哥加你为好友,只是为了让姐夫知道,姐是春梅,不是村花。他们一个接一个地上哦,柳苏说,姐,姐夫伤害了你,你多久才会原谅他? 大帆说,原谅他是上帝的事情,姐的任务是送他去见上帝。钱理说,你们一个逗一个捧,说相声呢。然后又几个人同声说,贾春梅啊,你改名贾白梅得了。

办公室成了欢乐的海洋,那一瞬间我彻底明白了,本来我还想找出那个"有人",其实哪里来的"有人"。我被所有的人出卖了,我一个人的痛苦成为他们所有人的乐子。

有个年纪稍长的老孙,说了一句,哎哟,这是尼罗河上的惨案,东方快车上的谋杀案啊。我们都不知道尼罗河上和东方快车上发生了什么事情,都瞪着老孙等他介绍案情呢,不料老孙却长叹一声说,我老孙,混到现在,还跟你们一起混在大通间里上班,我买块豆腐撞死算了。

腹黑啊,上班的那些故事果然一演再演,经久不衰。

阿美意犹未尽,有脸来继续打探我的隐私说,贾春梅,你就是jcm罢,这个jyb,我们也知道,是你男朋友季一斌,可是还有个jqy,她是谁呢?我喷她说,少来,你早就把我扒干净了,我闺蜜江秋燕,你会不知道? 阿美做惊讶状说,啊,还有江秋燕这个人?我说,我身边的人,有你不认得的吗?阿美笑道,有啊,外星人,我就不认得。我说,外星人在我身边吗?阿切他们紧密配合阿美,齐齐地说,我们都是外星人。

你们瞧瞧,我身边就是这些货,我不知道你们怎么看,反正我就这么看,别说贴了我的日记不奇怪,就算把我踩成一只蚂蚁也不稀罕。算了算了,搞不过他们,我还是灰溜溜地走吧。

第二季　春天来了

我在回家的路上,接到了我妈的电话,让我绕到花鸟市场,带点花肥回来。我妈不说我也知道,家里那盆牡丹眼看着就不行了。

我家的这盆牡丹,说来话长,那是当年我刚认识狗男季一斌的时候,季一斌的外婆送给我的。我其实不喜欢花,我妈也不喜欢花,因此我们家里从来不养花。我不知道那老太太是怎么回事,头一回见我的面,就一定要把这盆牡丹花送给我。难道老太太觉得我长得像朵牡丹?才怪呢。那种大脸盘,圆下巴的MM,那才是牡丹花,或者是向日葵。季一斌可没说我像牡丹,他说我是出水芙蓉,这是我爱听的比喻,当然这更是事实,我可是长了一张标标准准的瓜子脸,小嘴唇削薄,小下巴削尖,那些去韩国削了骨的女明星远不如我这小样可爱呢。

老太太牵着我的手,把我带到他家的院子,我就看到了那盆牡丹,正是开花的季节,那牡丹花大红大红的,把人的眼睛都照红了。我看到季一斌眼睛红了,不过那时候我还不知道是花的缘故,还以为他是为我们的爱情而感动呢。

我刚刚爱上那狗日的,简直爱得没有原则,别说带一盆花回去,就算让我带一颗定时炸弹回去,我也会照带不误的。

我只是觉得疑惑,我问季一斌怎么回事。季一斌笑着说,说来话长,留在以后慢慢说吧,我们有的是时间。我想也是,我们有一辈子的时间呢。

我呸。

那一天我接受了季一斌外婆的牡丹花,带回家去,我妈看到了,颇觉奇怪,问我怎么回事,我照直说了,老妈竟然有些魔怔,怔了半天,后来问我,那老外婆多大岁数了,身体怎么样?我告诉她,老外婆九十三了,身体很棒,头脑也灵清,看上去像六十三。我妈听了,摇头无言。我不知道我妈犯了哪根筋。

第二天,季外婆就去世了。

我妈说,我昨天看到这盆花时就感觉不对。我吓得起了一身鸡皮疙瘩,问我妈,难道你是大仙?是通灵人?我妈呸我说,那是老人家托孤呢,她已经知道自己要走了,才托付给你的。我说,为什么要托给我?我妈说,你真以为我是大仙,我怎么会知道?反正老太太肯定觉得你就是她要托的那个人。

我后脑勺发凉,心里对那牡丹也起了些畏惧,可是,如果真要我天天日日地用心伺候这盆牡丹花,我可做不到,我忙着呢,我要种菜偷菜,我要魔兽世界,我还要淘宝购物,我还要什么什么什么,我哪有时间养牡丹花。奇怪的是,我妈忽然就变成了我的接班人,从我手里接过了这个任务。我不知道我妈出于什么想法，是怕那逝去的老外婆不高兴呢，还是老妈转了性情，喜欢上花花草草了，我只知道老妈像伺候我一样伺候起那盆莫名其妙的牡丹花来，好像那老外婆一直就在某处看着我们似的。

我妈从此开始了她的花鸟市场之行，她在那里买了许多养花的工具，还有花的营养品，花的药品等等，还买了养花知识之类的书。我说，老妈，你不必买这些书的，要查什么，网上都有。我妈说，网上那些东西归你，我不行。

我早就教会了我妈上网，我妈可以在网上看到任何东西，可她偏偏不行，过目就忘，看了等于没看。

我妈还说，网上的东西，她永远也抓不住，像空中的飘浮物，像过眼的烟云之类等等。我妈真是麻烦，她几乎就是棵白菜，但我不敢说出来，毕竟我对我妈还是有点敬畏的。幸好我的良好习惯跟我妈正相反，我想要看什么东西，必须得到网上看去，那纸质书对于我，就像催眠药，抓在手里就要睡觉，不像到了网上，精神倍儿振奋。

我妈将季老外婆留下的牡丹伺候得像女王似的。我有空的时候随便到网上看了看，人家还真是女王不假呢，吹捧牡丹的内容概不嫌肉麻，名贵花卉，花大色艳，雍容华贵，富丽端庄，芳香浓郁，品种繁多，国色天香，花中之王，富贵吉祥，繁荣兴旺，哎哟我的妈，谢谢牡丹花，它的兴旺，见证了我和季一斌爱情的发达哎。

我呸。

季一斌甩我那天，我奔回家去，拉开阳台门，我妈以为我要跳楼呢，不料我一眼看见牡丹，爆了一句粗口，端起来就往外跑，我妈还不知道事情的来龙去脉呢，在背后大喊，怎么啦，怎么啦？

我从楼上奔下来，刚要出楼道，劈头盖脸就扑下来一阵暴风骤雨，把我扑了回去，我妈从楼上追下来给我送伞，结果伞被风刮跑了。

你就不知道我妈的眼睛有多厉害，反正我觉得那不能叫眼睛，叫X光也嫌不够，基本上就是"拜他CT"，我妈早已经看出问题的实质来了，她跟我说，你和季一斌的事情，是人和人的事情，碍不着花呀，人是人，花是花嘛。她从我手里接过牡丹，捧上楼去。

我跟在后面愤愤地想，人都不是人了，花还是花吗？

第二天风雨停了,阳光也出来了,我端了牡丹又往外去。我妈说,你打算把它弄到哪里去?我气不打一处来,说,切,丢垃圾箱里去吧。我妈没有应声,我有些奇怪,一边回头看她,一边跨出门去,后脚跟被门槛拉了一下,一屁股坐在地上,疼得半天爬不起来,手里倒还稳稳妥妥地端着那盆花呢。我妈说,你看你看,你就不该有这样的念头。又顺手把花接了过去,重新搁到阳台上去了。

我哪里咽得下这口气,可是当我第三次端着牡丹要出门的时候,正有个人捧着一盆花进来了。我认得他,他是我妈的男朋友,他们在花鸟市场认识的,他给我妈送来一盆芍药,不过我当时不认得它是芍药。我说,哎哟,李叔,我家已经有一盆牡丹了,你怎么又送一盆来。李叔说,梅子,这不是牡丹,这是芍药。他看了看我手中的牡丹,奇怪说,你怎么把牡丹往外拿呢,我正送了芍药来给它做伴的呢。我妈就再一次从我手里接过牡丹,说,算了吧,让它们做个伴吧。我心想,哼,到底是它们要做伴,还是你们要做伴呢?

李叔送来的芍药长得和牡丹很像,李叔告诉我们,等到它们开出花来,你们会觉得更像。我抢白说,既然它们那么像,为什么还要叫两个不同的名字,干脆都叫牡丹,或者都叫芍药好了。李叔说,像只是像而已,不等于就是,虽然它们并称花中二绝,而且外貌相似,但人家还是有比喻的,说,牡丹为花王,芍药为花相。一个是王,一个是相,到底还是不一样的。我不知道李叔算不算是在拍我妈的马屁。

自从来了芍药,紧靠在牡丹旁边,牡丹不仅没有如了李叔的愿,反而蔫得更厉害了,那芍药也不显精神。我说,妈呀,李叔的芍药克牡丹吗?我妈说,谁能克得了牡丹啊,牡丹是花中之王哎,牡丹克人家还差不多。我妈认真研究了一番之后,以为可能是互相影响的原因,它们可能是抢空气,抢阳光,还抢我妈的温度呢,便将它们搬开来,离得远一点,可是一搬开来,它们立刻朝着对方的方向生长起来,叶子秆子都歪了过去,似乎又想靠拢一点,再将它们搬近一点呢,又蔫了。奇了怪啊。我妈却说,不奇怪啊,这不就是一对夫妻吗,太近了不行,整天吵吵闹闹的,离远了呢,又互相惦记,这花和花相处,也有一定的距离。

我问我妈,你说"一定"的距离,这"一定"到底是多少呢。我妈肯定不知道,她要是早知道,也许当年就不会和我爸离婚了,她要是现在知道,也许就会爽快地和李叔去登记了。

我也不知道。我要是知道,季一斌会离开我吗?我不知道。

季一斌走了,花还在,本来我和我妈接下来就是等待了,等待着暮春和初夏的时候,牡丹和芍药次第而开。可惜的是,春天还刚刚来到呢,我却要走了。

我去了花鸟市场,里面臭烘烘的,却琳琅满目、生机勃勃,鸟鸣狗叫,各种宠物,花木也繁多,我找到那个老摊位,跟摊主说,怎么你的肥不管用?摊主说,你是什么花啥?我说是牡丹,摊主嘀咕说,阴茶花,阳牡丹,现在的人,不会养花乱养花,不会养鸟乱养鸟。我说,谁不会养啊,牡丹我都养了几年了,今年忽然就不行了,难道它老了?摊主说,我的牡丹比你的牡丹年纪老多了,它怎么长那么好?

我这才知道,他摊位前面一直搁着的那一盆花,原来也是牡丹,只是我从来就没有在意过它,因为我来的时候,它不曾开花,它开花的时候,我却不来。现在听摊主说了,我才看了它一眼,也不过如此。我不知道他一个卖种子和花肥的,为什么放一盆牡丹在自己摊位跟前,难道是为了炫耀他的种子好,花肥壮吗?我不屑地哼了一声。那摊主却不乐意了,说,怎么,你还不相信,牡丹寿命很长的,从前我在一户人家,看到一株牡丹,四百多年,明朝那时候留下来的哩,还是从皇宫里出来的哩,到现在还年年开花。我笑道,你就吹吧。摊主不高兴说,我吹啥,我跟你吹啥。我听不出他是哪里的口音,但是我听得出他瞧不上我,他认为我是个菜鸟。

唉,菜鸟就菜鸟吧,物是人非,我已经天旋地转,不知道世间鸟为何物,直教鸟混沌迷糊。

亲,你们替我想想,我晴天霹雳毫无征兆地被相恋数年的男友甩了,甩就甩了吧,还跟我的闺蜜好了。跟我闺蜜好就跟闺蜜好了吧,还立等可取地就结婚。结婚就结婚了吧,还给我发了一张请柬请我喝喜酒。喝喜酒就喝喜酒吧,还——我呸,我怎么有脸去喝他们的喜酒?

亲,你们再替我想想,我又毫无还手之力地被单位的同事算计成了民调队员,也就是说,我要到贫困落后的农村去待上一年。这一年去了也等于白去,若是去扶贫,回来还有提拔的可能,若是去挂职,下去就是某长,最差也得是个副村长,若是去交流,也许交到一枝高枝让我顺势攀上去,可独独就是这个民调队员,去了啥也不是,回来仍然啥也不是。

网上说:我的那些叫做"秋高"的大哥们哎,可是把我给"气爽"了。网上又说:杯具碎了剩下的是玻璃,心碎了剩下的是眼泪。玻璃刺痛了心,杯具盛满了眼泪。网啊网啊,你真比我的亲爹还亲,无论何时,无论何地,你都是我的内心深处的真实写照。

自从那季一斌变成狗日的以后,我日日泥马,夜夜抓狂,我妈却让我去买花肥,让我忽然间就柔情似水地说起了花来,还牡丹,还芍药,奇了怪,你们会不会以为我是犯了花痴病,把我自己想象或打扮成一朵花。

我才不是一朵花,更不是一朵可爱的花。若一定要说我是花,也是那专吃其他植物的一枝黄花,是恶之花。我这个人从不记仇,一般有仇我就当场报了。只可惜对于季一斌和江秋燕,我无法当场报仇。我的心里充满了恨,充满了恶意。听说有个姓基的大叔,为了复仇,花了十多年时间做准备,我可等不及,我没有那么好的耐心,我也没有那么多的时间,十多年,我都残败成一朵老菊花了。

我能够想得到的唯一的复仇的办法,就是让所有认识他们的和所有不认识他们的人都知道他们的事情,先把他们的脸丢尽了再说。这件事情已经有单位的同事帮我做了。但其结果是,居然有人赞扬他们的作为,说他们为了真爱,敢破世俗。

我呸!

估计就是狗男女他们自己写的。

我从花鸟市场回来,把花肥交给我妈,我妈打开纸包看了看,怀疑说,不会是假的吧,现在什么都玩假。她又闻了闻,又说,一股子泥土气,不会就是泥巴粒子吧。

我悲催地说,老妈啊,现在只有一件事情是真的,我当上民调队员了,三天后出发。

第三季　倒春寒

民调队长是某农林部门的一个领导,从前是八竿子也打不着的,现在一上车,就像八辈子以来都是亲人似的,自称说,从今天起,我就是你们老大。我一听就不爽,提醒他说,别以为老大就一定是被众人吹捧的人,他也可能是被众人暴打的人。老大正在落座,回头朝我看了一眼,说,你是贾春梅,你还真是个女的。这几乎是句废话。我心情不好,听别人说什么话都不好听,我才不管他是不是老大,抢白他说,你看名字不就知道是个女的吗?他笑了笑说,也不一定哦,我们单位有个人叫巧妹,男的。一车人都笑了。我恼怒说,队长,你是不是歧视女同志,你是不是不想要我参加民调队,你早说——你也不用早说,你现在说也来得及——我立马下车。老大说,贾春梅同志,你不要激动,我绝无歧视你的意思,我只是好奇,你们单位里那么多男人,却偏偏弄个女的出来做民调,真是笑话。我脱口就说,你要是知道我们单位派我当民调的原因,那才叫笑话呢。见大家都想听,我就人来疯,干脆再脱个口,说,因为我的新郎娶了别人当新娘,我们老板说,民调队可以疗伤。

瞧我这张嘴。他们把我的日记放到博客上,真是报应。

大家嘻嘻哈哈,谁也没把我的话放在心上,我真是以真乱假,他们都以为我胡说八道呢。

车子开了起来,老大说,大家要有心理准备,即使一路正常,也需要八小时行车时间。大家都咋咋呼呼,大惊小怪,我却正中下怀,或者反过来说,这正是我想要的时间。

你们应该看出来了,我可不是什么兵败如山仓皇逃窜,我这是使的缓兵之计。我一肚子坏水,我计划着复仇。

所以我需要时间,我需要空间和距离,让自己先冷静下来,先舔干净伤口,再面对仇人。

我的仇人?多了啦,除了你们知道的江秋燕和季一斌,办公室里阴谋发我博客的一个也逃不掉,赶我下乡的不管部长也算一个,我们老板?老板就算了吧,主意不是他出的,他只是没有反对而已,虽然不够意思,但我也想得通,对我们这些泛滥的离他十万八千里的下级,他就算有意思,我也够不着呀。

我做的第一件事,就是在出发前开通了微博,现在微博的发布密码就在我手心里攥着呢,我只需要动一动手指,一百四十个恶毒的字眼就像一百四十把利箭,瞬间就射出去了。

我要把这件事情上升到某个高度,道德的,精神的,社会的,全社会的,人类的,全人类的。现在不是有人说,经济发展,道德滑坡吗,还有人说得更厉害一点,是经济腾飞,道德崩溃。

我就是一个现身说法的牺牲者啊。

在去往贫困地区的颠簸的道路上,我的第一条微博发出去了。

"求救、求助、求解之一:未婚夫在结婚前一天告诉我,新娘不是我,而是我的闺蜜。没有一点点征兆,是我太傻×,还是他们太牛×? 是我大惊小怪,还是世界太疯狂? 我应该自杀,还是杀掉他们? "

我闭上眼睛等待了一会,大概有十几秒钟,我上去看看反应,正如我所料,已经来了十几条,第一条还没读完呢,又来了十几条。

有一个人连发三条,上面全是写的"自杀",总共是二百一十个"自杀",服了you,你那手指是人的手指吗,人的手指头有这么快的吗。

也有好心眼的,写满了"淡定",手指头一样够快。

有一个批评我无聊的,说:"你灌水,我闪。"

怪得着我无聊吗?

我又发了第二条,把办公室同事出卖我隐私的事情写了出去。

立刻有一条来了,写道:"贾春梅,你就冒名吧,别说套个马甲,你穿上龙袍我也知道你是谁。你烧成骨灰级我也认得你。本来我的事情没有人知道,你居然用微博公开我的秘密,让大家耻笑我,我早就知道,你就是那个让我恶心到吐的'同桌的你'。"

这一条把我吓住了,我惊恐地咀嚼了一会,觉得这应该是我诅咒阿美的内容呀,怎么有人反咬我一口? 正心有余悸呢,忽然发现身边多了一双脚,抬头一看,原来是后面位子上的一个队员跑到前面,正在我身边站着呢,见我一抬头,他又回到后边坐下了。

我有些迷惑,过了一会,他又过来看看我,看过之后,又回去了。

我怀疑他也是爪机党,跑到后面一看,果然的,他正忙着呢。见我过来,跟我说,刚才好像听到老大说,你叫贾春梅? 你微博注册的是贾春梅,就是贾春梅吧? 恭喜你啊贾春梅,你已经有三千粉丝啦。

我知道那是僵尸粉,但多少也满足了一点虚荣心,至少我的话题是有人感兴趣的嘛。我撇了撇嘴说，你倒关注我啦，我还不知道你的名字呢。那队员说，我叫刘有，你就叫我小刘吧。我朝他瞄了瞄，也没瞄出他的年纪来。刘有又说，哎，贾春梅，你真是因为失恋参加民调队的？我没好气说，你以为是我想参加民调队吗，我是被人设计陷害的，不过，幸好挑了我。刘有说，挑了你什么好处？我说，我不正在发微博呢吗？刘有笑了笑，说，原来你们开微博就是为了骂人的哦。我朝他翻了个白眼，没好气地说，难道他们不该骂？刘有举手投降说，好男不和女斗，尤其不和怨妇斗。

没趣。

车子猛烈地颠了一下，我被颠得一屁股坐在过道上。那老大一直在睡觉，这会被颠醒了，回头朝大家看看，也朝坐在地上的我看了看，说，小贾，你怎么了，这么无聊？我说，不是我无聊，是车子太颠。老大不再睡觉了，他坐直了身子，开始翻自己的公文包，翻了一会，拿出一沓材料，见我还扶着刘有的座椅靠背站在过道里呢，老大朝我招招手，我走过去，他把材料塞到我手里，说，贾春梅，你既然闲得要往地上坐，不如就开始工作吧。

我低头看了一下，手里有了三份材料，一份是我们民调队的名单，一份是定为调查对象的村名和村支书的名字，再有就是调查内容和对民调队员的要求。我将这三份材料瞄了一眼后，问我们老大说，老大，你是让我当老二吗？老大见我站在车上摇摇晃晃，招手让我坐到我原来的位子上，说，我们队里这么多人才，你觉得你能算老几？我说，老几老几还不是老大说了算。老大说，你呢，当老几都够不上，你就当秘书吧。我说，老大，在这种穷山恶水的地方做一年民调，你还有胃口搞个小秘？大家哄堂大笑。老大看一看我，又说，贾春梅，难怪你们单位把你踢出来了。我虽然喊他老大，但那是给他面子，我才不买他的账呢，我不客气地反问，老大，那你单位又是为什么把你当个屁给放出来的呢？

同样的话，老大说出来就无事，谁也没放一个屁，我一说，大家就不依了，纷纷攻击我说，贾春梅，你糟践自己，我们管不着，可你不能把我们看低了，我们不像你，我们可是通过层层推荐公开竞争才产生出来的优秀分子。我哼哼说，老俗话你们听过吗，一粒老鼠屎，坏了一锅粥，我就是那粒老鼠屎，你们就是那锅坏粥，我们都搅和在一起，融化成一摊，还分得清你我吗?我简直是尖嘴利牙,舌战群雄,他们也不是吃素的,何况他们人多势众,还仗着老大当后台,合着伙欺负一个花季少女,这些男人要多自私有多自私,要多猥琐有多猥琐,不肯怜香惜玉、不当护花使者也就算了,还恨不得把花撕了当下酒菜。

只可惜他们搞错了对象,本小姐可不是任人踩踏的落地花。我大声宣布,本小姐黑名单上,早已经有了一长串名字,也不在乎再多加你们这一伙。大家又哄闹起来,刘有说,这几天刚刚开播一部电视剧叫《暗杀名单》,可惜参加民调队了,乡下不知道能不能看到。张小汾说,贾春梅,你把我们上了你的黑名单,是要暗杀我们呢,还是要关爱我们?

一场舌战后,老大等我们暂停片刻给大脑补氧的时候,插话说,贾春梅,就这么定了,民调队秘书。你呢,先将这几份东西认真看一看,到了驻地,就分组,分组的情况由你掌握。

我一听,可以管分组,至少可以把自己分到一个条件好一点的地方哈,这还有点小权呢,赶紧认了说,好吧好吧,生活多艰难,为了多掌握一门吃饭的手艺,有人还专门练左手使筷子,我也练一门吧,当个小队秘书,总比练左手使筷子容易些吧。老大立刻又纠正我说,错,第一,不是小队,是大队——贾秘书同志,你记清楚了,我们是赴西城市西河县西墩乡民调大队,不是小队;第二,做大队秘书不见得比左手使筷子更容易,你可不要掉以轻心哦。我"哈"了一声说,西城市西河县西墩乡,都是西啊,条条大河向东方,我们这是逆流而动啊。

老大还没说话,老二立刻对我表示怀疑,说,她这个人看起来没头没脑,没心没肺,怎么能让她负责分组。张小汾也挤到前边,抢着说,是呀,她有什么资格决定我们的命运。还是刘有有点头脑,知道老大的心思,说,哎,这正是老大看中她的原因,你们想想,如果让老大或者老二分组,大家挑三拣四,都要拣路途近的、条件好的地方去,可是哪里有这么多的好地方,都去了好地方,差的地方谁去呢?你叫老大怎么办,你叫老二怎么办,叫贾春梅分组,相当于大家抓阄吧。张小汾似乎恍然大悟,说,噢,明白了,原来贾春梅的脑子,就等于没有脑子。大家朝老大看,老大笑眯眯地点头,还朝刘有抛了个媚眼,看起来蛮中意刘有的。

我才不管他们眉来眼去,我也等不及到了驻地再分组,近水楼台先得月,我一眼看到我手里的名单上有个村的村名叫西地村,我嘴又快了,快嘴说,我分配自己到西地村吧,西城市西水县西墩乡西地村,反正一西到底了。话音没落,我就觉得应该给自己一个嘴巴,情况都没搞明白,就把自己给分出去了,谁知道西地村是个什么样的村子,凭我这苦命、穷命、丫环命,那八成就是一个最穷、最偏远、最落后的地方。

怎么不是,随着我的话音落下,老大笑眯眯地递给我一张地图,说,我正愁这个村没人肯去呢。他指着地图的一个角落说,你认一认自己的地盘吧,从西墩乡乡政府到西地村,十八盘山地。

我一受惊吓,当场打了个嗝,面包车居然也跟着我打嗝,上下一颠,坐在后排的一个同志"啊呀"了一声,手就捂着头顶心了。老大紧张得赶紧往后跑,边跑边说,不好了,不好了,我从前一个同事,就这样顶了一下,就去了。那后排的同志听了,气得说,老大,本来我已经够高风亮节,让你们坐前排,我坐最后,你还咒我?老大说,我不是咒你,我听你"啊呀"那一声惨叫,我就想到我的那位同事了。后排的同志说,你想得美,你想让我壮志未酬身先死,没门,告诉你,一根汗毛也没碰到。老大松了一口气,说,那你"啊呀"个啥呢,手还捂着头顶?那同志说,我是提醒你老大,我坐在后排多辛苦多危险。

老大回头又往前边来,到司机那儿,跟司机说,路况不好,你慢点开。司机没理他,连哼也没哼一声。老大也不显尴尬,重新落了座,没事似的。

我倒奇了怪,这面包车是老大的单位赞助的,司机也是老大单位的司机,一路上尽黑着脸,老大跟他说话也爱理不理,看起来一点也不惧怕老大。老大应该是很没面子,很下不来台的,可老大还故作没事,我肚子里恶虫水又拱出来了。我凑到老大耳边说,这个司机,根本不把你放在眼里,你还不拿出点威信和权力让他知道你的厉害。说得老大脸上青一阵红一阵的。

因为老大的单位是队长单位,所以得多承担一些,还有一个副队长老吴,他单位承担了一个副驾驶,那人一直坐在副驾驶的位子上,比开车的司机更酷,戴了副超大墨镜,压根儿就没有人看清过他的脸。

本来嘛,牛什么牛,这都是些什么人啊,连司机都不尿的人,还跟我装什么老大老二。

说到尿，我就想尿了，但我不大好意思说，憋了半天，憋不住了，凑到前边问司机，前面有没有服务区？司机照例黑着脸，脸和眼睛一直都正视前方，连我这样的花容月貌都不带拐一眼的。

完了完了，难不成让我尿裤子？这民调队还真不是人待的地方，工作还没开始呢，先叫尿给憋死？

心里正猛烈地诅咒民调队，猛然间，车子"嘎"的一声巨响，我反应贼快，以为定是出了车祸，赶紧抱着脑袋赖到地上。片刻之后，我听到了大家的哄然大笑，才知道我反应过度了，不是什么车祸，只是司机停车而已。

车停了，司机仍然没有说话，那副驾驶这才说了一句话，下车方便吧。

我以为到了服务区，探头朝窗外一看，两边都是田野，一无遮挡，哪来的什么服务区，连个茅坑也没有。男的都下了车，也不避什么，就在路边方便起来。我可就不方便了，看看田野里的庄稼，才寸把长，挡不住人啊。尿又急，心又气，责问司机说，你什么意思，你停在这里叫我怎么办？

司机不说话，副驾驶仍然戴着墨镜，但是我看到他的没被墨镜遮住的嘴角嘻了一下，我还没来得及跟他计较，老大从车门旁边抽出一把雨伞递给我，说，用这个挡一挡吧，小姐。

我顾不得和他们论长短，先下车解决当务之急，没想到下面风很大，顾了伞又顾不了人，顾了人又顾不了伞，狼狈不堪地解决了问题之后，我愤恨不已地上车来，就听到大家伙正在议论呢，说老大的主意是馊主意，又说老大是蓄谋已久早有一手所以早就配备了雨伞。老大说，冤枉哪，我怎么知道这个贾春梅真是个女的呢。

我看了看手里的民调队员的名单，主意来了，说，我认输，我认输，既然老大信任我，我先工作了再说。

车里这才安静下来，他们都睡觉去了，我开始给大家分组，等我分好了组，给每人发一张纸，纸上是民调队员的姓名和所到村的村名。

张小汾接过去一看，嚷了起来，哎，贾春梅，你把我的名字写错了，我是三点水的汾，不是米字旁的粉。我说，啊？你这么娘，怎么看都应该是米字旁边的粉啊。这边张小汾还没说完，那边又有几个嚷了起来。嘿嘿，亲，你知道的，这都是我的杰作，名字里有个光的，给加上月字旁，成了胱，有文的变成坟，有军的加三点水成浑，还有个风，就让他疯，等等，哈哈。

张小汾说,一见面都以为你是不幸跌落人间的天使,你好歹也多装一阵子,这么快就暴露出来是魔鬼。我说,我正努力将天使磨炼成魔鬼。

我想把这句充满哲学意味的话发到微博上去,拿起手机来一看,我的妈,针对我发的前两条微博,已经收回来几百条,有嘻哈的,有咒骂的,有说活该的,还有求爱的,有要我更密切的联系方式的,还有发来照片的。有一个人说,姓贾的,小心老子阉了你。我明明说明我是个女的,他怎么要阉我呢,我有什么给他阉的呢。他一定怀疑我是个假冒的女人。

我本来是跪求同情、泣诉委屈的,结果这个楼还没有拔起来就已经歪出去十万八千里,歪到令人瞠目结舌。我在歪楼中耐心地攀爬了一会,忽然就觉眼前一亮,果然有人中枪了。

江秋燕负伤出现了。

她和我隔空对骂起来,她骂道,贾春梅,扒掉你的羊皮吧,露出你的真相吧。有胆量的,我们约个地方见面单挑。我回骂道,姐现在不见你,貌似姐低下了头?错,姐是在找砖头。江秋燕又骂道,搬起砖头砸你的猪头去吧,变态猪,我不认得你。我骂说,你不认得我,我可是认得你,扒了你的皮我认得你,不扒你的皮我也认得你。江秋燕的气焰矮下去一点,说,真倒霉,躺着也中枪。我的气焰更加高涨,我继续射击说,你是躺在我老公床上中枪的。江秋燕说,你老公?你老公是谁?我骂道,你他妈的抢了我的老公还不知道我老公是谁?

那围观的,那个热闹啊,真是目不暇接,眼花缭乱啊。

这里斗得且酣且欢,无意中一抬头,忽然看到坐在我前排的老大正扭回脑袋看着我呢。我说,老大,干什么,你别吓唬我。老大微微一笑,对我说,西地村是个花木村。我沉浸在和江秋燕的论战中,一时没有听懂他什么意思,愣了一下。老大随即叹息说,代沟啊,真正断代的就是你们这一代啦,连花木村都不知道,还让你们来做民调,真是滑了天下之大稽。我赶紧从歪楼中回过神来了,我不服说,花木村我怎么不知道,你也太小瞧我了,我家里还养了一盆百年牡丹呢。

老大一听,顿时眼睛发亮,说,贾春梅,你也喜欢牡丹花啊?我赶紧说,那倒不是,那是别人送的,我妈养着呢,与我无关。老大的眼光又暗淡下去。

后来我才知道，老大本人，就是一个农林专家，而且是一个专门研究花木的专家。

第四季　如期开花

民调队终于到达了目的地。

车子开进了一个招待所，老大指了指，跟我们说，到了。没等我们开始庆幸，老大立刻打击我们说，你们别高兴得太早，这不是我们的最终目的地，明天我们还得赶路。

其实不用他打击，谁不知道，民调队是要下到村里去的，现在在县里，离村里还差两个级别呢。晚饭是县委的领导请客的，但其实县委领导只沾了一下屁股，开始不多久，就转场子去陪另外的客人了，看得出老大有点挂不住，但是我们却乐得轻松，不用老是奉承着老大和县领导。

可惜老大情绪一低落，饭桌上就没什么气氛了，匆匆收场，老大说，休息半小时后，到会议室集中。

我们走出来的时候，刘有说，这个县委领导太不给老大面子，不管老大多么边缘，好歹级别要比他高个档次的呢。我听出些话外之音，说，老大怎么边缘啦？刘有说，唏，不边缘的人，谁会来民调队啊。又说，老大呢，搞业务的，恃才傲物，和自己的老大搞不好关系，只能来民调队当老大。我立刻幸灾乐祸，说，别光说老大了，你自己呢，你怎么到民调队来的？刘有说，我想离开家庭一段时间。我貌似尖锐地剜了他一眼，假装老成地说，怎么，有故事啦？刘有说，有故事倒好，关键是没有故事，什么也没有，却不想待在一起。我说，刘有，你这是试离婚吗？刘有没趣地说，试离婚有什么好玩的。就抛下我一个人走开了。

真是个没趣的人。

我回自己的房间，掏出手机给我妈打电话，忽然就问，老妈，牡丹开花了吗？我妈可能在电话那头奇了怪，别说我老妈，我自己也奇怪呀，我在家的时候，从来不管牡丹的事。果然，电话那头我妈说，今年倒春寒，还没开呢——咦，你不是今天早晨才出的门吗。我说是吗，我怎么觉得自己已经离家好几个年头了呢。老妈说，在家千日好，出门一时难了吧，你在家的时候,是身在福中不知福,所以出去才会想家。我油嘴滑舌说,妈,我们都是梦想家,现在梦没有了,就只剩下想家了。我妈说,到了我们这把年纪,才没有了梦呢,你年纪轻轻,正是做梦的大好时光呢。我说,好吧,老妈,我争取今天晚上做一个牡丹花开的美梦。我妈敏感地说,梦见牡丹开花?小梅,你是不是和季一斌又——我"呸"了一声,把我妈的"又"字给吓回去了。

收了手机,就听到老二在走廊里喊开会,我们集中到会议室,重新给大家发了分组名单,两人一组。我很郁闷,说,老大,原来你在车上叫我分组是拿我练枪的哦。老大说,不是练枪,你哪来的枪,是练你的本事,你看看,这个新名单,除了把一人变成两人,其他我都按照你的意思分的嘛。比如你,就还在西地村嘛。我把名单一看,发现老大把自己分到我的那一组,他也去西地村。

老大似乎有点心虚,解释说,我没有私心,不是因为小贾是女的,我才和她一个组,我到西地村,是因为西地村最远最艰苦,我是队长,要带头嘛,第二个原因,因为西地村是个花木村,和我的专业对口。

大家大笑起来,说老大此地无银三百两,又说老大饥不择食。这话我一听,来气了,这不是拐着弯在骂我呢吗,我说,我不去西地村了,你们谁愿意去谁去。这话倒是真吓着他们了,没人敢接嘴了。气氛有点僵了,老大出来圆场说,唉,你们这些人啊,村长分块地,也要闹意气,首长骑个马,也要提抗议。大家又笑了笑,那真是苦中作乐。老二又吩咐了一些生活上的事情,我这才知道,原来我们不是要住到村子里去,我们叫做"住县赴村",也就是说,白天我们下村去搞调查,晚上还是集中回到县城来住,也就是说,我将要和这些家伙一起住上一年的时间。

最后老二又通知大家,招待所晚上热水供应到九点钟,要洗要刷的抓紧时间。我赶紧跑回房间,打开水龙头,将一块白毛巾凑过去,一下子,白毛巾就变黄了,把我吓了一跳。我以为是我的水管子锈了,找到刘有的房间,敲门问,水怎么样。刘有说,嘿,脏水不脏身。虽然他这么说,但我还是没敢冲澡。本来我也不白,如果不涂脂抹粉,脸上就是黄拉拉的,再用黄水洗上一年澡,差不多就是一只得了黄疸肝炎的恐龙了。只不过,躺到床上后,我一直在想,今天不洗,明天不洗,难道我真能熬上一年不洗澡?

晚上我也没有做梦。到了这个地步,我连梦也懒得做。做个好梦吧,醒来一看,现实不是梦,纠结;做个噩梦吧,那就更亏了,生活已经像噩梦了,梦里还要恶心人?所以这梦不做也罢。奇了怪,我还真是心想事成,不想做梦,竟然就真的没做梦,没做梦我就醒来了。

醒来出门一看,发现情况有所变化,招待所里多出些人来了。一问,才知道是各个村的村支书赶到县城来接民调队员的,我不知道他们怎么会一大早就到了。刘有告诉我说,他们也是昨天晚上来的,但是没有住县招待所。

我看了看村支书的名单,西地村的支书姓蒋,我就喊了一声,西地村的蒋支书?

一个老头应声说,哎,西地村来了。他过来和我握手,说,首长好。又自我介绍说,我是老蒋。我指了指老大说,他是我们老大,他也到西地村。老蒋又和老大握手,说,首长,县上早就通知我们了,来的都是首长。老蒋又回身招呼一个人说,来,来,过来,你过来认识一下。那是个年轻人,有些腼腆,他磨蹭过来,和老大握手说,老师好,我是小蒋。我"哈"了一声,说,你们是父子俩?老蒋惊讶地"咦"了一声,说,到底首长眼睛尖,有水平,一眼就看出来了,其实人家都说我们父子长得不像,还有狗日的说小蒋不是我亲生的呢。小蒋难为情地笑了笑。

大伙分别接上了头,我们就跟上老蒋和小蒋,出了招待所的大门。门口有几辆拖拉机,也有一些三轮小货车,只有一辆四轮货车算是个正经汽车,不知道是哪个村的。我失望地想,西地村恐怕就是拖拉机了。还真让我想对了,老蒋拍了拍一个拖拉机手的肩,说,接上了,走吧。

我和老大爬上了拖拉机,老蒋想得很周到,给我们准备了两把凳子,凳子上还绑了稻草垫子,怕委屈了我们的屁股。

拖拉机刚要开,有人追上来了,二话没说也爬了上来,缩在一边,尽量不影响我和老大。老蒋抱歉地看了看老大,看了看我,解释说,村里的,搭个便车。开出没多久,又搭上一个,等到拖拉机开出县城,上了乡间公路的时候,拖拉机上已经挤得满满的了。

有个人挤在最边上,勾过头来对老大和我说,首长,可惜你们每天是早下晚上,我们不够方便,你们要是早上晚下,我们就更方便了。老蒋吥他说,有的给你搭个便车就够你便宜的了,你还嫌时间不够凑巧,你想让首长凑你的时间啊?那个人赶紧摇了摇头,说,不是的,不是的。老大关心地问他,你是昨天来县城的吧,那你昨天晚上住哪儿的呢?那个人笑了起来,说,我们不用住的,就在桥底下铺张席子。老蒋说,首长不要笑话我们,我们西地村——唉,也不多说了,反正你们就是来调查的,你们调查了就知道。

大家说话的时候,小蒋一直不说话,他坐在拖拉机的边厢扶手上,被拖拉机颠得歪来歪去,好像自己都撑不住自己的身子。我有些担心他一不小心掉下去,我说,小蒋,你往里边坐坐吧。小蒋脸红了一下,朝我摇了摇头,坐直了身子,似乎在努力控制着自己不再歪来歪去。刚才那个说话的农民又说了,你别看他有气无力的样子,咬人的狗不叫唤,他很厉害的。

小蒋被比作狗,小蒋和老蒋都不生气,还跟着笑,老蒋说,那是,我们小蒋皮实的。话虽这么说,老蒋还是把小蒋拉下了边厢,让他坐在地上,挤到了一个老农民,老农民嘀咕了一声,小蒋又往另一边靠了靠,靠到老大跟前,尊敬地说,周教授,您好!老大没奇怪,我倒奇了怪,说,咦,你怎么知道,我还不知道老大是个教授呢。小蒋还没说话,有个农民又插嘴说,上网查呗,网上什么都有。我心里又奇怪,看上去西地村的农民很傻很天真,居然也知道网上什么都有。心头一喜,问道,你们西地村有网吧啊?那农民说,有屁网吧,网都没有,哪来的吧。我说,那你怎么知道网上什么都能查到?看那农民又要放粗话,老蒋赶紧挡他,对我说,首长,那都是小蒋告诉他们的。又朝老大说,首长,我们小蒋很用心的,西地村是花木村,您是花木专家,您到我们村来做民调,这是我们最好的机会啊。老大说,我了解过你们西地村,你们有个苗木基地,以培育牡丹为主。老蒋说,是呀,是呀,我们的牡丹,西地牡丹,好品种。老大说,我看过些资料,提到过西地牡丹,但是比起洛阳牡丹、菏泽牡丹的盛名还差得远啊。

原来他们都做过功课呢,不过,我才不以为然,不就搞个民调嘛,这么认真干吗呀,又不加奖金,又不升官,这老大也真是、真是应该当我们的老大。

接下去,小蒋就和老大谈论种植花木方面的内容,我不知道别人能不能听懂,反正我是一头雾水,我只是注意到,小蒋和老大说话的时候,老蒋一直没有插话,他坐在一边,笑眯眯地看着小蒋,满脸的欣赏和崇拜。

叫你吃不透。明明一直小蒋是跟在老蒋屁股后面的,结果反而是小蒋唱了主角,不过我也没想把他们吃透,这关我何事,我才没兴趣。我拿出手机,准备继续发微博,那对狗男狗女还在我心尖上搁着呢,无论到了哪里,我也不会忘记他们。

我"哗哗哗"又写了一百四十字,一直到按了发送键,才知道这路上手机没有信号,我大急,叫喊起来,啊?啊?难道西地村连手机都不能用?我是冲着老蒋喊的,可是老蒋傻呆呆地看着小蒋,小蒋说,老师,您别着急,一会转过这个弯可能就有信号了。

等转过了弯,信号果然来了,只是还没等我干成我要干的事情,信号又弱下去了,就这样手机信号一会有,一会无,恰巧这时候,有个电话进来了,我一看,好像是我们不管部长的来电,心头好歹温暖一点,我赶紧说,部长,我惨啦。部长听不清,说,小贾啊,是不是乡下风景很赞啊,难怪现在城里的人都要往乡间去,小贾,好好享受世外桃源啊,哪像我们,吊死在一根绳上,闷死在一间屋里。我说,那我跟你换一下,我回去吊死,闷死,你来享受世外桃源。部长又听不清,说,小贾啊,既然你在那里很赞,你就饶过人家吧。我心里忽然一惊,人家?人家是谁?难道是那对狗男女?又被我料中,果然部长说,小贾啊,那个新娘子上门来找我啦。我说,她竟然有脸去找我?部长说,你就别再发微博骂人家了,人家都已经结婚了,你也离开了,到乡下去了,都八竿子打不着了,就算了吧。我说,你凭什么帮他们说话。部长说,你以为我爱管闲事,我自己单位的事都管不过来,那女的一直就守在我办公室,我跟她说,你下乡做民调去了,一年以后才回来,她才不相信,认为我们把你藏起来了,如果不把你交出来,她就吊死在我们走廊里,连哪个柱子她都选好了,贾春梅,你怎么会有这样的朋友。我说,你现在知道我的厉害了。部长说,她说还有一种死法,去买炸药把我们的办公室炸了,然后抱着我一起跳楼。你知道我在十八层办公,跳下去必进十八层地狱。我说,她抱你?抱得动吗?你堂堂一个部长,难道一个泼妇讹诈你,你都相信,你都害怕?部长说,难怪你愿意去民调队,你一走了之,把麻烦扔给我了。我幸灾乐祸说,你叫她来找我就是了,你告诉她,我在西城市西水县西墩乡西地村。部长说,贾春梅,从前我还不知道你如此腹黑。我说,部长,你最擅长的就是颠倒黑白,混淆是非。部长说,你这一招很歹毒,微博是什么,微博就是一个世界大喇叭,那女的说,男的没脸见人了,要和她离婚了。我说,本来他们就不应该结婚嘛。部长说,贾春梅,你以为现在的人都那么好对付,人家说了,死也要拉个垫背的,你记住了,垫背的就是你哦,如果你不在微博上更正或者道歉,人家要到法院告你。我说,我正等着呢,就怕法院找不到被告亲自签收传票哈。我把我们不管部长气得够呛,但是说到底,这事情他也是活该,谁让他落井下石,在我受重伤的时候让我去做民调,现在他被逼无奈地捅起了我的事情,成了一个捅客。可我的事情,那是夺夫之仇,失夫之辱,是他轻易就能捅动的吗?

　　一拖拉机的人都听到了我的话,但是我想除了老大,其他人恐怕都听不懂的,不料那小蒋居然也听出了点意思,他朝我笑笑,问,老师,您也开了微博?听他用了一个"也"字,我想他至少是知道微博这事情的。我回头看了看老蒋,问他,小蒋是你的助理吗?老蒋"嘿嘿"了一声,小蒋也"嘿嘿"一声,有个农民看不过去,说,"嘿嘿"算什么,是什么就说什么呗。我没有听明白,有点疑惑,另一个农民又说,他是大学生哦。再一个农民疑惑地说,大学生?他不是研究生吗?

　　我仔细朝小蒋看了看,还没把疑惑吐出来,拖拉机又颠了我们一屁股,我和老大虽有草垫子垫着,那屁股早已经被掼得叫苦连天了,我心疼我的屁股,很想站起来让它休息一会,喘一口气,可是拖拉机始终在左右摇摆,我无法站起来。我看了看那些坐地上、坐在扶手上的农民,他们丝毫没有在意自己的屁股,他们的屁股早已经千锤百炼,几乎已经不是屁股了。

　　草垫子已不足以保护我的没有经过锻炼的屁股,我将自己的两只手塞到屁股底下垫着,苦BB地叹息了一声,正要发表感慨,拖拉机一个侧倾,又转过了一个山弯弯,我顺势一抬头,顿时被对面山坡的情形惊呆了。

　　亲,你们猜得着吗?满山遍野的,开着艳红艳红的牡丹花。

　　我被满山遍野的花激动着了,我发誓,我要是站着,我肯定会一屁股坐下去,我要是坐着,我肯定会弹跳起来,只可惜,我虽是坐着,却是坐在摇晃不定的拖拉机上,我要是想从小矮板凳上弹跳起来,我至少得借助我的两只手,而此时此刻,我的两只手正在安慰我的痛苦的屁股,我不能撑着跳起来,只能矮着身子喊了一声"哇塞"。

老大的眼神也有点奇异，他问小蒋，今年春寒，应该会延后开花期，它们怎么如期开了？我不知道老大怎么不问老蒋却问小蒋，果然的，小蒋还没有说话，老蒋就抢了他先，说，花有灵性的，知道首长要来，它们就赶紧开了。

马屁是这么拍的哦，我和老大都笑了，除了笑，你还能拿老蒋怎么样？

哪料到我们笑得太早了，在我们的笑声中，拖拉机一阵颤抖后停了下来，我往前一看，一条河挡住了我们的去路，河上是有桥的，但是桥塌了，是一座断桥。

远远的，河上来了一条船。这我猜得到，我们将摆渡过河。

第五季　等到大伏

我的民调队员的生涯就此展开了。

我可是经过了残酷的自我心理素质训练才来的，在我千百遍的想象中，西地村就是一穷山恶水之地，除了黄土，我不知道这里还能有什么，没想到这里还有牡丹，还有这么多的牡丹，确实给了我一点惊喜。只不过，我的惊喜很快就过去了，很快我就没有什么情绪了，本来我也不怎么喜欢牡丹，心情不好的时候，看着还来气。难道不是吗，这牡丹也没什么好的，人精心伺候它一年，它才开一二十天给你看一下，要是这一二十天你正好出差，对不起，你大姐才不等你，就回去冬眠了。明年想拜拜，还得看本大姐高不高兴。还有人说牡丹大气呢，我看它是再小气不过了。果然的，我和老大到西地村不几天后，漫山遍野的花就眼看着一天一天地萎下去，瘪下去，有一天，来了一场风雨，就几乎都凋零了。

风雨后的第二天，老大到山坡上去，我跟在背后问，老大，你干什么，你要葬花吗？老大回头看了我一眼，说，奇了怪了，贾春梅你也知道葬花。我哼唱起来，侬今葬花人笑痴，他年葬侬知是谁。哼了哼，见老大不感兴趣，我停下来，又补充说，这谁不知道，霸王别姬时姬唱的嘛。老大说，贾春梅，你真有知识。我说，这算不上知识，最多就是一点信息而已。

不知道什么时候，小蒋已经像跟屁虫一样跟在我们背后了。我回头看他的时候，发现他的脸色太白了，我挖苦他说，你哪里像你爹的儿子，你该跟你爹一起去照照镜子,比较比较。小蒋有些羞涩地笑了笑,我还觉不爽,又追着他烂打说,八成你仗着你爹是干部,你在农村养尊处优了吧,不接地气了吧。小蒋没生气,老大却喝住了我,说,你走开。他把我晾到一边,和小蒋热热乎乎地聊了起来。

老大指了指断桥对小蒋说,先得把桥恢复起来吧。小蒋点了点头,说,我们已经筹到了款,正在做方案。老大听说修桥的款子齐了,似乎心有不甘,追着说,款子齐了?哪来的款子?乡里拨的?县上支持的?除此之外,我倒看不出你们还能从哪里筹钱呢。小蒋憨憨地一笑,不回答款子是哪来的,只是重复说,款子齐了。老大不甚满意,又说,你说这桥都塌了快一年了,筹款怎么筹了这么长时间啊?这下子小蒋的脸红了起来,似乎十分难为情,他是在为老蒋惭愧吧,这真是父责子担哦。

其实也没有人要他承担什么,老大又不是乡党委书记,更不是县委书记,他只是个民调队长,在我看来,他都没有资格说人家西地村怎么怎么样,可是老大还偏要揽一点事情在自己身上,他先问小蒋修桥款够不够,准备得足不足,听那意思,好像不够的话他要自己掏腰包了,我见他瞄了我一眼,赶紧躲开一点,别惹到自己身上。既然小蒋坚持说修桥款够了,老大又问修桥工程队有没有落实,小蒋说落实了,他又不甘,怀疑小蒋联系的工程队的资质,硬要给小蒋介绍其他工程队,小蒋从山坡上朝河边指了指,我们顺着往下一看,人家工程队已经开来了,已经安营扎寨,老蒋正在那儿指手画脚地协调着什么呢。老大这才停止了对桥的幻想,把念头转到牡丹上来了,他语重心长地说,小蒋,你们可能不太了解现在城市里的情况,现在城里人养花成风,西地村的牡丹品种好,花朵大,花色艳,搞成大量的盆栽卖到城里,一定会有市场。小蒋笑眯眯地听着,还不停地点头,最后老大说,我替你们联系花木公司吧。他满面春风地看着小蒋,必是等着小蒋感恩戴德地感谢呢吧。结果小蒋说,老师,其实,从三年前开始,我们就已经在做了,我们有长期合作的花木公司,合作得很好,只是因为去年桥塌了,暂时停了,桥一修好,我们就继续。老大愣了愣,过了一会才讪讪地说,那,就好。

这些事情我只是顺耳听一下而已,反正不关我事,我每天上午从县城颠过来,找一些农民,问一些情况,填一些表格,下午再颠回去,仅此而已。

有时候碰到农民不会填的,我就代他们填,这期间我也曾想过,既然是我替他们填,他们也不知道我填的什么,我胡乱填来也没有人管我,我岂不是不下村子也能做成这事。但那也只是想想而已,我虽然调皮,却没有胆大到胡作非为的地步。

修桥工程正式开始的那一天,他们还在河边放了鞭炮,全村的人都来看,大家欢天喜地,可我却看见老蒋站在一边抹眼泪,我不知道他是为什么,我问老大,老大似乎很蔑视我,说,你不用问的,跟你没关系。

确实跟我没关系。我只负责我自己每天往返而已。

有一天路上不顺利,回到招待所已经晚饭时间,队员凑在一起吃饭,互相询问一些情况,我说,没意思,做一天和尚撞一天钟罢了。他们哄堂大笑,我不知道他们笑什么,这话有什么可笑的,难道因为我是个女的,就不可以引用俗语,难道我还要改成做一天尼姑念一天经吗?小汾说,你这是领导的口气。领导搂着小姐时就说,我现在是做一天和尚撞一天钟,没啥意思。小姐说,我是做一天钟撞一天和尚,挺有意思。他们又大笑,我很恼怒,说,小粉,小心我把你扁成K粉。

西地村修桥的进度很快,我们每天从河上摆渡的时候,眼看着它一天一个样,我也没有什么感叹,只是觉得等桥修好了,我不用天天在河上摆渡了,这是唯一和我有一点点关系的事情。

可我没想到,桥修通的那天晚上,我居然做了一个梦,梦见我家的那株牡丹开出了无数的花。我数啊,数啊,怎么也数不清有多少朵。醒来以后很长时间,这个梦还一直清清楚楚地出现在我眼前。我不知道做这样的梦,是不是因为在我内心深处,对老蒋和小蒋修桥的事情还是蛮在意的。只不过,无论在意不在意,我的心可不在这个桥上,也不在西地村,亲,你们知道的。

这中间老大放了我们几天假,我回去了一趟。我妈沮丧地告诉我,今年牡丹连花都没开,一直等到大伏也没开花,看起来这牡丹是不行了,既然不行了,我妈说她也就不打算伺候它了。我似乎听出了我妈的言外之意,我问我妈,你不打算伺候牡丹了,你打算伺候谁呢,难道是那盆芍药吗?我妈立刻说我是知她者。果然不出我的预感,我妈打算和李叔领证了,只是因为他们都这把年纪了,又是再婚,不想搞隆重的婚礼了,准备出去旅行结婚。

我心里备感失落,愤愤不平,我的婚姻失败了,我妈的婚姻倒成功了,她不仅成功了,还把成功搭建在对牡丹的抛弃上。对牡丹的抛弃,是否意味着我妈认定季一斌再也不会回来了。

季一斌当然不会再回来了。

只是在我的内心深处,可能还残存着一线希望,现在我妈用她的希望消灭了我的希望,让我清醒过来,让我明明白白地想清楚,我没戏了。

我早就没戏了。人家结婚都快半年了,我除了在微博上骂人和被人骂,我还有什么招数。

一切都是不可逆转的。

我应该毫不犹豫把那盆半死不活、蔫不拉唧的牡丹扔到垃圾桶里去,可结果我却鬼使神差地对我妈说,妈哎,我们西地村,那牡丹哟,那才叫牡丹哟。我妈奇怪地看了看我,说,你们西地村?喔哟,你才下乡几个月,就当自己是农村人啦,你真把自己当自己人。我说,我才不当我自己人呢,所谓"我们西地村"和我一毛钱关系也没有。我妈说,那你还夸他们的牡丹。我说,老妈,你真是没见过世面,你的眼光真短浅,你都不知道他们的牡丹有多大。我比画了一个手势,我妈立刻说,你那比画的不是牡丹,是水缸。我说,老妈,你说对了,他们就称牡丹叫水缸,还有更大的叫水塘。我把手机递到我妈眼前,我说,幸亏我拍下证据,否则你认为我吹牛呢。我妈看了我拍的牡丹,这才服了我,说,天哪,真有如此之大的牡丹,那是什么东西养大的啊?我说,也没什么东西啊,也就是一般养养啊,比我们家那破牡丹待遇差远啦。我妈认真地想了想,说,我知道了,那是水土,你们西地村的水土,适合种养牡丹。

为了我妈的幸福生活,我决定把牡丹带走,带到西地村去,带到那个适合牡丹生长的水土中去。那盆牡丹好重的,李叔讨好地一直把我送上长途车,帮我把牡丹搁妥了,回头还给了司机一包烟,请他多多关照我这个乘客,因为我随身携带着重要的东西。司机没有要他的烟,却回头看了看我,疑惑地说,就她?携带着贵重物品?你别吓唬我,我胆小。李叔也知道自己犯了错,赶紧说,不是贵重物品,是比较重的物品,就是,就是,你瞧,她脚跟下的那盆花。司机说,什么花啊?李叔现在学乖了,又赶紧说,就是普通的牡丹花,花鸟市场卖几十块钱一盆。不是大花惠兰,更不是紫睡莲。司机这才从李叔手里拿了烟,说,路上颠的时候,你叫她自己护稳了就行。李叔这才放心下了车,车子开起来,李叔在车下朝我挥手,我扁了扁嘴,没给他好脸色。

我们的长途车在半路上遇到了警察的检查,我心里不痛快,看到警察也不爽,就抬了抬屁股调戏警察说,警察叔叔,抓杀人犯,还是查毒品啊。警察凶我说,坐好。我坐好了,又说,我有一盆花,你们要不要挑开泥巴看一看。警察生了气,看了看我的牡丹,说,你这是什么花?我说,牡丹花。另一个警察也上前看了看,怀疑说,这是牡丹花吗?你要带到哪里去?我说,我坦白,这真是牡丹花,我要带到西地村去。警察说,为什么?我说,我的牡丹不开花。警察嘲笑我说,带到西地村它就开花了吗?我说,你想要知道的话,就跟我到西地村去,等到明年春天,看看它开不开花。

警察不再理睬我,点了几个人,要了他们身份证看了看,没看出什么名堂,警察就下车了,车子重新开起来,车上的人议论了一会,有人说是例行检查,有人不同意,说例行检查不会带枪的。也有自以为懂的人说看出来那不是真枪。又有人说司机肯定知道,但是那司机始终不说话,也不知道他到底知道不知道。

坐在过道那边的一个年轻女孩看了看我的花,又看了看我,我正在揣摩她的用意,她就开口了,问我说,你是到西地村去吗?我说是呀,你知道西地村?女孩说,西地村的村支书姓蒋。我"哈"了一声,说,想不到老蒋这么有知名度。女孩说,他看上去很老了吗?我说,也还好吧,不算太老,只不过乡下风大太阳辣,可能显老一些吧。我指了指自己的脸,说,你看看我,才下乡几天,你得喊我阿姨了吧。

那女孩似乎是笑了笑,但是她又似乎笑得很不情愿,她的眼神是飘忽的,好像不能确定下来,又好像永远飘在某个远方。

不过人家的眼神跟我可没关系,她情愿不情愿,她飘忽不飘忽,我管不着,我自己的一脑门心思还没人帮我排解呢,我重新坐直了身子,面朝前方,暗示我不想再和她多说话了。她果然就沉默了。

我又要搞微博了,上去一看,奇迹出现了,季一斌居然也来了,他在微博上说,贾春梅,求你别闹了。我冷笑一声说,你终于浮起来了。季一斌又低三下四地说,贾春梅,你告诉我,你到底在哪里啊?我喷他说,别装了,江秋燕都已经跑到我单位去过了,你会不知道我在哪里?季一斌停顿了一会,说,江秋燕?江秋燕是谁?我实在忍不住了,骂道,孙子哎,你就装吧,你有种就装到底。季一斌说,贾春梅,你是不是病了,你是住在精神病院吗?我说,做梦去吧,你以为我会被你们的卑劣行径气出精神病来,我还偏不,我告诉你,我在一个你八辈子也不会见到的地方。季一斌大惊说,我八辈子也不会见到的地方,那会是什么地方,难道是十八层地狱?

我呸!

我继续骂道,季一斌,你才地狱,你和江秋燕才入地狱,你们不下地狱谁下地狱?季一斌忽然笑了起来,说,不管地狱还是天堂,不管怎么说,我今天是有收获的,我至少知道,贾春梅你还活着,你不仅还活着,你还在骂人,说明你身体也不错,精神也可以呵。我说,我精神好得很,大仇尚未报,我还要加倍努力啊。季一斌似乎又有些怯了,假装小心翼翼地问道,贾春梅,你到底要报谁的仇,你到底想要干什么?我说,我要颠覆整个世界。季一斌傻傻地问,为什么?我说,为了摆正你颠倒的身形。季一斌彻底趴下了,哑巴了。那围观的七嘴八舌,好不热闹。季一斌大概心有不甘,过了一会又来了,又试探说,贾春梅,你以为我真的找不到你?我被他一激将,也激他说,季一斌,有种的,你来找我呀。我倒想看看他有什么脸来答我,可是手指一揿发送,我立刻就发现自己的问题了,问题大了,恨不得抽自己一个大嘴巴,人家都已经扔了你和你的闺蜜结了婚,还会天涯海角山旮旯地来找你吗?

我为什么要激他来找我?难道在我的内心深处,还念着他,还想着他,甚至,还爱着他?

我呸!

真是个没出息的货。

不是他没脸,现在轮到我没脸见他的回复了。幸好这时候,信号没了,我的脸面暂时保住了,我和季一斌的第一次微博之战也就这么不了了之了。

手机没了信号,我就像没了魂,一刻也定不下来,我四处张望,还好,没让我郁闷太久,车子到县城了。

第六季　秋波

　　我带着牡丹花到达县城招待所的时候，老大已经在等我了，我本来想请老大看看我的牡丹花，可老大似乎有心思，根本没有把我的花放在眼里。我生气说，你不是花木专家吗，原来你对花没有感情的哦。老大看了看我，说，贾春梅，你明天别下村去了。我说，怎么，升我当驻地秘书了。老大没心思跟我贫，说，小蒋生病了，住在县医院，你这几天都不要下去了，到医院去照顾小蒋，送一日三餐去。我听了有些奇怪，说，老大，我觉得你对小蒋太过热情了，小蒋又不是你的儿子，人家老蒋都没有来照顾，凭什么我作为一个"首长"要去照顾他。老大说，老蒋有老蒋的工作，桥通了以后，事情就多起来了。我本来不情不愿，还想饶舌，但是看到老大脸色忒不好，我没敢多嘴。

　　第二天一早我就到了县医院，到病房找到小蒋住的那一间，病房里已经有个人在照顾他，再仔细一看，意了外，原来就是和我同车来的那个女孩，我"啊哈"一声说，原来你是来找小蒋的。那女孩点了点头，没和我说什么，我看得出她眼睛里有秋波，那是送给小蒋的。小蒋给我介绍说，她是我大学同学。我既然连秋波都看出来了，我就不该妨碍他们，想赶紧撤退，不料小蒋却喊住我，说，老师，你别走，我有事求你呢。那女同学说，你还谈工作？小蒋说，不妨碍的，我就说说话，又不去干活。那女同学便闭了嘴，我又忍不住去注意她的眼神，那秋波里又似乎飘忽着一点疑虑。我觉得他们之间怪怪的，我搞不懂他们，也没想搞懂他们。

　　小蒋将身子竖起来一点，跟我说，老师，西地村出了点事情。我吓了一跳，说，我才回去几天，怎么就出了事情。小蒋说，本来桥修好了，一切就会好起来，我们的牡丹就能继续销售出去，可没想到的是，桥修好了，原来一直和我们合作的那个花木经销商却失踪了。我又觉得奇怪，我说，经销商失踪？这算什么事情呢，这是什么意思呢，一个经销商失踪，不能再换一个吗，现在做花木经销的，恐怕比种植花木的还要多得多噢。小蒋说，我们可不是一般的合作伙伴，我和他早就认识，早就是朋友，而且我们已经合作了很长一段时间，双方都守信用，都依赖对方。再说了，我们是有合约的，不能说换就换。我说，人家人都失踪了，你还守着他的合约干什么？小蒋说，我想再找一找他，如果实在找不到，再想办法。我说，哦，你是让我帮你找他？小蒋说，我已经试过许多方法，都联系不上，才想到借助你的微博。我说，小蒋，你太有才了，能够通过微博做生意。小蒋说，这也不算是做生意吧，只是找个人而已。我说，行吧，你说说这个人的情况吧，他是怎么失踪的。小蒋说，其实一开始他也没有失踪，他只是告诉我，他那边出事了。我说，他出了什么事，多大的事，连长期定购牡丹的合同也要撕毁了？小蒋说，蛮奇怪的，他就要结婚了，但结婚前夕新娘子失踪了，他急坏了，到处找，只要和新娘子有一点关系的地方都找遍了，也没找到。我说，咦，是奇怪，他不能问人吗？小蒋说，他所到之处，和新娘子认识的所有的人，看到他，都鄙视他，甚至还骂他，没有人告诉他事实真相。我心里"咯噔"了一下，脱口说，这倒和我的事情有点像。不过我立刻否定了自己的想法，赶紧说，不对，不对，本质上是不一样的，我可不是在我的新婚前逃跑的，我是被他们的新婚气跑的。

小蒋没法理解我的心情，他还是固执地把话题引回到那个失踪了的花木经销商身上去，说，后来他干脆就失去了联系，手机也关机了，电子邮件也不回复，我猜想他一定是去找新娘子了——我着急，他要是再找不着新娘子，我们今年的牡丹销售就要误期了。我听了小蒋的话，心里很不以为然，因为我真不知道一个人是找新娘子重要，还是做工作重要，我正想问问小蒋，就看到几个医生和护士进来查房，把我和那女同学赶了出来。

我们坐在走廊上的长椅上，我说，怎么搞的，前两天还好好的，怎么一下子就病了呢，他到底是什么病啊？那女同学不回答我。我又说，你是听说他病了专程来看他的吗？那女同学才说，才不是，前几天我告诉他我要来找他，他也没说自己病了，等我到的时候，他居然已经住院了。我说，你的话，听起来有点奇怪。她说，本来就有点奇怪嘛。我说，我看得出来，你们是一对，是吧？她没劲地说，是一对又怎么样？我说，哈，果然你们中间有问题啊。我这口气很有点幸灾乐祸，好像我自己碰到了问题，就希望全世界的人都和我一样倒霉。好在那女同学却不生我的气，只是低声说了一句，我们早就分了。

我很八卦，想听他们"分"的故事，可那女同学却不肯开口。不过她不开口也不要紧,我自己能够解决,我这个人,你们知道的,别的本事没有,编派人的本事还是有一点的。我知道他们是大学同学,谈上了对象,后来小蒋回到农村,他们就分了,就这样呗,还能怎样?

那女同学听了我替他们编的故事,既不说是,也不说不是,她将话题一转,说,你们周队长是他的大学老师。我愣了一愣,才渐渐回想到我们老大对小蒋的种种关切,比他爹还爹。她又说,小蒋大学毕业后,分配在省农研所工作,他的研究项目就是牡丹。我又愣了一愣,听她再说,其实,小蒋家不在农村。我没有愣出那第三愣来,忍不住说,怎么可能,他爹是村干部,他家怎么会不在农村。那女同学还没有回答这个问题,那边查房的医生护士出来了,女同学就回进病房去了,我到门口探了一下头,知道没我的事,赶紧开溜。

当然,我也不是个完全没心没肺的人,我至少还记着小蒋委托我的事情,我赶紧用"民调队员手记"的样式,发了一条微博寻找那个花木经销商,等到我撰写内容的时候,才想起小蒋还没有告诉我那个失踪的人叫什么名字呢,且不管他,先发上去再说。

过了不多久我又看到季一斌了,他说,贾春梅,你到底在玩什么鬼花招。我觉得他问得有点奇怪,也有点含糊,正要和他计较个明白,老大在招待所的走廊上看到我了,他大概没想到我这么快就从医院回来,对我皱了皱眉,我怕他不满意,赶紧报告小蒋有女同学陪着。老大正准备出去,一听我说女同学,他似乎吓了一跳,赶紧收回脚步说,女同学,你是说小蒋的女同学来了?我觉得老大的神情很离奇,我说,老大,你这么激动?人家是小蒋的女同学,又不是你的女同学。老大说,不管是谁的女同学,女同学总之不是太好搞的。我觉得老大的话有点意思,赶紧问老大,老大,你们同学聚会的时候,你有没有和女同学拥抱啊?老大说,怎么说到我呢,我们说小蒋呢。我说,那就说说小蒋,老大,那小蒋看起来也不像病入膏肓的样子呀,他到底得的什么病?老大搪塞我说,还没查出来吧,医生也头疼,疑难杂症呗。说着老大脚下一生风,人就走了。我倒了杯水喝,水里一股漂白粉的味道,很呛人,我咳了几声,就听到有人敲门,开门一看,是小蒋的女同学追来了。

她一进来就对我说,骗子,我早就料到他是个骗子,果然不出我所料。

我估计她说的就是小蒋,因为在这个地方,她除了认得我,就只剩小蒋了。可是要将小蒋那样子和骗子两个字联系起来,还是有点难度的。我劝她说,你冷静一点,说小蒋是骗子,没人会相信的。她却不听我的话,只顾自己说,我就看他不像,我怎么看也不像。我赶紧插嘴问,不像什么,不像骗子?她反问我说,难道你觉得他像生病吗?我也觉得不像,但我还是闭了嘴,我不想挑拨他们。那女同学说,我深入一了解,果然是装的,哼,还医生查房,护士发药,配合得天衣无缝。我不明白他们唱的哪一出,我说,他为什么要装病呢?那女同学说,知道我要来找他,就假装生病,那笔钱才好继续赖下去。我说,什么钱啊,他欠你的钱吗?她沉默了一会,终于说到那个她一直不愿意说的"分"字了,她说,我们虽然分了,可是后来我听同学说他生病了,治疗费很贵,我就把以前我们两个积攒下来的准备买婚房的钱打给了他,谁想到,他也不和我商量,就擅自把那钱用在别处了。我突然灵光闪现,灵感毕至,我说,哎哟,你惨啦,你那钱,他拿去修桥了。那女同学似是而非,不知道算不算是承认了我的判断,我进一步自作聪明说,你一定是知道了这个事情,来和他算总账的吧,难怪我在车上看你的脸,就是一张债主的脸。

她朝我黑着一张脸,好像欠债赖账的不是小蒋而是我。其实这些才不关我事,可我又犯了老毛病,咸吃萝卜淡操心,问她说,那你怎么办呢,他现在人呢?还在医院里装病吗?那女同学说,他被戳穿了,没脸见我了,就从医院逃走了。

小蒋回西地村去了,我留在县城伺候他一日三餐的工作没着落了,我得继续到西地村去做民调。我嘀咕说,走那么快干什么,他不是让我替他找人吗,他还没有告诉我他要找的人是谁呢。

那女同学没有随我到西地村去,她说她只请了两天的假,得赶回去上班了。我问她有没有什么话要我转告小蒋的,她却若有所思地问我,你觉得他像生病的样子吗?你也觉得他不像生病的样子吧?

第七季　今夜有雪

冬至前的那个晚上叫冬至夜,比冬至那一天重要多了,有点像圣诞节

和平安夜的关系。那天晚上我们大家都集中在县城招待所,老大去搞了点酒,老二去搞了点菜,热气腾腾的,不知道窗外开始飘雪了。

晚一点的时候,听到有人敲门,吃货都不动,我坐得靠门近,只好去开门。门一开,好戏来了,你们猜得着吗,门口站着谁?

是季一斌。

我顿时就灵魂出窍了。那灵魂一出窍就张口说,季一斌你怎么来了?

为了这句话,我悔得肠子都青了。我忘记了我曾经发过誓永远不再理睬他,我忘记了我曾经告诫自己要彻底忘记他,我还忘记了我曾经说过要怎么怎么他,但是这一切的怎么怎么他,到他突然出现在我面前的时候,神马就立刻变成浮云了。

季一斌的身边,还站着一个人,一个女人,年轻的,蛮漂亮,但是我不认得她。

那女的见我开口叫季一斌,立刻回头问季一斌,你说的就是她吗?季一斌点头说,就是她,贾春梅。

那女的顿时死死地盯住我,瞧她那眼神,那脸色,好像看到鬼一样,龇牙咧嘴,惊异万状。我吓得赶紧摸了摸自己的脸,还好,脸还在脸上,头也还在头上,我不知道她有什么好惊异的,我虽然长得不算美艳,但也至少是五官端正,面目清爽的。我不知道她怎么会这样看着我,我只是在乡下做了一年民调而已,难道现在的我真有那么可怕,真有那么怪异吗?

那女的惊异过后,就直摇头,直往后退,一边说,不是她,肯定不是她,我认定的人,不会有错。我忍不住问她,你认定的谁呀。她说,穿了马甲、用了假名在微博上骂我的人,我知道她是谁,她就是我的闺蜜吴清雨。我赶紧说,我不是吴什么雨,我不认得吴什么雨。她撇嘴说,我以为你是她,你竟然不是她。我听不懂她的话,当然我也没有很想听懂她的话,我的心思也不在她身上,我的心思在哪儿呢,你们当然是知道的,在季一斌身上嘛,我一直就是这样一个没出息的屌丝嘛。

她虽然朝后退了退,但似乎又不甘心,回头瞪了季一斌一眼,责怪他说,季一斌,我上了你的当。季一斌一脸无辜说,是你自己说要找贾春梅,我就带你来了嘛。那女的说,贾春梅是个假名字。这下我着急了,我说,贾春梅可不是假名字,我生下来爹妈给我取的这个名字,从来没有换过。她又撇了撇嘴,冲我说,跟你说不清,我也懒得跟你说清楚。这话我不高兴听,我反击说,你懒得说,我还懒得听呢,你以为我稀罕认得你啊。

她果然愣住了。哈哈,面对现实,她怎么也想不明白了。当然,不止是她,我也没有想明白。倒是季一斌似乎很明白,他笑了笑,用揭开谜底的口气对我说,你怎么会不认得她呢,她就是被你骂了大半年的江秋燕啊。

我的那个惊骇,你们完全可以往死里想象,江秋燕?江秋燕居然是一个陌生人。一个完全陌生的人,我凭什么骂人家大半年,我凭什么到处败坏她的名声?一向伶牙俐嘴的我,结巴起来,我指着江秋燕说,你、你、你是江、江秋燕?那江秋燕牛烘烘地道,我,江秋燕,如假包换。季一斌在一边不怀好意或者满怀深意地笑着,说,贾春梅,你现在知道你是怎么回事了吧?

我怎么知道我是怎么回事,我晕,我抽风,我喷鼻血,我一直坚持认为我的闺蜜江秋燕抢走了我的新郎季一斌,所以才有了后来的许多事情和许多骂战。难道其实根本就没有江秋燕这个人?也不对呀,江秋燕明明就站在我的面前,没有江秋燕,那她是谁呢,何况她和季一斌都说她是江秋燕,怎么会没有江秋燕呢。

大冬天的,我居然出了一身冷汗,浑身僵硬,好像被鬼上了身。老大老二他们早已经站到我的背后,他们是我的坚强的后盾,他们是我的救命稻草,我对着他们喊,老大,你说,老二,你说。

老二和刘有他们把我拉到一边,让老大和他们交涉,我还大喊大叫,为什么把我拉开,为什么要把我拉开。他们没有答理我。就听到老大开始盘问季一斌和江秋燕,他声色俱厉地说,你们两个,一个叫季一斌,一个叫江秋燕,你们是一对夫妻吗?他们两个同声说,呸,什么夫妻,我们根本就不认得。老大说,那就奇怪了,贾春梅怎么会把你们两个扯在一起?季一斌说,这也是我想弄明白的事情。江秋燕说,我以为她是另一个人。

老大似乎有点蒙,停顿了一会,他又说,这也讲不通呀,你们既然相互不认得,怎么会结伴来到这个偏远的县城?季一斌和江秋燕又同声说,我们看到贾春梅发在微博上的内容。老大说,她是在微博上骂你们吧?季一斌说,冤枉哪。江秋燕说,我吐血。

我目瞪口呆,我的一向清澈如山涧小溪的思想这会遭遇了梗阻,上下不通了,我急得连气都岔住了,狠狠地呛了几声,还是说不出话来。一回头，看到刘有张小汾他们正幸灾乐祸地在我背后坏笑，因为刘有年纪稍长，我不太方便欺负他，只敢凶一凶张小汾，我说，张小汾，我以为你们是我的亲友后援团，哪知道你们是些莫名其妙的奸细团，潜伏团，小心我把你——张小汾笑道，我知道，我会小心的，不让你把我扁成K粉啦。我说，这回不扁你成K粉，把你扁成一只过不了冬的癞蛤蟆。

小汾赶紧跳了起来，说，我要尿了。他出去方便了一下，回进来跺了跺脚说，下雪了，下大雪了。季一斌一听，竟愣了片刻，然后过去拉开窗帘朝外看，他一撩窗帘，我也看到了，外面已经是一地的雪，积得老厚了。季一斌着急说，糟糕了，我去不了西地村了。我一听他说西地村，奇怪道，你要到西地村去干什么，瞻仰我做民调的遗址？季一斌说，我要找小蒋，我是他的牡丹花经销方。我脑子里"轰"的一声，个狗日的，原来他不是来找我的，个狗日的，原来他是小蒋要找的人。季一斌说，前一阵因为找你，我一直没有和他联系，后来发现你在微博上出现了，我就放心了。我说，不对吧，你怎么知道微博上的贾春梅就是我这个贾春梅呢，人家江秋燕不还误以为我是吴什么雨呢吗？季一斌说，贾春梅，你一冒泡我就知道是你，必定是你，除了你，有谁会这么无聊。

聊着聊着，夜就深了，到深夜的时候，又有人来敲门，打开一看，是老蒋。老蒋披着一身雪来了，嘴里直呵热气，老蒋虽然老了，眼却不花，一下就看到季一斌，赶紧过来和他握手说，季总，我一看下雪了，知道你明天下不去村子了，我就赶来了。我不满说，小蒋怎么不来，他年纪轻轻，怎么让老头子赶夜路。老蒋没说话，老大却无端地呵斥我说，贾春梅，你闭嘴。我虽然不知道我说错了什么，但我还是乖乖地闭上了嘴。

我虽然闭了嘴，但是我的话倒是提醒了季一斌，他也疑惑说，怎么蒋支书他自己不来？老蒋"嘿嘿"一声，说，小蒋，老蒋，老蒋，小蒋，一样的，一样都姓蒋。

直到这时候，我才知道原来西地村的村支书是小蒋，不是老蒋。这不是因为我太蠢，实在是小蒋太阴险，他一直躲在老蒋背后，什么事情都由老蒋出面，够狡猾的，当个骗子足够资格了。只可惜，西地村的村支书到底是老蒋还是小蒋，我真的不感兴趣，我只对季一斌感兴趣，我在季一斌面前晃了晃，吸引了他的注意力，我说，季一斌，我还以为你是专门来找我的呢,原来你是来签合同的。季一斌说,话也不能这么说,像我这样的人才,如果没有一举两得、一箭三雕的机会,我一般是不会干的。

果然,季一斌随身带着合同,老蒋随身带着公章,他们当下就签了约,我觉得他们似乎在玩儿戏,嘴痒痒说,你们就相信这一张破纸?老蒋说,这不是破纸,这是我们西地村明年一年的收益。季一斌添油加醋地说,多少大事要事,也都是靠一张纸起家的哦,比如两个人结婚,不就是一人手持一张纸吗。

真是哪壶不开提哪壶,我还没上阵呢,那江秋燕已经杀出来了,她可不是盏省油的灯,若是省油,她不会因为有人在微博上骂了几句,还没搞清是不是骂的她,就千山万水地冲过来较真。江秋燕朝着季一斌号叫说,你个乌鸦嘴,别提结婚两字。我也杀将出来,搅和说,江秋燕,是我惹的你,有本事你冲我来。江秋燕果然中计,回头对我说,我本来就是冲你来的——贾春梅,我也不知道你是不是真的叫贾春梅,我且叫你贾春梅吧,你说这事情怎么解决吧,你害得我抬不起头来见人,你害得我同事我邻居都对我指指戳戳的,你害得我老公要和我离婚了。我说,咦,既然你老公不是季一斌,我骂的就不是你和你老公,你老公怎么会和你离婚。那江秋燕满身上下冒着气泡说,他受不了别人的眼光,他怀疑我有见不得人的前科,他说我莫名其妙,他什么什么,什么什么什么,什么什么什么什么——我真是弱爆了,赶紧讨饶说,江秋燕,你不是我骂的那个江秋燕,你不要对号入座。江秋燕说,我才不想对号入座,可是大家硬是把我钉死在这个座上了。贾春梅你告诉我,你骂的那个江秋燕,真的和我同名同姓?

所有的人哄堂大笑,差点把屋顶掀翻了。

我抱住脑袋,想得脑壳子发涨,也没有想起来我从哪里认得过一个叫江秋燕的人,我怎么会把她认定为我的闺蜜,怎么还认定她抢了季一斌,怎么还给他们编了那么真情实感的故事,我真是天马行空,创造奇迹。

我不客气地打断了一旁季一斌和老蒋、老大的关于花木培育和花木经销的话题,我说,季一斌,你给我说清楚了,这一切都是你造成的。季一斌委屈得不行,说,你说的这一切,到底是哪一切,怎么是我造成的呢?我说,去年冬天的时候,我们明明已经在筹备婚礼了,你承不承认?季一斌说,我当然承认,我不仅承认,我还要跟你往下说呢,我们不仅筹备婚礼,我们连办喜宴的饭店都订好了,大鸿雁饭店,我都交付了定金,结果鸿雁飞走了,你失踪了,害得我一大笔定金白搭进去了。我就奇了怪,我说,不对吧,你明明是办了喜宴的,只不过新娘不是我,我还收到你们给我的请柬呢——没再等季一斌说下去,老大似乎已经看出了什么,他狐疑不定的眼光已经从季一斌那儿转到我这儿来了,他对我说,贾春梅,无论出于什么原因,有一个事实你是不可抵赖的,你在结婚前突然失踪了,是不是?

我简直要疯了,情急之中,想到了我的亲,赶紧求助,发了一条,说,婚前突然失踪,是怎么回事,求解。立刻有许多回复,虽然眼花缭乱,但我眼尖,一下子就从中看到这么几个字:婚前恐惧症。

我奇怪地嘀咕,什么症?婚前恐惧症,没听说过。季一斌说,你终于知道自己的病情了,其实我早就替你排查过了,婚前恐惧症,因为不相信世界上有可靠的人和安全的婚姻,在婚前产生焦虑和恐惧。不等我回应,他又加重语气说,贾春梅同学,你的这个症,还属于非典型婚前恐惧症。我老大还是蛮关心我的,问季一斌,为什么是非典型呢?季一斌说,或者换一种名称,叫婚前恐惧综合征。我老大又问,为什么还综合?你猜季一斌个狗日的怎么说,他居然说,因为她不止焦虑恐惧,还妄想,她竟然妄想出一个江秋燕来,这就是非典型性哦,这就是综合征哦。

亲,你们知道的,我早已经惊得魂不附体,难道我真的会幻想出一个江秋燕来?为什么我偏偏幻想她叫江秋燕,不叫江冬燕,不叫江夏燕呢。当然,我也想得通,无论我幻想出一个什么燕来,都会有人来找我求证的。

他们给了我两片舒乐安定,我活了二十多年,还没吃过这东西呢,吃下去效果极佳,两分钟后就开始做梦了。

亲,你们觉得我应该做一个什么样的梦呢?对了,我梦见季老外婆了,她问我牡丹养得怎么样了,我潜意识里有一点惊恐,我对老外婆说,外婆,您不会是要我把牡丹给您送去看看吧。那老外婆摇头说,我住的地方,你可找不到。我这才放了点心。

早晨起来的时候,大地一片白茫茫。老蒋已经回西地村去了。我奇怪这么大的雪,老蒋怎么回得了村,我虽然提出了疑问,但是没有人回答我。

因为大雪封路,我们的民调工作暂停了,老大开恩,提前给我们放年假了。

第八季　尾声

春天来临的时候,我们终于完成了民调的任务,大部分人都回到了各自的单位。

但是也有少数人的情况发生了一点变化,比如老大吧,他下决心回去搞业务了,到农林大学当了教授,这也没什么了不起的,他本来就是从那里出来的嘛。

刘有呢,也下决心和那个已经不爱他的太太离婚了。不过当我们一身尘土从面包车上下来挥手道别的时候,刘有还没有作最后决定呢。

我们建了一个民调群,在QQ上互通信息,刘有的事情,是他自己交代出来的。

小汾也坦白了一件事情,一件他曾经做过的很娘的事,他把同事陆林的名字写成陆玲,说人家是兰花指,又说颈脖子里没有喉结,暗示小陆性取向有问题,慌得小陆只好马马虎虎找个对象赶紧结婚。张小汾看到他们的结婚照了,又说,小陆,你和你妈合影留念啊。结果真把小陆气走了,但是小陆走了,张小汾也没当上项目经理,落得一肚子的空洞和愧疚。

切,喊他张小粉还真没喊错,真是因果报应啊。

我的同事阿美、阿切他们也要求加入进来,和我一起分享民调的故事。只有我们老大,很少上线,不知道他算是有身份,不与我们为伍,还是一直在潜水。

有一天,老大上来了,告诉我们,小蒋走了。

其实我们先前就有预感的,只是没有想到事情真的就来了,我们在网上一起悼念小蒋,并且共同寻找小蒋的女同学。

但是小蒋的女同学一直没有再出现。不知道她的情况怎么样,她是不是知道小蒋的情况,或者她是自始至终一切都不知道,或者她是早就知道了一切,无论怎样,她曾经是小蒋生命中一个重要的部分,我们也一样想念她。

对了,还有一件事情要说的,我关闭了我的丢人现眼的贾春梅微博,以"西地村"的名字又重新开了,很快我的粉丝已经有好几万,我现在真正地变成了一个花痴，而且是专痴牡丹。我只是没想到有那么多的人和我一样喜欢牡丹。

我从家里带到西地村，又从西地村带回家的那盆牡丹开花了，我实在忍不住要显摆它，我请同事，请同学，请各种各样的熟人来我家看牡丹，不喜欢串门的人和对花不感兴趣的人我也都死皮赖脸地弄来了，最后能请的人都请过了，我还没过瘾，我干脆带上它去了花鸟市场，我把牡丹往那个卖种子花肥的摊贩面前一搁，我激动地说，你看看，你看看，有碗口大——啊不，比碗口还大，差不多是一口小锅了，是不是，你见没见过这样的牡丹？不料那摊贩却一点也不惊讶，淡定地跟我说，这有什么，那地方的牡丹都这样。我心里一惊，脱口问他，那地方？你说的那地方，是哪地方？那摊贩说，哪地方，就是西地村呗。我大惊失色说，你也知道西地村，难道你也是西地村人？可是你的口音不对呀。那摊贩说，我不是西地村人，但是我的那盆牡丹，是西地村的老蒋送给我的，那一年，老蒋来花鸟市场考察行情，我们就聊上了。

我这才注意到，一直搁在他摊前的那盆牡丹不见了。那摊主见我寻找他的牡丹，告诉我说，给一个女的买去了。我说，啊？一直以为你是做样品的，原来你肯卖噢。摊主说，我哪里肯卖噢，那女的要买西地牡丹，别人介绍说，我这里的一盆最好，就找来了，我才不肯卖给她，可是她居然哭起来了，我只好卖给她了。

摊主一边说话，一边掏出来一张照片给我看，我一看，是摊贩本人、老蒋、小蒋三人的合影。我奇怪说，这小蒋是老蒋的儿子吗？那摊贩说，才不是，你仔细看看，他们长得可是一点也不像。那时候小蒋大学毕业在研究所研究牡丹，老蒋在西地村种牡丹，他们本来八竿子也打不着的，结果却在我这里碰见了，小蒋听了老蒋的介绍，就跟老蒋说，他一定帮老蒋把西地牡丹推出去。我以为小蒋只是随便说说，没想到他真的到西地村去了，还当了村官。

我四下里一看，真有些惊呆了，以为自己眼花了，其实我眼没花，西地牡丹已经在这个花鸟市场遍地开花了，难怪我捧着我的惊艳的牡丹进来的时候，他们都视而不见呢。

那摊贩说，也不知道现在怎样了，好久没来我这儿了。

我没有告诉他我所知道的一切。

停顿了一会,我忽然又想到一个问题,我说,你们三个人合影,你还记得是谁给你们拍的照片吗?那摊贩立刻说,当然记得,那个人是搞花木经销的,是小蒋的朋友,姓、姓——

我替他说出来了,姓季,叫季一斌。那摊贩高兴地说,是季一斌,就是季一斌,你也认得季一斌啊?他们说得真不错,这个世界真的很小哎。

鲁敏小传

　　鲁敏,女,二十世纪七十年代生人。1999年开始小说写作,已出版中短篇小说集《九种忧伤》《墙上的父亲》《纸醉》《取景器》《惹尘埃》等,长篇小说《六人晚餐》《此情无法投递》《百恼汇》等。曾获鲁迅文学奖、庄重文文学奖、人民文学奖、中国作家奖、中国小说双年奖,"《人民文学》2007年度作家奖",入选"未来大家TOP20"、台湾联合文学华文小说界"20 under 40"等。多部小说入选中国小说学会历年小说排行榜及中国小说年度精选本。有作品译为德、法、日、俄、英等国文字。江苏省作家协会副主席。现居南京。

零 房 租

□ 鲁 敏

1

那天没有雨,太阳清白白地照着,可许小雅总是感到,从前一天晚上开始,以及这一整个大白天她都是在雨里走,歪歪斜斜地拖着箱子,水唧唧、没完没了地走。这箱子还是考上大学离开老家那一年买的,用了六年了,滑轮坏了一边,但也算方便,衣物什么的一塞就能走。

她竭力不去想前一天晚上的事,而是想当晚及今后的住处,后两个问题一直都没有想到答案,因为实际上她总在想前一晚的事。清晰地,她再一次看到自己轻手轻脚地打开门,为了临时取消的加班而想给杆子一个惊喜,手里还傻乎乎拿着一盒白斩鸡与凉拌海带丝。然后就看到那个缺乏创意的画面,就在他们住了三年的小单间里,在他们凑钱买下才两个月的沙发上,光身子的杆子搂抱着另一个光身子。杆子眼角带泪,绝望而享受的表情,简直让小雅有些羡慕。

弥漫着烟雾般的黄昏中,被指定一般地,小雅反复想着这个不到一分钟的画面,它像是最后一坨黏糊糊的砝码,压在了她已经弯到地平线以下的耐心。她索性塌下来,听凭大脑里的黑墨汁四处流淌,她顺流而下地想到自己那同样恶心的广告文案活儿,没完没了的PS、调整字体、行间距、Ctrl+C加上Ctrl+V、居中或旋转90度。这就是她全部的出息了。城市好极了,爱情好极了,前途好极了,只是跟她都没有关系,永远都没有关系。你,许小雅,只有一条路好走,走到尽头,那是绝对轻松又快活的……这是今天第几次涌上这样的想法了,她没有数过,她只知道这想法越来越亲切了,像巨大的霓虹灯字幕一样在眼前闪烁。

就是在这个透不过气的被鬼缠住的时候,小雅看到了它,那张本来不可能看到的黄巴巴的旧信纸,它贴在公告栏里,几乎快被电器维修、钟点工、升学辅导、旺铺招租什么的给覆盖了,要不是她正倚在这个公告栏边歇口气,真是绝不可能看到的。有时就是这样,在错误的时间看到错误的东西,不,也许,是正确的东西吧。

"提供单间,零房租。黑头发,单身女性。绝无欺诈,详情面谈。"手写,线条有些歪扭,第一排字还蛮大,到后面越写越小。

这如果不是恶作剧,就肯定是个骗局,跟这张破信纸一样软乎乎的低级的骗局。可小雅一秒钟没耽搁,飞快地在手机上按动起上面的联系号码。事后她多次回想,的确够衰的,自己是真的垮掉了吧,但她记得很清楚,拨出号码的那短短瞬间,心里头反而感到一股向危险逼近的高浓度快感。这很难解释,但就是这样吧,当事情恶劣到某个地步,反而像红布一样,会挑动起一股无谓的受虐般的武莽。

电话只响了一下就通了,是啊,好比浮子一动就提线。果然是个男人,烟嗓子,普通话,简单问了下小雅的年纪和姓氏,似乎感到满意,然后便说房子地点,让她去"面谈"。"黑头发吗?"挂电话前他又确认了下。

倒是一直想染个头发的,没闲钱。好,现在倒成全了。黑头发,这个变态为什么不喜欢黄头发呢。其实这时候小雅完全可以反悔,按下停止键。看哪,肮脏的黄昏已经过去了,多情的夜色取而代之,人们吃过晚饭都出来溜达了,一台小录音机响起来,激越的《荷塘月色》里,跳舞的老妈妈们像梦魇中的稻草人,她们机械地抬手、扭胯,一边不太在意、不以为然地瞥着小雅,她们准庆幸她不是她们的女儿。说实话小雅也庆幸她们不是她妈妈,要是妈妈真看到她这半死不活的蠢样子,看到可怜的箱子已经在外面被拖了一天一夜,她老人家准会难过死了吧。这箱子当初还是她替小雅挑的呢,她那么自豪的,脸颊上像开了两朵桃花,对每个营业员重复同样的话,说小雅考上了什么什么大学,要到什么什么市去,了不起极了。她根本不会想到,毕业后的小雅只能混成这个死样子,惨得都很少回去了,她们成了一对"电话里"的母女。也许吧,妈妈乐意这样,这就是她所期望着的女儿的"出息"了的好生活。

是个老小区，墙皮剥落，楼道里堆着旧板凳、破箩筐、坏自行车。小雅还真有力气，带着一种自暴自弃的兴奋，冲刺般提着箱子一口气爬到四楼，对下门牌号，找到405室，防盗门与墙拐角处挂着蜘蛛网，像是少人进出。她挨着楼梯歇气，袖口上蹭了一层灰，她掸了掸，差点打个喷嚏。坏自行车、蜘蛛网与喷嚏，如同几个小人儿在不停地扯她后腿、给她发暗号。才不管哪，这些暗号真是棒极了，像迎面抽打来的棘条一样讨人喜爱，引诱着小雅往里面走。她就巴望着出点乱子，反正，这总比自我解决要合理多了。

只在按动门铃的时候，小雅闪过一丝怯弱与愤怒，想着该给谁写个短信，或发条微博，好歹让世界知道她在哪儿。仔细地，甚至带着善意地想了一圈，黑墨汁再次如伤花怒放，呸，难道真有人在乎她吗，包括她自己，说不定也包括妈妈。如果她知道女儿一直这么差劲，真还不如出点什么事呢——伤心总比失望要好，对吧。

跟电话一样，门才敲了一下就开了。楼道没灯，光线从里面射出来，看不清开门人的脸。"小许？"他上下打量小雅一番，似乎又考虑了一下，前后费了几分钟，然后侧身往里让，"请进。"

小雅小挎包的外侧口袋里一直有把折叠刀。她一直把手放在那儿，当然，她不太喜欢这个动作。

看来这里只他一个人。他不高，也不胖，准确说，有点干瘦。走到里面的灯光下，看清楚了。小雅的手离开包口袋，并突然感到很没劲。

其实不是烟嗓子，他根本就是个老头子。藏青色的套头毛衣塌在身上，下巴处青筋连着挂肉，天还没冷，都戴上线帽子了，正在倒水的身影明显佝偻。

小雅把箱子靠在门口，然后坐下来，接过他的水。这才发现自己多么不中用啊，哪怕这里是个火山口她也会一屁股坐下来的，哪怕老家伙端上来的是碗散魂汤她也会一口气喝光的。她是真累坏了，从整个五脏六腑一直累到十个脚指头，这让她流失了一大半的冷酷斗志。

看看整个房子，还挺干净的，甚至有那么点讲究，电视机、藤椅、沙发、挂钟、茶几、冰箱、热水瓶、落地灯、大花瓶，还有个乐谱架什么的，任一样东西都蒙着发黄的半透明的纱布或罩子，北墙有排书柜，里头高高矮矮的书也全都严严实实包着牛皮纸。

小雅扫了一眼，又扫了一眼，渐渐感到有点不对劲，却也说不清楚，大概就是封闭得厉害吧，极其地缺少人烟气，几有洞穴之感。整个房子，像是定格在好多年前的某一天，然后架空了，并罩上布套一直原样保持。她敢打赌，起码有五年以上，这房子没有外人进来过。小雅甚至感觉到，连她所呼吸着的空气也是很多年前的，她整个人就坐在一个褪色的过时的大罩子里。

小雅离大门只有五米远，箱子也就在门口，冲出去很方便。可是，有什么必要呢，难道还有什么好怕的，她有什么呀。再说，好不容易终于有地方坐下来了，老天爷知道她这两条腿有多重啊。

他在对面的单人沙发坐下，小雅放下杯子，与这位可能的未来房东对视，并尽量露出笑容。可这一看，她又是一惊，这张脸，有点怪，活像是干巴巴的皮面具，谈不上恶意，但也绝没一丝和气，她迎面送出的笑像一碗水倒进沙漠里，他完完全全地没有一丝儿的反馈。

小雅掉开视线，假装看茶几上的台历，看了一两眼，咦，时间不对呀，今天明明是21号星期五，怎么上面清清楚楚写着周三？莫非今天真是累糊涂了，还是这个房子里本身就糊里糊涂呀。

老头轻咳了一声，语调平平地先开口："广告贴了两天半，有五个电话骂我是神经病，有三个男的问我是不是做什么生意，其中一个是片儿警。也有五个来面谈的，我都不满意。你是第一个我请进门来谈的。"小雅注意到他左手的拇指和食指像在揉丸子或数钱似的互相搓个不停。

他停下来，好像等小雅表示感谢，感谢他看中了她，愿意对她下手。

随便，他哪怕就真的是神经病，或是做色情生意的。小雅点点头，把声音也控制得跟他一样平整，礼貌地交换她的境况，还是蛮对称的："我今天一共看了四处房子，第一处……第二处……第三处……都太贵了。我今天就得找到住处。嗯，你有什么特别的要求？"小雅连打掩护、留余地都懒得考虑了，她只是想弄明白：他的"零房租"是指什么，也就是说，她将要跳下的深渊可能会是哪一种类型的。

"先看房间。我姓胡，胡文伦。"胡文伦站起身，往里面走。小雅注意到，他四肢硬撅撅的，步调颇为奇特，碎碎步，快而不稳，好像慌里慌张似的。

房间不算小,挺干净,该有的都有,老实说比小雅以前租过的任何地方,包括跟小杆合住的那地方都强。除了同样的问题:令人不舒服的那种年深日久感——墙纸、门把手、五斗橱、写字桌、台灯、吊扇、百叶窗什么的,通通呈老旧的褐黄色,一碰就像要碎成齑粉。

"挺好。"小雅紧紧抿起嘴,注意不流露任何表情,一边看看床,床单和枕头也旧得厉害,老式被套上的绣花已经掉落了一半,但毫无疑问,很干净,以致非常非常地吸引她。"那个,您老,对我有什么要求?"她再次催问。重新看到床,小雅感到自己舌头都变大了,如力竭的落水者看到一只破船一样,哪怕睡一觉再翻掉也不管。小雅大概算算,从昨天早上到现在,除了在小公园打过一个小盹,她有36个小时没合过眼了。

"我的要求。"胡文伦看看她,眼睛像钉子,又黑又短,随后,他把眼光拉长,像衰老的猫把小房间的各个角落舔了一圈。"是的,我会有一点要求。"他迟疑地停下,随即显得愠怒,"我老了,万一夜里发病,你替我打120。就可以了。"

唉,可以打一百万个赌他根本没说实话。这跟女性、黑头发、零房租有什么关系啊。就是收房租,任何一个房客也会这么做的,起码男房客还能背他下楼呢。

不过小雅一点不想戳破他。

"你放心,我睡觉很警醒的,手机24小时开机,紧急电话一键直拨。"小雅尽最后的力量表示了合作之意,当然,这也可以理解为自我保护的生硬暗示。随后,她紧紧握住手机,一屁股坐到床上,随后就什么也记不清了。

2

再次醒来,耳边是窸窸窣窣之声,百叶窗投射进来的光线里,小雅注意到天花板上贴了许多大大小小各种型号的战斗机、歼灭机之类的东西,像是从旧挂历上剪下来的,还有手绘的云朵分布其间,有些纸片片快要掉落,又被透明胶带细心拉起,那些胶带已呈黄褐色,而其边缘则完全发黑,使得印刷飞机们看上去如同五花大绑。这简陋的科幻场景让她愣了几秒钟,并白痴一样地想到了童年、小床及其他无辜的东西,心里一阵发痛。她甚至想到妈妈,长达三四秒,随即像掐烟头一样给摁灭了。小雅重新闭上眼,装模作样浑身上下尤其是裤子拉链等处摸索了一通,同时觉得这份自爱真他妈的奢侈,她就算给老头子怎么样了也是一万个活该。

翻身起来,感到体力又恢复了,同时也恢复了其他细微的感受——她尽量地麻木不仁,想了一下大致的境况,一边毛躁躁地决定:既然还活着,换个手机号吧,同时另找份零工。她不想再回去处理那些恶心人的文档了,而且也不想让杆子找到她,再说些狗屁不通的解释。至于"零房租",反正都已这样了,爱怎样就怎样好了。

门与门框之间,有道小小的缝,小雅半蹲下去看,窸窸窣窣的小声音,是胡文伦在忙。他的姿态颇为滑稽,整个人非常笨重地前倾,在家具之间挪动,仍是慌张的小碎步,转身时尤其古怪,一小点一小点地转,像是切片动作组合。他架着两只细长的胳膊,一端拿把小鸡毛掸子,另一端是块毛巾,一上一下地打扫着,好似不太灵便的远程拉杆活塞,那样的严谨和缓慢,似乎他所处理的不是电视机、茶杯垫、藤椅之类,而是一碰即碎、价值连城的古玩器物。窄窄的门缝里,小雅没法见到他的表情,但他的整个侧影、吃力扭动的脚跟,与他所打扫的旧家什之间,传达出一种坟墓般的孤寂感,似乎这一系列毫无价值的动作,就是他在这人间消磨和支撑的唯一方式。

胡文伦突然开口,但身子没有转过来:"别在门缝看。出来。"听他声音,像逗孩子,带着不自然的亲昵感。哦,小雅突然间明白了,昨晚都想什么呀,其实事情再通俗不过了。她咳了一声进了小客厅,她脑子里开始出现一连串新闻报道般的想法:她用所谓年轻女性的活力,陪他说话、解闷,帮他打破那发黄的老罩子,让其感受到久违的温馨气氛。瞧,这就是"零房租"的附加值,她只要"扮演"成他的亲人而已。

"您老歇会儿,我来搞卫生吧。明天我们一起去超市买东西怎么样?我会做菜!我们还可以一边做饭一边聊天呢。"小雅强打精神,发出充满阳光般的声音,说出来之后,发现嗓子很干,并且由于刻意的假装而涌上来一股呕吐感。

胡文伦停下,抹布和小掸子都还在两只手上,他转身看着她,照旧没什么表情,说话有点斟字酌句:"你不要随便碰我东西、过问我的事情,除非有约定或我请求。你就是房客,不是陪护或钟点工。"

小雅略感惊讶,内心却也一阵松落。其实,善意、陪伴、活力或逗笑,她根本生产不出来!老天爷知道,她其实都不如这个胡文伦呢,她甚至都情愿跟他换,真的,老弱病死,并不赖的。小雅扭头瞥了眼外面的天,阳光仍是那么好,真讨厌哪,最好下大暴雨吧,最好把所有的人都困在他们的洞穴里,让他们停下来都回到小角落,然后通通变成黑色甲虫。

　　"那……你什么病?这个能问吗?"小雅往嘴里塞饼干,饼干早不脆了,还有点油哈气。胃里很空,总得往里头扔点东西吧。胡文伦这房子虽是老旧暗淡,却反而增添了一种家的恍惚感,令她想起小时候妈妈做的酱油炒饭,一边冷冷地嘲笑这不合时宜的念头。

　　胡文伦好像有点惊讶似的:"病?"愣了几秒钟,他皱着眉勉强地说,"我有糖尿病,后半夜容易低血糖,会昏迷。"

　　小雅盯着胡文伦,他左手的两根手指又在打圈,像是神秘的暗号,他顺着她的视线:"哦,还有点帕金森症。"随即紧紧抿住嘴,不肯再往下说了。

　　小雅本想问他家里人什么的,见他样子勉强,算了。再说,今天星期六,每到星期六,十点左右,哪怕她窒息了坠落了快要死了,都要快快活活地打电话回去——空荡荡的家里,妈妈像老狗一样地守在那里,那个情景总让她牙根里一阵阵酸痛,更可气的是妈妈电话里的语气,总是那么急切热烈,像盲人手杖一样,引导着小雅,必须一连串地、像放鞭炮似的报告出各种好消息:又加薪了,刚到北京参加培训,被两个男孩子在追着,其中一个还是公务员呢,总之,她正在一天比一天地丰饶、壮大——这能怪谁呢,作为家里唯一的孩子,小雅不仅有这个义务,似乎还百分百拥有这个天分。她从来没有勇气,甚至也根本没有机会张嘴对妈妈说出她的实情,比如,她被炒过鱿鱼,被劈腿两次,总是失眠,没有好朋友,厌恶逛街,不吃早饭,也有时一天吃上四五顿。

　　"是啊,最近一直加班……头儿对我很器重……刚买了双新靴子……嗯,我正在准备考会计证……杆子又出差了,这次是出国呢,要去很久。"小雅用手拧着饼干屑,把它们拧得粉碎,一边信口开河。妈妈在那边急迫地嗯嗯着,满意地叹息,有时追问一些无意义的细节,一边穿插着别忘了吃早饭、注意早晚添衣服之类的废话。唉,这样的对话,也许是可以制作成統一格式的录音吧，供无数对长年分离的母与子、父与女之间反复地播放，反正都大同小异，反正这就是他们的亲骨肉关系，既亲热又寒酸，到处都是这个样子的。

胡文伦进到他自己的房间继续在做卫生。当然，他一定听到小雅电话了，知道她是胡扯。不过无所谓啦。小雅站起来，转到书柜前，抽出一本，打开，是初三化学，又抽出一本，是高二语文。如此再三，发现整个书柜里竟然排的都是教科书或是参考书，书里边角处画满顶盔贯甲、身背长枪的小人，小雅翻到印刷时间推算下，这些"杰作"的作者比她大上五六岁左右。她看得有点发笑，又有点伤心，想起她小时候喜欢画古装女人，画大袖子与水蛇腰。唉，不能想，真不能想这些事啊，那时候，总以为上大学找工作了会多么牛x多么了不起呢。

冷不防胡文伦突然从房间里蹿出来，很不客气地从她手里抢走书："放好放好。不要弄乱。"

有什么稀奇呀，小雅转身往房间走，可胡文伦急忙忙地整理好书，却又想要攀谈似的，紧跟了她两步："嗳，你这个岁数，现在，都看些什么书呀？"

"我不大看书。有空刷刷微博。"小雅翻翻眼睛。

"……微博。都在玩微博。"大概见小雅的眼神有点不屑，他忙点着头，"我知道的，每个人每时每刻做什么想什么，都可以告诉所有的人。"

"差不多吧。"小雅敷衍道，一边准备出门。她的微博原先有12个粉丝，现在变成11个，她把杆子拉黑了。她关注的则有1054个。实际上，她有点仇恨微博，它那么那么的火热，反而越看越让她浑身发凉，孤独得血液都快冻住了，好像被扔在了北极。

出门时回头看看，胡文伦仍倚着书柜，半张着嘴，显出既向往又有点迷惑的样子。

因为不挑不拣，小雅很快接到一份超市促销的短期工，推销多维快冲麦片，与另外两个姑娘倒班，轮流在西城区的六个超市做活动，上班的时间像是跳格子，完全没个准儿，有时早上六点就走了，有时睡个大半天，有时晚上十点多才到家。她想，在胡文伦看来，自己大概像个女鬼一样出没无常吧。

而他本人的作息,则像个机械齿轮模子,到几点了就咔嚓一声,把他往前推一步。他每日所有的吃喝拉撒都在约定的时间准时发生。牙膏、毛巾永远用一个牌子。电视只看卡通世界。星期一吃青菜,星期二土豆,星期三南瓜,星期四杂粮。每周前三天穿青色套头衫,后三天穿灰色长袖,而星期天,他则会套上一身明显显大的、磨损得很厉害的旧运动服。看看,人老了就是刻板而古怪。

同样古怪的是,不论做什么事,他都会嘟囔着旁白一番:我小个便。我吃根香蕉。我洗澡去了。甚至包括起身、坐下等等,像在做直播解说,总要交代、知会一下。开始几天,小雅在房里听见,都会急忙跑出来应承,却见胡文伦自顾耷着眼皮并不理会,见她突然出现,反而有些恼怒,嘴唇张在半空中停半秒后,又固执地把他的自我预告重说一遍。小雅后来也想通了,就当他是在做一个粉丝为零的微信吧,跟她也是差不多的。

他那枯树皮般的面具脸,小雅现在已经很习惯了,知道这是帕金森症的症相,不过,这影响到她对他的态度,她跟他讲话总是相当简漫,甚至有点故意地刺激他,想逼他快点露底。毫无疑问,这位胡文伦老先生必有哪里变态,只不知具体是哪一种花样。她真是巴望他快点发作,像硫酸一样赶紧倒入她这本就腐蚀的生活吧。

有时候,很晚了,小雅从超市回家,手里提着快要过期的打折面包、买一赠一的酸奶,三步并作两步地爬上堆满旧物的楼梯,走得还挺欢快,可是,另一个自己却沮丧得真想一下子瘫到地上去,如被踩死的虫子那样滚动着抽搐——她清楚,这样一天天装模作样地打着零工,也知道饿,也吃吃喝喝,夜里也做梦,偶尔还涂点唇膏,可这晃荡荡没有根没有叶子更没有花的日子算个什么! 随时都可以啪的一下折断扔到楼下。

3

大约到小雅住进来的第三周,星期日,她有半天的休息。胡文伦终于算是现出点原形了,可惜,一点新意都没有——他偷看小雅睡觉。

她突然醒来,从一个梦中,这个狗屁的梦里,她抽风似的跟一个男人好上了,那男人连脸都看不清,只是一边挖着鼻孔一边嬉笑着跟她表白,小雅则感激涕零地拼命点头表示接受。然后,她醒了。她没有立刻睁眼,而是先听声音,听胡文伦在外面的动静。照以往的经验,他若哼哼着在刷牙,那才凌晨五点半。他若艰难地起身宣布他要大便,那就是六点一刻。要是他在放水洗衣服了,那就快九点了。

小雅仔细听了听,莫非才半夜,怎么那么静啊,不对,不是静,是怪。她把眼睛张出一点点缝,像房间的小门缝儿一样。她小时候常这样,妈妈发现不了,发现了也不生气,反而很高兴:呀,睫毛真浓啊,咱姑娘长大了一定会漂亮的。是啊,可能也算漂亮了吧,要不然胡文伦不会挑剔地回绝掉前面七个,而让她进了大门,并且最终这样坐在床前、直愣愣地盯着她吧。

穿着旧运动服(星期日服装)、乍一看似乎显得年轻了一些的胡文伦一动不动地坐在那里。这在他的日程表中是从来没有过的安排。小雅的第一个反应根本不是怕,而是对时间的困惑,他把这桩事安插在日程表上什么地方呢?

"现在几点?"她完全睁开眼,平淡地问他。她觉得没有理由尖叫,毕竟他只是坐在那里而已,再说,就算刚才她睡着的当儿,也就只有梦里那个挖鼻孔的男人碰过她。

猛然听到小雅问话,胡文伦简直不像是"帕金森"了,他膝盖打直,一下子站起来,手里还拿着鸡毛掸子和抹布,这么说是八点了。这一觉睡得不赖,小雅坐起身,想仔细欣赏胡文伦的表情,当然,他还是没有表情,只是嘴唇有点抖,他开口讲话,甚至有些凛然:"不要误会,不是你想的那样子的。"一边讲一边就僵直地迈着小碎步出去了。

"那是哪样子?"小雅加件外套,紧追着他就往小客厅走。好极了,盖子掀开了。她想起以前看过的日本片,有些老男人偏就喜欢女孩穿过的"新鲜"内衣,有的是喜欢拍点局部小照,有的喜欢看女孩穿丝袜脱丝袜的动作,正事儿反正干不了,就冲这些边边角角的淌淌口水。

胡文伦不理会,好像什么都没有发生似的,继续四处捣鼓来捣鼓去做着他的卫生。

"您,今年多大了?"小雅客客气气地问,一边拿出牛奶和面包。她把牛奶倒在碗里,像猫一样,伸着舌头舔着,发出叭叭的声音,她从小就爱这样,妈妈老说她是馋猫投胎,后来跟小杆同居,他总嫌这吃相难看。胡文伦看来也注意到了,他一点点转过身,直愣愣地瞧着小雅,紧紧盯着她伸长的舌头,露出一副惊喜的、贪婪般的样子,但是很难说是不是色情的那种贪婪,莫非他喜欢女孩子的舌头吗?小雅缩回舌头,停止舔奶:"我问您呢,您今年多大了?"

胡文伦倒也不脸红,有点舍不得似的,转回身重新背对着她:"六十二。"真是的,才六十二呀!看他那暮气沉沉、了无生趣的样子,该是七十二才对。也许人老到一个程度,都差不多吧。小雅曾远远看见他房间里有张放大的黑白照,应当是亡妻吧,可能去世已久,模模糊糊不太清楚。想想他这么孤零零的,就算有点变态,也是可以理解的吧。

"您这身上,是儿子的校服?"

"你怎么知道我有个……儿子?"他继续背对着,可那声音像被火烫了一下似的,皱了起来。

"傻子也看得出。"小雅重新舔起牛奶。房顶的挂历纸飞机不算什么,她还在衣橱顶上发现一只萨克斯,有一阵子,高中男生可流行玩萨克斯了。当然还包括客厅那一书橱的教科书。

"我儿子……算起来,比你大六岁。以前他在家,跟你一样,早晨起来,总爱半闭眼睛舔牛奶,吧唧吧唧的。"

"现在在哪儿?跟我一样,也离开家了,嗯?"

"现在?经常有人问我这问题呢。"胡文伦轻轻地自语,想了一会儿,郑重其事地转过身来,沉吟着说,"有可能,是在西昌酒泉卫星发射中心做科研,那里有规定,不能回来探亲。还有一个可能,他到新西兰留学了,然后就定居在那边,都找女朋友结婚了。你看我儿子是哪样?"

这话怎么理解啊,他们音信不通到这个地步?小雅看看他,觉得他胳膊和腿都短了几分似的,或是螺丝扭错了,哪里有点不对劲。他也瞪着小雅,死死瞪着她的嘴,好像她的答案就是一个重要的选择,而这个选择正会决定他儿子的真实命运。

小雅没有替他选。她冷不丁突然走神了,又想到了妈。就算每周一个电话,她们其实也是音信不通的,她不知道小雅到底算是在广告公司打字、倒茶呢,还是在超市里请人品尝美味多维麦片;是在跟杆子谈婚论嫁呢，还是寄居在一个变态老头的洞穴里。这样的事情，真不能怪谁，道理也简单，爹娘老子的，不都是一个孩子嘛，总得"出去混"的，混得好自是好，年年荣归故里，反之就不大好交代，索性就不交代，则近乎生死两茫茫。所以小雅十二万分地理解胡文伦的儿子——说不定，他现在也困在某个潦倒的角落里吧，这老头还幻想得那么美！

"你说我儿子哪一样好些？"胡文伦不甘罢休，还在盯着她问呢。他已经把掸子抹布什么的整整齐齐放到一边，人端正地坐下来，好像这是个大可以长谈一番的话题。

"那就西昌吧。"小雅一挥手说，"飞船升天什么的，直播镜头不是会扫一扫科研人员嘛，说不定你还能从电视上看到他几眼。"

"从电视上看到他……"胡文伦慢慢地重复着这句话，平板的脸仍然像蜡像般纹丝不动，可是真奇怪，小雅看着他，分明感到他整张脸像起了油锅似的，能听到"吱啦"一响，五官扭转成一团，他胆怯般地把目光移到电视上，电视套着罩子呢，他却活像是真看到他儿子似的，眼睛惊慌地一下子弹开去。

小雅不想再继续这个话题。她想要他谈这个："其实我可以理解的，您刚才，在我床前看我。"

胡文伦低下头，好一会儿，都那样低着头，小雅也不吭声，只等。他重新抬头，那张纹丝不动的老脸，悲哀得真像要流淌下来似的，连小雅都看得怔住了。也许她不该这么紧盯着不放。

"我很想我儿子。"他语调很谨慎，好像在对法官呈堂供证。他把运动裤上的褶子抹平，"这个，是我儿子的校服，13中的。以前老伴还在的时候，她不肯我穿儿子的衣服，一穿就要吵架。她一走也就没人管我了，不过得省着点，我只到星期天才穿一下。穿上他的校服，我心里似乎好过多了，就好像，他在我边上似的。"胡文伦有些害羞般地一笑，"我刚才其实没有看着你，我在看我儿子，他小时候，就赖在被窝里，每天早上都是我喊他起来。真的，我刚才真是在床上看到他了。"

小雅有点想笑。虽然他说得那么可怜，可她还是想笑——胡说什么呢，他这样就能看出他儿子来？

胡文伦站起来，走到房间里，不知从哪里抱出个铁皮盒子，原先是装

302

饼干的,他怪小心地打开,里面是一堆看不清眉眼但仍然神气活现的小锡兵,略有点风化,边边角角的已经钝了。"这也是我儿子的,每天晚上我都摸摸它们。小时候,他也是放在床头,每天睡前都玩上一通。"他把手在房子里四处指了指,"这里,每样东西,都跟他当时离开家时一模一样。他要回来的话,都会熟悉得不得了。你看,连那个高压水瓶,坏了有八年了,我都没有挪,还摆在原来的地方,他小时候,个子刚能够得着水瓶,就会替我倒水啦。"他态度庄重地拿起沙发边上的台历本,颇为自豪似的:"包括这个,都还是他离家时那一年用的,我没有换过。"原来是这样,小雅记起来了,怪不得她刚来那天发觉日期不对。唉,这老家伙,没治了。

"不,有样东西,变了。"小雅不客气地插嘴。

"什么? 是什么?"胡文伦惊慌了,可怜巴巴地四处看。

"多少年了,你不见他?"

"十一年零三个月。"他嘴里机械地答,继续往房里四处打量,明显有点焦躁起来,小雅简直担心他会马上发起疯来把她撕碎。不过那也没关系,她不会怪他。

"你自己啊,你变得不一样了! 你看你都干巴成这样、僵硬成这样,估计你儿子回来会认不出来的。十一年呢,也真够意思的。"小雅不知道自己为什么要这么刻薄。可能是胡文伦刚才的话让她心里突然好一阵不舒服。她想起毕业后难得的几次回老家,每次回去后都十分沮丧,甚至脾气都变暴了:家里一切都那么丑、旧、灰蒙蒙的,尤其是妈妈,她又瘦又矮,讨好般地总围着她转,她一见妈妈那样就很想发火。

"我? 我? 他会认不出我?"胡文伦简直像要喊出来似的,他迈着帕金森的小碎步走到卫生间去,前倾着身子像女人似的把脸贴到镜子上,语气斩钉截铁,"不会的。我跟你说,我每天都跟我儿子说话呢,我每样事都告诉他,我戴老花镜了,我拔牙了,我头发秃了,我血压有点高了,我连每顿吃什么、每天穿什么都跟他说的。他就像在我旁边一样,绝不可能认不出我的。"他自欺欺人地离开镜子,坚持着他的乐观,"你不要乱讲,他可是我儿子哎。好了,君君啊,我要洗衣服去了。"到这最后一句话,他已经恢复了平常的调子,按部就班地放水泡起他的老头衫——小雅看看挂钟,的确是到洗衣时间了。

哦，原来他每天那些咕咕囔囔的话是跟他儿子、一个叫君君的在说话、做微博直播呢。小雅仰脖子把牛奶喝光：这早饭算是吃完了，谈话也草草收场，明明他是有破绽在她手里，怎么绕来绕去都是谈他儿子？

4

小雅的手机基本不响，卖保险的或打错的也没有，偶尔只有促销代理那边通知她调班什么的。翻看QQ或私信，也总是一片空白，孤独就像石子，在无边的日子里踢来踢去，连个回声都没有，有时她真怀疑自己是否真的存活于这人间。

了不起的是，她仍坚持每周一次往家里挂电话，她把房间门关上，事先想好各种台词与语调，装得不耐烦的、哼哼唧唧的。妈妈也真是好糊弄，这就是了不起的被红布蒙上的母爱吧，对自己的孩子总有一种痴心而固执的崇拜似的。也好，能让她高兴一天算一天吧。

多维麦片的活干了有一个月，拿到一小沓票子，由于季节原因，下面又变为月饼促销。她与另外一个女孩，一个头上戴着纸环兔子帽，一个戴着黄色的大月亮帽子，把月饼切成小丁丁，举在托盘里，重复八百遍地大声招呼着欢迎免费品尝、即买即赠什么的。虽然离中秋还有一个月，超市里的人却都带着点傻乎乎的喜气，推着大车子，没完没了地往里面扔东西。有时候是老头拖个老太，有时是一对腻歪歪的小情侣，有时是矮男人与胖女人，有时是妈妈带着噘嘴巴的儿子。他们一批批地，贪婪的蝗虫般地，从入口处拥入，又一批批地，变成大肚子的蜘蛛，七手八脚地从收银台那边消失。小雅不知心里哪里产生的敌意，一边假装殷勤地推销、诚恳地劝他们试吃，一边却又冷冷地诅咒般地看着他们，瞧着吧，现在成双成对、勾肩搭背的，要不了多久的，要么像她跟杆子，要么像她跟妈妈一样，要么像胡文伦一样，好不了的，到头来通通都是孤零零的。儿女、父母、恋人、夫妻，本质上都是不通音信的。

这么的又做了一个星期月饼，一天比一天更像行尸走肉，强扮兔儿爷的热情吆喝总让小雅一阵接一阵地涌上憋屈的呕吐感，尤其是那么多人在面前走来走去，他们那有滋有味、相互说话的样子加倍地让她感到烦躁。她只想回到她的那个房间蒙上头躺倒，永远地睡下去——小领头的见她突然辞工，还以为她找到好的去处，半逼迫半玩笑地非让她买了一盒月饼带上。

小雅到家的时候胡文伦正在叠衣服，一件长袖衣，他屏住气像在雕花，神情极为严肃，十个指头像散了的蒜瓣，总不听使唤，好不容易对齐衣袖，又伸着脖子一个纽扣一个纽扣地凑近了弄，忙活得都顾不上看小雅一眼。

正好，她也不想跟任何人啰唆，对这个既飘摇又热闹的世界，她真是全然没有兴趣了。关上门躺上床，小雅长吁一口气，如同力竭抵达终点。也幸好，是租到了这么个远离人烟的房间，伴着这个半截子入土的老家伙，两不相扰。

她没在意接下来躺了多久，可能是三天，可能只有一天。偶尔她迷迷糊糊睁开眼，喝点可乐，吃几块饼干，瞪一会儿屋顶上那些难看的纸飞机，再闭上眼睛睡过去。窗前的百叶窗不能够完全闭拢，外面射进来一些没有温度的光线。偶尔会想到老家和妈妈，冷淡而客观。谁叫家里当初不多生一个啊，"只生一个好"，相当于从一开始就签订了一个具有高度风险的不幸协议：如果"这一个"完了，整个家也完了。这对"这一个"孩子是不公平的，他不能够沉沦、失败或死亡，然而，成败偶然，命若琴弦，这怎么可能呢。

……逐渐浓重的阴影里，小雅感到有个人的呼吸靠得很近，带点酸腐味儿，吐气不大均匀。唉，又来了，这次来真的吗？不过她没有动，别装得跟粉红小花朵似的，都成这坨烂泥了。

她听得到外面电视机在放动画片，声音挺吵，也许他的智力只跟得上这个吧。这样的弱智背景音，这样没有任何辨识度的晚上，他就是马上把她给杀了，也没什么稀奇。老变态的境界，肯定不止是偷窥那么低级。小雅没睁眼，只转转眼珠，以告知他：醒着呢。

胡文伦咳嗽了一下，酸腐味更重。她简直想提醒他不要这么磨磨蹭蹭了，她欢迎他一下子解决掉这件事。

"你没生病。"胡文伦突然开口，语气显得克制，"这是干什么？"他停住，等了她一会儿，牙缝变紧了似的，非常不情愿地吐出这几个词儿，"失恋？工作丢了？"

他那寡淡的语气好像这两件事根本无所谓，好像她脆弱得像无病呻吟的蔫黄瓜似的。唉，他懂什么，他反正老得都可以死了，可小雅这里还有漫漫长路啊，问题不是她失去了恋爱或工作，而是她"不在乎"自己失去了这些；她压根没了存在感，甚至也没有失败感，没有什么是她所在乎或丢不下的，她整个人滑溜溜地掉到一个大深洞里头了，一点不疼，还在继续往下掉呢。

小雅睁开眼。

胡文伦凑得很近的头往后一缩，蜡黄的脸皮泛出点红油光，语气显得愤然："你什么意思？你这样，真……真对不起老天爷！"活像是小雅做下什么伤天害理的行径。

小雅心里干笑，她不知胡文伦激动什么，随他，她只盼着他省省心、别烦她，只管自个儿爬向他的坟墓吧，她就这样一直一直地躺下去就好。这间屋子，这两个没用的人，做这样两件事，相得益彰，再般配不过。

胡文伦在床边僵坐着，一副欠揍的迟钝模样。"你这么年纪轻轻的。""这么身体好好的。""有手有脚的！""你平平安安什么事情都没有。""你老家里还有妈妈。"他想半天，说小雅一句，接着又想半天，再说下一句，而这说出来的一句半句全是废话，谁不知道啊！

小雅重新闭上眼，不想睬他。有手有脚平平安安老家有个妈妈就应当很带劲吗，这完全没有因果关系。肯定是老头又从她身上想起他不知身在何处的儿子了。她不喜欢这种替代感。人穷疯了会抢，想儿子想疯了大概也会抢。

她翻身坐起来，口渴了，喝了一口可乐，突然明白过来，外面那动画片，胡文伦天天看的，大概也是在替他所想念着的那个儿子看的吧。她瞅瞅手里的可乐瓶子，胡文伦也瞅着，她拿块奥利奥，他也盯着。那眼神有点馋，又有那么点喜悦和向往似的。嗨，真的，再别扭也得信，他如此这般、不加掩饰地窥看她，真的就是在看他儿子呢。

"你当初为什么不直接找个男生过来住啊，处得好了你都可以认他做干儿子嘛。"

"我……"胡文伦没料到小雅突然开口，他脸上一抽，转开眼睛，有些结巴，"我答应过我儿子，我这辈子只有他一个儿子。做父母和做孩子，都是有缘分的。我不能让别人的儿子再睡在他的床上。"

"好吧，就算这样。只找女的，为什么要黑头发的？你在挑什么？"

"嗯，这个。"胡文伦明显不大想说，似乎有点顾忌地迟疑了下，"就是个感觉，第一印象，觉得我儿子会喜欢，我才会选。"胡文伦那老树根般的脸，忽然像冒出了绿色的枝条，"我儿子，喜欢黑头发、直头发的女生，睫毛也要长，小刷子一样。十二岁时，君君趴在我耳边悄悄跟我说的。"

这是什么混乱逻辑，老头真疯了，他这是在挑儿媳呀，为着个可能早已娶妻生子的儿子！小雅给气得笑起来，懒懒地又往被子里滑溜了。

都没想胡文伦动作这么大，他突然伸手过来，一把把小雅从床上揪下来："再这样，你就给我搬走。我不租给你了！最看不得你这样，我越看越恨！"他眼里当真冒出憎恨般的光，拳头都捏起来，恨不得打上她一顿似的。

"我这样怎么了？不肯租，那就不租。"小雅慢吞吞、没精打采地回敬他，"我什么都无所谓的，就是现在死都可以的。"说着把他的手从肩膀上拎开。胡文伦个子其实跟她差不多，那手又瘦又僵，凉凉的，小雅感到自己一失手都能弄死他。

"死！你有什么资格提死！"好像小雅一把掐住了他脖子，胡文伦面皮紧了一层，更加像张面具了，"你也不想想，你活得多好啊。"

"你能自己翻电视频道看，你还能打手机给妈妈。""你过生日能吹蜡烛许愿，天热了能吹空调吃雪糕。""你能坐地铁逛街，能穿新衣服。""你能睡懒觉，睡醒了还能伸懒腰的。"跟刚才一样，胡文伦想到一句，说上一句，又再想，再说，越说越琐碎，越无聊也越可笑。可他的声调却慢慢异样起来，嗓子里有些哑哑的，好像五脏六腑里都在漏风。"我儿子他就不能够，你什么都能！我家君君一样都不能。他考到北京上大学，才去了两年、大二，比你现在还小呢，车祸，救了三天，没救过来。"

像一把散架的骨头，胡文伦顺着椅子瘫滑到地上，喉咙里发出磨牙一般的怪声音。

　　小雅从超市带回来的那盒月饼,一直靠在客厅的茶几一侧,崭新触目的包装,像是不小心从外面世界坠入这个陈旧洞穴的异物,显得有些丑陋。胡文伦打扫卫生时从来不碰它。不过,他也冷淡地提醒过小雅一次,大概出于不要浪费的心理。当然小雅根本没打算吃它,这玩意儿难吃不说,并且总附会着些甜腻腻的意思,更令人烦躁。

　　在胡文伦无理取闹、近乎涕泪交下的逼迫下,小雅只得又重新出去找工作了,也好,挣点钱争取离开这里吧,免得管头管脚。再说,尽管胡文伦儿子死去已十一年了,但继续住在他从前的房间里,看他用过的旧东西,加上胡文伦那些举动与习惯,还是觉得有点瘆。

　　新打的一份工,茶馆招待,小雅尽量干得投入,最起码显得投入。哪怕是凌晨一点下班,困得不想洗澡,一套仅有的工作服她还是会洗得干干净净,以便第二天穿上。她想尽快签下正式合同,工钱再涨点——也奇怪,就这么一天天干着,小雅也感觉好了点,似乎又喘上气、跟世界重新打起交道。

　　可笑的是,生活在这前不搭村后不搭店的阶段还给了她一丁点小甜头,她不需要,但有聊胜于无吧:茶馆后厨一个胖男孩,每天下班都主动提出用电动车送她回家。过了午夜,胡文伦的小区这么偏,公交下来走很远,小雅还真是需要他。送到楼下,他会鲁莽但理所当然地抱抱她,估计,一两个星期后大概就要吻戏加床戏了。小雅有些麻木,或者说是实用主义地想着,实在不行,下下策,搬去跟他住也成。她知道胖子租了个单室套。

　　她怀疑胡文伦可能从楼上看见了什么,有天她让胖子在下面等着,上楼来把月饼拿给了他。此后不久,胡文伦搞着卫生,突然问:"你把月饼放哪儿去了?"

　　"送人了。你又不会吃的。我估计,像粽子、汤圆、饺子什么的,凡是跟过节有关,你都不会吃的。"小雅一边对着镜子给头发分缝,一边故意这样说。卫生间的镜子锈得厉害,布满星星点点的黑斑,只能照个大概。她盯着镜子,想着若干年前,镜子还簇簇新的时候,那个叫君君的男生肯定对着这镜子挤过他的青春痘。有可能,胡文伦对此亦有同感,这会儿,他竟然走

308

到卫生间门口，专注地盯着她，神情稍有顾忌，却又带着某种特殊的权利似的。唉，随他了，哪怕他现在就是看她洗澡，小雅也不打算说他什么了。人家这算是在看儿子。

"嗯，我的确是不吃那些。"胡文伦似乎给呛住了，隔了一会儿，他问，"你是不是挺讨厌我的？"

"什么？"小雅装模作样地反问。

"讨厌我也挺好。我本来还担心你可怜我或同情我什么的，那个特别不好。"胡文伦语气镇定，好像打着什么算盘。"我希望我们之间能达成一种客观的冷静的合作关系。你记得，刚住进来时，你问过我，要你做什么？"

"我，可能月底要搬走了。"小雅懒懒地不太想听他下面要说的，索性先撂开话。

"我猜到了，所以要跟你谈谈。"胡文伦不紧不慢，似乎对小雅的想法全都一清二楚。"建议你不要搬，他不适合你。"

"啊哈。"小雅张张嘴，真不知说什么好。这胡文伦，真的管天管地呀，再说他最多只能看到胖子一个头顶，夜里冷，胖子还戴着帽子。

胡文伦的手指又搓动起来，表情仍无变化，但语气显得自负而遗憾："关于人与人，我有许多的经验，我家君君是用不上了。其实有的事情，看一眼就清楚的。就比如说你那个胖子……"

小雅笑了两声，打断他："我又没打算嫁给他。再说你的经验，太旧了。"话虽这么说，她心里还是有点咯噔，一边想起胖子短短的、黏糊糊的胳膊，他每次搂上来，她都会觉得空气很生涩。胡文伦真能从四楼上看出这些吗？

"还有，你状态不稳，我看出来了，是有点抑郁症对吧。其实真的，你只有住我这里最合适。"

小雅抖抖手尖上的水，贴近镜子开始戴隐形眼镜。这是新买的美瞳，上一副隐形眼镜忘在杆子那里了。万一真要和胖子接吻，框镜会很碍事儿。她心头一股怒气，不理会胡文伦的话。他妈的，他懂个屁。抑郁症莫非算个什么安慰奖、小红花吗？所有一事无成、情绪低落的人都该领上一朵别到胸前！

"你的问题，我会慢慢帮你。你，也帮我件事儿。"胡文伦跟谈合同似的，径直往下念条文，"我跟你说过我的病，糖尿病、半夜昏迷什么的，那个不算什么。"他有点不好意思地看看小雅，间接承认那是个虚构的病。"帕金森症才真有点麻烦。你注意到我的关节没有？我的脸？我走路、做事的姿势？这个病到最后，最最基本的动作都做不了，大小便自不用说，连一口水都控制不住都咽不下去，更不要说自杀了。不是我身边没有人了嘛，所以我早备了这个，我的意思是，这事你帮我一下。"他不紧不慢地从口袋里摸出一小包东西，好像这是把保险箱钥匙似的，他一直随身带着。

这么说，是找个人来解决他，这就是他的零房租，附赠一个安乐死杀人犯呢，真想得出来。小雅迅速梳好头，快步从卫生间出来，沉着脸侧身绕过他。当初的估计是对的，要么是恶作剧，要么是个陷阱。不要犹豫了，明后天主动一些，争取早点跟胖子接吻，然后搬过去，付一半房租也行。

胡文伦迈着他特有的小碎步，小角度地扭动身体，跟着小雅，并朝她伸着手，好像手心里托的是个精心准备的小礼物，"你看，就这么一件事儿。你不是一直问，要你做什么吗？"他的语气很沉着，并没有讨价还价的余地。他的意思很明显，怎么可能零房租呢，你总要做点什么的对吧，怎么可能白白住了然后又白白走了。

小雅扭头看看胡文伦，突然想起了头一次看到那个手写广告的黄昏，那么疲惫而绝望的、昏昏沉沉连黑夜白天都分不清的那个黄昏，她在错误的时间看到了错误的东西。

6

大概算是亮出底牌了，胡文伦现在显得较为敏捷，只要小雅在家，他就会抓紧完成他手上的作息事务，然后硬撅撅地寻着跟她说话，当然手里总拿着那包东西，并且也总是那个主题。

"大概需要什么时间进行呢，最好病重一点吧？"小雅敷衍地问，估计等他病重她早就搬走了，说不定她还会死在他前面呢——恶劣情绪从不需要理由，没有好消息也没有坏消息的生活就足够置人死地。对搬到胖子那里的想法，小雅现在又恶心上了，她感到自己跟个不值钱的娼妓也差不了多少。有一次，胖子亲她，小雅伸手就是一个耳光，稍后又胡乱解释：说不喜欢他满嘴的羊肉串味。事后想想，这次与胖子的分手得怪胡文伦，他对胖子的评价影响了她的情绪。可胡文伦不消停，还拿包毒药晃来晃去，他那既老且衰、一心向死的样子，既烦人又可怜，常让她非常不情愿地想起妈妈，心绪更为暴戾，多少次啊，她不得不牙关紧咬，以免自己拿起手边的东西朝胡文伦扔去。

"我这种病，有人进展快，有人进展慢，也难说。"胡文伦很有兴致似的，终于可以跟小雅讨论起这一具体事物了，"不过，我不想等那么久。你应当也注意到，我过的这日子……每做一件事，每过一个小时、过一天都像拨一颗算盘珠子，多拨一颗少拨一颗，其实是没有什么区别的。"胡文伦的语气十分超脱，"你要急着搬走的话，随时可以。具体细节我会再跟你交代，保证不会连累你的。"

"这玩意儿，会很痛苦吗？"小雅瞧瞧他手里的东西，不知为何产生了一丝羡慕感。

"不会，说是还有点甜呢，既快又好。这是我一个朋友老谭给我的，他女儿19岁时白血病没了的，老夫妇两个年年三十晚上都到孩子坟头上过，这么地过了五年，撑不住了，就设法弄了这个。我们有一帮父母都是差不多这样的情况，我们没办法跟别的人一起玩，最怕看到别人一家三口有老有小。老谭弄出这么个好东西，也算互相帮助吧，我们不少人手里都悄悄备着呢。"胡文伦的口气压低了，眼神躲躲闪闪，又有点自豪，好像他处在一个神秘的有着特殊入口的组织里。

"那你要我干吗，你直接自己处理不是更好。"小雅感到生气，同时有点慌乱，就像突然有人送她一张不要钱的机票，去往一个遥远的未知之所，她必须马上做出决定。

"哦，这个，我老伴走时要我答应她，不自杀的。"胡文伦尴尬地转转眼神，他的眼睛有些偷偷摸摸地往屋子里四处看看，"答应是答应了，可是我撑不下去啊。也怪，这辈子，我老伴陪我的时间更长，可她走了我倒不是太想，反而就是一门心思地想我的君君，越老了越想，做什么事都要想到，从他生下来开始想，想到他小时候，想到他上小学上中学。这也是没办法，我真的想早点过去，正好我们一家子团圆。"胡文伦的口气，好像他儿子真在西雅图或多伦多呢，他就想早点办好签证与移民手续。

"那好,给我吧。"小雅朝他伸手,她感到有条可爱的小虫子从心里痒痒地钻出来,又疼又麻,怪舒服的,"在我走之前,把这事儿办了。"

胡文伦一怔,警觉地迅速缩回手去:"还是我来保管。"他瞥她一眼,好像临时想起什么事儿似的,"等,等一等。"

"行,你可以改签下一个航班。"小雅笑眯眯地说,她现在开始喜欢胡文伦了。

小雅认为自己应当再给妈妈打个电话,虽然还没到周六。想想自己也真够礼数周全的,还记着给她老人家打电话呢,甚至可以多说点,就说元旦回家去,她想听听看,妈妈会怎么样高兴。嗨,胡文伦准以为天底下他最可怜吧,其实妈妈跟他差不多,大部分父母都跟他差不多,儿子或女儿,通通地骨肉分离,通通地杳无音信,如同去往另一个世界。就是这么个形势,就这么个结构。有孩子没孩子都是一样,活着或死去也都一样。小雅相信妈妈到最后一定会想通的。

还得继续坚持出门上班,这多荒诞啊,她干干脆脆地放弃了化妆,不戴美瞳,也不再洗那烂兮兮的工作服了。因为心不在焉上错茶或送错点心,她常被客人与老板斥骂。他们骂她时,小雅总恭敬地垂着眼皮倾听,心里似乎蛮舒服的,她感谢他们这么劈头盖脸地骂,唾沫星子都飞到她额头上了。胖子早就改弦更张了,下班时他改送另一个跟他同样胖的姑娘。小雅欣然地看着他们的背影双双离去,说实话,挺般配的。祝他们花好月圆。

生活在朝着相反方向急速地离去,一切都在鼓励和赞同着小雅,只是胡文伦没有再提那件事,他好像突然忘了似的,复又陷入那拨算盘珠般的刻板作息,一天天往前挨着。小雅知道他在暗中瞄着自己,有时他甚至主动跟她说几句。"今天下班早哇。""看你这一身儿,你妈妈没教会你洗衣服啊?""休息啊,不出去玩玩?"

小雅咽一口干唾沫,冲他微笑。他们像两个动物一样小心地互相窥伺。

凌晨三点,小雅清清爽爽地醒了,跟昨天差不多,跟前天也差不多,总是这个时候醒。她平整整地躺着,等着醉汉、洒水车、送奶工、菜贩、超市送货的、扫地的等等，他们会在外面发出各种人世间的声音，她听着，头脑空空，千方百计搜寻着，看有什么事可以做一做或想一想，最终，她有一搭没一搭考虑起第二天的衣服来，这个的确需要想一下——她有快一个月没洗衣服了，所有能穿的衣服都已邋遢到极点了。昨天在公交车上，已经有人冲她指指点点了。

她花了足有一刻钟，费了好大的劲，把自己从床上拽起来，打开灯，在那只坏了一边轮子的拉杆箱里翻来翻去，把里面的东西都扔出来，摊得到处是，就算这样，还摊不满这一间屋子呢，她走远走近地看了好几眼，直摇头，看来这些年的确是白忙活了，根本就没添置下什么东西。也好，这样更好。最终，找到一件橙色毛衣，小雅把百叶窗拉起，就着灰蒙蒙的窗玻璃，大概照了照自己，身后那影影绰绰、旧褐色的家具们像在叹气。橙色毛衣前后左右晃动着，固执地不肯与她的身体合体。小雅死劲地又拉又抻，想着是否该把自己的四肢切割重新组装，以塞进这件艳丽的毛衣。这件事很重要。她四处寻找顺手可用的玩意儿，可惜极了，这个小房间，曾经属于那个19岁少年的破烂地方，屁都没有。小雅烦恼地张目四顾，思考再三，灵机一动，拿起只杯子，往窗户丢去，这真是一个好主意。玻璃很干脆地立即变成了一张大花脸，并提供出参差不齐具有狼牙般美感的边缘。

小雅笑嘻嘻地、无忧无虑地走向这只狼牙大口。

她没有听到胡文伦撞开门，他拖着硬腿像只快要散架的大木偶一样，蜡黄着脸摇摇晃晃地冲着她走来，伸手把小雅往回拉了一个大趔趄，几乎是把她扔回到床上……老家伙还有点力气。

胡文伦喘吁吁地坐到一边，他冲小雅抬抬手："把衣服穿好。"小雅低头看看，还真是有点衣不遮体，不能怪她，她没法穿，橙色，世界上还有比这更恶心的颜色吗。她扯出被单裹在身上，这条蓝地印花的、印花已完全模糊的旧被单，那么的暗淡，差点让她想起小时候妈妈的床。真是的，这个时候，本不该想起她的。

没有人说话。小雅无聊地仰头看天花板上的纸飞机，它们在过去的云朵里飞，从死亡出发，向死亡飞去。胡文伦也仰起头，因为背本来就弯，他费了好一会儿劲，简直要把脖子给折断了，可他挺认真地一直在坚持看，还摸出他那包可爱的小东西，两只手别扭地倒来倒去，好像在练习一个拙劣的微型杂技:"我么,我是应该的。你哪有资格。"

小雅心里不屑,嗨,这还要论资排辈、比试条件吗,去你的吧,在某几样事情上,爱、死、要咳嗽或者要撒尿,人人平等。

胡文伦仍然仰着头,在凌晨这不明的光线下,他的脸失去了高低,也失去了纹路,模糊得像个发黄的面团。"要不你跟我儿子比比呢。"

"我很羡慕他。"小雅冷淡地说,一边突地伸手从胡文伦倒过来倒过去的手里抢走那包药。

胡文伦吓得站起,两只手在空中乱扑几下,又跌坐下去。小雅也把这包药接着倒来倒去,只是扔得很高,像在抛橘子,一边开心地盯着胡文伦,甜美地鼓励地点点头。

"嗯,你是说,马上?"胡文伦紧盯着她手里的"橘子",眼珠上下费力地动着。

"是,早了早好。"

胡文伦两只手指又点起钞票,从小雅这个角度看过去,他薄得真像半片纸,这半片纸显得迷惑而愤然:"嗳,你这个孩子,一点责任感没有,真是的! 这么大的事,这么轻率,也不劝劝我? 拦拦我? "

"不劝,我觉得这样挺好,我们一人一半吧。"窗玻璃那狼嘴仍然大张着,它一定等得很饥饿了。

"哼,分一半! 你倒说说,为什么要分掉我的一半呢?"胡文伦显得有点小气似的。

小雅晃晃头,也说不出个所以然——这张飞机票,这趟航班,她之所以想搭上,倒也不是有着很充分的理由,但是她确定,没有充分的理由要留下来。

"你……简直! 算了,你身体也不好。"胡文伦倒抽一口气,坐了一会儿,"也好。既然这样,我们再随便聊会儿。你跟我说点这个吧,我一直在想,却想不好,如果我家君君一直活到现在,他整天的,该忙些什么消遣些什么? "是光线的缘故吧,胡文伦的两只眼睛像是有点兴奋似的。

"哦,他呀,肯定跟大家差不多吧,发发微博啦。看看电影啦。逛逛京东啦。出去吃吃东西唱唱歌啦。"小雅尽量负责地替他列举了一串,"其实对你而言,都是一模一样的,他玩他的呀。"

"嗯，我同意，这个我也想过，我有时真的觉得他就只是在外地，在外地做着你刚才说的那些事。"胡文伦轻声笑了一下，脸皮都嫩了一层似的，像是蜡烛要融化。"说点他小时候的事给你听好不好？他下雨天最喜欢踩水坑。他喜欢切橡皮玩，买多少块切多少块。趁我睡午觉，在我脸上画胡子和眼镜。他整天在书上画小人儿，连考试卷上都画。我每本书都替他保存好了，没事儿就看看他以前画的小人儿——可那时候，我整天为这些事骂他，还打过，总怕他不成材。现在想想，成材算个什么呀，谁在乎那个。"胡文伦克制地叹息一声，"我听过你给你妈妈打电话，其实，你没必要骗她的。她有个你，你有个她，多好啊。"

小雅不由得点点头，随即又摇摇头，许多细小的颤动着的感受忽如千军万马般涌来，几乎把嗓子眼堵住，心头一阵扯动。那是什么，她不知道，也不敢追究。童年，梦，家乡，礼物，游戏，妈妈。不，不要这些。她应当通通忘掉了。

"记得我小时候也挺调皮的，我妈妈一急就想用鞋底打我，总嫌鞋底厚，想找个薄鞋底，挑来挑去，然后她就不打了。"胡文伦颠三倒四的，竟然像个小孩似的提到了他妈妈。他坐在那里，前后摇了摇，白日梦般地继续自言自语："我妈总是很早就起床，像这个时候，她早该起来了。她老跟我说：宝呀，你能睡懒觉，就多睡懒觉。妈妈愿意你这辈子都有福分一直睡懒觉。"

小雅裹紧被单往那扇龇牙咧嘴的窗前走走，不早了，真不能再磨磨叽叽了。借着窗外的光，她冲胡文伦打个手势，感到脚下好似腾云驾雾一般有点灵魂出窍。她打开小包装。

胡文伦突然冲上来，捂着她的手："我突然想我妈妈了。你有没有想？"他的脸仍如一张面具，只是眼睛慢慢肿大起来。老家伙竟然快要哭了。"我突然有点后悔了。我妈妈说过的，叫我能睡懒觉就尽量地睡。我这样对不起她老人家。"胡文伦似乎有点耍无赖，"怎么办呢？你说这事儿怎么办呢？"

小雅心中一阵怒火，她觉得事情就要被他弄砸了。他一定是故意的。再过几分钟，连她的劲儿可能都会过去了。她又要重新开始，去上班、去努力，并继续打电话回家给妈妈报告她的"好消息"。一切周而复始地苟且。

她会恨死自己的,她本可以利落地摆脱这一切。

她使劲甩开胡文伦的手——后者刺耳地"嗳"了一声。

牛皮纸信封里还有一个灰色的封套。接着又是一层对折的格子纸。最后,核心的内容才像个一百年前的新嫁娘那样露出来。

没有小丸或者粉末子,就只是一张信纸,很旧,很干净,除了折痕,上面两个歪歪扭扭的字:宝贝。

胡文伦把纸捧在手心,凑到眼跟前反复地看:"宝贝。我妈妈小时候就这样喊我。"他惊讶而激动地宣称。小雅真想把他直接推出窗外,还说这些废话干什么,哪个妈妈不是这样的,哪个人不都曾经是妈妈的宝贝。记得最近一次打电话,妈妈还喊过自己"宝贝"呢,她怯生生地含糊地在喉咙里滚了一声,她知道小雅讨厌她表现得这样亲昵。

"药呢?你动过?"小雅心里剧烈跳动起来,喉间涌上甜丝丝的腥味,像刚刚长跑了三千米。

"当然没有动。可能这就是吧,老谭把药做成了一张纸?唉,这两个字写得好啊。我们都是没有了'宝贝'的人,也是没有人再把我们当'宝贝'的人。"胡文伦似乎突然间又获得了勇气,他盯着小雅,沉思着,显得钦佩似的,"你比我有决心。我要向你学习……这件事,今天不办,明天、后天、以后的每一天,我还是会想着办的,我肯定是甩不开的。"

"老谭这药,有没有人用过?"小雅不知脑子里想到了什么。话一出口,她就后悔了。

"这倒不清楚。反正这些年,一直有人陆陆续续、无声无息地走了。"胡文伦回看着她,显出狡猾且欣然的样子。小雅讨厌他这眼光。

"不说了不说了。我反正要吃。"小雅大感沮丧,用更加倔强的语气。

"说得对。我也吃。吃过拉倒,吃过就好了,咱这事儿就一了百了,都有了交代。"胡文伦轻咳一声,庄重地、完成重大使命地说,"那就撕成两半,我们吃了它。"

柔软的纸浸透着口水,变得烂乎乎的,他们分别吞下它们。其实这个时候,天差不多也亮了。

周建新小传

周建新,男,满族,一级作家,1963年冬月生于辽宁兴城,1982年8月参加工作,曾做过乡村教师、工商行政管理干部、文学编辑等工作。出版长篇小说《老滩》等8部,及中短篇小说集《分裂的村庄》。在《当代》、《十月》、《小说月报·原创版》等文学期刊发表中短小说百余篇。作品多次被《小说月报》、《小说选刊》、《中华文学选刊》、《新华文摘》等转载,多次入选中国年度文学选本及《小说月报精品集》。作品多次获得辽宁文学奖,曾入围过第三届鲁迅文学奖,获得过第八届全国少数民族文学创作"骏马奖"。2004年就读于鲁迅文学院第四届中青年作家高级研讨班。现为辽宁省作家协会副主席、创联部主任。

灯 语 者

□ 周建新

一

暮春时节，发生了泄密事件，苏联人在岛上的消息，不胫而走。

泄密的岛子叫菊花岛，只有澳门那么大，孤悬在渤海里，被无边无际的水包围着。岛上的渔船，能扯篷出海的，全被征走，为大东亚共荣去了。剩下的几条破舢板，禁不起风浪，只能绕着岛转悠。没有岛子遮风，破舢板摇不出三五里，就会被汹涌澎湃的浪扯碎。

大陆那边的渔船，更逃不过被征用的命运，想扯篷过海，绝无可能。也就是说，大海里除了日军的舰艇，没有其他船只。

按理说，岛子差不多与世隔绝了，莫说是苏联人在岛上，就是直系血亲，岛里岛外的人也是生死两茫然。可是，消息是怎么走漏的呢？这事儿有点儿蹊跷。

大尉军官佐佐木陷入了沉思。

岛上平平静静地过了八年，岛上的最高统治者佐佐木从未出现过差池，他小心得飞走一只麻雀都想用枪打下来，恐怕带走岛上的消息。猛然遭受到联队长的电报斥责，他一时手足无措了。联队长驻扎在对岸的葫芦岛军港，负责向前线输送战备物资，他指责佐佐木，战争无小事，不允许大意，必须查个水落石出，如果让苏联抓住把柄，造成国际纠纷，军法处置，最轻也要送到南洋战场。

这是佐佐木最怕的事情，他不愿意去战场。佐佐木一边接收电报，一边汗流浃背，不是热的，而是吓的，汗珠子顺着他的额头与鬓角水一般往下淌,裤裆都浸湿了。岛上春来晚,陆上槐花落,岛上始盛开。立夏过后,丝丝凉意仍与海风共舞,太阳的力量还很弱,不足以撑开人的汗腺。他流下的是冷汗。

佐佐木出生在北海道的一个海岛上,气候环境与菊花岛极为相近,这也是他愿意守岛的原因,在异国他乡,他能够找到家乡的影子。在家乡,伴随他少年的,是个躲避苏联十月革命,逃到了岛上的老沙俄,好奇的佐佐木学会了一些俄语。长大求学,又被派到了奉天,跟了一个老学究,熏了一身儒生味儿,之乎者也比中国人还像中国人。

从小到大,佐佐木最缺少的是武士道精神的熏陶,没有培养出特别硬朗的军人气质。别人奋勇争先地奔赴前线,效忠天皇,他却选择了后方守岛,联队长骂他,永远成不了将军。他不恼,他的志向是学者,而不是将军。

效忠天皇,不一定非得硝烟四起,也可以用文化的方式,消弭掉一个民族。

虽说佐佐木不喜欢鲜血,却也是个恪尽职守的军人,他昼思夜想,弹丸大的岛子,谁把消息传出去的?

阳光很充足,藏不下多少阴影。佐佐木坐在高高的峰塔山顶,脑子里对怀疑的人,一遍遍地过筛子。是灯塔看守者,苏联人伊赛克?这个俄国佬背着叛国者的罪名,躲还来不及呢,怎会自暴行踪,出卖自己?是厨子范汉生一家三口,或者是和他们最亲近的杨大林?虽说他们识文断字,然而,他们同样没有传递消息的渠道,更没有让海风捎信儿的本事,何况,苏联人在不在岛上,跟他们有什么瓜葛?

难道是岛上的其他人家?可岛上几十户人家,三百来口人,几乎生活在原始状态,一群蒙昧不化的人,莫说是识字,就连笔都不认识,信鸽都不知道,除了上山种地,下海摸鱼,啥都不关心,只要不抢地夺粮抓壮丁,管你是苏联人,还是日本人。他们只是在十年前,第一次遇见高鼻蓝眼大胡子的伊赛克时,惊呼一声老毛子,之后便习以为常了,就像来个新邻居,没什么大惊小怪的。因为菊花岛向来都是避难者或者是逃荒者的乐园。

佐佐木把目光重新投向峰塔寺。

峰塔寺坐落在岛上最高山——峰塔山上。这庙年头很久了,建得塔不像塔,庙不像庙,灰秃秃的。虽说地基牢固,却免不了窗朽瓦损墙皮裂,陈旧不堪。寺的下层供的泥菩萨,被岁月腐蚀酥了,一块一块地掉,看不出是何方神圣。上一层是重修的,用了钢筋混凝土,破了原有的结构,修得既豁亮又牢固,有了明显的灯塔特征。

塔上四面八方都有瞭望孔,周边的海域看得清清楚楚。几盏汽灯喷出炽白的灯光,一面面凹陷的镜子,把火变成光束,远远地投到海里去,多暴的雨,多浓的雾,都阻挡不住。

伊赛克操控的就是这些闪烁的灯,岛上对外联络的工具,除了电报,就是这灯了。和外界沟通的电台,还片刻不离地控制在自己的手里,难道灯出了问题? 可是,导航的灯语全是规定性的语言,不像电报有密码。

佐佐木的内心,在肯定与否定间徘徊。他百思不得其解了,消息究竟是怎么走漏的? 谁有条件传递情报?

索性,佐佐木不去想了,他抓过望远镜,向四周张望,寻找着蛛丝马迹。

远方,大海一片汪洋,浩渺得连只苍蝇都飞不过去。海上的船只,一律飘扬日本旗帜。没有船的岛子,就是死岛,与监狱毫无二致,和大陆那边彻底隔绝了。严防死守到如此程度,消息怎么就长了翅膀呢? 难怪联队长在电报里骂他个狗血喷头,那是怀疑他没能守口如瓶。

蓝天蓝海,无边无际的蓝装进了佐佐木的望远镜里。天晴得一丝云彩都没有,透彻的天空下,视野开阔无比。极目远眺,陆地上的远山,像一抹细长的黛线,窄窄地涂在宽天阔海中间,偶尔遇到座高一些的山,五线谱般起伏一下。就连遥不可及的葫芦岛,此时也被佐佐木的望远镜拉近了,房子都能分辨清楚。他依然在蓝得只剩下蓝的大海里,孜孜不倦地搜索着,甚至向每一朵浪花发出疑问,那个人是谁?

望远镜由远及近,回到了岛上。岛上春光明媚,满岛的槐树绽放着团团雪花,成片的槐花密密匝匝地挤进镜头。袭入佐佐木鼻腔的槐香,更加浓烈了,飘进他耳朵的鸟鸣,更加清亮了。

佐佐木的情感在樱花,他对槐花不感兴趣,也不喜欢槐花热热闹闹地簇拥他,就像岛子上的人,哪怕冲着他磕头,他也无动于衷。他对盲目的尊重,索然无味。他喜欢探讨学问,不喜欢对牛弹琴。

他将望远镜里的视线移到近处，全岛的岸，差不多都能收进视野，他用挑剔的眼光，搜索着每一石每一礁，即使是海鸟，也逃不出他怀疑的目光。

海岸上一片空寂，佐佐木的望远镜一点一点地移动，慢得像老牛倒嚼，他要把岸全吃到肚里去，闭着眼睛，能在肚皮上画出图。慢慢地，两个移动的人影闯进了他的视野。一个男人赤着膀子，晃动着牤牛一样的壮身子，驾着一只破舢板，摇动着一条大橹，飞驰在靠岸的水边。偶尔，他不顾海水的冰冷，跳进海里，拿着网抄子，蹚在落潮的海水里，去追鱼。另一个人是个姑娘，站在岸边，着急地喊着什么，不断地挥着胳膊，像天鹅在舞蹈。

那个细眉杏眼直鼻粉脸，走路都像舞蹈的姑娘，便是人见人爱的英莲。她穿着母亲年轻时从宫里穿出来的衣服，饱满的胸脯快要绷开了衣服。

佐佐木的眼睛看呆了。

佐佐木上岛那年，英莲才十岁。现在，英莲十八了，不再像小时候，鼻涕擦成蝴蝶花，黄发蓬成乱草窝，如今出落得眉清目秀，鼻挺嘴红，发黑如墨，身材也是窈窕多姿，凹凸有致。渔村里人说，红艳艳的桃花没开在春天，开在了英莲的脸上；圆滚滚的白兰瓜没生在地里，生在了英莲的胸脯。

十岁时的英莲，曾给佐佐木留下了刻骨铭心的记忆。

佐佐木上岛时，是柳条湖事件第四年的夏天。一艘快艇从极目可望的葫芦岛港驶来，菊花岛最高的山——峰塔寺便有了新主宰。他身上背着方方正正的大铁箱子，手里端着一杆长枪，枪头插着明晃晃的刺刀，枪杆垂着飘来飘去的旗，硬邦邦地登上了岛。

爬上近百米的主峰，佐佐木身上的汗毛孔成了泉眼，衣服湿得水洗般，嘴里喘着粗气，像灶台前紧拉的风匣，"呱嗒呱嗒"响。可是，他的腿却不软，笔挺地站着，枪托往地上一戳，就让枪上的那面日本国旗迎风而飘。随后，他面向东方，朝着空空如也的大海敬了个礼，才将一身的重负，"叮叮当当"地卸下来。

从快艇上下来，到登上峰塔山顶，佐佐木身后始终跟着个小尾巴，那便是好奇的英莲。英莲是陪着父亲一块儿接佐佐木的，父亲在岛上有差事。

那时候，英莲的天生丽质还没长开，只是个美人的坯子。她梳着与众不同的荷叶头，活泼得像只小兔子，看着装束奇怪、行动古怪的佐佐木，绕前绕后，新奇个没完没了。

她一会儿给佐佐木引路，一会儿伸出小手给佐佐木擦汗，一路上笑个不停。

英莲与佐佐木的友谊，从第一次见面，就建立了起来。佐佐木上岛，不是空手来的，他装了一兜子糖块儿，让英莲拎在手里，见到老人就递，碰到孩子就给。含着糖块儿的英莲，说起话来，嘴里自然像抹了蜜。

佐佐木一路抚着英莲的头，也是特别喜欢。离开家乡，离开北海道，离开日本已经好多年了，英莲的突然出现，让他眼前一亮，太像北海道海岛上邻家的小妹樱子了，一蹦一跳，一举一动，一颦一笑，一模一样。这一刻，佐佐木突然涌出了一种回家的感觉。

英莲的父亲范汉生，是前清的御厨，民国对他没啥影响，龟缩在紫禁城里，服侍小朝廷。冯玉祥赶跑了皇上，他也胆战心惊地逃出了宫，流落到岛上。随他一块儿出逃的，是位宫女，后来成了英莲的母亲。母亲的名字是皇太后强加的，她不爱听，也不让提，父亲叫她莲她妈。

在岛上，范汉生依然操着老本行，在山顶上当厨子。佐佐木到来前，岛上已经有人了，是灯塔看守人伊赛克，生着尺把长花白胡子，渔村人习惯地叫他老毛子。老毛子伊赛克在岛上，专门看管航标灯，用闪烁的灯纠正来往轮船的航向。每逢夜晚，他的手弹钢琴般上下纷飞，复杂的灯语，在他手中，说话一样简单。

伊赛克与灯为伴，过着黑白颠倒的日子，不管狂风暴雨，冰雪雾霾，丝毫不肯懈怠。海里那些张牙舞爪的明礁，阴险叵测的暗礁，却是万分失落，空空地守着，没留下过一艘大小火轮。

先前，范汉生只给老毛子伊赛克一个人做饭。来了日本人，他就要一仆侍二主了。

伊赛克是俄国贵族，流浪的生涯只改变了他的外表，却无法改变他高贵的口味，吃东西讲究着呢，牛排烤成几分熟，土豆捣成多细的泥，面包发酵成什么样，沙拉要拌上哪种水果和蔬菜，差一点儿，就不高兴。好在范汉生见过世面，在宫里也学过做西餐，手脚麻利，悟性也好，才没被撵走。可是，两个人时常因为语言沟通不通畅，或者食物做得不合胃口，发生驴唇不对马嘴的纠纷。

新来的日本人，没叫范汉生难堪，用洋腔洋调的却又准确无误的汉语，饶有兴致地与范汉生探讨厨艺，研究饮食文化，对比海岛气候，甚至谈论宫廷的奇闻轶事。这使范家与佐佐木有了一种天然的亲近感。

伊赛克自然愤怒异常，拒绝与他们共同食用五花八门的菜肴，依旧用刀叉吃他的面包、土豆和牛肉。

佐佐木的上岛，终于给范汉生施展宫里绝技的机会了，煎炒烹炸炖的火候拿捏得恰到好处，各种菜肴色香味形样样精到，菜名的出处也是各有来头，有康熙钦定，有乾隆御批，也有老佛爷点头认可。佐佐木听傻了，他自以为比汉人还精通汉学，没想到，每一道菜里还有这么多精深的学问，他真是开了眼界。

自然，佐佐木也教范汉生厨艺，比如怎样做日本料理，怎样生食海鲜。这是佐佐木的专长，却是范汉生的短项，宫廷宴缺的就是海鲜。佐佐木教范汉生做长棘的海胆，带刺儿的海参，熬成汁液的鲍鱼，炖成粉丝的鱼翅。

最有口福的人，便是英莲了，她一边品尝，一边当裁判，是父亲还是佐佐木获胜。英莲送给他们的奖励，就是银铃般的笑声。

他们在一起时，总是把伊赛克忽略掉。日子久了，伊赛克也不在乎了，反正他的生活规律是颠倒着的，正好不与他们为伍。

这种好时光，随着英莲年龄的增长，逐渐减少了。直至英莲长成了大姑娘，再也不上山顶来了，佐佐木徒生了许多伤感，在他的潜意识里，邻家的小妹樱子，再也不搭理他了，这使他郁闷了好久。

现在，英莲就在他的望远镜里，他多么渴望延伸自己的胳膊，将英莲重新揽回到自己身旁。然而，这显然是个妄想了，因为英莲的身旁有了男人。

那个浑身长着结实的肌肉的男人，摇着橹让那条破旧的舢板变成了一条飞鱼，箭一般蹿到了岸的海滩上，伸出双臂将英莲紧紧地抱住。

佐佐木痛苦地闭上了眼睛。

二

　　一个追查泄密事件的办法,渐渐地在佐佐木脑袋里形成了,他要一箭三雕。

　　挨联队长指责时,装了一脑袋知识的佐佐木,思维也短路了,他顽固地认为,孤独地漂在大海上的菊花岛,没有走漏消息的渠道,怎么会泄密呢?

　　平静下来的时候,佐佐木渐渐地理清了,除了老毛子伊赛克自己出卖了自己,没有其他的可能。想一想,在孤岛上一待就是十年,莫说是不爱海岛的伊赛克,就是喜欢海岛的自己,若没有那些书籍伴着,没有知书达理的老御厨范汉生陪着,没有让他惦念的英莲瞅着,也早就憋疯了。

　　泄密事件,对于别人来说,那是深不可测,可是,对于博学多识的佐佐木来说,没有那么深的水,用不着水落,石头就摆在那儿呢。肯定是俄国佬伊赛克打灯语时,耍了花招儿。他想不守规矩,透露自己的身份,还不是易如反掌?

　　如果向联队长如实报告自己的猜测,那么老毛子伊赛克就会被投进监狱,甚至砍了脑袋。这么做,佐佐木可以立功,却不是他所愿,他不愿意有人因为他掉脑袋。退一步讲,没有了伊赛克,联队长不会派新人来,这是技术性很强的活儿,不是谁都能干的。最大的可能,就是让他兼做灯语者,独自操作完成所有事情。那样的话,他白天黑夜都得不到休息,不忙死,也得累死。

　　虽说不想追究伊赛克,也要敲山震虎,让伊赛克明白,必须守规矩,不要动想跑的心思。可是,联队长追得紧,留下伊赛克,就得找出替罪羊。可谁能让人信服地成为替罪羊呢?

　　英莲给了佐佐木灵感,那人便是英莲身边的男人,她的未婚夫杨大林。

　　此时的杨大林,对危险的来临,丝毫不觉,依然快乐地奔波在大海里,他时而驾船摇橹,时而下海潜水,高低要把那岛上人没见过,佐佐木没吃

过的那条大鱼弄到手。

那片海域，叫怪石滩，横七竖八地卧着奇形怪状的石头，那是许多许多年前火山喷发时留下的。蜂窝状的石孔，是鱼虾螺蟹藏身的乐园，岛上的人常蹚水下海，手伸到石孔里瓮中捉鳖。只是现在的阳光，没有照暖海水，依旧凉得刺骨，没人像杨大林那样，长着石头一样的疙瘩肉，赤裸着身子，敢把白雪当棉被，搂着冰碴儿当衣服。

英莲和杨大林是被一条魔鬼鱼吸引来的。英莲守在怪石林立的岸边，杨大林轻轻地摇着橹，眼睛透过落潮的海水，悄悄跟踪着魔鬼鱼。魔鬼鱼是海里最丑的鱼，又短又胖又圆，黢黑的身子长着屎一样的斑点，一双绿豆眼，不停地左顾右盼。平时，它伏在沙子里只露出一根细长的鳍，那根鳍优哉游哉地甩在脑袋前，饿了就让鳍尾的那盏灯闪烁起来，引诱鱼们在周围游弋，只要被它相中，那条鱼厄运就来临了。

魔鬼鱼长着锯一样的牙齿，别说是条鱼，就是人的腿，它也能锯下一块肉来。魔鬼鱼吃东西和佐佐木一样挑剔，不好吃的鱼，咬一口吐掉。被它咬中了的鱼，痛苦地折腾着，虾蟹们趁势而上，疯了般噬咬，没多久，便只剩下了骨骸。所以，只要魔鬼鱼一现身，就不缺朋友，身后追随着一群鱼。

杨大林也是魔鬼鱼的朋友，他在观察着魔鬼鱼爱吃哪种鱼。这些年，他渐渐地总结出了一条规律，魔鬼鱼爱吃什么鱼，佐佐木也爱吃什么鱼，从那种鱼身上切下的生鱼片，做成寿司，佐佐木会吃得一片不剩。

现在，魔鬼鱼潜进幽暗的礁石缝隙，摇头摆尾地舞动身子，委身在沙窝里，藏好身体。这时，它才舒展地打开鳍，闪烁起鳍尖上的灯，悠闲地晃着。一条大鱼箭一般游进浅水，在礁石丛中肆意地追逐鱼群。这是杨大林从没见过的鱼种，他很想用网抄子抄上它，可惜，大鱼游得太快，不容他下手。

魔鬼鱼鳍上的灯，突然停顿一下，骤然间光芒四射，绚烂的七彩，不仅让鱼们好奇，也让杨大林诧异。天上悬着太阳呢，魔鬼鱼的灯，居然没有示弱。鱼群旋风一样围拢过来，兴奋地追逐那盏灯。魔鬼鱼却不为动容，耐心地潜伏，转动着那双绿豆眼，始终如一瞄着那条陌生的大鱼。

杨大林明白了，魔鬼鱼和他一样，都有一种捕获这条大鱼的欲望。只不过魔鬼鱼频频闪烁的鳍灯，把欲望释放得更加强烈而已。杨大林的眼睛，一动不动地盯着魔鬼鱼，他感觉得出，若是没有海水掩饰，他能看到魔鬼鱼垂涎欲滴的口水。

然而，杨大林却没有感觉到，佐佐木已经把他装进了望远镜。

那条大鱼，大得足可以把魔鬼鱼生吞下去，魔鬼鱼却矢志不渝，坚决地引诱着，鳍灯的发光频率更快了。大鱼终于上当了，冲进来，把围绕鳍灯的鱼群当午餐，把闪烁的鳍灯当玩具。魔鬼鱼突然间箭一般弹起，撕咬住了大鱼的肚子，死命不肯松嘴。杨大林举起网抄子，将魔鬼鱼和那条大鱼一并抄进网里。

当然，杨大林不会带走魔鬼鱼，一方面，岛上的人不吃丑鱼，另一方面，海上浓雾弥漫，团雾骤生时，魔鬼鱼总能及时地出现在船旁，用它的鳍灯，引领渔船返回岛上。魔鬼鱼无数次地救过岛上先辈们，谁能忍心吞咽救命恩人。

杨大林把魔鬼鱼抓到手中时，它的嘴依然死死地咬着大鱼的肚子，一双绿豆眼狠狠地瞪着杨大林，直至他用渔刀割下它咬住的那块肉，它才挣出杨大林的手，重新跃回海中。殷红的血，绿色的肠子，从网抄子的孔中弥散出去，那条大鱼在网里挣扎着，搅出的水花，像锅里烧得滚沸的水。

魔鬼鱼不甘心辛苦等待的成果被杨大林窃取，折过身，追了过来。英莲在岸上高喊，小心。杨大林这才看到不肯罢休的魔鬼鱼，真的害怕被咬上一口，拔腿就往岸上跑。他的肌肉再结实，也是血肉之躯，魔鬼鱼已经着了魔，有人敢从它嘴里虎口夺食，岂能轻饶。

幸亏杨大林跃上了一块礁石，魔鬼鱼才没有得逞。愤怒的它，咬碎了一只蛎子，算是完成了对杨大林的发泄。

离开水的大鱼，挣扎得银光闪烁，杨大林手脚并用，才能按得住。

杨大林从大鱼的肚子上撕下一条大鱼的肉，放在嘴里品咂着，果然又鲜又嫩，滑到肚里，又往嘴里返回余香，真是妙不可言。

杨大林想，把这鱼做给佐佐木吃，奖赏给他们的，岂止是糖块儿。

回到岸上，英莲将衣服裹在杨大林的身上，还张开自己丰盈的胸怀，给杨大林取暖。

当然，英莲和杨大林丝毫不知道，他俩已被佐佐木装进了望远镜里。

离海上岸，杨大林拎着大鱼，兴高采烈地向峰塔寺的半山腰跑去。

半山腰上，住着范家三口，杨大林急急地赶上来，就是想让未来的岳父范汉生趁着鱼还新鲜，立即做成生鱼寿司，送给佐佐木。

尽管食物不再是充饥，无论佐佐木还是伊赛克，都是把吃饭当成头等大事儿。他们在暗中较劲儿，看究竟谁先投降，吃了对方喜爱的食物。因此，他们对食物特别挑剔，不可能让范汉生离开视线以外，喊他时，钟一敲，立马就得跑到山顶，给提供美食。这样的话，范汉生的家，不可能住在三里开外的渔村。然而，他们留在山顶也不成，那里是军事禁区，闲杂人等不得留住。于是，他们一家三口只能住在高不成低不就的地方，就是半山腰。在那里，他们用海毛草搭建个临时的家。

范汉生和他的女儿英莲、媳妇英莲她妈，基本上活动在半山腰，需要点什么好吃的，都是由杨大林从山下挑上来的。

能够在山上山下自由奔走，摇橹出海，到处奔波的人，只剩下杨大林一个了，自然，这也是佐佐木把主意打在杨大林身上的另一个原因。

佐佐木仇恨杨大林的直接原因，当然是英莲了，杨大林不该夺了他藏在心中的宝贝。

望远镜再次把远处的英莲拉到了近在咫尺，佐佐木如痴如醉地看着英莲。

一股酸溜溜的味道涌上佐佐木的心头。他几乎是摸着英莲的头长大的，始终如一地把英莲当成会说中国话的邻家女孩樱子。他知道，樱子早就被征召为随军慰安妇了，这是极不愿接受的事实，所以，在他的内心深处，只剩下了一个纯洁的英莲了，他在等着英莲长大，让英莲变成樱子。谁想到，长大了的英莲，一不小心身边居然有了男人。

八年前的记忆，又一次潮水般涌上他的心头。那是康德元年的夏天，经过两年的修建，峰塔山顶上的军事工程完全竣工。从葫芦岛来的工兵们，把山顶炸出个半亩地的平台。他们用炸裂的毛石，围着山顶砌墙，砌出十几丈高的三面悬崖，又抹上了层光溜溜的洋灰，滑得连猴子都爬不上来。南面仅留一个窄窄的门，进门的台阶，狭小陡峭，仅能容一人攀登。

山顶这块平台的周边，围上了一圈儿铁丝网，又拧满了铁蒺藜，鸟钻进来，也得刮掉羽毛。北侧，竖起一座尖顶木屋，黑灰色的瓦顶，雪白的木板墙，十分别致，远远地看，像只待飞的燕子。木屋的墙为双层木板，中间夹着珍珠岩,冬暖夏凉,隔风挡雨。木房四面有窗,玻璃透明,岛上情景,岛外波涛,尽收眼底。屋里浴房卧室,书桌茶几,榻榻米木地板,一应俱全,舒适的程度,不亚于皇帝的行辕。

与尖顶房反差极大的是峰塔寺,虽说是高高在上,却也显出了陈旧不堪。

山上的事情,就像谜团,让英莲生出许多好奇。父亲管得严,不让她上山,却管不了她的胡思乱想。晚上,她双手托着腮,望向山顶,看那闪来闪去的灯,又看海里闪回来的灯。她的眼里就和灯一样,闪烁出无数个疑问。她在想,灯咋会说话的呢?

十一岁的英莲,实在忍不住了,就想上山看个究竟。通往山顶,只有一条狭路,狭得一夫当关,没有其他的路径可走。那天清早,父亲收拾好昨夜准备好的伙食配料,迎着初升的太阳担上山去。英莲像只小尾巴,躲闪地跟随,吃力地往上爬。

英莲只记得父亲叮嘱她不许往山上走,她根本不知道,山顶已戒备森严,严得过只耗子,也是敌人。更不知道,佐佐木悄悄地将一只大狼狗牵到了山上,就在她即将触摸到铁丝网编就的大门时,一只驴驹子般的大狼狗,前爪搭上了铁丝网,一声怒吼,热气直扑她的脸,吓得她一激灵,软软地倒在地上。

这只黑背金毛狼狗,是专门配备给佐佐木的。不久前,上等兵佐佐木第一次出岛,到葫芦岛受衔,军阶为少尉。已经是军官的佐佐木,不能没有兵,可他对兵的要求太苛刻,必须具备和自己一样的素质。

和佐佐木一样的兵,上哪儿去找?一口流畅的俄语,还有地道的东北话,上岛三年,又把自己训练成电讯高手,成了无可挑剔的技术兵,谁能与之相比?挑来挑去,佐佐木只相中了一只狼狗,好在狼狗已列入关东军序列,也是一员新兵。

军犬训导师把手一指,狼狗便知谁是它的新主人了,跑上前去,往地上一坐,举起前爪,向佐佐木象征性地敬个军礼,便如影随形地跟上了他。

从此,狗也成了范汉生的新主人,饮食标准高于伊赛克。

英莲不知道山上来了大狼狗,狗的话题,父亲张不开口,他怎能说,自己低狗一头,给狗当走狗呢?大狼狗一叫,她的魂就吓丢了,跌倒在地,顺着台阶滚下去,一直滚到了坡下的甬道外。

摔一下,对于渔村长大的孩子,习以为常。谁也没想到,甬道外暗藏着凶险。毕竟岛上只有佐佐木一个兵,他早就按军事布防,把属于自己的兵营弄成铜墙铁壁。甬道外埋设了尖锐的玻璃片,那是当初随手撒下的,防备有人偷袭。英莲在滚落中,脸被玻璃尖划了道深深的口子,伤口像翻裂的嘴唇,鲜血红霞般飞溅。

尖锐的惨叫声回荡在山谷。

范汉生惊得差点把担上来的配料扔了,折回身,连滚带爬地来到女儿身旁。英莲她妈呢,也是一路哭叫着,追了上来。

夫妻俩中年得女,心疼得不得了。尤其是英莲她妈,宫女出身的她,靠的就是一张脸,护的也是这张脸,怎能忍心女儿破了相,哭号着责骂丈夫,怎么就没看住孩子?这么长的伤口,得落多大的疤呀,要是婆家退婚了,咱还咋见人?

那时,佐佐木没怎么留意这句话,或许是没有听懂,不知道岛上流行娃娃亲,正忙着取医药箱呢。新兵集训时,佐佐木学过战地救护,包扎与缝合伤口,是必修课,新兵们热衷于射击与刺杀的训练,只有佐佐木像个姑娘在绣花儿,比外科医生还细致认真。

佐佐木无意中练就的本事,终于派上了用场。他让范汉生马上把英莲抱进尖顶小木屋,平躺在地板上,自己一遍又一遍地用肥皂洗手,大热的天,还给自己的嘴捂上口罩。他从药箱里取出药水,一遍又一遍清洗英莲的伤口。即使如此,他还不放心,用放大镜往伤口里瞄,拿小镊子夹沾在伤口里细得几乎看不见的沙子。处置好伤口,他才打上麻药,一针一线细细地缝,缝得平平展展,除了药线,几乎不见伤口的痕迹。

当然,俄国佬伊赛克也不是有难不帮的人,也生着一副热心肠,夜猫子的生活,令他见到阳光就要睡。外面的动静把他折腾醒时,佐佐木已经动手给英莲缝合了,别看他的手摆弄引航灯灵活,缝合可就帮不上忙了。

三天后,佐佐木下到半山腰,给英莲拆下纱布,万幸的是,血痂只是一条细线,英莲没有破相。他一字一板地告诫夫妻俩,看住孩子,不许揭痂,任其自然脱落。

范汉生夫妻连忙点头。

那几天英莲妈日夜守护孩子，连瞌睡都不敢打，怕英莲忍不住痒，伸手挠下痂，怕英莲睡觉不老实，翻身蹭掉痂。

七天后，药线拆了，痂也自然掉了，只有淡淡的一道痕。

英莲妈终于舒了一口气，眼睛一闭睡了三天三宿，范汉生喂她水，她都不肯睁开眼睛。

佐佐木依然摇头，对自己的手艺并不满意，他找来一种药膏，天天给英莲搓脸。

入秋的时候，英莲脸上的疤痕便很淡了，想找出那疤，要费尽眼神。

英莲很快乐，用洗脸盆里的水照自己的容貌，摸自己没有疤的脸。她已经朦朦胧胧地懂得美了，也知道自己注定是美人坯子。

佐佐木也放心了，英莲还是他心目中的樱子，没有破相。

然而，佐佐木万万没有想到，被他修饰得完美无缺的英莲，随着年龄的增长，渐渐地疏远了他，不知不觉间，又冒出个男朋友，这是他无论如何也无法接受的。

望远镜中，佐佐木丢下拎着大鱼的杨大林，专注地盯着英莲，连一根发丝都不肯错过。虽说英莲还是从前的英莲，在佐佐木的心中，却是另有一番滋味。就像一个看守果实的人，从果子青涩的时候，就日夜看守，一直盼望着果子成熟。可是，果子真正成熟时，却偷偷地伸过来一只手，无情地把果实抢走。那种失落、酸楚与憋闷，无以言说。

佐佐木决定，用智慧夺回所爱。

偏响的阳光，暖融融的，照在坡下的耕地上，升腾起曲折的蜇气。坡上的槐树林，蜜蜂幸福地飞翔，采集花蕊。彩蝶在蒲公英的花间追逐着，享受短暂的爱情。杨大林三步并作两步走，很快就登上了山顶铁丝网的门口，急着去领赏。

平常，杨大林没有资格登上山顶的军事禁区，是范汉生把杨大林唤上来的。杨大林以为佐佐木的生鱼片吃高兴了，要感谢他，没有想到，迎接他的竟然是严厉的讯问。

午餐，范汉生将那条大鱼做成了生鱼片，呈献在佐佐木的面前。尽管那是完美无缺的味道，佐佐木却一片也没吃，只是伸伸手，让他把杨大林也叫上来。老毛子伊赛克，老御厨范汉生，还有壮汉子杨大林，在佐佐木的摆布下，士兵般列队站好。

阳光把一腔热情尽情地泼洒在山顶的平台上，佐佐木面对三个心惊胆战的人，用俄语和汉语轮番训斥，到底是谁泄的密？

他们相互瞅着，谁也不吭声。

佐佐木的眼睛盯着伊赛克，一动不动，目光中包含着坚决和肯定。

伊赛克的眼光躲闪着，被盯急了，愤怒了起来，矢口否认这事与他有关。航海专家伊赛克，用俄语滔滔不绝地讲起了苏联的肃反大清洗，讲起了自己怎样被列入的黑名单，怎样逃过的黑龙江，潜入到辽西，怎样上岛当上了灯塔看守者，如此身份，泄露秘密，那不是自掘坟墓吗？他的说辞，理由充分，很有说服力。剩下的便是范汉生和他未来的女婿杨大林了。

伊赛克和佐佐木，说的是俄语，范汉生当然不懂，对泄密事件，他也是一知半解，俄国佬在岛上都十年了，咋成秘密了？杨大林更是两眼茫然，听了大半天，也没明白佐佐木为啥发火。佐佐木几乎没有讯问范汉生，径直质问杨大林，驾船跑了多远？和岛外什么人接头？

杨大林被问得一头雾水。

佐佐木嘴角露出一丝冷笑，他把范汉生请出队伍，到一边儿休息去，怀疑的对象便只剩下伊赛克和杨大林了。佐佐木把一截绳子丢在地上，用俄语对伊赛克说，把他绑在树上，打到招供为止。

伊赛克很不情愿，这不是他该做的差事。佐佐木又用俄语吼了几嗓子，让俄国佬的脑袋清醒点儿，不是谁都能欺骗的，如果不是他，你这个俄国佬就得上刑场。

尽管阳光充足，伊赛克还是打了个冷战，他犹豫了片刻，最终还是捡起了绳子。他不得不服从了，拿过绳索，牢牢地捆住了杨大林。

杨大林没有反抗，绑就绑呗，自己问心无愧，怕个啥。

这几年，范汉生的体力衰落了，给山上搬运东西，大多是杨大林干的。杨大林牤牛一样壮，干起活儿来，像猪八戒进了高老庄，有使不完的力气，就差担着水缸上山了。范汉生担到山顶的食物，都是加工得差不多，只差煎炒烹炸了。山顶是杨大林的禁区，不管他多么心疼即将成为他老丈人的人，也不许往上多走一步。担水便成了消耗范汉生体力最大的事情，幸好杨大林在门外像打井一样，砌了两口大水缸，每日都将水缸灌得满盈盈的，山上的人想用水，出了门，拿瓢舀便可以了。

这么多年了，没有功劳也有苦劳啊，佐佐木不至于翻脸不认人吧？

杨大林把事情想得简单了。

伊赛克果真下手绑了杨大林，绑在了山顶空地的那株樱树上。

一丝笑容掠过佐佐木的脸，他知道，壮如野牛的杨大林，即使犯了牛脾气，也无可奈何了，扎下了根的樱树，会吸走杨大林所有的力气，挣扎也是枉然。

樱树是佐佐木上岛时栽下的，也把家乡的感情种到了山顶。山上缺水，佐佐木宁肯每周少洗一次澡，也要把樱树浇透。现在樱树已经粗壮了，那里也凝聚着杨大林的心血，可现在，却成了捆绑杨大林的帮凶。

佐佐木将一根皮带递到伊赛克的手中，示意着可以动刑了。他是个高贵和文雅的人，连只蚂蚁都不会碰，怎会粗俗地动手打人？这种下贱的事情，只能让伊赛克去做。

伊赛克接过皮带，撩开杨大林的衣服。杨大林扁平的肚皮露出了条条块块的腹肌，那是强体力劳动赠送给他身体的印痕。伊赛克闭上眼睛，朝着杨大林的肚皮狠狠地抽了过去。每抽一下，杨大林肚皮都会暴起一条青筋，随后，鲜血便渗透了出来。

杨大林没有疼痛的表情，海里的每一块礁石都覆盖着蛎子皮，刀一般锋利，常下海捕鱼捞虾受点皮肉伤，家常便饭，他满不在乎。

打过几下之后，伊赛克怯手了，毕竟他有些心虚，每天坐享其成地用人家送上山的柴米油盐和食物，喝人家千辛万苦送上山的水，平白无故地打人家，不道德，也不仗义。

佐佐木不耐烦地挥挥手，示意着伊赛克，不愿意打就别打了，到储物间取蜂蜜来，涂到伤口上。

蜂蜜有消炎止痛的作用，伊赛克以为佐佐木发了善心，不再追究了，很痛快地取来蜂蜜，涂到了杨大林的伤口上。

杨大林没有想到，他讨来的奖赏，没吃在嘴里，却喂给了他伤痕累累的伤口。他更没想到，吃了蜂蜜的伤口，会那样灼人，灼得他没有绳子的捆绑,会像爆竹那样,蹦起老高。

受惯了伤的杨大林,第一次龇牙咧嘴地忍受着伤痛。

佐佐木搬来一把藤椅,悠闲地坐在木屋的门口,眼睛瞄着杨大林,平静地劝解,说吧,情报怎么送的?不说,要承受更钻心的痛。

杨大林被问得云里雾里的,他不知道佐佐木说的是啥,好在伤口不似先前那样灼痛,他在想,佐佐木为啥问他这些话。

见杨大林没有回声,佐佐木索性闭上了眼睛,把头向后一仰。藤椅摇晃着,他在享受着温暖的阳光。

岛上一片寂静。

山顶上的那株樱树,几天前花朵还是白里透红的粉嫩,现在,花瓣已经皱了,取而代之的是偏黄发锈的红,那是被海风吹老的。树枝上,初生的叶芽,伸展着蓬勃的绿,呵护着变老了的花朵。海风一阵阵掠过,揪得花瓣雪一样飞,有的掉落在了佐佐木的脸上。

佐佐木缓缓地睁开眼睛,捉过贴在脸上的一片花瓣,吹了一口气,让那片花瓣飘落在杨大林的脚下。随后,他站起身,走到杨大林面前,抬起脚,将那片花瓣碾成了尘埃。他在用脚掌警告杨大林,不说,你就会像这花瓣一样,消失得丝毫不剩。

杨大林皱着眉头,他不是不想说,是不知道自己该说什么,他搜遍了海岛四周的好吃的,没把任何一只鱼虾参蟹贝蛤蚧藏起来,如数献给了佐佐木,怎么还不满意?他实在想不明白,只好反复摇头。

佐佐木不再理会杨大林,又把自己丢在藤椅里,闭目养神。

甜甜的蜂蜜味儿,提醒了蚂蚁们的嗅觉,它们汇成几路大军,源源不断地爬上山顶,爬向杨大林的身体。

现在,杨大林才知道,什么是痛了,那种奇痒,奇痛,令他无法承受,他恨不得把自己的心揪下来,呈献给老天,让苍天救救他,别让蚂蚁再咬了。他使尽浑身的力气,挣扎着,企图摆脱绳索的控制,可绳索捆得太牢了,樱树也在岩缝间扎下了深深的根,尽管树干与树枝像摇摆在狂风暴雨中,树根却纹丝不动,所有的挣扎显得徒劳无益。回应给杨大林的是树上还没有凋零净的樱花,扑簌簌地往下落,雪片般沾在了他头与肩上。

佐佐木不再慵懒,站在杨大林的面前,睁大雪亮的眼睛,盯着痛苦不堪的杨大林,期待着他能开口招供。

开始的时候,杨大林还能忍受,后来,再也忍受不住,放开狼一样的喉咙,发出了瘆人的号叫,叫得满山谷都在回应着他的痛苦。

杨大林的腹部,已经是蚂蚁的王国,它们肆无忌惮地啃噬浸着甜味的血肉。

这样咬下去,用不了多久,他健壮的腹肌就会被咬穿,五脏六腑就会挤出肚皮。

胆小怕事的范汉生顾不得许多了,他端着一盆水赶了过来,要用水将蚂蚁冲下杨大林的身体,顺便也冲刷掉勾引蚂蚁的蜂蜜。

佐佐木不干了,这是他别具一格的审讯方式,不可能让别人中断了,向大狼狗发出了攻击的手势。大狼狗得到主人的指示,再也不认识天天照看它的范汉生,扑上去,一爪打翻了盛水的盆,还将范汉生扑倒在地,嘴含在了范汉生的喉咙上,等待着佐佐木的命令。佐佐木把手一抬,大狼狗饶过了范汉生。

杨大林还在哀号,佐佐木却露出了冷峻的笑,他知道,杨大林撑不住了,马上就能开口。可是,杨大林交代的,却不是佐佐木想要的,他实在没啥可交代的,做过的最大坏事儿,就是摸了英莲的乳房。那双大乳胀满了他的双手,他知道,没有结婚,那里是禁区,摸了就犯忌了,那是他唯一的秘密,不是被逼得没办法,说啥也不能说这种丑事儿。

伊赛克于心不忍,哀求着佐佐木,太残酷了,放人吧。

佐佐木的眼睛颇有内容地瞥了下伊赛克,冷冷地笑了声,言外之意,你别装了。随后,他向伊赛克摊开双手,显示着自己的无辜,因为,从一开始,他没碰一下杨大林。绳索是你伊赛克绑上去的,蚂蚁也不是谁请来的,我这么高贵,怎能去碰一个低贱的"满洲"人。而这个恶人,恰恰是你这个俄国佬,是你不愿承认,不敢担当,才会有杨大林这个替罪羊,有本事你自己站出来?

伊赛克还想说什么,却被佐佐木的眼光给逼了回去。

杨大林的哀号声惊动了英莲和英莲她妈,她们从半山腰爬上来,爬到山顶,瞅一瞅到底是咋回事儿?

自打脸上受了伤,英莲对山顶产生了莫名的恐惧,若不是惨叫声特别像她的大林哥,说啥也不会上山。大狼狗已不熟识英莲了,更不认识英莲她妈,一个鱼跃,从空中降落下来,它没有叫,伏下身,龇着狼牙,凶猛的眼光捕捉着她们的喉咙。

范汉生猛然意识到,大狼狗也是这里的主人,他们对它的藐视,已经让它愤怒得不再是吓唬人,而是吃人。范汉生虽然也怕狗,却没失去男人的责任,他张开双臂,把妻子女儿护在身后。

佐佐木缓缓地从藤椅上站起来,走过去,抚住大狼狗的脑门儿。大狼狗立刻收回了狰狞的面目,卫兵一样坐在佐佐木身旁,伸出舌头,释放它刚才的紧张。

愤怒的花儿,开放在英莲的脸上,冲撞上来的热血,涨红了她的双腮。愤怒让英莲的胸脯波浪一样起伏,也让她的眼里盈满湖水一样的泪,显得她异常的美丽。

佐佐木的目光定在英莲脸上,又一次呆了,过了一会儿,才猛醒。失态有损帝国军人的形象,他不能让人感觉出,拘捕杨大林是为了英莲,起码没有证据能排除杨大林是奸细。只要英莲肯上山,他就是成功了一半。

这么一想,佐佐木便装成若无其事的样子,把目光从英莲身上移开。

英莲没有注意到佐佐木眼神里藏着的内容,眼里装满了杨大林的痛苦。她无法理解,与大林哥一起绕遍全岛,赶滩下海钻猛子,劈波斩浪,与冷得刺骨的海水周旋,给佐佐木寻找海胆、海参和鲍鱼,想方设法满足佐佐木对食物的需求,绑谁也不该绑大林哥。她推开父亲阻拦的臂膀,直视着佐佐木,大声地质问着,凭啥?

佐佐木没有回答,或者是不想回答。

从立正被训,到杨大林被蚂蚁啃咬,范汉生始终没有弄明白咋回事儿,也不敢去想,是佐佐木错了,心里还责怪杨大林,咋这么不懂事儿,在岛上,惹谁不好,偏偏惹什么日本人,吃饱了撑的。

看到了英莲,杨大林突然停止了哀号,努力地挺住腰身,忍受着蚂蚁的噬咬,还有钻心的疼痛。他不能在英莲面前丢脸。

佐佐木没有理会英莲,温和地对老御厨范汉生说,岛上出了内奸,杨大林嫌疑最大，必须弄清楚。

范汉生终于懂了，他的脑袋嗡的一下，想都没想，立刻反驳道，绝不可能，大林天天在我身边，接触不到外边的人。

佐佐木头摇得像拨浪鼓，他说，伊赛克在岛上的消息，总归不会是海鸥带出去的吧？如果不是杨大林干的，那就是你范汉生了，只要指出谁是罪魁祸首，立刻放人。

蒙在鼓里的范汉生能指出谁呀。他求不了别人帮助自己说情，只能求自己的膝盖，双膝一软，跪下了，看在伺候皇军多年的面子上，饶过孩子吧。

佐佐木把头仰向了天空，将范汉生丢在他的鼻子下。

时间静止了，长年累月的海风似乎也不刮了，山顶上一片沉寂。

忽然，号声再起，惊得海风呼啸，涛声又来。大狼狗绷紧了身子，竖起了浑身的毛。

声音来自杨大林的喉咙。蚂蚁越来越多，全岛的蚂蚁，听到消息，溪流一样往山顶上拥，别说是人，就算是一棵树，也知道喊疼了，何况是血肉之躯。杨大林忍无可忍，终于释放出自己的疼痛。

红头苍蝇还有绿豆蝇，嗅到了血腥味，也来凑热闹，它们丢掉被海浪冲上来的臭鱼烂虾，嗡嗡作响地扇动翅膀，一团接一团飞来，拥挤着抢食滴滴鲜血。

头顶的苍蝇厚得快要遮天蔽日了，英莲她妈"扑通"一声，也跪下了，声泪俱下，饶过孩子吧，会被咬死的。

伊赛克也加入了求情的行列，不过不是中国式的下跪，而是单腿跪下。

佐佐木轻蔑地看了眼伊赛克，浅浅地一笑，也算是顾及大家的面子了，同意了放人。但必须满足一个条件，需要一个人质留在山顶，放人不等于放弃了对杨大林的怀疑。当然，人质不能找个人就可以，必须是杨大林最亲近、最放不下的人。

山顶上符合佐佐木条件的，只有英莲一个人。英莲只是怔了下，忽然明白了，大林哥的命，攥在她手里呢。她没有迟疑，连忙点头应允，用自己来证明大林哥的清白。

佐佐木满意地笑了，目无旁视地转过身，牵过大狼狗，走回他的小木屋。这个结果，令他满意，也值得他骄傲。一个全岛最壮的，壮得能把他举起来的男人，自始至终，碰都没碰一下，就被征服了，他没有理由不赞佩自己的魅力与智慧。

至于英莲嘛，佐佐木很放心，既然答应了，英莲她就不敢反悔，"满洲国"都是皇军的了，何况这个没有蛋壳结实的小破岛。他坚信，就算借给英莲十个胆子，她也不敢往山下多走一步。

表面上看，佐佐木对英莲不理不睬，那是在掩饰内心的激动。高贵的帝国军人，怎能低贱地拜倒在石榴裙下。他不是中国的土匪，不可能去劫压寨夫人，他需要的是端庄贤良服侍他，死心塌地跟随他的妻子。

他相信自己的征服力。

三

泄密的事儿，除了老毛子伊赛克，谁都不清楚，他把大家都装进了葫芦里。他很自责，也很内疚，是自己的原因，累及了杨大林。这个牛一样为他们出力的小伙儿，到头来，却承受着"蚂蚁啃骨头"的酷刑。遭受这样的罪，完全是他造成的，他有心阻止，说出事情的始末，然而，他却恐惧由此带来的后果。他很明白，后果就是生命的代价。与妻子儿女离散几近二十载，思念之苦，日夜折磨着他，全家团聚，主宰了他全部梦境。他渴望梦想成真，不想轻易地告别人间，所以，只能选择缄默。

骄傲的佐佐木，连只蚂蚁的背叛都不会容忍，怎会宽容他伊赛克。

杨大林每惨叫一声，伊赛克都会打一个寒战。年轻气盛的佐佐木，常常乜视着伊赛克，对那脸白花花的大胡子，早已不以为然了，行将就木了还吝惜生命，甘心做奴才，活得有意思吗? 若不是那些变幻多端的灯语，让他无从下手，他早就将这个老毛子一脚踢开了。

骄傲与自负，往往是错误的开始，佐佐木完全忽视了伊赛克会有丰富细腻的内心，也忽视了大胡子掩盖下的躁动与不安，更忽视了伊赛克的才华与博学。

贵族出身的伊赛克，曾读过双学位，声光电学、空气与洋流动力学等等,如数家珍。破解电报密码,并非难事,有宽裕的时间,有解码的经验,便足矣。严格地说,灯语也是一种密码,只是声波与光波的不同罢了。灯的语言全部与航行有关,导航忌讳复杂多变,无须密语,也就没有破译之说了。

木房子里的"嘀嘀嗒嗒"声常年不止,佐佐木送达给伊赛克的指令,都和"嘀嘀嗒嗒"有关,这么久了,伊赛克不用记录"嘀嗒"声中的数字,耳朵灵敏得能直接听懂。自然,这种特殊本领,伊赛克不可能让佐佐木知道,他不想引火烧身。

离开岛子的欲望,已经在伊赛克的心里憋得太久了,他觉得,自己待在山顶,像是离天堂最近的地狱,他苦于没有机会逃离。遥遥相望的葫芦岛,是繁忙的军港,这么多年了,海里的船舰只飘扬太阳旗。他渴望有第三国的旗帜,这样,他就可以发出求救信号,坐上他们的船,远走高飞。

可是,他的等待在一天天地落空。渤海是个内海,日军绝不允许其他旗帜插足进来,包括"满洲国"的旗子。

终于,一次"嘀嗒"声中,伊赛克捕捉到一个令他怦然心动的信息。一艘中立国的商轮,被日军租用,将一批物资输送到东南亚战场。商轮只挂日本国旗,无须日军押运。真是天赐良机呀,他可以借助商轮一走了之。

伊赛克盘算好了,等到那艘商轮驶过来,他就发信号,让商轮等等他。他的百宝箱里,留着一把老虎钳子,逃跑用的绳子,也不缺,塔上的灯需要固定,没有绳子是万万不能的,缺的就是逃跑的机会。现在,机会来了,到时候,他就可以剪开铁丝网,拴好绳子,抛下去,顺着水泥峭壁,一滑到底,然后沿着山谷小路,溜到岛子的东端,钻进海边被菩提树掩藏的唐王洞,拽出藏在里面的橡皮艇,便可溜之大吉了。

伊赛克沉浸在逃跑的设计中,佐佐木送导航通知单时,吓了他一跳,接纸单的手颤抖了一下。佐佐木瞥了眼伊赛克,认为伊赛克老了,手都落下毛病了。

日头在伊赛克的等待中缓缓地落下。红红大日,稳稳地坐在只剩下一条黑黛的大陆,把满腔的热情,全部抛洒给大海。大海里漂浮着一片金光,跌宕起伏着无数的光芒。

伊赛克无心观看辉煌的海上日落,他期待着太阳马上滚蛋,黑夜快快主宰世界,那艘商轮早早地驶入他的视野。

时针丝毫不照顾主人的心态，泊在伊赛克的手腕上，不疾不徐地旋转，哪怕主人瞪得再凶，也不会快走一步。

商轮果然准时出现在航道上。伊赛克本想立刻求救，却紧张得手都不听使唤了，依然习以为常地闪烁着灯光的颜色和频率，纠正航向。直至做完这一切，他突然很懊悔，机会一闪便失，尽管前途未卜，也要尝试一下。他的脑袋被逃跑的信念驱使着，热涨了起来，击毁了手的怯懦，立刻强烈地闪烁了三短三长三短的SOS信号。

商轮回信号了，居然是见死不救。

伊赛克急了，用灯做了个俄罗斯鬼脸，明确地告诉对方，他是俄国人，叫伊赛克。

对方看懂了他是哪国人，却看不懂他的名字。灯的语言，加在一起，不过几百句，伊赛克的名字，变成灯语，过于复杂了，对方自然不解，也无心猜谜语，只是清晰地告诉他，知道了，丝毫没有减速。

商轮是为利而来，不想卷入麻烦，不可能因为一个求救信号而作停留，鸣响了汽笛，扬长而去。伊赛克真正地望洋兴叹了。

日子在越来越强劲的海风中，一天天地滑落，远方的温暖被海风携来，吹得岛上一片葱绿。到底是壮小伙，杨大林身上的伤说好就好了，依然如故地给山上挑水。

驻扎在葫芦岛的联队长没再责怪佐佐木，也没催他继续追查，当然，前提是苏联人没再向关东军要人，他们只是捕风捉影，拿不出证据，泄密的事儿便不了了之。

佐佐木一颗悬着的心也落了下来。可他没忘了警告伊赛克，再敢在灯上搞小动作，就没有替罪羊了，岛上的蚂蚁会把他啃成骷髅。

伊赛克深深的眼窝中，流露出了无奈的失落。

英莲对佐佐木留她做人质的目的，丝毫没有察觉。父亲年龄大了，一日三餐，忙碌着日本饭、俄国饭，还有狗的饭，累得他腰酸腿疼，留在山顶，正好帮助父亲干活，顺便也能把厨艺学到手，免得父亲一手的绝活儿失传了。

这是她一天中最快活的时候，哪怕忙成了一只小燕子。可是，父亲一走,她便怅然若失,站在铁丝网的边上,目送着父亲,期盼着大林哥。直至大林哥推开她的家门,出现在她的视野里,她脸上羞怯的桃花便迅速绽开,缠绵地招着手,直到把手招乏了,她才拖着滞重的脚步,返回小木屋,为佐佐木擦地板、洗衣服。

虽说大狼狗已和英莲熟识,不像当初那样凶猛地咆哮。可每到英莲扶向铁丝网这一刻,它总是竖起耳朵,瞪大眼睛警惕地看着她。

自从英莲上山,佐佐木的饮食习惯改变了许多,不再强调以日本料理为主,有时也笑容可掬地尝一尝炖鲈子,还有清蒸偏口鱼。没有佐佐木框定做哪些菜,范汉生总能把厨艺发挥得淋漓尽致,因为这是他的拿手绝活儿。

炖好的鲈鱼,用盆端上来,似乎还活灵活现地在水里游。清蒸透了的偏口鱼,趴在盘子上,还像觊觎着小鱼。不撒上调料,浇上浓汁儿,谁相信是做好了的。吃到嘴里,香鲜爽口,回味无穷。

固执的佐佐木,突然间明白了,什么是宫廷御厨,不再强调,只有日本料理才是天下美食。从此,他不再高高在上,而是屈身到杨大林的人质英莲这儿,与她共餐。

英莲所有的生活习性,被母亲规范得宫女一般,娴静雅致乖巧和贤淑。佐佐木只是在细节上稍加指点,她便比日本女人更像女人,甚至还可以教她下围棋。

天天在眼前晃着,让佐佐木喜欢得有些神不守舍了,眼睛都不肯离开,他索性给英莲改了名字,叫樱子,只要空闲下来,他就没完没了地叫。好在有个字音相叠,英莲没有拒绝,就像当初母亲被人叫成了宫里的名字。拒绝了,那是自找麻烦。

近在咫尺了,英莲脖颈上细细的茸毛,干净得快要透明的脸,还有那对忽闪忽闪眨动的长睫毛,那对活力四射的乳房,都让佐佐木馋得要命。他的身体里分泌出一种甘甜的液体,从喉管涌到耻骨,倏地一下子滑下去。冲动便在他的身体里澎湃,他的热血在燃烧。他以最大的毅力强迫自己克制,再克制,他咬住了嘴唇,控制住了脱口而出的爱,压制住了最简洁的肢体语言。

理性提醒着佐佐木,必须打压住欲望,他不想一时拥有,他想一生一世。感情的事情，需要文火慢慢炖。他看得出，英莲的所有心思都在杨大林身上，急了，煮熟的鸭子都会飞。他日夜盼望着一纸调令，让他离开岛子，到那时，他携着英莲，走遍插着日本国旗的土地，让英莲融入大和民族之中，让她享受日不落的荣耀。

英莲呢，对佐佐木的博学多闻敬佩有加。从天上的星星为啥会眨眼，到海里的鱼为啥会甩尾巴；从人种的起源，到人类的分分合合，佐佐木无所不知，无所不晓。哪怕是天要下雨了，他也能从天上的勾勾云说到蚂蚁搬家，石头出汗，每句话都说得条条是道，英莲托着双腮，听得出神入化。

这些，大林哥都不知道，等下了山，她会教给大林哥的。

佐佐木的小伎俩，骗得了英莲，也骗得了范汉生，却骗不了伊赛克，他不过是在装憨罢了。伊赛克一大把花白胡子，一双深蓝色的眼睛，掩藏的全部是智慧。虽说他孤悬岛上，貌似与世界彻底隔离，事实上却完全不是佐佐木判断的那样，不知有汉，无论魏晋。他从佐佐木电台的嘀嗒声中，从轮船运输的货物上，已经判断出了世界的格局。自然，也判断得出，苏联赦免了政治犯，全民赴前线，抵御德军，也知道日美之间，太平洋上的惨烈之战，以及苏日之间貌合神离的和平。因为，他从佐佐木夜夜不停收听的广播声中，大体学会了哑巴日语。

正是因此，伊赛克在貌似屈服的掩盖下，总是在寻找逃离岛子的机会。所以，他对佐佐木占有英莲的企图，漠不关心。

伊赛克的走神，没有瞒过佐佐木的眼睛，他在监视伊赛克的每一句灯语，完全看得懂伊赛克动作的迟缓与心不在焉。

佐佐木推开尖顶木屋的门，站在平台的正中，把伊赛克喊出峰塔寺，愤怒地斥责着。英莲虽然听不懂，却感觉得到，伊赛克虽然满不在乎地看着天，佐佐木的训斥却没有成为耳旁风，句句都能扎进伊赛克的心，显然，用的是他们都懂的俄语。

佐佐木训斥的大概意思是，你是不穿军装的帝国军人。

伊赛克当然不肯接受，他生着高鼻蓝眼细长腿，和塌鼻黑眼罗圈腿的日本人，根本就不是一个种儿，怎会承认？自然，也不可能承认自己是日本兵，他一句不让地争辩着，我是雇员，只管导航引船，无论哪国舰船。

英莲听不懂他们吵什么,却知道结果,最终,伊赛克妥协了,满脸无奈地给佐佐木打了立正,低着头,转身钻进了峰塔寺。

本来佐佐木完全可以追进寺里,继续训斥伊赛克。可他嫌寺里阴暗,还有尘土,也嫌伊赛克身上挥之不去的狐臭味儿,还有衣服上的汗腥味儿。每天例行公事的电文传递,他止步于寺门,高声喊伊赛克的名字,直至俄国佬出来接文。

与伊赛克鲜明对比,佐佐木特别爱干净,木房子里,窗户透亮得经常撞死飞蛾,撞晕飞鸟。还有他军服的衬衣,总是雪白地翻露在外面。不管多忙多累,屋里的卫生,总是喜欢自己打扫,身上的衣服,总是喜欢自己清洗。即使是山上来了英莲,他也不是袖手旁观,而是与英莲共同劳作。

那段日子,战争的硝烟,弥漫整个世界,差不多整个地球的人都卷进战争的机器里。

伊赛克虽然被隔离在山顶,也敏锐地察觉到了。海里到处弥散着紧张的黑烟,出入葫芦岛港的大小火轮拥挤不堪,浩渺无际的渤海里,总是拖出一道道黑黛,像乌贼吐墨。这么多船舰出入港口,忙得伊赛克恨不得生出八只手,闪烁着引航灯,让大小火轮驶入正确的航道。

驶入葫芦岛港倒是好办,因为离港不再遥远,哪怕雾把满天满海都涂上了牛奶,也没有关系,只要能看到伊赛克闪烁的灯,修正航向,定好舵盘,闭着眼睛也能准确地入港。

可是,驶出葫芦岛港钢盔铁甲的大火轮,没有伊赛克的导航,那可就麻烦了。它们不同于渔船,渔船出海,不是盯着岸,就是瞄着岛,扯篷借风,走成Z字形,方圆百里,不迷航。大小火轮没篷没帆,用机器推动着山一样的铁家伙,只会定航跑直线,盯着罗盘上的经纬仪就够了,没有人放哨观察,也不懂得躲避礁石,尤其是夜航。

走出渤海或者通往山东的航道,有一片绕不过的礁石,那便是被称为渤海百慕大的环城礁。渔民们之所以称那里为环城礁,是因为那里是海底火山,火山口留下了类似城墙的一圈明暗礁。那里海流汹涌,变幻莫测,无风也有三尺浪。

伊赛克在岛上的价值,就是依靠灯语,指挥途经的火轮怎样绕过去,又怎样恢复原来的航线。这么多年来,伊赛克片刻不敢疏忽,火轮吃水深,疏忽了,准会触礁搁浅,死几个人没啥,一船的军火呢,误了战机,罪莫大焉。

他不想因此掉脑袋。

上一次发求救信号,被佐佐木识破,再想故技重演逃离岛子,已绝无可能。一方面,海里的船不是日军的舰艇,就是日方控制的商船,发求救信号,等于自投罗网,船上发回一封电报,联队长就会发狂,佐佐木就有资格要了他的命。更重要的是,佐佐木对灯语并不是一窍不通,与航行无关的灯语马上就会发现。

老毛子伊赛克揪着自己的胡子,思考着,用什么样的方式逃跑呢?他在岛上受够了,无时无刻不想回去,哪怕在西伯利亚的监狱里造几发炮弹,生产几节坦克的履带,送到鏖战的伏尔加,投入到斯大林格勒保卫战,也没枉做·回俄罗斯人。

然而,这又是怎样的一个妄想啊,与世隔绝的岛子,茫茫无际的大海,身边还有一个聪明机警、时刻都防备他的日本军官佐佐木。伊赛克绝望地认为,插翅难逃,彻底地完蛋了。

伊赛克心如死灰,做了最坏的打算,终老在岛上。他做梦也不会想到,有一双救援的大手,涉过万顷波涛,从山东半岛那边悄无声息地伸过来,频频向他发出暗号,只是他过于悲观,悲观得眼皮都不爱挑,没有及时发现。

那个微弱的信号,顽强地投射着,终于在一个漆黑的深夜,闯入了伊赛克的瞳孔,赶跑了他倦怠的眼皮。伊赛克猛然发现,遥远的大海里,有一盏灯,萤火虫一般,固执地向他闪烁,闪烁的频率,分明是连绵不断的灯语。若不是那满天的繁星勾引着他多瞅几眼,远方的夜空,肯定不会发现那盏比星星还暗的灯。

伊赛克的心激动起来,逃跑的欲望又一次不可阻挡地胀满了他的心。

他装作很随意的样子,把灯挑过去,照向那个方向,示意对方看到你了,却没有发出任何灯语。

此时的无语,胜过了千言万语。

四

　　天气说热就热了,哪怕是在海岛。三伏天迎来了夏的狂欢,从陆上赶来的热浪,虽被海浪拍灭了许多,终究是酷暑难挨的季节,吹拂到岛上,依旧招惹来了知了的吵闹。

　　佐佐木有午睡的习惯,伊赛克是夜猫子,白天的呼噜敢和知了比赛。暑热让大狼狗也倦了,伏在荫凉的樱树下,吐着舌头打着盹儿。

　　自然,英莲也会困,却能挺得住,她勤劳惯了,没有午睡的习惯,要把小木屋收拾得干净。她单纯地认为,只要让日本人高兴了,就会早点儿解除对大林哥的怀疑,早点儿放她下山。她和大林哥在一起待惯了,一时还不适应没有大林哥的生活。

　　自从把英莲留在山上,佐佐木的身心便被英莲浸满了。除了接发电报,监督伊赛克向海面发射的灯语,剩余的时间,他的眼睛全长在了英莲的身上,片刻不肯离开。哪怕英莲有轻微的咳嗽,眼皮稍有倦意,甚至身上有个泥点,他都示以关怀。若是不知好歹的蜜蜂飞来了,让人讨厌的苍蝇落下了,他会大动干戈,将它们通通消灭或者彻底撵走。

　　佐佐木把英莲当成了天皇陛下的公主。

　　虽说女儿在山上过得挺舒心,也没被歧视,还得到了不该得到的呵护与照顾,一点儿都不像人质。时间久了,范汉生免不了心中生疑,佐佐木留英莲在山上是不是另有所图。毕竟女儿已经许配了人家,只是因为无法消除对杨大林泄露消息的怀疑,才被扣做人质。既然事情没什么结果,也该把英莲放回家了。他恳求着佐佐木,英莲她妈想她了。

　　佐佐木读懂了范汉生眼里的内容,很从容地说,想了,上来看一眼嘛。随后,他不厌其烦地讲起了北海道海岛上的那个邻家小妹樱子。他说,每一个人都有冥冥之中的另一半,只是苦苦追寻,没有找到而已,我幸运地找到了樱子的另一半,就是英莲,我没有理由不照顾好她。这是日本人的美德,中国人不懂。

　　范汉生真的不懂了。

　　那天,送走了范汉生,佐佐木又一次教英莲下围棋,捏棋子的时候,他情不自禁地捉住了英莲的手,紧紧地捏着,不肯松开。英莲想把手抽出来,佐佐木的眼泪快掉下来了，哀求的眼神看着英莲，示意着，只是摸摸而已，就当让我摸一次樱子。

隔着一个棋盘呢，英莲不忍心伤害佐佐木，红着脸，头扭到一旁。她感觉得到，佐佐木的手，不像大林哥那样粗糙。

过了好一会儿，佐佐木才松开手，谦和地向英莲行个礼，说了声，对不起。英莲起身躲到一角，她的心怦怦乱跳，低声说了句，我不是你的樱子。

英莲的心，就那一次乱的，杨大林对此却丝毫不觉，依然如故地往山上挑水。

佐佐木的知书达礼，干净体贴，细致和认真，潜移默化地影响着英莲。甚至为了干净，她可以暂时忘掉大林哥往山上挑水有多么艰辛，这一点，她还不如自己的父亲。

每逢佐佐木洗衣服，范汉生的心便会哆嗦成一团。山上没有井，这几年自己老了，挑不动了，靠着杨大林往上挑。坡长路陡，一步一个台阶，挑到山顶，要流半斤汗。可是，爱干净的佐佐木却洗个没完，做饭做菜，洗脸洗手，用些水，倒也应该，天天洗澡洗衣服，谁受得了？并且女儿也跟着凑热闹，洗个没完。

他真想训斥女儿一顿，不知道心疼大林。可大林却心甘情愿，哪怕一天担水不停，为的是能多见英莲一眼，隔着铁丝网的门，说几句体己话。此时的杨大林还不知道，英莲的内心深处已泛起了微涟，开始把大林哥和佐佐木放在一起比较了。

佐佐木每泼出一盆水，范汉生的心便会颤动一下，像是把他的心一块儿泼出去了。更糟糕的是，隔三岔五，佐佐木还要用最干净的水浇樱树。范汉生真的看不惯，却不敢吭声。他多么渴望佐佐木能像从前老毛子伊赛克那样，坦率地赤身裸体，投入大海的怀抱。

佐佐木没来的时候，伊赛克也喜欢洗澡，山下的大海就是他的天然浴缸，广阔得他恨不得生出鱼的尾巴，就算是冬天，砸开海冰也要洗上一遍。佐佐木来了不许他下山，他就舍不得洗澡了，一担水挑上来，太不容易了，他觉得洗澡是奢侈，顶多用毛巾擦擦身子。

汗腺发达的老毛子伊赛克，无法继续贵族，携着满身的狐臭，在山顶上走来走去。加上他花白的连鬓大胡子，显得更加邋遢，总觉得有虱子藏在大胡子里，不小心就蹦出来。范汉生只好把伊赛克的衣服拿到自己家，让英莲她妈洗，再带到山上来。

可这并不意味着范汉生喜欢伊赛克，他是不愿意山上有争执，不愿意看到佐佐木面对伊赛克时皱眉头，扇鼻子，又是讽刺，又是挖苦。他宁愿自己多付出一些辛苦，让山上一片祥和。

范汉生的努力总算没有白搭。

尽管伊赛克不喜欢被囚禁在山顶，可他依然听从了范汉生的劝导，不再张罗下山洗澡，甚至连寺门都不出了，宁愿与世隔绝。

佐佐木当然有成就感了，虽说只有三个人对他毕恭毕敬，可身边的三个，却是性别不同，国籍相异，他的内心深处，免不了拥有一种国家的优越感，所以，他总是迎着日出，闻鸡起舞。

对日头的崇拜，佐佐木到了无以复加的程度，这一点，木讷的范汉生都感受到了。每天清晨，佐佐木总会及时起床，迎着初升的太阳，挥拳舞刀，直至一身臭汗，才收住招式。最后围绕樱树转一圈儿，面向东方，笔直地停立下来，望向大海里波光粼粼的金桥，为太阳深深地鞠上一躬。

除了对狗，佐佐木对这棵樱树最好了，浇水施肥，都不需要范汉生，他必须亲自做。范汉生清楚地记得，樱树第一次开花那年春天，不苟言笑的佐佐木，竟然载歌载舞，独自狂欢，笑过之后，居然以泪掩面。

即使再像家乡，也是异国他乡，难免有思乡之苦。佐佐木真正把心神安定下来，还是英莲上山之后，范汉生心里很清楚，是英莲让佐佐木变得彬彬有礼，这也是他最担心的事情。

伊赛克貌似平静如水，内心深处已如坐针毡了，他恨不得自己像灯一样，喷射出去，直奔那个亮斑，哪怕是飞蛾扑火。然而，他的身子却被死死地拴在山顶，寸步不敢离开，也不敢用灯语对话，或者用灯语暗示。

他的灯语完全被佐佐木程序化了，胆敢越雷池一步，佐佐木会毫不客气地用蚂蚁啃骨头的办法，置他于死地。没有捷径可走了，不马上派人去联络，这最后的希望之光也将会熄灭。

伊赛克把主意打在了杨大林的身上。

从扣留英莲做人质时起,伊赛克就发现,佐佐木的眼神不对,貌似漫不经心的目光,掠过英莲的脸与胸时,却爆发出奇异的亮斑,虽说一闪即过,据为己有的欲望却难以掩饰。只是范家人陷入了惊恐与哀求的慌乱中,杨大林又疼得死去活来,没有发现罢了。作为旁观者的伊赛克,敏锐地捕捉到了,若不是因为自己弄得杨大林命悬一线,他肯定会制止英莲的自告奋勇。

既然洞悉了佐佐木的内心,伊赛克不动声色地为英莲做事儿。他找出木板,在庙里的一隅围出一个空间,又用几只木箱子拼出一张床,算是给英莲一个临时的居所。平素里,他没完没了地对英莲呼来唤去,倚老卖老地让英莲拎东拿西,使唤英莲,比使唤仆人还狠。甚至让英莲有些讨厌这个多事儿的老头了,不愿意回到峰塔寺里面的住所,情愿待在佐佐木的木房子里。

伊赛克没有了办法,他不想让佐佐木骂他老不正经。

那是初秋的中午,虽有海风吹拂,岛上依然酷热,知了在山下的槐树林中没完没了地吵,热啊——热啊。上午帮助父亲干了许多活儿,刚刚吃过午餐,洗完碗碟,接着又给佐佐木擦木地板,英莲不免有些困倦,伏在榻榻米上,不知不觉地睡着了。

伊赛克居高临下,俯视着小木屋。小木屋的玻璃太洁净了,洁净得完全透明了,佐佐木的一举一动,都装进了伊赛克的眼里。

英莲的睡姿着实迷人,皮肤就不必说了,那双长睫毛,就能给夏日的酷暑遮出一片荫凉。还有那对结实的大乳,呼之欲出,实在让人馋得慌,莫说是佐佐木,任何一个男人都承受不起这等诱惑。

佐佐木轻手轻脚走过去,蹲下来不错眼珠地看着熟睡中的英莲,看得他的喉结蠕动起来。他有心撩开英莲外面的布衫慢慢地把手伸进去,去捉住那对饱满而又结实的大乳。已经心荡神驰了的佐佐木,即将伸出双手了,可理智的闪电击中了他的手,阻止住了他的冲动。一个高雅的人,如此唐突,有损斯文,若是遭到英莲的反抗,今后的事情可就弄糟了。

儒雅惯了的佐佐木,用儒雅的方式对待着英莲,他的双手托着英莲,害怕把英莲弄醒,慢慢地,慢慢地摆正英莲的睡姿。

伊赛克不懂得东方式的儒雅,他认为机会终于来了,必须抓住,他不想让范汉生再蒙在鼓里,他要揭开佐佐木虚伪的面纱。伊赛克从峰塔寺的塔楼上旋风般跑下来,连鞋都没来得及穿,就冲向了小木屋。

那一时刻,范汉生正在清洗炊具,收拾厨房,准备下山。看到伊赛克急急忙忙地跑出来,以为发生了什么事情,也跟着跑了过来。

伊赛克冲开小木屋的门时,范汉生也到了近前,一副令他十分尴尬的情景扑入他的眼帘,佐佐木俯身到英莲的身上,似乎还想做什么。这是范汉生最害怕,也极不情愿看到的一幕。

门的声响惊动了佐佐木,也惊动了英莲。

英莲醒了,茫然地揉着眼睛,不知道发生了什么。

那层温情脉脉的窗户纸,就这样被无情地捅破了,岛上的事情,从此变得复杂而又微妙起来。

范汉生噘着嘴,牵起英莲的手,轻声说,咱们回家。

佐佐木当然不会同意,他费尽心思把英莲弄到山上,英莲走了,会带走他的魂的,说什么也不肯。他也想把事情解释清楚,他没对英莲怎么样,也没想对英莲怎么样,只是看到英莲睡得不舒服,扶她一下而已呢。

这种解释范汉生和伊赛克都不会相信,太牵强了。有些误会,不是靠解释才能清楚的,他的态度强硬起来,他说,她是人质,不是雇员,杨大林嫌疑一日未除,她一日不得下山。

范汉生说,我把杨大林送上山好了,换回英莲。

佐佐木轻蔑地一笑,你当这是游戏,说来就来,就走就走。

英莲明白了,是她的原因,父亲与佐佐木产生了争执。她觉得,自己不是孩子了,父亲的担心是多余的,便打着圆场说,爸,佐佐木没有欺负我,你多心了。

范汉生惊愕地看着女儿,他的手缓缓地松开了,无趣地扭过头,抬起腿,缓缓地走开。

伊赛克只想把事情捅破,并没进小木屋,他身体的气味日本人烦着呢,不能留在小木屋。他在门外缩回身子,退回到峰塔寺,躲在一角,仔细观察着。刚才这一幕,他全看在了眼里,便暗自地笑了。这就是伊赛克要达到的目的,他不需要范汉生与佐佐木的融洽,也不需要范家父女的亲密无间。只要范汉生不再信任佐佐木,他的计划便就成功了一半,剩下的事情,就可以用最简单的办法,激怒杨大林了。

范汉生冒失地闯进来,确实让佐佐木纳闷,平素老实得连屁都不敢放的厨师,怎么敢斗胆冲进屋来?他把眼睛挑向峰塔寺,寺里阴森森的,什么也看不到,不似小木屋,四面透明。他感觉到了,有一双阴森森的眼睛在盯着他。他忽然觉得事情有些不对劲儿,为什么他刚刚和英莲有个亲昵动作,这个俄国佬就推开了门,显然是别有用心。

佐佐木唤回了正在往山下走的范汉生,他改变主意了,既然范汉生提出了让英莲回家,那就回吧,反正也跑不出这个岛子,也能显示出自己的坦荡,正好也让英莲品味一番什么叫男人与男人的差距,只要傍晚回来便可。

其实,放英莲走,并不是佐佐木的目的,真正的目的是在伊赛克,他不想让英莲看到,他要惩罚这个阴险的家伙。小木屋是他神圣的领地,不容任何人侵犯。

伊赛克被喝令下来,直直地站立在樱树下。佐佐木毫不客气地挥起了皮裤带,这是他第一次惩罚伊赛克,不似惩罚杨大林那样,高贵得连手都不肯伸。他容不得阴险的人,狠狠地抽打着,恐怕打轻了不解恨,边打边骂,你这个恶毒之人,我已经饶过你一次了,还是恶习不改。

伊赛克不会承认这是阴谋,尽管年龄不小了,腰板依然挺得很直,身上挨着鞭子,却不动不摇。

黄昏前,英莲和范汉生如约走出家门,返回山顶。两个人的叫板也随之结束。伊赛克忍着疼不肯认错。他们不想让范家父女看到他们的纠葛,等到父女俩回来时一切恢复如常了。

佐佐木没把事情想得更深,也没有意识到,这是颠覆他的开始,只是认为俄国老毛子臊性,一大把年纪了,花心不改,看见英莲和自己亲近,嫉妒了,一时冲动,推开了门。

伊赛克也故意给佐佐木这种错觉,看到英莲回来,眼睛咬在英莲的脸上,不肯松开。

父女俩不知道山上发生的事情,有说有笑地做饭干活。

伊赛克的心火，没有被佐佐木扑灭，见到了英莲，反而燃烧得更旺了。他觉得该到火上浇油的时候了，那把火就是杨大林。

第二天一早，海风刮得很大，天上的白云都站不住，飞快地跑。山顶上那面日本旗哗啦啦地响，与大海里的波涛共鸣。伊赛克趁着佐佐木埋头收发电报时，悄悄地收走了一条晾晒的床单。待到收衣服时，英莲发现少了条床单，以为被风刮到了海里，没有在意，佐佐木抽出一条新床单，铺在了床上。

钻回峰塔寺，伊赛克从怀里掏出床单，铺展开来，他用针尖刺破自己的手指，用力地挤着，把血涂抹在床单的中心，抹出了一朵盛开的梅花。

和每天上午一样，杨大林一趟又一趟地奔走在山上与山下，给山上挑水，直至灌满门外的两口大水缸。和每天不一样的是，杨大林的眼神变了，总是目测着英莲与佐佐木的距离。显然，昨天的事情，范汉生没有向杨大林隐瞒，已经开始发酵了。好在，每一趟担水英莲总是把最灿烂的笑脸送给大林哥，让杨大林有一个安全的心理安慰。

水缸在门外的坎下，不在佐佐木的视野中。趁着佐佐木忙碌，伊赛克找了一个理由，支开了英莲，借取水的机会，来到水缸前，把那条床单塞进杨大林的怀里，悄悄地说，日本人占了英莲的初夜。开始的时候，杨大林还没明白，啥是初夜，直至伊赛克直白地告诉他，日本人把英莲睡了，床单上的血，就是证据。

杨大林的眼睛顿时直了，怒火烧红了他的眼白，他抽出扁担，想冲上去。

伊赛克按住了他，劝说道，不得莽撞，冲上去，你会赔了媳妇又送了命，死得不值，救英莲，需要智慧，我帮你。

杨大林眼睁睁地看着英莲留在山上，无忧无虑，还一副喜洋洋的样子，心里难受极了。那次受刑，给他的心里留下了很大阴影，现在，有伊赛克拦着，他还能显得很勇敢，一旦放他上去，脚肯定是软的。平静片刻，他想了想，还是老毛子说得对，不收拾了日本人，媳妇是要不回来的。新仇旧恨齐聚在杨大林的胸间，他无法发泄，索性举起自己挑上来的水，将满满一筲水全倒在了自己的头上。

下山的路，踉踉跄跄，本来平日里闭上眼睛都能走的石板路，杨大林却走得七扭八歪。

那几天，杨大林有苦难言，他无法接受英莲被日本人睡了的事实，那是自己的媳妇，还没娶进家门呢。他不断地用脑袋撞树，撞得血肉模糊，却不知道疼，每逢他抬头望向峰塔山时，眼前总是虚幻出英莲笑盈盈地冲他摆手，随后便露出佐佐木狰狞的面孔。他每夜都会被同一个噩梦惊醒，那就是英莲被佐佐木扔下山崖。

杨大林做梦都想着一件事，弄死佐佐木，可是，他却不敢接近佐佐木。即使他有浑身的力气，只能发泄给树木，还有他用蒲草扎制的佐佐木。

不过，杨大林记住了伊赛克的话，用智慧。即使杨大林再愚再憨，日夜只想着一件事儿，也会变得聪明起来。他终于想出了整治佐佐木的绝招儿。他知道佐佐木爱干净，爱洗澡，就拒绝往山上担水。

初秋的中午，太阳更加毒辣了，佐佐木肯定会被汗沤得浑身酸痒，身上的汗腥味儿，迟早会逼迫得佐佐木离开山顶，走到海边，扑入海水，洗个透彻。

杨大林开始训练魔鬼鱼了，用猪腿训练。据逃荒到岛上的人讲，人肉和猪肉的味道最接近，那就让猪腿代替佐佐木的腿，让魔鬼鱼养成吃肉的习惯。

当初，佐佐木用蚂蚁害他，害得他肚皮上留下一道道月亮般闪光的疤痕。现在，他就让佐佐木尝一尝被魔鬼鱼啃咬的滋味。只要佐佐木敢下海洗澡，魔鬼鱼就会像群狼一般，不消几个时辰，就会把他啃得只剩下骨架，想回日本，就让灵魂骑着云朵走吧，我会让你尸骨无存。

魔鬼鱼大概是海里最聪明的鱼了，杨大林仅仅调教了几回，手臂一挥，魔鬼鱼便蜂拥而去，直奔一里开外的猪腿。手臂一勾，又从一里开外奔来，围着他欢腾跳跃，把海水挤出一片气泡泡。有时，他把自己的手伸进海水里，试探一下，魔鬼鱼会不会像魔鬼一样，除了肉，连主人都不认。

面孔丑陋的魔鬼鱼，并不像魔鬼那样无情，只是把他的手当玩具，追逐着，冲撞着，没有一条张开利齿，去撕咬。

有一次，杨大林故意没有放肉，而是把一块削成了人腿模样的木头插进了海里。他把手一挥，指了过去，魔鬼鱼群起而攻之，居然把那条木头腿咬烂了。

　　杨大林满怀信心地等待着，等待着佐佐木下海，只要他敢蹚入海水，就是有去无回，每条魔鬼鱼都会变成他手里的刀片儿，一片一片地将佐佐木千刀万剐，直至啃光吃净，连骨头棒子都凑不全。

　　可是，杨大林日盼夜想的那一刻，始终没有来，佐佐木没走出山顶半步，他用自己的方式解决了洗澡问题，每天天不亮，他就起床，赤裸着上身，打过一圈儿空手道，又练过一阵拼刺刀。接下来，他就沐天风、洗晨露了，就是用脚踹樱树，让树叶上的露珠扑簌簌地滚下来，洒落在他的身上，再用毛巾擦净身体。

　　杨大林的小聪明没起作用，反倒苦了范汉生，尽管他体力不支，可山上总得要吃饭，这些水他不能不往山上挑。有时，伊赛克也想往山下跑一段，接应一下范汉生，却被佐佐木喝令回来。伊赛克的职责是灯，不是水。

　　范汉生只好哄杨大林，劝杨大林不要胡思乱想，把心放到肚里去，只要我有一口气，英莲只能是你杨大林的媳妇。

五

　　虽说是秋高气爽了，岛上却不然，依然湿热闷潮，没有个三五日的北风，吹不净海里的雾霾。

　　雾气弥漫的日子，伊赛克忙得不可开交，大白天也要把灯打亮。大小火轮急着往战场输送物资，片刻也等不得，即使有雾，也要航行。伊赛克施展着全身本事，让塔上的灯，刺破迷雾，抵达远方。这样，海里的大小火轮，才能按照各自的航线，平安航行，不至于碰撞，或误入歧途。

　　北风驭着骄阳，日复一日地扫荡在大海里，总算驱走了迷雾，天上安静与恬淡的蓝与海上动荡深邃的蓝，泾渭分明地呈现在眼前。遥遥相对的火轮，终于明晰可辨，交错着驶入驶出。浩渺的大海里，看远山含黛，葫芦岛港的位置很容易地装进望远镜里，大小火轮无须岛上的航标灯引导入港了。

　　这几天，伊赛克的内心焦虑了，他虽然被局限在山顶，可他听得懂日语，猜得到电台，看得透灯语。他知道，世界的战争格局正在微妙地变化，日军稳定的大后方,不再是本土,而是满洲,途经菊花岛的航线越来越成为输送给养的生命线。

与伊赛克同样焦虑的,是海里那个微弱而又神秘的灯光,每天深夜准时出现。伊赛克判断得出,那灯离岛不是很远,闪得很节制,也很警惕,是一种普通手电发出的光。灯语不是问航向,也不是问港口,而是固执地要求与岛上的灯语者见面。从极低的灯光位置判断,那顶多是条能够扯篷的木质渔船。

每逢这时,伊赛克只是装作无意的样子,顶多用灯扫一下那个方向,暗示知道了,却不敢闪烁灯语,明晃晃的灯摆在那儿呢,一个多余的信号,就是一个杀身之祸。虽说伊赛克意识到,救他的人来了,可他不知道对方是谁,不知道见了面是福是祸,更何况他无法从山顶脱身,还得把希望寄托在杨大林的身上,借助他仇恨佐佐木的力量,让他驾船出海,探求个究竟。杨大林浪里生,水里长,对海熟得很,又是身健如牛,有力气把船摇向远方。

虽说英莲一直在念叨着大林哥,佐佐木却清晰地感觉到,英莲已经对他产生了无法剥离的依恋,他决定,不再遮掩,坦诚地面对一切,要用中国的方式,向范家下聘礼。

佐佐木第一次没有把自己当成帝国军人,也是第一次擅离职守,把小木屋里最值钱的物品拢在一起,错落有致地装进一个礼品盒。他背起这些东西,走下山去,走进范家。

穿着大皮靴的佐佐木,迈进院里时,范家的鸡鸭鹅们,都奋起抗争,叫成一团。

范汉生的唉声叹气,让家里笼罩上了一层阴云,用不着细说,莲她妈已经明白了。

小棚子屋很昏暗,范汉生面壁而坐,对佐佐木送来的厚礼不理不睬。

英莲她妈捶胸顿足,这怎么能行,我们家英莲是有婆家的。

佐佐木说,只要未嫁我就有资格迎娶。说罢他恭恭敬敬地鞠躬,我会对她一生负责。

不管怎么说,这是自己家,窝囊下去,断送的只能是自己的女儿,英莲她妈鼓足了勇气，指责道，我们全家给你当牛作马都行，唯独这事儿不行，这是明火执仗，欺男霸女！

佐佐木忍了忍，没有发作，装成做错事的孩子般，乞求英莲她妈的谅解，女儿终究是要嫁人的，英莲喜欢的是我。

英莲她妈扑上来，推搡着佐佐木，出去，出去，我女儿是有婆家的人，不能嫁给你。

佐佐木忍无可忍了，难怪联队长再三告诫他，文化是外交的包装，别拿它当真，软弱是军人的耻辱，战争不需要道德。堂堂皇军，这么低三下四地求人，已经很给他们面子，还忍受这般的侮辱，有完没有？既然软的不吃，那就来硬的。他终于变脸了，不再温文尔雅，猛地吼了一句自己都没想好的日语，声音大得快要揭开小棚子的屋顶。

夫妻俩立刻哑然，恐惧得不会说话了，只有范家的墙壁，微弱地答应着，那是佐佐木底气十足的回音。

杨大林耍了几天脾气，重新担水上山了，一路上走得心不在焉，他本想渴死那个王八蛋小日本，却知道这是不可能的，英莲的父亲范汉生不敢。老人家往山上挑水，一步三晃，他也心疼啊，不得不担起了水筲。他是心疼英莲，英莲也得喝水。

此时的英莲，还不知道佐佐木这次下山，是为她下聘礼。趁着佐佐木不在山上，英莲放开了胆子，用毛巾殷勤地给大林哥擦汗。杨大林嗅出了毛巾上沾着佐佐木的气味，气恼地将毛巾甩得远远的。英莲便撩起了衣襟当毛巾，给杨大林擦拭，不让大林哥汗流满面。

伊赛克觉得机不可失，又一次哄走了英莲，告诉杨大林一个天大的秘密，如果按计行事，佐佐木有十个脑袋也不够砍，那时，你和英莲就能和和美美地过日子了。

杨大林听了，眼睛一亮，到底是洋鬼子点子多，他只想到用魔鬼鱼了，却没想到借助更强大的力量。

夜深人静的时候，杨大林走上了寻求帮助的路。他背着一条舢板，拎着一支大橹，从村里走向村头的大海。别看小舢板长不过三四米，宽不过四五尺,分量却不是很轻。白天,杨大林又给小舢板加固了几道坚韧的山榆木,舢板便厚出了一大层。好在杨大林有的是力气,背起来依然行走如飞。

放在岸边,顺势往海里一推,舢板便在海水里漂起来。杨大林跳上去,大橹往岸上的沙滩一顶,舢板便钻入黑茫茫的大海。他知道,这一次夜里行船,超过了小舢板所能承受的航程,否则,他也不会把小舢板修补成像穿了铠甲的士兵。

让杨大林没有想到的是,那群被他驯化的魔鬼鱼,点亮了鳍上的小灯,顺着他摇橹的方向,簇拥着他的小舢板,欢快地游去。

杨大林是按照伊赛克描述的方向,劈波斩浪,奋力前行。站在高高的山顶,老毛子伊赛克可以发现很遥远的光,哪怕那光很暗淡。可是在海平面,视野一下子就窄了,远处的强光也变成了弱光,弱光就等同于不复存在了。黑暗的夜晚,茫茫的大海上,找一条渔船,不亚于大海捞针。尽管杨大林对岛子四周的海域烂熟于心,也要依赖魔鬼鱼,魔鬼鱼对方向和光特殊敏感,只要方向明确,它们会帮你找到你所需要的航向。

在魔鬼鱼的引导下,杨大林终于发现了星星般的亮光。

看似很近的亮光,事实上却很遥远。魔鬼鱼闪烁着鳍灯,继续引领,好久,那条完整的渔船才影影绰绰地浮现在杨大林面前。

船是从山东驶来的,白天藏在辽东湾的环城礁里。礁石很小,由一群半明半暗的小礁围出来的,方圆不过百十步,最大的一块礁石,仅仅能遮住一条篷船而已。环城礁外,海流湍急,浪涌凶险,莫说是渔船,就是铁皮大火轮,也扛不住漩涡的戏弄,弄不好,被裹挟进去,就会船倾人亡。

敢把船驶进环城礁的人,都是劈波斩浪的高手,对潮汐和海流烂熟于心。掐准潮汐变幻的平静时刻,扯篷摆舵,把船开进去。白天,海面上,一览无余,只有把船藏进这里,才是最安全。虽说日军的巡逻艇特别警惕,也不敢冒犯环城礁,好在礁石不大,有望远镜就足够了,不值得去冒险巡逻。

虽说环城礁是渤海里的百慕大,可是,山东的八路,偏偏不信邪,就要赌一把,在满海都是日本船只的夹缝里,直插这片死亡之海。

从山东出发那天,东南大风骤起,八路学着诸葛亮借东风,趁着夜色的掩护,顺风而下,飞奔至环城岛,蛰伏下来。驾船前来的山东老渔民,把整个渤海都吃透了,闭着眼睛就能借风扯篷,即使是迷雾重重,航行几百里,也不会偏离航向,舵掌在他手里,船就像条永不迷航的大鱼。

本来不习惯下海的山东八路,是接到苏联的情报后,才渗透到海边。他们一直在琢磨怎么才能靠近菊花岛,终于琢磨来一位比鱼还了解大海的渔民。凭借老渔民的本事,完成了几乎不可能完成的一夜千里,出人意料地冲到了辽东湾。白天,他们收桅降帆,不着一丝痕迹地藏入环城礁。夜晚,他们才借风顺潮,摸向菊花岛不远的地方,派个懂灯语的人,猴一样爬上桅杆,用手电远远地向菊花岛上的灯塔发信号。

见到了船上的八路,杨大林像无家可归的人,突然在异乡遇到了亲人,他找到了情感的宣泄口,一肚子的苦水全都吐了出来。可是八路听不懂他说什么,他们最关心的并不是英莲,而是一位懂灯语的苏联人。他们需要这位苏联人的帮助,获取一船重要的战略物资,完成任务之后才能带着他们远走高飞。

杨大林对山东话听得不太懂,他太专注于让八路替他杀掉佐佐木,而忽视了伊赛克派他来的目的。

八路打断了杨大林喋喋不休的诉苦,告诉他一个道理,只有胜利,才能国仇家恨一块儿报。让他立马丢掉微不足道的一点儿小恨,捡起整个民族的大恨,为国家,为几千万死难的同胞报仇。

杨大林睁大惊讶的眼睛,死了四千万,那不是血流成河,而是血流成海了,怪不得八路不觉得日本人抢了他媳妇是大事。

从没见过世面的杨大林,总算开了眼界,知道了日本人在岛上,不是客人,是侵略,日本人留英莲在山顶,不是人质,是强盗。对于八路来说,救英莲是件小事,救民族,救国家,救全世界才是大事,他们需要杨大林做这样的一件大事。

大事其实很小,也很薄,就是一封信,一封用俄文写的信,只要能捎给伊赛克就足够了。那封信是一份详细的海上埋伏作战计划,没有伊赛克的帮助,那是万万不能的。

在渔船上,杨大林还第一次看到了能把真人印到纸上的图片,只不过那图片堆满了被砍下的脑袋,被打死的尸体,过于残忍了。船上的八路告诉他,这是照片,是真人真相和真事儿,那是日本鬼子杀害老百姓的铁证。

杨大林把这些铁证要了下来,他要让英莲看一看,那些穿着和佐佐木一样衣服的人,其实都是杀人狂。他要以此说服以人质的身份待在山上的英莲,有一天不遂佐佐木的心,也会成为刀下之鬼。

从半山腰的范家出来,佐佐木是空着手的,那些聘礼,他强制地留在了范家。范汉生收也不是,扔又不敢,还没有退回去的余地,只剩下对英莲她妈唉声叹气了。

让范汉生更堵心的是他们的女儿,英莲明知道佐佐木对她不怀好意,却不加防范,反倒更亲密了。亲密的原因,来自于佐佐木的那架古筝。英莲自幼从母亲那里学来了许多宫廷小调,都是天南海北最好听的曲儿,洗衣服的时候,她不由自主地哼唱着。久而久之佐佐木听会了,跟随着英莲的曲调抚琴而合。英莲的心颤抖了,她从来没有想过,自己合着音乐的歌声,会有这般的美妙,唱得更加投入了。

歌声中,英莲突然领悟到了什么是如醉如痴的生命。这是她和大林哥从没有过的感觉。

道道琴弦,仿佛是道道利刃,割在范汉生的心上。女儿已经无可救药了,真的要滑进日本人佐佐木的怀抱,这可让他如何向亲家交代呀。

范汉生心急如焚,却毫无办法,是自己的女儿不给自己做脸啊,非得让他丢尽这张老脸,惹遍岛上的乡亲。他在家里闷闷不乐收拾鱼的时候,脑子里时不时地闪出一个恶念,海里有许多河豚,他随手就能取到,把河豚的血、脑髓、心肝掺进日本料理里,吃完了,佐佐木就会瞪眼瞪腿,一命呜呼。

可是,他的手哆嗦得要命,他不敢。

他把那些日本料理喂给了鸡,喂给了鸭,喂给了狗。它们全都瞪腿死了,可是,他真的不敢拿这些食物去让佐佐木瞪腿。厨师什么都敢杀,就是不敢杀人。

当然,范汉生没有让那些鸡鸭狗白死,做成了食物,去孝敬佐佐木。他幻想着还能残留些毒素,药死佐佐木这个狗操的。遗憾的是,略带微毒的禽肉与狗肉,反倒渗透出一种河豚鱼肉的鲜美。

佐佐木更加欣赏范汉生的厨艺了,邀请范家父女,与他一块儿品尝美食。

佐佐木虽然捕获到了英莲的芳心,在收获一份满足的时候,心里也是惴惴不安,充满了紧张,觉得周围的空气都是湿漉漉的沉,压得他喘不过气来。他知道,凭着自己的才华与体贴,赢得英莲的倾心,不是件难的事情,难的是让英莲舍下杨大林,与自己结为夫妻。毕竟,岛上不是北海道,自己孤身一人在异国的土地上,难免人单势孤,真的因此惹恼了岛上人,群起而攻之,那就危险了。

离开岛子,是最好的选择,这种欲望随着对英莲情感的加深,潮水般涌进佐佐木的心。哪怕不升职不晋级,或者只挪到对岸的葫芦岛,也能让英莲绝了和岛上的牵连,融入日本居民区。到那时,英莲自然就会成为樱子了。所以,他不停地发报,检讨自己的不称职,没能追查出泄密事件,没有在岛上找出内奸,请求调离。

上司不再责备,反倒褒奖。战事正紧,航运繁忙,"满洲国"的物资支撑整个亚洲的战局,岛上的航标灯,看护着帝国运输大动脉,若非精英,难当此任。岛子虽小,不亚于帝国主战场,长期执守,亦是功臣。

一纸电令,堵死了佐佐木离开岛子,迁到大陆,过安稳生活的愿望。他死心了,只期盼着中国政府早日被战争压垮,大东亚皆为王道乐土时,他就可以坦然离岛,从容地带走英莲了。

佐佐木的情绪低落下来, 偶尔也向英莲发无名之火。好在英莲脾气好,不但不恼,还安慰佐佐木,岛上的人都是你的亲人,不要想家。佐佐木自嘲地一笑,他很清楚自己在岛上的位置,除了英莲,他一无所有。

已是白露时节,清晨的海岛,凉飕飕的,湿漉漉的空气,水洗般凝聚在万物之上。树叶间,草丛里,岩石上,滚动着滴滴水珠。天没亮的时候,接受浪的洗礼,露珠浸润的杨大林已经返回了渔村,他的衣服早已湿透,没有露的清香,只有海的腥咸。

虽说海岛举目可望,航标灯抬头可及,可不借风顺流,只靠摇橹赶回,依然很远。乘风破浪,那是有篷的大船,小舢板在海里,不过是片出没风波里的树叶。逆风逆流,单靠摇橹避开浪峰,逃过浪谷,胳膊上不生出铁一样硬的肌肉,恐怕会被海流拽到黄海里去了。

杨大林摇橹摇得很累了,可一想到马上能救出英莲了,他又鼓足了一股力气,不仅摇回岸边,还硬是把舢板背回家,藏了起来,不能让佐佐木看出蛛丝马迹。

睡到日上三竿,吃饱三碗高粱米饭,杨大林又恢复了体力,挑着水筲,担着满满一担水,精神抖擞地出现在了山顶下。往缸里倒水时,杨大林瞄了眼峰塔寺,发现伊赛克正在用只有他俩才懂的眼光瞅他。

这个视角,是小木屋的死角,坐在小木屋里的佐佐木,看不见他们交流的目光。杨大林的心,跳得像怀揣个小兔子,他掏出那封用油纸包封好的信,塞进水缸旁的一块石头下,扭过头,飞也似的走下山去。

借着舀水的机会,伊赛克轻松地把信拿到手。爬上灯塔,展开那封用俄文书写的信,他激动得手都抖了,他知道了,海里那萤火虫一样的亮光,来自山东的八路,八路的想法,居然与他不谋而合。

六

这一天,和往日没有什么不同,天晴,日朗,风平,浪静。似乎世界上的一切都很清爽、透明,没有阴谋。

佐佐木永远也不会想到,他假设的泄密者杨大林,居然成了真的,并且比泄密更为可怕,是要把他彻底摧毁,包括性命。佐佐木自以为在岛上苦心经营八年了,防控网已经编得天网恢恢,疏而不漏,谁也逃不出去,谁也甭想进来。可他做梦也不会想到,杨大林的双臂马达般强劲,硬是在波涛汹涌的大海里,用一条小舢板冲撞开了他的网,成了唯一一条可以自由出入的漏网之鱼。

就在这光天化日之下,伊赛克和杨大林,还有范汉生,不动声色地串通好了,谋划着一件令佐佐木万劫不复的事情。

万事俱备,只欠东风。想把事情做到神不知鬼不觉,需要有个人迷惑住佐佐木。可整个岛子,除了英莲,没有第二个人能让佐佐木不设防。然而,英莲又死心塌地地和佐佐木好,她怎能忍心伤害佐佐木?只能编织一个天衣无缝的谎言,哄住英莲。

把英莲扯进来的角色,只能让范汉生担当了,父女二人说点悄悄话,才不会被佐佐木怀疑。凭着佐佐木的精明劲儿,露出一点儿破绽,就会被识破,所以,幕后策划者伊赛克,像缩头的老乌龟,藏在峰塔寺里,一动不动,不到关键时刻,绝不冒出头来咬一口。

从表面上看,范汉生想通了,觉得接纳佐佐木远胜于将女儿嫁给杨大林,除了帝国大尉军官的光环,又是个博学多闻的才子,宽容高贵雅致体贴的男人,这样的好女婿,打着灯笼也找不到。想与佐佐木结为秦晋之好,杨家的亲事不退,那是不可以的。

那天,从杨家退亲出来,范汉生是被渔村里的人追撵在身后,一路骂下去,什么见利忘义的势利小人,看人下菜碟的狗奴才,背信弃义肠坏肚烂没心肝的坏东西,什么难听骂什么,直至骂到山门外,山顶上的大狼狗发出愤怒的吼叫。

事情闹到这个地步,佐佐木已经被推到风口浪尖,他不能没有态度了,要么他退缩,颜面丧尽地把英莲拱手相让,要么他挺直腰板,向人们宣誓,英莲就是他的女人。

佐佐木沉着脸,一言不发,持枪在手,清脆地开了一枪,警告着人们,别想抢走英莲,别碰军事禁区。子弹钉进了人们站立着的那株槐树,树上的脆枝老叶,扑簌簌地落,落在了人们的肩和头上。人们愣了一下神,突然猛醒过来,撒开了腿,恐怕跑晚了,小命不保。

一声枪响,让佐佐木的自信陡然竖起,他一眼看透了所有人的软弱,不再担心,他娶了英莲别人会把他怎样。毕竟,英莲和自己好,是自愿的,要恨,就恨范家吧,亲事是范家退的,他没有强娶英莲。

范汉生一副无地自容的样子,拉着女儿的手,哆嗦成一团,惊恐万状地诉说刚才的遭遇。佐佐木觉得很无聊,也不爱听范汉生胆小如鼠的絮叨,转身回到小木屋,让他们父女俩放心地倾诉。

说服英莲的时候,范汉生着实费了一番唇舌。父亲追问她到底是想嫁给杨大林还是嫁给日本人时,英莲愣了,父亲已经退了亲,事情被弄得不可救药了,她与大林哥的瓜葛,被割得鲜血淋淋的,怎么还这样问?

父亲并不解释,只是让女儿回答。英莲红润的嘴唇都咬青了,却一声不吭,她舍不下大林哥,却又离不开佐佐木。

范汉生第一次欺骗女儿,他说,不管你嫁不嫁给佐佐木,只要杨大林留在岛上,早晚会被害死,任何男人都不会容忍情敌的,何况佐佐木还是个拿刀握枪的军人。

英莲不信,她说,佐佐木知书达礼,把岛子当成了自己的家,他会爱岛上所有的人。

范汉生说,净说傻话,不是你挺身而出做人质,杨大林早就被蚂蚁啃死了。

英莲不言语了,父亲说的是实话。

范汉生的眼睛瞄了眼在小木屋里的佐佐木,身子挪到佐佐木的视线死角,偷偷地摸出了几张日本士兵砍下老百姓脑袋的照片,让女儿仔细看。

英莲瞪大眼睛,看了几眼,随即又把眼睛闭上了,恐怖的场景令英莲打起了冷战。

对于照片,英莲并不陌生,母亲就有一张珍藏在箱子里,那是母亲年轻时照的,选妃时用过,美人痣都印得清清楚楚,只可惜末代皇帝对美人不感兴趣。在小木屋里她也见过佐佐木的照片,悬在墙上的一个镜框里,在奉天照的,穿的不是军装,戴着像黑色公鹅头的帽子。佐佐木告诉她,那是博士帽,是学问的标志。

照片不是画片,不会说假话。这几张照片,虽然只是平淡的黑与白,没有血的颜色,却清晰地留下了血腥味儿。范汉生怕佐佐木发现,不敢把照片展示得太久,忙收了起来。英莲抬起头,眼里便有了晶莹的泪花。

善良的英莲,心里清楚得很,父亲也在担心,大林哥会成为照片里没有了身子的人。无论如何,大林哥不能死啊。英莲询问着父亲,有啥办法保住大林哥的命。

两滴混浊的泪从范汉生的眼角爬出,他告诉了女儿,有一艘大火轮能救杨大林,只要在闪灯的时候,英莲能够缠住佐佐木,不让他往外边瞭塔上的灯,杨大林就能登上大火轮,远走高飞。

知道大林哥怀揣着伤痛,要永远地离开自己,英莲有些自责,还有些难过,她不希望山一样的大林哥离开,可她更害怕大林哥身首异处,只能点头答应。

快艇又一次从葫芦岛驶来,蓝色的大海被犁开了一道白色伤痕,那伤痕仿佛割在英莲的心上,把她的心劈开两半,久久不能愈合。如果大林哥逃离了岛子,就意味着永远不会回来。大林哥为了活命,连一句话都不敢说了,就把犹豫中的她完全地推给了佐佐木。

上岛的日本兵,给佐佐木送上来了一套和服,那是佐佐木专门给英莲定做的。佐佐木总是说,如果英莲穿上和服,会比樱子更像樱子。英莲便接受了佐佐木的建议,用穿和服的方式,表达了对佐佐木的以身相许。

佐佐木喜形于色地将一封信递到日本兵手里,让他替自己邮回日本,告诉母亲,不久的将来,她就要当奶奶了,一位最漂亮的满洲姑娘,会为大和民族生下最聪明的儿子。

那天夜里,身着和服,略施粉黛的英莲比渔家姑娘的粗布衫不知漂亮了多少倍。佐佐木喜欢得上下左右不住地欣赏,眼里释放着亮晶晶的光。英莲缠着佐佐木,让他一遍又一遍地教日本的舞蹈。她也学着日本女人的样子,服侍着佐佐木喝日本清酒。下围棋时,还撒娇地玩赖,先占满九个星位,才肯一招一式和佐佐木对弈。英莲的缠绵,让佐佐木的警惕从时间中舒服地滑走。

那个即将震惊日本朝野的计划,在紧锣密鼓地进着,佐佐木却浑然不觉。老毛子伊赛克满脸的胡子,遮住了他所有的表情,也彻底地掩盖住了阴谋的痕迹。

那个让佐佐木缠绵悱恻的夜晚,天气晴好,西北大风,浩荡地刮着,星星繁茂地挤在天空。总是被雾气缭绕的岛子,难得的清爽与透彻。

此时,伊赛克的心像涨满了潮的海。

那艘满载着战略物资的运输船,从葫芦岛港起锚了,经过菊花岛时,用闪烁的灯语和伊赛克交流着。伊赛克克制着内心的颤抖,准确而又坚决地向运输船发射着修正航向的信号,把航向引入了万劫不复的环城礁。运输船丝毫没有察觉,也没有感到异样,听从了一贯正确的伊赛克的指挥,调整了舵位,习以为常地闪烁回感谢的灯。

伊赛克的心跳成了一团,自从成为灯语者,他从没出过错。这一次故意引向歧途,不可避免地要涂炭生灵了。他在胸前画了个十字,心里默默地祈祷着,阿门。

再也不能待在岛上了,一旦有了结果,他将必死无疑,他已经和杨范两家秘密约定,今晚一块儿逃出菊花岛。两家人摇着几条小舢板,悄悄地聚集在岛上另一座山下的海边——唐王洞。那个洞藏过燕太子丹,也藏过大唐天子李世民,还藏着十年前伊赛克拖进这里的橡皮艇。

伊赛克没有选择从正门脱身,那里正对着佐佐木的窗子,稍不留神,就会被发现,撞到枪口上,那就麻烦了,想逃都逃不成了。他选择了绳索,滑下山去,奔向唐王洞。

大狼狗再也看不到伊赛克的异常行为了,更不会发出警惕而又狂暴的吼叫。它在佐佐木的欢声笑语中,吃了范汉生拌了大量河豚血的食物,在麻木中无声地死去了。

伊赛克顺利地下了山,赶到了唐王洞,与杨范两家人汇合在一起。夜色中,魔鬼鱼闪烁着鳍灯,甩着欢快的尾巴,围绕着一溜舢板,驶向了环城礁的方向。

只有杨大林没有走,他在山下望向灯光通明的山顶,等待着英莲。

嘀嘀嗒嗒的电报声骤然响起,佐佐木从欢愉中猛醒过来。他只顾和英莲一块儿快乐了,居然忽略了一件事情,忘了监督伊赛克打出的灯语。自打伊赛克发出求救信号,佐佐木监控着伊赛克的每一句灯语,不允许有一个多余的动作。只有这一次,他高兴得忘乎所以了,居然把监督的事情全丢在脑后了。

随着电文一字一字地蹦出,佐佐木身上的汗雨水般流下。上司责备他,导航灯怎么了,为什么不会闪烁?佐佐木趴到窗口向外望去。果然塔上的航标灯直直地射到海里,几道光柱死了一般一动不动。海里又有一艘大火轮,不停地向塔上闪烁灯光,请求导航。

佐佐木忙着穿衣服,走出小木屋,站在山顶的平台上,把伊赛克这个老东西喊下来,重重地惩罚他。这时候,电报声又一次响起,他立马返了回来。这是一份急上加急的电报,传递过来的消息,让佐佐木目瞪口呆。一船支援太平洋战场的战备物资触礁了,船上幸存的人,又遭到不明身份的人的袭击,估计已经全部尽忠了,一切后果,皆因错误的导航,身为帝国军人,你已罪不可赦。

那一刻,佐佐木长满智慧的脑袋,突然一片空白,内心像是煮在了蒸锅里。他不敢相信,这是事实。

过了好一会儿,佐佐木突然猛醒,抽出军刀,怒气冲冲地冲向峰塔寺,他要冲进那个肮脏的狗窝。

英莲不知道发生了什么,她在担心,大林哥是否逃出了岛子,伸手拉了一下佐佐木,劝佐佐木不要冲动。发生了惊天动地的事件,佐佐木如何不冲动,他的眼里已经没有了英莲,一把将她甩开。

寺里的灯全亮着,亮得灯光通明,过节般热烈。佐佐木抬起脚,怒不可遏地踢开了寺庙的门,冲了进去。

佐佐木完全忽略了,被自己驯化得俯首贴耳的伊赛克会设下陷阱,推开的门扯动了几根细线,几盏灯从上边同时掉了下来,有的掉在了柴火上,有的掉在了木头上。浸满了煤油的柴草与木头訇的一声,冒起了大火。整座峰塔寺,瞬间燃烧起来。

幸亏佐佐木经历过灾难训练,就地十八滚,滚出了火海,滚到了门外。尽管如此,他的身上已经燃起了一个火球。

英莲被突如其来的大火惊得不知所措,尖叫了起来。佐佐木这个滚动的火团,挺起身来的第一个动作就是奔向英莲,凶狠地将军刀插进英莲的肚子。随后,撒开手连滚带爬地赶到山门外,一头扎进水缸,熄灭了身上的火。

锋利的军刀从英莲的腹部贯穿而过。她跪在地上,愕然地看着刀柄,不敢相信,这就是她心仪和崇拜的佐佐木送给她最绝情的礼物。烈火熊熊地燃烧着,照耀出一个红彤彤的山顶。从水缸里爬出来的佐佐木拖着一溜水渍,缓缓地走回来。英莲睁大一双水汪汪的眼睛,迷惑地瞅着佐佐木,痛苦地摇着头,似乎在责备佐佐木,怎么会是这样呢?

佐佐木也跪了下来,突然捧着英莲的脸,两行泪水冲开了被烟火熏黑的脸。他悲恸地说,樱子,陪我走吧,一起去天堂。

英莲闭上了眼睛,说了句,我好疼。随即,身体猛烈地抽搐起来。

佐佐木失常地笑了起来,哼起了一首日本歌曲,踉踉跄跄地走进小木屋,找到了一盏孔明灯。那是他们在欢声笑语中共同在灯上粘出了中国的脸谱和日本的仕女图,也是他和英莲最为融洽和美好的一刻,他是多么怀念那一刻呀,没有欺骗。

他从自己快要烧秃了的头发中,寻出了一绺,割得差不多将头皮一块儿割下了。他抚摸着英莲柔顺的头发,轻轻地剪下一绺,把英莲的头发和自己的头发捆在一起,绑在孔明灯上,点燃起孔明灯,让灯顺着西北风飘向高空。他在心中默念,灯啊,带着我们的心,回归东瀛吧。

做完这一切,佐佐木坦然地从后面抱住英莲,双手握住刀柄,闭紧眼睛,用力地搂过来。军刀从英莲的腹部,贯穿进了佐佐木的腹部,两个人贴得从没有过的紧密。

英莲又说了一句,好疼。

小木屋里的电报声又一次响起,却无人理会了。

佐佐木的双手第一次紧紧地抓在英莲的硕乳上,他感受到了从未有过的弹性与质感。他恐怕丢失了英莲,死死地抱着,紧得指甲都陷进了英莲的肉里。那张被烟熏黑的脸,好像带着一种失望之后的满足。

英莲的脖子向后仰去,大大的眼睛,无奈地睁着,笔挺的鼻子似乎在质问大海。

公元1942年的秋天,佐佐木和英莲的年龄永远停留在了二十八岁和十八岁。

王小鹰小传

　　王小鹰,女,中国作协全委会委员,上海作协理事。曾下乡务农,1978年考入华东师范大学中文系,1985年调入上海作协从事专职创作。

　　主要作品有长篇小说《你为谁辩护》、《我们曾经相爱》、《丹青引》、《长街行》、《假面吟》等,中短篇小说集《一路风尘》、《相思鸟》、《前巷深,后巷深》等,散文集《可怜无数山》、《女人心事》等。

　　自幼喜爱丹青,拜黄宾虹高足王康乐先生为师研习国画。

懒 画 眉

□ 王小鹰

1

母亲在朱蓓蕾少女时候就叮嘱过她:"女孩子要紧的,万不能一点儿小事体就窝在心里头作梗发酵,那样面孔上就会长雀斑,黑芝麻饼一样,五官再端正也不好看了。"

朱蓓蕾长得眉清目秀,加之皮肤又白,打小起就是弄堂里出名的美人坯子。也是因为长得好,被众人宠成了重不得轻不得的小姐脾气,常因一丁点儿事不顺心,便怄气,不吃不喝抹眼泪。母亲就拿长雀斑的话来吓她,好让她改改她的小鸡肚肠。

这一日,朱蓓蕾下了夜班,到医院集体宿舍的淋浴房冲了个澡。对着水汽氤氲的镜子涂抹护肤霜时,忽然发现自己下眼窝黑沉沉的两摊龌龊,怎么搓也搓不去。慌忙抽了两张纸巾抹干镜面上的水雾,凑近了再看,吓了一大跳:竟是密匝匝细小的雀斑集簇成的色素沉淀。两只巴掌倒了许多美白爽肤水在眼睑下拍打了一阵,又涂上一层美白精华霜,再挑了一大坨美宝莲 BB 霜遮盖上去,那两团色素才隐淡了。做完这一切,朱蓓蕾不由得长叹一声,近来,被那桩事体纠缠得寝食不安,面孔上不长雀斑才怪呢!

朱蓓蕾医专护理专业毕业直接就分到市中心一座著名的三甲医院当护士。朱蓓蕾的老公原是总工会的一名科级干部,年前调任总工会下属职工疗养院总经理。他们俩的独养女儿已上高中,跟朱蓓蕾年轻时一样讨人喜欢。他们虽然不是大富大贵人家,却温饱有余,家庭和睦,小日子过得平平安安顺顺当当,朱蓓蕾还会因什么事体寝食不安呢?

369

这桩事朱蓓蕾自己都觉得说不出口，又怕人笑话，又怕人眼红，便闷在肚子里，开始连老公都不告诉，独自绞尽脑汁想对策。

2

朱蓓蕾搭乘地铁回家，进小区已是早上八点钟光景了。不断有匆匆上班去的邻居跟她打招呼，她只哼哼哈哈敷衍着。

朱蓓蕾的家在近郊一座新兴的小区里，是上个世纪九十年代市政府动迁时搬过来的。才来时，周围一片荒芜，什么店家都没有，买棵葱也要乘几站公共汽车。只十多年工夫，却已是高楼林立，商铺比肩，俨然繁华闹市了。

四层楼的两居室，南北通透的客厅，厨房卫生间再加向南的大阳台，朱蓓蕾对自己的家十分满意而珍爱。医院的护理工作要日夜倒班，再忙再累，她总把家收拾得窗明几净纤尘不染，打蜡地板锃亮可鉴。她也效仿时尚，凡来客，必在门厅里脱鞋换拖鞋。早些年，父母健在时，蓓蕾接双亲来新居小住，偏就父亲不肯脱掉脚上换了几次掌底的旧皮鞋。蓓蕾拗不过他，只好拿了两个塑料袋套在他皮鞋外面，气得父亲当下就走，再不肯上她家来了。后来母亲告诉她父亲脚上的袜子不是露脚趾就是裂后跟，他怕难为情，才不肯脱鞋。父母亲节省了一辈子，轮到好享儿女福了，却又相继去世。想到这些，朱蓓蕾心中会泛起淡淡的伤感。

朱蓓蕾到了家门口，不揿门铃，掏出钥匙开门。她晓得这种时候家中不会有人。女儿上高二，是十分关键的一年。学校每天早上七点半就要早自习了。老公的职工疗养院位于青浦淀山湖边上，一个月只有一次休假。有时候要接待团体会议之类的重要任务，便连续几个月不能回家了。

朱蓓蕾进屋先去厨房看看，不出所料，灶头水池中杯盘狼藉；又转去女儿的小房间，果然也是凌乱不堪，被褥团成一堆，衣裳东一件西一件奄拉着。朱蓓蕾苦笑着摇摇头。如今的青春小少女走到外面穿着都光鲜亮丽，在家里却都是父母的小宠物，手从来不碰抹布扫帚，连闺房也不晓得打理。朱蓓蕾虽是嗔怨着女儿的懒，却仍旧心甘情愿地帮女儿收拾残局。日日都是这样，朱蓓蕾早就认命了，并且还为能有个女儿让她操操心而感到充实。

朱蓓蕾轻车熟道手脚爽快地收拾整齐了厨房和女儿的闺房，又用干拖把团团圈圈抹了一遍地，前后左右巡视了一圈，整个家在早晨透明的日光中洁净而冷清。接下来应该为自己做点儿早餐吧？她从冰箱里掏出了隔夜的冷饭还有酱瓜腐乳皮蛋，嗅了嗅又将它们塞回冰箱了。胸口里面堵满了东西，一点儿胃口都没有。接下来做什么呢？当然应该睡觉去，今晚上还要上一个夜班呢。于是折回自己房间，掀去床罩，一屁股坐在床沿上。脑袋却清晰得像一件色彩明丽的粉彩瓷器，哪有丝毫睡意？

那只黄地儿粉彩福寿纹茶壶，父亲一直双手捧着，把玩着，时不时凑着那黄蜡蜡鸭脖似的壶嘴美滋滋地吮一口茶，这是父亲晚年的常态，踱方步、晒太阳、看电视，甚至打瞌睡，壶都不离身。

那壶，明黄底色，一侧画着三颗水红粉白的寿桃，衬在葱翠嫩绿的桃叶中，另一侧画着两只褐红的蝙蝠，振翅欲飞的样子。这一掬满满的色彩斑斓，映着父亲灰脱脱的衣襟，愈发地夺人眼球。

近来，这把壶总是在朱蓓蕾眼前晃来晃去，浓艳绚丽的色彩搅得她心神缭乱。原来，就是父亲这把茶壶纠缠得她寝食不安啊！

3

父亲是老胃病了，最终被确诊是恶毛病时，坏细胞已经转移到其它器官，医生也无力回天，父亲在病床上挣扎了三个多月就撒手人世了。

父亲是个很吃硬的人，总是不想打扰小辈。家人看他每每把那把漂亮的粉彩壶压在胸口，还当是他珍爱那壶呢。后来才晓得他是借那把壶里的热气缓解胃的疼痛。有一次他力气用得太大了，壶把手都拗断了。是母亲用块白胶布把那截断了的把手粘了上去。

父亲去世后，母亲终日郁郁寡欢，将父亲留下的这把断臂粉彩壶宝贝似的护在怀里，面孔在壶身上蹭啊蹭啊，蹭得那三颗寿桃沾了雨露般鲜活，两只蝙蝠在月色朦胧中苏醒过来似的。

朱蓓蕾关照母亲，不好用父亲这只壶喝水的，父亲生的是恶毛病，当心有病毒，要传染的。母亲哪里肯听她？偏偏要用父亲的壶喝水。两年

中篇小说·懒画眉

后,母亲终于如愿以偿到天堂与父亲团聚去了。

朱蓓蕾的哥哥从西安交大毕业后就留在当地工作,并在那里成了家。待母亲去世,朱家老屋就没人住了。老屋位于八仙桥附近一条老式里弄里,是一座三开间石库门住宅二楼的东厢房,虽只有十五六个平米大,却十分敞亮,向南一长排木棂窗,花格,木枢纽。房子已十分陈旧,地板墙壁都已皲裂,厨房卫生间又是上下几户人家公用,十分不方便。朱蓓蕾却对它很有感情,因为她是在这间东厢房里长大成人的,直到结婚才离开它。每到休息日,朱蓓蕾便会换乘两部公交车去老屋扫洒一番,推开木格窗通通风,听那木枢纽吱吱喽喽地哼吟着,那是她儿时听惯了的催眠曲。

不久,父母的老屋也轮到动迁了,据说是香港一家财大气粗的企业要在这块黄金地盘上打造一座集商业与娱乐为一体的新天地。弄堂里有些人家哪里肯爽爽气气跟动迁组签合同?趁机谈斤头,要求多分房或者多分钱。朱蓓蕾的哥哥在电话里关照她,不要学那些小市民分斤劈两的腔调,政府是有政策的,不会让老百姓吃亏的。哥哥是西安一所设计院里的高级工程师,大小也是个部门负责人了。哥哥还说,动迁得的钱他一钿不要,全留着,给外甥女儿以后出国留学用。这让朱蓓蕾感动得哽咽住了,一个"谢"字都吐不出来。哥哥比朱蓓蕾年长了十多岁,哥哥的儿子是去年考取美国一所大学的研究生,而且还获取了奖学金。朱蓓蕾便常常以此来勉励自己的女儿要努力学习。朱蓓蕾从小崇拜哥哥,十分听哥哥的话。于是,朱蓓蕾成了弄堂里头一个跟动迁组签约的居民。

虽说父母并没有什么值钱的东西留下来,朱蓓蕾整理老屋也花了她三四个休假日。卖的卖,丢的丢,让她看得上眼值得留用的家什没有几件。父亲没发病前喜好养花弄草,顶楼公用的晒台一角,有父亲侍弄的十多盆花草,都是些贱养易长的寻常草木,蔷薇啦,杜鹃啦,凤仙啦,还有一棵铁树,不理不睬也日长夜大的。楼里的邻居到晒台来晾衣物,有人有时会夸赞几句父亲养花养得旺,是有福之人,父亲便孩子般地开怀大笑。父亲病倒之后,无人管理这些花草了,便陆续地枯萎下来。晒衣服的邻居都嫌这些空花盆碍事,便将它们七歪八斜地撂在墙角。看见朱蓓蕾来清理老屋,便对她说:"蓓蓓啊,这些花盆你最好也处理掉,你们那边新公房总归有独用的晒台的,拿过去种种花种种草还能派上用场。"朱蓓蕾寻思,自家的阳台已经用塑钢窗封死,做了老公的书房,将这些花盆五斤哼六斤地拎回去也没用,又没地方堆,便找出一只旧纸箱,将花盆摆进去。看看还有空处,厨房里有一些油腻嘎叽的锅碗瓢勺,她也不想要了,便一把塞进纸箱,其中就包括父亲的那把花黄地儿粉彩福寿纹茶壶。

在处理这把壶时她稍有些犹豫,毕竟是父亲的心爱物。可是,当她从碗橱的角落里摸出那把壶时,不禁皱了皱鼻子。那壶因经久没人使用,壶身上蒙了层乌亮的油腻,壶嘴望进去黑洞洞的,厚厚的茶垢上长出一簇簇的绿毛,散发出一股霉味。壶把上的胶布早已脱落,那截残肢也不知去向。这么把破壶,再保存着有什么意思?说不定还会把病菌带进自己整洁干净的家。这么一转念,她便决定舍弃它,随手掼进旧纸箱里了。

朱蓓蕾拎起纸箱一角试试,还蛮沉的。她正犯愁,如何将这一纸箱盆盆罐罐的送到弄堂口的垃圾箱去呢?但听得楼板咚咚响了一通,有人上晒台来了。朱蓓蕾便候着,若是熟悉的邻居,正好相帮她把纸箱抬下去。

声音比人先到:"蓓蓓,你还没走啊?这一会儿马路已经堵得要命了呢。"

朱蓓蕾一见来人便喜了,道:"唐老师你来得正好,帮我把这箱垃圾抬下去好吧?"

唐老师高挑个头却精瘦干瘪,一件灰蓝对襟羊绒衫套在她身上,像吊在衣架上似的。窄窄的面孔上架着一副无框深度近视眼镜,看上去像是朱蓓蕾长一辈的人,其实只比朱蓓蕾大不了几岁,跟朱蓓蕾是从小一起踢毽子造房子玩儿大的闺蜜。唐老师大名叫唐亚娟,师专毕业后在一所初级中学当数学老师,弄堂里许多人家的小孩儿请她补过课,所以大家都喊她唐老师。朱蓓蕾少小时候称她亚娟姐,后来自己女儿上学了,自然也要请唐老师补课,便随众人改口喊她唐老师了。

唐老师探头朝纸箱望望,又伸手倾零哐啷翻拨了一下,中指推推眼镜,道:"这么好的花盆你要丢掉啊?"

朱蓓蕾道:"我们家没地方种花,往哪儿放呢?"

唐老师便道:"你丢给我好了,这回我分到一套底层的房子,前头有块豆腐干大小的天井,正好派上用场。"唐老师住在这座石库门的三层阁里,也是她父母的房子。唐老师近三十岁才谈婚论嫁,男方家也逼仄,没有多余的房间让他们结婚。唐老师的父母便双双去了养老院,让出三层阁给女儿做婚房。唐老师这回也是头一批就跟动迁组签约的户头,这些年她吊在三层阁里吊怕了,就想接接地气,所以选了大多数人家不愿意要的底层房屋。

朱蓓蕾双手合十,笑道:"物尽其用,太好了,要不我们把那几个破锅子拎下去摔摔掉?"

唐老师道:"放着放着,你就不用操心了。隔日我把好派用场的盆挑出来,不要的东西叫我们家老孟去摔。"唐老师的丈夫姓孟,成天喜欢"之乎者也"地显摆他肚子里的墨水,于是弄堂里的人都叫他"孟夫子"了。唐老师又道:"帮我把被单收收,就在我们家吃了晚饭再走,正好避开马路上车辆的高峰。巧了,我煲了一锅老鸭汤,是你爱吃的。"

朱蓓蕾忙道:"不了不了,巧巧今天在家,等着我给她做晚饭呢。"

唐老师一边收被单,一边问道:"巧巧这学期年级统考多少名啊?"

朱蓓蕾帮着叠被单,道:"这学期名次上去了,进了一百名以内了。亏了你帮她补的数学,提了不少分。"

唐老师道:"巧巧脑子还是活络的,不像有的小孩子,讲上去像石头丢在烂泥墙上,回音也没有一个。"

她们俩边说边走出晒台,一个要上三层阁,一个要下楼了。唐老师一脚踏在楼板上,回头道:"巧巧是马上要中考了吧?抽个空我再帮她理一理代数几何,将来考上大学是没问题的,再努力一把,说不定能拼进重点大学。"

朱蓓蕾已下了一级楼梯,仰头道:"唐老师,我家巧巧的高考我就拜托你了。"又下了一级楼梯,忽想起什么,侧转身子道:"唐老师,那纸箱里还有一只断臂茶壶,是我爹爹用过的。当喷壶浇浇花还可以,万不可入嘴,怕有病菌。"

唐老师应道:"是朱伯伯常用的那只粉彩壶吗?我见过,蛮漂亮的,待我看了以后再说……"声音未落地,人已不见了。

后来,朱蓓蕾千百遍地回想那一刻的情景,百思不得其解,当时自己的脑筋是不是出了毛病?为什么要特为提醒唐老师有这只壶的存在呢?日后想起,朱蓓蕾每每恼恨得恨不得扇自己耳光。

4

准确地说,朱蓓蕾近来的烦恼是因偶尔看了一档电视节目引起的,这档节目就是中央电视台热播的《百家讲坛》。

朱蓓蕾平素从来不看这档节目。护士工作很辛苦,要翻三班,下班回家除了必要的家务,就是抓紧时间睡觉,连社会上很热门的电视连续剧她也没劲头看了。

那一日恰巧老公休假回来,朱蓓蕾下了夜班,稍微在床上眯了一会儿,便起来洗切煎炒,弄得满屋子醉人的香味。老公一个月才休假一次,朱蓓蕾尽心尽力翻着花样为他做好吃的小菜。油面筋塞肉炖白菜,芹菜丝炒鱿鱼,萝卜丝红烧带鱼,葱油芋艿,外加一碗小排山药汤,一只只菜碟端上来,都是老公爱吃的小菜。女儿上学中午是不回家吃饭的,朱蓓蕾特为温了一小壶绍兴女儿红,跟老公对斟对酌,你搛我一筷,我添你一勺,恩恩爱爱,叙叙家常,这就是朱蓓蕾的幸福时光。

老公姓乔,弄堂里的人先是背地里称他为"朱家贵婿乔老爷",因从前有部著名的喜剧电影就叫《乔老爷上轿》。后来大家叫得顺了,当面也叫他乔老爷,连妻子和女儿有时也戏谑他乔老爷了。

乔老爷有滋有味喝了两盅女儿红,看看时钟已近一点,忙放下筷,将电视机打开了,说是《百家讲坛》节目开始了,只要赶上他是一集也不肯落下的。乔老爷大学上的是历史系,虽则后来到机关工作,但对历史文化还是情有独钟。朱蓓蕾因老公难得回家,万事都顺着他,便陪他一起观看。

朱蓓蕾记得,那天坐在《百家讲坛》上的是一位长脸小眼睛的中年男士,老公告诉她,此人姓马名未都,可是位了不得的草莽英雄。上世纪八十年代初,芸芸众生对古代艺术品还浑浑噩噩弃若敝屣的时候,他已经开始收藏这些宝物了。如今,他开办了中国第一家私立博物馆,并且著书讲学,传播中华文明。

马未都先生用通俗有趣的历史故事讲解中国古代瓷器的发展历史,乔老爷一边听一边还做笔记。朱蓓蕾却似懂非懂,因欠睡,还不停地打哈欠……忽然,眼门前锦绣一片,把她给唤醒了——原来电视荧屏上出现了

小说月报·原创版二〇一三年精品集

一只漂亮的橄榄形瓷瓶，瓶肚上一只遒劲曲折的桃枝上颤颤巍巍悬垂着数颗蜜黄水红的熟桃，皮下的蜜汁似乎要迸淌出来。

朱蓓蕾心底一动，这幅图案似曾相识，入目为何那般亲切熨帖？待瓷瓶徐徐转至侧面，赫然见一只绛红的蝙蝠。朱蓓蕾弹簧般从沙发上蹦起来，手指戳着电视屏幕，叫道："它它……它！"

乔老爷急道："它什么呀，别挡住我好吧？"

朱蓓蕾也急了，跺下脚，道："它跟我爹爹那把茶壶上的花纹一模一样，只多了几只桃子呢！"

乔老爷笑道："中国画里一样的图案是很多的嘛，特别画到瓷瓶上，一般都会模仿来模仿去的。你坐下，听马老师讲下去呀。"

朱蓓蕾激动不安地坐回沙发，紧张地盯着荧屏，那位被老公崇拜得五体投地的马老师微微含笑吐出的一句话："……2002年中国古董艺术品春季拍卖会的最大新闻，就是香港苏富比拍卖的这只粉彩福寿纹橄榄瓶，成交价是4150万港币……"犹如一支利箭嗖地射入她的耳膜，脑袋轰地就炸开了。不晓得多少时候，也许好几分钟，也许仅仅几秒，朱蓓蕾是没有知觉的，待她回转神来，心口就突突突地跳得厉害。她不露声色入定般呆坐着，却视而不见，听而不闻。久违了的父亲那只断了臂的茶壶，如同盛暑当午的太阳呆呆地悬在她头顶上，她闷闷地问自己：这只瓶卖了4150万港币，爹爹的壶图案跟它一模一样，不过少了几只桃，个头略小了一些，一千万港币总归值得吧？一千万港币啊！

电视屏幕上，马先生眼睛眯成一条缝，笑着跟观众们道声再见，乔老爷意犹未尽地叹道："马老师真是有学问，见识广啊。"又道："可惜我在单位没时间看全这档节目，听讲马老师出了书，去当当网搜搜看，买本书回来学习学习。"

朱蓓蕾突然道："刚才马老师说了吗？那只带桃子的瓶是谁买走的？"

乔老爷想想道："好像说是一个企业家买下的，否则谁有这么大的力道？后来他捐给了上海博物馆。对了，有空的话带巧巧去博物馆参观参观，增长增长知识。"

朱蓓蕾忽地又没了声息，她很想把心里面嗖嗖嗖冒出来的懊丧悔恨和蠢蠢欲动的企望咕噜噜吐给老公听，可是她终于没张口。她生怕老公耻笑她没文化,有眼不识宝物。

乔老爷赔笑脸道:"老婆,你晚上还要值夜班,我们不如现在抓紧时间睡一会儿,巧巧五点钟之前不会回来的吧?"

朱蓓蕾体会得到老公的心思,夫妻俩要个把月才小聚两日,老公自然是想跟自己亲热亲热啰。便依着他,宽衣解带,钻进被窝。

乔老爷百般温存,要在往日,朱蓓蕾早就化成一摊水了。可这一日她却怎么也兴奋不起来,只是由着他,敷衍了事而已。她的脑子却一刻都没有停息过,两年前,在父母家的晒台上发生的那一幕,轰轰然击穿岁月的尘埃,纤毫毕露地横亘在她眼门前,就像戴着眼镜看惊悚的3D电影一般。当年那个傻大姐似的朱蓓蕾,无知地将父亲留下的宝物当垃圾丢进了废纸箱,慷慨大度地送给了唐老师,还特地关照着,不要用那把壶喝水噢,当心有病菌⋯⋯唐老师是怎么应答的呢? 对了,她胸有成竹道:是朱伯伯常用的那只粉彩壶吗? 待我看了以后再说! 要命的是,唐老师那时候就晓得那壶是粉彩瓷了。朱蓓蕾却是今日听了马先生的讲座,方才知晓粉彩瓷在中国陶瓷发展史上的重大意义,它是唯一能够挑战霸主青花瓷的强劲对手啊! 她要早晓得,打死也不会丢掉那只壶的,哪怕上面沾满病菌!

乔老爷完事后便醺然入睡了。做护士工作的女人大都有洁癖,平素,房事完,朱蓓蕾一定要里外清洗一番才肯入睡,此刻她破天荒一动不动地躺着,死死地盯着天花板,她看到的是父亲捧在手中的那一掬色彩斑斓!

朱蓓蕾琢磨着唐老师说最后那句话背后的含义,愈想愈是焦躁不安。唐老师是数学老师,脑筋太活络噢,她的老公,那位道貌岸然的孟夫子,下海办公司前是工艺美术工厂的销售员。他们夫妻俩才不会像自己这般愚昧呢。他们肯定一眼就看出那只壶的价值了,孟夫子有销售渠道,说不定已经将壶变卖了呢!

这么一想,朱蓓蕾的心痛得丝丝吸冷气。白痴! 弱智! 二百五! 朱蓓蕾搜寻最恶毒的词汇骂自己,还狠狠地掐自己的大腿,掐得乌青块都出来了。可是,再严酷地惩罚自己又有什么用? 不成自己就这么成天被无尽的悔恨折磨着,憋憋屈屈地打发日子?

"不!"朱蓓蕾从心底迸发出的声音,很响,惊动了梦中的老公。乔老爷呼地坐起身子,问道:"老婆你怎么啦?"

朱蓓蕾做出懵然无知的口吻，嗔道："你做梦做到什么啦？一惊一乍的！"

乔老爷嘿嘿一笑，扑通又仰倒了。

朱蓓蕾痛定思痛，将近几年自己与唐老师交往的过程有条不紊地分析了一番，慢慢地，心便平复下来。她和唐亚娟是从小一起长大的小姐妹，相处密切而又默契。说实在，她不相信唐亚娟真得了自己那么大的好处会一声不吭，真会在言谈举止中掩藏得密云不雨，回想起来，唐亚娟近两年一直在抱怨自己的房间太小。当初她的三层阁换了底层一室户的动迁房，他们夫妻结婚多年没有生养，夫妻两人住住也还过得去。后来要她补课的学生越来越多，如果多一间房间，或者有个客厅，她就可以在家里开小班，既可多收学生，又省了租教室的费用。唐亚娟也动过换房子的脑筋，她辅导学生积下一笔钱。可她家的孟夫子辞职下海开公司，要有启动资金，结果将她的积蓄全部投了进去，却血本无归，唐亚娟就是为了这桩事情跟孟夫子吵得差点儿离婚。朱蓓蕾心想，如果唐亚娟已将那壶变卖，赚了大钱，她早就可以换大房子，也不会跟孟夫子吵得不可开交了。如此看来，唐亚娟还没有把壶卖掉，也许，他们并没有识透粉彩瓷壶的价值连城？也许，她真就用它做了浇花的水壶？也许，他们还在等候识货的买家？也许，那只壶早已被他们丢弃在哪个犄角旮旯里了？这种种"也许"都有可能发生，唯有问过唐亚娟才能知晓真相！

这么一想，朱蓓蕾躺不住了，一掀被子坐了起来。乔老爷哼哼地问道："几点了？巧巧回来了吗？"

朱蓓蕾道："你再睡会儿，巧巧回来了我喊你。"将被子替他塞严实了，自己迅速穿上衣裤，跑到客堂间，拿起话筒，嘀嘀嘀嘀摁了几个数字，忽又停住，啪，摔下话筒！

朱蓓蕾呀朱蓓蕾，再不可冒冒失失做戆大了。你怎么开口跟唐亚娟提那只壶的事？当初又不是人家强讨强要的，事情又过去了好几个年头，突然要问人家讨还，会不会反而引起唐亚娟的猜疑？唐亚娟可不是弄堂里只晓得跟菜贩子为一毛两毛铜钿纠缠不休的婆婆妈妈，她是数学老师，脑袋比不上一台计算机嘛，总可当得一把算盘吧？她若意识到那把粉彩壶的价值，哪里还肯爽爽气气将壶还给自己？必定要想出个万全之策，既可表明自己的意图，又不能让对方起疑心啊！

朱蓓蕾在电话机旁苦思冥想了半天，也没想出个好主意，直到巧巧下学回家，老公胡乱套了件 T 恤衫，就跟女儿头挨头坐在电脑桌前打游戏了。平素朱蓓蕾是严禁巧巧玩儿电游的，老公回来休假，便开放了。朱蓓蕾暗自叹口气，起身洗菜做晚饭。

5

朱蓓蕾设想了多种方案去向唐亚娟要回那只壶，譬如，装作讨教养花草的经验去唐家，要做出很无心的模样随意道："哦哟，这只壶浇浇花倒蛮方便的，我拿回去用喽！"可是，万一唐亚娟没有用这壶浇花呢？又譬如，买一串大闸蟹拿到唐亚娟家，只称是老公从青浦度假村带回来的，巧巧她们小少女嫌烦，不爱吃，自己一个人吃不了，要跟唐亚娟夫妇共享美味，然后就有理由进唐家厨房察看究竟，借机要回那只壶。可是，万一唐亚娟没有把壶放在厨房里呢？岂不是枉费了那么多钱买螃蟹！

朱蓓蕾为此事纠缠得寝食不安，下眼窝处都冒出了一片雀斑，却仍没想出几句自然妥帖又万无一失的言词来。这日又轮到她上夜班，早上，下了班回家，按理是该定定心睡上一觉的，却哪里定得下心来？坐在床沿上发了一会儿呆，却听得电话铃声"丁零零……丁零零……"叫救命似的响起，朱蓓蕾悚然跳起，抓起话筒就叫出声："是唐老师吗？"她如今已似惊弓之鸟一般了！

"蓓蓓，你心里只有个唐老师对吧？不过，你可不能霸占唐老师哦。你家巧巧明年要考大学，我们阿龙也要升高中了呢！"话筒中爆出的声音括辣松脆，像撒了一地的铜钱，随即又飞出一串哈哈哈的笑声，下了场倾盆急雨一般。

朱蓓蕾自然听出来了，没好气道："金娣，痴头怪脑的！谁敢跟你抢唐老师啦？再说唐老师已经教不了我们巧巧高中的数学了。你呀，把个唐老师当作城隍菩萨般供着，关键还是要小孩子学得进才好呢。"

金娣又哈哈哈地笑起来："我们阿龙哪有你们巧巧聪明呀？不过唐老师可不是尊慈眉善目的菩萨，我们阿龙回来讲，唐老师上起课来像城隍庙里的四大金刚,凶神恶煞,小孩子都怕她。"

朱蓓蕾心里面哼了声,当了面把唐亚娟捧成王母娘娘一般,背后头就这般损她呀?嘴上道:"当老师是要凶点儿好,都像爹娘般宠,小孩子哪里肯听她?"

金娣忙道:"我是讲唐老师好嘛,所以才把我们阿龙托给她呀!好了好了,言归正传,下午碰头,你把你们巧巧高一时的课本带过来好吧?我让阿龙先读起来。"

朱蓓蕾狐疑道:"下午碰什么头?"

金娣喉咙哇地响起来:"朱蓓蕾,你脑瘫啦?今天是什么日子?上半年的聚会你也没有来,你是想跟我们绝交啊?"

朱蓓蕾一惊,扭头看挂历,果然已是十月末尾了!忙冲着话筒道:"你不晓得最近我夜班多,日夜颠倒,日子过得木知木觉。你不要穷凶极恶地喊,弄得我耳朵都痛了。待会儿我找找看,有些课本巧巧复习要用,用不上的下午我先给你带去。"

金娣哈哈一笑,紧忙压低些声,却斩钉截铁道:"淮海路武康路口的喜客咖啡厅,不准迟到一分钟!"又笑道:"最近买了什么新款衣裳?穿过来欣赏欣赏噢。"

原来,这位叫金娣的,也是朱蓓蕾父母老屋弄堂里的邻居。金娣的父母是援疆知青,金娣从小是跟爷爷奶奶长大的,初中毕业就辍学,到一爿剃头店学手艺,后来就自己开了家"金艺发型设计工作室",其实就是小小一个理发店,十几平米的地方,两把理发椅,一个洗头池而已。金娣家的老屋是街面房子,整条弄堂都动迁了,独独留下沿街的两幢,说是保护老街区的风貌。所以金娣一家至今仍旧住在市中心,爷爷奶奶早过世了,底层一统厢房,前店后屋,金娣一家三口倒也很实惠。

朱蓓蕾和唐亚娟青春少女时代就要好起来,她们家境相仿,一个上医专,一个上师范,在这条老弄堂里也算得出挑了。她们起初都有点儿看不起金娣,总是觉得剃头店里女人有点儿不干不净。后来金娣自己的理发店开起来了,弄堂里有了点儿口碑,说金娣手艺不错,且服务态度好,价钱便宜,还能赊账。于是朱蓓蕾和唐亚娟也试着去金艺发型工作室做头发,果然很称心。金娣对她们也是倾慕许久,为她们打理头发分外尽心。一来二往,三人便成了无话不说的闺蜜。朱蓓蕾长得好看,追她的人很多,也是三个人中头一个谈恋爱的。每次跟男朋友出去约会,次日便一五一十地向两位小姐妹汇报,金娣和唐亚娟会帮她出主意,下次约会该如何如何的。轮到金娣谈恋爱,朱蓓蕾和唐亚娟都是反对她跟从安徽来上海做装潢生意的阿施交往,无奈阿施追得紧,金娣一不小心就成了他的人。唐亚娟临近三十还没有对象,朱蓓蕾和金娣自然为她着急,四下打探合适的人。还是阿施在为工艺美术工厂的门店做装潢时认识了才离婚不久的孟夫子,金娣见他谦谦君子儒雅模样,人又活络,便介绍给了唐亚娟。一个要寻老婆,一个急于嫁人,两人一拍即合,倒成了一段姻缘。金娣每每以唐亚娟大媒人自居,硬让儿子阿龙认了唐亚娟做干妈。

她们这条弄堂拆迁造大商场,三个闺蜜就此东西南北地住开了。开始都怅怅然依依难舍,便相互约定,每季度要碰一次头,时间是三月、六月、九月、十二月的头一个礼拜天下午,地点挑来挑去挑中淮海中路思南路口的仙踪林茶室,一是此地于三个人的住址交通都很便利,二是此茶室下午茶有无限畅饮的优惠。

头一年头一次聚会,三个人都早早到达仙踪林。朱蓓蕾特为穿上新买的黑色长丝绒薄大衣,里面是枣红的羊绒套衫配上一袭银灰开司米的长裙,原就身材婀娜,愈发的风致韵绝仪态万方了。金娣拖住她又恨又爱地叫道:"蓓蓓,你还让不让我们做女人啊?"其实金娣也是精心挑选的衣裳,橙黄红绿自由花蝴蝶袖毛衣,头颈里套了两串闪闪烁烁叮叮当当的长项链,真像一只飞来飞去的花蝴蝶。唐亚娟虽还是老派的衣衫,可头发明显修饰过了,蓬蓬松松,还拉出一绺刘海儿来。总之她们都非常看重这次聚会,都有一肚子话要倾诉,话题一个还没结束,另一个就抢先开始了。她们的茶水续了又续,都淡得没味道了,可她们的兴致却一直浓郁。直到天擦黑,橱窗外霓虹灯路灯忽啦啦都亮起来,系着花格子围裙的女招待客客气气对她们说,小姐,我们店下午茶结束了,你们要不要点晚餐呢?她们方才磨磨蹭蹭地离席,又互相叮咛,下次聚会别忘了哦!

第二次聚会是在六月,朱蓓蕾的女儿和金娣的儿子都面临期末考试,两个人在席间就有点儿心神不宁,唐亚娟也说晚上有学生来补课,不能坐太久。于是天南海北闲扯了一通,只续了两潽茶就散了。下半年的两次聚会愈是不成气候，不是这位迟到，就是那个早退，各家都有各家的烦心事。她们倒还能互相体恤，大家一商议，都说聚会还是要聚的，只是把每季度聚一次改为半年聚一次，放在五月和十月的最后一个礼拜天，地方也改到武康路附近的喜客咖啡店。因为那家仙踪林不能承受淮海路年年涨价的房租，已经关门打烊。而这家喜客价钱虽贵些，但环境幽雅，更重要的是它也有下午茶无限续杯的优惠。

这一年五月份末尾的那个礼拜天，正巧乔老爷休假在家。朱蓓蕾权衡了一下，老公赚钱养家这么辛苦，难得回家，不陪陪他，真有点儿说不过去。跟唐老师、金娣的聚会嘛，反正平时也经常通电话，真碰了面也是没太多新鲜话题，便给金娣发个短信，借口医院临时调班，请不出假，就没有去赴约。

倏忽竟又到了下半年聚会的日子！朱蓓蕾近日来脑筋里只有那只壶，却把聚会的事情忘到八荒之外去了。经金娣这么大声一喝，将她魂灵儿唤了回来。放下电话，定定神，暗忖："倒是一个机会呢。碰到唐老师，寻个空当，当面问她，反显得随意，而且还可察言观色，看她说的是真是假。况且还有金娣在，更可以调剂气氛，避免两个人的尴尬。"这么一想，倒对下午的聚会有了些期待。

睡觉是睡不成了。朱蓓蕾先是去小区里的一爿美发店洗了头，重新吹了个大波浪的发型。回家后，对着镜子自己又梳理了半天，方才差强人意。自搬迁后，离金娣的理发店远了，她一直没找到合心的发型师。小区里倒是有好几家理发店，做出来的发型都硬翘翘像假发套，必得自己重新梳理一番，将头发调教得自然一些才行。

朱蓓蕾的五官纤巧精致，特别是两根脉脉远山般的眉毛，亦颦亦蹙，令人遐思。只是随着年龄渐长，眉形也疏落松散些许。平素，朱蓓蕾只用深灰色的眉笔稍加描画，便浑然一体。此刻又添了眼影和眼线，愈发柔情绰绰起来。

接下来便是挑选衣裳。朱蓓蕾唰地拉开大衣橱，衣橱里挤挤插插都是她的衣服，老公的几件西装和夹克衫被挤在角落里。朱蓓蕾翻拨了一阵，却找不出一件合适这个聚会穿的。去武康路口的咖啡店，那是个有文化底蕴的高档场所，总不能穿得太背时太土气，又不能太花枝招展三陪女似的。朱蓓蕾穿衣服还是有点品位的,衣料质地要考究点儿,色彩要含蓄点儿,款式再典雅点儿。其实符合这几个标准的衣服她并不缺,只是大都是旧物,金娣、唐亚娟都看她穿过。方才金娣电话里还叮嘱她要穿新买的衣服去赴约呢。自搬迁到近郊小区居住,上下班花在路上的时间多了一倍。朱蓓蕾从医院到家,家到医院,真有好长时间没去逛南京路淮海路上的百货商店买衣服了。小区附近的镇上虽也有服装店,可哪里有入得了朱蓓蕾眼界的东西?

朱蓓蕾犹豫片刻,便抽出一件墨绿色长款收腰的羊绒衫,一条水磨蓝牛仔裤,虽是旧衣,却不同的搭配,也可穿出新意。关键在于她想今天赴约的真正目的是去向唐老师讨还那只粉彩壶的,还是素简点儿好,不是说哀兵易胜吗?

想着下午茶点有点心水果,朱蓓蕾只煮了一小碗水泡饭,就着酱瓜腐乳胡乱地倒进肚子。随后套上衣服,在镜子前转了一圈,清丽素雅一妇人,自己还很满意。

朱蓓蕾正待出门,电话铃又闹。她揣摩定是金娣来催自己了,便没好气道:"你是白无常还是黑无常?索人命啊?"

话筒里冒出来的却是男人的声音:"小妹,你跟谁吵架?火气那样大?"

朱蓓蕾一听是哥哥,忙抱住话筒,笑道:"哥,我还以为是金娣呢。"

原来在西安工作的哥哥刚办了退休手续,准备过年回上海探亲,要朱蓓蕾替他们一家预订下榻的宾馆。

朱蓓蕾伤感道:"哥,何必订宾馆?我让巧巧跟我们睡,你跟嫂子住巧巧的房间。除非你嫌我家狭小,容不下你这位大教授。"

哥哥在遥远的那座古城中快乐地哈哈大笑:"小妹,哥怎么会嫌你家狭小呢?想想从前,我跟你挤在阁楼上睡觉的日子,不是也很开心吗?你嫂子说,你要翻三班,不给你添麻烦,住宾馆,省得你操心我们的衣食起居了。"

朱蓓蕾放下电话,心情因感受到哥哥传递过来的亲情而松畅许多,忽然就有灵光一现:对呀,何不假托哥哥回来探亲的名义去向唐老师打探壶的下落呢?哥哥好像就是老天派来帮自己渡难关的使者啊!朱蓓蕾主意一下子笃定下来,且信心满满。少女时代,哥哥曾是整条弄堂里青年人的楷模,也是女孩子们暗中崇拜的白马王子啊。

6

朱蓓蕾从地铁口钻出来,劈面撞上半街灼灼的阳光,连忙取出墨镜戴上,原以为秋意渐深,日照应该温煦柔和了的。一张阔大的半是金黄半是焦红的梧桐树叶吧嗒落在她肩上,又顺着她手臂壳落脱掉在地上,被她一脚咕嚓踩扁了。

过了马路,拐个弯,朱蓓蕾便看见喜客咖啡店那古雅的墨绿色木格落地橱窗了,忽然就有一张浓妆艳抹的圆脸贴近玻璃,朝自己挤眉弄眼说着什么,只看见那红的唇一会儿撑圆一会儿撮起,却听不见声音,正是金娣呀。朱蓓蕾紧着步子推门进去,金娣已从沙发座椅中跳起来,哇哇地招呼着:"蓓蓓,这边,在这边……"引得其他顾客纷纷引颈寻望。

朱蓓蕾轻轻嗔道:"嗳嗳嗳,轻点儿声好吧?又不是小菜场卖菜的,要拔直喉咙吆喝!"说着,脱了米色风衣,坐下了。

金娣早习惯了她的指责,不恼她,也不理会她,依然亮着嗓大惊小怪道:"蓓蓓,你身上这件羊绒衫好多年了吧?还在穿啊?为什么不穿新衣裳?我又不会要你的。"

朱蓓蕾真是哭笑不得,道:"人家刚出了夜班,晚上还要做夜班,回到家补睡都来不及,哪有心思换衣裳?哪像你这般养尊处优哦……"一边就拿眼睛上上下下地剜她。金娣今天穿了件十分时尚的豹纹绒线连衣裙,只及膝盖,圆鼓鼓的小腿上套着网状黑丝袜,愈显得粗硕。朱蓓蕾使劲忍住了没有笑出来,她从来不敢苟同金娣的审美观。往深处想想,如果金娣不这么嚣张地打扮,她还能怎样打扮才好呢?

金娣撒铜钱般咯咯笑起来,不无得意道:"我怎么养尊处优啦?每天要服侍多少只脑袋?站得脚骨都麻了。"

朱蓓蕾心想,你再不这样站,腿要更粗过象腿了!嘴上为她留了点儿情,因问道:"唐老师……她今天来不来?"

金娣扬起描成细铅丝般的眉,道:"当然要来,我都停了半天生意,她哪敢缺席?她要换两部车,现在一定在路上了。"忽就把丰满的胸脯往前耸了耸,隔在桌面上,压低声道:"待会儿她到了,千万别提她家的孟夫子,他们俩现在闹得死去活来……"杏眼骨碌碌四周转了圈,大惊小怪道:"孟夫子外面的野花被唐老师捉住啦!"

朱蓓蕾跷食指压住自己的唇,嘘的一声!金娣虽已是收着声音,却还是聒噪得很。朱蓓蕾早就晓得唐亚娟的婚姻会有这种结果。当年她跟金娣做唐亚娟的伴娘,身为新郎的孟夫子暗地里好几次在自己身上摸一把捏一记地揩油,朱蓓蕾心里就明白,这男人花拆拆,不会太太平平跟相貌老气的唐亚娟过日子的。她瞪了眼金娣,嗔道:"还不是你做的好媒人!"

金娣冤枉鬼叫起来:"我不过介绍他们认识,唐老师自己一眼相中的嘛!要怪也怪她自己没有手段抓住男人……"忽就闭了嘴,因隔着玻璃,正看见唐亚娟急匆匆地横穿马路。一辆电动自行车在她跟前紧急刹住,差点儿没撞着她。那骑车人挥着一只手,气急败坏地冲她说着什么,她却毫无知觉般只顾闷头向前冲。金娣拍拍胸脯道:"吓死我了。我骑车子最怕碰到唐老师这样的行人,穿马路像在自家客堂间里,横冲直撞的。"朱蓓蕾抢白道:"我穿着马路最怕碰到你们这种骑电动车的人,好像都得了色盲,红绿灯颜色都分不清。"两人正抬杠,唐亚娟推开咖啡厅的弹簧门进来了。

唐亚娟跑得急,待坐定,仍一口一口喘着气,眼镜片上蒙上了一层白雾,便摘了,用纸巾使劲擦拭着。在咖啡厅橙黄幽静的光线中,唐亚娟瘦削狭长的面孔愈发显得蜡黄憔悴,枯叶片似的。

朱蓓蕾一边帮她抽纸巾,一边关切道:"唐老师,跑这么急干吗?我们三人碰头,又不是单位里开会,早点儿晚点儿有什么关系?"她内心暗暗庆幸唐亚娟脱了眼镜,一定是看不清旁人面孔上的表情的,正好让自己掩饰情绪,把脸上的笑容调节得自然一些。

唐亚娟终于擦净了眼镜片,将它架上鼻梁,朝金娣一抬下巴,道:"你问她,她在电话里说,迟到一分钟,就要罚我替她儿子白补一学期的课!"

金娣捂住嘴笑得弯下腰,笑定,点着唐亚娟道:"人民教师也这般财迷呀?为了一点儿讲课费,跑出心脏病来,亏得更大了呢!"

唐亚娟在金娣厚厚的背脊上刮了一下,恨道:"你说说你呢?下午歇掉半天生意,夜工不开到十一点不会收场的。蓓蕾,你信不信?今晚我们到她剃头店打秋风去!"

朱蓓蕾笑道："好呀，我正想让金娣替我修修发型呢。你看看，我们那边的理发店，做出的头发，一点儿腔调也没有。"说着，摇摇脑袋，让头发蓬松一些。

招待小姐已经在她们桌边站了一会儿了，看着她们嬉闹。金娣忙坐直了，正经道："各位喝点什么？咖啡还是茶？尽管要，今天我来买单。"

朱蓓蕾忙道："你已经损失半天生意了，我来我来。"

唐亚娟道："大家都不要争，还是老规矩，AA 制爽快。"

于是金娣要了珍珠奶茶，朱蓓蕾点了卡布奇诺咖啡，唐亚娟叫了壶茉莉花茶，另有曲奇饼干、开心果、薯条等小点心。

朱蓓蕾小小地吮了口咖啡，暖暖的感觉从喉口一直贯入肺腑。就在她们三人互相调侃互相谦让的这几分钟内，她像又回到从前的老弄堂里，她跟唐亚娟、金娣一有空就凑在灶披间后门口，唧唧喳喳说着少女之间说不完的话，也要争，也要吵，却心无芥蒂，愈争愈吵愈要好。她极想将这种融洽感保持下去，不料那只色彩艳丽的粉彩壶忽地跳了出来，撑满她的思绪，将她才松快了一时的心又揪紧了。她立马笑容勉强，目光游移起来。一个念头蛇一般纠缠着她，百般挣扎也摆脱不了：该在什么时候，用什么语气跟唐亚娟提那只壶的事呢？

已婚女人聚在一起，经典的话题便是老公和孩子。可是先前金娣已关照过朱蓓蕾，唐亚娟两口子正在闹离婚，千万别提孟夫子，于是她俩只好东拉西扯其它话题。金娣就说她剃头店里的八卦："现在这些 90 后的小姑娘，蓓蓓，你家巧巧排除在外，奇出怪样的想法真叫人看不明白了。前日来了个姑娘，看看长相蛮登样的，偏要我把她两鬓剃得煞青，头顶心留下一撮还要染成酒红色。我好心劝她几句，她反倒笑我不懂时尚。笑话吧？我金娣不懂时尚，还敢在这闹市区开发型工作室？"

朱蓓蕾笑道："你就差了一口气，这种叫做搏出位，吸眼球，懂吧？"说着偷眼看唐亚娟。唐亚娟专注地品茶，茶的热气又模糊了她的镜片，她又摘下眼镜擦拭着。朱蓓蕾也想到病房里的一则奇闻，便道："不要讲年轻人心思活络，七老八十的心思也活络起来。我们病区有个老头子，来做心脏搭桥手术的。老婆天天熬了营养的汤送来。老婆前脚走，隔脚就有一个徐娘半老的女人过来，跟他一道分享美食。老头子还美滋滋告诉病友，这女人是他的舞搭子,两个人是在公园里跳交际舞认得的,跳来跳去就跳到一张床上去了⋯⋯"故事未说完,朱蓓蕾只觉得桌底下脚尖被狠狠踩了一下,痛得断了言语。刚要叫,看见金娣凶巴巴地朝自己瞪眼,忽然醒悟自己讲的故事恐怕会触痛唐亚娟的神经,连忙话锋一转,道:"不过那老头子前几天莫明其妙翘辫子走了。"

金娣附应道:"天报应!老天眼睛是雪亮的呀。"

她们两人同时去看唐亚娟的反应,唐亚娟依然在擦镜片。她终于擦净了镜片,戴上了,眼珠躲在镜片后面,便显得自如灵活起来,浅浅笑道:"你们不要等我讲新闻噢,我上课的时候若是弄点儿奇谈怪论出来,家长哪个敢把小孩子送到我手中啊?金娣,先你就要骂死我,对吧?"

金娣连连点头,道:"唐老师上起课来,小孩子都毕恭毕敬,动都不敢动的。"

唐亚娟嗔道:"你把我描写得凶神恶煞似的,你问你家阿龙,我是那样的吗?"

金娣忙道:"唐老师你不要误会,我是讲你教学方法得当,小孩子都爱听嘛。"

朱蓓蕾便把带来的课本拿出来,道:"金娣要我把巧巧高一的课本带给阿龙,唐老师你看看,阿龙有必要先看起来吗?"

唐亚娟拿起课本翻了翻,道:"金娣总是恨不得一时三刻把她儿子培养成天才!性急吃不了热豆腐,你既然把阿龙交给我,你自己就不要再横插一脚轧闹猛了,否则让阿龙到底听谁的呀?"

金娣头点得幅度更大了:"当然一切都听你唐老师的啰!"不过仍将朱蓓蕾带来的课本塞进了自己挎包里去了。

招待小姐来为她们各自的饮料续了杯,唐亚娟却站了起来,道:"肚皮里灌下一壶水,我去趟洗手间。"

朱蓓蕾心一动,机会来了,便也立起身道:"我也去洗手间,金娣,你在这儿看住包啊。"她想,还是先单独跟唐亚娟说壶的事,免得让金娣把事情搅得鸡飞狗跳的。

朱蓓蕾跟着唐亚娟进了洗手间,却根本不想上厕所,装模作样关了门,立了一会儿,又哗地抽了下马桶,只为让唐亚娟听见。两人并排站在洗手池边洗手,唐亚娟又褪了眼镜,用清水冲了冲,再抽纸巾擦干。趁她还未戴上眼镜之际,朱蓓蕾从镜子里盯牢她,用随意的口吻道:"唐老师,我哥退休了,过年要回来探亲呢。"

唐亚娟一边仔细地擦着镜片,一边道:"你哥回来,我们聚一聚。当初还是他鼓励我考的师范。"

朱蓓蕾紧咬着她的话尾道:"我哥说,想把我爹常用的那把茶壶带回去,当个纪念。唐老师,那把壶你派了什么用场?我买把新的给你,你把那把破的壶还给我好吧?"

唐亚娟正好戴上了眼镜,眼珠显得雪亮,在镜子里冷峻地横了眼朱蓓蕾,道:"什么壶,你爹用的茶壶怎么会在我这儿?"

朱蓓蕾的心咯噔撞在肋骨上,暗自恨道:装傻!慌忙稳住情绪,勉强扯出个笑,道:"咦?你忘啦?那年我在老屋清理东西,理出一纸箱旧锅旧碗旧花盆,你说你家有天井,好派上用场的,我就都给了你的。那把茶壶就在纸箱里,我还特为关照你,我爹用的,怕有病菌,当浇花的喷壶是可以的。"

唐亚娟皱了皱眉头,道:"哦——好像是有这么回事,不过花花草草瓶瓶罐罐的事体向来都是我家老孟处理的,我回去问问他,再给你回音。"

朱蓓蕾张了张嘴还想说什么,唐亚娟已经朝外面走去,朱蓓蕾只好合拢双唇,跟在后面回到餐桌边。

金娣兴致勃勃道:"我又定了份意大利肉酱面,一份总汇三明治,索性吃个尽兴,回去省得吃夜饭。"

唐亚娟却道:"不行不行,我差不多要走了。原本下午有学生要补课的,我让他们晚两小时来。"抬腕看了眼手表,便起身穿风衣,又拿出一百元钱放在桌上,道:"路上怕堵车,我先走一步了。你们俩慢慢聊吧。"竟头也不回地出门去了。

金娣恨道:"唐老师现在赚钱赚疯了,补一小时课,一个学生五十元,十个学生便五百元。两小时呢?三小时呢?这才叫做见利忘义呢!"

朱蓓蕾哑然,她没料到唐亚娟会如此迅速地一走了之,真让她有点儿猝不及防。她本打算分别时再跟唐亚娟关照两句,唐亚娟却完全不给她这个机会,这说明唐亚娟心中有鬼!什么有学生补课,分明是临时想出来的借口啊。这么一分析,朱蓓蕾的心陡然沉重起来——看来要讨回这只壶还没那么容易呢。

意大利肉酱面和总汇三明治端上桌,朱蓓蕾哪里还有胃口?挑了几束面,塞入口中味同嚼蜡。金娣跟她说这说那,她老走神,对答牛头不对马尾的,把金娣惹火了,隔着餐桌伸手拍了她额头一下,气咻咻道:"怎么唐老师一走,就把你的魂灵带走了啊?"

朱蓓蕾忙赔笑道:"哪里呀,我晚上要上夜班的,得赶回去替巧巧把晚饭端整好。"

金娣夸张地把脑袋摇得像拨浪鼓:"得得得,心不在这里了,空坐着做啥?我也无趣,回吧回吧。"便招呼招待小姐买单,又将吃剩的意面和三明治打包,塞到朱蓓蕾手中。朱蓓蕾又推还给她,道:"你晓得的,巧巧嘴巴刁,不爱吃人吃剩的……"一想不妥,忙截住了。

金娣倒也爽快,道:"巧巧是金枝玉叶嘛,我家阿龙原就吃百家饭长大的,不计较这些。"便将打包盒塞进了挎包里。

金娣骑上电动自行车轰隆隆地跑了,朱蓓蕾走下地铁口,略回头,看到地面上风赶落叶抖抖瑟瑟地翻滚着,心想,从前要好的轧扁头的小姐妹,难得聚会一次,竟就这么草草收场。胸口蓦地化开一丝伤感。

7

近几日,朱蓓蕾手机 24 小时地不关机。她们在病房值班,规定不能随意接听电话。她就把手机调到振动档,放在贴肉的裤兜里。她生怕错过唐亚娟的电话。可她心心念念地等了三天,唐亚娟始终没有给她回音。

朱蓓蕾暂压住满腹的焦虑,仔细回想聚会那日唐亚娟的神情,愈想愈觉得疑心。唐亚娟先是矢口否认,你爹用的茶壶怎么会在我这儿?后来抵赖不过,只得承认好像有这么回事,却一股脑儿推给孟夫子,说回去问问孟夫子再给自己回音。金娣不是说她跟孟夫子闹离婚,孟夫子被她逐出家门了吗?她怎么去问孟夫子啊?再想到唐亚娟托词给学生补课匆匆离去的行径,分明心怀鬼胎,不敢与自己对质呀!这么一路想下来,朱蓓蕾心中堵满了悲恸之情,愤愤道:"亚娟啊亚娟,只为了那只粉彩壶,你就忍心抛弃我跟你几十年珍贵的友情吗? 心里面的问号一掷出,倒把她自己问住了:

为了这几十年珍贵的友情，自己能不能不再去追问那把粉彩壶的下落了呢？

朱蓓蕾挣扎好一会儿，却因那壶可能赢得的巨额钱财而使她不能释怀，并终于为自己找到了理由：这只粉彩壶原本就是朱家的东西，是爹爹的遗物，我去追回它理所应当且义不容辞呀！这么一想，她便理直气壮起来，决定主动出战，索性直截了当给唐亚娟打电话。

朱蓓蕾捏着话筒，听着对面"丁零零丁零零"的呼唤声，心就莫明地悬到了喉咙口。

"喂，哪位？"对面终于回应了，声音压得很低，密语似的。

"是我呀，唐老师。"朱蓓蕾攥紧了话筒，好像捉住唐亚娟的手臂，不让她逃遁似的。

对面沉默了一会儿，还是密语般的低声："哦，蓓蓓，我这儿有几个小孩子在补课呢，晚上我给你打过去。"

"嗳嗳嗳，我就一句呀。我爹的那把壶，你问过孟夫子了吗？"朱蓓蕾像摔掉拉了弦的手榴弹般把话吐出口，等待回答时，仿佛心猝停，透不转气。

"哦——我家老孟说，那年他只捡回几只完整些的花盆，其它东西都丢掉了呀。"唐老师说这句话时一点儿不打嗝愣，顺溜得似小学生背书一般。

朱蓓蕾却急了，机关枪似的道："怎么可能丢掉呢？当时你自己说的，那只粉彩壶蛮漂亮的，我还关照你，不要当茶壶，怕有病菌，可以当浇水壶的……"

"蓓蓓，"唐亚娟声音抬高了些，打断道，"我骗你做啥？一只断臂破壶，难不成我吞咽了它？好了好了，不说了，小孩子等我批题目呢。"话音未落，咔嗒，电话已挂断了。

朱蓓蕾呆呆地盯着话筒上的小洞，恨不得钻进去一把抓住唐亚娟。她认定唐亚娟是在骗自己，明明晓得那是把粉彩壶，现在倒说它是破壶了，真当我是她手中那些小孩子了！

唐亚娟一口咬定那把壶已经丢掉了，这让朱蓓蕾的情绪降到了冰点以下。一时间，她的脑壳像中了病毒的电脑屏，一片漆黑，不晓得接下去该如何措置这桩事体。再打电话追问吧，唐亚娟死不改口怎么办？就此放弃吧,这么值钱的宝贝活生生被别人占去,又于心不甘。正焦灼无奈间,巧巧放学回来了。

巧巧一进家门就嚷:"妈,我要早点儿吃晚饭,跟初中同学约好了,晚上去唐老师家送蛋糕去!"

朱蓓蕾猝然一惊:"怎么突然想起给唐老师送蛋糕了?"

巧巧嘟起嘴道:"妈,你更年期啊?今天是唐老师生日呀。也是你说的,做人不能有事有人,无事无人,不能忘记唐老师的功劳。"

朱蓓蕾的心骨碌翻了一下,真把唐亚娟生日忘了!那年巧巧中考,唐亚娟突击替她补了一阵数学,果然考上了区重点。朱蓓蕾当时是发自肺腑地关照巧巧,永远不能忘记唐老师的恩德呀。忽然心头一亮:何不趁巧巧去唐亚娟家送蛋糕的机会,让她做一次"小侦探"呢?转身进厨房替巧巧端整晚饭。有隔夜剩下的罗宋汤,炸两块猪排,炒了盘青豆蘑菇蛋炒饭,热腾腾地端上桌,招呼巧巧来吃。

朱蓓蕾坐在巧巧一侧看女儿吃得狼吞虎咽,这是做母亲最大的享受。巧巧长得不像妈妈那般纤柔秀美,却像爸爸般敦厚可爱,朱蓓蕾是横看竖看愈看愈喜欢。巧巧很快就把一大盘蛋炒饭扫光了,便有滋有味地啃猪排。朱蓓蕾笑道:"吃慢点儿呀,又没人跟你抢。"又道:"你待会儿去唐老师家,妈托你一桩事体,好吗?"

巧巧满嘴的肉,只"嗯"地应了声。

朱蓓蕾道:"你还记得从前外公用的那把茶壶吗?"

巧巧歪着脑袋吧嗒吧嗒眨了会儿眼,道:"是不是有两只桃子的那把壶呀?"

"对呀对呀,"朱蓓蕾为巧巧还有记性高兴,道,"小时候你老是爬到外公膝盖头要去摘那两只桃子,外公就摸出钞票给你买真桃子吃。"

巧巧颇为得意地晃了晃脑袋,问道:"妈,这把茶壶呢?我好久没见着了。"

朱蓓蕾忙道:"这把壶我送给唐老师了呀,她家有天井,可以种花,可以用那把壶当浇花的水壶。唐老师开口要,妈当然就送给她了呀。"

巧巧已经啃光了两块排骨,抽了张餐巾纸擦着油光光的嘴,问:"送就送了,妈,你要我做什么事呀?"

朱蓓蕾吸了口气道:"你大舅打电话来,他想要这把壶留作纪念。妈都没敢告诉大舅壶已经送人了,大舅肯定要责怪的……"

"妈,你想让我帮你去跟唐老师要回这把壶呀?"巧巧到底是个精明的孩子,一语点穿朱蓓蕾的心思。

"不是不是。"朱蓓蕾慌得摇头,巧巧哪里是唐亚娟的对手?不被唐亚娟训斥几句才怪呢。"妈晓得的,你看到唐老师开不了口的。妈只想你去她家留意观察一下,看看那把壶唐老师放在哪里?在派什么用场?倘若只是当浇水壶,妈去买只质量上乘的浇水壶送给她,将外公的壶换回来,岂不两全其美,对吧?"

巧巧不语,只顾喝汤,喝了几口便放下了调羹,嚷着:"胀死了胀死了。"立起身,背起书包往外走。朱蓓蕾追着她道:"妈关照的事记住了吗?"

巧巧不屑道:"记住了,这点儿小事!妈我走了!"

朱蓓蕾奔到楼梯口,听得女儿噔噔噔噔鹿儿般下楼的脚步声,喊道:"早点儿回来,打出租车……"已经没有回应了。

朱蓓蕾明日是早班,凌晨五点便要出家门的,靠在床上却毫无困意。她想,总归要等巧巧回来问个究竟才好定心啊。只要巧巧在唐亚娟家看见了那只壶,自己便可胸有成竹地再给唐亚娟打电话,不怕她再抵赖了。

巧巧过了九点方才回家,她以为妈妈肯定睡着了,便蹑手蹑脚推开自己卧室的房门。朱蓓蕾正煎心揪肠地等女儿带回要紧的"情报"呢,自然不会放过一丁点儿动静,巧巧开门锁的咔嗒声早就传入她耳朵,便扬声道:"巧巧回来啦?"

巧巧担心妈妈会嗔怪自己回家得太晚,只探进一只脑袋,讨好地笑道:"妈,你还没睡呀?明早你不用替我买早饭,我去新亚大包吃咸豆浆好了!"话一出口就缩回头,不容朱蓓蕾盘问。

朱蓓蕾却跶着拖鞋追到巧巧房门口,问道:"妈托你的事呢?"

巧巧正脱外衣,怔忡道:"什么事?"

朱蓓蕾急道:"咦,不是让你留心观察一下,外公那把茶壶,唐老师在派什么用场呀?"

巧巧"噢"的一声,道:"事体我问过唐老师了,她说那把壶本来就断了臂,浇起花来很不方便。她不当心滑脱,摔得四分五裂,早就丢掉了。妈,跟大舅说一声,大舅不会计较的。好了,妈,我要睡了。"

朱蓓蕾不晓得自己如何回转房间的,胸口因塞满了愤懑而隐隐作痛。巧巧的话愈是证实了唐亚娟存心在吞没这只粉彩壶了,你看她跟自己说一套,跟巧巧说的又是一套,撒谎都不用打草稿!可自己还能有什么法子去揭穿她,去讨还这只壶呢?

便又是万千遍地辗转反侧,彻夜未眠。

8

次日,朱蓓蕾上班时头重脚轻心不在焉,差点儿把两个病人的针药搞混了。幸而多年护士工作养成了她进针前检查一遍药品的习惯,才没酿成大祸,自己都吓出了一身冷汗。护士长看她失魂落魄的样子,摸了摸她额头,因问道:"蓓蓓,你是不是病了?"朱蓓蕾连连摇头,自己咬自己舌头,提醒自己上班时脑筋不要开小差。医院里年年评先进,年年都有朱蓓蕾的份。朱蓓蕾还是很爱惜自己的名声的。

好不容易熬到下午两点,上中班的同事来接班了。朱蓓蕾照例去淋浴房冲澡。当热蓬蓬的水夹头夹脑浇下来时,朱蓓蕾的脑袋霎时间清爽灵活起来,暗忖道:"对呀,何不找金娣帮下忙?她儿子还在唐亚娟那里补课,她是经常去唐亚娟家的呀。再则,金娣为人八面玲珑,巧舌如簧,再难听的话由她嘴里吐出来,也像朵花似的动人了。生意人嘛,自己只消给她一点儿好处费,想来她是不会拒绝的吧?"这么想定了,朱蓓蕾才觉胸口头舒畅了一些。

朱蓓蕾隔着家门就听到家中电话"丁零零"扯着嗓地叫,连忙掏出钥匙开门进去,拔起话筒"喂"了声,便喘着气等着。对面哈哈哈先流淌过来一阵笑声,朱蓓蕾倒是一喜,正打算给金娣打电话,不想她的电话就来了,这是不是有点儿天意,老天让金娣来帮自己一把了呢?

金娣的话语丁零当啷风铃一般飘过来:"蓓蓓,你看我掐算得准吧?就晓得这个时候你可以到家了。你们医院短命的规矩,一点儿人性都没有,做护士的上班时间不好接电话,万一人家家里出人命了呢?"

朱蓓蕾心里高兴她来电话,嘴中却不耐烦嗔道:"金娣你不要咒我好不好？有啥要紧事？闲聊就等我困一觉起来，我给你打回去。"

金娣破天荒竟支吾起来，道："要紧事嘛……也不怎么要紧，不过嘛……也蛮要紧的。"

朱蓓蕾又好气又好笑："金娣你装什么斯文呀？有话快说，有屁快放！"

金娣哈哈哈又笑开了："我们向来文雅贤淑的蓓蓓也会粗口了。其实嘛……好了好了，就跟你直说了吧。你是不是为了你爹用过的一把旧茶壶跟唐老师闹得不开心呀？"

朱蓓蕾先是一愣，唐亚娟竟然恶人先喊冤了！旋即冷笑道："原来你是为唐老师当说客来的呀！你倒说说看，我怎么弄得她不开心了呢？"

金娣道："喏喏喏，难听吧？什么叫说客呀？我是因我们三个人亲姐妹一样的关系，不要为了一把破壶给糟蹋掉了，所以自告奋勇来当个和事佬。蓓蓓，俗话说泼出去的水嫁出去的囡，送出去的东西讨不回。伯父伯母留下来的老东西总归还有的吧？另外找一样给你哥哥当纪念，我想阿哥断不会不同意的吧？"

朱蓓蕾的声音像劈开的柴爿薄削削，支棱棱，硬棚棚："是唐老师告诉你的？她讲那是把破茶壶吗？她的近视眼大概愈加深了，好坏都分不清了！"

金娣又笑了两声，笑得有点儿勉强，嘿嘿的，像吐痰，才道："蓓蓓你不要那样促刻嘛。伯父那把壶从前我也看到过的，花样颜色是蛮漂亮的，不过后来不是被拗断了壶柄？讲它是破壶也不为过呀。"

朱蓓蕾气不打一处出，乒乓球近台抢攻般道："你晓得那把壶是粉彩瓷的吗？你晓得粉彩瓷在瓷器中大姐大的地位吗？你晓得一只花式跟这只壶差不多的粉彩瓶拍了四千多万港币吗？"

话筒对面一时间没了声息，朱蓓蕾一吐为快，又"喂、喂"叫道："金娣，你在听吗？"

金娣出声了："既然这么珍贵的东西，又是你爹留下的，当时你做啥要送给唐老师呢？"

这个问号箭矢般真正是戳到了朱蓓蕾的痛处，便不无悔恨道："只怪我们没文化，有眼不识无价宝。要不是最近看了中央台的《百家讲坛》节目，我还木知木觉呢。可是唐老师应该懂的呀，她家孟夫子本身就是做艺术品买卖这一行的,哪里会不识货? 既然我们这么要好的姐妹关系,你晓得这只壶的价值,你总该提醒我一句对吧? 就这样闷声不响占为己有,是不是有点儿不上路啊? ”

话筒对面再次陷入沉寂,深潭一般。朱蓓蕾认为,是金娣被自己说服了,立场已转到自己这边来了,只是碍于儿子的前途捏在唐老师手中,不好表态而已,愈是取进攻的态势,道:“金娣,我并不是要你去谴责唐老师,生分唐老师,谁还没有个私心啊? 何况我们又是这样的交情。我只想托你帮我劝劝她,让她把那把壶还给我,我替她去买把新的,任她喜欢的图案样式……”

“怪不得呢!”话筒对面突然蹿出金娣的声音,好像潜水长久的人猛地浮出水面深呼吸一般。

朱蓓蕾一激灵:“怪不得什么? ”

金娣像是收拢了声音,从话筒眼中钻出来,蛇一般缠绕着:“昨天我带阿龙去唐老师家补课,看见孟夫子回家了! 前头吵得只差去民政局了呢……”

朱蓓蕾疑惑道:“你的意思,孟夫子回家跟这只壶有关? ”

金娣又嘿嘿笑了两声:“蓓蓓,你有时候幼稚得跟小姑娘似的。你想嘛,他们夫妻俩吵架还不是为了钱?孟夫子把唐老师补课辛辛苦苦赚来的钱都赔光了。孟夫子做生意像个无底洞,唐老师死也不肯再给他投资了,这才闹得天翻地覆的呀。如今,他们晓得你爹的壶价值连城,钱,就不成问题了嘛,他们还离什么婚呢? 孟夫子自然要回家啰,唐老师还得靠他把壶变成钱呢! ”

朱蓓蕾曲折地长长地吁出一口气,道:“金娣你太有才了,你好去做心理分析师了。”随即愈发地揪心,怨道:“这么看起来,唐老师横竖不会把壶还给我的。你晓得,我哥做事老顶真的,他又是个大孝子,他若晓得我将爹爹的遗物随便送了人,他要骂死我了……”便哽咽起来,自己编的故事讲顺口了,像真的一样了。

金娣忙道:“蓓蓓,不要哭呀。有我在,你还怕要不回那只壶? ”说罢放开嗓哈哈哈地笑起来,笑停了,又道:“蓓蓓,我帮你讨回壶,你要给我发劳务费哟! ”

朱蓓蕾抽缩了一下鼻子,道:"那当然,应该的,你开个价嘛。"心里却鄙视起来:到底是个剃头的,就看重钞票!

金娣的笑声又滔滔地涌过来:"蓓蓓,我是跟你开玩笑的呀!"

这回轮到朱蓓蕾说不出话来了。

9

朱蓓蕾捏着话筒走了神,好一会儿不言语。金娣在对面急得吼起来:"蓓蓓,这点儿玩笑都开不起呀?你到底要不要我帮你呀?"

朱蓓蕾耳膜被震痛了,方才回转神,忙道:"当然要你帮忙啰,我不是开玩笑,我一定要给你报酬的。"

放下话筒,朱蓓蕾独自埋进沙发,静悄悄地蜷缩着,其实心里正掀起十二级飓风!有一个念头像发酵了的面团,呼呼地膨胀起来,渐渐撑满了她的思绪。方才她正是被这个不经意冒出来的念头牵绊着才心猿意马起来的。此刻,她正瞻前顾后地梳理这个念头,细针密缕地考核它的可行性,究竟能有几分取胜的把握?这个念头只因金娣一句"孟夫子回家了"而起,朱蓓蕾为自己突然冒出这样的念头而羞愧,莫名地出了一身冷汗;却又抵御不住这个念头的诱惑,内心蠢蠢欲动而惴惴不安。

朱蓓蕾心里十分清楚孟夫子对自己是垂涎已久的,所以平素她一向刻意疏远他。以往送巧巧去唐老师家补课,她总不进唐家门。在唐老师家附近找爿麦当劳或者永和豆浆,要一杯可乐或咸豆浆,慢慢呡,等巧巧下课。偶尔会在什么场合下遇到孟夫子,她便尽量坐得离他远点儿,省得他的手不三不四地不规矩。而此刻,占据了朱蓓蕾整个思绪的念头是:何不利用孟夫子的色心色胆,趁机打探出那只粉彩壶的真实下落?

这个念头才出来,还没想好如何去"挑逗"孟夫子,朱蓓蕾已经两颊燥热,心击如鼓了。这是拿自己的贞操去冒险哪!想起孟夫子狎昵猥亵的眼光,朱蓓蕾就浑身起鸡皮。她双手合十默默祈祷:爹爹,为了你留下的那只粉彩壶,就是刀山火海我也要去闯一闯!爹爹你在天之灵一定要护佑我哟!

朱蓓蕾苦思冥想了半天,终于设计好了自己的计划。虽不能说万无一失,拼死吃河豚,全靠自己临场的发挥了。

　　挨到朱蓓蕾轮休,她又称家有急事,跟同事调休了一天。她盘算,有三天工夫,大概总可以约到孟夫子了吧?于是便给孟夫子的手机号码发了条短信。有生以来头一次用这个号码,当初孟夫子嘻皮塌脸地硬要把这串数字留给她,她差点儿没删除掉。

　　朱蓓蕾的短信是这样写的:"孟大哥,我单位有个同事家传一尊镏金佛像,想请懂行的人鉴定一下。我想你是这方面的专家,能劳你大驾帮下忙吗?我同事说,一定按市面上的规矩付你鉴定费。听金娣讲你跟唐老师闹别扭了?故不去惊动唐老师,直接给你短信,千万别见怪哟!"

　　不过半小时,孟夫子就回了短信:"你蓓蓓的事便是我的事,谈钞票就俗了。只要蓓蓓你一声令下,我老孟赴汤蹈火在所不辞!盼能早一刻一睹你蓓蓓的曼妙秀姿,我老孟便如贫得宝,如暗得灯,如饥得食,如旱得云也!"

　　朱蓓蕾肚子里冷笑:真是狗改不了吃屎!老不正经!恨不得狠狠地骂他一通,可箭在弦上,不得不发,便咬牙切齿地在手机上摁出时间、地点发过去。时间定在隔日午后两点,朱蓓蕾算好了,这时候唐亚娟准定在学校教书;地点选了靠近唐家的一爿茶室,那里地处偏隅,比较清静,碰到熟人的几率很少。毕竟单独与孟夫子"约会",朱蓓蕾自己都觉得羞耻。孟夫子的短信很快就回过来了:"一言为定,不见不散!"朱蓓蕾恨恨地将他的短信删除了,满腹的委屈,竟呜呜咽咽地嘤泣起来。

　　这一夜朱蓓蕾哪里还睡得着?一会儿斗志昂扬,信心满满。像孟夫子这种贾宝玉式的"多情种",最爱在漂亮女人跟前摆谱,做豪爽洒脱状。只要自己"引逗"得当,他一定会透露粉彩壶的去向,说不定一慷慨,就答应将壶还给了自己呢!可一会儿,她又忧心忡忡,惴惴不安起来。倘若唐亚娟和孟夫子已经在壶的问题上结成同盟,孟夫子趁机揩自己的油却又不透露壶的讯息,岂不是偷鸡不着蚀把米?最怕的是,被孟夫子捏了自己主动挑逗的把柄,日后牵丝绊藤地来纠缠怎么办?于是又将如何跟孟夫子套近乎,如何委婉却又要让他明了地提出还壶的问题等等,一词一句在心里反复斟酌,反复演习,直至东方渐白方才迷糊了一会儿。

　　早晨起来,朱蓓蕾发现自己眼泡肿肿的,眼窝下的雀斑似乎又浓密了许多,自己看自己怎么那样难看?孟夫子看到苍老憔悴了的自己,还会上钩吗?看看时间是来得及的,便去小区里的美容店做了整套的紧致毛孔补水美白的护肤保养,花了她三百多元钞票。平素她是从不踏进这种"野鸡"美容院一步的,今日也是病急乱投医了。

回转家已近中午,哪有胃口吃中饭?坐到梳妆台前化妆。照照镜子,肤色似乎滋润了一些。于是,按部就班,爽肤水,精华乳,粉底霜,一层层拍上去,脸庞便像熟鸡蛋般白皙光滑了。

接下去应该是涂眼影,画眉毛,勾眼线了。平素做得熟练了的,便捏着眉笔凑近了镜面,仔仔细细涂抹勾画,不一会儿,一位艳光四射的美女,便在镜子里映现出来,朱蓓蕾自己也惊呆了,自己竟还有这般勾魂摄魄的魅力啊!忽然就犹豫起来:这般精心打扮,不要让孟夫子以为自己真的是那种放浪的女人了!慌忙跑到洗手池边,拧开龙头,掬起一捧凉水往面孔撩去。哗啦哗啦,将妆粉都洗净了,也将满脸的燥热冲散了。

朱蓓蕾重新坐回梳妆台边,重抹了爽肤水和精华乳,不画眉毛,不深的眼影,不勾眼线,稍稍打了点儿肋腮红,只用肉色唇膏轻轻点了点唇。这样看上去素朴一些,端庄一些,也别有一番动人之处。

朱蓓蕾决绝地朝镜子里的自己呼地吹口气,里面那位清雅的少妇便被薄薄的雾霾吞没了。

10

朱蓓蕾提前二十分钟就"潜伏"在对马路的超市里了,装作挑选日用品,不时地透过玻璃橱窗眺望茶室门前的动静。她终于看见孟夫子步履轻捷地沿马路走到茶室门口,先朝里张望,随后便推门进去了。朱蓓蕾偷着冷笑,并不着急赶过去。随便挑了几盒口香糖,慢吞吞去收银台付了账,这才不急不缓地穿过马路。

深秋的天气,高爽而清朗。近郊新开发的街区,是用香樟作的行道树,依然是满冠的黛绿,在和煦的秋日中显得敦厚凝重。

茶室里的灯光被调弄得昏黄幽谧而暧昧。朱蓓蕾踏进门,从亮处乍到暗处,眼门前黑黝黝什么都看不清,只呆呆地立着。忽然就有一个人从笃底的厢座里站起来,朝她招手,边唤道:"蓓蓓,在这边!"那声音磁性中透出亲昵,是那种恋人之间的口吻,弄得朱蓓蕾浑身起鸡皮。

朱蓓蕾恨恨地趟过去,低声嗔道:"你哇哇叫什么?人家都在看我们了!"

孟夫子呵呵一笑,道:"谁爱看就看呗,我们是正大光明的,怕什么?"边说边拍拍他身边的沙发椅,示意朱蓓蕾坐下。

朱蓓蕾愈发恼火,照他的说法,倒好像是她心里有鬼,怕别人看见似的。又不好辩解,便扭身坐在他对面的座椅上,两人中间隔着张餐桌,省得他手脚不规矩。

孟夫子只笑眯眯地放出眼珠在她面孔、头颈直到胸脯这一段肆意地横扫辗转。朱蓓蕾后悔将外面风衣脱了,上身的羊绒衫又太合身,将她的曲线完美地勾勒出来。她只得假意看菜单,把硬皮的菜单竖起来,挡住他的视线。

孟夫子轻叹一声,道:"蓓蓓,老天何以如此钟爱你?岁月怎么在你身上不留下些许痕迹?依然是那样雅致、秀美、嘿嘿,性感!"

往常,孟夫子一说这种痴头怪脑的话,朱蓓蕾非骂他个狗血喷头不可。而今天,朱蓓蕾要的就是这个效果,便只嗲嗲地翻了他个白眼,嗔道:"孟兄赞扬女人的词汇好出词典了,遇见一个,只顺手挑几个词,便可出口成章了。"

孟夫子一派正经的模样,道:"蓓蓓你可冤枉我了,我是极少赞美女人的。女人就像艺术品,我的眼光很挑剔的,看得中的没有几件。若被我认定了,那必定是货真价实的了。"

"去你的,你把我们女人当什么了,回头告诉唐老师,让她教训教训你!"朱蓓蕾说罢扑哧一笑,道,"你喝茶还是咖啡?或者蔬果汁?今天是我求你办事,我请客哟。"

孟夫子伸手从她手中拿菜单,趁机捏了下她的手指,笑道:"蓓蓓,哪里有让女士买单的道理?我刚才已经为你点了份雪梨芹菜汁,美容的,行吗?"

朱蓓蕾暗忖:也不能让他觉得太拿捏得了自己了!便道:"我们这把年纪了,再美容也来不及了。还是给我来杯咖啡,不要放糖。那雪梨芹菜汁就留给我朋友吧。"便抬腕看看表,"她应该马上就到了。"又乜斜着眼道:"孟兄,今天你要请客就请两位哦!"

孟夫子道:"蓓蓓你不要寒碜我好吧?"便招手女招待点单。

不一会儿,招待小姐便端来咖啡和雪梨芹菜汁,孟夫子自己要了壶普洱茶,另还有几小碟坚果、松饼之类的茶点。

朱蓓蕾往咖啡里调了些牛奶,呷了一口,眼皮从杯沿边抬起来,看住孟夫子道:"孟兄,你跟唐老师到底怎么了?我是听金娣说的……"

孟夫子摇摇头,一脸的苦大仇深,道:"蓓蓓,你还不晓得唐亚娟的脾气?我真想广告天下未婚男人,不要娶当老师的女人为妻。她们会把丈夫当作灰孙子般来教训,横也不好,竖也不好,这种日子真受不了!"

朱蓓蕾冷笑道:"现在这个社会,外头诱惑那样多,男人不管教,哪里收得住心,特别像孟兄你这般风流才子,唐老师当然要严加管束喽。"

孟夫子朝朱蓓蕾跟前欠了欠身子,觍着脸道:"她那张脸原就逼仄,训起人来,眼乌珠都弹到面孔外面去了,我看着就惹气。要是你蓓蓓来管束我嘛,再凶再狠,我也当补药吃了。"说着,桌子底下的脚就撞了朱蓓蕾一下。

朱蓓蕾将脚藏到座椅下边,笑也不是,嗔也不是,只好抬腕看看表,又朝店门口张望了一下,道:"咦,都过时间了,她怎么还不到?"

孟夫子正来劲呢,笑道:"没关系,她晚点儿到最好,我们俩好多谈谈。"

这时朱蓓蕾包里的手机"嘟嘟,嘟嘟"地闹起来——其实是她预先设好的闹钟——朱蓓蕾对孟夫子道了声:"对不起,我看下短信。"便翻开手机看了看,皱起眉头道:"你看讨厌不讨厌?我朋友说,临时单位有事,来不了。我倒为她调休一天呢!"瞟了眼孟夫子,见他一脸坏坏的笑,生怕他看穿自己的把戏,便立起身,道:"孟兄,实在对不起,也耽搁你了。茶钱一定我来付。"便抬手唤招待买单。

孟夫子忙起身阻止,趁机捏住朱蓓蕾的胳膊,道:"蓓蓓,这么着急做啥?你反正已经调休了,乔老爷又不在家,他在度假村里不定怎么快活呢。不如我俩多坐会儿,难得好跟你说说心里话嘛!"边说边推着她坐下,他自己也趁机坐到朱蓓蕾边上,膝盖就蹭着膝盖。

朱蓓蕾瞬间被笼在一股烟味酒味混杂的男人气息中，双颊腾地烧起来。她想推他回原座，却又想：这不正是自己想要的氛围吗？便忍着尽量收紧身子，免得触碰到他。

孟夫子自己为自己斟了茶，仄着脑袋深情款款盯着朱蓓蕾无限沧桑言道："蓓蓓啊，人活尘世上，不如意事常八九，可与人语无二三，也就是遇见你了！想我老孟也不算庸碌之辈吧？人家讲商场失意情场得意，偏偏我是商场失意情场也失意……"

朱蓓蕾连忙截断他，咯咯一笑道："孟兄，你也太贪心了，亚娟姐那样能干的女人，又能操持家务又能挣钱，你还不满足啊？"

孟夫子撇了下嘴，道："蓓蓓你心好，总看见别人的好处。你将真心托明月，谁知明月照沟渠，我们也可算得同声相应，同气相求了。"

朱蓓蕾听出些端倪，索性单刀直入，问道："近日，亚娟姐是不是对我有些怨言呢？孟兄，你就明白告诉我，我绝不会加恨亚娟姐的，也让我晓得点儿人情世故，该哪儿收敛些。"

孟夫子身子悄悄往里挪了寸把地，胳膊便挨住朱蓓蕾了，极其认真的模样，道："我也有一句说一句，素来她是道你好的，近日却唠叨你不近人情，见利忘友什么的。说是为了一把破壶，翻箱倒柜了好几天呢！"

朱蓓蕾因孟夫子靠得太近，不便侧脸看他表情，听他言语实在很难分辨真假，便甩出杀手锏，叫了声："孟兄！"先咽住，也真是左右为难，不能自已，泪珠子骨碌碌滚下来了。

孟夫子抓起一沓纸巾就替她擦眼泪，柔声道："蓓蓓，蓓蓓，别哭别哭呀，你这一哭，我的心都化了。你说，要我为你做什么都行！"整个胸脯就压在朱蓓蕾的肩胛上，臭烘烘的唾沫就溅在朱蓓蕾的面颊上。

朱蓓蕾强忍着，不躲避，仍哽咽着道："亚娟姐说，那只壶是被你丢掉了。其实我也不在乎，丢了就丢了。偏生我哥想要它作纪念，要晓得我把爹爹留下的壶送给人家浇花用，先就要骂死我了。若得知壶已不见了，不晓得会怎样呢……"便又是低低地啜泣。

孟夫子索性一只胳膊搂住了朱蓓蕾的肩膀，箍得紧紧的，嘴巴几乎贴着她耳根道："天地良心，我从来都不晓得有这么一把壶，若晓得是蓓蓓你家的壶，我哪舍得拿去浇花？来不及将它供起来了。唐亚娟自己把壶弄丢了,生怕你气她,便推到我头上来了。"

朱蓓蕾依然做悲泣状,脑子却紧张地思索着:这夫妻俩打太极拳似的你推我,我推你的,究竟是真话,还是商量好了来糊弄自己的?看这孟夫子的情状,又不像说谎话。接下去该如何诘问他呢? 忽然感觉到孟夫子的手正沿着她的背脊徐徐地向下滑去! 再不能由他猖狂了,便一扭身挣脱开来,站起身,嗔道:"孟兄既然你跟亚娟姐一起来哄我,那还有什么可说的?算我眼珠子被戳瞎了。横竖等我哥来收拾我好了……"便要往外挤。

孟夫子被她掀倒在沙发椅上,慌忙撑起来,拽住她的手臂道:"蓓蓓,你要怎样才能相信我呢? 只差不能把心剖开来给你看了。"忽然他也跳了起来,"这样吧,你现在就随我去我家找壶,随你天翻地覆,只要找出来,你就拿回去,讲也不要跟唐亚娟讲!"

朱蓓蕾顿时怔在那里:她反复斟酌的计划中并没有去唐亚娟家找壶这一步呀。而且单独跟孟夫子去他家,孟夫子显然是不怀好意的,到时候自己该如何脱身呢? 正迟疑时,孟夫子却推搡着她,道:"亚娟今天晚上还要给人补课,不到 8 点钟不会回家的,我今天下午也正好空闲。走呀,正好帮你一起找嘛。只要那壶在,总归找得出来的。"

朱蓓蕾终于动了心。所谓不入虎穴焉得虎子,这么好的机会自己若再放弃,便再怨不得任何人了。

唐亚娟的家是直筒筒的一室户型, 开门进去便是开放式的厨房加客厅,约摸有十平米左右;厕所在右侧,再进去便是十五六个平米的卧室,卧室外有个小小的内阳台,阳台外便是天井了。还是当初唐亚娟搬新居时,朱蓓蕾和金娣一起来贺乔迁之喜的,一晃已过去好多年了。

孟夫子开了门,让进朱蓓蕾,不住地摇头,道:"让蓓蓓见笑了,本来早就想换大房子的。你孟兄运气不好,生意做得不顺,至今还蜗居于此啊!"

朱蓓蕾不动声色地转动眼珠团圈打量了一遭,屋子还是原来的屋子,多了许多家什,杂乱了许多。目力所及,并未见壶的踪影。

孟夫子殷勤地帮朱蓓蕾脱外衣,又蛮横地将她摁进沙发中,又张罗着要给她泡茶摆糖果。

朱蓓蕾生怕他要出什么花头,便立起身道:"孟兄,不是说帮我找壶嘛! 你不用倒茶,方才在茶厅已灌了一肚子的水。我们还是找壶吧!"

孟夫子道:"好好好,蓓蓓说找壶就找壶。"便伸手将厨房的橱门一扇扇打开了,"蓓蓓,你仔细找哦,平常这些锅瓢碗碟我是一律不管的。"

朱蓓蕾真就一只只橱柜仔细看过来,自然是没有。

孟夫子又推开厕所间的门笑眯眯盯住朱蓓蕾问道:"这里面也找找看吧?"

朱蓓蕾感觉到他笑脸背后还有一张脸,暗忖:他这样主动要我找的地方,必然是不会藏匿什么的!心中冷笑,道:"亚娟姐怎么会把壶放厕所里呢?我记得当初她说当浇水壶用的。孟兄,我们去天井找找看好吗?"

孟夫子是一派百依百顺的样子,念着"好好好",便引朱蓓蕾穿过卧室,推开了通天井的落地窗。

这一方天井虽不大,却收拾得干净齐整,铺着花格地砖,沿围墙摆放着大小不一形状各异的花盆,有几丛观音竹和慈竹,有尊贵的君子兰,也有普通的花草,还有两盆松柏和铁树的盆景,更多的是蔷薇、月季、杜鹃各色花朵,姹紫嫣红,十分热闹。

朱蓓蕾做出十分惊艳的表情,双手合十,道:"好漂亮的院子啊!孟兄,想不到你还有这番雅趣。"

孟夫子道:"这些花花草草倒都是唐亚娟侍弄的,我哪里有这闲空?当初她就是看中这块豆腐干大的天井,才执意要住底层的。"

朱蓓蕾斜度里扫了他一眼,道:"可亚娟姐说种花种草都是你的功劳呢,你们夫妻倒很谦让哟。"

孟夫子不晓得真听不出朱蓓蕾的话外之音,还是装戆,呵呵笑道:"不是有社会学家评判说,夫妻之间太相敬如宾,也不正常吗?"

朱蓓蕾懒得探究他们夫妻间的奥秘,自顾沿着围墙走了一圈,探头往盆与盆之间的旮旯里张望着,不见壶的踪影,看见院角一只水池,水池下塞满杂物,便蹲下身,将那些破罐碎盆都拖了出来,一爿爿翻拨着,依然没有壶的影子。

孟夫子站在落地窗前的台阶上,摊开双手朝朱蓓蕾耸了耸肩,道:"我说我从来没看见什么壶嘛,现在就剩卧室没找了。"侧着身,不无揶揄地看着朱蓓蕾。

朱蓓蕾不搭腔,拍着手上的尘土跨进屋子。孟夫子咣啷咣啷将大衣橱五斗柜的门都拉开了，招呼道："蓓蓓，你来翻，索性搜得彻底，也见得我没有骗你。"

朱蓓蕾却像入定般立着不动了！进屋时她的目光不经意划过落地窗旁的写字桌，桌面玻璃板下压着许多照片，其中一张鱼饵一般勾住了她的眼珠：那是唐亚娟和孟夫子的合影，孟夫子跷着二郎腿坐在沙发中，唐亚娟胳膊肘撑着沙发靠背，托住脸颊，微微含笑。在他俩身旁，五斗柜上，一台老式座钟的左前方，红木雕花的座底上正放着那只色彩鲜艳的粉彩壶。

刹那间朱蓓蕾心跳加剧，口干舌燥，想动弹却动弹不了。待她缓过神来，只听得耳后一声紧一声粗重的喘息，背脊被一具热烘烘的身躯贴住了，并且腰部下有硬棚棚的东西顶着。她慌了，四肢软绵，心脏胀大。欲挣扎，突然有两只手坚定地从腋下插入，狠狠地捂住了她的胸脯，并将她往床上拖。朱蓓蕾终于尖叫出声，并用双肘猛向后戳去。只听砰的一声，孟夫子仰面倒地。朱蓓蕾不顾一切奔出卧室，在门钩上抓起背包和外衣，狠命撞出门去。

朱蓓蕾一路小跑奔向地铁站口，一路泪似泉涌。下地铁站时，她先擦干眼泪，深呼吸平定心情。回首望望方才逃出来的那堆房屋，在初起的暮色中影影绰绰像小孩子搭的积木。她真希望自己只是做了一场梦。

朱蓓蕾噗地吐出一口恶气，恨恨地想：无论如何，至少证明了那只壶，你们曾当宝儿似的摆设着的！

此时，漫天的晚霞正惊心动魄地辉煌着。

11

朱蓓蕾惊魂未定地回到家，听得巧巧房中传出凤凰传奇的歌声，她晓得巧巧已放学，便先去厕所洗了把脸，将印在脸上的气恼、羞愧、不安和不甘擦拭得干净了，才轻叩女儿的房门，叫道："巧巧，巧巧，晚饭吃过了吗？"

巧巧咣地拉开房门，嘟着嘴道："妈，你今天不是调休吗？我连物理补习课都请假了，想拉你到徐家汇去逛美罗城的！"

朱蓓蕾忙赔着笑脸道："好呀好呀，妈也好久没去徐家汇了呢，我们现在就走。"

巧巧一扭身子："这么晚了,人家一大堆功课呢!"

朱蓓蕾哄她："没关系的,我们叫出租车去,晚饭总归要吃的嘛。我们去必胜客吃比萨好吧?"

巧巧道："妈你欠我一顿必胜客。今天不去了,我已经叫了外卖。"

朱蓓蕾的目光越了巧巧朝里望进去,看见巧巧书桌上散落着肯德基的包装袋,还有一堆啃剩下的鸡骨头,因笑道："妈妈欠着你,那你做功课去吧。"便退进自己的房间。

朱蓓蕾精疲力尽地仰面躺在床上,闭上眼睛,就看见孟夫子贼兮兮的坏笑,合扑过来,把脸埋进松软的枕头。脑海里又浮现出爹爹的那只粉彩壶,花团锦簇地撩得她心乱。现在朱蓓蕾已经肯定唐亚娟夫妇是晓得这只壶的价值的!他们曾把它当作珍玩摆设在五斗柜上,而当自己向唐亚娟索讨这只壶时,他们就把它藏匿了,抑或已经高价转卖?还是自己太幼稚,以为可以利用孟夫子的色性,却不料反被他戏弄,差点儿让他得手。此刻朱蓓蕾犹如兵陷八卦阵,真正地进退维谷,冰炭在怀。便是在这绝望之际,电话铃声炸响了。

朱蓓蕾翻身而起抓起话筒,她认定是孟夫子打过来纠缠的,生怕被女儿抢先接听,横生枝节。

话筒中涌出来的却是金娣哈哈哈的招牌笑声。这时候,朱蓓蕾倒是欢喜金娣打来电话,一则金娣天性乐天爽快,跟她交谈不用煎心熬肺地斟酌词语,二则也想到金娣不是答应帮自己去向唐亚娟讨壶的吗,幸许真有回应了呢!便调顺了口气,故做松快状,问道："金娣,你最近生意特别兴隆是吧?成天笑!发了多少财对吧?"

金娣也是松快的口吻,道："大财是没有的,小钱嘛赚了一点儿,所以想请你吃饭呀。"

朱蓓蕾便道："吃饭就免了,我托你办的事……有眉目吗?唐老师她……什么态度呢?"

金娣大约停顿了一秒钟(也许这仅是朱蓓蕾的感觉),那随性的笑声又起,故弄玄虚似的拖长了音调："这个嘛——三言两语恐怕讲不清楚。你还没吃晚饭吧?立马穿上外衣出门,打的过来哟,我报销车费!"随即便讲地址,是靠近静安寺的一爿唤作"上海人家"的饭店。

朱蓓蕾原想拒绝，转念道：莫非金娣跟唐亚娟谈了，有新进展呢，否则金娣哪会这般破费请自己吃饭？便应允了。来不及涂粉画眉地妆扮自己了，也没打扮的心思，披上外套，跟巧巧关照一句，便出门了。

朱蓓蕾赶到"上海人家"，天已擦黑儿。推门进去，餐厅大堂里几乎没有空桌。她伸长头颈左右前后地寻觅，不见金娣身影，心中骂道："痴头怪脑，不要寻开心哦！"

一位着玫红镶黑缎边旗袍的领位女招待袅袅婷婷走过来问道："小姐，您订位了吗？几位呀？"

朱蓓蕾慌道："没没没，是朋友约的我。这里是叫'上海人家'吗？"

女招待倩倩笑道："是'上海人家'，您朋友贵姓？"

朱蓓蕾迟疑道："姓金，叫金娣……"

女招待神情便恭敬起来："是施老板的太太啊，请随我来！"

朱蓓蕾心里鄙弃道："那阿施不过是个装修包工头，也称起老板来了！"就随着女招待穿过大厅，上楼，又在装饰得考究的过道里曲里拐弯走了一阵，在一扇嵌金边的玻璃门前立定了。女招待优雅地手一摊，道："小姐，请进。"

朱蓓蕾嘀咕着：金娣何时出手此等阔绰起来？竟订了包间！推门进去，却见阿施也在，夫妻俩像接待国宾似的迎上来，一边一个，硬把她拖至正中的主客位坐下。金娣亲自为她斟茶，阿施不倒翁似的点头哈腰，笑道："赏光赏光，蓓蓓你是革命人永远年轻啊！"

朱蓓蕾满肚子狐疑，她和金娣交往这么多年，互相知根知底的，哪来这般的客套？其间必有蹊跷！拿定主意，耐下性子，且看他们如何排场。

餐桌上已有四只冷盘，两荤两素：醉炝膏蟹，盐焗草鸡，葱油萝卜丝海蜇，豆干丁拌野生马兰头，都合朱蓓蕾的口味。

朱蓓蕾晓得，单那只膏蟹就要百十来块钱，平素金娣哪里舍得点这么贵的菜？暗地里瞄了她一眼。金娣一脸殷勤的笑，搛起肥硕带膏黄的一块，搁在朱蓓蕾的盘子里。

阿施回头对女招待一挥手，将军发号令般道："就上热菜吧，我们是老朋友了，没那么多规矩。"

朱蓓蕾倒暗吃一惊，这般威势地招上来的，会是如何一道菜呢？

不一会儿,服务生端上来一只尺半长的大腰盆,盛着只红殷殷的大龙虾,毛估估码两斤重!

阿施剃着板寸头,两鬓修得铁青,下巴上却蓄着寸把长的小胡子。咧开嘴一笑,两颊的肉便挤成两坨肉疙瘩,道:"蓓蓓,我点菜的经验是不要多,但要精。这只龙虾是用奶油焗的,我家阿龙一人一顿好吃一只呢。你尝尝看。"便往朱蓓蕾盘里搛了一大块。

如此佳肴蓓蕾却品不出滋味,她一直提心吊胆地等着夫妻俩摊牌。从他们过分甜腻的笑脸中,朱蓓蕾感觉到隐隐的不安。她估计那牌底凶多吉少了!

不一会儿,服务生又用带荷叶边的镀金托盘送上来三只白瓷龙形耳加盖汤罐,一人面前放了一罐。朱蓓蕾哪见过这般阵势,猜不出那罐盖下盛放着什么山珍海味,便迷茫地望住金娣,金娣笑着三根指头捏住罐盖顶端的龙头钮,揭开盖子,浓香扑鼻,原来是黄澄澄大半罐浓稠的汤!金娣道:"蓓蓓,这是鸡汁鱼翅参汤,佛跳墙总听到过的吧?就是它。大补品,还美容,尝尝呀!"

朱蓓蕾虽没喝过佛跳墙,却有耳闻,晓得价格不菲。胸口却翻江倒海,腻味得想吐。这一刻她觉得自己像只填鸭,先被塞饱肚子,随后就要被摁在砧板上受宰!她却不愿意任人屠宰,便放汤勺,直逼金娣,道:"你们今天摆的是哪出鸿门宴?莫非与唐亚娟商量好了,要让我放弃那壶?金娣你不说出缘由来,我这就回家,我们朋友以后也不要做了!"

金娣又是跺脚又是捶胸道:"蓓蓓,天地良心,向来我是跟你最知心的,怎么会帮着唐老师来蒙坑你呢?跟你说实话,你托了我去讨唐老师的口风,我思前想后,没敢去找她开口。这点我承认,我生怕惹唐老师生气,我们阿龙的中考还要她辅导嘛……"

朱蓓蕾白了她一眼:"你早说不方便,我也不会强求你。"

阿施插话了,道:"蓓蓓,你的事就是我们的事,我们怎么袖手旁观?金娣不方便出面找唐老师,还有我呢!来来来,喝汤,凉了口味就腻了。"边说边用小勺舀了一点儿白醋,倒入朱蓓蕾的汤罐中。

朱蓓蕾仍是怀疑:"阿施你去跟唐老师说?能行吗?"朱蓓蕾晓得唐亚娟一向是看不起金娣这个男人的。

金娣扑哧一笑道："蓓蓓你忘啦？唐老师老公孟夫子公司的装修是我家阿施做的呀，孟夫子身边的朋友们，阿施都熟悉，根本用不到阿施自己出面找唐老师谈的。"

阿施一拍胸脯道："孟夫子要做点儿生意，许多地方靠朋友帮忙，懂吧？这在兵法上就叫做围魏救赵。先拿下了孟夫子，唐亚娟还不将壶拱手归还？"

朱蓓蕾轻轻地长长地"哦"了一声，看看金娣，又看看阿施。早晓得阿施拿捏得住孟夫子，自己何必……想起下午的遭遇，朱蓓蕾兀自耳热心跳，幸亏包房里热，各个都红光满面，遮掩了她的尴尬。朱蓓蕾便举起杯子，擎向阿施，道："我借茶代酒，先敬一杯！"又朝金娣道："方才错怪了你，莫往心里去哟。"

金娣哈哈哈笑道："蓓蓓你当我小鸡肚肠啊。"

朱蓓蕾道："既然是我托你们帮我，今天这顿饭一定该由我买单了。事成之后，我还要另外请啦。"一语既出，心里还是有点儿肉痛的。她晓得，这桌小菜没有两三千元是拿不下来的。

金娣破天荒不接嘴，只拿眼睛瞄着她老公。

阿施杯子里是啤酒，他跟朱蓓蕾当地碰了杯，仰面喝干了，手掌一压，道："蓓蓓，哪里能让你买单？以后我碰见乔老爷，面孔只好藏到裤裆里去了。今天，我跟你蓓蓓立下军令状，一定帮你把你爹的壶讨回来。我有朋友，是拍卖公司老总，他答应帮我拍个好价钱。到时候，我们两家五五分成，大家发财！"

这才叫石破天惊！原来金娣夫妇打的是这么一副想当然的好牌呀！朱蓓蕾一时间愕然语塞，不晓得该如何回应？

这边金娣迅速鉴貌辨色，便捏了拳头往阿施背脊上夯了一拳，嗔道："你瞎话三千什么呀！壶是蓓蓓的，我们哪能五五分成？最多四六开了！"

阿施呵呵呵一笑："四六开就四六开，我听老婆的。"

朱蓓蕾暗自冷笑：八字还没一撇呢，就想着分钱了！当然于心不甘，转而又想，自己还能有什么办法去讨回这把壶呢？也只有依靠阿施了。不如先应下来，等壶拿到手再理论不晚。便硬撑开脸皮堆出笑容，双手抱拳，道："金娣，阿施，那就拜托你们了。"

金娣连忙为朱蓓蕾斟茶，又为阿施斟酒，自己也倒了半杯啤酒，把杯子举起来，咯咯笑道："来，为我们合作胜利干杯！"

朱蓓蕾举杯的手抖抖索索，透过杯中琥珀色的茶汁看金娣和阿施，就像在大世界里照哈哈镜一样。

12

时近岁尾，天淅淅沥沥下着小雨。天空总是灰蒙蒙的，已有好几天不见阳光了。气象台报出的气温并不算太低，人的感觉却是阴冷一丝丝渗入骨髓。有点儿年纪的人都晓得，这种天就叫做捂雪天，是最难挨的。倘若有一股冷空气迅速地从北方南下，拱得那雪下来，人的感觉便会爽快许多。偏偏近年来冷空气愈来愈弱，雪便像难产的孩子迟迟下不来。天就这么阴霾着，人心也就这么阴霾着。

朱蓓蕾心里的阴霾积蓄得厚了，沉沉一大块，压得她常常觉得喘气都艰难。自那日"上海人家"的聚餐后，朱蓓蕾说服自己相信了金娣夫妇的信誓旦旦。她不相信他们还能怎么办呢？对付唐亚娟这颗橡皮钉子，她已经黔驴技穷了。现在她只有耐耐性子等待金娣夫妇的围魏救赵之计能替她讨回爹爹的粉彩壶。至于跟金娣夫妇如何分成，朱蓓蕾的心里价位是给他们三五万块钱作报酬，这显然与金娣夫妇的目标相距很远。朱蓓蕾暗忖，待壶拿到手后再筹谋也不迟，或者可借口哥哥要留壶作纪念，不卖了。

朱蓓蕾原以为有了金娣夫妇的承诺，她可宽心许多。心头聚集的阴霾却总不见消散——她明白，骨子里，她是信不过金娣夫妇的，特别是那个阿施，流里流气的模样！万一……万一什么呢？朱蓓蕾说不清，只是一种隐隐的不祥。

日子却按部就班照常要过，要翻三班，要清理房间，要洗衣物，要替巧巧准备一日三餐……朱蓓蕾甚至还找出了巧巧小时候的旧毛衣，拆了，洗了，用旧毛线相拼起来为老公织花色毛衣。她希望自己忙得不可开交，就没有闲暇去担忧金娣夫妇如何实施围魏救赵计策的事情了。

大约过了十天半月光景，朱蓓蕾不曾扳着手指算日子。那天她是早班，交了班不过两点刚过，她正打算去浴室冲澡，护士长叫住了她，说医务处来电话,让她立马到主任办公室去一趟。朱蓓蕾惊讶道:"医务处找我什么事呀?"护士长摊开手道:"我也不清楚。"旁边护士不无妒忌打趣道:"不定要调你去医务处上班,好不要翻三班了呢。"

"不可能,不可能!"朱蓓蕾斜了眼护士长,连连否定。她哪里敢奢望这样的好事会落到自己头上?按常规,都是各病区的护士长才有可能往办公室调。朱蓓蕾也不敢懈怠,护士服都来不及脱,便匆匆去医务处。终究心里还是有点儿期盼的。

朱蓓蕾先笃笃叩了两下门,听得里面有人道:"请进!"方才推开门。却惊悚了一下:怎么主任办公室的长沙发上坐着一男一女两位警察?都警衣肃正,面孔平板,没一丝笑容。慌忙想退出门去,却被主任叫住了。主任道:"小朱,这两位派出所民警同志想找你谈点儿事。你不要紧张,如实回答他们的问题就行了。"

朱蓓蕾脑袋轰地一下,人晃了晃,扶住了椅子背:警察为什么要找自己?莫非巧巧被人贩子拐走了?电视新闻中不是常有这样的报道?不会吧?巧巧那么大的人了,哪会轻易上当受骗?要不是老公开车出了车祸?老公向来谨慎,再说主任称他们是派出所的民警,也不是交警呀!脑袋里成千上万的问号拉洋片似的闪过,手脚却动弹不得。却听主任道:"民警同志,我还有个会议,你们就跟小朱同志直接说吧。小朱同志在我们医院工作许多年了,上上下下口碑都不错,常常有病员给她写表扬信呢。"

有主任最后这句话,让朱蓓蕾的心稍微宽松了一些。待主任一出门,那位男民警就道:"朱蓓蕾你坐下谈吧。"她方才坐下,眼望着脚尖,手心里全是汗。

却见那个女民警翻开了一本笔记本,一手捏杆水笔,做出要记录的架势。朱蓓蕾的心又开始悬挂起来:"怎么像审犯人似的?"

男民警开口问:"朱蓓蕾,你认识唐亚娟吗?"

朱蓓蕾听到这个名字,忐忑不安的心一下子落定了,不免暗自冷笑:原来是她恶人先告状啊!便抬头迎着男民警锐利的目光,坦然道:"认识。我们是一条弄堂里玩儿大的小姐妹嘛。"

男民警皱了下眉头,又问:"最近,你们之间发生了一些矛盾,是吗?"

朱蓓蕾略沉吟:唐亚娟已经报警,看来自己要瞒也瞒不住的。索性把事情摊开来，让警察同志评评理看！便道："是发生了一些纠葛。我爹爹生前用过一把祖传的粉彩壶，只怪当初我眼乌珠戳瞎，不晓得那把壶其实价值连城，也不晓得唐亚娟貌似厚道，实则为人狡黠，她说她喜欢那把壶，我就送给她了。现在我哥哥问起这把壶，想要壶作个纪念。我便向唐亚娟说明缘由，望她将壶还给我。可她推三推四就是不肯还，编出种种理由搪塞我。民警同志，我也正想问问你们，唐亚娟这种行为算不算侵占他人财产？算不算不当得利呢？"

男民警和女民警对望了一眼，男民警道："关于这把壶究竟应该归谁所有，这个问题你完全可以通过法律手段来解决。就算理在你这边，你也不可以采用非法手段去追讨啊！"

朱蓓蕾咚地从椅子上跳起来："民警同志，诬告算不算诽谤罪？我怎么采用非法手段啦？我只当面问过她一次，她说回家去找找看。后来我又打过一个电话问她，她正在给学生补课。她说那只壶被她老公丢了，才说了这一句，就摔了话筒。这难道也算我采用非法手段吗？"

男民警怀疑地扬起浓眉："那……你有没有唆使什么人或者买通其他人给唐亚娟打恐吓电话，发威胁的短信呢？"

"没有，肯定没有！这把壶的事，我连我老公都没告诉，怎么会去买通其他什么人做这种下三烂的事呢？"朱蓓蕾用力摇头，口气斩钉截铁，可说到最后一句，声音却软弱起来。她猛地想到了金娣和阿施，像阿施这种人，是做得出这种事情的！原来这就是他所谓的"围魏救赵"的妙计呀！朱蓓蕾想向警察说出自己的判断，转而又忍住了。人家毕竟是在帮自己讨回粉彩壶，警察不提，自己何必将他们夫妻俩牵扯进来呢？

男民警与女民警又对视了一眼。女民警便合上笔记本，男民警面孔线条柔和了一些，道："朱蓓蕾，这桩事体我们还会深入调查的。你也再仔细想想，还有什么人知晓这把壶的事？"说着递过一张名片，"想起什么，就给我打电话。"

两位民警告辞后，朱蓓蕾不敢回自己病区换衣服，生怕同事们会问长问短，只穿着工作服就回家了。坐在地铁上，她只觉得头重脚轻，双颊滚烫。回到家一量体温，38度5。支撑不住，横倒在床上。昏沉沉睡了一会儿，被电话铃吵醒。原来是巧巧，说晚上老师还要补课，不回家吃晚饭了。朱蓓蕾关照了她几句，自己吞了颗安乃近，又闷头睡去，竟不晓得巧巧是几时回家的。

次日一大早，巧巧上学之前跑进她卧室，摁摁她的额头，道："妈，你病了。昨晚我回家，你睡得死沉死沉，脸上都是汗。今天别去上班了好吧？"

朱蓓蕾点点头。待巧巧走后，她真就给护士长打电话请病假，不仅因为心身俱惫，她估计昨天民警询问自己的事一定都传开了，趁机躲避一下也好。

朱蓓蕾为自己熬了锅白米粥，就着酱乳瓜吃了一小碗。半夜里发汗将睡衣都濡湿了，不敢冲澡，擦了擦身子，换了干净的衣服。原想继续睡觉，却接到了金娣打来的电话。

话筒中依然哗啦啦哗啦啦的声音潮水般涌过来，却不是笑声，而是哭声。金娣哗哗哗地号啕了一阵，道："蓓蓓，我们阿施为了你的事，被警察带走了！你要帮忙去跟警察说说，那把壶是你爹的遗物，我们阿施是帮你讨壶呀……"

朱蓓蕾气不打一处来，恨道："我也没让他发恐吓信打威胁电话呀！你不是说阿施有朋友认得孟夫子吗？说得好听，还围魏救赵呢！昨天警察都跑到医院找我谈话了你晓得吧？我在医院里多少年的好名声算是完蛋了。不过我可没在警察跟前提起你和阿施一个字噢！"

金娣缩着鼻子道："我没料到唐老师这样辣手，真会报警。唐老师太精怪了，阿施捏着鼻子打的电话，还是被她听出来了！"

朱蓓蕾愈是气恼，道："活该！早晓得你们阿施这么弱智，我宁愿不要那把壶，也不会求他帮忙的！"

金娣又开始号哭，一边号一边道："蓓蓓，我家阿龙还小，我剃头能赚几个钱？我们家全都靠阿施打拼呀！不管怎么说，他总是为了你的壶才犯事的吧？我还能求谁呀？只有你蓓蓓能帮我了。你去求求警察好吗？你家乔老爷大小也是个经理，总归有点儿人脉关系吧？去托托人好吧？要花多少钞票你只管开口好了……"

朱蓓蕾被她聒噪得心乱如麻，却也在琢磨：警察既然已经晓得是阿施作的案，为何昨天不跟自己明讲呢？难道他们并不相信自己，还在考察自己？这么一想冒了一身的冷汗，便对着话筒道："好了好了，你不要再号了好吧？我马上联系那两个民警，横竖帮阿施讲讲情啰！"

金娣在电话里是千谢万谢，还说阿施出来后要重新请朱蓓蕾吃饭，朱蓓蕾差点儿没把刚喝下去的粥吐出来。

朱蓓蕾按名片上的号码跟那位民警通了电话后，破天荒叫了辆出租车赶往他们所在的警署。依然是昨天到医院的那两位民警接待她。未开口，她先红了眼圈，诚恳检讨自己情面观念太重，隐瞒了一些事情。便将围绕那把壶发生的种种情节子丑寅卯一一道来，连要女儿去唐老师家打探壶的下落的事都说了，只是隐去了自己找孟夫子喝茶的那一节。民警特别关注金娣夫妇请她吃饭的情况，点了哪些菜？如何商议讨壶的方式？"围魏救赵"是什么意思？最后约定分成的比例？等等。朱蓓蕾再不敢有点滴隐瞒，据实而言。

两位民警交换了一下眼神，那位男民警道："小朱同志，你反映的情况跟嫌疑人交待的基本一致，我们这个案子可以结案了。鉴于嫌疑人的犯罪事实尚未给受害人造成实质性的危害，嫌疑人到案后认罪态度比较好，本着教育挽救人的原则，我们决定不将嫌疑人移交检察机关，15天拘役期满他便可回家了。"又笑道："小朱同志，以后交朋友，眼睛可要擦擦亮哦！"

朱蓓蕾不想再听到金娣虚伪空洞夸张甜腻得碜牙的声音，跨出警署大门，她便给她的手机发了条短信："阿施过几日便可出来，罚金由我代你付了！"

13

朱蓓蕾站在警署门外左右望望，有好几部闪着顶灯的空车从她面前驶过，她忍了忍，没有抬手扬招。这个警署是分管唐亚娟家所在的区域的，方才赶着过来，等于从城市的西南头赶往东北头，足足花了她五十多块出租车费。回去她是舍不得乘出租了，看到隔几个街口有地铁的标志，便慢慢踱过去。

天空依旧是阴沉沉灰脱脱一片，让人判断不出时辰。马路中间绿化隔离带，落叶树早就褪尽枯叶，任凭空枝纵横交错，常青树纵有绿叶，也因蒙上太多的城尘，显得没精打采。朱蓓蕾目测那地铁口的标志并不很远，却走了一条街口,又走了一条街口,抬头再看,它还在前面街口。朱蓓蕾只觉得头晕眼花,双腿酸软,实在是拖不动脚步了。她摸出手机看看时间,竟已是午后近两点。难怪没有力气,早上那一小碗粥不晓得消化到哪个犄角旮旯里去了。便踅进沿街的一爿单铺面的饮食店,要了碗鱼香肉丝面,外加一只荷包蛋。饿狠了,吃了几筷,却又吃不下了。

朱蓓蕾拖着疲惫的身子,委委顿顿总算回到家里。蹬上楼梯,她发现自家的房门是虚掩着的,心想:"巧巧今日怎么下学得这么早?"推门进去边喊:"巧巧,今天晚上没有补课呀?"

却没有应声。朱蓓蕾心疼地忖道:累坏了,睡着了吧?肯定又没脱衣服。连忙换了拖鞋,转过客厅,霎时间却怔住了——她看见一个熟悉的身影正踅立在落地窗前,双臂抱胸,指间夹着一支点燃的烟!

"咦?你怎么回来了?这个月休假提前啦?"朱蓓蕾的声音因惊喜而颤抖,连忙跑过去,拉开落地窗,一边用手扇着烟雾,一边娇嗔道:"嗳嗳嗳,怎么又抽上烟了?巧巧回来要骂死你了。快灭了它,通通风,不要让巧巧闻出烟味哦。"说着伸手去灭他手中的烟,却被乔老爷闪过。他一屁股坐进沙发,并故意狠狠地吸了一口。

朱蓓蕾觉出了乔老爷举止有点儿不大对头。老公向来敦厚温顺,当年她怀了巧巧,让他戒烟,他二话不说,当即将家中的香烟统统丢进垃圾箱了。再打量乔老爷,竟外衣不脱,鞋子不换,一张面孔,跟外面捂雪的天空差不多,黑沉沉布满了乌云。更让朱蓓蕾揪心的是,自她进得房门,乔老爷的眼乌珠就没朝她身上转一转。平素,乔老爷一进家门,那眼乌珠便一刻也离不开老婆的呀。

朱蓓蕾忽地心悬悬意煎煎,伏下腰身,扳住他的肩胛,柔声问道:"老公,你怎么了?病了?"抬起手去摸他额头,却被他"啪"地一记打开了。

朱蓓蕾手背被他刮得麻辣辣痛,他从来没有这般粗鲁地对待过自己呀!朱蓓蕾又气又急,嗓音屏得尖利:"你到底怎么了?出什么事了?"

乔老爷终于开口了,冷笑道:"出什么事?你最清楚了,还来问我?"

这冷冰冰的一句便像一巴掌扇在朱蓓蕾面孔上,面颊顿时火辣辣烧起来。她自然清楚乔老爷所指何事,咬住嘴唇,深呼吸镇静了自己,嗫嚅道:"是……是唐老师……跟你告状了?"

"还用人家来告状吗?警察都跑到我们度假村来了!"乔老爷腾地站起来,戳着朱蓓蕾的鼻尖,闷闷地吼道:"我真想不到你竟有胆子做出这种不要脸的事情,这才叫做人不可貌相,海水不可斗量呢!"

朱蓓蕾心咯噔了一下:他竟骂我"不要脸",难道自己约孟夫子喝茶那一节他也晓得了?抖抖颤颤问道:"我怎么不要脸啦?我只不过想把爹爹留下的壶讨回来嘛……"

乔老爷恨道:"且不说你把那壶讨回来的目的是什么,就算你讨得有理,你也不能让阿施打匿名电话威胁人家呀,你是幼稚呢,你还是犯浑呀?"

朱蓓蕾稍松了口气,看来老公所指的"不要脸",仅是指阿施那一档行径。刚想解释几句,多少天来积蓄起的懊恼忧虑焦灼委屈汹涌澎湃涌至胸口,那眼泪便抑制不住地滚落下来,只憋憋屈屈啜泣道:"我何曾要阿施去做犯法的事体啦?是金娣信誓旦旦说阿施有朋友跟孟夫子有生意上的往来,还说什么用围魏救赵的兵法帮我把壶要回来。我根本不晓得他们的兵法是去打匿名电话发威胁短信。我都原原本本告诉警察了,连警察都相信我,你还不相信我呀?"

乔老爷嗓门儿稍微轻了一些,道:"关键你去向唐老师讨回那把壶就没有道理。平素你怎么说的?不好忘记唐老师帮巧巧考上重点高中对吧?难道你跟她几十年的友谊还不及一把旧茶壶要紧吗?"

朱蓓蕾瞟他一眼,咕唧道:"从前我也不晓得那把壶有多值钱,糊里糊涂就送掉了……"再瞟他一眼,"就是上回跟你一起看的《百家讲坛》,那个马未都讲,一只粉彩寿桃的瓶拍卖了四千多万港币……"又瞟他一眼,"我爹那把壶上的花纹跟那只瓶是一模一样的呢!"

乔老爷再吸口烟,便把烟蒂揿灭了,站起来,逼到她跟前,道:"你没房子住吗?你吃不饱穿不暖吗?我每个月拿回家的钞票你不够开销了吗?哦——你是嫌我赚钱赚得少是吧?你是羡慕那种傍大款的女人是吧?"

乔老爷问一句,朱蓓蕾摇一下头;再问一句,再摇一下头。朱蓓蕾头都摇昏了,乔老爷仍不肯罢休,仍一句追一句问。朱蓓蕾正无处逃遁,忽听得门锁咔嗒一声响,她急忙压着嗓子道:"老公,别说了,巧巧回来了!"

巧巧进屋一眼看到爸爸,鸟儿般飞扑上来,两臂吊住爸爸头颈,连连喊道:"老爸,老爸你回来得正好!这几天我做题库做得脑袋都僵掉了,老爸陪我打几盘魔兽世界好吧?妈,老爸难得回家,你一定要批准哟。"

朱蓓蕾偷瞄了老公一眼,见他铁板的面孔终于柔软起来,忙道:"好吧,看在你爸面子上,就放你一回假。你们玩会儿,我去烧饭。"心中忽就云破雾散了。

这一整天朱蓓蕾哪得空去菜场?在厨房东翻西翻,翻出半棵白菜,一截胡萝卜,一支冬笋,冰箱里还有一段鳗鲞和一块腊鸡腿。为了讨好老公,朱蓓蕾使出了浑身解数,精心配置有限的食料,蒸烩炒炖,个把小时后,竟整出一桌蛮像样的家宴来:先是一锅腊鸡腿香菇煲饭,再是一碟葱姜清蒸鳗鲞——乔老爷最爱吃的,另配一碟胡萝卜冬笋炒肉片,一碗虾米干贝白菜汤。便喊出父女俩上桌。因有巧巧在,乔老爷和朱蓓蕾都装出合家团聚其乐融融的样子,东拉西扯说些家长里短的闲话,最多还是谈论巧巧考什么大学啦,学什么专业啦,言语之间一桌菜风卷残云般见盆底了,连那锅腊鸡饭都所剩无几。朱蓓蕾一直悄悄地观察乔老爷,见他胃口蛮好,就着鱼鲞吃下两碗腊鸡饭,便稍稍定了心。

朱蓓蕾边收拾碗碟边关照巧巧道:"好去做作业了吧?别再缠爸爸了,也让爸爸歇歇呀。"心里是盘算支开巧巧,跟老公好好解释一番的。

她三下五去二地洗好碗筷,解下围裙,急忙踅进厕所间。洗手池上的镜子里,映现出的女人,眼泡浮肿,面色蜡黄,头发凌乱,自己见着都讨厌,怪不得乔老爷懒得看呢。

朱蓓蕾以最快的速度洗脸,涂护肤霜,待要画眉点唇,又犹豫了。朱蓓蕾晓得平素乔老爷不喜欢女人打扮得娇艳,况且这一刻他正在气头上,眼睛凶得很呢!还是素面朝天地去面对他,由他评说。

朱蓓蕾惴惴不安地走进卧室,却见乔老爷已穿好外衣,夹着公文包,一派要出门的架势。

朱蓓蕾心一沉,扑上去拽住乔老爷的胳膊,哭腔道:"老公,你现在这个时候还要到哪里去呀?"

乔老爷仍旧没好声气:"今天又不是我的假期,我当然要赶回青浦去的!"说着便要甩开朱蓓蕾。

朱蓓蕾死不松手,道:"现在已赶不上回青浦的班车了呀,明天上午回去也不迟嘛,谁会说你呀?"

乔老爷瓮声道:"你那样想要赚大钱,索性你把这个家也拍卖了。你我既然所求不同,何必再住在一个屋檐下呢?"

朱蓓蕾惊骇地瞪大了眼睛,狠狠操了他一把,哑着嗓道:"你说什么呀?巧巧就在隔壁呢,我爹娘的魂灵也在上头看着你呢!"不觉哽咽起来:"我想把壶讨回来,挣些钱,也是为我们这个家着想,也好让你不要那样辛苦……你现在倒想撇下我们母女,讲得冠冕堂皇,谁晓得是不是外面有了花头!"

乔老爷咻地苦笑一声,道:"我会有什么花头?若不是你鬼迷心窍搞出这么些花头,我若有丝毫撇下你们母女的念头,叫我天打五雷轰好了。"

朱蓓蕾缩了下鼻子,怯怯道:"老公,我若不去讨这只壶了呢?你今天晚上好留在家里过夜吗?"

乔老爷将公文包放在茶几上,问道:"你真的不跟唐老师去讨壶了?"

朱蓓蕾连忙点头。

"你真的放弃那只壶了?"

朱蓓蕾更用力点头。

"你真的不想当千万富婆了?"

朱蓓蕾捏起拳头娇嗔地去捶乔老爷的肩胛,乔老爷一把捉住她的手,正经道:"好,我们拉钩上吊,一万年,不许悔。"便伸出一根小指钩住朱蓓蕾的小指,上下晃了晃。朱蓓蕾扑哧破涕为笑,趁势倒在乔老爷怀里。她用力嗅着老公身上那股每每令她耳热心跳的气味,胸中的块垒一丝丝地融化开来,无论爹爹那只粉彩壶能卖多少钞票,跟身边这个男人比起来,都微不足道的了。

数日后,哥哥从西安打来电话,告诉朱蓓蕾他已订好了新年回上海探亲的飞机票。朱蓓蕾稍加迟疑,决定对哥哥实话实说,便叹道:"哥,我要跟你说声对不起了。你记得爹常用的那把粉彩壶吗?壶把被妈拗断了。唐亚娟想要,我就送给她了。后来听讲这种粉彩瓷很值钱的,你不会怪我吧?"

哥哥呵呵一笑道:"没关系没关系,你若喜欢,哥再送你一把。"

朱蓓蕾半是疑惑半是惊讶,道:"哥,你发大财啦?听讲要上千万一只呢。"

哥哥又笑道:"蓓蓓,你说的是古董瓷的价格。爹那把壶是现代工艺品,那年我刚参加工作,晓得爹爱喝茶,就用头个月的工资给爹买的,大约五六块钱吧。这几年也涨了几十倍了。"

朱蓓蕾怔怔地捏住话筒,好半天出不了声。那话筒上棱角分布的九个小孔也像一副狡黠的戏谑的微笑。

弋舟小传

　　弋舟,本名邹弋舟,祖籍江苏无锡。"70后"实力代表作家之一,有大量长中短篇小说见于重要文学刊物,被选刊转载并辑入年选;作品入选中国小说学会年度排行榜,当代中国文学最新作品排行榜,获《小说选刊》年度大奖,第二、三、四届黄河文学奖中短篇小说一等奖,第六、七届敦煌文艺奖等多种奖项;著有长篇小说《跛足之年》、《蝌蚪》、《战事》、《春秋误》,小说集《我们的底牌》、《所有的故事》等。

被 赞 美

□ 弋 舟

1

　　记者有他们按门铃的方式吗?汤瑾诗想,那天的门铃声就是"记者式"的,似乎蛮有分寸,实际是满不讲理。当时汤瑾诗正在试一条新裙子。裙子墨绿色,饰着蓝色的暗纹,挂起来非常好看,穿在身上,汤瑾诗自己向下打量,也觉得比较合体,但对着穿衣镜一照,却发现有种难以立刻分析出的别扭。怎么会这样?汤瑾诗后悔没有试穿就把这条裙子买了回来。可它挂在商场里的确是很好看的,怎么说呢,汤瑾诗沮丧地想,是自己把一条好看的裙子给穿难看了。有了这样的念头,汤瑾诗不免情绪黯然,开始考虑推掉当晚的饭局了。门铃声响起来。汤瑾诗凑在猫眼上向外望,看到一张陌生的脸。对方却在门外叫出了她的名字:"请问汤瑾诗女士在家吗?"作为一个事件的开场白,这句话就有些戏剧性在里面,用了"请",还用了比较严肃的"女士"。后来汤瑾诗觉得这句话也是有着一股"记者味"的,拿腔拿调,带着股职业特权垫底儿的傲慢,还有以某种程度的侵犯为原则的阴险劲儿。

　　汤瑾诗打开一道门缝狐疑地看着对方。寸头,文化衫,在汤瑾诗眼里这不过是个毛头小年轻儿。

　　"您好,我们是电视台的记者,想就您的个人情感问题进行一些专访——"小年轻儿尽量不动声色地说。

　　汤瑾诗来不及揣摩这个要求。对方话音未落,汤瑾诗的眼前就闪出了一台摄像机和一张女人愤怒的脸。这两样东西都很吓人,像劈面而来的两只拳头。完全是条件反射,汤瑾诗迅速关上了门。汤瑾诗的心怦怦地跳,外面的动静也不小,但汤瑾诗只听到自己的心跳声。好半天,汤瑾诗才缓过神,于是,像被熨斗熨展了狰狞的褶皱,像攥紧的拳头松展开,那张女人愤怒的脸在汤瑾诗的脑子里还原成艾小娥的模样。汤瑾诗有些明白了,结合着艾小娥在门外的咆哮,她渐渐搞懂了自己眼下的处境。

"开门!把全小乙交出来!"

"汤瑾诗你要给我个交代!"

"不要脸不要脸不要脸!"

艾小娥的呐喊声一浪高过一浪,同时开始撞击铁门,大约是用上了脚,咣咣的,排山倒海一样。汤瑾诗的脑子被踢乱了,心被踢颤了,因为搞清了缘由,就更加紧张。失措间,汤瑾诗首先想到了周瑶石。这也是下意识在作祟。面临危险的汤瑾诗,需要被援助的汤瑾诗,下意识里第一个想到的,就是强有力的周瑶石。

汤瑾诗用手机打过去,周瑶石劈头一句:"到哪儿了?"

汤瑾诗被问得一愣,想一下,才嘘着气说:"周局,我不能去了……"

"什么意思?"周瑶石沉下声,"大家等半天了,不是说换件衣服就来吗?——咦?你家在搞装修?"

"不是装修,哪里是装修哟……"汤瑾诗开始说明自己眼下的形势,当然,有些语无伦次,"我被记者堵在家里啦,他们要拍我,我很怕,周局你要救我……"

讲了大约有三分钟,电话那边的周瑶石居然听明白了。这就是聪明人,能够迅速地把握复杂事物的要领。

"那女人是在踢你的门吧?"周瑶石问,好像还有些饶有兴味。

他一问,门外的动静就铺天盖地而来,让汤瑾诗觉得自己是处在风口浪尖上。

周瑶石又问:"那个男人在你家里?"

"没有,绝对没有,这是一场误会啊!"汤瑾诗申冤般地叫起来。

"那你就开门让他们看嘛。"

"周局你都听到了,那女人在发疯呢,她会打我的,她打我怎么办?他们一帮人啊,我一个单身女人,我为什么要给他们开门啊……"汤瑾诗觉得自己要哭了,委屈得无以复加。

周瑶石像安排工作一样地安排道:"那好,你不要开门,如果闹得太厉害,你给老赵打电话,让她过去一下。"

老赵是局里的工会主席,汤瑾诗正在想要不要把老赵搬来,手机紧跟着响起来。是门外的记者打进来的,因为只有一门之隔,汤瑾诗的耳朵里就出现了重声的效果。一里一外,两个声音同时说:"汤女士,我们是都市频道《情感踪迹》栏目的,艾女士委托我们来做这期节目,希望您能配合。"汤瑾诗觉得这句话是一连串费解的概念,譬如,她需要想一下,才能把"艾女士"和艾小娥画上等号。

与此同时,另一个声音旁白似的说:"她为什么不敢开门?她不敢开门肯定在里面嘛!"

这一下,汤瑾诗不用想,就知道是"艾女士"在说话。

汤瑾诗大声说:"仝小乙不在我这里!他根本不在我家!"

对方说:"我们拍到他从你家出来过。"

汤瑾诗一阵天旋地转,旋转之后,反而清醒了,由此倒也镇定了。

"这能说明什么呢?我们是朋友,"汤瑾诗笃定地补充道,"我们是从小就认识的朋友。"

"既然这样,我们能当面谈谈吗?"

"现在这种状况,不能!"汤瑾诗断然拒绝。

镇定下来的汤瑾诗就恢复到了文化局办公室主任的角色里,她有些后悔刚刚向周瑶石求助了,庆幸没有盲目地把老赵弄来。汤瑾诗向门外的记者开出了条件:要谈可以,她乐于澄清事实,但是首先,"艾女士"不要在场,她不愿冒和情绪失控的"艾女士"见面的风险;其次,她不愿面对镜头。愤怒的艾小娥和冰冷的摄像机,汤瑾诗现在拒绝的就是这两样东西——"这个自由我还有吧?"

"你没有勾引别人丈夫的自由!"艾小娥在外面铿锵有力地回答,同时又是一声响亮的踢门声。

汤瑾诗闭上眼睛,索性静静地聆听起艾小娥在门外制造出的狂暴之声,那种力度,让汤瑾诗难以和娇小的艾小娥连在一起。手机并没有挂断,记者兀自在饶舌。许久,汤瑾诗回一句:"你们没有权力这样,请你们离开。"连她自己,也觉得有气无力,于是,过犹不及地补充说:"我和仝小乙是朋友,我像他姐姐一样,我们是从小的朋友啊……"

说话间汤瑾诗睁开了眼睛。她靠在门厅的玄关上,对面就是穿衣镜,睁眼便看到镜子里的自己。镜子里的汤瑾诗因为了那条新裙子,也有了种难以立刻分析出的别扭,这让她在一瞬间恍惚起来。

三十四岁的汤瑾诗是在离婚后的第二年坐上了文化局办公室主任的位置。办公室主任是个什么性质的岗位呢?有个最简单的考量标准——没有一斤以上的酒量,就不是这个岗位上合格的人选。就任前汤瑾诗算了一下,自己前三十多年喝的酒总共加起来,怕也装不满一瓶。这就让汤瑾诗有了自知之明,她觉得自己不能胜任。

局长周瑶石却不这么认为。

"喝不了酒怕什么?酒量是可以锻炼的,就像感情是可以培养的一样。再说,你一个女人,别人总不好硬灌你,这恰恰是个资本,在场面上反而有优势。"周瑶石手一挥,"我决定了,就是你了!"

在文化局,周瑶石决定了的,就得做。况且,周瑶石还把酒量和感情做了类比——都是可以循序渐进,逐步提高的。

话是这么说,可汤瑾诗想,周瑶石对自己所做的一切,却没有遵循这个规律。周瑶石对待汤瑾诗,就像他的领导作风一样,不由分说,雷厉风行。局里每年组织一次旅游,那次是去云南,在丽江落脚的当晚,周瑶石就敲开了汤瑾诗的房间。周瑶石喝酒了,但他并不以此为借口。周瑶石一把将汤瑾诗拉进怀里时,还重申:"我没醉,我知道我在干什么。"很磊落吧?那态度,就像一个负责任的大国,就让汤瑾诗有了好感,有了逆来顺受的心理依据。但还是觉得突然,因为没有什么铺垫。之前周瑶石没给过汤瑾诗丝毫的暗示,在局里,也完全是上下级那种正常的关系,在汤瑾诗看来,周瑶石对自己还有些漠视。然而在这个丽江之夜,周瑶石说来就来,来了就把她扔到了床上。那性质,完全是从天而降,是一蹴而就,没有锻炼,没有培养,没有循序渐进和逐步提高,不啻于一口气给汤瑾诗灌进了一瓶烈酒。好在那时汤瑾诗刚刚离了婚,身心都有基础承受这瓶烈酒。

其后,汤瑾诗和周瑶石密切起来。他们是走了反方向的路,先有了结果,再去补充过程,有些补课的意思。周瑶石是个强势的男人,即使补课,也弄成温习的样子,好像一切早已熟稔,不过是温故而知新。时间一长,让汤瑾诗也糊涂起来,觉得自己天经地义就该和周瑶石绑在一起。有人恭维周瑶石,说他是这座小城最成功的男人。怎么说呢?做官,周瑶石做到了局级干部;为文,周瑶石每年一部长篇小说,还兼任着市作协的主席;最后还有一条厉害的,周瑶石以自己老婆的名义开着市里最大的酒楼,生意常年不衰,可谓日进斗金。当别人还在追求两条腿走路的平衡时,周瑶石已经是用三条腿走路了,而且,三条腿都很硬,这就让他在人生的道路上四平八稳,进退自如。和周瑶石密切过一段日子,汤瑾诗的心思难免会有些循序渐进,就是说,感情被培养出来了。但汤瑾诗不算是个糊涂女人,周瑶石的家庭和事业一样牢不可破,汤瑾诗想,这样的男人,你不应当对他企图什么,有幸的话,顶多轮上被他企图一下。这个结论一度挫伤了汤瑾诗,让汤瑾诗发现,和周瑶石的关系已经损害到了她的自信心。以前的汤瑾诗,不能说豪情满怀,却也是感觉良好的,不如此,她也不会随手就丢弃掉一段不错的婚姻。

原来周瑶石说得一点儿没错,汤瑾诗的酒量的确和感情一样可以锻炼和培养,汤瑾诗在场面上也的确有性别的优势。一来二去,汤瑾诗就是个合格的办公室主任了。汤瑾诗不急不躁,不吵不闹,由着周瑶石来锻炼培养,于是既锻炼培养出了感情,也锻炼培养成了办公室主任。

如果说做办公室主任除了喝酒,再没有别的优越性,那么汤瑾诗也不会心甘情愿地接受改造,好比如果不是周瑶石,换了其他的男人,汤瑾诗也不会这么低三下四,像块石头似的把自己交出去任由打磨。当然不是这样——做了主任不久,汤瑾诗的酒量改观还不大,就已经买了辆三十多万的雷克萨斯。

汤瑾诗喜欢车。在车里汤瑾诗是另一个人,这个空间给她驾驭感,心理方向是"前进"的,觉得命运像道路一样,还是高速公路,禁止调头,总是往前延伸,并且隐约地可以被把握。

开车的时候汤瑾诗觉得做一个单身女人也不错。下了车,汤瑾诗还是打算给自己找个丈夫。周瑶石非但不能企图,由此还克服了汤瑾诗性格上自恋的一面,让她成为一个能认清形势、摆正位置的女人。而且,当初离婚的时候，汤瑾诗就已经把物色下一任丈夫提到了自己的既定日程上。这说明，婚姻并没有给汤瑾诗造成什么阴影。事实上也是这样。前夫是个基本上没大毛病的男人，导致婚姻失败的责任，更多的是在汤瑾诗自己身上。离婚前的汤瑾诗，缺乏锻炼和培养，感觉良好，自恃颇高，不免就有些漂亮女人的通病，认不清形势和摆不正位置。

汤瑾诗物色丈夫，不是采用那种广种薄收的办法，她没有那么迫切。而且，身边有周瑶石这样的标尺，汤瑾诗心里就好像有了一个漏洞巨大的箩筛，随便一筛，大量不符尺寸的男人就被筛掉了。汤瑾诗接触过几个后，跟康至确定了关系。康至的条件比不上周瑶石，但也相差无几，海归，律师，还兼着大学的客座教授，说不上三条腿，两条腿起码是站得稳的，所以被筛子遴选出来了。

周瑶石并不妨碍汤瑾诗规划自己的生活。很好玩儿的，康至就是周瑶石介绍给汤瑾诗的。周瑶石跟康至家是世交，有些错综复杂的关系在里面。做康至的女朋友，周瑶石之于汤瑾诗，就是一个"叔叔"的身份。汤瑾诗那时候以为，面对周瑶石这样的男人，只要你摆得正自己的位置，随时调整好"周局"与"叔叔"这两种不同的形势，他就不会妨碍你。非但不会妨碍，而且，还会时时伸出援手。譬如，周瑶石许诺，下一步，副局长的位置就是汤瑾诗的。汤瑾诗本来是个不思进取的女人，在仕途上几无追求，但周瑶石是个推动力，一步一步，就把汤瑾诗鞭策出了积极向上的面貌。

一切看起来按部就班，就是梦幻般的现实和现实般的梦幻，归根结底，当然还是现实。汤瑾诗离婚后的生活并没有脱轨，反而有些蒸蒸日上的趋势，一个新的婚姻，一个条件上乘的丈夫，一条意外铺就的仕途，不出意外的话，似乎都指日可待。

可是意外却出现了。

这个意外就是全小乙。

局里和电视台合作搞晚会，主题是"抵制黄赌毒，提倡健康文明的文化活动"。在"赌"这一块，电视台推荐了个奇人。此人号称"骰子王"，破过吉尼斯世界纪录，一摇之下，能够随心所欲地让几十粒骰子完成五花八门的组合。如果能请来此人倡导禁赌，效果一定会事半功倍。但既然是奇人，当然便有奇人的派头。"骰子王"很难请,据说本地电视台三番五次邀请他上节目都被拒绝了,只有一次例外,让中央电视台拍过。周瑶石让汤瑾诗落实一下,说好了不是硬任务,能请来最好,请不来再想其他办法。汤瑾诗心里却已经多少有了把握。汤瑾诗想,应该不会错,世界上难道会有两个仝小乙?这个奇人就叫仝小乙。

仝小乙是三路公交车的司机。汤瑾诗没有找公交公司,直接去了三路公交车的终点站。等过去几趟车后,仝小乙就出现在汤瑾诗面前了。仝小乙从车上跳下来,举着个硕大的搪瓷缸子,一边豪饮一边往调度室走。正是盛夏,仝小乙穿着二指背心,背心向上卷起来,胸罩一样横在胸前,露出的小腹深陷下去,像饿了三天的肚子。果然是同一个人。汤瑾诗觉得时隔多年,仝小乙居然基本上没什么变化,连放大了一号都谈不上,只是拉长了一截,而且,拉长了的也只是身子,脸的大小还是当年的规模。

"小乙!"汤瑾诗叫,同时按下喇叭。

仝小乙置若罔闻,自顾往前走。汤瑾诗只有把头探出车窗,大声叫他。仝小乙朝汤瑾诗的方向望,只看了一眼,就欢呼着奔了过去。

后来仝小乙说,这么多年了,汤瑾诗也没怎么变,尽管她只从车里露出了一颗头,尽管这颗头上还遮着副太阳镜,但还是被他一眼就认了出来。"哎呀,我想啊,你就是到了八十岁,我也能一眼就认出你!"

仝小乙这么说夸张吗?倒也未必,至少,汤瑾诗自己就觉得仝小乙还是从前的样子。这种感受当然是主观的,没有人三十多岁了还是七八岁时候的样子。这种感受的依据是情感,有了情感,岁月对人的改造便显得微不足道了。

小的时候,汤瑾诗和仝小乙是邻居。有段时间,双方的家长都忙,把他们托在一个姓金的妇女家里。每天放学,汤瑾诗和仝小乙就结伴去"金阿姨"家吃饭,然后一起做作业,等到天黑,各自被父母接回家去。仝小乙从小就单薄,七八岁的儿童大多肚皮浑圆,仝小乙的肚皮却总是前胸贴着后背,俨然一个非洲孤儿,当然不是饿的,是天生就长成那样。汤瑾诗比仝乙大两岁,长得也结实,就有些姐姐的样子,在外面护,在金阿姨家让。仝小乙也把汤瑾诗当成一个依赖。汤瑾诗和仝小乙结伴生活了几年,后来汤瑾诗家搬走了,这种日子才宣告结束。至此两人便断了联系。

汤瑾诗不敢肯定,自己真的到了八十岁还能被仝小乙认出,但现在自己三十四岁了,仝小乙至少能够毫不迟疑地就将自己辨认出来,这种确认,让人有种辛酸的感动。汤瑾诗当然清楚岁月都在自己身上做了哪些手脚,有些部位,对于一个三十四岁的女人而言,岁月甚至是下了狠手的,说是败坏殆尽也不为过。但在仝小乙毫不迟疑的确认之下,这些损害被一笔勾销了,让汤瑾诗倏忽回到了完好无损的女童时代。

两人的重逢毫无障碍,二十多年的时光仿佛根本不存在,一接上头,就像回到了当年结伴上金阿姨家吃饭的时候。汤瑾诗说明了来意,仝小乙自然是满口答应。仝小乙说话还是和小时候一样,是一种感慨万千的风格:"我要感谢这样的宣传!抵制黄赌毒,不抵制,我们也不会重逢的!哎呀,嘿!好……"他不住地喟叹,几乎要感谢"黄赌毒"。汤瑾诗倒不觉得仝小乙荒唐。在汤瑾诗眼里,仝小乙就是个"弟弟"。既然是弟弟,夸张些,激动些,东拉西扯地喜不自禁些,也无伤大雅。

仝小乙还要上班,按他的意思,当时就要跟汤瑾诗走,结果被汤瑾诗阻止了,劝他不要影响工作。两个人约好晚上在"浮水印"见。

"浮水印"是家咖啡厅。汤瑾诗先到的,坐了大约有一刻钟,仝小乙来了。仝小乙的出现不但令汤瑾诗大吃一惊,咖啡厅里所有的人都被他搞得瞠目结舌。仝小乙穿着一件黑色的风衣,戴着黑色的礼帽,系着白色的围巾,拎着一只旧皮箱。有脑子比较快的人看出了苗头,叫一声:"许文强!"不错,仝小乙就是按照电视剧里那个著名的人物打扮的。仝小乙旁若无人,款款地走到汤瑾诗面前坐下。

汤瑾诗不免有些尴尬,低声问他:"发疯哟,你搞什么名堂?"

仝小乙手一摊:"我表演的时候就是这样的,这是我的演出服。"

汤瑾诗说:"没让你在这儿演出啊,你听不到吗,别人都在笑。"

仝小乙严肃地四周看看,不高兴了:"我是要表演给你看,不穿成这样,哎呀,你知道吗?我就摇不了骰子。让他们笑,大惊小怪!你看好了,一会儿他们鼓掌都来不及!"

仝小乙把自己的旧皮箱放在桌面上,郑重其事地打开,里面摆着一排塑料罐子,每只罐子里都塞满了花花绿绿的骰子。骰子和平常见到的不太一样,有底色,花花绿绿,每一粒都珠圆玉润,很精致的样子。仝小乙捏起一粒："拉斯维加斯弄来的！"他的行头和举止成了咖啡厅的焦点,大家都眼巴巴地看他。仝小乙拿出只罐子,抓出把拉斯维加斯弄来的骰子,看架势,就是要表演了。但却又停下来,眉头蹙成一块疙瘩。怎么了呢?大家拭目以待。"不行呀,"仝小乙拈起桌布的一角,"要玻璃,桌布不够光滑,要玻璃,不要桌布！"这就好像抖了个包袱,汤瑾诗的好奇心被吊起来了,问服务生有没有"玻璃"桌面的位子?

于是就换了张桌子。"玻璃"桌面的,仝小乙用手指来回摩擦,吁口气,眉头开了,看来是满意了。在桌面上间隔均匀地摆上一排骰子,仝小乙人站着,白色的围巾甩在肩后,右手开始摇晃罐子,左一下,右一下,幅度逐渐加大,速度逐渐加快,突然,下手了——罐子向桌面的骰子扫去,一粒骰子消失了,再扫回来,又消失一粒,风卷残云一样,一排骰子片刻间被仝小乙收在了罐子里。已经有围观者了,有人发出喝彩。但还没完。仝小乙手中的罐子摇得飞快,哗啦哗啦,哗哗哗,哗——行云流水间,电光火石般地突然收手,啪的一声,扣在桌面上,然后,缓缓亮开。怎么样呢?十多粒骰子笔直地摞在一起,当然没多高,但居然有着高耸入云般的气势！掌声响起来了。怎么说呢?像仝小乙说的:掌声很踊跃,很积极,就像怕来不及似的。

汤瑾诗笑了。汤瑾诗看出来了,仝小乙的舞台感很强,他这手绝活儿,只有配合舞台气氛才能淋漓尽致地展示,风衣、围巾,一个都不能少,当然还有那顶帽子,此刻仝小乙就摘下它,贴在腹部,微微躬身向观众们致意呢。

掌声激发了仝小乙的热情,他又接连表演了几手,哪一手都堪称神奇,哪一手都很过硬。仝小乙也越来越从容了,就是说,进入角色了,他那身不伦不类的打扮,也跟着恰如其分起来。现在仝小乙是一个风度翩翩的主角。手中的罐子落下后,仝小乙会有一个短暂的静止,凝神倾听,听什么呢?听的是某种神秘之声,然后,他松了一口气,轻声说句:"行了！"再亮开罐子,果然就行了——拉斯维加斯的骰子们像是被上帝严格砌成的一样,摆出了预定的造型。

"浮水印"里气氛热烈,像是在给仝小乙开专场晚会。汤瑾诗眼看这里已经不是能安静说话的地方,招呼仝小乙离开。两人是踏着掌声离开的"浮水印",很隆重。和仝小乙并肩走着,他那套行头,更让汤瑾诗有种如在戏中的感觉。

上了仝瑾诗的车,仝小乙点着根烟。仝瑾诗的车上是严禁吸烟的,这一点,连周瑶石也不例外。但仝瑾诗忍了忍,并没有阻止仝小乙。就是说,仝小乙一开始,在仝瑾诗这里就是个"例外"。而仝瑾诗,在仝小乙那里也是个"例外"。"我从来不在这种地方表演的,"仝小乙强调说,"你知道吗?我今天为了你才破例的!"

仝瑾诗笑了笑,问他怎么练就的这么一手绝活儿。仝小乙说:"玩儿呗,哎呀我就是爱玩儿,只要是我爱玩儿的,我就是不要命了,也要把它玩儿好!你是不知道,我玩儿坏的骰子就有几麻袋,怎么玩儿坏的呀?就是摇碎啦,奇怪吧?能把骰子摇碎,我这个人真是了不起!我自己都很佩服……"仝小乙坐在副驾驶的位子上吞云吐雾,仝瑾诗眼睛的余光里就是一个"许文强"的影子。

拉着个"许文强",仝瑾诗就不好招摇过市了,最后干脆停在一个僻静的地方,坐在车里和仝小乙说话。

两人各自说了说自己的状况。仝小乙的经历比较单纯:中学毕业后参军,复员后进公交公司开电车,结婚几年了,没孩子,最大的亮点就是成了"骰子王",正经被吉尼斯世界纪录确认了的,上报纸,上电视,好像家常便饭一样。"我上的是中央电视台,市里的我才不去,我不想让他们随便拍我。"仝小乙郑重地说。仝瑾诗的经历也貌似单纯,要不就是她有意忽略了一些难以言传的环节:大学毕业进文化局,结婚,离婚。

"离婚了呀?"仝小乙果然感慨万千起来,"怎么离婚了呀?多可怜啊!"

仝瑾诗笑着附和:"是啊,可怜吧?"

话音未落,仝小乙的手就伸了过来,握在她的右手上。仝小乙的手指很长,很瘦,像几根铁丝,在仝瑾诗手上不软不硬地缠了一圈。仝瑾诗由着他缠着,知道这是仝小乙在对自己表示慰问,仝瑾诗也能很自然地接受,结果是,一接受,就真的生出了一些"可怜"的感觉,脸上的笑在黑暗中不知不觉凝固了。

这时仝小乙另一只手也伸过来了,攥成拳头,举在仝瑾诗眼前,展开:"你的还在吧?我想啊,你的一定不在啦。"

车里没有开灯,就着街边的路灯,仝瑾诗看到仝小乙的掌心里有一片幽暗的光。

那是一片碎瓷。汤瑾诗隐约记起来了:小时候,有一次汤瑾诗不慎打碎了金阿姨家的一只瓷碗,这不算太严重的过失,但在两个小孩眼里,却是不小的乱子。仝小乙建议把碎片扔进炉子里,赶在金阿姨发现之前毁尸灭迹。金阿姨家烧炭块,时值严冬,炉火正旺。两人把碎片投入火中,不知道什么原理,火焰骤然一亮,腾起蛇一般的舞蹈,似乎那些瓷片真的燃烧了起来。第二天,仝小乙在金阿姨家门前的炉灰里发现,那些碎瓷完好无损,只是被熏得乌黑。两个小孩对这些碎瓷感到惊奇,它们经历了摔打和烈焰,淬火后质地居然完好如初。汤瑾诗和仝小乙将它们从灰烬中挑拣出来,仔细地冲洗干净,一人选了一片形状好看的收藏起来。他们发誓说,要各自永远保存自己的瓷片。这也是孩子气的做法,庄严地给自己虚拟出可贵的情感和神秘的信物,以此滋生一些天真的寄托。

时隔多年,仝小乙变戏法似的又把他的宝贝变了出来,如他所言,三十四岁的汤瑾诗当然变不出这样的把戏了。

2

艾小娥持之以恒地砸门,砸出了多重声部合唱般的节奏,时而低回,时而昂扬。汤瑾诗的恍惚因此不可能长久,愤怒的"艾女士"不给她这样的权利。汤瑾诗定了定神,拨通了仝小乙的电话。仝小乙好像手里正攥着手机,迫不及待地等着接听一样,铃声只响了一下,声音就传过来了:"哎呀——"

汤瑾诗打断他:"你家艾小娥带了电视台的人在我这里闹。"

电话那头的仝小乙显然是愣住了,发出些气泡似的"呃呃"声:"电视台?不会吧?哎呀怎么能这样搞?艾小娥有毛病了吗?"

汤瑾诗火了:"你不要问我!你把你老婆弄走!"说完就挂断了手机。汤瑾诗很懊恼。太草率了,自己真的是太草率了,小到一条裙子,大到一个男人,裙子不合适顶多是别扭,男人不合适,就是灾难啊!

门外传来手机铃声。艾小娥在接电话。然后一切戛然而止。他们撤走了。真的撤走了吗?汤瑾诗不敢确定,趴在窗子上望,看到他们出了楼洞,上一辆有着电视台标志的面包车。钻进车门的一刹那,艾小娥突然抬头,目光箭一般射了上来。汤瑾诗惊慌地闪到了窗帘后面,但还是鸟儿般地感觉到一股凉意。

汤瑾诗想以前怎么就没有发现艾小娥的目光会像箭一样的射人呢?初次见到艾小娥时,汤瑾诗觉得艾小娥和仝小乙挺般配的,艾小娥是三十多岁的女人了,还像个没长开的初中生,个子大约也就一米五的样子,完全没有胸,看人的时候眼神软软的。汤瑾诗心里想,这个艾小娥怕是有些先天不足,体质有问题。可仝小乙却说艾小娥结实着呢,"她呀,可厉害呢!"仝小乙说的时候笑嘻嘻的。这样一个单薄的小女人,怎么个"厉害"法?汤瑾诗按照经验来会意,然后暗骂自己无聊。艾小娥也是公交车司机。有一次,汤瑾诗在路上看到艾小娥,她们的车恰好都停在红灯前,汤瑾诗一抬头,看到身边那辆公交车上的艾小娥。艾小娥坐在驾驶员的位置上,那么大的一辆公交车,那么小的一个女司机,两相比照,就是个"无人驾驶"的效果。汤瑾诗被这种反差弄得心里怪难受的。那时候汤瑾诗觉得艾小娥是个惹人心疼的小女人,孰料,"她呀,可厉害呢!"

按照热力学第二定律:事情总是"越变越糟"。汤瑾诗现在就验证着这条定律。

天色黑下来。汤瑾诗不开灯,躺在沙发里思前想后。晚饭说好是要出去吃的,局里招待客人,本来汤瑾诗现在是要以办公室主任的身份出现在饭局上的,可是现在只能饿着肚子躺在黑暗里。周瑶石的电话又打进来过一次:"怎么样?"汤瑾诗不想多说什么,只说是没事了,人已经走了。汤瑾诗听出来了,周瑶石有些不快,这提醒她,周瑶石似乎在暗示她做出些解释。这种暗示,让汤瑾诗恨恨的,感觉周瑶石是在雪上加霜,是逼债的黄世仁。汤瑾诗现在只想一个人安静地把事情理理清楚,她向周瑶石请假,说要休息几天。周瑶石一声没吭,挂了手机。

整个晚上汤瑾诗都没怎么睡实。

汤瑾诗想明天要教训仝小乙一下,让仝小乙认识到问题的严重性——他已经极大地扰乱了自己的生活,必须悬崖勒马。可是一想到在这种时候和仝小乙见面,说不定会成为把柄,汤瑾诗的心就乱成了一团。电视台的记者说拍到过仝小乙从汤瑾诗家出来,汤瑾诗回忆了一下,仝小乙最后一次来自己这里,是五天前的事,就是说,至少,她已经被电视台的摄像机监视了五天!"监视"这个词一跳出来,汤瑾诗立刻就缩住了身子,好像显微镜下的细菌一样。人是禁不起被监视的,一被监视,再清白的人都会被弄出马脚。汤瑾诗飞快地检点了一下自己五天来的生活,所幸,似乎没有格外的破绽,至多是去过一次康至的律师楼,康至是自己名正言顺的男朋友,即使两人去宾馆开房间,也无可厚非。但心里已经是战战兢兢的了。以前汤瑾诗没有审视过自己的生活,这天夜里,在这种局势下审视一番,汤瑾诗发现自己的生活原来如此不可告人:周瑶石、康至、仝小乙,本来条分缕析,各有侧重的几个男人,却都搅在了一起,简直就是一团乱麻。

汤瑾诗想不通,怎么本来好像顺畅的日子,一经分析,性质就变了呢?这样的日子是不堪承受被"监视"之重的。现在必须理清头绪了。仝小乙不用说,必须快刀斩乱麻,他显然是个祸害。其次是周瑶石。周瑶石在电话中透露出的不快,让汤瑾诗有所觉悟,这世界上根本不存在对女人没有妨碍的男人,既然仝小乙这样长不大的男人都能制造出麻烦,周瑶石一旦发作,该是什么威力?最后是康至。仔细一分析,这个男人也应该从生活里择出去,他是周瑶石介绍的,做了自己的丈夫,终究会埋下隐患……

七算八算,汤瑾诗自我检讨的结果是:自己的生活竟是危机四伏着的。更加糟糕的是,汤瑾诗发现,如果把生活中的男人全部清理掉,那么生活就不成其为生活了,它会难以为继,一下子垮掉,变得一无是处。仝小乙先不去说,汤瑾诗想,自己的生活在周瑶石这里已经打上了死结,这个结一旦解开,稀里哗啦,生活就有散架的可能性。怎么说呢?汤瑾诗的生活和周瑶石绑在一起的太多了,简直就是生活本身,甚至连康至这个男朋友,都是这条绳上的。

刚刚尝试着炒股的汤瑾诗想,就像在股市一样,自己被套牢了。

就这样,本来是仝小乙惹出的事端,不知不觉,汤瑾诗紧张的神经却绷在了周瑶石身上。当然,周瑶石是汤瑾诗生活中的主要症结,但是也说明,汤瑾诗在这个晚上依然是没怎么把仝小乙放在心里。

汤瑾诗在清晨迷迷糊糊地睡过去,她感觉自己只是闭了下眼就被电话吵醒了。其实这时候已经不早了。

电话是周瑶石打来的:"你马上来局里,有事要和你谈。"

汤瑾诗还在睡意当中,电话铃本身已经吓到了她,周瑶石严厉的口气更是让她半天回不过神。汤瑾诗躺在床上,浑身汗涔涔的,有种虚脱的无力之感。后来汤瑾诗几乎是挣扎着爬了起来,去卫生间冲澡时,一眼看到镜子里面的自己,汤瑾诗立刻再次受到了惊吓。一夜之间,岁月就把这个三十四岁的女人还原成了她应当被损害到的那个程度,平日的保养,维护,通通无效了。这种损害是根子上的,完全符合热力学第二定律:镜子里的汤瑾诗,潦草,凌乱,就是种"越变越糟"的颓唐之势。更令人触目惊心的是,汤瑾诗发现自己的小腹竟然微微凸出了!汤瑾诗恍然大悟,原来这就是令那条裙子别扭的根源啊——自己的身体走形了,以前的尺寸已经难以妥帖地掩藏这个身体了。汤瑾诗捧着小腹站在水中。小腹那里所发生的变化,不过就是多了圈微乎其微的肉,但在一个女人心里,却是沧海桑田般的翻天覆地。

汤瑾诗赶到局里时已经是中午了。文化局不是考勤严格的单位,上班时间大楼里都没多少人气,这个时候,更是空空如也。周瑶石等在办公室里,汤瑾诗一进去,就感觉到气氛很不好。

周瑶石一言不发地盯着汤瑾诗。在汤瑾诗的经验里,周瑶石还从来没有过这种态度。汤瑾诗经验里的周瑶石,要么直截了当,要么不屑一顾,从来不这么引而不发地盯着人看。汤瑾诗以为周瑶石在为昨天的事生气。在路上汤瑾诗已经基本想好了怎么对周瑶石解释。在这件事上,汤瑾诗并不认为周瑶石有多大的理由恼火,她觉得,周瑶石此时的态度有些过于夸张。

事实却比汤瑾诗以为的要严峻得多。

今天一大早,艾小娥就带着电视台的人来到文化局。他们不是要找汤瑾诗,而是要求采访"一把手"。局里的干部阻拦,理由很充分:这都什么年代了,个人隐私,根本不需要单位领导表态。但艾小娥闹得很凶。艾小娥半张脸肿着,她说是昨天晚上被自己丈夫打的。艾小娥仰着半张肿脸,哭着说,逼急了她就从文化局的楼上跳下去!"一把手"周瑶石并不吃这一套,坚决不见,也不指派任何人去安抚,干脆就命令保安把他们轰了出去。

"你知道吗?电视台的记者扬言要给文化局曝光,"周瑶石顿一下,"当然,我不会在乎他们搞这种名堂——我之所以不接待他们,也是为了你。你想一想,这个时候配合他们,不就是助长他们了吗?"

汤瑾诗呆若木鸡。汤瑾诗的内心没有多少波澜,脸上也只是一派茫然。汤瑾诗不觉得这一切都是真的。

这件事在局里弄得尽人皆知,周瑶石分析,肯定会有人幸灾乐祸。汤瑾诗作为副局长的人选,并不是那么令人服气,这是"隐患",今天出了这种事,就是"明火"了。其他的事,有周瑶石顶着,但"这种事",周瑶石说:"你必须自己善后。"

汤瑾诗的眼泪一下子滚了出来。周瑶石的"这句话"比"这种事"更有杀伤力。

周瑶石好像就是在等汤瑾诗的眼泪。汤瑾诗木然地哭,他就欣赏般地看着。看了一阵,才说:"不过,我会安排,以组织名义去和电视台接洽,帮你澄清事实,并且抗议他们的做法——毕竟,你是文化局的干部。毕竟,他们扰乱了文化局的工作秩序。"

汤瑾诗依然在哭,但没有哭泣时的那种心理反应。毋宁说是在哭给周瑶石看。

"好了,不要哭了。"周瑶石敲敲办公桌,"说说吧,你和那个开电车的——嗯,摇骰子的——究竟怎么回事?"

那么,汤瑾诗和那个"摇骰子的"究竟是怎么回事呢?汤瑾诗自己也很难说得清楚。

全小乙为汤瑾诗上了次市里的电视,在文化局主办的晚会上大显身手,寓教于乐,以"骰子王"的身份倡导禁赌。晚会很成功,周瑶石很满意。"我是破例了,真的是破例了。"全小乙强调这一切都是为了汤瑾诗。汤瑾诗相信全小乙说得不假,但觉得全小乙为她这样破一次例,也没什么大不了——她不是也破例让全小乙在自己车上吸烟了吗?怎么说呢?两个人都有种天经地义的架势,把为彼此"破例"当作一种优待,像私下收受了某种特权。

汤瑾诗把全小乙带到自己母亲面前。奇怪的是,母亲却根本认不出当年的这个小邻居,汤瑾诗说了半天,母亲依然"哦哦哦"。汤瑾诗想不通,怎么在自己眼里几乎是一成不变的全小乙，到了母亲眼里，就成了"哦哦哦"？这里面是有点儿蹊跷啊。汤瑾诗想，莫非，有一种线索，只对她和全小乙有效，是他们相互辨认的依据，别人根本无从捕捉。全小乙也把汤瑾诗带到自己家里。遗憾的是，全小乙的父母都已经去世了，没法让汤瑾诗鉴定一下时光对自己的改造程度。但汤瑾诗见到了艾小娥。艾小娥已经知道了汤瑾诗和全小乙的关系，一见面，就腼腆地叫汤瑾诗"姐"。汤瑾诗被叫出了做姐姐的感觉，再次见面，就买了几件衣服给艾小娥。全小乙的日子并不轻松，他那个公交司机之家，物质生活极大的不丰富，这是一目了然的事。但这个艾小娥，却有些不卑不亢。汤瑾诗送东西给艾小娥，艾小娥倒也不推辞，可一转眼，就让全小乙送了双鞋来。汤瑾诗看着那双鞋，有些莫名其妙。汤瑾诗潜意识里是有些优越感的，觉得自己居高临下，应当也做一个"负责任的大国"。结果，这个艾小娥却注重国与国之间的平等，弄成了礼尚往来。

汤瑾诗对全小乙说："你家艾小娥怎么这么客气呀？"

全小乙说："这不是客气，这是艾小娥懂礼貌！"

汤瑾诗说："跟我讲什么礼貌呀？"

全小乙说："那也是你先跟艾小娥讲礼貌！"

事情过去了，汤瑾诗也没怎么放在心上。有一次，汤瑾诗在商场里看到那种鞋，一问，价格居然和自己送出的几件衣服基本等值。这个发现让汤瑾诗怔住了，心想，这肯定不是巧合吧，怎么有这么巧的事？显然，艾小娥是做了细致的工作，才还回来的这双鞋。先不说这些衣服鞋子之间复杂的数字换算，仅就双方支付出的数额来说，艾小娥就承受了一次不平等的压力——这双鞋对于一个女公交车司机来讲，实在太贵了。汤瑾诗觉得平白给艾小娥添了麻烦，同时，对艾小娥也有了些微妙的看法。此后的交往，汤瑾诗就比较注意了，不再送什么礼物，反而是艾小娥，用毛线织了手机套之类的东西送给汤瑾诗。女人和女人之间，时常就有些这样的小斗争，其中的玄奥，有时候也很惊心动魄。汤瑾诗觉得这很可笑，艾小娥这个小女人有些小题大做，紧张得都让人心疼了。

和艾小娥的缜密比起来，全小乙完全就算得上是一个浑浑噩噩的人。这个全小乙把自己所有的精力都放在玩儿上了，他太爱玩儿了，而且玩儿得纯粹,玩儿得不遗余力。在这种精神之下,全小乙把自己玩儿成了"骰子王",下的那番工夫,让汤瑾诗不由得都要生出敬仰来。汤瑾诗在全小乙家里亲眼看到了那几麻袋被摇碎了的骰子,四分五裂的它们见证了一个"骰子王"是怎样练成的。可是这个全小乙玩儿出名堂后,却不学以致用。各种机会接踵而至,请他长期表演的,年薪一开口就是六位数。全小乙却不为所动,继续在盛夏里卷起二指背心做他的公交车司机。汤瑾诗问全小乙:"你傻呀?就这么爱开公交车?多挣些钱,也让艾小娥享享福。"全小乙被问得张口结舌,他自己也说不出个所以然,瞪着眼睛说:"我就是爱玩儿喽!——我没想过去挣钱——为什么要让艾小娥享享福呀?——哎呀——艾小娥现在是在受罪吗?——我看艾小娥很幸福嘛!"全小乙自问自答,让汤瑾诗有些怀疑自己的幸福观,是啊,凭什么要认为人家是在受罪呢?

全小乙的体格小于成年男人的平均值,艾小娥更是个袖珍女人,看着这两个比别人小一圈的夫妻,汤瑾诗觉得他们像一对生不逢时的精灵,有些古怪得可爱,也有些古怪得可笑。

总之,全小乙和艾小娥的生活态度,在汤瑾诗的经验之外。

汤瑾诗的生活经验来自于以下现实:

对于周瑶石,汤瑾诗在认清形势、摆正位置之余,也不免常常心生怨艾。毕竟,"认清"和"摆正"这两种姿态对人都是有些强迫性的,针对的是人顽固的本性——依着人的本性,天生都是"认不清"和"摆不正"的,所以就有个被矫正的痛苦在里面。而且,她和周瑶石的关系在局里几乎就是欲盖弥彰的,汤瑾诗时刻都要顶着同事们闪烁其词的眼光。这种压力虽然无形,但像空气一样无处不在。就是说,汤瑾诗时刻活在被污染的空气里。

男朋友康至,这个把周瑶石叫"叔叔"的律师,有个让汤瑾诗难以启齿的嗜好。说起来不可思议,他们没有在床上做过爱。律师康至对自己的办公室情有独钟,每次约会,无论在哪里,最后一个提议总是:"去我办公室吧。"康至那间不大的办公室让汤瑾诗有些望而却步,在那里,康至往往是即兴式的,一改平时的温文尔雅,变得有些粗鲁,甚至粗暴,在汤瑾诗毫无防范的情况下,突然行动,三下五除二,直奔主题。汤瑾诗从周瑶石那里得知,康至是携前妻一同出国留学的,结果,前妻跟她的导师搞在了一起。汤瑾诗联系起来想,认为康至热衷于在办公室里突袭自己,一定是对这件往事的报复性模仿。汤瑾诗分析,康至在类似办公室这样的场景中受到过刺激,怎么说呢?康至是把他当年远在异国受到的伤害,穿越时空,投射在自己身上了。这个结论让汤瑾诗很头痛,完全计较吧,好像也没有必要,可是,完全不计较,好像也说不过去。就算汤瑾诗心里不计较,但她的身体却要自发地计较,每次康至靠过来,汤瑾诗的身体就会隐隐约约弥漫出一股肃杀之气,也不知道康至是否能感觉到,反正,汤瑾诗是很为自己身体的擅自做主感到惊讶。汤瑾诗尝试着把康至向正常的方式引导,尽量在一些合理的空间亲近康至。可是,出了办公室,这个律师简直就是个谦谦君子,即使是在自己家里,也从不把汤瑾诗邀请到床上去。忍无可忍的时候汤瑾诗问他:"结婚后呢? 难道我们也要住在你的办公室里? "康至回答一句:"这不是还没有结婚吗?"他机智的反问把汤瑾诗的质疑挡回去了,他并不正面回答,那意思是多解的,你可以理解为"结婚后会另当别论",也可以理解为"还没结婚讨论这个问题纯属多余"。除了这个特殊的嗜好,康至堪称完美,但不解决康至的这个嗜好,汤瑾诗的心里就长期罩着块乌云了,面对康至时,身体长期地弥漫出肃杀之气。

汤瑾诗动过和康至结束的念头,不是很坚决,所以没有在康至面前表露。汤瑾诗对周瑶石含混地暗示了一下。康至是周瑶石介绍的人,由周瑶石来给自己安排男朋友,本来就是笔糊涂账,是汤瑾诗的温暖处又是汤瑾诗的伤心处,汤瑾诗内心的乌云和身体的肃杀可能与此也有些关系。汤瑾诗把了断的念头暗示给周瑶石,还怀有一些幽昧的动机,那就是看看周瑶石会如何反应。汤瑾诗不自觉地想试探一下人心叵测的那一面。周瑶石的反应很激烈。在汤瑾诗,这既有些出乎意料,又有些在情理之中。周瑶石说:"你不要胡思乱想!康至哪里不好?我给你介绍的人,怎么会有错!"周瑶石并不罗列康至好在哪里,似乎这是不证自明的,因为是"我给你介绍的人"。周瑶石只需要强调他在这里面的分量就足够了。汤瑾诗饶有兴趣地看着周瑶石慷慨激昂, 好像一个置身事外的人, 玩味着里面曲折的内涵。

很多时候,汤瑾诗都有这样的游离之感,仿佛一个旁观者,在打量那个叫汤瑾诗的女人如何在尘世中周旋辗转,调整着自己的形势与位置;而那个叫汤瑾诗的女人自己,含糊其词,生活有个大致不坏的轮廓就行了。

做办公室主任,汤瑾诗的酒量纵然与日俱增,但终究也免不了会有喝醉的时候。喝醉了并没有多难受,难受的是,第二天那种生不如死的滋味:沮丧,厌恶,追悔莫及,甚至是痛苦无告。这种时候,汤瑾诗往往就认不清形势、摆不正位置了,成为一个怨气冲天的女人,向着冥冥中那个管事的高声抗议。这是身心共谋的结果,身体被摧残了,就上升到心理上,看来像是物理性质的,实际上,还是和精神有关吧?但是汤瑾诗宁可把这些感受归咎于酒精本身。汤瑾诗不是糊涂女人,不醉的时候,不爱去算糊涂账。

焦虑的时候汤瑾诗会设法舒缓一下自己的情绪,譬如,漫无目的地开着车跑一跑。偶尔还会跑得很远。有一次,汤瑾诗驶上了高速公路。高速公路给汤瑾诗的感觉是:你可以一往无前地跑下去,你不需要目标,平铺的道路会引导你前进。结果汤瑾诗就这么一直向前跑。夜里实在困了,找了个加油站停下,人就睡在了车里。第二天醒来才发现,自己已经到了另一座城市的地界。晨曦初升,汤瑾诗看着车外万千变幻着的复苏景象,一瞬间整个人都有种雾化了的弥散之感……

这些,构成了汤瑾诗三十四岁时的生活,升华一下,也就是一个三十四岁女人的人生经验。

全小乙像个栩栩如生的影子,又像个凭空捏造出来的亲人。重逢后,汤瑾诗偶尔去全小乙家里转转,有时候也约他们夫妻一同吃顿饭。和他们在一起的时候,汤瑾诗很放松,饭也吃得真像是饭了,不再是酒桌上那种超出饮食本身的吃法。他们吃得多纯粹啊,要查账单,要打折扣,不打折扣也可以,饮料总是要送一瓶吧?这是汤瑾诗离婚前的吃法,如今重温的意义在于,它是种平衡和制约,类似给一辆奔波的车适当地做做保养。

这个时候全小乙正在玩儿新的东西,他又迷恋上打乒乓球了。全小乙依然是贯彻着他那种"就是不要命了,也要把它玩儿好"的作风。全小乙先去体育馆找人打球,等到把认识的业余对手都打赢了之后,他就开始惦记上专业对手了。市里有体工队,也有正规的乒乓球运动员,但人家根本不和全小乙打。全小乙抽空就直奔体工队驻地,蹲在人家训练馆外面不走,一个目的:找人和他打一局。人家嫌他烦,开了门让他进去,派一个只有十一二岁的孩子跟他打。谁知道,这个门一开,就放进来个魔鬼。全小乙连那个孩子都打不过,可这恰恰就是麻烦的根源,他今天打不过了,明天就更要来,那架势,就是非要打过了才罢休。人家赶他走,他也不申辩,夹了拍子继续蹲在门口等,等到人家训练结束了,他堵在门口请求:"打一局吧,就一局!"运动员们都练累了,谁也没心情满足他的要求,他就尾随着人家跑到宿舍里死磨硬缠。这就影响到人家的正常训练了,找了保卫科的人对付仝小乙。保卫科一出面,仝小乙不免就吃了几次苦头。但是仝小乙矢志不渝,千方百计找到一个体委的关系,帮忙疏通了一番,最后终于如愿以偿,每天可以和专业运动员打上一局。

仝小乙的目标是:就这么一局一局地打下去,直到打出个"非专业性的"全国冠军。汤瑾诗当玩笑听,心想有这样的赛事吗?即使有,全国冠军,也太夸张了吧?可想一想那几麻袋摇碎的骰子,又觉得这个仝小乙就是个当代愚公,的确不能以常理来估量。汤瑾诗觉得自己满羡慕仝小乙的。别人都在呕心沥血地认形势、摆位置,仝小乙却在呕心沥血地玩儿。

如果不受干扰,坚韧不拔的仝小乙没准真的会拿到一个"非专业性"的全国冠军。结果是汤瑾诗干扰了他,他的这个冠军之梦只能半途而废了。

那天汤瑾诗代表文化局招待几个外地来的客人,照例是喝了些酒,但绝对算不上多。这个饭局有些例行公事的意思,规格也不高,所以周瑶石都不用出席。汤瑾诗的负担并不是很重,客客气气地足矣。平时喝了酒,汤瑾诗是不开车的,但那天喝得实在是少,汤瑾诗几乎没有感到酒力,所以结束后依然开了车回家。时间还早,正是夜生活刚刚开始的时候,街上车水马龙,反而比白天还要显得热闹。也许恰恰是喝得不多,才把汤瑾诗正好调剂到一种似是而非的状态里。汤瑾诗看着车外活色生香的景致,无端地就有些怅然若失。这种情绪一出现,好像将血液里本来微不足道的酒精发酵了一样,将汤瑾诗的头调唆得居然有些眩晕。汤瑾诗努力振作精神,却发现,酒精一旦和怅然若失勾兑在一起,就有种弹簧般的韧劲儿,你进一下,它退一下,你一松懈,它就又反弹回来了。

汤瑾诗把车停在路边,不假思索地拨通了仝小乙的电话。电话接通后,汤瑾诗用一种自己都觉得奇怪的声调说:"小乙,我喝醉啦,你过来,帮我把车开回去。"仝小乙问清了地点,说他马上就到。汤瑾诗疑惑地坐在车上,心想自己怎么这样跟仝小乙说话啊,嗲兮兮的,像一只求助的母猫。汤瑾诗想得自己都笑起来,在心里对自己说:"你这个女人是在勾引仝小乙。"

怎么会这样呢,是醉了吧?醉了吗?就当是醉了吧。汤瑾诗觉得这种状态正好。作为一个女人,汤瑾诗在男人面前像一只母猫的机会太少了。跟周瑶石不可以,汤瑾诗下意识地不齿于在周瑶石面前彻底地摇起尾巴,即使真摇起来了,说不定反而会弄巧成拙,周瑶石眼睛里摇来摇去的尾巴太多了;跟康至也不可以,汤瑾诗和康至的关系,近乎一种数学公式,双方是能够加以推理的,各方面换算下来,汤瑾诗已经没有"扮猫"的必要和余地。而且,即使汤瑾诗真的像一只母猫那样,目前康至十有八九还是会把她弄到办公室里去。但是微醺的汤瑾诗,现在有这种需要:像只母猫那样的撒撒娇,诉诉委屈。仝小乙可不就是个最合适的对象吗?

仝小乙心急火燎地来了。他打了辆车,停在汤瑾诗的车前。眼看着仝小乙跑过来,汤瑾诗的身体又一次擅自做主了,恶作剧似的,居然立刻有了醉意,一头埋在方向盘上,压得喇叭长鸣不已。仝小乙拉开车门,嘴里不停地哎呀,"哎呀哎呀哎呀,怎么醉成这样呀!太危险啦!哎呀哎呀哎呀——"被他这么一哎呀,汤瑾诗是不醉都不行了,由着他把自己拖出来,在车前绕一圈,塞进副驾驶的位置上去。汤瑾诗憋着笑,就是个闹一闹的意思。一个三十四岁的女人反驳岁月的最好方式就是:像个小女孩似的闹一闹。

仝小乙哪里知道汤瑾诗是在反驳岁月,他把汤瑾诗送到家,上楼都是半背半驮着的。汤瑾诗开始是做戏,但演着演着,怎么说呢?汤瑾诗入戏了:头真的很晕,身体真的很软,诉说欲也真的很强烈,完全就是喝醉了的状态。仝小乙忙前忙后,倒水,湿毛巾,汤瑾诗横在沙发里喋喋不休。都说些什么呢?汤瑾诗依次说起了:前夫,大学生活,父亲的去世,母亲的独居,她才进文化局时和群艺馆的人学过的书法——柳体!最后,周瑶石和康至也面目含混地出现了,其间又夹杂着对自己的宽慰,什么"无外如此"啦,"身不由己"啦,全是些既像狡辩又像忏悔的词。汤瑾诗自己也不明白这是怎么了,好像身体里有另一个人在替自己说话,说的又是另一个自己的话,说来说去,就把自己说到虚无的最深处里面去了。就这样,汤瑾诗真的醉了。汤瑾诗把自己说醉了。直到汤瑾诗感到灼热难耐,猛地回到现实中,才看到了仝小乙赤裸的肩膀孟浪地俯在自己头顶。是的,孟浪,这就是汤瑾诗内心的第一感受。

至今汤瑾诗也弄不清两人是怎么"孟浪"起来的,是谁先"孟浪"的。汤瑾诗意识到的时候,非但仝小乙已经"孟浪"地脱光了衣服,汤瑾诗自己身上也已经是"孟浪"地没有多少遮掩了。汤瑾诗有一瞬间的恼火,生气了,但她发现自己的手正"孟浪"地揽在仝小乙的背上,就立刻消了气,真的是"无外如此"和"身不由己"了。

仝小乙很棒啊。周瑶石快五十岁的人了,和他比起来,仝小乙简直是个将军。这里也不是办公室,这里是汤瑾诗自己的家啊,汤瑾诗的身体一点儿也不肃杀,还很欣欣向荣。

汤瑾诗和那个"摇骰子的"就是这么回事,无外如此,身不由己,既莫名其妙,又顺理成章,结果假戏真做了,实在不好说得清楚。

所以汤瑾诗对周瑶石说:"我们只是从小的邻居,二十多年没见了。"

汤瑾诗这么说,并不觉得是在撒谎,她和仝小乙的关系就应该是这么一个问心无愧的事实。周瑶石点点头,好像并没有深究的兴趣。

周瑶石说:"我要提醒你,现在是什么时候。"

汤瑾诗想了想,才明白周瑶石话里的意思——周瑶石有望升迁,去市委做宣传部部长,他要在离开文化局之前,落实汤瑾诗副局长的位置。现在就是这个时候。

周瑶石说:"这个时候惹出这样的乱子,你简直是荒唐!"

汤瑾诗哑口无言,态度端正地觉得自己的确是荒唐——不管是不是这个时候,惹出这样的乱子,都是荒唐!

周瑶石说:"好了,先去'格桑花'吃饭,被你的事闹了一上午,肚子早被闹饿了。"

"格桑花"是文化局自己的宾馆,常年替周瑶石留着一套房间。

汤瑾诗突然想起什么,紧张地说:"我被监视了,电视台在跟踪我。"

"监视?太荒唐了!电视台怎么能这么搞?这样不侵犯人权吗?"周瑶石愣住了,随即改了主意,"那你先回吧,在家里等消息,不要乱来!"

不要乱来——汤瑾诗坐进自己车里时，还在想周瑶石最后这句既像叮嘱又像警告的话。同样的话，几天前汤瑾诗也对仝小乙说过。仝小乙说他想好了，要和艾小娥离婚。汤瑾诗对仝小乙说："你不要乱来！"汤瑾诗想了想，自己当时这么说，好像既不是叮嘱也不是警告，充其量，算是种规劝吧？因为，自己压根儿没有意识到仝小乙会制造出麻烦——仝小乙一直都是很听话的。对于仝小乙，汤瑾诗始终大大咧咧，仝小乙已经百折不挠了，她依然很麻痹大意。在汤瑾诗眼里，这个仝小乙就像他打扮成的那个样子，是电视剧里的角色，即使山重水复地"孟浪"，也不会柳暗花明地兑现到生活里。

现在，仝小乙开始像摇骰子一样地摇撼起汤瑾诗的生活了，汤瑾诗的生活会被摇成一地的碎骰子吗？

汤瑾诗想得揪心。

车开到自己小区门前时，汤瑾诗一眼看到了蹲在路边的仝小乙。仝小乙蹲在那里，可能是蹲累了，双手还垫在膝弯处，一副不知好歹的样子。这个时候看到仝小乙，汤瑾诗不啻于是看到了魔鬼，她一打方向盘，调头就走。

仝小乙看到她的车了，迎上来，但车子调头而去却让他大为意外。仝小乙愣了几秒钟，拔腿便追，梗着脖子，以百米冲刺的速度差点儿就扑上了车尾。汤瑾诗从倒车镜里看到自不量力的仝小乙，他那种无法接受现实的徒劳样子，不禁让汤瑾诗心头一酸。但是汤瑾诗立刻狠下心，"不要乱来！"她在心里大声警告自己。现在自己小区门前是什么？是瓜田李下！电视台的摄像机就埋伏在附近吗？那么就让他们拍吧！这个镜头足以说明问题了吧？

仝小乙追得执着。汤瑾诗心里反而有种要惩罚什么和反击什么的快感。汤瑾诗觉得此刻没有追逐者，她和仝小乙是在共同被某种迫害追逐着，是一起在奔逃。

当初和仝小乙弄在一起，汤瑾诗没有感到格外的不妥。仝小乙在汤瑾诗眼里，不是现实意义上的男人。就是说，汤瑾诗不需要对仝小乙进行现实意义上的计算与衡量。当然，汤瑾诗也不会格外感到满意，毕竟，这个

"摇骰子的"充其量只能说是无害,并不能谈上如何有益。一切发生就发生了,似乎没什么大不了。所以,接下去汤瑾诗并不主动接触仝小乙。是仝小乙,好像突然得到了许可和召唤,猛烈地燃烧起来。

仝小乙放弃了他在乒乓球上的抱负,转而以同样的执着迷恋上了汤瑾诗。

仝小乙把这一切赋予神秘的色彩,他再三把玩儿那枚碎瓷,对汤瑾诗由衷地喟叹:"难道不是吗?这块瓷一定通灵的,你想一想啊,它被你摔、被火烧,可是依然还是一块瓷——这就像我们一样,什么也改变不了我们注定在一起这样的事实,注定了,注定了的……"这是什么逻辑?也许是仝小乙拙于修辞,反正是很不令人信服。但仝小乙信,他以一种"注定了"的虔诚,归顺在命运的安排里了。

仝小乙欢欣鼓舞地来找汤瑾诗,如果汤瑾诗不在家,他就蹲在小区门口死等,好像那时蹲在体工队的训练馆外面一样。一开始,汤瑾诗是不鼓励也不排斥的态度,仝小乙来了,她也接纳,听听仝小乙神神道道的啰唆,也是一种调剂。那块碎瓷的边缘已经被仝小乙摩搓得光滑无比了,已经让人看不出残骸的样子,反而真像个有些来头的东西,汤瑾诗有时候捏在手里玩儿,心里居然也会有些通冥之类的联想。

仝小乙像对待这块碎瓷一样的对待汤瑾诗,恭顺,臣服,五体投地。他喜欢趴在汤瑾诗怀里吟哦一般的赞美:"噢,这才叫胸啊,你自己摸一下,多软啊,你看这肚子,像个水袋一样,枕在上面就是最高级的枕头啊,哪里像艾小娥,长了个男人一样的肚子,硬邦邦的,肌肉像专门练过一样的哟,女人就是要有这样的软肚子,女人就应该像一团棉花啊……"

这就是被歌颂。在汤瑾诗的心里,这还是在被岁月歌颂。

谁这么歌颂过汤瑾诗呢?以前没有,前夫恰恰是由于木讷才被汤瑾诗所厌恶的,汤瑾诗不能容忍自己"棉花一样"的身体被熟视无睹;目前也没有,周瑶石不会,会也没有这么由衷。康至呢?这个男朋友除了会在办公室突袭她,其他时候总保持着一段距离,这段距离就是公式之间那道不可逾越的"="号,鸿沟一样的。汤瑾诗被仝小乙歌颂得洋溢出棉花一样的软意。要知道,和所有女人一样,汤瑾诗也是很在意自己体形的。汤瑾诗是那种比较圆润的女人,对此,汤瑾诗有时候不太能确定出好坏,她觉得自己略显丰满了些,尤其是腰腹,没有那种纤细女人的好看。如今,这种疑虑在仝小乙的歌颂声中烟消云散,汤瑾诗当然是乐于消受的。

仝小乙整个人都像他说话的方式一样,弥漫着感慨万千和一唱三叹,尽管有些比喻并不曼妙,譬如"水袋""枕头"之流,但这样才显得朴素诚恳啊,让人有一种含英咀华的好心情。在现实中认形势,摆位置,是一件很辛苦的事情,然而和仝小乙在一起,汤瑾诗随便就可以飘飘然。

汤瑾诗反对仝小乙拿她和艾小娥做比较,虽然她从中体会出得意,但下意识还是觉得有些不妥。汤瑾诗问仝小乙:"你这样,会不会觉得对不起艾小娥?"她这样问,实际上已经是把责任全部推给了仝小乙,是"你这样",和她好像没什么关系。

这是最让仝小乙犯难的一个问题,他听不出汤瑾诗话里的阴谋,片面地感到自己责任重大,只有唉声叹气,很迷惘的样子。

汤瑾诗对此也不深究,她心里也只是隐隐约约有个感触,并没有上升到很严峻的高度,而且这个感触更多的是来自于一股"不屑于"——汤瑾诗从心底里是"不屑于"和艾小娥做比较的。

结果,仝小乙已经冒出危险的苗头了,汤瑾诗依然只是沉浸在被歌颂的满足里,并没有引起足够的警惕。

汤瑾诗只是觉得仝小乙有些烦人了。有一次,仝小乙等不到汤瑾诗,打电话问她在哪里。汤瑾诗正在陪人唱歌,随口说了自己所处的位置。结果汤瑾诗从歌厅出来发动车子时,被蹲在地上停车场暗处的仝小乙吓得半死。当时已经很晚了,仝小乙突然冒出来,蝙蝠侠一样地贴在她的车窗上。汤瑾诗惊叫一声,引得同车的几个人都跟着哇哇叫。看清楚了是仝小乙,汤瑾诗简直是怒不可遏,一边跟车里的人解释,一边下了车,用驱赶的态度低声呵斥仝小乙。仝小乙还想分辩,不料被汤瑾诗动作隐秘地猛踢了两脚。汤瑾诗的动作不敢太大,因为众目睽睽,所以只有在力度上加些分量,脚尖踢在仝小乙硬邦邦的小腿骨上,自己都是一阵钻心的痛。仝小乙服从了,一瘸一拐地回到暗处去。作为惩罚,汤瑾诗就此命令仝小乙以后不许给她打电话。意思其实已经很明确了,那就是:你永远给我待在暗处!

仝小乙很听话,诚恳地保证:"你不要我打我一定是不打的,为了保险,我现在就把你的号码删除掉——我怕我万一管不住自己,又打给你啦。"

　　这个办法很有效，仝小乙真的管住自己了。他不给汤瑾诗打电话，改为顽固地在汤瑾诗家楼下守候，后来几乎发展成规律了，只要汤瑾诗回家，就可以在楼下看到废寝忘食的仝小乙。也不知道汤瑾诗彻夜不归的时候，这个仝小乙是怎么打发自己的。

　　这就干扰到汤瑾诗的生活了。虽然周瑶石一般不会光临汤瑾诗家，康至似乎也没有这方面的兴趣，但这种可能性还是存在的，怎么说，这两个男人都有理由这么做。真有一回，周瑶石说："去你那儿！"当时汤瑾诗慌得都要背过气了，干脆连句像样的解释都没有，直接把车开到了"格桑花"。好在周瑶石喝醉了，根本弄不清东南西北。

　　汤瑾诗严令仝小乙不许擅自到她这儿来。这回，仝小乙不听话了，无辜地说："我也没办法呀，我总不能把自己的腿也删除掉吧？腿在，我就管不住自己啦，腿就自己跑到你这儿来啦。"

　　这本来也该算作是一个很高级的赞美，但汤瑾诗却认为仝小乙这是在油嘴滑舌了。

　　汤瑾诗对仝小乙的兴趣骤然递减。征兆是，她不允许仝小乙在自己车上吸烟了，"破例"的口子扎了起来。仝小乙来了，汤瑾诗心情不好，就绝不会通融。不妙的是，面对仝小乙，汤瑾诗心情好的时候也是在递减。这就苦了仝小乙。汤瑾诗不给面子，仝小乙是一点儿办法也没有的。仝小乙只有摩挲着那块碎瓷，感慨万千地向汤瑾诗追忆童年时光：哪一次一起捡了只野猫啦，哪一次结伴去公园，结果双双失足落水啦……

　　仝小乙说："我小时候就爱你，我可以对天发誓！"

　　这些鸡毛蒜皮的话汤瑾诗听得多了，已经兴趣全无。童年很可贵吗？可贵在哪里呢？纯真吗？汤瑾诗以一个三十四岁女人的道德感批判：再纯真，你现在背着艾小娥乱搞，也不纯真了！至于"对天发誓"之类的，汤瑾诗觉得简直就是荒谬，自嘲地想，如果"对天发誓"有用，那她一定去试试，看看能不能让周瑶石变得可以被企图——她在周瑶石那里能摆正自己的位置，这个仝小乙在她这里为什么却摆不正？

　　仝小乙很颟顸。仝小乙一往情深。仝小乙以那块碎瓷为精神寄托。仝小乙把汤瑾诗的态度归咎在艾小娥身上了。"哎呀，我知道你是怕对不起

小说月报·原创版二〇一三年精品集

艾小娥,我很理解你,因为我也怕对不起她。在这一点上,我们是一致的。可是,怎么办呢?"仝小乙痛苦地说,"你们两个我谁也不想对不起呀!"

汤瑾诗觉得这个仝小乙太大言不惭了,好像自己在纠缠他,他处在一个两难的境地一样。汤瑾诗说:"你不要发神经了,艾小娥挺好的。"

仝小乙说:"对对对,艾小娥真的是很好的!你都不知道,艾小娥有多好!——你知道我车上那个搪瓷缸子里装的是什么吗?——夏天是绿豆汤,冬天是什么呢?——是鸡汤!——全都是艾小娥亲手弄的啊!"

汤瑾诗说:"那你就好好去喝艾小娥的鸡汤。"

"唉——"仝小乙长叹一声,"你真善良啊,始终在替艾小娥着想。"

汤瑾诗跟他没话可说。汤瑾诗发现了,这个"摇骰子的"仝小乙太简单了。这种简单初看是可爱,看久了就是可耻,是严重地认不清形势,摆不正位置!仝小乙对她的态度也变了味道,连唯唯诺诺都谈不上,简直就是自以为是地死皮赖脸。

汤瑾诗正式驱逐仝小乙:"我们的事到此为止,你清醒一点儿!"

仝小乙陷入空前的煎熬中。摇骰子,打乒乓球,只要他发了狠,局面就很笃定——对着自己使劲儿就行了。爱汤瑾诗,却是个需要回应和配合的事,汤瑾诗要置身事外,他的一腔热血就没了着落。仝小乙觉得妨碍着他和汤瑾诗的,只有艾小娥。终于,仝小乙跑到汤瑾诗家来,以一副悲壮的神态向汤瑾诗汇报:"我要和艾小娥离婚,我全告诉她啦,我求她成全我们!"

仝小乙经过了怎样艰苦卓绝的斗争汤瑾诗并不知道,汤瑾诗只是看到仝小乙整个人像脱了形一样,本来精瘦的样子,现在有些骷髅的架势。汤瑾诗讨厌仝小乙骷髅的架势。汤瑾诗也不想听仝小乙神经兮兮的话。仝小乙千辛万苦得来的决定,换回汤瑾诗的一句:"你不要乱来!"这句话本来有些规劝的意思,但汤瑾诗说出来就成了颐指气使。

仝小乙还在一厢情愿地判断着汤瑾诗:"你真善良,可是没办法,我们继续瞒着艾小娥,才是不道德的!"

汤瑾诗听着生气,变了脸,干脆就赶仝小乙走了。仝小乙还钻在他自己的牛角尖里,又不敢拂逆汤瑾诗,只好悻悻地离开。仝小乙离开的背影,像具移动的骨架标本,即使隔着衣服,都好像能让人看出一根一根的肋骨。汤瑾诗心里也有些发软,但也只是那种爱莫能助的软。汤瑾诗觉得这个全小乙实在是没长大。就是这一次,电视台拍下了全小乙从汤瑾诗家出来的画面。

3

周瑶石说到做到,以组织名义派人去电视台交涉。结果似乎不坏,电视台方面称,节目一定要做,但承诺只讲委托人夫妻间的矛盾,不会涉及汤瑾诗的名字和形象,并且,保证不出现和文化局有关的任何画面。汤瑾诗在家里得到消息,心里松了口气。周瑶石传达完毕后说,现在没问题了,他在"格桑花"等汤瑾诗。

汤瑾诗开始收拾自己。令汤瑾诗意外的是,短短两天,自己小腹多余出的那块肉,居然令人振奋地没有了。现在,汤瑾诗穿上了那条一度显得别扭的新裙子。对着镜子,汤瑾诗把自己收拾成了一个礼物,而这个礼物,是要呈送出去的。挑选鞋子的时候,汤瑾诗联想起艾小娥送给自己的那双鞋。汤瑾诗想,道理都是相同的,礼尚往来,连艾小娥这样的公交车司机都懂得,自己有什么理由不遵循呢?

到了"格桑花",没想到康至也在,和周瑶石一起坐在包厢里。康至在看报纸,汤瑾诗犹豫了一下,还是坐在了他身边。

周瑶石坐在对面,一边吩咐上菜,一边严肃地对汤瑾诗说:"小汤你要吸取教训。"

汤瑾诗有些难堪,没料到周瑶石并不对康至隐瞒这件事。康至事不关己地看他的报纸,好像他们完全是在谈公事。

周瑶石说:"以后和社会上的人不要走得太近,不过是个小时候的邻居嘛,这么多年不打交道了,你知道他什么底细?尤其是异性关系,一定要注意,这不是,惹出麻烦了吧? 你知道你是清白的,可是别人会诽谤,现在这种人很多的,庸俗,低级。你问问康至,他是做律师的,这方面的例子很多吧?"

康至放下报纸,沉思了一下说:"是很多,捕风捉影,最后就闹到打官司的地步。"

菜上来后,周瑶石问:"你们打算什么时候结婚?"

汤瑾诗看看康至。康至正在专心啃一块羊排,等了一阵才明白汤瑾诗是在让他来回答。

康至说:"什么时候都可以啊,大家都是成年人,婚姻自由嘛。"

汤瑾诗料到了康至会这么说。这就是律师康至的风格,答非所问,却又没什么漏洞。

周瑶石说:"那就抓紧一些,你母亲总问我你们的进展。"

康至不置可否地点点头。汤瑾诗已经比较适应康至的这种态度了,并没有多少不满的情绪。怎么说呢?康至大差不差,关键还是周瑶石"钦定"的,她就要顺应这个形势。前段时间汤瑾诗怀孕了,她可以肯定,这是在康至办公室弄出的结晶(因为康至是即兴式的,所以无从预防),结果汤瑾诗自己去医院解决了,然后在家不事声张地躺了三天。

吃完饭,康至要走,说明天有个案子开庭,他必须回去准备一下。康至问汤瑾诗:"跟我去办公室?"周瑶石怡然自得地剔着牙。汤瑾诗熟练地说:"这两天没去局里,我有些事要跟周局汇报一下。"康至无可无不可地耸下肩,自己走了。有时候汤瑾诗觉得,康至在周瑶石面前,有股大智若愚的味道,好像水面下藏着股暗流,这让汤瑾诗既兴奋好奇,又焦虑不安。

后来在周瑶石专门的房间里,汤瑾诗告诉周瑶石,康至一直就是这么个避实就虚的样子,好像随时能和她结婚,但又从来不着手落实,让人猜不透,"神秘莫测"得很。汤瑾诗是在有意强调康至的"神秘莫测",周瑶石却没有充分领会:"康至在国外待得太久,学了些外国人的做派,就是比较尊重别人的自由,他没有反对,其实就是在等你决定。"

汤瑾诗幽幽地说:"我总不好逼他结婚吧?"

周瑶石大约听出些别的情调,意味深长地搂搂汤瑾诗的肩膀,换了话题:"你这次的事情很复杂。我刚得到消息,这次竞争宣传部位置的,除了我,另一个就是广电局的曲局长。现在这个时候,我们竞争,就是文化局和广电局竞争,偏偏你又出了事,偏偏还犯在他们的电视台手里!"

汤瑾诗瞪大眼睛,一脸的无助。周瑶石要的就是这个效果吧,搂在汤瑾诗肩上的手加了些力气,就像上帝之手,给人以抚慰,让汤瑾诗觉得,这样的一双手是没有什么摆不平的。

结果周瑶石这次却失手了。汤瑾诗遵照周瑶石的安排在家休息,消息是康至传来的。康至在电话里有种抑制不住的兴奋劲儿:"看电视看电视,都市频道!"

汤瑾诗打开电视就看到了自己。

电视在播放《情感踪迹》栏目的预告片:一个是神奇的"骰子王",一个是前途似锦的女干部,他们因何陷入在情感的漩涡之中……伴随着这些字样,汤瑾诗隔着一道门缝出现在画面中。门缝中汤瑾诗的那张脸,像一个任意被截取的活体标本,它以递进的方式连续定格,不断叠加着放大,最后充斥在整个屏幕上。于是,那张脸上的疑惑被放大成了惊恐万状,难能可贵的镇定却成了外强中干。

汤瑾诗看痴了,觉得自己跳离了自己,然后又一下一下反扑过来。画面中的脸每递进一次,汤瑾诗都不由自主地将脸躲闪一下。

接着艾小娥出现了。艾小娥对着镜头说:"她为什么不敢开门?她不敢开门肯定在里面嘛!"艾小娥在掩面哭泣,手放下来,就是一张遍布着伤痕的脸。然后是仝小乙。仝小乙穿着黑色的风衣,戴着黑色的礼帽,系着白色的围巾。仝小乙在表演,骰子摇得哗啦啦。仝小乙从汤瑾诗家的楼洞出来了,一摇三晃,单薄得像一片纸。然后又是汤瑾诗。汤瑾诗在上自己的车。镜头也在一摇三晃。汤瑾诗的车也在一摇三晃。

这时候,汤瑾诗才发起抖来。

手机一直在响。然后是家里的座机。汤瑾诗举起电话,才发觉又是手机在响了。

"这是阴谋!完全是阴谋!我竟然一点儿消息都没有,不是康至打电话,我还被蒙在鼓里!"汤瑾诗抖着,手机里周瑶石的愤怒被抖出了惊惶的味道。

周瑶石说:"你要镇静!"

汤瑾诗鬼使神差地回了一句:"嗯,你也要镇静。"

周瑶石咳一声,说:"我很镇静!明天我亲自去电视台,你也必须去,是要正面较量一下了。"

"正面较量"这个强悍的词组灌进汤瑾诗耳朵里,让汤瑾诗不自觉地凛然起来。凛然起来的汤瑾诗倏忽意识到,原来这个世界上也有周瑶石措手不及的地方。这个发现竟然让汤瑾诗有些激动。激动什么呢？汤瑾诗自己也说不清楚。汤瑾诗只是觉得自己因此都有些不可思议地振作了。从来就没有什么救世主啊，也不靠神仙皇帝，汤瑾诗要自救！汤瑾诗几乎要哼出意气风发的歌来了。汤瑾诗翻出了电视台一个编导的手机号码。这个编导算是个熟人，搞过文化局组织的晚会——就是那次全小乙配合的"抵制黄赌毒"。手机通了。汤瑾诗镇静得连自己都感到欣慰：必要地寒暄，巧妙地切入正题，婉转地拜托，最后是恰当地暗示。汤瑾诗像是在例行公事，那样子，完全就是个经过锻炼和培养后的合格的办公室主任。

编导也是明白人，很坦率："停播？汤主任，真的很遗憾，这个忙我可帮不上。现在节目竞争太厉害了，要跟黄金剧拼，要跟同类节目拼，要和收视率拼，简直是血肉横飞，每个栏目都是自己养活自己，我怎么能让人家撤节目？——如果是我的节目，没问题，你汤主任一句话，我就是不吃这碗饭了也给你坚决撤下来！实在是鞭长莫及，鞭长莫及啊！"

汤瑾诗礼貌地说："好的，不好意思，为难你了。以后多联系，我们合作的机会应该不少。"汤瑾诗想起来了，刚才电视中全小乙表演的镜头，应该就是出自这位编导之手，而那次合作，自己是亲手把两万块钱塞在这个编导包里的。

合上手机后，汤瑾诗还保持住了一阵泰然自若的风度。随即，像建筑物定向爆破时那样，有一个短暂的很内敛的轰鸣，然后骤然坍塌。这个时候的汤瑾诗，才真正地被这个事件击中了。

看来还是有必要重温一下热力学第二定律，它可表述为：在任何闭合系统中无序度总是随时间而增加。换言之，就是——事情总是越变越糟。

第二天汤瑾诗和周瑶石一同去了电视台。同行的还有局里的工会主席老赵。一切宛如一场正常的公务。汤瑾诗的脸上看不出什么破绽，她太平静了，让老赵都有些不安了。老赵是个快退休的女人，一贯慈眉善目。坐在车上，老赵一路把汤瑾诗的手捂在自己掌心里，时不时还拍一拍。这拍一拍，是安慰，是声援，还是沉痛的叹息？让老赵想不到的是，汤瑾诗后来一把抽回了自己的手，唰的一下，那态度，居然是忍无可忍的意思。

电视台称得上戒备森严。门卫不由分说地拦住他们一行人，直到周瑶石打了电话,从楼里迎出一位台长。台长很热情,对周瑶石连呼"失礼"。周瑶石打着哈哈:"我是专门来烧香的。"台长说:"周局就是来烧楼的我们也热烈欢迎!"就这么嘻嘻哈哈地上了楼。周瑶石被让进了台长的办公室,老赵陪着汤瑾诗见到了《情感踪迹》的制片人。

对方是一个和汤瑾诗年龄相仿的女人。两个人的目光碰在一起,彼此都有些吃惊。她们双双发现,对方衬衫上别着的那枚钻石胸针,和自己的居然款式相同,就像某个秘密组织特殊的徽章一样。汤瑾诗对这次会面不抱什么幻想了。汤瑾诗觉得自己碰到了一个同类。而同类,往往就是天敌。

果然也是这样。女制片人的态度说是傲慢都不为过,她面对着汤瑾诗时,下巴始终是微微翘着的。汤瑾诗不甘示弱,同样报以自己的下巴。汤瑾诗在心里做了很富想象力的假设:说不定,这个女人正是那个什么"曲局长"的女人,她是在代表她的男人"正面较量"……这么一想,汤瑾诗的心里就是一痛——自己呢?能像人家这样,代表周瑶石"正面较量"吗?汤瑾诗的魂跑掉了,结果始终是老赵在交涉。老赵夹在两个下巴之间,把交涉弄成了是非。

老赵眉开眼笑地说:"同志,你们的节目我经常看的,你自己也做主持人吧?我认得你!你们的节目是怎么做的呢?好看!我以前认为都是胡编滥造,原来还都是真有其人啊。"

女制片人说:"是的,戏剧性和真实性,是我们节目的宗旨。"

人家的话很专业。和人家比起来,老赵就像个家庭妇女了。

老赵说:"你们的素材都是从哪儿来的?"

女制片人说:"我们从打电话寻求帮助的人里面选择采访对象,有时候记者也会主动去找,看需要吧。"

老赵说:"那你们这期节目是怎么弄的?"

女制片人说:"是委托人自己找来的,之前我们的记者和她有个沟通,觉得她基本还是可信的,而且,她也有表达的意愿,这些都符合我们的要求。"

老赵变得有些严肃了:"你们凭什么觉得她可信呢?如果那个女人利用你们扭曲事实,你们不就上当受骗了吗?"

女制片人说:"我们有自己的专业经验,怎么说呢?长期从业,我们的判断能力是可以培养和锻炼出来的。"

汤瑾诗哼一声，下巴翘得更高了——培养和锻炼，陈词滥调！

老赵也不以为然："我是说万一，万一有人成心利用你们呢？"

女制片人说："这样的事情我们也遇到过，有人为了其他目的找我们，但我们也会跟着拍，结果，到最后在节目中把他不正当的目的暴露出来。"

老赵抢着说："欲擒故纵！"

女制片人说："对，可以这么说。我们会因势利导。"

老赵异想天开地说："那么这次节目，你们会不会也是在因势利导啊？最后还我们汤主任一个清白？"

女制片人笑了："这个你到时候看节目就知道了。"

老赵也跟着笑，但一看汤瑾诗的脸色，立刻意识到自己的立场有些问题。"不过，我还是觉得你们有漏洞，毕竟是靠经验，可有时候经验害死人啊，这方面的教训太多了！"老赵大约觉得还不够犀利，转而开始贬低："据我了解，现在的记者年纪都很轻的，工作也不踏实，有时候乱下结论。"

女制片人说："这种个别现象也许有，但如果你是在说我们，请拿出证据。"

老赵说："是啊，要说证据，大家是不是都应该拿出来啊？你们拍我们汤主任，有证据吗？"

女制片人说："我们相信自己的镜头，让镜头说话。我们只负责真实地呈现。"

这时候汤瑾诗开口了："请问，你们采访全小乙了吗？他怎么说？"

汤瑾诗突然意识到，正本清源，全小乙才是个关键。

女制片人说："我们当然希望他能够表态，但很遗憾，就像你一样，他拒绝采访——当然，这是你们的自由。"

汤瑾诗激动了，觉得已经被对方下了判决，和全小乙成为"你们"。汤瑾诗质问："既然是夫妻矛盾，你们怎么能听信一面之词？"

女制片人说："我们不会只听信任何一方，一切交给观众，观众会有判断的。"

"我抗议你们这样做！"汤瑾诗失控了，"你们是在侵犯我的生活！你们必须停止！"

"没法停止了，片子已经剪好，进入播出流程了，我们有我们的规矩——"女制片人很从容，像一场战斗一样，不忘撷其要害，给汤瑾诗最后一击，"如果不是你们局长亲自来，你们连电视台的楼都上不了。"

汤瑾诗和老赵从楼上下来，周瑶石已经站在楼下了，那位台长依然陪在身边，两个人谈笑风生。告别的时候，这位台长还主动和汤瑾诗握了握手。

一上车，周瑶石的脸色就凝重下来："没有余地了，只有通过法律渠道追究他们的责任了！"

老赵附和说："对，告他们，要他们赔偿名誉损失！"说着，又不自觉地去拽汤瑾诗的手，手伸出一半，又收回去了。

汤瑾诗是一脸欲哭无泪的凄然，但两道眉毛却是向上刺的，像牛角，随时要挑人。

现在这件事已经不是汤瑾诗的事了，或者说，不完全是汤瑾诗的事了。现在这件事成了周瑶石的事。"阴谋！"周瑶石用这个词定义这件事，而这个"阴谋"是针对他的，是广电局曲局长和他的一场政治角力。这虽然只是个揣测出来的局面，但周瑶石不惮于以最坏的恶意来推测对手，他必须反击，借此机会争取为自己加上一分。

周瑶石说："用法律的手段打赢这一战！"

汤瑾诗沉默着，心里出现一种事不关己的冷漠，似乎是撞到了一件好事，自己不应当来和周瑶石抢。周瑶石向康至咨询，打赢官司的胜算有多少？康至毫不迟疑地答复：十拿九稳。周瑶石让康至来"格桑花"商量，康至却"神秘莫测"地说，这是正规业务，他们应该来他的办公室谈，听上去是一种很严谨的专业态度，很让人感到放心。

坐在自己办公室里的康至，形象很好看，斯文儒雅，气宇轩昂，这也是当初打动汤瑾诗的一个原因。康至居然录下了预告片的内容，"这很重要，必须录下来，正式播出的时候，更要录下来。"显然他已经是未雨绸缪了，有些跃跃欲试。周瑶石和康至讨论得很细致，很热烈，把不长的一段录像翻来覆去地看，既像是研究又像是观摩：快进，慢放，暂停！这件工作还是放在律师康至的办公室比较合适，如此才相得益彰，有一种理性的法律精神在里面。

眼前的一切弥散出一股怪怪的气息,让汤瑾诗觉得,她只是一个陪衬,或者是一个必要的由头。这两个男人凌驾于她之上,根本无视她的存在。他们并不追究她是否真的和仝小乙有染,似乎这是个不言而喻的问题,至少,也该是个心照不宣的问题,他们只需要预设出汤瑾诗的清白,并以此启动法律的武器。这就是汤瑾诗目前的形势和位置。汤瑾诗不知道自己是不是应该有些侥幸的窃喜?

汤瑾诗安静地坐在自己的形势和位置里,反而从焦虑不安中摆脱了出来,她只是有种深深的倦怠,倦怠到都有些乏味的地步了,牛角一样的眉毛垂了下来。一切都由他们来决定,汤瑾诗需要做的只是以原告的名义签署正规的法律文件。那份委托书的格式让汤瑾诗觉得有些滑稽,姓名,年龄,性别,诸如此类,依次填下来,汤瑾诗就把自己填出了陌生感,似乎自己真的是一个需要被重新描述的人,而事实上,就在这间摆着大部头法律典籍的办公室里,她曾经怀上过一个孩子。

真的要起诉吗?这是周瑶石的事,这不是汤瑾诗的事。周瑶石的态度斩钉截铁。第一被告是电视台,第二被告是艾小娥。汤瑾诗内心一颤,回到现实中:"艾小娥也要告吗?"康至同样斩钉截铁:"必须要告——这是个法理问题,她是重要的一环。"他们都在斩钉截铁,汤瑾诗完全是被动的,好像露一下头,一把铁锤就敲下来。何况,汤瑾诗既不是钉也不是铁。

三个人弄到很晚,然后一同出去吃饭。从办公室出来,站在电梯里时,夹在两个男人中间的汤瑾诗突然大叫了一声:啊——

啊!这完全是从肚子里自己跑出来的声音,像一首饱含激情的赞美诗的先声,连汤瑾诗本人都吓了一跳。三个人面面相觑。汤瑾诗尴尬地笑了。

4

作为汤瑾诗的律师,康至主动联系那位女制片人,但对方始终没有接听他的电话。"只有法庭上见了。"康至如释重负地说,似乎这反而是他愿意看到的局面。

《情感踪迹》两天后正式播出。汤瑾诗要提前把母亲接到自己家住。汤瑾诗怕母亲看到这期节目。除此而外，汤瑾诗似乎再没有其他顾虑了。事情发展到如今这个地步，汤瑾诗已经是一个任其摆布的态度了。起初汤瑾诗觉得很无辜，所以愤然。但是，当她把艾小娥列为被告时，就不觉得自己非常无辜了。汤瑾诗转为一种伤感的内疚。这种内疚是对于艾小娥的，也是对于自己的。汤瑾诗感到艾小娥和她都受到了不公正的待遇，是被侮辱和被损害的人。这种情绪很抽象，类似于把世界划分成两部分：一部分是主动的；一部分是被动的，而汤瑾诗和艾小娥，都属于被动者。这样的划分，让汤瑾诗的内疚有别于检讨，反而让她生出一股对于自己的怜悯，有些自怨自艾，有些无可奈何的惆怅。汤瑾诗一点儿也不觉得自己比艾小娥幸运，每个人有每个人的形势与位置，她目前的形势和位置，一点儿也不比一个弃妇强。汤瑾诗对自己说："你是个可悲的女人！"

汤瑾诗的母亲不算很老，但自从汤瑾诗的父亲去世后，性情就具备了老年人的一些特征，顽固，愤懑，颠三倒四，喜欢像一个孩子般地虚张声势。母亲看不惯汤瑾诗的生活态度，并且乐于直言不讳，最严厉的指责是说汤瑾诗"好吃懒做，不切实际"。母亲此言是针对汤瑾诗离婚说的，母亲认为汤瑾诗好端端地把自己变成个离了婚的女人，正是这样的坏思想在作祟。母亲的总结并没有切中要害，但"坏思想"汤瑾诗自认的确是有一些的。老一辈人的生活何其单纯，相对于母亲的单纯，汤瑾诗觉得自己的生活复杂到了都有些令人发指的地步。既然如此，母亲简单粗暴的批评，就是不必要，也没办法回应的，大家根本就是两个世界的人，形势和位置不同，因此切合的实际当然是不同的。汤瑾诗适当地回避母亲，只是偶尔去看望一下，不要彼此折磨就好。

汤瑾诗去接母亲，让母亲和自己住几天。母亲不理解，一开始是拒绝："我为什么要和你住几天？我又不是没有家，我又不需要你养活。"

汤瑾诗哀求道："是我需要你好吧？我一个人很孤独，你陪陪我好吧，妈妈？"

汤瑾诗拉着母亲往回走。车开到半路，突然迎面一辆公交车逆行径直撞了过来。汤瑾诗吓傻了，猛踩刹车。公交车近在咫尺了才侧转方向，紧贴着汤瑾诗的车身风驰电掣地呼啸而过。汤瑾诗都听到了公交车上的一片惊呼。汤瑾诗把车刹在路边，半天说不出一句话。公交车擦肩而过的一瞬间,汤瑾诗看到了居高临下的艾小娥。那个瞬间居然显得无比漫长,漫长到汤瑾诗都能够看清楚艾小娥脸上那种笑盈盈的表情,这种表情最吓人,就是一副视死如归的表情。直到母亲下了车扬长而去,汤瑾诗才回过神。母亲说死也不坐汤瑾诗的车了:"吓都给你吓死啦,我不如自己走,累死也比吓死好!"汤瑾诗好说歹说才把母亲劝回车里,一路上顾不得胡思乱想,慢吞吞地开着车,沿着路边谨小慎微地走。

回到家汤瑾诗心里的余悸才泛上来,不寒而栗。汤瑾诗利令智昏地想,和艾小娥沟通一下……二十万差不多吧?这是汤瑾诗目前能拿出的数……给艾小娥二十万,这件事就能一劳永逸地解决掉吧?但一转念:这种沟通的性质像行贿,万一再被艾小娥曝光出来,自己的罪名就完全被坐实了。而且,即使艾小娥接受,周瑶石和康至也不会同意,他们现在热情洋溢地需要一场官司,她私下里和艾小娥做交易,就是背叛他们。

汤瑾诗是真的深受刺激了,如果说之前她还有些恍恍惚惚,那么今天艾小娥开着公交车把她一下子挤到悬崖边了。汤瑾诗恐惧,悲伤,深感孤立无援的滋味。本来和汤瑾诗都是"被动者"的艾小娥,现在以一个疯狂杀手的姿态,与汤瑾诗划清了界限,于是,整个事件只有汤瑾诗一个人在受难了。

晚饭母亲要在家里吃。汤瑾诗平时是不做饭的,所以家里有米无盐。为了避免母亲指责自己"好吃懒做",汤瑾诗只有下楼去采购。小区里就有超市,汤瑾诗大包小包地买了来,楼上到一半,就听到了仝小乙和母亲的对话。

母亲说:"汤瑾诗不在家。你是谁呀?"

仝小乙说:"是我呀,哎呀,阿姨是我呀。"

母亲说:"我不认识你的。"

仝小乙说:"你怎么会不认识我?你这不是说瞎话吗?你让我在这等一下,汤瑾诗回来了你就认识我啦。"

母亲发怒了:"我说了不认识你就是不认识你,走走走!"

然后是一声响亮的关门声,接着是仝小乙踢踢踏踏的脚步声。汤瑾诗赶忙撤出楼洞,躲在一棵梧桐树后面。仝小乙蔫头耷脑地出来了。以前的仝小乙,虽然谈不上体面,但也自有一股精干利落的样子,如今,他已经完全是一副落魄相了,灰头土脸,萎靡不振。人的表情也是有一身衣服的,有的人很光鲜,有的人,就很褴褛。仝小乙表情的衣服现在就褴褛毕现,让人能一下子看到可怜的灵魂。汤瑾诗在树后目不转睛地窥视着面目全非的仝小乙,心中出现一种同病相怜的情绪。直到仝小乙消失在视线里,汤瑾诗才郁郁地上了楼。

母亲得意地对汤瑾诗说:"刚刚有个人敲门,我一看就是个坏人,他还说认识你,我才不信他呢,我把他赶走了。"

汤瑾诗放下东西,走到窗口向下望,就看到了那个"坏人"正蹲在小区门前的边道上。

汤瑾诗一声不响地进厨房做饭,菜刀加倍地剁出抑扬有致的节奏。母亲兴冲冲地跑到厨房里来,手里拿着本东西,指在上面对汤瑾诗说:"这个明星我认识,是我们家的邻居,你那时候太小,恐怕已经不记得了。"这本东西是仝小乙以前留下的,全是些关于他的剪报,被他收集在一起,很隆重地装订成册。汤瑾诗顺着母亲的指头看,那上面的仝小乙的确很陌生,似乎是个虚拟出来的舞台角色。

吃过饭汤瑾诗陪母亲一起看电视。电视早已经被汤瑾诗动了手脚,遥控器藏起来了,频道只固定在几个中央台上。

母亲对此很惊讶:"你的电视太落后了,连湖南卫视都看不到,为什么宁可买辆车也不买台好一些的电视呢?车再好,也是摆在外面让别人看,电视可是摆在家里让自己看的啊。你这就是虚荣。"

汤瑾诗很烦躁,顶撞道:"这根本就是两回事,你东拉西扯的干什么呀?想训我,你找个合适的理由!"

母亲不说话了。过了一阵,汤瑾诗开始为自己的态度后悔,一回头,却看到母亲坐在沙发里打起了盹儿。汤瑾诗的眼泪一下子就滚了出来,泪眼婆娑地望着母亲发呆。汤瑾诗和母亲长得还是很像的,此刻,汤瑾诗仿佛看到了自己年老时候的样子,臃肿,垮塌,不可收拾地堆在沙发里假寐,嘴角挂着亮晶晶的涎水。汤瑾诗灰心丧气地想,母亲这样思想很好的人,最终都难逃一片狼藉的局面,那么,自己这种有着"坏思想"的人,还能够有什么指望?绝望啊,汤瑾诗想,真是绝望!

就不要再温习科学定律了,现在的汤瑾诗已经领会到科学的精神了,两个字:绝望。

当天的节目汤瑾诗没有看。但节目造成的后果立刻波及汤瑾诗。当晚就有几个平时不近不远的朋友打来电话,谁也不提节目的事,虚与委蛇,哼哼哈哈的,最后无一例外地让汤瑾诗"保重"自己。这种关怀当然是荒谬的,既然科学定律摆在那里,"保重"之说就是反动的,有螳臂当车之嫌。让汤瑾诗略感意外的是,前夫居然也来电话了。前夫毕竟是前夫,开口就说:"我在电视里看到你了,你要坚强些。"汤瑾诗有些感动,不禁想起这个男人的诸般好处。既然"更糟"是个趋势,那么回望反而是好的,这似乎是个可以被推导出来的结论。

第二天,汤瑾诗去地下车库开车,那个保安直直地盯着她看,然后突然醒悟过来似的,换上一张兴高采烈的表情。汤瑾诗目不斜视地把车从他眼前开过去,那车速,就是一种凛然的车速。汤瑾诗知道,从现在起,自己就必须习惯这种兴高采烈的表情了,全世界都将换上一副兴高采烈的表情,而她,将凛然地"正面较量"之。

汤瑾诗到康至办公室时,周瑶石已经到了。康至把窗帘拉上,开始播放昨晚的节目录像。汤瑾诗很平静,因为这里的气氛太像一场会议了。节目没有太多超出预告片的内容,更多的是艾小娥的哭诉,那个身兼主持人的女制片人很会"因势利导",虽然没有明确的结论,但所有问题的设计都带着鲜明的倾向性。节目在最后给观众留下一个问题:

"骰子王"为什么移情别恋?是看上女干部的财富了吗?显然,这个答案不能令人信服——"骰子王"身怀绝技,并不缺乏兑现成财富的条件。也许,更深处的原因,只有当事人才能明白;也许,在这个情感大范围贬值的时代,连他们自己都说不清楚是如何踏上了这条崎岖的情路……

汤瑾诗觉得节目总结得蛮好,"如何踏上了这条崎岖的情路",自己的确是说不清楚。

在这一刻,一个重要的事实发生了,那就是,节目触动了汤瑾诗——"骰子王"为什么移情别恋?汤瑾诗想到仝小乙种种魂不守舍的样子,的确是有些"爱"的嫌疑。然而"爱"这个字一旦闪现,就让汤瑾诗有种隐隐作痛的迷惑。要知道,这之前汤瑾诗压根没有把"爱"和仝小乙联系起来想过。

在汤瑾诗眼里,"爱"这根线太粗了,简直就是绳索,根本穿不过仝小乙这个小小的针眼。

康至总结道:"现在,我们可以开始诉讼程序了。我将委托专业机构对本次节目的收视率进行调查,我们希望它越高越好,那样,我们的诉讼请求反而会更有力。"

周瑶石微微点头:"对,这符合辩证法。"

然后他们一起看着汤瑾诗,真的像是会议一样,需要每个人都表表态。而汤瑾诗,也真的像是在会议上走神的人一样,抱歉地向大家笑了笑。

周瑶石体贴地说:"小汤的压力是太大了,不过还是要调整好自己的情绪——我看,这件事告一段落后,你们就抓紧把婚事办了。"

照例,接下来要一起吃顿饭。

汤瑾诗觉得自己有些头重脚轻,像在单位请假一样地对周瑶石说:"周局,我母亲在我那儿,我要回去给她做饭,先走一步好吗?"

汤瑾诗出来的时候有种重见天日的感觉。她并没有回家,而是驱车驶向了郊外。开出城三十多公里,有一片很大的水塘,汤瑾诗以前来过,记得这里很安静,运气好的时候,还能看到些水鸟。

今天的运气显然不太好,汤瑾诗到了的时候,不但没有看到水鸟的影子,天空也突然阴沉下来。

汤瑾诗拉下拴手,把坐椅放倒,躺在车里。

过了一会儿,太阳从云里钻出来,将一条明亮的光柱直直地射进车窗,正好戳在汤瑾诗的脸上。汤瑾诗闭着眼睛,眼皮上跳动着细碎的光斑,像被人调皮地逗弄着。

这时候汤瑾诗想起了童年的一些往事:哪一次和仝小乙捡了只野猫啦,哪一次和仝小乙结伴去公园,结果双双失足落水啦,也是诸如此类。这些事本来在汤瑾诗的记忆里并不如何深刻,不是仝小乙一再地说,汤瑾诗基本上是记不起的。但是现在,汤瑾诗自己想起来了,而且比仝小乙讲得更详细。譬如,那只野猫一直养在汤瑾诗家,后来它却再次出走了,而且是一去不复返;那次落水的后果是,他们两个人不得不把裤子脱下来,迎风招展,力图快些晾干……

汤瑾诗躺在车里回忆这些事,体会出了仝小乙热衷于回忆的妙处。原来,回忆比展望要可靠得多,如同沐浴在一首诗里,被赞美和奖赏,能够让人和煦,给人一种自怡的安宁。

汤瑾诗在回忆中迷迷糊糊地睡着了。后来手机铃声吵醒了汤瑾诗。是康至打来的,说他刚从汤瑾诗家出来,问汤瑾诗在哪儿。汤瑾诗随口说明了自己的位置,然后继续闭上眼睛睡觉。

我们的汤瑾诗疲惫了。此刻,她不想动任何脑子,好像灵魂出窍了一样。

等汤瑾诗再睁开眼睛时,就看到了康至。康至坐在汤瑾诗车里,自己的车停在旁边。猛然间车里多出个人,汤瑾诗当然被吓了一跳,等看清楚是康至时,就有些犹在梦中的感觉。然而梦到康至,是一件多么奇怪的事啊!

汤瑾诗没头没脑地笑起来,用一种梦的语调问康至:"你怎么来了?"

康至不回答她,眼睛望着车外的水塘说:"嗯,是块好地方。"

汤瑾诗就不再问下去了,恍惚地望向水面,有些虚无。

一刻后,康至开口说:"你告诉我,你和那个仝小乙是清白的吗?"

汤瑾诗依然望着窗外。这个问题让汤瑾诗很激动,心里像被烫了一下,霎时充满了千回百转的忧愁。汤瑾诗暗暗地想,终于有人对这个问题表现出兴趣了,就是说,自己的清白与否,并不是无足轻重和可以被忽略不计的了。

汤瑾诗说:"不。"

说出这声"不"的时候,汤瑾诗的眼泪再也忍不住了。

"为什么?怎么会和这种人搞在一起?"

"和他在一起,我觉得,嗯——"汤瑾诗像是在吃语,她竭力在寻找一个恰当的形容词,而找出的这个理由,又仿佛脱口而出,她说:"自己是在被赞美。"

康至的头转过来,看着汤瑾诗:"嗯,谢谢你对我说出实话。这很重要。"

"很重要?"汤瑾诗觉得自己的心在抖了。终于,自己的清白成为"很重要"的事!汤瑾诗多么希望这个男人严厉地把她拷问下去,哪怕,一直把她拷问到需要忏悔，那么她就要像个叛徒似的变节，哭喊着请求被原谅，甚至，她会毫无保留地连周瑶石也供认出来，然后，发誓忠贞不渝，洗心革面，把生活树立成光明磊落的样子。

"是的，很重要。如果对方在法庭上拿出不利于你的证据，我们会很被动。在我看来，最有可能对你形成不利的因素，就是这个仝小乙。他是个潜在的危险。所以，我想知道你们究竟是什么关系。"

汤瑾诗做一个叛徒的渴望被粉碎了，桥塌路断，说是心如死灰都不为过。原来，康至所说的"重要"，依然是他的职业标准。

"那么，现在我危险吗？"汤瑾诗揶揄地问。

"这取决于仝小乙，如果他站在你的立场上，那么，你就是安全的——你想一想，有没有什么证据在对方手里，比如，信件，短信？"

汤瑾诗认真想了想，结果是：没有。汤瑾诗有些遗憾，有些失落。自己和仝小乙这算是什么？连个"证据"都没留下来，即使有那些身体的"孟浪"，有那些"被赞美"的况味，也都是没有"证据"的，是无效的。汤瑾诗别出心裁地想，自己手里倒是有康至的"证据"，前段日子堕胎的各种单据全部被她很好地保存着呢。

康至等不到她的答案，就做出了相反的判断："你最好设法接触一下仝小乙。劝他不要节外生枝。你告诉他，事情弄到今天这一步，只能用法律手段来调整了，让法律把他妻子制造出的混乱平息掉，这样，对你们两个人都是保护，你们都需要法律用判决书来给你们平反。这就是法律的意义，虽然它很难在事先建设什么，但它可以在事后进行修复。至于对于他妻子的追究，我们会控制在一定范围内的，只要法庭作出判决，私下里，我们可以不要求执行。"

汤瑾诗觉得自己坐在课堂上。康至呢，是在讲一堂生动的课。去芜存菁，要点是以下关键词：节外生枝，调整，平息，保护，平反，建设，修复，控制，判决，私下里。后来康至俯下身子吻她的时候，身体弥漫出肃杀之气的汤瑾诗看到，有一只水鸟像预示着好运气般地，落在了平静的水面上。

康至的身体压过来，从汤瑾诗的角度看，这只好运鸟似乎就站在康至的肩膀上。

现在,汤瑾诗有了充分的理由去和仝小乙见一面。

表面上,汤瑾诗是按照康至的意思,去劝劝仝小乙"不要节外生枝",实际上呢,汤瑾诗也有见一见仝小乙的愿望。这个愿望是在她望着康至肩膀上那只幸运鸟时蒙生出来的。

汤瑾诗有一个问题要在仝小乙那里得到说明,那就是:"骰子王"为什么移情别恋? 在这个情感大范围贬值的时代……如何踏上了这条崎岖的情路? 这是《情感踪迹》提出的问题,也是汤瑾诗的问题。

汤瑾诗打电话给仝小乙,仝小乙在电话里像濒临绝境的困兽一样发出呻吟:"你再不见我就可能永远见不到我了,哎呀,我快死掉了……"

汤瑾诗和仝小乙如约来到了"浮水印"。服务生认出了他们,兴高采烈地为他们服务。

两人坐在窗边的位置上,秋天的阳光大面积地照在他们身上。阳光太好了,好到把空间都放大了的地步。阳光里的一切都明晃晃的,显得无比空旷,更映照出人的卑微。

仝小乙形容枯槁,一双手放在桌面上绞来绞去,十根铁丝一般的手指眼看就要缠绕得不可开交了。

汤瑾诗心里有些柔软的怜悯,她说:"你不该动手打艾小娥。"

仝小乙一脸的苦不堪言:"我没有打她呀,哎呀,她自己用头去撞墙,咚咚咚,我挡都挡不住,我把她拖到床上,她一翻身,就去撞床板……"

汤瑾诗的心缩住,艾小娥那张笑盈盈的脸飘向她。

汤瑾诗说:"你把事情弄糟了。"

仝小乙把头埋进怀里说:"我想好了,还是要和艾小娥离婚,我是对不起她的,我爱上你了,就不该再和她做夫妻了,那样的话,我就是不讲道理的人了……即使我们还在一起,也会一辈子都踏实不下,我会一辈子都不敢正眼看她的,我都不敢想,还喝她的鸡汤……"

汤瑾诗惆怅地看着他:"你爱我什么呢?"

仝小乙说:"不知道哇……我也说不清楚,我就是很想你,以前我很喜欢和艾小娥睡觉,可是后来,我和艾小娥睡觉的时候想的就是你……我把艾小娥的身子想成你的,可是一摸,又发现不是,哎呀,不一样哇……"

泪水涌上了汤瑾诗的眼睛。她再一次感到了被赞美的滋味,但这个回答太不能令汤瑾诗满意了,什么"身子"呀"睡觉"呀,还是个"孟浪"的架势,完全没有达到汤瑾诗内心的指标,和她隐秘的渴望背道而驰。爱情依然还是条绳索,仝小乙的针眼依然还是太小。此刻的汤瑾诗,形势有些模糊,位置,也有些错乱,她一反常态地有着一种"穿针引线"式的细腻,像凝视一枚针眼般的全神贯注——居然在甄别爱情了。

汤瑾诗把脸转向窗外,张大眼睛,仿佛是在晾晒里面的泪水。

仝小乙鼓足勇气问:"你爱我不爱呀?"

汤瑾诗转过头,正视着他,认真地回答:"不爱。"

仝小乙似乎并不意外,头重新埋下去。

汤瑾诗说:"我向法院起诉艾小娥了。"

仝小乙吃惊地抬起头,迷惘地看着她。

此刻汤瑾诗心里是种恶毒的凶狠,有种要践踏什么的放肆和嚣张。这种穷凶极恶是没有来由的,起码,不完全是针对着仝小乙的。汤瑾诗是对着包括自己在内的虚无发泄:"我的生活被你们全搞乱了!只有这样,用法律的手段才能修复!我还要工作,我还要生活,不能顶着这个罪名!"

"可是,你告艾小娥什么呀?艾小娥并没有冤枉你呀?我们两个人铜铜铁铁的事——"仝小乙匪夷所思地说。

这下,汤瑾诗的恶毒和凶狠就是有针对性的了,她的脸都青了,觉得这个仝小乙简直愚蠢到了混账的地步:"她没有冤枉我吗?她有什么证据?什么铜铜铁铁的事!——难道,你会去法庭上为你老婆说话吗?"

仝小乙仓皇地摇头:"不会不会,我不会的。"

汤瑾诗不说话了,调整着自己的呼吸。

仝小乙突然悲伤地哀求:"你能不能不去告艾小娥呀?这有些欺负人呀,我们明明对不起她了,你还要去告她,艾小娥要是输了官司,她会去死啊!"

汤瑾诗以一副"正面较量"的凝重摇摇头。

仝小乙的肩膀塌下去,微微地在哆嗦。这个"骰子王"不能够理解汤瑾诗的世界,在别人眼里,他的绝技堪称神秘,但他知道,那里面是有道理的,他的手每一下微妙地摇晃,都是在体现这种道理的精神,都是实事求是,都是铜铜铁铁的,所以,拉斯维加斯的骰子们才能规规矩矩地排列起来。因此,世界应该是讲道理的,是能够也应该去赞美的。可是现在,汤瑾诗不讲道理。

全小乙绝望地说:"我有两个问题:你不爱我,为什么要和我睡觉? 我们睡觉了,你为什么还敢告艾小娥?"

汤瑾诗定定地看着他,是一种放肆完了,嚣张过了的曲终人散之感。

全小乙说:"这两个问题我搞不明白,死都不会甘心的。"

汤瑾诗懒洋洋地说:"那你去死死看好了。"

全小乙摇摇晃晃地站起来。他的右手一直攥成个拳头杵在桌面上。全小乙深情地看着汤瑾诗。汤瑾诗觉得这种深情很讨厌,转过头不去看他。全小乙在汤瑾诗眼睛的余光中离开了。汤瑾诗的眼睛一直看着窗外。窗外是一个宽阔的丁字路口,汤瑾诗看到全小乙从人行道上走下来,攥着拳头,若有所失地停在路边,有些拔剑四顾的模样。信号灯恰好在这时候变了,全小乙面前的车开始启动。本来,全小乙应该向后退,重新回到人行道上,但是他却突然向前跑起来。刹那间,他被一辆小车弹了回来。随着全小乙腾空的一刻,一块光斑从他手中抛出,划着弧线落在了窗边。汤瑾诗只是茫然地看着这一幕。

"出事啦出事啦,撞人啦!"几个服务生叫着往外跑。

汤瑾诗像被钉在沙发里一样,纹丝不动地张大着眼睛。由于车辆是刚刚启动,全小乙应该被撞得不厉害,他还能从地上爬起来就是证明——他一爬起来就到处乱找,好像丢了比命更要紧的东西。围观者拥来,很快就把全小乙包围在里面了。

汤瑾诗的目光聚焦在自己眼前。她看清楚了,全小乙手中抛出的那块光斑,原来是那块碎瓷。它就落在汤瑾诗的眼皮下,隔着玻璃,在阳光下七彩流转,熠熠生辉。汤瑾诗盯着它,漠然地想起,小时候自己和全小乙把那些瓷片捡出来时,其实是基于这样一种怀有某种赞美之情的朦胧的寄托:说不定有一天我们也会被一双大手从严酷的败坏中安然无恙地挑拣出来。

许开祯小传

　　许开祯，甘肃古浪人，二十世纪八十年代开始发表作品，著有中短篇小说若干。出版长篇小说《深宅活寡》《大兵团》《省委班子》《打黑》等十余部，短篇小说集《红床》，中篇小说集《极端生活》等。长篇小说《凉州往事》被改编为电视连续剧《光荣大地》。现为甘肃文学院签约作家。

向西　向西

□ 许开祯

一

　　红军营长鹿见喜跟国民党马步芳部二团副马鸿飞二次见面居然是在地窖里。

　　地窖藏在羊圈里,阴森森的,潮且霉,一股尿臊气能把人熏死。

　　尽管光线很暗,两个人还是一眼认出了对方。

　　他奶奶的,果然在这里! 二团副马鸿飞后悔死了,咋就没想到女人会挖地窖哩? 挨千刀的女人,够狠! 地窖里的空气陡地紧张,仇人相见,分外眼红。

　　鹿见喜用力扑过去,拖着一条伤腿,还没等二团副马鸿飞反应过来,一顿猛拳已捣他脸上。"你还我兄弟,还我姚兰!"鹿见喜边打边吼,恨不得一下拧断他脖子,替牺牲的战友报仇!

　　马鸿飞躲闪着,不是不敢还击,而是还击不了。女人太毒了,把他折腾得几乎不能动弹,眼睁睁看着鹿见喜把他往死里打。

　　"嗷、嗷、嗷嗷……"马鸿飞发出一连串号叫。

　　女人站在地窖口,她对鹿见喜的行为有点不满,但并没马上跳下来阻止。直等暴怒的鹿见喜双手死死卡住二团副脖子,二团副的一对眼珠子快要掉出来,女人才生气了,一个蹦子跳下去:"抓来是给你做伴的,不是让你耍威风的,有本事上外头打去呀!"

　　女人一把撕开鹿见喜,将他推翻在地。

　　鹿见喜的伤腿摔在地上,很痛! 一股子血从伤口冒出来。

地窖本来就小，装两个人还凑合，女人掺进来，就人挤人了。

"你为啥不杀他！"鹿见喜吼，声音很高。

女人踹他一脚，气气地说："你是哑巴，你给我夹嘴！"

"我要杀了他！"鹿见喜又吼了一声。

女人不客气了，拿出一根绳子，三下两下就将鹿见喜的手捆了起来，又从二团副嘴里撕扯下一块破布，堵住了鹿见喜的嘴。二团副马鸿飞终于松了口气，这下好了，你也让绑上了，绑上你还奈何得了我？

"我再跟你说一遍，你是哑巴，想死你就喊，让外头的兵听见，老娘的命也得搭进去。"

女人说完，气气地离开。一个美丽的背呈现出来，像山，又像水。昏白的光线下，女人的背几近完美，又朦胧，尤其那屁股，滚圆，紧绷绷的，弹性十足，好诱人。两个男人看傻了眼。

直到咚一声，石板封住了窖口。窖里眨眼漆黑一片，两个冤家对头才醒过神，互相再找对方，但只能听见气息，却不见人。

二

战斗是在红军西路军跟国民党马步芳部之间打响的。

红军要向西，马步芳不让。命令沿线各部围追堵截，绝不让一个共匪活着走过去。

鹿见喜的二营是西路军的尖刀营，从靖远过黄河时，就让马家兵打散了，跟大部队失去了联系。条山镇一战，二营又损兵过半。警卫员尕五子也丢了，是死是活，不得而知。一路上鹿见喜只顾了姚兰，把受伤的尕五子给丢了，鹿见喜很懊悔。一进古浪，仗打得就越发被动，地形生不说，战士们伤的伤残的残，几乎都失去了战斗力。二团副马鸿飞以逸待劳，早早张开口袋，等着红军来钻。

刚一交手，鹿见喜就感觉到了马鸿飞的厉害。果然是狠呀，怪不得马步芳用他来对付我！新堡一场恶战，足足打了三天三夜，鹿见喜硬是没让马鸿飞占到多大便宜，不过二营也损伤惨重。从新堡突围出来，二营实在是打不动了。鹿见喜对副营长刘喜娃说："你带上没负伤的战士从北面走，尽快找到大部队,伤病员跟我走南路。记住了,能不打尽量不打,保存实力要紧,要想尽一切办法活着出去。"

刘喜娃说:"不,营长,要死大家一块死!"

"胡扯!我们的目的是向西,不能跟马鸿飞玩命。"

就这样,副营长领着十几个战士摸到北边去了。鹿见喜要把马鸿飞引到南边来。他冲三个实在走不动的重伤员说:"你们留下,就地想法子活下去,只要活着,我们就有希望。"

鹿见喜没有想到,马鸿飞的防线布得如此密,还没等伤员们缓过气,马家兵在干柴洼又堵住他们。没办法,只有硬打。但这哪能叫打呀?在马家兵强猛的火力面前,伤势过重又疲于应战的红军连抬头都很困难。鹿见喜不敢蛮战,命令道:"全部撤退,找地方藏身,能藏多久藏多久,我们不能白白送死。"就在他抱着受伤的姚兰往后撤退时,马鸿飞在后边的山头上淫笑着盯住他,冲手下马五说:"给我抓活的!记住,我要那个女共匪!"

红军营长鹿见喜几乎是从二团副马鸿飞眼皮底下逃走的!他清晰地记住了马鸿飞的模样,发誓这辈子非亲手宰了他!前有堵截后有追捕,白天他们窝在山洞里,只有到了夜里,才在夜色掩护下,向西前行。可是最终他们还是跟马鸿飞打了起来,他的二十三名伤病员在激战中全部遇难,壮烈牺牲。

他踩着战友们的尸体,抱着姚兰逃到山洞里。天快黑时姚兰要喝水,让他去找。鹿见喜摸了出去,水找回来姚兰却不见了。当时天黑得伸手不见五指,他把山洞找了个遍,就是找不到姚兰的影子。他想,姚兰准是让马鸿飞抓走了。

鹿见喜突然改变主意,决定救出姚兰再向西。

他摸进一个叫条子沟的村庄,换了一套当地人的衣裳,开始找姚兰。马家兵几乎在各个庄子都设了据点,鹿见喜见机行事,一连端掉马家兵三个据点,还是没问到姚兰的下落。倒是让马鸿飞闻到他的气味,命令马五全力搜捕,活要见人,死要见尸。

到了青石岭,天已放亮。放眼望去,岭下是一片阔大的草原,栅栏围起的牧场上,牛羊安静地吃草。一间泥巴垒起的小屋里,炊烟正袅袅升起。望见炊烟,鹿见喜开始口渴,肚子也咕咕叫,但他没奔向小屋,他选择一个暗处,一动不动地盯住小屋。

忽然,他看见了姚兰。是姚兰!一顶旧军帽,打了补丁的上衣,腰里还系着皮带。那是营里唯一的军装啊!鹿见喜几乎是从青石岭上滚到姚兰脚下的,他从后面拦腰抱住姚兰,恨不得在草原上滚上一天一夜。可是他挨了嘴巴,软绵绵的疼。鹿见喜发现打他的女人不是姚兰,眼睛像姚兰,嘴和鼻子不像。女人打了他,然后用极像姚兰的眼睛瞪住他。

"找死呀你!"

骂声一出,鹿见喜就知道女人不是姚兰。姚兰的声音柔柔的,像春日子的风,吹得人心里湿漉漉的甜。而这女人太凶,声音像草原上的母牛!鹿见喜疑是做梦,自个打了自个一嘴巴。很疼,不是梦。他盯住女人,不解。

"望啥望,没见过女人呀。再望,挖了你的狗眼。"

"你是谁?"鹿见喜问。

"你是谁?"女人反问。

鹿见喜刚要报大名,猛地刹住了。女人夺了姚兰的衣裳,她会是谁?

"嘿嘿,吓着了吧,不说我也知道,你是找她的。"

女人脱下军帽,指着说。

"你咋知道?"鹿见喜越发疑惑,说话间手已摸在枪上。

"已经有好几拨人找过她了。"女人复又戴上帽子,神气顿显。鹿见喜发现,女人戴了帽子立马好看许多,甚至比姚兰还耐看。

"他们人呢?"他收住神,急急地问。

"走了,又死了。"女人扔下话,不再理他。因为几只羊跑出了栅栏,女人得把它们赶进去。

鹿见喜追上女人,不满地问:"谁说他们死了?"

女人收好羊,转身瞪住他。"你是聋子呀,听不见枪声。"女人边骂边说,"前日个横梁山又打上了,逃命哩不逃,打啥?羊跟狼斗,找死呀?"

女人很生气,说出的话硬邦邦的,鹿见喜听了,心里却一阵湿软。

正说着,女人一把夺过枪。女人夺枪的动作很敏捷,鹿见喜都没反应过来。他刚要反扑,女人骂:"找死呀你?"说着一纵身,跃到了泥屋前。那儿有一堆牛粪,眨眼间,枪钻进了牛粪堆。

女人闪身过来,也是瞬间工夫。"记住了,你是我娘家兄弟,是个哑巴。"

鹿见喜刚要发问，就见马家兵围住了小屋。女人瞪他一眼，为他的迟钝而气恼。女人叮嘱道："想活命，就要听我的，记住，你是个哑巴。"

鹿见喜想反驳，已没了机会。马五在二十多条枪的护卫下，逼了过来。

马五很兴奋，远远他就瞅见了军装！好你个女共匪，钻这儿来了！一男一女，正是要找的人。共匪不反抗，令马五放下心来。想不到这么轻松就围住了，他妈的共匪，全是软孙蛋！

明晃晃的枪下，女人说话了。

"瞎眼了，拿枪对着我干吗？有本事打共匪去呀。"见马五不睬，女人又说，"我是祁寡妇，我公公是祁满堂，我公公给你们送过羊的！"

马五傻了眼。这个女人他认识，祁保长的媳妇儿。让他馋了很久，仍吃不到口的山里红。

"奶奶的，咋是你？"马五恨恨瞪住女人，目光要把女人活吞了。

"瞪啥瞪哩？我可告诉你，你们二团副可说好过些日子娶我进城当姨太太的，你可甭动歪脑筋，小心二团副扒了你的皮！"

二团副是马五的堂兄，顶头上司。马五一定是怕二团副，他的话软了。

"唉！奶奶的，我还得叫你嫂子是不？"

"去你的，还没过门哩，你倒嘴乖，先叫上了。"女人扭了下身子，她扭身子的动作煞是好看，一扭，整个草原都动了起来。风吹过来，草原十分娇媚。

马五痴痴的，嘴边流起了口水。

"他是谁？"

马五突然用枪顶住鹿见喜的胸口。鹿见喜差点一闪，幸亏女人用力拧了一下他的大腿，他趁机一打战。在马五眼里，就变成害怕了。

"他呀？——你好记性，他是我娘家的哑巴兄弟，这几天狼多，我叫他过来给我壮个胆子，也顺便管一下牲口。你可别吓他，他好歹也是你们二团副的舅子呢。"

马五怀疑地瞪住鹿见喜，他不相信这个像猎狗一样机警的男人会是个哑巴。马五知道，有不少共匪为了活命，都装起了哑巴。只要一开口说话，他就能听出是不是本地人了。

"哟,大兄弟呀,我听说你媳妇让共匪给糟蹋了,要不要马爷给你报仇?"马五信口开河,想诱鹿见喜开口。

鹿见喜的火嗖嗖蹿到头顶,恨不得一拳捣下马五两颗大龅牙来。

女人用脚踩住他,他趁机张口嗷嗷乱叫,并顺势捏住女人的胳膊,头藏在了她身后。

女人的心落了地,但后背旋即一片酥麻。女人有片刻的晕眩,随后便镇定住了。

"你说啥话呀,马爷,我家兄弟是个哑巴,谁家女子能看上他?这辈子只好跟着我过了。"

马五失望极了,不过他很快又把邪光对准了女人。

"你的衣服,哪来的?"

"你说这皮呀?"女人故作轻松地笑了笑,说,"从一个女共匪身上扒的,我穿上好看不?"

马五眼一亮:"女共匪呢?"

"死了,说不定早让野狗野狼吃了。我瞅这衣裳新鲜,剥了下来穿。"

于是,鹿见喜跟着女人,在马五的威逼下,朝姚兰走去。

顺山腰望下去,姚兰的尸体早成了具骨架。鹿见喜强忍住悲痛,不让泪水落下来。十几只乌鸦张着血腥红嘴,在姚兰上面的天空中飞旋,瞅准机会一个俯冲下去,硬是从骨头上再啄下一块肉来。

鹿见喜的心随之被啄去一块!

直到两个马家兵提着姚兰的头颅走上来,他的手都没松开过女人的胳膊,他害怕一松开,自己就会随了姚兰去。

马五胜利离开后,女人双腿一软,倒在他的怀里。

鹿见喜一把提起女人:"她咋死的,是不是你害死了她?"

女人悬着的心刚落地,让他一吓,又弹了起来。

"你会不会说人话,有你这么放屁的么?"女人吼叫道。

"那她?她咋——?"

"她死关我屁事,放开我!好心当成驴肝肺,没见过你这号人。"

女人甩开他,恨恨地走了。鹿见喜这才意识到,自己错怪了女人,忙撵上去问:"她到底咋死的?"

"问马家兵去！"女人扔下话，走了。鹿见喜愣愣地僵在那，眼里是两股子火，恨不得这阵子就冲上去，跟马家兵拼了。

女人告诉鹿见喜，姚兰是让马家兵追下山崖的。那天夜里，女人听见枪响，跑出来一看，一个人影拖着条瘸腿往前跑，几个兵娃后面追，边追边开枪。她拼命给那个人招手，那人看不见，一直往悬崖上跑。跑到那儿就一头栽了下去。马家兵在山崖上放了一阵子空枪，走了。次日一早，女人跑去看，才见是个女的，怪年轻。女人当时还想，也有女的干这个呀！她摸到半山腰，发现姚兰摔断了脖子，早没气了。她看着衣裳挺新鲜，剥了来穿，没想差点让马五当女红军抓了。

鹿见喜听后，狠狠擂了自个两拳头，说："是我害的她呀！我要是不找水——"

女人听了就骂："啥害不害的，她要不当红军，安安稳稳给人当媳妇生娃，马家兵能杀她么？"

鹿见喜瞪一眼女人，话到嘴边又咽了回去。骂她顶啥用哩？

夜里他偷着出去一趟。女人只当没看见，因为枪她藏着，料定他会回来。天明时，鹿见喜回来了，土头土脸，一双手都烂了。女人知道他干啥去了，没吭声。只是自个嘀咕，想不到这人五大三粗的，还是个有心人。

三

窖门一响，鹿见喜知道是女人送饭来了。

鹿见喜本来很感激女人，她救了他的命，还把他从横梁山背了回来。现在他却气这女人。

她不但不杀马鸿飞，还把自己跟他关在一起。一想天天对着敌人，却杀不了他，营长鹿见喜就很憋气。

女人刚进地窖，他便使劲叫起来。他在心里冲女人喊，放我，我要出去！我要杀了他——女人不理他，女人已好几天不理他了。

女人先给二团副马鸿飞喂饭。女人喂饭时手里拿着刀，谁乱叫她就敢捅进谁的肚子，才不管你是团副还是营长。二团副马鸿飞起先是不吃的，他想绝食，想表明他的决心，结果挨了女人好些打。这几天乖了，他想活着出去。出去后头一件事,不用说就是杀了这婊子! 共匪头子鹿见喜他是不杀的,他会把他吊在城门上,活活饿死、晒死。

鹿见喜坚决不让女人给他喂,每次吃饭女人都要费上好大劲。女人踢他一脚:"你少给我动花花肠子,爱吃不吃,不吃拉倒。"女人堵上他的嘴,真的走了。

地窖重新暗下来,鹿见喜心里也一片漆黑。

他在地窖里待了十几天了,大部队这阵到了哪里? 仗打得到底咋样? 但愿他们能顺利冲过去。正想着,就听见一阵窸窣声,原来二团副在用脚扒拉麦草。鹿见喜火了,忍住痛用力蹬过去,估摸着踢中了二团副的肚子。我让你偷! 没杀你就已经便宜你了,还敢偷我的麦草?

二团副挨了一脚,心里恨恨想,麦草又不是你的,你想一个人霸着呀? 也用力蹬过去一脚,正好蹬在鹿见喜伤口上,痛得鹿见喜心里直叫。

两个人在地窖里胡乱蹬了一阵子,谁也占不到便宜,才停下来。

二团副想,好你个共匪,你死定了,我的人天天在上面搜,很快我就会出去,出去了让你尝尝我的厉害。

鹿见喜想,你个马匪,除非我死在窖里,要不,这仇我非报不可!

安静了没一会儿,二团副又耐不住了。不行,凭啥他睡在麦草上? 又抢。鹿见喜哪容他这样,麦草就跟阵地一样,一根都不能落到敌人手里。

漆黑一片的地窖里,两个人较上劲了。后来鹿见喜终于踢中二团副的下面,那一脚真狠,几乎要废掉他,二团副才不敢动了。

躺在湿漉漉的地上,二团副憋屈极了。他可是国民党的团副啊,又是马步芳的侄子,哪受过这罪! 他在古浪城里,别说房子,姨太太就有五个,个个如花似玉。如果不是为了这女人,能落到这一步?

一想女人,二团副心里的火腾就蹿上来。

二团副马鸿飞是在保长祁满堂家吃喜酒时看上这女人的。女人顶着红红的盖头过来给他敬酒,他一掀盖头,女人粉嘟嘟、嫩生生的脸蛋立刻就把他的魂勾走了。荒山野岭的,竟然生出这么个美人儿,如果不是人多眼杂,二团副真想啃上她一口。

自打见过之后,二团副就一直没忘掉过。他想城里的女人再好,总是缺股味儿,不像这乡野女人,清秀中带着野味儿。后来见了几次,二团副就越发让这野味儿迷得神魂颠倒,她简直成了他心中的嫩蛋蛋,二团副发誓要把这女人弄到手。就像吃惯山珍海味,老想吃一口野菜一样。可这女人是保长祁满堂的儿媳妇儿,二团副一时难以下手,好不容易等她男人死了,战事又忙起来。二团副给保长祁满堂说过这话,等打完共匪他就抬女人到古浪城做六姨太。还让马五留点神,甭让祁满堂糟蹋了。好菜谁都想吃一口呀。

二团副断断没想到,他会栽在女人手上!

二团副马鸿飞想女人时,营长鹿见喜也在想这女人。

牧场里躲了两天,鹿见喜要走,女人拿出一张字条,说你们的人留下话,要是有活着的就别再西进,就地想法活下来,日后会有人来接。

鹿见喜不信,女人气气地道:"想死你只管死去,从这儿到古浪,你们的人差不多死光了,多个你也无所谓。不过我可把话说清楚,你要是连累了老娘,老娘做鬼都不饶你!"

这时候女人的儿子走出来。那是一个蹒跚学步的碎娃,刚望见鹿见喜,哇一下就哭出声来。

女人拍了碎娃一巴掌,说哭啥哭哩,进屋去!女人领碎娃进了泥巴屋,不大工夫折身出来,扔给鹿见喜一双鞋。"把鞋换了吧,瞅你那鞋,脚指头都裹不住。"

鹿见喜说:"大嫂,咋能拿你东西呢,我们红军有纪律。"

女人不屑地撂过来一句:"那是我短命男人的,死了半年了,嫌弃了给我放下。"

鹿见喜这才明白女人是个寡妇。他默默换上鞋,对女人说:"放心吧,大嫂,我不会连累你们母子的。"

说完背起枪,消失在暮色里。

鹿见喜是要报仇!

天亮时分,鹿见喜摸进一座破庙。说是破庙,其实就是两间泥土房。一间塑个泥关公,一间像是专为过路或上香者盖的歇脚避雨的地方。鹿见喜在麦草中发现一条凝血的绷带,那是红军的绷带,从血迹上判断,这儿三天前停留过红军。

看来有人也跟他一样掉了队,不知现在是否活着走过去。

正想着就听有杂沓的脚步声响过来。他闪身出来,躲在庙后一片杂草中,果然见四个马家兵押着一个红军小战士朝庙这边走来。鹿见喜不认识那个小战士,他想一定是三营的,三营跟二营几乎同时进的古浪。小战士的腿受了伤,一走一瘸,血从大腿渗出来,马家兵不时用枪把子捣他,他的胳膊反绑着。

鹿见喜观察一下地形,前面不远是个山洼,那儿下手容易些。问题是他得先赶到那儿埋伏,稍有不慎让敌人发现可就糟了。他刚要动身,猛看见西边的山头上黑压压一排敌人,他想一定是马五在等着这四个人。不能犹豫了,再不救就来不及了。

他猫腰摸过去,顺手拔出裤腿上的刀,躲在庙墙西边。敌人刚一闪身,他嗖地扑过去,左手卡住一个的脖子,右脚一个横扫,踢到另一个裆里。那家伙猪一样惨叫一声,刀已插进了脖子,等后面两个反应过来,这两个已经报销了。

小战士瞪大眼睛说:"你……你是鹿营长吧,我是三营的——"

还没等小战士报上姓名,敌人的枪响了。小战士一个趔趄倒下去,血从脊背上喷出来。

"狗日的!给老子偿命来——"

鹿见喜疯了,一个猛扑将两人掀翻在地,三个人在地上扭成一团。右手这个接着放了几声空枪,才让他一刀结果掉性命。左手这个枪把子被他死死握在手里,怎么甩也甩不开,狗日的居然踢了他几脚,一脚差点踢中鹿见喜的要害。幸亏右边那个死得及时,鹿见喜的右手腾了出来,才将刀子捅进他的心脏。

鹿见喜扑向小战士,小战士用最后一丝力气说:"我一看身手,就知道你是二营长——"

西边山头的敌人听见枪声,齐齐朝这边扑过来。鹿见喜给小战士合上双眼,掉头便往回跑。

空旷的山野,跑只兔子都看得清清楚楚,鹿见喜心想今天完了,人没救下,反倒多搭一条命。可他的腿却不敢懈怠,跑得比兔子还快。

不远处有一村庄,跑进去或许能躲一阵,可一想到敌人的残忍,鹿见喜绕开了,他不能连累无辜的村民。后面的枪声越来越近,越来越密,他都闻见死亡的气味了。心想与其没命地躲逃,不如掉过头拼他一场。正在这时,他看见了女人。

女人就在前面的山崖上,使劲向他招手。鹿见喜一下见着了希望,奋力朝女人奔去。女人一把拽过他,说了声跳,就拽他跳下了山崖。

山崖不高,却险。平日是断然不敢跳的。鹿见喜感觉自己筋骨都断开了,说:"大嫂,你快走,别让敌人抓住。"女人翻起身,挣扎着活动了下筋骨,说还好没摔死,便硬拉起鹿见喜,一瘸三拐地往南边沟谷里跑。

女人说他们追不上的,前面有个避雨洞,我们躲到天黑再走。

等敌人拥向沟谷时,女人已用乱草遮盖住洞口。一阵枪响过后,四周又恢复了寂静。

女人说:"他们当你跑到沟东边的村里去了,真是些猪脑子。"

鹿见喜一惊:"不行,我得出去,不能让村里人受牵连。"

"你也是猪脑子呀?他们抓的是你,不是村里人。"

"可他们……"

"闭上你的嘴!要死你早去死呀,这阵子说啥大话?"

鹿见喜让女人摁到地上。女人手劲真大,鹿见喜不再犟了。

洞很小,女人几乎是紧挨着鹿见喜的。危险过后,女人的清香飘出来,弥漫在洞里,鹿见喜闻了一口,心就开始扑扑乱跳。

鹿见喜最闻不得这味儿,一闻见这味儿,他身上所有想女人的神经就都活了。如果不是打仗,鹿见喜说不定早就成了有名的采花大盗,战争使他失去了征服女人的机会,但同时也给他带来了一些燃烧女人的机遇。

比如现在,这个活生生的女人就在眼前,不,几乎是在怀里。他只要稍稍一倾,就能清晰地触到女人的身子。女人像是猜透他的心思,身子微微一仰,把一片灼热的背贴在他怀里。

鹿见喜的胸口立马热起来,不,是烧。女人像一团温火,正在慢慢点燃他,一股挟裹着百合味儿的暗香钻进他鼻子里,很快便流向全身。这是女人身子的味啊!闻惯了硝烟味的鹿见喜哪能经得住这味儿?立刻被撩拨得晕晕乎乎。这味儿真像十年前他在东家西院那厢房里闻过的味儿,湿湿的,甜甜的,还有股被窝的臊热气。更像半个月前他给姚兰疗伤后的那味儿,丝丝缕缕,滋润无比……

不! 这味儿就是这味儿,像山野里裹着花香的热风,像泥巴屋飘出的粉红色的内裤味儿,像热腾腾的水汽,像湿扑扑的热浪,浸润着他,弥漫着他,让他一次次打着战,忍不住瞎想连连……

他多贪婪啊! 像沙漠中奔走无数天的骆驼,突然见到绿洲,像一只孤独地在空中飞了半世的雄鹰,突然掉进雌鹰窝,恨不得一口把这味儿全吞下去。可女人的玉香缭绕不断,雾一般弥漫,水一般翻腾,他被染着、渗着、润着,渐渐就烧了起来。

女人仿佛又往紧里靠了靠,仿佛没有,但鹿见喜却觉得跟女人是粘到一起了,借着乱草隙中喷薄而进的阳光,他看见女人的脖颈是那样红润,细看,像一片望不透的云彩,更像西天极美处的晚霞,惊艳无比而又不能尽收眼底。女人的红晕从脖颈处冉冉升起,向上四下散开,粉嘟嘟的脸蛋儿染上一层水彩色,轻轻一碰便会碰出水来。红晕飞过脸颊在鼻翼四周打着旋,那里便是格外的粉红,衬托得鼻梁上那颗黑痣有了万花丛中一点绿的动美,仿佛瞬间活蹦乱跳起来。女人此时最红的还是耳根,犹如云彩游走了一圈后在那儿停下来。那密集的红使得女人的耳朵越发白嫩,脆生生的馋人……

女人的眼是轻合着的,它关住了里面的风情,但让女人有一份微醉。就像即将怒放的雪梅在羞答答、娇滴滴跟处子时光作别。更像走进洞房的新娘,期待着新郎掀开盖头的那一瞬……

鹿见喜彻底地沉醉了, 就像一头饥饿而又被人追打的牛跳进菜地一样,满眼的黄花绿菜让牛把一切危险都丢到脑后,贪婪地享受起眼前的幸福来。

鹿见喜想,多好的女人呀,她那个短命男人咋不知道好好疼惜? 孤儿寡母,那么大个牧场,空荡荡的山野,空荡荡的泥巴屋,女人真不易呀。如果不是向西,他真想留下来,像守住阵地一样守住女人。

女人也不说话,就那么微闭着眼,暖暖地靠在他的怀里。她一定是不忍打碎这份甜美,或者也掉入同样的梦里,不肯醒来。

山是静止的,风是静止的,天空也是静止的。战争瞬间远去,成为一本尘封的旧书,谁也不想打开。

唯有这洞内的惊涛骇浪，是世界上唯一的声音。

那是一场旷日持久的搏杀呀，两个人谁都被另一种声音呼唤着，只要女人一转身，他们立刻会被另一场熊熊的大火焚烧。可女人没敢，男人居然也没敢，他们宁可让自己的火烧着，宁可跟自己厮杀着，也没敢连累对方。

直到夜色吞没一切，女人才从一场亘古的梦中走出来，像婴儿离开母体那般艰难，那般痛彻地从男人怀里缓缓直起身子，冲洞口深深吐了口气，方才轻轻地说："走吧。"

鹿见喜仍然痴迷着，双脚钉在地上一般不肯挪动。

女人又说："走吧，路还远着哩。"

女人伸出手，想拽，手却被牢牢捏住了。

女人情不自禁地歪过头，痴痴地贴在鹿见喜的胸口，身子震颤了一会儿，蓦地转身，走出洞口。

鹿见喜摸住胸口，仿佛摸住刚才震颤的女人。心里跳动着女人那句话，他不知女人指的是哪条路。

四

地窖没挖以前，鹿见喜躲在羊圈里。

从小山洞回来，女人突然一反常态，又变得凶起来。

"你欠我一条命，得还了再走。"女人说。

"咋还？"鹿见喜问。

"你是哑巴！谁让你说话了？"女人突然恶起声来，像是鹿见喜惹恼了她似的。

鹿见喜怔怔望住女人，一脸不解。这难道就是小山洞里那个女人？

"望啥望？没见过女人呀？小心我把你眼珠子抠出来喂狗！我可马上要当姨太太了，你少动歪脑筋。二团副的枪子儿可不是好吃的……"

一提二团副，鹿见喜火了，腾地转过身，朝西走去。

"回来！"女人扯了声叫，见鹿见喜站住，女人又喝，"起粪去，把羊圈粪给起了。"

羊圈在离泥巴屋不远的山坡上,鹿见喜扛着铁锨走进去,在机械而又重复的动作中,开始想大部队,想西边。他想的时候,心里的泪一次次漫上来,是血泪,战士们的血,当然也有姚兰的。

疆场戎马纵横十年,想不到今儿个成了光杆司令,为活命还得装聋作哑。马家兵这帮龟儿子,等老子到西边,见了徐向前,一定要再杀他个回马枪。杀!杀!杀——!鹿见喜一阵乱舞,手中的锨风风作响,空气被他劈得支离破碎,仿佛马鸿飞的灵魂,让他劈成了羊屎蛋。杀着,杀着,鹿见喜突然扔了铁锨,一屁股蹲羊粪上,他真是憋气!

一阵风动,女人柳一样挂在圈门上,鹿见喜没看她,他还在生女人的气,不是要当姨太太么!当去呀——

女人急急地说:“我公公来了,你在圈里别出来。记住了——”

风一动,羊圈门复又空荡。鹿见喜心里也旋即一片空荡。

鹿见喜终于没能在羊圈里久待。他待不住,觉得应该去泥巴屋看看。至于看什么,他自己也不清楚。

他闪身出了羊圈,也是一阵风,耳朵便贴到泥巴墙上了。

“听说你娘家来了个兄弟,人呢?”保长祁满堂问。

“回去了,昨儿我把他打发了。”女人蹲地上,怀里抱着儿子。

“你娘家啥时又有了兄弟?”保长的声音有点阴邪。鹿见喜看不见保长的目光,看见了就会明白,阴邪是从目光里射出的。

“是我堂弟,你没见过。”

保长不吭声。只是盯住媳妇儿望。他发现媳妇儿的脸先他的脸而红,媳妇儿的胸口先他胸口而跳,就知道媳妇儿在说谎。但他不揭穿,揭穿就不是他保长了。

“最近战事乱,你得小心点。”

“知道。”

“来了外人甭搭茬,搭茬没好处。”

“知道。”

“光知道不行,得照做!条子沟刘家藏了个红军,不,共匪。让马爷知道了,你猜怎么着?”

“杀了!”

"知道就好。老少五口人,几百斤重哪——"

"……"

"二团副捎来口信,说他这阵子忙,等打完这仗,你就是他的人了。"

"……我要是不应呢!"

"那我这个保长就当不成了。你也没法过,你知道二团副的为人……"

"我死给他看!"

保长不吭声了。事实上他是多么不愿把媳妇儿送给二团副呀,他这样说,也是迫不得已。再说,他也想试探一下媳妇儿,看她心里到底是咋想的?媳妇儿刚说完,他就听到自己心落地的声音。落了地的心并不安稳,在地上怦怦乱跳。他只好蹲下身,想把心捡起来,心却骨碌碌滚进媳妇儿怀里,他犹像片刻,就扑了过去。

"我的心肝肝哎……"

屋子里响起一阵复杂的声响,鹿见喜不知道该不该冲进去。他听见女人拼上命喊:"黑子,黑子快咬呀,咬这畜生!"

鹿见喜不知道女人喊谁。荒山野岭的,除了他,哪儿还有个黑子?但他认为自己应该冲进去,尽管他不是黑子。

拔腿的一瞬,鹿见喜僵住了,因为他看见逃出来的保长。这是一个不算太老的男人,他的脸原本还算可以,这阵挂了血口子,看上去就恶心。鹿见喜的审视里,保长祁满堂一边捂着血脸一边冲泥巴屋吼:"甭以为我不知,到时我说出来,你就后悔了。"

女人腾地闪身出来,一支枪明晃晃地对准保长。鹿见喜惊了!她怎能把枪亮出来?这不是找死吗!

暗处的鹿见喜见保长逃走后,嗖地跳女人跟前,一把夺过枪。"你想找死呀!"但他旋即发现,枪不是他的,是杆猎枪。

"谁让你出来的?滚回去!"

女人骂完,似是想进屋,愣怔了一秒,猛地掉转身扑向他,把他抱住。抱得紧紧的。女人的泪顺着脸颊流下来,流啊流,怎么也挡不住,鹿见喜的胸前湿了一大片!

鹿见喜知道女人为啥流泪。孤儿寡母,这么多狼眼盯着,哪能不流泪,流吧。

女人平静后，猛地从鹿见喜怀里夺出身子，好像那身子是鹿见喜硬拉过去的。事实上鹿见喜像泥巴墙，直挺挺地僵着没敢动。女人抹干泪，目光便坚定如初了。见鹿见喜还像泥巴墙一样立着，女人不骂了。"起粪去呀，你这死人！白吃白喝还想白占便宜，我让二团副把你毙了！"

鹿见喜就去起粪。粪起完，女人唤他吃饭。鹿见喜不吃。骂也挨了，粪也起了，他想扯平了。夕阳下，他像狗一样蹲在羊圈边，死死地盯住西天，残阳如血，染红一路的庄稼和山梁。他想，该上路了。

女人不理鹿见喜。饭就在锅里，鹿见喜不吃，女人也不吃。碎娃吃完奶睡了。喂奶时女人很疼，是保长公公捏疼的，他的手劲真大，扑过来就发狠劲，疼啊，死男人，老不要脸的。唏嘘中，女人想起自个短命的男人，屋子里一下空荡荡的，心里更是空荡。女人盯着锅，眼睛的余光却一刻也没离开那死人。

真是个死人。女人骂。

夜很冷了。女人把锅端出去，声音很响地放门上，然后上炕睡了。

鹿见喜的心已很远了，身子却还留在羊圈边。听见声响，他朝泥巴屋望了望，一袭暗红，一闪不见了。小山洞里那个女人突然又真实起来，想到刚才那亮眼的红，他的心软软一动，今夜他又走不成了。

鹿见喜幸亏没有走。

红军在古浪打了恶战，仗打了三天三夜，马家兵疯狂堵截，还是让红军撕开了一道口子，向西去了。但马家兵收获颇丰，在给马步芳的电报中，马鸿飞这样写道：共匪企图西进，我部奋力围堵，歼灭共匪三千余人，击毙共匪头子军参谋长陈伯稚，25师师长、政委，27师两名政委，骑兵团长。另有残匪少许，被我围困在古浪境内。

马步芳立即下令：全力围剿共匪残余，若要活下一人，唯你部是问。

于是，二团副亲任围剿司令，一夜之间，拉开地网式搜查。有六名受伤红军被拉进古浪城，枪杀在城东的万人坑里。马家兵上千号人，把住了各个山头，按他们的话说，一只鸟都休想飞过去。

风声传到青石岭，鹿见喜心想，完了，看来我只能当哑巴，窝在这山里等机会了。

马五一大早就赶来牧场,问:"哑巴呢?"女人瞪了一眼马五,说:"哑巴让我赶回娘家了,几年不见,没承想他变成了头猪,好吃懒做怕动弹。"马五的目光绕着牧场转了一圈,最后搁女人身上。

"知道吗?要是藏了共匪,咔!咔!"马五做了一个砍头的手势,转身走了。马五身后,五花大绑着四个红军。鹿见喜认出一个是三营营长刘铁。他的拳头咯咯作响,身子却不由得沉下去。

白天是不能露面了,他必须蹲在羊圈里。这是女人的命令,为安全起见,女人让鹿见喜在羊圈里挖了个坑,状若地窖,一听见脚步声,他就像兔子一样跳进去。如果女人不放他,他得在地窖里蹲一天。只有夜里,他才会被放出来。站在繁星闪烁的星空下,鹿见喜心如墨夜。遥远的西天,看上去就像一个梦。

女人领来一条狗,叫猛子。

猛子是邻居家牧场的猎狗。邻家牧场的男人和女人都被乱枪打死了。猛子成了丧家之犬,幸亏女人找见它,它才有了用武之地。

女人除了做饭,整天只专注于一件事:驯狗。尽管猛子很优秀,女人却有自己的要求,女人凡事都有自己的要求,要不她的牧场坚持不到今天。

草地上,女人带着猛子,时而狂奔,时而跃起,惊得牛羊都拿眼睛吃惊地盯她们。鹿见喜猫在羊圈里,看猛子如何在女人怀里恣意跃动。猛子跃上女人身子的一瞬,他的眼睛很疼,那是对狗的嫉恨产生的。有时女人会抱住猛子,就像那天女人抱住他一样。鹿见喜这时就会生出一个奇怪的想法,原来做狗也很幸福。

女人驯完狗,又专注地擦猎枪。女人端起猎枪瞄准时,鹿见喜就觉女人像姚兰,但女人不是姚兰,要是姚兰该多好? 女人又是擦枪,又是磨刀,鹿见喜想,女人会不会做啥事?

"吃饭!"女人说。女人端锅走进羊圈,猛子跟在她后头。它的尾巴甩得很欢,就像一个讨好女人的色鬼男人。女人蹲下身子盛饭,猛子一个虎跃跃上去,双腿搂住女人的脖子,血红的舌头在女人头发上乱舔。猛子一点不把他放在眼里,这激怒了鹿见喜。他伸出手,看上去并没怎么用力,猛子已经摔倒在草地上了。

女人暴跳起来:"打狗做啥?! 狗惹你了——"

"没惹。"他沉沉地说。

女人的咆哮响在羊圈里，落下来全砸在鹿见喜心上。

鹿见喜让猛子抓烂了脖子。

女人藏了他的枪，他要，女人不给，两人争起来，后来不知怎么就纠缠到了一起。鹿见喜真想这么纠缠下去，就在他和女人都要软了的一瞬，猛子忽地扑进来，跃到鹿见喜身上，两只爪子奋力用劲，鹿见喜的脖子开了花，血汩汩地淌。

猛子报了一箭之仇，很得意。女人用脚奖赏了它，那一脚很要命，即使换了鹿见喜，恐怕也得疼几天。

猛子翻了几个滚，挣扎着站起来，汪汪叫了几声，样子很委屈。它孤独地跑进羊圈。那是鹿见喜的领地，它的领地在泥巴屋。猛子一定在想，主人是要给他们打个颠倒了。

这样的事并没有发生。到了夜里，确切说刚刚黄昏，泥巴屋里闷了一天的女人走出来，把两样东西放羊圈门口，抱起猛子，忧伤地回到泥巴屋。当时鹿见喜在青石岭上，他躲在那儿想了一天，最终还是在女人和向西二者之间，选择了向西。

鹿见喜背起枪，顺手提了干粮袋，望都没望一眼泥巴屋，走了。

他的身后，是四只忧伤的眼睛。

尽管是夜里，他仍没有走大道，专拣羊肠小道，蜷缩着身子，状如狡兔。

鹿见喜一上路，就知道女人的好处了。让女人调养了一阵子，他的脚步已快如疾风。穿梭在穷山恶岭之间，鹿见喜想起姚兰一句话，你这辈子怕是过不了女人这一关。鹿见喜想，自己到底还是把这关闯过来了。他有点自鸣得意，同时心里也酸楚楚的。

两束贼光从他一上路，就跟在了后面。

他不敢朝后望，他怕一转身，就再也迈不动向西的步子了。后面的贼光笑他愚蠢，想跑？没那么容易。两个家伙是马五的人，他们一直守在村外的路口上，按马五的判断，迟早有一天，哑巴会从这儿逃走的。

两个家伙追得很吃力，他们弄不明白共匪头子吃了什么，吃草的兔子也没这么快。但他们很放心,只要到了横梁山,你就是脚上安飞轮,也跑不过去,马五正等你呢。

两个家伙正得意着,头上就重重挨了一下。咽气的一瞬,他们吃惊地想,为啥要他们命的不是枪子儿,而是牧羊人打羊的炮肚子石头?这两块奇奇怪怪的石子,又从哪里飞来?

半夜时分,鹿见喜赶到横梁山下。一股血腥味告诉他,这儿前几天发生过恶战。鹿见喜越发机警起来,他竖起耳朵,四下听了听,没听出啥异常。正想拔腿往前走,忽觉脚下软绵绵的,像是踩着了什么。双腿一用劲,腾地纵出身子。回首一看,稀薄的月光下,躺着的是位红军。鹿见喜扑过去,一眼认出自己的副营长刘喜娃。

副营长双腿都中了枪,按血迹看,他死的时间不超过两天。也就是说,副营长那边也被打散了,他肯定也是掉了队,拖着两条伤腿向西,到这儿流尽了血,死了。

鹿见喜没有难过,心里更多的是仇恨,他想,不能让敌人把副营长的头提了去,他冲四下望了望,发现山坡下不远处有个黑糊糊的洞,像是雨水冲下的枯井。他抱起副营长,朝枯井走去。

掩埋了副营长,天已经拂晓。再不走,横梁山就过不去了。鹿见喜朝枯井鞠了一躬,转身又消失在黑夜里。

这时候,马五已等得不耐烦了,他甚至想,今夜又白等了。可他不习惯白等。这些日子,他每天晚上都有收获。那些企图向西逃走的共匪,一个个钻进了他的口袋。他还意外地收获了两个财主的小老婆,跟共匪装扮成夫妻,想一起逃走。可把马五受活好了。他领的赏钱,能把两个财主的家业都买下来。奶奶的,守株待兔,这主意不错。

马五所以要等下去,是他坚信那个名叫山里红的寡妇会护送哑巴向西。他不能失去这个机会。到时候,他可以名正言顺将寡妇据为己有,他的顶头上司二哥二团副也只能望望。他敢娶一个私通共匪的女人当姨太太吗?不敢!再说上面发了令,为激励大家抓共匪,重奖之外还多出一条,要是抓到女共匪,不用上交,谁抓的归谁。

马五就奔这个而来!

一想起山里红,马五的耐心就从脚底下升上来。

鹿见喜已摸到半山腰,离马五的枪口越来越近。巍峨的横梁山,像一个装满阴谋的刽子手,令鹿见喜气喘吁吁。他机警的耳朵,却一刻也不敢懈怠,更不敢累。从一块大石上落下来的时候,鹿见喜听到马家兵的咳嗽声。他一个兔跃,又藏在岩石后面。两块碎石被他踩下去,滚动中发出刺耳的声音。

山头上立刻响起回声:"谁?!站住——开枪啦——"

枪并没有真响。鹿见喜头上的冷汗却是真实的。他屏住呼吸,紧紧贴住岩壁。他自信敌人并没有真正发现他,但硬冲显然不行。他的后背暴露成一个巨大的目标,正被敌人盯着。

一个刚刚拉完肚子的兵娃发现了他,兴奋得几乎叫起来。就在兵娃举枪瞄准的当儿,头上重重挨了一下。这次不是炮肚子里飞出的石头,而是猎枪的枪托。但他不愧是马步芳的士兵,倒地的一瞬,他的手还是扣响了扳机。

子弹擦着鹿见喜的头顶飞过,准确无误地射进山顶小便的兵娃身上。那家伙即使不死,那玩意儿也不能用了。

这下鹿见喜不能藏了,连一直跟在后面的女人和猛子也不想再藏了。

"给你枪!"女人飞身一跃,将兵娃的枪扔给鹿见喜。鹿见喜来不及惊诧,密集的子弹很快让他做出反应。他一气撂倒六个敌兵,加上女人打死的,眨眼工夫,马五就丢掉十个兵娃。

马家兵疯狂了,整个山野响彻他们歇斯底里的叫啸,枪声卷着尖啸,齐齐地扑向鹿见喜跟女人。天马上要亮,天一亮他们就无处躲藏。女人急中生智,冲猛子喊,猛子,往回跑!小牛犊一般高的猛子完全理解女人的用意,连跑带跳,极像一个训练有素的军人。一大堆士兵看见那个黑影,兴奋地追去了。边追边喊:"抓活的,活的五十。"

马五的身边,只剩下五个不贪图赏银的士兵。

马五至死也不明白,山里红是啥时学会玩枪的。当他一枪击中鹿见喜大腿时,他相信他是全世界最有脑子的军人。他望了望身边刚刚落气的五个兵娃,说老子拿赏银换阴国票子,给你们烧个够。他正想唤回追狗那面去的蠢货们,山里红的枪已顶在他脑门上。

"山里红……哦……嫂子,甭开玩笑……我是马五……"

"老娘干的就是你畜生!"

女人红了眼,她尤其不能饶恕的是,马五泄露了秘密。山里红这个名字应该是她在某个月色溶溶的晚上,撒着娇嗲着声亲口告诉男人,她还幻想过男人听到这名后会怎样的吃惊,怎样的一把将她揽进怀里……

马五这畜生却打碎了那么一个夜晚。打碎了就该死!

——女人从不跟人讨价还价。

"去死吧!"猎枪近距离的爆发力远超过步枪。

马五死了。马五的头一如破碎的西瓜,成了那一年横梁山最好的祭品。

五

鹿见喜是女人背回来的。

追猛子的几个傻蛋士兵返回到横梁山时,女人已背他钻进十几里外的一个窑洞里。

女人放下他,她的屁股已染成一片血红。女人摸了把屁股,心想该给他止血了。她从裤腿里摸出一把刀,哧啦一声挑破鹿见喜的裤子,一条长满黑毛的粗壮的大腿暴露在她眼前,女人脸上禁不住飞过一片红云,很快又消失了。因为她发现子弹深嵌在大腿根部。要是稍稍偏一点,这死鬼就废了!要想取弹,就得把整个裤子扒掉。女人犹豫了一下,不是她怕,而是现在压根就没这时间。她解开外衣,哧啦一声,从汗衫上撕下一块布,用力箍住他的大腿。紫血像泉眼一样往外冒。女人急了,抓起一把土,摁在伤口上。鹿见喜疼得直叫,女人说:"闭上你的嘴!你是哑巴——"

女人一边扎一边问:"还走不走?"

鹿见喜咬牙说:"走!"

女人一用劲:"我让你走!我让你走!"

鹿见喜疼得要昏过去。他说我不走了行不?女人这才解了气,但她不敢停留,布条刚扎好,背起人来又走。

鹿见喜咬着牙,不敢发声了。

来时比去时艰难多了。女人不光背了鹿见喜，重要的是她还背了五六条枪。鹿见喜非常惊讶，女人哪来这么大力气啊。一开始他还想下来，自己挣扎着走，结果让女人骂了一顿，才又乖乖伏在女人背上。伏着伏着，鹿见喜心里就涌出别的东西了，哦，真美。

女人不敢停，女人的步子快极了，如此重负下，女人还能快步行走在山路上，可见，女人这双腿，多有力量。

他们是半夜时分摸进青石岭的，等回到泥巴屋时，女人的儿子已哭得只剩最后一丝力气了。

女人抓过儿子就喂奶。鹿见喜从昏迷中醒来，一眼看见女人硕大的奶子。泛着银光的肥美的奶子立刻让他忘记了疼痛。女人伸出腿，猛地踹他一脚。"想吃奶呀！望啥望？转过去——"

鹿见喜别扭地扭过脖子，他气女人小气，望望又少不了。那么好的宝贝要是真留给二团副，可把人憋气死了。鹿见喜胡乱想着，心里却记牢了那对尤物，并在以后长久的日子里牛反刍一般反复回味！

女人奶完儿子，开始给他取枪子儿！

鹿见喜真是奇怪，这女人哪来那么多力气？比起姚兰，她可是强悍多了。他奇怪自己到现在还在想着姚兰，他感到有点对不住为自己疗伤的女人。

女人扒下鹿见喜裤子的一瞬，两个人同时吃了一惊。因为两条腿中间又多出一条腿，而且同样粗壮有力，它阻挡着女人的手，使女人无法进入想进入的那个洞口。

"你要不要脸？"女人骂。

女人的恶骂立刻使那条腿疲软下去。鹿见喜松了口气，女人眼里却涌出一层明显的失望甚至暗悔。

炉火燃烧起来，它使得两个人都有了一种虚假的理由，好像是炉火让他们那样，尽管炉火只是为了烧红女人的刀子。

女人将刀子插向伤口的一瞬，又问了声："还走不走？"

鹿见喜用力咬住牙，这次他回答得更奇怪，似乎是报复似的说："偏走！"

女人乐了，这下她有足够的理由支撑自己把刀子从容地扎进去。我让你走,我让你走。女人一边心里骂一边手上动作,直到把那颗顽固的子弹取出来,她的手都没有发抖。那条雄壮的大腿让她弄得血肉横飞,惨不忍睹。女人甚至想,这辈子也不会对这条腿动心了。

而鹿见喜却自始至终想着姚兰。在条子沟时,他和姚兰就有过这样的一幕,姚兰受了伤,子弹钻进大腿的位置几乎跟他的一样。不同的是他没能扒光姚兰的裤子。不是他不想,是姚兰死不让。他只好从膝盖往上撕开。就这,那条美丽的大腿也够他回味一辈子了。鹿见喜对姚兰的回想帮助他挺过了这场等同于屠杀的疗伤,姚兰没叫喊,所以他也没叫喊。唯一不同的是姚兰听到肉体里的那颗子弹清脆落地的声音时说,啥都让你看到了,到了西边,你可得娶我。而他却不能重复这句,到现在他已答应过两个女人了,他不能一直这么答应下去。

"好了!是瘸是拐,全看你的造化了。"

女人的声音打断了他的回想,疼痛再次燃遍了全身,一听女人咒他瘸,他突然又气起这女人来。

女人闪身出去了,居然连一句安慰话都不给,比起他对姚兰,她可真够狠心。他疗完姚兰,是抱着坐到天亮的。尽管四处硝烟弥漫,但两个人心里却是温馨一片,柔软的月光轻泻在身上,他哼着一首软软的小调,那小调让姚兰越发死死地搂住他,仿佛一松手,就再也不能在一起了。

那是多好的一个夜呀!月光,姚兰。姚兰,月光。鹿见喜沉入到无休止的冥想中去了。突然,他睁大了眼睛。一个巨大的疑惑跳出来,姚兰会不会怕拖累他才故意支开他的?

天啊——!

女人很久才回来。女人回来时,鹿见喜已被那个疑惑击倒。女人踢了他一脚,见他没反应,女人说:"该不会这么快就疼死吧。"

女人拖着他。女人奇怪自己,逃命时连人带枪都背得动,这阵却拖都拖不动了。

女人又踢了鹿见喜一脚,你就不能轻点呀!女人是急天马上要亮,她必须在天亮以前彻底把他藏好,藏进他亲手挖的地窖里。女人用了九牛二虎之力,总算把鹿见喜丢进了地窖里。失血过多又遭惊吓的鹿见喜这阵却醒了,见女人封上地窖口,他想冲女人喊句什么,猛记起自己是个哑巴,忍住了。

地窖里不知啥时已燃起了牛粪火,鹿见喜觉得很温暖。他觉得这女人其实也不错,嘴是厉害,心眼儿倒也细致,挺会疼人。天亮时分,猛子回来了。猛子就是猛子,那么多兵娃追着它,砰砰地乱放枪,居然连它一根毛也没打着。猛子一进屋,就跳进女人怀里。女人亲热地搂住猛子,说我的乖儿子,我的乖男人,你可把我想死了。

马五毙命的消息立刻像炸弹一样炸响国民党二十七团团部。

二团副马鸿飞暴跳如雷。他正沉浸在胜利的喜悦里,古浪大捷让他在马步芳那里邀足了功。五个姨太太轮番给他铺庆功床,仍不能满足他的喜悦之情。他甚至已择好日子想去青石岭会一会祁保长,顺便把那个勾魂摄魄的猎物拉来,给他好好铺一阵子床,不想听到这样一个丧气的消息。

二团副马鸿飞亲自去了一趟横梁山,回来后就歇斯底里地冲部下吼:"这绝不是共匪单独所为。奶奶的,共匪迷惑了山民,你们知道吗?一定有人暗中帮共匪,给我搜!搜出一个,血洗一片!"

按马鸿飞的逻辑,共匪都让他们打散了,剩下的丢盔卸甲,瘸胳膊烂腿,根本成不了气候。但共匪狡猾就狡猾在迷惑人心上,这点身为二团副的马鸿飞深有体会。他担心的是,要是共匪把山民们全给迷惑住,麻烦他奶奶的可真就大了!

二团副马鸿飞绝不容许麻烦大起来,他再次亲自率队,沿途命令各乡的保安队,全力围剿残余共匪。

可以想象,当年的古浪山民遭受了怎样一场掠杀。

是在正午的时候,太阳当头照下来,给墨绿的草原染上一层金色。羊群已早早吃饱肚子,懒洋洋地躺草坡上晒太阳。牛群显得贪婪一些,正伸着红丢丢的舌头卷草吃。肥美的草原像一对鼓满奶汁的乳房,诱惑着牛羊把嘴儿伸过来。天蓝得要死,絮状的白云一朵儿一朵儿盛开,使得蓝天更有了望头。和风轻轻掠过,拂动满山野的鲜花,把缕缕清香带给女人。女人坐在泥巴屋前,眼里是刹不住的春色。

战争的天空下,草原呈现出一副异样的美丽。一头撒野的公牛顽皮地追逐着一头漂亮的花母牛。花母牛更像个淘气的新娘,一边逗公牛一边又戏弄它,惹得公牛急了,伸长了脖子朝女人叫。仿佛只要女人吆喝一声,花母牛就会乖乖地服从于它。女人笑了。她才不管牛羊的事呢,她自己心里有事,很重。女人不自觉间,心里装下人了,不想让他走,真不想。可死鬼天天嚷着向西,呸,西边有什么好,荒蛮之地,寸草不生,听说是一眼望不尽的戈壁滩,还有卷起来能把人吓死的黄沙。

死鬼!女人恨恨骂了一声,又冲自己道:"就不让你走,看你能飞!"

猛子站在女人不远处,它弄不明白主人咋了,看上去好像是很难过,猛子想帮主人,又缺了个好主意。只好也学主人的样,一双眼里布满了难过。

这时间,就听草原上传来很热乎的声音。

"哎呀呀,暖,暖,太阳真暖。我也想暖,我的蛋蛋儿哎——"

女人循声望去,说话的居然是二团副马鸿飞!

女人一惊,才知自己走神走远了,连马鸿飞带兵围了牧场,竟也没有察觉。

"干啥,你想干啥?"女人边起身边说,双手噼里啪啦,冲自个屁股一阵猛打,没土的屁股上愣是让她拍出一股子土尘来。

女人不怕二团副。她出嫁那天,二团副抓着她的手不放,贼鼓鼓的眼睛一直盯在她胸脯子上,那光儿,直像要把她活吞下去。后来他还耍酒疯,砸场子,带着五六个兵娃跑来闹洞房,女人都没怕过。

"啥也不干,啥也不干嘛。蛋蛋儿,你说能干啥嘛,啥也干不了嘛。"嘴上说着,手却朝女人伸过来,想捏住女人红扑扑的脸蛋儿。

"走开,少欺负我!"女人喝了一声,一脚踢起躺地上的猎枪。

"我咋舍得欺负我的蛋蛋儿呢,舍不得嘛。哟嘿嘿,快放下,小心走火,怕死了。"二团副一边阴笑,一边使圆了劲,贼鼓鼓的眼珠子硬往女人衣裳里钻。天热,阳光又这么艳,女人穿得单薄。加上刚才使劲儿地想地窖里的死鬼男人,不经意地,胸脯子就撑起了衣裳,撑得很高,很鼓。这下好,死鬼男人没看到,倒是便宜了这恶狼。

见马鸿飞死盯住她不放,女人生气了,冲一旁虎视眈眈的猛子喊:"猛子过来,回屋去。"

猛子虎一样扑过来,吓得兵娃们慌忙往后缩。

"慢!"二团副马鸿飞用马鞭挡住了女人。

"听说你有个哑巴兄弟?"他用马鞭在女人脸上轻轻撩。

"有!咋的了?"女人往前一站,胸脯子挺得更猛。

"人呢?"马鸿飞倒是往后缩了一小步。

"死了。挨了乱枪了。"

"说谎!"

"你说是谎你把他救活呀,没瞅见我缺帮手吗?"

"你不是缺帮手,你是缺男人!"

"我缺男人也轮不上你,狗拿耗子——多管闲事!"

二团副马鸿飞见嘴上讨不到便宜,一挥马鞭,搜!

士兵们很快像狼狗一样四下散开,端着枪,嗅着鼻子,扑进泥巴屋、羊圈、牛圈,有几个甚至扑向牛粪堆。

几个士兵走进羊圈时,女人心紧了一下,很快就放松了。羊圈里已撒了几尺厚的羊粪,是女人连夜撒进去的。果然,几个士兵咋进去又咋跑了出来,只是多了一身膻臭味。

二团副马鸿飞并没有失望,他知道搜不着,只是做做样子,或者给女人一点颜色。他用马鞭继续撩拨着女人红扑扑的脸,淫笑着说:"你不说,我去问你公公,你公公会说的——"

女人想起公公威胁的话,心一下紧了。

二团副马鸿飞捕捉了女人的表情,心里淫笑一下,嘴上说:"我这就去找你公公喝酒,夜里炕铺绵软点,我会来的——"

二团副走后,女人陷入了沉思。

女人不是怕。女人从来就不怕。短命男人玩猎枪走火后,邻家牧场趁火打劫,想把牧场掳了去,还说:"一个寡妇,兵荒马乱的,看啥牧场?看好自个的门就行了。"女人一生气,把短命男人埋在了泥巴屋后,说怕人的只管来,怕鬼的甭来。邻家牧场偷窥了半年,到底还是没敢来。

女人是想招儿,女人想的是毒招儿,狠招儿。

这天后晌,保长祁满堂大摆酒宴。他差人从媳妇儿的牧场扛去两只羯羊,煮的是手抓,开了两坛陈酒。他要好好犒劳犒劳二团副。

酒一直喝到月明,二团副马鸿飞推说方便一下,离开酒桌,朝外走去。保长祁满堂忙跟了出来。

二团副打着酒嗝,推一把保长:"你回去,回去好好让弟兄们喝酒,我……找个地方……方便一下。"

保长弓着腰:"我领你去。"

"不用——"

"我领你去——"

两个人推搡着过了山坡,一个要送,一个偏不让送,让对方回去,马上回。僵持中,谁都望见月光下的那片牧场,那间泥巴屋。

二团副一个巴掌就把保长扇转了身。提着裤子,扬长而去。

地窖里的鹿见喜意识到上面一定出了事,他拖着伤腿,用力顶窖口的石板。石板像是长在了羊圈地上,怎么推也推不开。

他很急,女人这晚了不给他送饭,会不会是让马家兵抓了?这该咋办?女人在这时一下真实起来,要紧起来,就像他身上的一块肉,一个器官。鹿见喜这才发现,自己对女人的牵挂原来这般强烈,这般不可阻挡。一想起女人对他做的一切,恨不得插上翅膀飞出去。

鹿见喜心急如焚的时候,女人躺在炕上,女人一直躺在炕上等。她等的姿势,很容易让人把她联想成一个坏女人、一个贼女人。女人不管这些。

等的时候,女人其实在想自己。女人原来是想做二团副姨太太的,你说怪不怪?尽管她知道二团副已有五个姨太太,但二团副没老婆,老婆很早得病死了。狡猾的二团副给每个姨太太都留下了希望,就是不肯把希望变成现实,所以五个姨太太都很卖力。女人曾想,我不卖力就能把她们的希望全变成灰,你信不信?女人对这一点相当有把握,就像对地窖里那个死鬼有把握一样。如果不是过红军,不是天上掉下个死鬼来,女人的今夜会很幸福。古浪城的二团副啊,了得?吃香喝辣,披金戴银,出门一大堆兵娃跟着,见谁谁低头,哟嘿嘿。女人才不计较名分呢,花轿抬进门,过不了多长日子,她就能当大,正房,真能!女人每每想起这些,就幸福,脸红心跳,胸前两团肉死胀,觉得自己真就成古浪城的马太太了。但现在不同了,

495 中 篇 小 说 · 向 西 向 西

天上突然掉下个死鬼来,这死鬼没怎么使力气,就把她的心给拿住了。

女人的心,天上的云,你真不知道它什么时候能被人拿住。一旦拿住,女人就没一点救了,心甘情愿,为他活为他死,为他守为他等。

女人得把身子给那死鬼留着。

月色真美,弯弯的月儿,皎洁的月儿,照得大地那么明净,那么安宁,照得草原那么美。没有枪声的夜色里,女人被一大股子幸福燃烧着,包围着。仿佛再过片刻,她就要做新娘。

哦,做他的新娘。

女人身上腾起了浪,热浪。

歪歪斜斜的脚步声响过来时,女人悸了一下。旋即,女人就镇定了。她清楚那脚步是谁,为何而来。女人笑笑,女人居然能在这种时候发出笑,可见女人把什么都想透了。

是该做了断了,不能一直这么不清不楚下去。女人这么想着,手里握了东西。

二团副马鸿飞一望见热腾腾的被窝,就扑了进去。

女人一机灵,巧妙地闪开了,还发出咯咯的笑声。笑声一下让二团副感到酥麻,想不到这小妖精还真浪!

"我的亲蛋蛋哎,想死我了……"二团副爬上炕,喝了酒的身子气喘吁吁。

女人在炕上逗了一阵二团副,撇嘴说:"你挂上那么大个破枪,人家害怕嘛。"女人的声音很妖,媚死了,她趁势解开衣裳,把脖颈里大片粉白露出来。二团副一阵昏眩,他已把持不住了。

"你扔了,你扔了我脱行吗?"

女人开始解裤带。见二团副痴得像头猪,又逗:"你也脱嘛,我可不帮你脱……"

女人的声音浪死了。

二团副急不可待扒光自个,把个赤条条的猪身子交给女人。

女人脱了长裤。扔在二团副头上。

"你甭偷看嘛,人家羞……"

"不看,不看,我的亲蛋蛋,你可快点……"二团副急得两只手乱抓。

"这样不好玩嘛,人家喜欢野一点,怪一点……"

女人又脱了一层长裤,扔在二团副脚上。

"都依你,亲蛋蛋哎,都依你,你说咋玩就咋玩……"

二团副早已软成一团泥,恨不能全化在女人身子里。

"我教你,你可得听话……"

"听!听!亲蛋蛋,快呀,馋死我了。"二团副尝试着扑过来。

"你先别动,我玩你,玩舒服了,你再玩我……"女人哪像个山里女人,古浪城的五个姨太太,也没这兴致没这野劲儿呀。

二团副想玩新花样,可一直玩不上,五个姨太太就知道把他掏空,好让他表态,到底谁做大。可二团副不想表态,他想玩新花样。想不到在这荒山野岭,这么好的新花样等着他。二团副美死了,躺炕上,任由女人来摆布。

等觉得不对劲时,已经迟了。他的手脚全让女人绑上了。女人两条长裤原来是两条致命的绳索!二团副想喊,嘴又让女人堵上了。那是一条沾满血的裤子。堵上嘴不说,女人还巧妙地在脖颈里打了个结,跟捆手的长裤绑在一起。手一动,二团副自己就吸不上气了。

女人大叉着腿,骑二团副身上,左一巴掌右一巴掌,扇得很用劲,边扇边问:"舒服不舒服?野不野?怪不怪?"

二团副嗷嗷直叫。他想,要是起来了,一定把这婊子大卸八块。

二团副马鸿飞做梦也想不到,他这一辈子,再也没翻起来。

二团副马鸿飞就这样被女人五花大绑着丢进了地窖。女人双手叉在腰间,冲他哈哈大笑时,二团副马鸿飞真想一头撞死。可是他撞不死,也不能死,因为他很快看见地窖里还藏着另一个人,共匪头子鹿见喜。

算来,他们真是有缘啊。

六

女人给地窖取了个天窗。

稀薄的光亮刚漏下来,鹿见喜一个激灵挪过去,抢在二团副前头,霸住了那片光。

二团副马鸿飞涩涩地开眼，就看见鹿见喜正仰起头贪婪地吸气。

多好的光啊！二团副伤心地闭上了眼。

空气这才跟着流动起来。两个人连吃带拉，地窖里早已臭气熏天。二团副觉得自己就像只臭虫，掉进屎坑里，动也动不了。他估摸着共匪鹿见喜吸便宜了，想挪过去也冲着光亮吸几口新鲜气，不料却让鹿见喜一脚踹开了。

"老实待着！再动老子拧断你脖子！"鹿见喜的声音比刚进来时有力多了。

二团副一惊，他的嘴啥时取开的？女人每次喂完饭，不都要给他们堵上嘴么？

鹿见喜自己也觉惊奇，刚才那句话，他真是下意识喊出的。他只当嘴还是堵上的，怎么一下就说出了话？鹿见喜太惊讶了，连喊了几句，结果全喊了出来。哈哈，他冲二团副马鸿飞高叫一声，又踹他一脚。"听见没，老子能喊出声音了，哈哈，狗日的马家兵。"

二团副马鸿飞非常懊恼地扭过头去，他觉得女人不公平，太不公平，不公平又没有办法。他的手仍被捆着，四肢动弹不了，这点上女人显然是带着偏心的，就是对共匪好。他快被女人绑成一根木头了。

鹿见喜笑完，觉得奇怪，怎么嘴里没堵的东西了呢？他细细想了想，是昨儿，女人昨儿喂完饭的确没往他嘴里塞东西。天呀，一夜他都没感觉出来。接着又想，女人是疏忽了，还是有意？

嘿！这女人……

鹿见喜心里甜滋滋的。他终于明白，女人的心思是什么。

这让他一下兴奋起来，再也不觉得地窖有啥不好。

二团副马鸿飞心里却更加黑暗。他想不明白，堂堂国民党一个团，加上全县的保安队，咋就还找不到他呢？这都多少日子了，难道他们还不知道他被女人绑了，捆了，丢地窖了？

我不是明明奔自己六姨太来了么，把个牧场翻个底朝天又能费多大事？

二团副马鸿飞真是不敢多想，要是团长不找他或找不到他，他该咋办？他可连多一天都活不过去了……

二团副马鸿飞不会想到,他的失踪会在国民党军队中引起恐慌,消息传到青海马步芳那里,马步芳沉思良久,后来说:"给老子找,挖地三尺,也要找出鸿飞来!"

于是,一场比搜捕红军更为严酷的大搜捕开始了。

整个古浪山区,凡是红军路过的地方,都响起马家兵哇哇的叫声。村子里的牛棚倒了,草垛烧了,地窖里灌了水,面柜、面箱全给捣烂了。更糟糕的是女人,兵娃们趁火打劫,看见亮眼的女人就上。一时之间,女人都躲山里去了。只能躲到山里去!

二团副马鸿飞是在保长家里喝酒时失踪的,保长祁满堂便成了最大的疑犯。次日,他挨了一顿毒打,被五花大绑捆进古浪城的大牢。

保长祁满堂好生疑惑,他明明瞅见二团副是提着裤子进了媳妇儿的泥巴屋的,咋就失踪了呢?他清楚地记得,二团副钻进泥巴屋的一瞬,他的心里还很疼地响了一声,咋就……

难道媳妇儿会把他一枪崩了?

难道是那个哑巴?

种种可能都有,就是不能说。说了就完了。媳妇儿是他祁满堂的媳妇儿,孙子是他祁满堂的孙子,说了不是自个找死吗?

保长祁满堂发誓不说。

马家兵一面加紧搜寻,一面对保长祁满堂施以重刑。

祁满堂不怕死。说了是死,不说大不了也是一死,所以保长祁满堂只能不怕死。但祁满堂怕国民党的老虎凳。第一次他顶住了,很像共产党。第二次他又顶住了,也像共产党。狗日的马家兵又要让他坐第三次,祁满堂尿裤子了。祁满堂坚信自己把毅力都用尽了,第三次说啥也顶不过去。他索性不顶了。他说,让我想想,让我细细想想……

马家兵就让他想。

这期间马家兵又从沿途搜出了五个红军。他们不是哑巴就是聋子,但还是让马家兵识破了,识破了就得死。古浪城的万人坑又多了五个英魂。

那些窝藏了红军的山民,一个也没活下。他们让保安团当活靶子练了。

女人的牧场同样遭到盘查，二团副一丢，女人便没了靠山，再想拿二团副吓唬兵娃，连女人自己都觉得心虚。女人先是装疯卖傻，冲兵娃们骂："哪个害了老娘的男人？老娘扒他的皮，抽他的筋。老娘都成寡妇了，你们还来问老娘，我的好男人呀，你可害苦了我呀……"女人这样，兵娃们就齐齐地哄笑，笑完背上几只羊走了。兵娃们一次次来，女人一次次演，后来兵娃们烦了，女人也烦了。不就是死吗，怕个啥，女人不怕，女人豁出去了。从公公被抓走的那天，女人就做好了死的准备。她已经把干草都备好了！一旦败露，她先烧了地窖。

女人做这些的时候，很为窖里的死鬼难过了一阵子。

马家兵每次空手而来，却是实手而去。他们抓走的当然不是鹿见喜，而是羊圈里的羊。后来女人才明白，马家兵这么勤地来搜，并不是捉到了啥证据，而是闻见了羊肉味。

这帮畜生！女人骂。

就在保长祁满堂打算抢在第三次老虎凳之前说出真相的空儿，奇迹发生了。

马家兵在条子沟抓到了真凶。这个真凶装哑巴装得真像，瞒过了马家兵的几次盘查。马家兵几乎就要放过他了，他自己却站出来找死。

马家兵像犁地一样把条子沟犁了个遍，除抓到几只鸡和几只羊外，他们一无所获。在抓最后一只鸡时，马家兵发现了一个猎物，一个模样儿水灵，胸脯又高又软的小媳妇。当时小媳妇正在揉面，夕阳下她揉面的姿势像一幅诱惑四射的画，随着身体的一起一伏，胸前两只兔子像是跳出来又缩回去，看得兵娃们目光痴呆，涎水四射。她的哑巴男人蹲在灶火口烧火，那是一个三棍子打不出屁的软蛋，兵娃们领教过，前两天还吓唬他喝下去一泡牛尿，趴地上喝牛尿的样子傻极了。兵娃们叫他傻子。

小媳妇是条子沟刘二的丫头，原来招过女婿，死了。最近又招了这个傻子。傻子傻福，居然有那么好的一对奶子吃。兵娃们看着看着就不服气了，其中一个说："抢傻子的奶吃，你们敢不敢？"

其他几个早就熬不住了，一听抢奶吃，说不敢是孙子！

他们根本就没把傻子当回事，齐齐扑向媳妇儿，三下两下就放倒在揉面板上。媳妇儿染成了一个面人，脸也让面染白了，很恐怖。兵娃们不管，奶子染白他们照样抢着吃。刘二跑出来，跪在院里磕头求饶，兵爷们，放过我们吧，可怜可怜我娃。兵娃们不满，朝后扔过一句："谁可怜我们，上三十了，还没摸过个女人。摸——"

兵娃们又摸，五六双手哪！有那么多奶子么？有个猴急的兵娃一把撕了媳妇的裤子，把一大片粉白暴露在刘二眼里，刘二惶惶地捂了眼，捶胸顿足，作孽啊，老天爷呀，你睁睁眼哪……

谁也没注意傻子的表情，那是一张脸啊，那几乎是被愤怒烧焦的一张脸，不见半丝血色，但早满脸杀气！

兵娃们正在狂摸，就听屋顶炸响一声惊雷。

"日你奶奶的！老子憋不住了——"

还没等马家兵醒过神，那个脱了裤子的兵娃已丢了命。其他的想反抗，已经来不及了。只见傻子抢过一条枪，左挑右挑，地上就是一摊血肉。领头的兵娃还算有点力气，抵挡中放了一空枪。枪声惊动村里其他兵娃，刘二家的院子很快被包围。

傻子原来是二营一连连长王铁柱。还没到古浪城，他就全认了。

马五是老子崩的，嘣！过瘾呀！马鸿飞狗日是老子杀的，老子把他剁成了肉酱，吃了。哈哈！老子够本呀……要杀要剐，你们冲老子来呀。老子是红军连长王铁柱，老子不是哑巴。哈哈！

枪杀连长王铁柱的这天，万人坑四周围满了人。少部分是自己去看热闹的，大部分却是马家兵用枪押着去的。他们要让人们看看当共匪和私藏共匪者的下场。

刘二丫头最终也没逃过劫难，她让马家兵一个排的士兵轮番糟蹋，最后死在马家兵的肚子底下。

刘二一头撞了墙。血染红了墙壁。

连长王铁柱被枪杀后，头被砍下来，挂在了城门上。

保长祁满堂回到青石岭，自己给自己摆了酒，他要压惊。

好悬呀，就差那么一<u>丝丝</u>。他想。

差点就招了，招了不就没命了，还能坐在这里喝酒？他又想。

　　惊险过去后，保长祁满堂开始回味。不对呀，王铁柱在条子沟，离青石岭还有几十里地，他咋知道二团副在我家喝酒？再说了，王铁柱就算会飞檐走壁，他还能飞到泥巴屋去？

　　祁满堂想了几天，终于明白，王铁柱是替红军揽赃，死他一个，救活一片。够种啊！

　　保长祁满堂决定探个究竟，探个虚实，必须探清楚。他不喝酒了，不压惊了，他要去牧场。一想牧场，保长祁满堂浑身又痒痒起来。

　　保长祁满堂摸进泥巴屋，一眼就瞅出了破绽。

　　女人正在做饭。锅是那口锅，水添的不一样。儿子活着的时候，这锅从来没添满过。今儿个却是满满一锅。一个女人领个屁大的娃，做这多的饭谁吃？

　　"来亲戚呀？"保长斜着嗓子问。

　　女人脑里一闪，情急中说："后晌有两个买羊的要来，得给他们顿饭吃。"

　　"你想卖羊？"保长祁满堂不露声色。

　　"不卖咋养，不卖咋养嘛！狼多肉少，再不卖，全入黑尻子了。"女人很生气地说。

　　保长听出女人是在比住箩儿骂簸箕，连他也捎带上骂哩。保长不恼，恼了就不像公公了。

　　"二团副让人杀了。"保长祁满堂说。

　　"我听说了，活该！"女人直起腰，顺手抄起擀面杖，她要擀面了。

　　"你真信？"保长祁满堂不想让媳妇儿擀面，他想让媳妇儿跟他说话。说话多好，说话多好嘛。

　　"信不信都是你说的，你是公公，嘴里长着牙哩。"媳妇儿还了他一句，这句话有点呛人。祁满堂并没被呛住，多少年了，媳妇儿呛他的话好多，但他一次也没被呛住。

　　"我知道二团副去了哪里，那夜里我送他过了山梁……"

　　保长盯住女人，话说得很损。这时候他不想当公公。其实打女人娶进门的那一刻，他就后悔当公公了。

　　女人肩膀动了一下，心也动了一下，她知道接下去能听到啥话了。她瞅了瞅屋外,放开嗓子:"猛子! 猛子——"

猛子虎视眈眈跃进来,伸出红红的舌头,怒瞪住保长,就像女人手上的一支箭,随时都会放出去。

保长往后退了退,他不知道媳妇儿啥时又养了条狗,他吃过狗的亏,大亏。保长祁满堂不想再吃狗的亏,仓皇夺门,一路恨恨而去。

七

鹿见喜在地窖里窝不住了。

一看见二团副,他就有杀人的心。但他又不能不看二团副。地窖就那么大,一睁眼二团副就往他眼里钻,挡都挡不住。光看见还不算,龟儿子眼里还有东西,那东西居然跟他心里想的一模一样。

鹿见喜更是管不住自己的腿。这龟儿子,也像是存心招惹他,让他乱踢!他真想扑上去,一把抠出那对眼珠子。但他扑不上去,他的腿还在流血,地窖太阴,太湿。上次中枪的地方一直出血,怎么也治不好。其实不是治不好,如果他不乱踢二团副,让腿安安稳稳放着,说不定早就好了。

女人每次包扎都骂他:"你是要腿还是踢他哩? 再乱动,这条腿就废了。"

"啥都要。"他说。

女人的脸腾就红了。女人听出了别的意思。

女人再来送饭,鹿见喜说:"你放我出去!"

"放出去做啥?脖子痒痒了,想挂城门上去?"女人恨一眼鹿见喜,口气冷冰冰的。

"那你把他弄出去!"鹿见喜趁女人不注意,又踢了二团副一脚。

"往哪弄,弄我炕上?"女人扭身看鹿见喜踢二团副,一下火了,"他是我男人,你少碰他! 再碰,我一把火烧死你们。"

鹿见喜惊瞪住女人,地窖太暗,看不清女人是说气话还是说谎话,但他看清自己脸色了,灰溜溜地泄气。如果不是手绑着,他想他这阵就能把女人摁地上。

女人不理他,开始喂饭。鹿见喜忍不住用脚摸了一下女人的屁股。女

中篇小说 · 向西向西

人照中出血的地方狠狠擂了一拳，骂："又想占便宜呀，你当我是啥人了……"

女人喂二团副的时候，把一片朦胧的背递给了鹿见喜。因为蹲着，女人的屁股越发滚圆、鼓胀，很像两座急需攻打的山头。鹿见喜忽然想，山头若真让二团副占领了，自己能不能夺下？

绝不能让敌人占领！鹿见喜一咬牙，说："你要敢给他当女人，老子阉了他！"

"你敢！"

女人声恶着，眼睛却在笑了。二团副望见了，伤心地闭上眼。因为他明白，那笑不是给他的。

女人喂鹿见喜时，鹿见喜又赌气不吃。

"给谁使性子哩？有本事这辈子都不要吃，当谁心疼你哩？不吃？腿瘸了，腿拐了，一辈子打光棍……"

女人一气骂出许多，扔下碗，走了！

二团副心里有恨，却不使出来。他想他必须搞好跟女人的关系，这是他存活的唯一一条路。所以他很配合。只是女人重新给堵上嘴时，他在心里又把女人杀了一次。

女人刚走，鹿见喜就挣扎着挪向二团副，他一脚踢过去，踢中了二团副的下颌。二团副没挪动，其实挪动也没用，地窖就那么大，鹿见喜要成心揍他，他只有死挨。

二团副只能恨恨瞪住鹿见喜，告诉鹿见喜他眼里也喷着火。

鹿见喜一连又踢出几脚，边踢边骂："我让你瞪，我让你瞪。你这狗日的！娶了五个还不满？我让你娶，我让你娶！"

二团副扭过脸，把脊背递给他踢。他觉得这打挨得真是冤枉，冤枉死。如果嘴能张开，他会告诉鹿见喜这个女人他说啥也不娶了。啥山里红？简直一个山里狼，山里虎！他觉得还是古浪城的姨太太好，他想她们呀！

二团副哪里知道，听说他让红军连长王铁柱杀了后，那五个姨太太一夜间抢了他的家产，给别人做姨太太去了。这阵正躺在他部下的怀里，享福哩。

鹿见喜踢累了，瘫在地窖里不想动弹。两眼盯住天窗，痴痴地朝上望。

他不知道啥时腿才能好,啥时才能离开这老鼠洞。他只是不停地跟自己说,向西! 向西! 再不要想女人!

鹿见喜重重地把头撞在洞壁上,才把女人撞到脑外。

他想他应该把女人撞出脑外,不然对不住死去的姚兰。

一想姚兰,鹿见喜的心就翻过了滚滚恶浪。

保长祁满堂天天出现在牧场里。

他来牧场,有两项任务,一是搞好跟猛子的关系。对这一点他显得信心十足。女人曾经有过一条狗,起先也一样恨他,最终还是让他拉拢了!连国民党的团副他都能拉拢,还怕一只畜生吗? 其次是他要找到那两个男人。

对媳妇儿藏了两个男人的事实,保长祁满堂如今已坚信不疑。为此他天天夜里睡不着觉,生怕一睡过去就再也醒不过来。他后悔自己心太急,把阴谋提前暴露,所以他得设法找出来。

保长祁满堂很失望,原因是他既拉拢不了猛子又找不见男人。他蹲在草地上,样子好生惆怅。猛子是个畜生,不理他也就罢了。可那是两个大活人呀,难道她能装进裤裆里? 保长祁满堂就剩媳妇儿身上没搜了,他恨不能这阵就放倒媳妇儿,痛痛快快搜一场。

"喂,你过来!"他拿出公公的架势,冲剪羊毛的媳妇儿喊。

媳妇儿没理他。他只好悻悻走过去。猛子扑过来,挡住他挨近媳妇儿的路。

他只能站在几步之外,威严地说:"知道我找啥吗? "

"不知道。"媳妇儿好吝啬,多半个字都不给他。

"你最好说出来,这可是杀头的事。"

"我没干下杀头的事。"

"我是为你好哩,你以为不说就没人知道了? "硬的不成,保长祁满堂换成软的。

"知道了来杀啊,我又不是缩头乌龟! "

"你——? "

保长祁满堂抡起了手,复又放下。猛子的眼神提醒他,如果自己扇过去,烂的肯定是自己的脸。

几个来回后,保长祁满堂终于想出办法,他要把牧场卖了。

牧场是祁家的产业,怎么经营是媳妇儿的事,卖还是不卖由他说了算。

说干就干,保长祁满堂这次是铁心了,要是以前也有这般铁心,事早成了,哪来这么多麻缠。不就是睡个媳妇儿么,世上好多的,他祁满堂不是第一个也绝不是最后一个。

买主是女人的二公公,祁满堂的兄弟祁满川。为示郑重,祁家还摆了一桌,请有头脸的兄弟做证,说好一手交钱,一手交文书。

祁满堂当着众人说:"兵荒马乱的,媳妇儿带个娃,不方便。"

众人说:"就是,就是,早该卖了,让媳妇儿回来,好好拉扯娃。"

就在两家成交的当儿,女人来了。女人背上绑着娃,手里提杆枪,后面跟着小牛犊一般的猛子。

女人一脚踩在酒桌上,说:"谁敢?"

保长祁满堂脸一绿:"成何体统,成何体统啊,给我出去!"

女人拿猎枪对住公公:"牧场是我男人拿命挣下的,你一年白吃白喝白花销,现在还想断了我娘俩的活路。你敢卖,我就敢杀人!你信不信?"

祁满堂慌了。身子筛糠一般,缩进红木椅子。

"你们看,你们看,像个当小的的么?丢死人了,丢死人了……"祁满堂眼看就要尿裤子。

众人知道女人的厉害,害怕女人掉转枪口。白吃白喝了一顿,全溜了。

二公公祁满川是个好说话的人,一看火头不对,撂下一句话:"你们商量好了再找我,我先走了,先走了……"

出门他就想,白送也不要了,这女人,了得!

八

一晃,鹿见喜和二团副马鸿飞已经让女人在地窖里关了两个月。

两个月后,鹿见喜不打二团副了,老打一个还不了手的俘虏让他无聊。他开始把二团副当俘虏,红军不虐待俘虏,他想起了这点。

可是不打他更无聊。

两个月没痛痛快快说过一句话，没响响亮亮放过一个屁，腰也没舒舒展展伸一下，他实在要闷死了。

他冲二团副说："你把头伸过来，我帮你把嘴取开。"

二团副很听话，挣扎着挪动身子，把嘴递了过来。

鹿见喜正要伸过腿，忽然又说："不行，你要乱喊咋办？"

二团副拼命摇头，那意思是说，我不喊，我真的不喊，你快帮我取开吧。

鹿见喜瞪他一眼，说："谅你也不敢！"

鹿见喜抬起左腿，用脚指头撕开二团副嘴里的东西。二团副一下张大嘴，拼命吞吸了几口气。

"快陪我说几句话吧，说啥都行，我闷呀！"鹿见喜说。

"说个屁！"二团副吸足了空气，突然骂了一句，紧跟着就大喊大叫起来，"来人呀，这里有共匪！快来人呀，我是二团副马鸿飞——"

鹿见喜一惊！

"你个狗娘养的！说好了不乱喊，你敢耍老子！"他一脚踢过去，二团副躲开了。二团副一声高过一声，把吃奶的力气都使出来。鹿见喜再想堵住他的嘴，二团副就不听话了。

窑门哗地打开，一个红影跳下来，吓得两人都闭了声。鹿见喜躲了一下，就听见女人野野地骂："喊你爹哩，喊你妈哩。让谁救你哩！"二团副还要喊，让女人两个嘴巴封住了嘴！

鹿见喜很解气，说女人，"打，往死里打这狗日的，说好不乱喊的，一取开就喊。"

"你住嘴！谁叫你取的？你不想活我还想活哩，没听见上头天天有人吗，没见过你这号不长脑子的！"

女人骂完，往二团副嘴里塞了一块牛粪，又用破裤子封住他的嘴，说："再不老实，老娘活埋了你！"

鹿见喜刚想说话，就被女人怒怒瞪住了。女人手里还拿着一块干牛粪，鹿见喜赶忙摇摇头说："我是哑巴，我哑巴还不行么？"

女人看一眼他的左腿，恨恨踩了一脚。鹿见喜想喊，女人怒道："你信不信,我敢把你俩都活埋了? "

女人刚收拾好羊圈,就听见杂沓的脚步声在外面响起。出圈门一看,天老爷呀,保长公公领着五六个兵娃,正贼头贼脑四处搜呢。

保长祁满堂又一次夜闯泥巴屋。

这一次他比往常更从容,也显得更有把握。

女人刚奶完儿子,衣襟都还没系上呢。一对颤丢丢的奶子像早晨喷薄而出的两个大太阳,挡不住往公公眼里钻。女人看祁满堂眼傻了,索性不系了,老这么藏来藏去也不是办法。

"你死了这条心吧。"女人大敞着衣襟说。

"要我死心行,你把人给我。"保长祁满堂说。

女人不知道,保长公公不是要她来的,是要她藏的两个人。新上任的二团副酒后对他说,只要能找到共匪头子鹿营长,就保他到县里去做官。古浪城里有多少女人呀,就是想要马鸿飞的姨太太,新任二团副也答应给他。至于马鸿飞,新任二团副说了,人已死了,他不想看见他活着。

保长祁满堂就是跟媳妇儿商量这事来的。

"呸!亏你说得出口,人我没见过,就是见过了也不会给你这种人!"女人听完就是一肚子气,她真是弄不明白,马家兵这是咋了?一会儿要活的,一会儿又要死的,那个猪还指望着让人救他哩,真是个猪脑子!

"这就是你的不对了。"保长公公阴下脸说,"我白日里明明听见声音来着,我是为你好,才替你遮掩了过去,要不人早到了我手上,还犯得着商量? "

"我说没有就没有!你走不走,不走我可叫猛子了。"女人想,他要不是自个的公公,真想叫猛子一口咬死算了。

"你是说那畜生啊?"保长祁满堂极阴邪地笑笑,"它正吃肉哩,畜生就是畜生,多喂几根骨头它就听话了,哪像你? "

"你给我出去! "女人突然抢起了猎枪,她有扣动扳机的心了。

保长公公走后,女人想狠狠教训一顿猛子,等猛子来了,竟一抱子抱住它,摩挲它长长的毛说:"你说我咋弄呢,他天天带人来,迟早要出事的呀! "

猛子泪眼汪汪盯住女人,很久,才把头砸到女人怀里。

女人连夜下到地窖,对鹿见喜说:"往后我不能下来了,我再想法取个天窗,夜里我把饭吊下来,你们想法儿吃。"

鹿见喜不语,他知道女人的难处,带给她这么多的麻烦和危险,他还能说啥?

二团副幸灾乐祸地一笑,好像女人一下来他就有了希望。

女人扇他一个耳刮子。"让你笑!你笑个脚后跟哩。你的家完了,让马家人分光了,你五个老婆也让别人睡了,他们还让我杀掉你呢!你笑呀,你以为他们会救你?你死去吧,你个猪脑子——"

二团副的笑僵住了。他相信这是真的!以前他就这么做过,他的五姨太还是他上司的丫头哩。

他一头撞在洞壁上,眼里滚出两串豆大的泪。

二团副成了条狗,怎么踢都没反应。终日闭着眼,眼角的眼屎积了一大堆,都懒得擦。

鹿见喜开始同情这个老男人,给国民党卖了半辈子命,临完落这么个下场,活该!鹿见喜想跟他说会儿话,用眼神说。二团副不理他,鹿见喜憋闷极了。

他开始想女人,从头一个开始,一个一个往下想。他想得很慢,又很细致,连当初的一个眼神都不放过。生怕想快了,日子就没东西打发了。

鹿见喜想的头一个女人,叫蓝妹儿。

蓝妹儿是鹿见喜东家的小老婆。十年前他杀了仇人,一路夺逃,后来让东家收留,让他做了长工。鹿见喜很感激东家,发誓要报答东家一辈子。东家娶了第五个老婆蓝妹儿后,鹿见喜动摇了。东家太老,快六十了,蓝妹儿太小,还不到二十。鹿见喜想这不公平。蓝妹儿也说不公平。他跟蓝妹儿就有了共同语言,一来二去,两个人就谁都放不下谁了。无奈东家看得紧,要不然他早就把蓝妹儿拐跑了,也犯不着去当兵,落到现在这地步。鹿见喜是个有胆量的男人,啥都不怕。要不,当初能杀得了仇人?那可是保安队队长啊!他强奸了鹿见喜的妹妹,鹿见喜一刀把他结了,很利落,手都没抖一下。惊得保安团那帮人渣四下逃命,连身上背着家伙都不记得了。等醒过神再去追时,鹿见喜早没了影。

东家看得再紧,还是让鹿见喜逮着了机会。

十年前鹿见喜就有了一身好功夫,是跟学武的父亲练的。他像猴子一样攀树,毫不费力就跳进西院,两条狗被他攀树时扔进来的毒猪肉毒昏了,无法给南院四老婆屋里的东家报信。他吱溜一声钻进做梦都想钻进去的西厢房,蓝妹儿早热腾腾地在被窝里等着他。鹿见喜趴上去,就再也不想下来了。

鹿见喜低估了东家。他跟蓝妹儿了完一桩心愿正相拥着说第二桩心愿时,东家领着七八个家丁包围了西院。通红的火把映得夜晚的西院如同白昼,东家狡猾地笑笑,天罗地网已撒下,就等鹿见喜来投。他手里的杀猪刀已咯咯作响,急不可待地想抢先一步割下鹿见喜的鸡巴,替主人洗刷这耻辱。杀猪刀得意得有些过早,它清晰地听见那个宁要长工也不要脸面的婊子喊了一声:"亲哥哥,你走哇!"就看见一条黑影闪电般闪了一下,跃过房顶就不见了。杀猪刀很泄气,它诅咒主人像个蠢猪,为啥单单要在西院屋后栽那么一棵歪脖子树呢?

七八个家丁像七八条疯狗赶着野兔一样的鹿见喜。鹿见喜很不明白,他们那么卖力干吗,偷的又不是他们的老婆。他自然不会知道,要是知道,或许他就不逃了。因为他值八个老婆!东家亲口说,抓回那畜生我给你们一人娶一个老婆!对于一直想有个老婆而又总也娶不上老婆的穷家丁来说,鹿见喜就已不再是鹿见喜,而是他们下半辈子的热被窝。想想看,家丁能不死逼吗?

鹿见喜被逼上了绝路,因为地形不熟,他跑到了悬崖上!

往回走,无疑死路一条,往前看,又是一条死路。家丁留给他的时间只有十几步路,来不及深思熟虑。他想,反正跟蓝妹儿睡过了,死也值!就在家丁手伸过来的一刹,纵身一跳,跳下了悬崖。

家丁们已经抓到老婆一只脚了,一松手又变成了空气。

鹿见喜没有死,他挂在一棵树上,昏迷了几天。醒来后看见一双乌黑的眼睛正对着他,那是一双女人的眼睛,鹿见喜当时就做出了准确的判断。他对女人的眼睛有直觉。

救他的是女红军姚兰。当然姚兰只是其中一位,鹿见喜不管,他只记住了姚兰,别的男红军他一个也没记住。伤好后,姚兰问,你当不当红军?

　　鹿见喜说:"当红军做啥?"

　　"打土豪,分田地。"

　　"打不打保安队?"

　　"打!"

　　"那……是不是跟你一起打?"

　　"是。"

　　"我当!"

　　就这样,鹿见喜当了红军。他英勇善战,勇猛无比,天生是一块好料。几年下来,他高升为营长,连姚兰都归他管。脆生生地喊一声:"报告,鹿营长!"鹿见喜整个人就成了一块木头。

　　鹿见喜想的第二个女人,就是姚兰。等他把姚兰想完后,天又一次亮了。天一亮,天窗就让女人盖了,到了夜里才敢取开。一开始鹿见喜还能分出是白天还是夜晚,后来他也糊涂了。糊涂了就不管它是白天还是夜晚,反正都一样。地窖里黑咕隆咚的,除了二团副的呼吸声让他兴奋,再也没有可听可看的了。

　　女人果然又挖了一个天窗,一大堆土落下来,又把鹿见喜砸活了。可这次的天窗是斜的,除了风能感受到,光啊啥的就只能闭上眼睛去想了。鹿见喜把自个的女人想了几遍,想得最细的还是姚兰。打救他那天一直想到他去找水,姚兰的山山水水都让他想遍了。记得一次他负了伤,子弹穿过肩胛,穿出一个洞,姚兰抱住他,一个劲问疼不疼。当时真没疼过,姚兰给他包扎,棉条没有了,姚兰撕的是自己的衣衫。"刺啦"一声,那声音至今很清晰。布是撕下来了,可姚兰的一片粉肚皮儿也撕给了他。他当时就傻眼了,哪里还顾得了痛?他真想让姚兰那么一直给他包扎下去,直到他把那粉肚皮儿望够了。可敌人的炮火催着姚兰,还没包好姚兰就扔下他,抱着枪扑了出去。

　　当时他想,江山打下来,一定买好多好多的衬衫儿,让姚兰穿,穿个够。那件衬衫姚兰穿了五年啊——

　　后来再想山里红这女人就细了起来,而且比姚兰更细。细得都让他惊,让他难受。鹿见喜想,我咋是这样一个男人,见一个想一个,还像个红军吗?

可不想由不得他呀!

想完自个的女人,鹿见喜就想听听二团副的女人,二团副前后要了六个女人,一个老婆五个姨太太。哥哥,要是全能说出来,这日子还愁打发不了? 二团副这狗日,真能把人憋死,越是让他说,他越是不说!

一张嘴鼓着,像是里面又让牛粪堵死了。

难熬,真难熬啊。鹿见喜感觉活不下去了,再这样下去,非憋死在地窖里不可。

女人往下吊饭时,鹿见喜喊:"你让我出去吧,出去死了也甘心。"

女人这次没有骂, 很久很久后才从天窗里撂下一句话:"你当我不想呀,你个死鬼! 好好儿待着,哪天松了,我让你上来……"

马家兵并没有松。新上任的二团副是个比马鸿飞还野心勃勃的军官,他的志向是彻底灭掉残留的共匪,绝不让红军的火种点起来。就连女人山里红也觉得,他比二团副马鸿飞残忍百倍。

保长祁满堂更像个幽灵,为了到古浪城享福,他宁肯不睡觉,也要不时地到牧场去嗅嗅。他的鼻子越来越尖,目光越来越毒,有几次他都快要找见地方了,猛子冷不丁冒出来,一阵乱咬,才将他轰出牧场。

畜生就是畜生,翻脸就不认人。祁满堂恨猛子,他弄了好几块带毒药的骨头,猛子居然闻都不闻。这挨刀的,迟早要收拾掉它。

女人不敢大意,饭两天送一次,话是决然不敢说了。女人想,能不能活着出来,全看他俩的命了。

又过了两个月,鹿见喜对二团副一点恨都没了。他蹬一下奄奄一息的二团副,说:"我把你放开吧,你喊也行,打我也行,只要能让我活着就行。"二团副一动不动,他连饭都懒得吃了。鹿见喜说:"我们打一架吧,打架总比等死好。"鹿见喜就在心里跟二团副打架。打了几天几夜,还分不出胜负。他说:"我们交朋友吧,我们不管他国民党还是共产党,交了朋友就是一家人。我西边也不去了,你团副也甭当了,我们种地、放牛,我们娶女人,娶好多女人,陪我们说话,生好多好多娃娃,将来让他们当红军……"

"行么?"

"你放个屁呀！"

下雪了！冷风斜斜地刺进来，鹿见喜知道冬天到了。

他脑子里一下充满鹅毛大雪，雪下得滋润极了，覆盖住了山川覆盖住了草原，覆盖住了泥巴屋。女人奔跑在冰天雪地里，女人穿着红红的棉袄，像一团火，跑啊跑啊，他怎么也追不上……

他冷极了！

他多想让女人把他一把火点燃，那样他就可以追上女人了。

他看一眼二团副，二团副更冷，浑身筛糠似的乱抖，身子死命地往一起缩，鹿见喜怕了，心想他不会染上啥病吧？他把自己的棉被递过去，想给二团副添上。二团副不让。二团副的脸色难看极了，像一个将要死去的人，在做最后的挣扎。

"你不会死吧，你可不能死啊，死了，谁陪我，谁跟我斗？"

二团副不说话，继续抖。脸色铁青，嘴唇已经僵了，眼珠子快不动弹了。鹿见喜赶忙把身子底下的麦草扒拉过去，使劲挪到那边，一抱子抱住二团副，用身子暖他。

好长一阵后，二团副终于不抖了，鹿见喜这才放下心。

雪花从天窗里飘下来，打到他脸上，也打在二团副脸上。雪花让他们冷，雪花又让他们兴奋。毕竟，他们在地窖里看到新的东西了啊。

雪落雪融，草枯草绿。直到第二年的夏天，马家兵搜捕的风声才小下去，女人犹豫再三，才将他放了出来。

鹿见喜费了半天劲才把眼睛睁开，天啊，睁个眼睛这么难！夺目的阳光朝他扑来，刺出他两眼清泪。山风也朝他扑来，要把他一口吞掉。他揉揉眼，张大嘴巴，用劲往肚子里吸气。美啊，真美。爽啊，真爽。奶奶的，我鹿见喜总算出来了，出来了！

等一切适应下来，鹿见喜定定地望住女人。天呀，女人变了，外面的女人跟洞里看到的女人截然不同，真的不同嘛。女人脸儿白，粉，还透着红。一双眼睛毛茸茸的，长长的睫毛扑闪着，两汪清泉里有水。鹿见喜嗓子立刻发痒，渴，真渴。目光像焦灼的兔子，不管不顾就往女人身子上扑。天啊，她,她……

女人果然穿一件红衫,红衫下裹住的,是草原,是河,是山。哦,不,是真真切切的女人!他想扑过去,一抱子抱住女人。但是他却步了,一双脚颤颤地搁在地上,居然迈不开。

"你咋跟我想的一模一样啊!"半天,他说了这么一句。

女人羞羞地垂下头,说:"死鬼瞎说啥哩!"

女人还没望够,鹿见喜就急不可待地把目光投向远处,他要看的东西实在是太多了。

站在草坡上,鹿见喜发现天竟是那样的蓝,白云带给他飞的感觉。风是透明的,五脏六腑一下都给吹干净。脚下的草地,眼前的群山,原来是这样一种颜色,竟然是这样的巍峨壮美。鹿见喜想扑上去,把看到的一切都揽在怀里。

女人站在他身后,像看自己的儿子一样看着他。

鹿见喜展开双臂,把飞的姿势留给女人,然后就朝羊群扑去了。

这一刻,他的心里是不带战争的,打仗已被扔在了地窖里,他想到的只有自由,蓝天、白云、羊群,还有……女人!

女人望着他,心一下宽展了。宽展得如同这草原,能让他奔跑一辈子。

女人的目光后来定格在鹿见喜腿上,她不是故意的,她相信他也不是故意的,所以鹿见喜跑了一圈,扑向她时,她突然喊:"腿,你的腿?"

鹿见喜怔住了。他几乎要抱住女人了,却被她一句话猛地推开。

"我腿咋了?"他不解地甩甩腿,他发现腿还长在身上,一条也没少。可女人的目光像是告诉他,腿不是少了就是长错了地方。

"你的腿?"女人又重复一句,声音明显比刚才还恐怖。

鹿见喜这才意识到不是女人出了问题,一定是自己的腿出了问题。

于是他在原地跳几下,想证明女人阻挡他是不对的。

女人傻望住他,像是遇到了难题,一下解不开,所以她说:"不要跳,你再跑……"

鹿见喜又跑。才跑两步,他就得到了答案。他像一个提早交卷的学生,突然中止了考试。

"我的腿?"他的恐怖远远甚过女人。女人扑上来时,他已抱着自己的腿蹲下了!

"咋能?"

"咋能真……"

鹿见喜一遍遍说着,眼里充满了巨大的问号。

女人怯怯地站他对面,不敢说出答案。后来见鹿见喜哭了,哭得像是要死去,才伸出手,一遍遍抚摸出问题的地方。

"瘸了?我的腿瘸了是吗?"鹿见喜不相信地盯住女人,他渴望女人能在这时候摇摇头,最好再骂上一句"放屁"。

女人却突然地捂了脸,肩膀抖动着,半天后用劲点点头。

"瘸了?我瘸了?真让你说准了……"鹿见喜哇哇大叫,声音似狼嗥,似鬼叫。

鹿见喜瘸了!地窖里窝了八个月的鹿见喜重新回到地窖后,颓然接受了这一现实。他怒气冲冲对仍捆绑着的二团副说:"老子瘸了!你该高兴了吧——"

二团副并没有高兴。他对鹿见喜的瘸无动于衷,连起码的一点表示都没有。

鹿见喜愤怒了,反手甩了二团副一个嘴巴:"老子瘸了,你听见没有!"

二团副木然地望了鹿见喜一眼。仿佛扇的不是他,而是别人。鹿见喜泄气了,颓然坐下,喃喃自语:"瘸了就瘸了,有什么好炫耀的。"

次日上午,女人在天窗里喊鹿见喜。女人经过一夜的思考,已完全不把他的瘸腿当回事了,她甚至有点幸灾乐祸,站在天窗口,声音很脆地喊:"瘸子——出来了,外头没人,出来干活!"

鹿见喜听见喊,并没马上明白是在喊他。等第二声喊响起时,他才忽然一下联想到自己的瘸腿。斜斜地从天窗里扑上来,像只恼羞成怒的豹子,一出洞口就撕住女人。

"你刚才喊啥?"

"瘸子!"女人故意说,声音既高且重,山石一样砸到鹿见喜心上。

"你再说一遍?!"鹿见喜抡圆了拳头。

"瘸——子——!"女人将双手卷成个喇叭,冲山野喊。鹿见喜的拳头重重砸下来,落到自己的腿上。

女人胜利地笑:"咋?瘸了还怕人喊,怕就甭瘸呀?"

"我——!"鹿见喜又抡起了拳头。

猛子忽地扑过来,英雄救美似的护住女人。

"小心,它可没瘸,咬了人可不管。"女人得意地笑。

"它敢!老子撕了它!"

"有本事撕呀,我看到底谁撕了谁?"女人粉面桃红,既可气又可爱。鹿见喜望一眼,心里的气全消了。

鹿见喜决定向西的这天,女人把自己关在泥巴屋不出来。鹿见喜想,再怎么也得跟女人打个招呼,叫魂似的在外面一直喊。女人成了聋子,女人更成了哑巴。鹿见喜喊啊喊啊,天终于让他喊黑。他望望西边,苍苍茫茫的祁连山,巍峨而又神秘,暮色下的崇山峻岭,忽而充满无限伤感,忽而又激情勃勃。最后,竟幻化成西进的金戈铁马,呐喊着呼啸着。他看见战旗在风中猎猎作响,看见战友在炮火中匍匐前行。他看见姚兰,看见警卫员尕五子,还看见……

鹿见喜热血沸腾。

他像一头憋足劲的公牛,在草地上转了一圈,最后泄气在泥巴屋前。算了,不叫了,免得死拉活扯一番,又走不成。

他响亮地咳一声,算是给女人道了别。背起褡裢,用力拔开了步子。身上除长枪外,又多了两双布鞋。是女人夜里一针一线给他纳的。鹿见喜瞅见过女人纳鞋底的身影,那一刻他觉得女人像母亲。

鹿见喜自以为走得很坚定,有种义无反顾的气概。之所以停下来,是因为猛子像箭一般射过来,横在他前头。猛子狡猾地看他,想逃,没那么容易!

"吱呀"一声门开了,两束强光射过来,烧得他脊背一阵灼热。又像一块巨大的磁铁,牢牢吸住了他。他不能动了,仿佛脚踩到雷区边上,再前行一步,便会粉身碎骨。

女人的声音响起来,几近歇斯底里。

"你走!你走哇——!你走了我就跟他睡觉,做他的女人!"

鹿见喜头里轰一声,觉得整个青石岭压在了背上,压得他心打战腿打弯！但他仍不回头，回头就没有退路了，真的没有。他必须向西，必须！鹿见喜很坚强，坚强的鹿见喜觉得快要顶过去了。

哗——山塌下来，严严地堵住鹿见喜的路。

他扔了褡裢，恶毒地扑过来，他没扑向女人，绕过女人，三步并作两步冲进羊圈，跳进地窖，一把撕住二团副。

"我让你睡，我让你要女人。"

鹿见喜想一刀了结掉这死人，这样自己就没有后顾之忧了。

忽然，他的手停下来。打一个手无寸铁的俘虏，算哪门子英雄？

他撕开二团副的嘴，扯上声问："说，我走了你会不会睡她？"

二团副傻傻的，模样挺可爱。任凭鹿见喜怎么咆哮，他只有一个表情：傻笑。

"你说呀，你哑巴了?！老子是哑巴，老子都敢说话，你为啥不敢？"

喊着喊着，鹿见喜心里突然一黑。他分明发现，二团副不一样了，真的不一样了。天呀，他叫喊一声，更猛地扑向二团副。

二团副果然成了哑巴。

鹿见喜费力地把他抱出地窖，放到羊圈里，才发现他不仅哑了，连手腿都僵了。

鹿见喜使劲搓他的胳膊，搓他的腿，边搓边骂女人："让你杀了你不杀，这下可好，当爹一样养活吧！"

女人呆呆地立边上。女人这段日子只顾了鹿见喜，根本就把二团副忘了。好几个夜里，她都忘了地窖里还有二团副这个人，女人想不顾一切跑进地窖，跑进……有两个晚上，女人故意把天窗的盖子拿开，心里充满期盼，就等着他来。可该死的男人，真成了死鬼，居然在地窖里呼呼大睡。女人把爱和恨都给了鹿见喜，就是没想到，地窖里还有另一个男人。

这下好，这个男人瘫了，瘫了啊。

不管女人愿不愿意接受，二团副终究还是没能站起来，彻底成了瘫子。女人好后悔，只防他乱喊乱叫乱跑哩，哪知他会瘫会哑。怎么就会瘫么，怎么就会哑，不就绑了八个月嘛，这么不禁绑，五个女人咋要呢？还国民党二团副呢，连个红军都不如……

女人把绑二团副的长裤一把火烧了。骂鹿见喜："这下你乐了,这下你心跌到腔子里了。"

鹿见喜不语。

他杀敌无数,但从没虐待过一个俘虏。再说,他还跟二团副交了朋友,是真心交的呀。大家一块儿躺着,一块儿熬煎着,怎么偏就你瘫了哑了呢?你知道,我已经不恨你了呀,我已经不拿你当国民党二团副看了呀……

鹿见喜想,他把错误犯大了。

女人又骂:"想想想,你除了打啊杀的,再就没想的?早知如此,还不如让你瘫了,哑了。"

鹿见喜望一眼给瘫子揉腿的女人,恨不得现在瘫的是自己。

鹿见喜走不成了,不但走不成,每日里还多了项工作,他得把瘫子治好。每天天不亮,他把二团副从地窖里抱出来,在山后的一块平地上活动身子。二团副又瘫又哑,耳朵却好使,鹿见喜的话多半他听得懂,听懂却说不出,听懂比听不懂更痛苦。

鹿见喜想减轻二团副的痛苦,所以尽量少跟二团副说话。

这时候,女人已经起床。站在晨曦下,女人的脸色很红润,那是做梦的结果。女人真想跑过去,把梦里的情景说给鹿见喜。想想又止住了,不能让他得意太早。女人认为,光留住他的身子不行,得把他的心留住。

女人喊:"瘸子,把牛放出来。"

鹿见喜打开牛圈门,牛一个一个走出来。

女人又喊:"瘸子,羊也放出来。"

鹿见喜打开羊圈门,羊三五成群跑下山坡。

女人等着,等着他朝泥巴屋走来。

鹿见喜望一眼西边,转身走向二团副。

女人一跺脚:"瘸子! 我儿子还在炕上哩,他尿了炕,你去把炕单换了。"

鹿见喜默不作声,勾着头换炕单去了。

女人想,他真是个死人呀——

夜里,女人睡不着。草原有多空,女人心里就有多空。其实鹿见喜也睡不着,白日里女人的一举一动,全闪出来。他像牛一样反刍,回味。他开始强烈地思念女人,想她的笑,想她的骂,想她的身子。

这天夜里,鹿见喜悄悄爬出来,蹑手蹑脚溜到泥巴墙下。女人粗重的喘息声,风一般灌进他的耳朵,他的心动荡一片。他想,我是可以扑进去的,就像当年进蓝妹儿的西厢房。可女人却在屋里说话了:"你走呀,你咋不走?你以为我稀罕你?走!"

鹿见喜不知道女人是在说梦话,但他知道自己身上的火灭了,心唰地冷下来。

鹿见喜正在牛圈里起粪。

有两只羊跑出栅栏,几乎跑到沟底里。

女人喊:"瘸子,把羊赶回来。"

平日这事都是猛子的,羊跑再远,猛子都能让它们乖乖回来。女人本来是喊猛子,不知怎么就喊成了瘸子。望着鹿见喜一瘸一拐的背影,女人兀自红一下脸,叹出一口粗气。

鹿见喜走下山坡,羊正在悠闲地吃草,他见那儿的草肥美,想让羊多吃几口。他蹲下来,摸出一个烟锅,但他没抽。他已经很久不抽烟了。自从西进,队伍里物资匮乏,红军们自觉把烟戒了。但烟锅一直带在身上,而且装在贴身口袋里。

烟锅是警卫员尕五子用炮壳给他做的。

烟嘴是姚兰从一个财主家偷的。姚兰说我看着好玩,顺手拿了,那可是一支鹰嘴子呀,也只有财主能享用得起。鹿见喜笑笑,本想批评姚兰,话出口却成了就当打土豪分田地吧。

他抚弄着烟锅,心慢慢暗下来。两只羊啥时候回去的,他都不知道。等站起时,眼里已是两股清凉。

木然地走了几步,突然扑向一个坟堆,泪水再也忍不住,像脱缰的野马,狂泻而下。

他扑住的,正是姚兰的坟茔呀!一年前的那个月夜,他亲手扒出这个坟,把姚兰的白骨埋进去。当时他没敢哭,只是默默地说,等仗打完,我一定赶辆大马车把你接回去。

一年过去了,仗打到啥程度,连他自己也说不清。鹿见喜觉得没法跟姚兰交代。他只是哭,忘情地哭,唯有哭才能让姚兰听懂他的心声。后来他说话了,他觉得不能不说。

兰啊,你就怪我吧。我不知道往哪走……西边……一年了,我们的队伍还在西边吗?徐向前还会在西边等我这个掉队的兵吗……兰啊,我走不开呀……我让女人挡住了……你要怪就怪吧。那女人救过我呀,我走了,她咋活?还有一个俘虏,他瘫了……我虐待了俘虏呀,是我把他弄瘫的……兰啊,我哪儿也不走,我就守着你了。我就在这儿杀敌人,给你报仇!

很久,很久,鹿见喜擦干泪,站起来,他已拿定主意不走了!

一个影子挡住他。

保长祁满堂阴森森地站在他面前。

“你是谁?”祁满堂很得意,他总算没白费力气。

“我是哑巴。”鹿见喜很镇定,他再也不用装聋作哑了。

“你不是哑巴,你是红军!”

“知道你还不让开?!”鹿见喜一把推开影子,朝山梁走去。

“你不怕我告密?”保长祁满堂赶上来,拦住他,一双眼睛要吃人。

保长祁满堂干咳两声,给自己壮壮胆。见鹿见喜一点不像怕事的人,忽一下换了口气说:“跟你商量个事,你看行不行?”

保长祁满堂开出的条件是:他可以设法让鹿见喜离开青石岭,保证不让马家兵捉住,但他只负责送出古浪。

“往后的路,你自己走,是死是活,我管不了。”

鹿见喜打量他一阵,说:“是想让我给你腾地方?”

祁满堂脸腾红到脖子里,舌头在嘴里打转转,半天后说:“你胡说啥哩,我这是帮你。”

鹿见喜脸一黑:“山里红我娶定了,今儿黑我就跟她同房!你最好赶紧告密去,迟了就来不及了。”

“你——”

鹿见喜掉转身,猛看见一张山花怒放的脸灿然地朝他扑来,他还没站稳,就被女人紧紧箍住了。一股热浪挟裹着满山野的清香扑向他,他快要窒息了。

女人却不管这些。既然说了就不能反悔,用不着等天黑,天一黑你又变卦,到时我找谁去?女人不给鹿见喜反悔的机会,也不给自己错过的机会。

女人天生就这性子。

天多蓝啊,蓝得能醉死人。

草地多绵软啊,绵软得真舒服死人。

保长祁满堂眼花缭乱,头晕目眩,转瞬之间,他的一切希望都化成泡影,望着草地上翻腾的两股热浪,他把自己都羞恨死了。

猛子一个斜刺扑上来,把保长祁满堂赶到几百米外,然后蹲在山梁上,为草丛里那两团赤条条的火把守住风浪。

鹿见喜开始昼伏夜行。

从干柴洼到古浪,马家兵一共设了五道防,号称五道铜墙铁壁。鹿见喜一一摸清了。严查密搜一年多的马家兵自信是把漏网的共匪一网打尽了,他们需要休整。夜里多半是在村庄里吃肉喝酒糟蹋女人,防哨处往往只有三五个人。

女人教会他甩炮肚子,鹿见喜一甩一个准。连女人都惊讶,说你天生一块杀人的料。

干柴洼和条子沟,鹿见喜干得比较顺利。山头站岗的敌人还没醒过神来,头就破了。他顺手捡回几条枪,国民党这玩意儿,就是好用。鹿见喜早早回来,还不过瘾,猛抱住女人,癫狂个够,才心满意足睡了。

马家兵莫名其妙丢了几条命,不敢大意了。心想莫不是又过来红军了,岗哨一严,女人拽住了鹿见喜。

白日里,他们成了一对老实的牧人,本本分分,守护着牛羊。即使遇上马家兵盘查,鹿见喜也能用一口地道的山里话做答。说放心,要是看见共匪,我连夜跑去报信。马家兵盯住羊群,羊儿正肥,望一眼就流口水。鹿见喜明白了,说:"兵爷,想吃就吭声,甭净望着呀,望久了羊害怕,它们胆小。"

马家兵满意地走了,有了羊怎么能不满意?鹿见喜想,又欠我两条命。

女人是个闲不住的人,鹿见喜不让她同去,她偏去,说横梁山兵多,你去了回不来咋办？鹿见喜说："打嘴！净放没眼儿的屁。"

　　这话说得好地道，完全是这一带的口音，土得掉渣，女人狠狠地在鹿见喜脸上嘬了一口。

　　"像，像神了，谁也听不出来。"

　　"真看不出啊，你还有这本事。"女人又掐了一把他的大腿。

　　女人把儿子交给猛子，跟他一道上了路。

　　麻烦出在女人身上，怪只怪她太急。鹿见喜刚摸过去，堵住敌人的退路，还没给女人信儿，女人就先动了手。

　　女人冲山头上撒尿的兵娃连甩两石头，明明都击中了头，兵娃就是不倒下去。女人躁了，奶奶个龟儿子，看你有多硬！女人一个箭步蹿上去，顺手拔出刀，她要割了龟儿子的东西去喂猛子。一刀扎进去，女人傻了眼，明明是个龟儿子，咋变成了草人？

　　后悔果然迟了。六个兵娃这才端着枪，从山后爬出来，一步步逼近女人。女人举起双手，喊缴枪不杀。鹿见喜傻了眼，一个人挺利落，两个人反倒中了计。用枪明显来不及，枪一响，自个的女人就没了。他可不想这么快就没女人，他对女人才上瘾呢，不能便宜这浪货。

　　鹿见喜用的是长鞭，那是给东家赶大马车时练下的功夫，比枪还管用。一长鞭甩下去，六条枪齐齐落下了地。六个兵娃杀猪似的号，长这么大，哪挨过这东西呀！

　　鹿见喜松了口气，趴地上他就好收拾了。

　　等死的女人这才睁开眼，她展开双臂刚要扑过来，亲死这藏了绝活的死鬼。背后一条明晃晃的枪对准她。那是一个有点战术头脑的敌人，他所以选择单干，就是想得到最后的胜利。这下连鹿见喜也无能为力了，敌人的枪口已对准女人的后脑勺，而且他说得很清楚，再敢乱动一下，就一枪崩了女共匪！

　　鹿见喜喊："别胡来，要杀杀我，甭碰我女人。"

　　女人等死的瞬间，心里涌出一股子热泪。

　　鹿见喜听到了枪声，枪声很脆，很近。完了！他叫喊一声，不顾一切扑过去，想把女人从死神手中抢过来。可是迟了，女人已软软倒在地上。

　　他一脚扫过去，冲女人后面的黑影致命一击。脚划过天际的当儿，鹿见喜听到一个声音:"甭动手,我是红军战士王二牛!"

女人自然没有死,她是让枪声吓的。替她死去的是那个有头脑的敌人,他不知道啥时又冒出一个红军战士王二牛。

回到家里,女人温柔得一塌糊涂,左一声瘸子右一声死鬼,你救了我你吃了我你用劲你……你饶了我吧……

一场热战后,女人软软地倒在鹿见喜怀里,说我不叫你瘸子了,这不吉利,可我叫你啥哩,你这个没名没姓的坏……亲亲……

鹿见喜这才想到一年了还没给女人说过自个的名字,不过他说:"啥顺口你就叫啥吧,我无所谓。"

"那我叫你黑子!"女人一跃而起,能想起这名儿她显然很兴奋,而且更得意。

"黑子?"鹿见喜怪怪地盯住女人。

"对,黑子,就叫黑子。"女人更加兴奋更加得意。

直到有一日鹿见喜搞清,黑子原来是女人第一条勇猛无比机警过人跟狼群搏斗时壮烈死去的狗时,他才一下扑过去,双手撕住女人:"你敢把我当狗!"

女人激情一笑:"你简直活生生就是我那黑子呀——"

鹿见喜有了另一个名字:黑子。

时光就这样过着。鹿见喜再也不提向西,而且也向西不了。

他跟女人把日子过成了一家子,还有那个又瘫又哑的二团副。

古浪解放后的第二年,人民政府的办事员领着两个部队上的同志,到青石岭寻找流落的西路军战士。

他们一路找见十八名西路军战士,包括英雄王二牛。

后来他们见到了鹿见喜。

鹿见喜握住同志的手,像见到久别的亲人,非常激动地说:"我日日盼夜夜想,可把你们盼来了啊!"

"你叫啥名?"同志问。

"我叫黑子。"鹿见喜说。女人叫惯了,改不过口,后来他也惯了。

同志翻开花名册,细心找了几遍,说:"没个叫黑子的呀——"

鹿见喜急了："咋能没有我呢,你好好找找,再找找。"

后来同志问:"你的红军名字叫啥?"

鹿见喜使劲拍了一下脑门,"看这日子把我整的,我姓鹿,小名狗剩子,大名鹿见喜,人们喊我鹿营长!"

同志又翻花名册,说是有个鹿见喜,可是,可是……

"鹿见喜同志已经牺牲了呀,是跟姚兰同志一块牺牲在干柴洼的。"

鹿见喜黑了脸,他的脸又老又黑,一点看不出当年的威武英俊。

"胡说!我活得好好的,咋能牺牲了呢?姚兰牺牲了……是我不好,我不该找水,可我一直守着她呀!"

同志怀疑地盯住他,说:"姚兰牺牲了,你咋会没牺牲呢?你可是跟姚兰一块牺牲的呀,这上面写得清清楚楚。"

"我不管!"鹿见喜恼了,"我就是没牺牲,我就是鹿见喜,鹿营长!"

两个同志很为难,为了不出差错,他们提出让鹿见喜找出证据,物啊,人啊什么的,最好能证明他就是鹿见喜。

鹿见喜问女人:"不是有张字条吗,当初我们的人留给你的?"

女人没好气地说:"我烧了,我哪知道它会有用?"

女人真是把它烧了,女人烧字条的原因,并不是想它没用,肯定有用。女人是怕有了那张字条,死鬼会走,心留不住。

鹿见喜想起姚兰,兴奋地说:"衣裳呢,那可是最好的证明。"

"烧了!"女人说,"我看你老趴在她坟上哭,我气,就把它烧了。"

"你——!"

再没什么了。能用的都烧了,这女人!成心不让我回去。

鹿见喜忽然看见二团副,他正坐在推车上,傻傻地盯住鹿见喜。鹿见喜心一亮,这么个大活人,还证明不了我?

他推着二团副,又找见同志,说,证据我给你推来了。

同志瞅一眼瘫子,问:"他是谁?"

"他你也不知道?他就是国民党的二团副,马步芳的侄子马鸿飞呀。"

同志瞪大眼睛说:"马鸿飞已经死了呀,他是让革命烈士王铁柱铲除的。铁柱同志是英雄呀,身陷绝境尚能英勇杀敌!了不起,太了不起,他是红军的骄傲呀……"

同志默默垂下头,为革命烈士王铁柱默哀!

"马鸿飞不是铁柱杀的,是我老婆抓的!她还枪崩了马五,嘣一下,马五的头就成了西瓜。"鹿见喜做出个西瓜被打碎的手势。

鹿见喜越说越乱,同志越犯疑。后来同志明白了,这人有妄想症,他可能太想当红军了。

"老乡,你可别乱说,这样不好。你回去好好放羊吧,我们走了。"

鹿见喜不让走,说:"同志你得给我们说清楚……"

同志安慰道:"老乡,鹿见喜同志牺牲了,这是事实,你一定要记住,王铁柱消灭了马鸿飞和马五,头被敌人挂在了城门上,这是革命历史,连国民党都这么记载。我们一定要永远记住他们……"

同志走了,他们寻找的路还很长。

鹿见喜推着二团副,默默走在山野上。他不时停下来,摸着二团副的头,喃喃自语:"你不是二团副马鸿飞,我也不是红军营长鹿见喜。你死了,我也牺牲了。我们两个到底是谁?"

鹿见喜打女人,女人不还手,还嘴。

"我让你们国共合作了多少年,由仇家变成兄弟,你还打我?你想走你走呀,看谁要你!"

女人心里很踏实,这下她再也不害怕男人走了。

鹿见喜抱住二团副,我们都让这女人坑了呀……

若干年后,鹿见喜成了个地地道道的庄稼人。有一天他听说古浪城修了个烈士陵园,一个人跑了去。

陵园就修在万人坑西边,一块风水很好的慢山坡。少先队员们正排着整齐的队伍,默立在那里,举着拳头,接受爱国主义教育。

少先队员走后,鹿见喜走进陵园。一块块墓碑,仿佛向他讲述一个个凄美的故事。他看见一串串熟悉的名字,中间有团长,有政委,有革命英雄王铁柱,二营副营长刘铁娃……终于,在倒数第二排,他看见了自己和姚兰,真的看见了。姚兰的墓碑高高竖起,姚兰身边一块墓,刻着革命烈士鹿见喜!

鹿见喜跪下来,为姚兰点燃纸钱,也给自己点上一堆。

很久，他才说："兰啊，你老了，我也老了……这样也好，我在地下陪着你，我在上面陪着她，两不耽误呀。她叫山里红，是个好女人……长得……还真像你……"

又是若干年后，女人的儿子也是鹿见喜的儿子祁红军从部队上来信说，军区要拍一部当年西路军悲壮西征的电视片，他作为政治部副主任，一同前往。

女人喊，儿子要回来了，红军要回来了，他们的副司令员也要来。

鹿见喜推着二团副默默地站在青石岭上，眼前是一望无际的崇山峻岭。他仿佛听到一个遥远的声音：向西！向西！

女人开始摩拳擦掌，算计着时间，准备杀猪宰羊。

鹿见喜天天扶着推车，目光混沌地盯住西边。

儿子回来的这天，家里就像是过喜事。饭后，副司令员递给鹿见喜一根烟，说："老乡，抽一根老红军的烟吧。"

鹿见喜没接。他说不习惯，顺手从怀里摸出烟锅，装了旱烟蹲在凳子上抽。

副司令员突然盯住烟锅，使劲盯半天，又盯住鹿见喜。

副司令员腾地从炕上跳下来，敬了一个礼："报告鹿营长——"

鹿见喜唰地睁大眼睛，而后，从凳子上跳下来，啪一个立正，敬回去一个礼。

"您是——？"

"报告营长，我是警卫员尕五子！尕五子呀——"